Vaterland, wo bist Du?

Roman nach einer wahren Geschichte

ANNETTE OPPENLANDER

U.S.-AMERIKANISCHE AUSZEICHNUNGEN
DER ENGLISCHEN ORIGINALFASSUNG
»SURVIVING THE FATHERLAND«

2017 National Indie Excellence Award
2019 Gold Global eBook Award
2017 Winner Chill with a Book Readers' Award
2017 Discovered Diamond Historical Fiction
2017 Finalist Kindle Book Award
2018 Indie B.R.A.G. Award Honoree
2018 Readers' Favorite Book Award
IWIC Hall of Fame Novel

DEUTSCHE AUSZEICHNUNGEN

2020 Skoutz Award Short List (Finale)

WEITERE BÜCHER DER AUTORIN

Erzwungene Wege: Historischer Roman
47 Tage: Wie zwei Jungen Hitlers letztem Befehl trotzten (Novelle)
Immer der Fremdling: Die Rache des Grafen
Ewig währt der Sturm
Leicht wie meine Seele
Endlos ist die Nacht
Das Kreuz des Himmels
Bis uns nichts mehr bleibt
Erfolgreich(e) historische Romane schreiben

ENGLISCH

A Different Truth
Escape from the Past: The Duke's Wrath (Book One)
Escape from the Past: The Kid (Book Two)
Escape from the Past: At Witches' End (Book Three)
47 Days: How Two Teen Boys Defied the Third Reich (Novelette)
Everything We Lose: A Civil War Novel of Hope, Courage and
Redemption
Surviving the Fatherland (Englische Originalausgabe)
Where the Night Never Ends: A Prohibition Era Novel
When They Made Us Leave: A Novel About Hitler's Mass
Evacuation Program for Children
A Lightness in My Soul: Inspired by a True Story (Novella)
The Scent of a Storm
So Close to Heaven

WIDMUNG

Für meine Mutter Helga, eine starke Frau, die allen und allem zum
Trotz triumphierte, und
für meinen Vater Günter, dessen mutige Seele meine Inspiration
ist.

DANKSAGUNG

Ich danke meinem Vater Günter und meiner Mutter Helga, deren Bereitschaft, sich an schmerzhafte Gegebenheiten zu erinnern, mich immer wieder erstaunt hat. Ohne sie gäbe es dieses Buch nicht. Ich danke auch Helmuts Familie für ihre Einwilligung, seine Rolle in dieser Geschichte zu teilen. Über die letzten fünfzehn Jahre haben mir viele Menschen diesen Roman ermöglicht: Alexander Weinstein half mir durch eine erste Version, als ich noch viel zu lernen hatte, und gab mir den Glauben, dass ich eines Tages Schriftstellerin werden könnte; meine Schreibfreunde Diane, Susan und Dave, die über die Jahre viele Fassungen der Geschichte lasen und kritisierten; das Stadtarchiv Solingen versorgte mich mit wertvollen Informationen zur Solinger Geschichte; Sara von Yellow Bird Editors half mir mit tollen Ratschlägen, die aufzeigten, was fehlte, und die mir zu einem aussagekräftigen Ende verhalfen; und schließlich mein Mann und bester Freund Ben, der mir zur Seite stand und endlose Diskussionen, gelegentliche Tränen und viele Lesungen über sich ergehen ließ.

NACH EINER WAHREN GESCHICHTE

»… wenn diese Knaben mit zehn Jahren in unsere Organisation hineinkommen, […] dann kommen sie vier Jahre später vom Jungvolk in die Hitler-Jugend, und dort behalten wir sie wieder vier Jahre. […] dann nehmen wir sie sofort in die Partei, in die Arbeitsfront, in die SA oder in die SS […] dann kommen sie in den Arbeitsdienst und werden dort wieder sechs und sieben Monate geschliffen […] Und was dann […] noch an Klassenbewusstsein oder Standesdünkel da oder da noch vorhanden sein sollte, das übernimmt dann die Wehrmacht zur weiteren Behandlung auf zwei Jahre (Beifall), und wenn sie […] zurückkehren, dann nehmen wir sie, damit sie auf keinen Fall rückfällig werden, sofort wieder in die SA, SS und so weiter, und sie werden nicht mehr frei ihr ganzes Leben!«

—Adolf Hitler

»Wenn man sagt, die Welt des Mannes ist der Staat, die Welt des Mannes ist sein Ringen, die Einsatzbereitschaft für die Gemeinschaft, so könnte man vielleicht sagen, dass die Welt der Frau eine kleinere sei. Denn ihre Welt ist ihr Mann, ihre Familie, ihre Kinder und ihr Haus. Wir empfinden es nicht als richtig, wenn das Weib in die Welt des Mannes, in sein Hauptgebiet eindringt, sondern wir empfinden es als natürlich, wenn diese beiden Welten geschieden bleiben.«

—Adolf Hitler

»Hoffnung ist das Ding mit Federn
Das in der Seele ruhet
Und singt das Lied ohne Worte
Und niemals stoppen tuet.«
—Emily Dickinson

BUCH EINS: MAI 1940 BIS APRIL 1945

KAPITEL EINS

Lilly: Mai 1940

Für mich begann der Krieg nicht mit Hitlers Invasion in Polen, sondern mit der Lüge meines Vaters. Ich war damals sieben, ein dünnes Ding mit Zöpfen und spitzen Knien, gekleidet in die unförmigen, handgestrickten Pullover meiner Mutter, ein Mädchen, das seinen Vater über alles liebte.

Es war Mai, meine liebste Jahreszeit, in der die Luft nach frischgemähtem Gras und Flieder roch und Ausflüge in die Stadt und in die Cafés des bergischen Landes versprach.

Wie gewöhnlich kam mein Vater an diesem Freitagabend nach Hause, seine schwere Aktentasche mit Papieren gefüllt. Nur schmiss er sie dieses Mal wie einen Sack Abfall in die Ecke der Diele. Dabei war mein Vater sonst immer penibel, ein Mann, der Wert auf sein äußeres Erscheinungsbild legte und alles, was er berührte, in tadelloser Ordnung hielt. Und so wusste ich auch mit sieben Jahren — selbst bevor er die schicksalhaften Worte aussprach —, dass etwas anders war.

Mich ignorierend eilte er in die Küche, seine Augen leuchteten vor Aufregung. »Ich bin eingezogen worden.«

An der Spüle entglitt Mutti der Schwamm, er fiel mit einem sachten Plopp ins Seifenwasser. Sie starrte Vati an. Ihr Mund öffnete und schloss sich lautlos.

Ich verstand die Worte meines Vaters nicht. Ich verstand auch nicht, was eine Lüge war, doch fühlte ich es schon damals. Wie andere ein nahendes Gewitter spüren, bildet sich hinter meiner

Stirn Druck, wenn jemand lügt, eine Schwere in meinen Knochen. Der Blick des Lügners ist flüchtig, seine Stimme klingt gekünstelt. Da ist etwas in der Art, wie sich der Lügner bewegt — seine Schultern sind starr und seine Gliedmaßen hängen steif am Körper. Er wirkt wie eine leere Hülle, weil seine Seele es nicht ertragen kann und sich angewidert von ihm abwendet.

In diesem Moment wusste ich, dass Vati etwas vor uns verheimlichte.

»Am Montag soll ich dort sein. Ich bin jetzt Unteroffizier.« Seine Stimme zitterte, als er, immer noch in Hut und Mantel, auf einen Stuhl sank.

»Aber das ist in drei Tagen.« Mutti nahm Burkhart, meinen kleinen Bruder, der noch ein Baby war und zu jammern begonnen hatte, auf den Arm. »Ist schon gut«, tröstete sie ihn, während sie die Küche der Länge nach auf- und abschritt, das Klick-Klick ihrer Absätze wie eine Anklage.

Ich runzelte die Stirn und näherte mich meinem Vater. Seit der Geburt meines Bruders verbrachte Mutti jede Minute mit dem Baby. Egal, wie brav ich war, egal, ob ich tat, was sie wollte, es gelang mir nur selten, ihren Blick von meinem Bruder abzulenken. Es ärgerte mich unendlich, dass ich nicht damit aufhören konnte, es zu versuchen.

»Vati, wohin gehst du?«, fragte ich, überzeugt, mein kleiner Bruder würde Vatis Aufmerksamkeit nicht erwecken.

Die Wangen meines Vaters glühten. Als hätte er mich nicht gehört, sprang er auf und eilte zurück in den Flur. Ich folgte und fand ihn vor dem Kleiderschrank kniend.

In der offenen Tür hing eine graue Militäruniform. Er kramte in der Schublade darunter.

»Was suchst du?«

»Einen Moment.« Mit einem Paar blanker schwarzer Stiefel in der Hand tauchte Vati wieder auf.

Er hockte, sodass wir uns auf Augenhöhe befanden, und bis heute erinnere ich mich an das Rasierwasser, das er jeden Morgen benutzte, eine Mischung aus Zitrus und Gewürzen.

»Ich packe.«

»Wohin gehst du?« Vati war noch nie weg gewesen, nicht mal für eine Nacht. Tatsächlich hatten er und Mutti strikte Gewohnheiten, und die wurden von der Uhr diktiert. Wir aßen jeden Abend um Punkt halb sieben. Selbst an Sonntagen.

Frühstück gab es um sieben Uhr morgens. Kleidung lag niemals auf dem Boden, sondern wurde ausgebürstet und gelüftet und an die korrekte Stelle im Schrank zurückgehängt. Das Leben bestand aus Regeln: Händewaschen vor dem Essen, immer ein sauberes Taschentuch mit sich tragen, und immer, immer ordentlich aussehen, wenn man das Haus verließ.

Vati richtete sich auf und strich mit der Hand über seine Uniformhose. »Ich werde im Krieg aushelfen.«

»Bist du zu meinem Geburtstag zurück?« Mein Geburtstag war am vierten Juni und ich machte mir um unsere gewohnten Ausflüge in die Stadt Sorgen. Im Fenster von Wiesner, meinem Lieblingsspielzeugladen, hatte ich eine Schildkröt-Puppe entdeckt. Sie hieß Inge und ich wollte sie dringendst. Vati meinte, sie sähe genau wie ich aus, mit blonden Haaren und diesem hübschen rotkarierten Kleid mit weißer Schürze und weißen Lackschuhen, die man ausziehen konnte.

Als Vati mich in die Luft schwang und im Kreis drehte, kreischte ich vor Überraschung und Vergnügen. Ich flog.

»Sie wollen mich doch! Mit all meiner Erfahrung sollten sie froh sein.«

Mutti legte Burkhart auf die Decke und lehnte sich gegen den Türrahmen der Küche, ihre Arme über der Brust gekreuzt. »Ich wünschte, du müsstest nicht gehen.«

»Ist doch gar nicht schlimm, Luise.« Vati nahm sie bei den Schultern, als wollte er ihr seine Begeisterung einflößen. »Ich bin bald wieder da. Wir sind so viel stärker als letztes Mal.«

»Ich sehe nur, dass Hitler immer mehr Männer in den Kampf schickt. Weißt du wenigstens, wohin sie dich senden?«

Vati zuckte mit den Achseln. »Wahrscheinlich Frankreich oder Skandinavien.«

»Wann kommst du denn zurück?«, versuchte ich es erneut.

Er tätschelte meinen Kopf, kehrte in die Küche zurück, und nahm auf seinem Stuhl am Ende des Tisches Platz. »Ich bin wieder da, bevor du Zeit hast, mich zu vermissen.« Als er zu pfeifen begann, nagte etwas an mir, ganz so, als hätte sich ein winziges Wesen in meinem Inneren verirrt und wollte nun kratzend ausbrechen.

Ein dröhnendes Heulen erklang. Scharf und metallisch schnitt es durch Türen und Wände und echote durch die Straßen. Egal, wie oft die Sirenen Tag für Tag kreischten, sie ließen mich jedes

Mal erzittern.

Ich beobachtete, wie meine Mutter stockstill wurde, ihre Augen mit etwas gefüllt, das ich bald als Angst erkennen würde. Die Sirene ging weiter — hoch, runter, hoch, runter. Schließlich ertönte ein anderer Heulton. Diesmal klang er wie das Nebelhorn eines Bootes, was das Ende des Alarms signalisierte.

Erleichtert, dass der schreckliche Lärm vorbei war, kletterte ich auf den Schoß meines Vaters und ließ meinen Zeigefinger über die bläulichen Stoppeln an seinem Kinn wandern. »Vati?«

»Jetzt nicht, Lieselotte, wir unterhalten uns«, sagte Mutti.

Ich sah erschrocken auf. Mutti hatte Lieselotte gesagt, obwohl mich doch normalerweise alle Lilly nannten. Das war ein sicheres Zeichen dafür, dass sie wütend war. Ich rutschte hinunter, ließ aber meine Hand auf Vatis Arm.

Mutti strich sich eine Strähne ihres blonden Haares hinters Ohr und sackte auf einen Stuhl. »Ich hasse diese Luftschutzsirenen.«

Vati vertiefte sich in die Zeitung und sah nicht auf. »Ist doch nur ein Test … eine reine Vorsichtsmaßnahme.«

Mutti sprang auf. »Ich sollte Essen machen. Erinnerst du dich? Mein Bruder kommt heute Abend.« Zwei rote Flecken, die nicht ganz zu ihrem Lippenstift passten, glühten auf ihren Wangen. »Lilly, der ganze Tisch ist mit Honig beschmiert. Wasch das Spültuch aus und mach das sofort sauber.«

»Ja, Mutti.« Ich wischte ungeschickt über die Tischfläche und sah zwischen meinen Eltern hin und her. Vatis Augen, normalerweise ein verwaschenes Blau, glänzten wie ein früher Morgenhimmel.

»Siehst du denn nicht, wie wichtig das ist?«, fragte er und ließ die Zeitung sinken. »Wir kämpfen gegen England und Frankreich, sogar Skandinavien! Unser Land braucht uns.«

»Du meinst, es braucht *dich*.«

»Jeder muss seine Rolle spielen.«

»Mich hat niemand gefragt, ob *ich* eine Rolle spielen will.« Muttis Stimme war schrill, während sie den Topf auf den Ofen setzte und begann, Kartoffeln zu schälen. »Ich stecke hier fest und muss mich um zwei Kleinkinder kümmern.«

»Genau das erwartet der Führer von dir. Das weibliche Geschlecht ist dafür geschaffen, Mutter zu werden und auf unsere Familien zu achten. Wir machen den Rest.«

»Wie deinen Krieg?«

Meine Eltern streiten zu hören, verwandelte mein Inneres in Knoten. Sie sollten aufhören. Stattdessen flogen die Argumente wie Messer über meinen Kopf hinweg, während ich schweigend zu Ende putzte und zu Vatis Stuhl zurückging.

»Wir müssen alle Opfer bringen«, sagte Vati. »Du bist eine starke Frau. Kümmert sich unsere Regierung nicht um alles? Jede Familie erhält Rationen, sogar für Kleidung. Sie denken an alles.«

»Diese Bezugsscheine sind so mühselig. Und die Sirenen machen mich verrückt.«

Vati stand auf und strich Mutti über den Rücken. »Mach dir keine Sorgen, alles wird gut laufen.«

Während des Essens beobachtete ich weiter meine Eltern. Bleierne Stille vergiftete nun die Luft, die nur vom Brabbeln meines Bruders und dem Schaben der Löffel in den Porzellanschüsseln unterbrochen wurde.

Ich schmeckte nicht viel von der Suppe. Mein Blick schweifte hin und her, von der steinernen Miene am einen Ende des Tisches zur ebenso starren am anderen. Währenddessen dachte ich über die Ereignisse des Nachmittags nach und fragte mich, ob ich etwas getan hatte, das sie so wütend gemacht hatte. In der Stille der Küche spürte ich, dass eine große Veränderung bevorstand. Etwas Schreckliches lauerte, wie ein Wolf, der im Gebüsch harrt und jederzeit angreifen kann. Man sieht und hört ihn nicht, aber man weiß, dass er da ist.

»Tim meint, Frauen, die Lippenstift tragen, sind Huren«, sagte ich, mein Blick auf dem Mund meiner Mutter, wo Reste roter Farbe auf der Unterlippe klebten.

»Wer ist Tim?«, schnappte Mutti.

»Ein Junge in meiner Klasse. Sein älterer Bruder ist in der Hitlerjugend und die sagen, Mädchen sollen sich nicht anmalen. Sie sollen auf die Männer hören.«

»Junge Mädchen wie du sind hübsch, so, wie sie sind«, sagte Vati.

Ich war sicher, dass Tim alle Frauen gemeint hatte, und obwohl ich darauf brannte, zu wissen, was eine Hure war, entschloss ich mich, meinen Mund zu halten. Die bohrenden Augen meines Lehrers erschienen vor meinen Augen und ich erinnerte mich an meine frühere Mission.

»Vati, kannst du heute Abend mit mir lesen?« Ich war eine

schreckliche Leserin, hasste es, besonders wenn ich in der Klasse laut vortragen musste und Herr Poll sein Lineal auf mein Pult schlug, wenn ich stecken blieb.

Mutti ging zum Fenster und zog das Verdunklungsrollo herunter, ihre Lippen zu einer geraden Linie zusammengepresst. »Heute Abend nicht. Räum den Tisch ab, während ich die anderen Jalousien herunterlasse und deinen Bruder wickele. Dann machst du dich bettfertig.«

Vati sprang auf und verschwand im Wohnzimmer. »Wir machen es ein anderes Mal«, sagte er, bevor er die Tür schloss.

Als ich Mutti dabei beobachtete, wie sie Burkhart ins Bett brachte, fühlte ich mich so transparent wie die Luft um mich herum. Aber nicht auf angenehme Weise. Eher wie Halsschmerzen, die nicht weggehen und dich ab und zu daran erinnern, dass du noch krank bist.

Nachdem ich die Teller in der Spüle gestapelt hatte, ging ich zu meinem Vater, der am Schreibtisch saß und einen Berg Akten studierte.

»Vati?«

»Was ist denn, Lilly?«

Ich zögerte. War jetzt der richtige Zeitpunkt, nach der Puppe Inge zu fragen? Vati benahm sich so komisch. Selbst jetzt schimmerte seine Stirn feucht, als ob er zur Straßenbahn gerannt wäre.

»Nichts«, sagte ich. »Gute Nacht, Vati.«

»Süße Träume.«

Enttäuscht schloss ich leise die Tür und ging in Richtung meines Schlafzimmers. Auf halbem Weg stoppte ich und lauschte, doch aus der Küche drang kein Laut.

Ich war gerade dabei, ins Bett zu klettern, als es an der Tür klingelte. Ich schrak zusammen. Etwas Furchtbares würde passieren, dessen war ich mir sicher. War etwa der Krieg gekommen, um Vati zu holen?

Doch dann hörte ich die Stimme von Muttis Bruder August, meinem Lieblingsonkel. Er brachte mir immer Geschenke, ein Schokoladeneclair, eine Blume aus seinem Garten oder eine Tüte süßer Kirschen.

Ich atmete wieder und bemerkte, wie eisig meine Füße auf dem Linoleum geworden waren.

Den Geräuschen nach zu urteilen, waren alle ins

Wohnzimmer gegangen - eine perfekte Gelegenheit, meinen Onkel zu sehen und mehr über Vatis Pläne herauszufinden. Wenn ich so tat, als ob mein Magen schmerzte, würde ich vielleicht noch eine Weile aufbleiben dürfen. Ich beugte mich über meinen Bruder, der auf dem Rücken lag, sein Mund entspannt im Schlaf, sein Gesicht umrandet von blonden Locken. In diesem Moment beneidete ich ihn. Es sollte nicht das letzte Mal sein.

Auf der anderen Seite der Wand brüllte Vati. Alarmiert schlich ich auf Zehenspitzen in die Diele und spähte durch die Wohnzimmertür. Onkel August lungerte, seine langen Beine ausgestreckt, auf dem Sofa, neben ihm eine junge Frau, die ich nicht kannte. Mutti saß kerzengerade auf einem Sessel am Fenster.

»Kaum zu glauben. Wie kannst du nur so begeistert sein?« Augusts Stimme schwoll zu einem Dröhnen, während er gleichzeitig der jungen Frau das Knie streichelte. »Hast du den letzten Krieg vergessen? Gerade du.«

»Unsinn«, sagte Vati von irgendwo hinter der Tür. »Dieser Krieg wird schnell vorübergehen. Unsere Wehrmacht ist überlegen. Ich meine, Polen fiel in einem Tag, und Frankreich und Skandinavien werden schon bald folgen.«

August schüttelte den Kopf, sein Blick wirkte missbilligend. »Ich verstehe nicht, wie du deiner Familie den Rücken kehren kannst.« Seine Stimme wurde immer lauter. »Machst du dir keine Sorgen, Frau und Kinder zu verlassen? Dieser verdammte Krieg verschafft mir eine Gänsehaut. Die SS und die Gestapo beobachten *alles*. Erst kürzlich …«

»Sch«, machte die Frau neben ihm. »August, bitte sei vorsichtig. Was ist, wenn jemand zuhört?«

»Ich drehe meiner Pflicht nicht den Rücken zu!«, schrie Vati. »Außerdem achtet der Führer auf alles.«

August warf Mutti einen Blick zu. »Seit wann können wir der Regierung trauen?«

Mutti lehnte sich nach vorn. »Die Wohnung unter uns steht leer. Wenn Willi abreist, habe ich nicht mal einen Nachbarn zum Reden.« Sie schluckte vernehmlich, ihre Augen voller Tränen. »Soll ich etwa Herrn Baum fragen? Der ist älter als Methusalem und kann kaum laufen, geschweige denn helfen, wenn sich die Lage verschlimmert.«

Ich erschauerte. Ich mochte den alten Mann von nebenan, vor allem seine knotigen Hände. Braun und krumm erinnerten sie mich an Minibaumstämme. Er hörte mir immer zu, wenn ich sprach, als ob das, was ich sagte, wichtig wäre.

»Ich bin überzeugt, dass der Krieg vor Jahresende vorbei sein wird.« Doch in Vatis Stimme lag wieder diese Dunkelheit, dieses Falsche. »Ich für meinen Teil bin stolz darauf, zu helfen.«

Als August plötzlich aufsprang, stieß ich mir fast den Kopf am Türrahmen. »Ich jedenfalls nicht.« Seine Augen verengten sich. »Ich dachte, deine Stelle bei der Stadt sei hochwichtig. Komisch, dass sie ihren Top-Oberinspektor einfach so gehen lassen.«

Die Stille, die folgte, erinnerte mich ans Abendessen, als meine Eltern schweigend am Tisch gesessen hatten. Ihren Zorn hatte ich ebenso deutlich gehört, als wenn sie sich angeschrien hätten. Nun wollte ich nicht mehr hineingehen, ich konnte aber auch nicht zurück in mein Zimmer. Meine Beine waren so starr wie Herr Polls Lineal.

»So oder so«, fuhr August fort, »ich wollte euch ja nur meine Verlobte Annelise vorstellen. Es tut mir leid, dass ich gekommen bin.«

Mutti stand auf und wischte sich die Augen. »Bitte August, geh noch nicht. Ich bin sicher, es wird sich alles finden.«

»Ganz genau.« Vati klang wieder ruhig. »Lasst uns auf eure Verlobung trinken. Ich hole eine Flasche Wein aus dem Keller.«

Als sich im Zimmer ein Stuhl verschob, kam Bewegung in meine Beine. Ich flitzte in mein Zimmer und rollte mich eng zusammen, wie während eines Gewitters. Es dauerte lange, bis ich einschlief, wobei ich mir fest vorstellte, wie Vati mir die Puppe Inge zum Geburtstag überreichte.

KAPITEL ZWEI

Günter: Mai 1940

»Achtung! Füße zusammen, Arme nach unten, Hände an die Hosennaht. Schaut geradeaus. Steht still«, schrie der Junge. Er war höchstens sechzehn, und die hell-braune Uniform hing in Falten über seiner schmalen Brust. Das Haar rund um seine Ohren herum war bis zur Haut geschoren, sodass der verbleibende blonde Büschel oben auf seinem Kopf wie ein Vogelnest wirkte.

Er schritt vor uns, einer Reihe elfjähriger Jungen, auf und ab, seine Augen zornige Schlitze. »Männer!«, brüllte er, »Ihr seid die zukünftigen Soldaten Deutschlands. Ihr kämpft nicht, um zu sterben, sondern um zu gewinnen.« Er riss ein Buch auf. »Ich zitiere. Nichts ist wichtiger als euer Mut. Nur die starke Person, getragen von ihrem Glauben und dem kämpferischen Verlangen des eigenen Blutes, wird in der Gefahr Meister sein.« Das Buch schnappte zu. »Ich erwarte absoluten Gehorsam.«

Ich stand neben meinem besten Freund Helmut im Sportstadium Krahenhöhe, wo die örtliche Hitlerjugend zum Drill antrat. Wir hatten uns in der Mitte des Grasfeldes in drei Reihen aufgestellt. Ein anderer Junge mit roten und blauen Abzeichen auf seinem Hemd erschien.

»Stopf das Hemd in die Hose und zieh die Socken hoch«, schnaubte er, sein Zeigefinger wie ein Dolch auf Helmuts Brust. »Guck dir diesen Dreck auf deinen Schuhen an. So läuft man nicht rum. Zeig gefälligst etwas Stolz.«

Aus den Augenwinkeln beobachtete ich, wie Helmut Hemd

und Strümpfe zurechtzog und die Schuhe sauber rubbelte. Helmut vergisst so was manchmal. Zum Glück streckten sich meine Socken bis unter die Knie. Trotzdem hielt ich den Atem an, als der Junge vorbeimarschierte. Heute Nachmittag hatten wir eine Uniform gekauft: schwarze kurze Hosen und hellbraunes Hemd, Halstuch mit Lederknoten, Armband – und das Beste, ein nagelneues Messer. Mutter hatte gemurrt, weil sie so viel Geld ausgeben musste.

»Aber Mutter, alle Jungen müssen teilnehmen«, hatte ich erklärt, als wir den Laden verließen. »Sie haben es in der Schule gesagt. Es ist unsere Pflicht.« Ich hatte für mich behalten, wie begeistert ich über meine neue Ausstattung war. Meistens bekam ich die alten Klamotten von meinem älteren Bruder Hans.

»Was haben sie nur mit euch vor?«, hatte Mutter mit gereizter Stimme gefragt.

»Feuer machen und zelten.« Ich hatte für mich behalten, dass ich es kaum erwarten konnte, mein neues Messer auszuprobieren und mit einer Meute Jungs ins Abenteuer zu ziehen.

Jetzt verharrte ich in einer Reihe und durfte mich nicht bewegen. Einfach nur dämlich.

»Achtung! Links – um! Im Gleichschritt – Marsch! Eins, zwei, eins, zwei, folgt mir.« Vogelnest steuerte den Platz hinunter. Der Junge, der zuvor die Befehle erteilt hatte, sah zu und schien darauf zu warten, dass wir stolperten. Wir marschierten hin und her, nach links und nach rechts, überquerten hundertmal das Feld.

Die Luft roch nach Frühsommer und war angenehm warm. Löwenzahn und Vergissmeinnicht tüpfelten das Gras wie ein bunter Teppich. Meine Klassenkameraden imitierend, unterdrückte ich das Verlangen, mich umzusehen. Stattdessen zwang ich mich, geradeaus zu schreiten und auf den Horizont zu starren, als ob ich Ausschau danach halten wollte, was aus der Ferne auf mich zukam.

Ein Mann in einer braunen Uniform mit einem roten Armband beobachtete uns vom Spielfeldrand. Kurz abgelenkt, trat ich auf die Ferse meines Vordermannes.

»Aua«, jaulte der Kerl. »Idiot, pass gefälligst auf.«

»Du bist der Idiot«, sagte ich. »Warum stoppst du?«

Vogelnest baute sich vor uns auf. »Was ist hier los?«

»Er hat mir auf den Fuß getreten«, blökte der andere Junge.

Meine Wangen glühten. »Er hat plötzlich angehalten.«

»Name.«

»Was?«

»Dein *Name*.«

»Günter Schmidt.«

»Hör mir mal genau zu, Günter.« Vogelnests Augenbrauen zogen sich zusammen. »Hier wird nicht gespielt. Du trainierst, um Soldat zu werden. Auf den Boden. Zwanzig Liegestütze, aber zack.«

»Jawohl.« Ich warf mich ins Gras, froh, mein Gesicht verbergen zu können. Mein Kopf hatte sich in einen überhitzten Ballon verwandelt, der wegfliegen wollte.

Nachdem ich meine zwanzig Liegestütze absolviert hatte, stand ich außer Atem auf und verschluckte die Schimpfworte, die mich würgten. Das Marschieren ging weiter, gefolgt von Singen.

Uns're Fahne flattert uns voran.
In die Zukunft ziehen wir, Mann für Mann. Wir marschieren für
Hitler,
Durch Nacht und durch Not,
Mit der Fahne der Jugend,
Für Freiheit und Brot.
Uns're Fahne flattert uns voran,
Uns're Fahne ist die neue Zeit.
Und die Fahne führt uns in die Ewigkeit!
Ja, die Fahne ist mehr als der Tod!

Vogelnest las weiter aus seinem Buch über das Heldentum vor, aber meine Gedanken wanderten, beschleunigt durch das Knurren meines Magens, zum Abendessen, das zu Hause auf mich wartete. Bei der Verabschiedung warf mir Vogelnest einen verächtlichen Blick zu, bevor er uns daran erinnerte, Marschieren und Stillstehen zu üben. Er erwähnte weder Zelten noch Lagerfeuer. *Stinklangweilig.* Nicht mal unsere Messer durften wir benutzen. Und am Samstag sollten wir wieder hin.

Helmut schwatzt gern viel, aber selbst er war mies drauf und so liefen wir schweigend nach Hause. Als ich endlich in meiner Wohnung eintraf, war es spät und ich hatte schlechte Laune.

Ich wohnte im Erdgeschoss eines Mehrfamilienhauses auf der Weinsbergtalstraße, eines von mehreren identischen dreistöckigen Häusern im Süden Solingens. Sie waren erst kürzlich aus Stein und Stukko erbaut worden und galten als modern. Jedes Haus war in derselben blassgrünen Farbe angestrichen, mit einem gelegentlichen Blumenkasten im weißgerahmten Fenster. Ich fand das neue Wasserklosett besonders interessant. Du zogst an einer Kette — das Spielen damit hatte mir Mutter strengstens verboten — und das Wasser schoss aus einem Tank unter der Decke. Helmut hatte noch ein Plumpsklo.

Im Flur warf ich meine Mütze in die Ecke und betrat die Küche. »Ich hab vielleicht Kohldampf …«

Das letzte Wort blieb mir im Hals stecken, weil der Tisch, für fünf gedeckt, unangetastet und das Zimmer leer war. Ein ungutes Gefühl kroch in mir hoch, doch vergaß ich es aufgrund des leckeren Geruchs, der aus dem Emailletopf strömte, sofort wieder. Ich hob den Deckel und seufzte – Bohnensuppe mit Speck und geräucherten Würstchen. Ich blickte auf die Uhr, 19:30. Kein Wunder, dass ich am Verhungern war.

Aber wir aßen nie später als 18 Uhr. Da stimmte was nicht.

Zögernd kehrte ich der Suppe den Rücken und schlich auf Zehenspitzen in die Diele. Stimmen drangen aus dem Schlafzimmer meiner Eltern.

Ich stoppte an der Tür und klopfte. »Vater?«

»Komm rein.«

Ich öffnete die Tür einen Spalt. »Essen wir bald?«

Mutter saß vornübergebeugt auf dem Bett. Mein Vater kniete vor ihr. Ich wollte hineingehen, aber irgendetwas in ihren Mienen hielt mich zurück.

Vater richtete sich mühsam auf. »Ich reise morgen ab.«

»Was meinst du damit?«

»Ich wurde eingezogen.«

Ich starrte meinen Vater an, während seine Worte in meinem Kopf widerhallten. »Aber du hast gesagt, sie brauchen dich im Betrieb. Du hast gesagt, du hättest mehr Arbeit, als du erledigen kannst, weil diese Offiziere so komische Dolche wollen.«

»Das hatte ich angenommen.« Vaters' Stimme blieb ruhig, aber seine Kiefermuskeln waren angespannt.

»Kannst du ihnen nicht sagen, du hättest zu viel zu tun?«

Mein Vater seufzte und legte einen Arm um meine Schultern, sein Ausdruck war ernst. Obwohl er eher gedrungen wirkte, konnte er einen Hundert-Kilo-Sack Kartoffeln wie ein Kleinkind tragen. Vater war nicht der Typ, der Liebkosungen austeilte, aber heute Abend hielt er mich fest.

»So läuft das nicht. Ich muss mich dem Befehl fügen.«

»Wo gehst du hin?«

»Weiß nicht, vielleicht Skandinavien.«

Mutter wischte sich die Augen und stand auf. »Hol deine Brüder und iss. Wir packen und kommen gleich. Und zieh diese Kleider aus.«

Während der Nacht warf ich mich trotz meiner bleiernen Knochen im Bett hin und her. Ich hatte mir die Zunge an der Suppe verbrannt und mein Magen machte komische Geräusche. Wie es klang, schlief mein älterer Bruder Hans auch nicht.

Zwar verkündete das Radio jeden Tag neue Siege, doch es waren auch die ersten Todesmeldungen gefallener Soldaten in der Zeitung aufgetaucht. Ein schwarzes Kreuz schwebte über den Anzeigen und Mutter grummelte und schüttelte den Kopf, wenn sie Namen und Alter der Toten las. Ich stellte mir meinen Vater vor, wie er blind in ein Meer aus Stacheldraht taumelte, Kopf und Augen verbunden, seine Arme nach vorn ausgestreckt.

In den frühen Morgenstunden stand die Zeit still. Ich fragte mich, ob Vater als Krüppel zurückkehren würde oder gar nicht. Im Geiste sah ich seine Todesanzeige: Artur Schmidt, als Held gefallen. Vielleicht sollte ich Hans fragen, was er vom Krieg hielt, aber bevor ich dazu kam, hörte ich leises Schnarchen aus Richtung des anderen Bettes.

Ich legte mich auf den Rücken und starrte in die Dunkelheit. Die Wohnung war still. Aber diese Ruhe war nicht die eines friedlichen Schlafes, sondern die künstliche Stille eines von Kissen gedämpften Weinens und von Gedanken, die unablässig wirbelten. Ich drehte mich wieder zur Wand, mein letzter Gedanke vor dem Einschlafen galt meinem Vater, mit einem Gewehr winkend.

Am Morgen wachte ich schlagartig auf. Auf dem Bett meines Bruders lag nur ein Haufen Decken. Die Erinnerung an gestern Abend kehrte zurück und ich seufzte. Sanftes Murmeln driftete aus der Küche herüber — die Stimme meines Vaters. Ich wollte im Bett bleiben und ihm lauschen, und gleichzeitig wollte ich in seiner Nähe sein.

Mit einem Ächzen kroch ich aus dem Bett.

»Günter, du Schlafmütze.« Vater öffnete seine Arme. »Komm her.«

Ich verbarg mein Gesicht in den Falten seines Hemdes. »Gehst du jetzt?«

Vater roch nach Rasiercreme. Jeden Morgen vollzog er das gleiche Ritual. Das Rasiermesser, eine einzige scharfe Klinge, wurde über einen Lederriemen gezogen, um es noch schärfer zu machen. Nachdem er mit dem dicken Pinsel aus Dachshaar die weiche schaumige Seife aufgerührt hatte, verschwand Vaters Gesicht unter einer Schicht weißer Seifenblasen. Dann nahm er das Messer und kratzte die Bartstoppeln weg.

»Es ist so weit.«

Alle drängten sich um uns. Ich seufzte, mein Hals eng und schmerzhaft.

Vater nahm mich und Hans beim Arm. »Ihr zwei kümmert euch um Mutter und Siegfried.«

Ich schluckte hart, doch der Klumpen in meiner Kehle wuchs, und Tränen schossen mir in die Augen. Hans war genauso aufgewühlt, seine Schultern zitterten. Mein kleiner Bruder Siegfried, gerade erst drei, hatte keine Ahnung, was los war.

»Macht keinen Unfug. Tut, was euch gesagt wird. Ich will keine Klagen hören.«

»Ja, Vater«, sagten Hans und ich gleichzeitig.

»Wann kommst du wieder?«, fragte ich.

»Sobald sie mich lassen.«

»Versprochen?«

»Ich schreibe.« Vater nahm Mutters Hände. »Auf bald, Grete.« Er wischte sich die Augen mit dem Handrücken und schritt zur Tür. Einen Moment lang sah er sich im Wohnzimmer um: das Ledersofa, der Lieblingssessel in der Ecke, der Walnusstisch und die passende Anrichte. Eine helle Morgensonne schien ins Zimmer und warf ein Muster aus Licht und Schatten auf das Holz. Ein Star trillerte draußen von Sommer und Neuanfängen. Mit einem endgültigen Nicken eilte Vater hinaus — und war fort.

Mutter tupfte sich die Augen, wo sofort neue Tränen erschienen. »Ihr habt gehört, was Vater gesagt hat. Wir sprechen besser über eure neuen Aufgaben.«

»Können wir das nicht nach der Schule tun?« Meine Beine waren schwer vor Schlafmangel.

Mutter griff resolut zu Papier und Stift. »Wer will mir mit der Wäsche helfen?«

»Das ist Frauenarbeit«, meinte Hans. »Außerdem bin ich zu alt für so was.«

»Ich mach das auch nicht«, sagte ich.

Mutter hieb mit der Faust auf den Tisch. »Genug.« Obwohl sie eine kleine Frau war und ich sie selbst als Elfjähriger überragte, beugte ich den Kopf. »Denkt daran, was Vater gesagt hat. Günter, du hilfst mir mit der Wäsche. Hans, du versorgst die Öfen. Außerdem brauche ich jemanden, der die Flurtreppen putzt und den Bürgersteig kehrt.« Ich hörte nicht mehr zu.

Mein Leben würde eine einzige gigantische Hausarbeit werden.

KAPITEL DREI

Lilly: Mai 1940

Am frühen Montagmorgen auf dem Weg zurück vom Plumpsklo stand die Tür unseres Zweifamilienhauses weit offen. Ich war tief in Gedanken, wie ich Vati am besten allein für mich gewinnen und ein letztes Mal an Inge, meine neue Puppe, erinnern konnte, als ich fast mit zwei Männern zusammenstieß, die ein Sofa durch den Eingang manövrierten. Als ob Muttis Wunsch nach einem neuen Nachbarn erhört worden wäre, stand vor dem Haus ein Pferdewagen mit Tischen, Stühlen und verschiedenen Kisten.

Wie Mutti hatte ich mir heimlich eine neue Familie für die Wohnung im Parterre gewünscht, mit einem Kind, mit dem ich spielen könnte. Meine beste Freundin Lydia wohnte einen Kilometer entfernt und wegen der Sirenen und Warnungen in der Zeitung wollte mich Mutti nach der Schule zu Hause haben.

Ich postierte mich unter der Rotbuche im Vorgarten und trat von einem Fuß auf den anderen. Im Sommer streckte der Baum seine Laubarme aus, um mich zu beschatten und meine Klettereien in die Spitze zu verbergen. Er raschelte und flüsterte in mein Ohr mit tausend Stimmen. Er war beständig, wenn meine Hände zitterten, solide und stark, wie eine Umarmung. Und vor allem ging er niemals fort.

Während die Männer unter dem Gewicht einer hölzernen Kiste ächzten, echote Muttis Stimme durch meinen Kopf. *Sprich nicht mit Fremden.* Aber was konnte es schaden? Endlich wollte hier jemand einziehen.

Wir wohnten auf der Wachtelstraße, einer ruhigen Hofschaft im Süden Solingens, die Art Nachbarschaft, wo Autos eine Seltenheit sind und die Leute sich mit Namen kennen. Vati gefiel es hier, weil die Straßenbahn nur drei Minuten Gehweg entfernt lag und unser Haus respektabel war. Die Wohnung unter uns hatte seit Monaten leer gestanden, ihre Fenster selbst am Tag kahl und dunkel. Ich hatte mir immer vorgestellt, wie das Haus mich beobachtete und mir mit unsichtbaren Augen in den Garten folgte.

Jetzt standen die Fenster offen und entließen den monatealten Gestank. Eine grauhaarige Frau, die eine saure Miene wie ein schlechtsitzendes Kleid trug, hängte weiße Spitzengardinen auf. Die Frau sah wie eine Haushaltshilfe aus. Sie konnte einfach nicht unsere neue Nachbarin sein.

Der Strom der Möbelmänner schlängelte sich wie Ameisen durch den Garten, ihre Gesichter angespannt von den Lasten in ihren Armen.

»Bist du da unten, Lilly?«, rief Mutti vom Fenster. Oft fragte ich mich, wie sie durch Gegenstände sehen und wissen konnte, was ich tat, besonders Dinge, die ihr nicht gefielen. Und die Liste der inakzeptablen Dinge war lang.

»Ich schaue den neuen Nachbarn zu«, rief ich, ohne meinen Blick von den Möbelpackern zu nehmen.

»Zeit zum Frühstück.« Muttis Stimme klang scharf.

»Komme …«

In diesem Moment erschien ein Mann am Eingang zum Garten. Im Gegensatz zu Vatis kurzgeschnittener Frisur waren die Haare dieses Mannes lang und glatt unter einer Schicht speckig glänzender Pomade. Nach hinten gekämmt, hingen sie über den Kragen und offenbarten eine kantige Stirn. Seine Haut erinnerte mich an den Teig, den Mutti anrührte, um Semmel zu backen.

Der Mann sprach mit einem der Möbelmänner. Bevor ich mich entscheiden konnte, nach oben zu gehen oder mich dem Mann zu nähern, wandte er sich um und kam auf mich zu.

Ich sprang auf. »Bist du unser neuer Nachbar?«

Die Augen des Mannes, ein Waschwassergrau gegen die bleiche Haut, richteten sich auf mich. Ein neugieriger Ausdruck, eine Art Wetterwechsel streifte über seine Züge. Er war mir unangenehm und erinnerte mich an eine schleimige Raupe, die über meinen nackten Hals kriecht.

»Und wer könntest du sein?«, fragte der Mann.

»Ich bin Lilly. Ziehst du in unser Haus?«

»Ja.«

Ich sah an dem Mann vorbei, auf der Suche nach seinen Kindern. »Wo ist deine Familie?«

»Lilly, ja? Ich heiße Karl Huss. Ich lebe allein.« Huss lehnte sich nach vorn und platzierte eine Hand auf meiner Schulter. »Komm und besuch mich bald.« Er lächelte und offenbarte eine Reihe gelber Zähne.

Ich rümpfte die Nase. Der Mann stank nach Zigaretten.

Als Huss begann, meine Wange zu tätscheln, wich ich zurück. »Ich muss gehen.«

Mein Atem steckte mir noch im Hals, als ich unsere Küche betrat. »Ich habe unseren neuen Nachbarn getroffen«, platzte ich heraus. »Er hat keine Familie.«

»Ich hoffe, du hast ihn nicht belästigt.« Mutti betrachtete meine grasbefleckten Hände. »Wasch dich und mach dir ein Butterbrot. Wir sind fast mit dem Frühstück fertig. Ich muss mich um deinen Bruder kümmern.«

Ich verharrte im Türrahmen und beobachtete Vati, der seine Nase im Solinger Tageblatt, unserer städtischen Tageszeitung, vergraben hatte. »Er lebt allein.«

Mutti drehte mir den Rücken zu und fütterte meinen Bruder. Wie bei einem Vogel öffnete sich sein Mund rhythmisch und wartete auf den nächsten Löffel. Für einen Augenblick wollte ich mit ihm tauschen, die Nähe meiner Mutter spüren und ihre Aufmerksamkeit auf mich lenken.

»Warum braucht er eine große Wohnung?«, fragte ich.

»Das werden wir bald genug herausfinden.« Mutti gurrte zärtlich, während sie Burkharts Mund abwischte. »Bauch voll?« Seine Locken küssend, hob sie ihn in ihre Arme, ihr Blick auf Vati gerichtet. »Wenigstens habe ich jetzt jemand zur Unterhaltung.«

Als Vati nicht antwortete, schüttelte sie den Kopf und verließ das Zimmer.

Ich rannte zu Vati. Das war meine Chance. »Vati?«

Er ließ widerwillig die Zeitung sinken. In der grauen Uniform mit den Silberknöpfen wirkte er distanziert. »Was ist denn, Lilly?«

»Kannst du *jetzt* mit mir lesen? Die Schule fängt erst in der zweiten Stunde an. Ich muss noch zwei Kapitel üben und du weißt ja, wie Herr Poll immer mit dem Lineal fuchtelt, wenn ich steckenbleibe«, beeilte ich mich. »Lydia meint, er erwischt eines

Tages meine Finger.« Ich schöpfte Atem.

Vati sah mich an, doch richtete sich sein Blick auf etwas hinter mir, als würde er geradewegs durch meinen Kopf hindurchsehen. Ich zog an seinem Ärmel. Was war nur mit ihm los?

»Bitte.«

Er stand abrupt auf und ergriff seine Tasche. »Tut mir leid, Lilly, ich muss los.«

»Gib deinem Vater einen Kuss.« Mutti war wieder in der Tür erschienen und presste Burkhart gegen ihre Brust. Ich tippte gegen Vatis kniehohe Stiefel. Sie glänzten so, dass ich darin mein Gesicht erkennen konnte.

Vati umarmte mich. »Sei ein liebes Mädchen und hilf deiner Mutter.«

Mein Herz hämmerte in meinem Hals. »Tschüss, Vati.«

Ich wusste, dass dieser Abschiedsgruß anders war. Doch wie konnte ich begreifen, was Krieg bedeutete? Ich wusste nur, dass sich meine Eingeweide wanden. Dass dieser Aufbruch total falsch war, mein Griff machtlos, die glänzenden Beine Vatis davon abzuhalten, in diesen Krieg zu marschieren.

Ich folgte Vati ins Treppenhaus und rief ihm hinterher: »Komm bald nach Hause!«

Vergebens wartete ich auf einen letzten Gruß oder Blick. Die Haustür knallte zu.

Mutti stand bewegungslos im Flur. »Du machst dich besser für die Schule fertig.« Sie steckte ihre Nase so tief in Burkharts Haare, als wollte sie darin verschwinden.

Als ich meinen Ranzen wenig später über die Schulter schwang, blickte ich noch einmal auf Vatis Schreibtisch. Wie mein Vater strahlte er Ordentlichkeit aus. Die Papiere lagen sauber gestapelt neben der Lederunterlage und dem goldgefederten Füller, den ich nicht berühren durfte.

Ich hielt inne. Der Raum schien erkaltet und verlassen zu sein — eine Stille wie ein gefrorener See inmitten eines Waldes. Ich zuckte zusammen, als ich Mutti mit Burkhart in der Küche murmeln hörte. Ich war spät dran.

Mit einem Seufzen öffnete ich die Tür. Herr Poll würde heute ärgerlich auf mich sein.

KAPITEL VIER

Lilly: Juli 1941

Vati war bereits seit über einem Jahr fort, und mein Leben verschlechterte sich jeden Tag mehr. Sirenen plärrten Tag und Nacht, die Schlangen in den Geschäften wurden länger. Unsere Bäckerei schloss, gefolgt von unserem Lieblingsmetzger. Von einem Tag zum nächsten erschienen Schilder in den Fenstern der Geschäfte, die Türen wurden mit Vorhängeschlössern verriegelt.

Im Laufe des Krieges würde Hitler Hunderttausende Läden und Dienstleistungsunternehmen schließen, indem er die Eigentümer zwang, Soldaten zu werden oder bei der Produktion kriegsnotwendiger Maschinen und Waffen zu helfen.

Anfangs machten sich nur kleine Veränderungen bemerkbar: Bestimmte Lebensmittel fehlten, es gab weniger Kleidung auf Rationskarten, es dauerte länger, eine geöffnete Bäckerei zu finden …

Jeden Tag ertappte ich mich dabei, auf Vatis Schritte zu lauschen. Mein Atem verlangsamte sich, wenn ich die Haustür hörte, ein Teil meiner Seele jubelte. Doch jeden Tag war all das umsonst, Vati blieb fern.

Noch etwas änderte sich: Die Angst zog in mein Leben ein. Vor Vatis Weggang hatte ich Furchtsamkeit nur als Unbehagen beim Betreten des dunklen Kellers gekannt. Jetzt setzte sich in meinen Beinen ein Zittern fest, das nicht mehr weggehen wollte. In der Schule übten wir, unter die Pulte zu klettern, uns an den inneren Wänden entlang aufzustellen oder in die Kellergewölbe zu marschieren. Unsere Lehrer stellten dabei ein enthusiastisches Lächeln zur Schau, als spielten wir ein Spiel. Das Gefühl war vage, ein Unwohlsein, das ich nicht definieren konnte und das meinen Schlaf unruhig machte und meine täglichen Gewohnheiten angespannte.

Mutti wurde zunehmend nervöser und ihre Laune, nicht länger durch Vati gedämpft, brauste auf.

Ich bekam die volle Wucht zu spüren.

Meistens nahm ich Muttis Zorn als normal hin. Ich hatte bestimmt etwas Falsches getan, um ihren Groll zu verdienen. Letztendlich wusste ich es nicht besser. Genauso akzeptierte ich die sonderbaren Gepflogenheiten unseres neuen Nachbarn.

Es war spät an diesem Abend, als ich nach unten hastete. Zigarettenrauch kroch unter Huss' Tür hindurch in den Flur. Ich hielt mir mit zwei Fingern die Nase zu und schlich vorbei, während ich mich fragte, womit er Geld verdiente. Die Männer, die ich kannte, arbeiteten oder kämpften wie Vati im Krieg.

Der Weg zum Plumpsklo im Garten führte durch den Keller, von wo eine Tür nach draußen ging. In der Gemeinschaftswaschküche hingen unter der Decke Trockenleinen. Ein Sack Wäscheklammern wartete neben einem Hocker, den ich zum Aufhängen nutzte. Das schummrige Licht der einsamen Glühbirne drang kaum bis zum Steinboden mit dem Abfluss, der mit einem eisernen Gitter abgedeckt war. Ich vermied die Stelle, weil ich mir ausmalte, wie Hände aus dem schwarzen Loch nach meinen Beinen griffen.

Als ich zur Hintertür lief, die in den Garten führte, erschien Huss aus der Finsternis und trat mir in den Weg. »Fräulein Lilly, noch so spät auf?«

Ich erstarrte und ließ dabei ein paar Schritte Distanz zwischen uns. »Hab vergessen, aufs Klo zu gehen.«

»Ach so.« Huss machte keine Anstalten, mich vorbeizulassen.

Ich trat von einem Bein auf das andere. Meine Blase forderte Erlösung. »Ich muss dringend.«

Huss langte nach meinen Zöpfen. »Ich mag deine Haare.« Ein Geruch nach Tabakrauch und ungewaschener Haut kroch mir in die Nase. In der Düsternis des Kellers schwamm sein Gesicht über mir, sein Kinn grau mit Bartstoppeln.

»Ich muss wirklich sehr.«

»Natürlich.« Huss glitt zur Seite, aber nicht weit genug, um mich leicht durchzulassen. Gezwungen, ihm näher zu kommen, quetschte ich mich an ihm vorbei. Huss' Hand tätschelte meinen Scheitel, seine Berührung bleiern, als wären seine Finger mit Steinen gefüllt. Ich rannte zum Ausgang und spürte mein Herz gegen meine Rippen schlagen.

Bis ich das Klo erreicht hatte, war meine Unterhose feucht. Mutti würde ärgerlich sein. Ich sollte um diese Uhrzeit nicht herumlaufen, und jetzt brauchte ich auch noch neue Wäsche.

Mit Wucht schlug ich den Deckel hoch. Ich hasste das Plumpsklo. Die hölzerne Plattform mit der runden Öffnung schien über dem Abgrund von Fäkalien zu schweben. Fliegen wimmelten. Maden krochen in der Tiefe. Nur wenn es fror, gaben sie Ruhe. Toilettenpapier war selten geworden, daher nutzten wir seit einigen Monaten Fetzen aus Zeitungspapier, das in Streifen gerissen an einem Nagel hing. Ein Lächeln huschte über mein Gesicht, als ich mir vorstellte, das Papier anzuzünden und die Maden zu rösten oder noch besser, sie in Huss' Briefkasten oder durch seine Eingangstür zu stopfen.

Ich schloss den Deckel mit einem Knall und öffnete die Tür, um frische Luft zu schöpfen. Ein Halbmond hing über mir, von den ersten Sternen umringt. Kaum zu glauben, Vati war vor mehr als einem Jahr weggegangen. Sah er denselben Himmel? Dachte er an mich, Burkhart oder Mutti?

Leise schlich ich mich an der Hauswand entlang. Die Kellertür stand offen. Ich konnte mich nicht erinnern, ob ich sie aufgelassen hatte. Huss war weg, doch ich konnte ihn noch riechen. Ab jetzt würde ich noch vorsichtiger sein.

Ich tapste auf Zehenspitzen in mein Zimmer, als ich Mutti wie eine Statue hinter Vatis Schreibtisch sitzen sah. Sie hielt ein Glas in der Hand und schien in Gedanken weit weg zu sein.

»Warum bist du noch auf?«, fragte sie. »Es ist nach neun.«

»Hatte vergessen, zu pinkeln. Was machst du?« Als sie nicht antwortete, fuhr ich fort: »Herr Huss macht mir Angst.«

Mutti stand auf und ging kopfschüttelnd zum Fenster, wo sie das Verdunklungsrollo ein Stückchen hochzog und hinauslugte. »Du hast ihn aber nicht geärgert, oder doch?«

»Er ist schrecklich. Ich will nichts mit ihm zu tun haben.«

Die Luftschutzsirene kreischte auf. Einen Moment lang stand ich wie angewurzelt da, sah zu, wie Mutti vom Fenster ins Schlafzimmer eilte und mit Burkhart auf dem Arm zurückkehrte.

Fast vier, war er alt genug, zu laufen, aber Mutti trug ihn weiterhin überall mit sich rum.

Luftschutzwarnungen waren keine leeren Drohungen mehr. Deutsche Städte wurden großflächig bombardiert oder auf eine Weise angegriffen, die die britische Luftwaffe später als *Moral Bombardement* bestätigen würde — gezielte Bombenanschläge auf die Stadtzentren, um die Moral der deutschen Bevölkerung zu ›brechen‹. Als ob Leute wie Mutti und ich in der Lage gewesen wären, Hitlers Wahnsinn aufzuhalten.

»Schnell! In den Keller!«, schrie Mutti über das Kreischen der Sirenen.

Während wir ins Treppenhaus hetzten, klebte mein Blick an Muttis Rücken. Der Lärm bohrte sich in meinen Körper. Mein Herz schlug mir im Hals und meine Knochen vibrierten mit dem Schrillen der Sirenen.

In meiner Eile rutschte ich auf den Zementstufen aus und krachte auf den Treppenabsatz vor Huss' Tür. Der Fall sog mir die Luft aus der Lunge.

Heiße Messer stachen in meine Wirbelsäule. Die Sirenen waren verstummt. Mit tränenverschleierten Augen setzte ich mich langsam auf. Mein Kopf schwamm. Aus der Ferne hörte ich Donner. Das waren die Bomben, von denen Mutti gesprochen hatte. Ich lehnte mich gegen die Steinstufe. Panik hielt mich so sicher gefangen wie Fesseln. Der Donner rückte näher...wurde kühner. Ich blickte kurz auf die Tür unseres Nachbarn, beunruhigt, er könnte erscheinen und mich in seine Wohnung zerren.

Ich sah auf meine Finger, dann auf meine Füße in den ausgetretenen Schuhen — ich war eine Insel auf der eisigen Treppe. Als mein Atem sich normalisierte und jede Sekunde sich zur Ewigkeit dehnte, begriff ich, dass dies mein Körper war, mein Leben. Ich war ein eigenständiges Wesen, existierte losgelöst von Mutti und Burkhart. Jeder unserer Schritte war einzigartig, jeder von uns handelte individuell. Letztendlich war ich allein.

Auf die Knie rutschend, summte ich die Melodie von »*Ein Männlein steht im Walde ganz still und stumm.*« Ich hatte das Lied im ersten Schuljahr gelernt und Vati pflegte es mit mir zu singen.

Ich sah wieder zu der Tür mit dem Milchglas. Dahinter bewegte sich nichts. Mit einem Seufzer stand ich auf, ignorierte dabei den Schmerz in meinem Rücken. Meine Beine waren so weich wie der Pudding, den Mutti früher gekocht hatte.

»Lilly?«, rief Mutti aus dem Keller.

»Ich komme.« Ich befahl meinen Füßen, jede Stufe langsam zu nehmen. Während ich in den Keller hinabstieg, wurden die Explosionen im Einklang mit meiner pulsierenden Wirbelsäule immer dumpfer.

Mutti hielt mir eine Decke hin. »Warum antwortest du nicht? Was ist passiert?«

»Ich bin gefallen.«

»Ist alles in Ordnung? Du musst vorsichtiger sein.«

»Mein Rücken tut weh.«

»Ich sehe danach, wenn wir wieder oben sind. Hier unten ist es zu dunkel.«

»Wann kommt Vati nach Hause?«, fragte ich und sah mich dabei vorsichtig um. Huss war nirgends zu sehen. Die Gelatine in meinen Beinen wurde fester.

Mutti zuckte mit den Schultern, ihre Lippen fest zusammengedrückt. Ich hütete mich, mehr zu sagen.

Die Wohnungstür ging auf und Vatis Stimme schwebte ins Zimmer. Ich saß hastig im Bett auf. Träumte ich?

»Luise?«

Dann sagte Mutti etwas und Burkhart schrie vor Entzücken. Ich flog zur Tür. »Vati!«

Mein Vater stand im Flur und umarmte Mutti, während mein Bruder seine Beine umklammerte.

»Hallo Lilly.« Vati streckte mir einen Arm entgegen. »Sieh mal einer an, wie du gewachsen bist.«

Als wir uns in der Küche um Vati scharrten, bemerkte ich den Bartschatten auf seinem Gesicht. Er sah dünner aus, seine Uniform und Stiefel waren dreckbespritzt. Auf seinen Schultern trug er neue Klappen mit silbernen Streifen.

»Ich habe dich vermisst.« Ich kletterte auf seinen Schoß. »Bleibst du jetzt zu Hause?«

Vatis Blick wurde ernst. Er schüttelte den Kopf. »Wir sind noch nicht fertig.« Er sah von mir zu Mutti. »Ich habe großartige Neuigkeiten. Hast du von dem neuen Programm unseres Führers gehört?«

»Diese Kinderlandverschickung?«, fragte meine Mutter.

»Sie haben Lager und Familien organisiert, damit unsere

Kinder ohne Bomben leben, besser lernen und essen können.« Vati streckte seine Beine von sich und tätschelte mir gedankenverloren den Kopf, so wie man den Hund eines Fremden streichelt. »Ich habe für Lilly eine Familie gefunden. Da sie erst neun ist, darf sie bei Gasteltern leben. Es ist ja nur für ein paar Monate, bis wir diesen Krieg in Ordnung gebracht haben. Es verschafft dir mehr Zeit, Luise.«

Ich glitt von Vatis Knie. Wovon sprach er?

»Wo wohnen sie denn?«, fragte Mutti.

»Thüringen, im Osten. Es ist alles arrangiert. Lilly fährt dieses Wochenende.«

»Vati?«, schrie ich, mein Inneres ein blubbernder Knoten. Wo war Thüringen? »Ich will nicht weg.«

»Du wirst Spaß haben«, meinte Vati. »Du wirst dort besseres Essen bekommen und in Ruhe lernen können.«

»Aber Vati«, meine Augen füllten sich mit Tränen, »ich lebe doch hier.«

»Natürlich lebst du hier. Ist ja nur für kurze Zeit.«

Ich schüttelte heftig den Kopf. Eine schwarze Wolke schlug sich auf mir nieder. Vati log wieder. Obwohl ich inzwischen wusste, was eine Lüge war, wollte ich es nicht glauben. Sicherlich hatte ich ihn falsch verstanden. Einen Fehler gemacht.

Ich stampfte mit dem Fuß auf. »Ich gehe nicht!«

»Sei nicht albern, Lilly«, sagte Mutti. »Es klingt doch, als wäre es perfekt. Erinnerst du dich, wie du heute Abend gefallen bist, als die Bomber kamen? Dort brauchst du keine Angst mehr zu haben.«

Der Druck hinter meiner Stirn wuchs. Mutti log ebenfalls.

»Ist mir egal.« Ich legte meine Hände auf Vatis. »Bitte, Vati, lass mich hierbleiben.«

»Tut mir leid, Lilly, es ist entschieden.«

KAPITEL FÜNF

Lilly

Der Solinger Hauptbahnhof wimmelte von Familien. Kinder rannten umher und schrien. Einige weinten, umgeben von Müttern, die nervös schwatzten oder betont fröhlich taten. Pfeifen trillerten, während Züge ein- und ausfuhren, Kinder fortschafften oder neue Menschenmengen auf die Bahnsteige entleerten.

Ich versuchte, mit meinen Eltern, die nach dem richtigen Gleis suchten, Schritt zu halten. Ellbogen knufften und Körper schoben. Obwohl draußen die Sonne schien, bestand mein Körper aus Eis. Drei Tage lang hatte ich versucht, meinen Vater umzustimmen. Umsonst.

»Hier ist es — dritte Klasse.« Mutti zeigte auf den rostfarbenen Wagon mit der gemalten Nummer drei. Ich folgte ihrem Blick zu dem Zug, der mich von allem, was ich kannte, forttragen würde.

Der Zug fuhr ostwärts nach Erfurt und von dort nach Arnstadt, einer Kleinstadt weiter südlich.

»Beeil dich, Lilly.« Vati klang ungeduldig. »Wir wollen ihn nicht verpassen.«

Als ob er fahren würde. Ich befahl mir, nicht zu weinen, aber meine Augen gehorchten nicht. Tränen rannen über meine kalten Wangen und tropften von meinem Kinn.

Ich folgte Vati in den Wagen. »Hier ist dein Sitz.«

»Ich komme!« rief ich, doch meine Stimme wurde vom schrillen Klang der Pfeife verschluckt.

Ich mühte mich, auf die Sitzbank zu klettern. Als ich es endlich geschafft hatte und Vati mich umarmte, fiel mir auf, dass Mutti nicht nachgekommen war.

»Sei ein großes Kind«, sagte Vati. »Hilf uns, Deutschland stark zu machen. Arbeite hart, hilf deiner Pflegemutter. Eines Tages wirst auch du Mutter, genau wie Mutti …«, fuhr Vati fort. Ich hörte nicht, was er sonst noch sagte, weil ich mich darauf konzentrierte, seine Stimme zu verinnerlichen.

Die Qualität und der Ton einer Stimme sind schon seltsam. Nach einer Weile spielt der Kopf Streiche, und egal, wie oft wir auf Wiederholung drücken, wir können uns nicht daran erinnern, was wir vor Jahren gehört haben.

Er war weg, bevor ich ein weiteres Wort herausgebracht hatte. Andere Kinder in meinem Abteil lehnten sich aus dem Fenster. Obwohl ich mich anstrengte, einen letzten Blick auf meine Eltern zu erhaschen, war jeder Zentimeter der Glasscheibe mit winkenden, schreienden und küssenden Kindern verdeckt.

Ich glaubte, ich hörte Mutti rufen: »Wir sehen dich Weihnachten.«

Der Zug ruckte. Ich fiel auf meinen Sitz und dachte, dass sie gar nicht erwähnt hatten, wann ich wieder nach Hause kommen würde. Bis Weihnachten war es noch Monate hin, und die Tränen flossen erneut. Ich achtete nicht auf die anderen Kinder, die sich neben mir auf die Bänke quetschten. Einige unterhielten sich aufgeregt, tauschten Namen und die mageren Informationen aus, die sie über ihre neuen Heime hatten.

Ich starrte aus dem Fenster, wo Bilder und Landschaften in schneller Folge vorbeirauschten: von Militärkolonnen verstopfte Straßen, Wälder und Äcker getupft mit rot-gedeckten Dächern und weißgetünchten Gebäuden, grün angelaufene Kirchtürme, Gärten voller ordentlicher Reihen Bohnen und Beerensträucher, Blumentöpfe prall mit roten und goldenen Blüten und die gezackten Silhouetten zerbombter Häuser.

Zielstrebig trug mich der Zug in die Ferne. Irgendwo in meinem Hinterkopf wünschte ich mir, er spränge aus den Gleisen. Ich wollte nicht, dass er so entschlossen und schnell fuhr. Er sollte stoppen und umkehren — mich nach Hause bringen.

Meine Gedanken verhedderten sich, auseinandergerissen wie der Rauch der Lokomotive im Wind: Vati in der Küche mit meinem Lesebuch auf dem Schoß, Mutti stolz mit meinem

Babybruder im Arm, Mutti und ich nach meinem Geburtstag vor dem Spielwarengeschäft Wiesner, wo die Puppe Inge nicht mehr im Schaufenster lag — verschwunden aus meinem Leben wie Vati.

Der Zug flüsterte mit eisernen Stimmen. Die Vibrationen lullten mich in den Schlaf.

Jemand zog mich am Ärmel. »Kleines Mädchen, der Zug fährt ein.« Eine junge Frau zeigte auf die Karte mit dem Wort Arnstadt, die um meinen Hals hing. Ich sprang auf, während mich die Vergegenwärtigung meiner Reise mit neuem Grauen füllte. »Kommst du? Ich helfe dir, deine Pflegeeltern zu finden.«

Auf dem Bahnhof herrschte Chaos. Kinder und Familien vermischten sich, aber die Dynamik war anders als am Morgen auf dem Solinger Bahnhof. Anstatt dass traurige Mütter ihre Kinder fortschickten, suchten Fremde nach ihren Schützlingen. Ab und zu fiel ein Ruf, wenn eine Pflegemutter ihr Mündel entdeckte. Eine Truppe Hitlerjungen marschierte vorbei und sammelte Burschen ein. Die drängelnden Körper verschmolzen zu einem farbigen Klumpen, die Stimmen zu einem nicht auseinanderzuhaltenden Gewirr.

»Wie heißt du?« Die junge Frau aus dem Abteil bückte sich, ihr Gesicht war nur Zentimeter von meinem entfernt. Sie trug einen grell-roten Lippenstift, die Art, die Mutti so gern mochte. Ich konnte ihr Parfüm riechen … Rosen.

»Ich bin Lilly Kronen«, antwortete ich. Es war nicht mehr als ein Flüstern.

Die Frau lächelte und nahm meine Hand. »Lass uns deine Pflegemutter finden.« Wir stoppten mehrmals und sie sprach wartete Familien an. Ich beobachtete, wie die Dampflokomotive Rauch ausstieß und langsam den Bahnhof verließ.

»Ich bin Frau Flug. Willkommen in Arnstadt.« Die Frau vor mir lächelte. Ihre Mundwinkel zogen sich dabei widerwillig nach oben und weg von den hängenden Runzeln ihres Gesichtes. Sie sah alt aus, ihre Haut ein Meer aus Falten, als hätte man ein Stück farblosen Stoff zusammengeknüllt.

Ich fühlte mich steif und ungeschickt. Mutti war nicht einfach, aber diese Frau roch nach Mottenkugeln. »Guten Tag.«

»Bitte nimm meine Hand.«

Ich stopfte meine Finger in die Taschen. »Dafür bin ich zu alt.«

Enttäuschung breitete sich auf Frau Flugs verschrumpelten

Zügen aus. »Fein, wie du willst, aber bleib in meiner Nähe.«

Die Stadt war klein und wir erreichten bald die Waldstraße. Gelbe Ziegelmauern umgaben einen kleinen Garten, wo Hecken und Blumen in ein strenges Muster aus grün und weiß gezwungen wurden. Ein einstöckiges Haus kauerte in der Mitte, die Fenster versteckt hinter blassgelben Läden.

»Da sind wir.« Frau Flug schloss die Tür auf und tauchte in die verdunkelte Diele ein. »Ich zeige dir dein Zimmer.«

Verborgen unter einer klumpigen Zudecke, nahm das schmale Bett fast den gesamten Raum ein. Ein düsteres Bild in Öl hing darüber. Ein schwerer Vorhang verdeckte das Fenster.

»Du kannst deine Sachen hier reinlegen.« Frau Flug öffnete die Schublade einer Kommode am Fußende des Bettes. »Soll ich dir helfen?«

»Das kann ich allein.«

Frau Flug sah auf ihre Uhr. »Also gut, ich muss mit dem Abendessen anfangen. Herr Flug kommt bald nach Hause. Wir essen immer pünktlich um sechs.« Sie sah mich an. »Denk dran, lass das Fenster zu. Wir müssen das Haus verbergen — für alle Fälle.«

Ich nickte und begann, auszupacken. Unsicher, was ich als Nächstes tun sollte, trat ich in die Küche. In mehreren Töpfen auf dem Herd blubberte es und ich fühlte den gewohnten Stich des Hungers.

»Du kannst dir die Hände da drin waschen.« Frau Flug zeigte auf eine Tür. »Herr Flug mag es, wenn Kinder saubere Finger haben.« Erleichtert, mich wieder verstecken zu können, verschwand ich in dem winzigen Badezimmer.

»Vergiss nicht«, ermahnte mich Frau Flug, als wir wenige Minuten später die Haustür hörten, »sprich nur, wenn du angesprochen wirst. Herr Flug mag keine vorlauten Kinder.«

Sorgsam mein Kleid abklopfend, folgte ich Frau Flug ins Esszimmer. Herr Flug präsidierte bereits am Ende des hochpolierten Eichentisches — jetzt für drei gedeckt. Alles an ihm war lang und dünn, der schmalbrüstige Oberkörper ebenso wie das Gesicht mit den tiefen senkrechten Falten.

Seine Augen waren überraschend dunkel, tiefliegend unter aschfarbenen, buschigen Augenbrauen. Er trug sein Haar kurz, wie Hitler über den Ohren geschoren. Abgesehen von dem fehlenden Minischnurrbart sah er Hitlers Portrait über dem Buffetschrank ziemlich ähnlich. Schlaffe Falten hingen über den Hemdkragen, und ich beobachtete fasziniert, wie sich sein Adamsapfel unter der losen Haut rauf- und runterbewegte.

Vati hatte erzählt, Herr Flug sei Direktor einer Grundschule. Ich bemerkte das rote Band mit dem Hakenkreuz an seinem Oberarm, die gleiche Sorte, die Herr Huss trug, wenn er das Haus verließ.

Obwohl sich meine Glieder bleiern anfühlten, freute ich mich auf das Essen. Herr Flug folgte jeder meiner Bewegungen, als ich auf den Stuhl kletterte. Dampfende Schüsseln gefüllt mit Kartoffeln, grünen Bohnen und Braten in Soße erschienen, während ich nach Anhaltspunkten suchte, wann ich mit dem Essen anfangen konnte.

»Hungrig, oder?« Herr Flugs Stimme trug trotz des Flüsterns.

Mein Atem stockte. »Ja, ich … wir bekommen nicht viel«, stammelte ich. Wie konnte ich diesem Mann das ständige Rumpeln meines Magens, dass mich jeden Tag begleitete, erklären, die Schlangen an den Lebensmittelgeschäften, wenn von neuen Lieferungen gemunkelt wurde, und wie Mutti versuchte, unsere Mahlzeiten von einer Woche auf die nächste zu strecken?

»Lasst uns beten.« Herr Flug senkte den Kopf.

Ich schloss meine Augen und spähte ab und zu auf meinen Pflegevater, der vor sich hin murmelte. Spucke drohte aus meinem Mund zu kleckern, als ich endlich schluckte. Ein Gurgeln entsprang meinem Hals, gerade als Herr Flug sein Gebet beendete.

»Entschuldigung.«

Frau Flugs Blick bestätigte, dass ich beim ersten Test versagt hatte.

Die Salzkartoffeln waren verkocht und breiig, die Soße klumpig und der Braten zäh, aber es war mir egal. In meiner Nervosität aß ich zu schnell, sah kaum zu den Fremden auf. Als der Nachtisch erschien, Schokoladenpudding, der auf einer Glasplatte auf mich zuwackelte, rebellierte mein Magen.

Ich zwang mich, den milchigen Puddinggeruch zu ignorieren, und konzentrierte mich auf eine Stelle der makellosen Tischdecke.

Das Würgen wurde schlimmer. Magensäure stieg meinen Rachen empor.

»Du magst keinen Pudding?« Herr Flug tauchte seinen Löffel tief in die Schüssel.

»Mein Bauch tut weh.«

Endlich sprach Frau Flug. Ich hatte mich schon gewundert, warum sie während des Essens nichts gesagt hatte. »Am besten machst du dich bettfertig.«

»Du bist doch hoffentlich nicht krank, Kind?« Herr Flug produzierte eine steile Falte zwischen den Brauen. »Steck uns bloß nicht an.« Er betrachtete mich so, wie man ein hässliches Insekt ansieht, das mit unsäglichen Bazillen infiziert ist.

Hätte ich mich nicht so schrecklich gefühlt, wäre es lustig gewesen.

Stattdessen nickte ich. Das Rumpeln in meinem Magen nahm genauso zu wie die Vision, mich über den perfekten Tisch zu übergeben. Ich sprang auf, schmiss dabei meinen Stuhl um und rannte hinaus. Während ich versuchte, mich daran zu erinnern, wo das Badezimmer war, vollführte mein Magen den ersten Überschlag.

Nachdem ich mich erbrochen hatte, zog ich mich um und kroch ins Bett. Ich buddelte mich tief unter meine Decke und wollte nie wieder herauskommen. Meine Glieder schmerzten, meine letzten Gedanken vor dem Einschlafen galten Vati, der in einer anderen Welt an einem Küchentisch saß.

Die Venen auf Frau Flugs Händen bewegten sich unter der Haut wie blaue Würmer. Ich wollte nicht, dass sie mich anfassten. Trotzdem tadelte ich mich dafür, sie abzulehnen. Sie erinnerte mich an einen Stock, hölzern und steif. Komischerweise erinnerte sie mich auch an Mutti und ihre Weigerung, mir nahe zu sein. Enttäuschung machte sich in mir breit, als ich feststellte, dass ich Frau Flugs Umarmungen nicht ausstehen konnte. Doch dann kam mir ein Gedanke: Je mehr ich ihre Annäherungen ablehnte, desto schneller würde ich nach Hause kommen. Ich lächelte grimmig, als sie schroff wurde und damit aufhörte.

In der Schule war es anders.

Ich bemühte mich um Anpassung, aber die Kinder spotteten wegen meiner abgetragenen und unförmigen Kleider. Sie lästerten über mich — das arme Mädchen aus der Stadt —, ihr Flüstern dröhnte in meinen Ohren. Und so kehrten meine Gedanken ständig zu meiner Freundin Lydia zurück, die zu Hause bei ihrer Mutter geblieben war.

Herr Flug schüchterte mich so ein, dass ich in seiner

Gegenwart niemals sprach. Die Worte wollten sich einfach nicht formen und ich war froh, wenn sein kalter Blick an mir vorbeistreifte. Ich hatte herausgefunden, dass er in der NSDAP war und nicht zum Militär musste, weil er die Schule leitete.

Jede Nacht hörte er den Volksempfänger ab, noch eine von Hitlers Erfindungen. Alle Familien, die ich kannte, besaßen einen. Gerade war darin von den neuesten Errungenschaften der Wehrmacht die Rede.

»Ich frage mich, ob sie Solingen bombardiert haben«, flüsterte Herr Flug seiner Frau zu.

Ich war dabei, den Tisch zu decken, und ließ beinahe die Teller fallen, als ich den Namen meiner Heimatstadt hörte. Ich achtete nicht darauf, was Frau Flug erwiderte, aber von da an machte ich mir Sorgen.

In der Nacht dachte ich an Mutti und daran, was passieren würde, sollte sie sterben. Müsste ich dann für immer hierbleiben? Der Gedanke war so unerträglich, dass ich nicht einschlafen konnte. Und da war Vati, der irgendwo weit weg kämpfte.

Ab sofort verbrachte ich jede freie Minute in der Nähe des Radios, bereit, die Nachrichten zu hören, während mir das Herz bis zum Hals schlug.

Fünf Wochen nach meiner Ankunft erhielt ich einen Brief von meinen Eltern. Sie waren auf Einladung des Reiches nach Berlin gereist. Mutti hatte ein Foto dazugelegt, worauf die beiden mich gemeinsam mit Burkhart anlächelten.

Ich stürmte in mein Zimmer, meine Wangen heiß vor Zorn. Da ich mir selbst nicht traute — am liebsten hätte ich den Brief zerrissen —, stopfte ich ihn unter das Kopfkissen. Meine Familie lebte glücklich, ohne mich.

Ich musste einen Weg finden, nach Hause zu kommen.

Eine Gelegenheit präsentierte sich bald von selbst. Genau wie meine Eltern waren die Flugs Gewohnheitstiere und folgten strikten Regeln. Jeden Nachmittag, sobald er aus der Schule gekommen war, leerte Herr Flug seine Taschen auf die Anrichte in der Küche und nahm seinen Siegelring ab.

Am folgenden Abend hielt ich mich wach, indem ich *Puckis erstes Schuljahr* von Magda Trott las, ein Buch aus einer Serie über ein Försterkind, das in viele Abenteuer gerät. Das war eines der wenigen Dinge, die ich an Frau Flug mochte. Sie hatte mir alle zwölf Bände gekauft, nur für mich, etwas, das meine eigene Mutter niemals getan hätte.

Sobald ich hörte, wie die Flugs ihr Schlafzimmer betraten, schlich ich in die Küche. Im Dunkeln tastete ich nach dem Portemonnaie und dem Ring und versteckte beides unter meiner Matratze.

Am nächsten Morgen ging ich wie üblich zur Schule. Abendessen gab es um Punkt sechs Uhr. Als ich mit gewaschenen Händen erschien, unterbrach Herr Flug abrupt das Gespräch mit seiner Frau.

»Wie war die Schule?« Frau Flugs rechtes Augenlid flatterte.

Ich zuckte mit den Schultern und tauchte dabei den Löffel in die Suppe. »Fein.«

»Dir gefällt es hier nicht, oder?«

Ich spürte, wie Herrn Flugs dunkle Augen ein Loch in meine Stirn bohrten, und hielt meinen Blick auf den Suppenteller gesenkt. »Ich vermisse meine Eltern.«

Herr Flug warf den Löffel auf den Tisch. »Sie haben dir offensichtlich keine Manieren beigebracht. Mir wurde gesagt, du kämst aus einer achtbaren Familie. Sonst hätte ich nie … Das waren alles Lügen.«

Ich setzte mich kerzengerade auf. »Meine Familie *ist* achtbar.«

Frau Flug tätschelte den Arm ihres Mannes und wandte mir ihr runzliges Gesicht zu. »Lilly, du weißt nicht zufällig …«

Herr Flug schubste die Hand seiner Frau weg. »Lass mich das machen. Es ist eine berechtigte Frage. Das ist mein Haus und ich will wissen …« Sein Blick schien in meiner Seele rumzustochern. »Lilly, hast du mein Portemonnaie gesehen?«

»Nnnein«, murmelte ich.

»Sieh mich an, Kind. Schau mir in die Augen.« Herrn Flugs Stimme war leise, klang aber angespannt.

»Nein!«, schrie ich.

Herr Flug wandte sich seiner Frau zu, sein Ton ihr gegenüber war fast so drohend wie bei seinem Gespräch mit mir. »Hör dir das an. Wenn du nicht unfruchtbar wärst, hätten wir eigene Kinder anstatt dieser … dieser!«

Fasziniert beobachtete ich, wie eine Ladung Speichel Herrn Flugs Lippen verließ und auf das gepunktete Tischtuch flog. Frau Flug, die in ein rosa Taschentuch schluchzte, tat mir ein bisschen leid. Später wurde mir klar, warum Herr Flug so böse zu seiner Frau gewesen war. Sie hatte es gewagt, einem der wichtigsten

Beiträge zum Reich nicht nachzukommen, nämlich ein halbes Dutzend Kinder zu gebären.

Herr Flug schlug mit der Faust auf den Tisch. »Wenn du mich fragst, ist sie schuldig.«

Ich blieb am Tisch sitzen, als er in mein Zimmer marschierte. Frau Flug rannte ihm hinterher. Mein Herz pochte und meine Beine weigerten sich, nur einen Schritt zu tun.

»Du ungezogenes Kind!« Herr Flug stand in der Tür, seine Stimme zitterte vor Wut. »Wir nehmen dich in unser Haus auf und so dankst du es uns?«

Selbst mit niedergeschlagenen Augen bemerkte ich Herrn Flugs Hände, die sich am Ende der langen Arme öffneten und schlossen und deren Finger mit unterdrücktem Zorn vibrierten. Es war egal, ob er mich schlug. Das war es wert. Jetzt würden sie mich sicher nach Hause schicken.

Eine Woche verging, dann noch eine. Nichts passierte. Ich aß inzwischen allein in der Küche, musste aber weiter zur Schule. Mit all der Zeit, die ich im Haus verbrachte, verbesserte sich mein Lesen langsam, aber stetig. Jeden Nachmittag entfloh ich meinem tristen Dasein mit den Helden meiner Bücher.

»Du kannst heute Abend deine Sachen packen«, sagte Frau Flug eines Abends, als sie einen Teller mit Kartoffelpüree, zerkochtem Weißkohl und gebratener Blutwurst vor mich stellte. »Ich bringe dich morgen Früh zum Bahnhof.«

Sobald Frau Flug gegangen war, verschlang ich mein Essen. Dabei grinste ich.

Als der Zug am folgenden Nachmittag in Solingen eintraf, wartete Mutti auf mich. »Was stellst du nur an?«, fragte sie und gab mir einen ärgerlichen Rüffel. »Warum hast du von den guten Leuten gestohlen, die dich aufgenommen haben?« Mutti schüttelte den Kopf. »So was hast du doch noch nie gemacht.«

»Ich wollte nach Hause.«

Mutti rückte meinen Mantelkragen zurecht und nickte. »Du hast etwas zugenommen. Wir müssen uns beeilen.« Eine Hand auf meinem Rücken, lotste sie mich mit solcher Geschwindigkeit zum Ausgang, dass ich mehrmals strauchelte. »Es ist zu gefährlich, länger hierzubleiben.«

»Ist Vati zu Hause?«, fragte ich.

»Vati ist auf dem Weg nach Russland.«

KAPITEL SECHS

Günter: Frühjahr 1942

Mutter überflog das Tageblatt auf der Suche nach den jüngsten Nachrichten und Todesanzeigen. »Sie empfehlen uns, den neuen Bunker aufzusuchen. Hier heißt es, wir sollten uns bei Luftschutzalarm schnellstens dort in Sicherheit bringen.«

Ich war eher daran interessiert, was in dem einsamen Topf auf dem Herd kochte. »Helmut und ich haben uns das Ding gestern angesehen. Der Bunker ist schrecklich. Was gibt's denn zum Abendessen?«

Wie Pilze waren Bunker in der ganzen Stadt aus dem Boden geschossen. In unserer Nachbarschaft Brühl stand das neue Gebäude fünf Stockwerke hoch, eine Monstrosität aus Beton und Stahl.

Ich erwähnte nicht, wie sich mein Magen umgedreht hatte, sobald Helmut die Tür des Bunkers geschlossen hatte. Es war fürchterlich düster gewesen und die Wände schienen auf mich einzudringen. Die wenigen Fensterschlitze waren zu klein, um hinauszusehen, noch erlaubten sie ausreichende Luftzufuhr — nur die Illusion, dass ein Entkommen möglich wäre. Mir war der Atem im Hals steckengeblieben. Schatten waren wie Geister entlang der Wände gekrochen und hatten nach meiner Seele verlangt. Die weißemaillierten Schlafstellen an der Wand hatten mich an Krankenhausbetten erinnert.

»Graupensuppe.« Mutter sah auf. »Was meinst du damit, du hättest ihn gesehen?«

»Wir haben dort haltgemacht. Der Bunker ist dunkel und stinkt.«

»Besser als Bomben auf dem Kopf.« Mutters Zeigefinger verfolgte den Zeitungsartikel. »Goebbels sagt, dass am 6. April erneut die Essenszuteilungen gekürzt und sich nachdrücklich auf jeden Haushalt auswirken werden.«

Sie seufzte. »Wir haben so schon nicht genug. Goebbels sagt, Deutschland kann die Wahrheit vertragen, dass wir stark sind. Wenn wir England und die Russen bekämpfen, soll das den Krieg verkürzen. Das glaube ich, wenn ich's sehe.«

»Ich wünschte mir, Vater käme heim«, sagte ich. »Er wüsste, was zu tun ist. Oder zumindest würde er uns bei der Nahrungssuche helfen.«

»Es sieht nicht so aus, als käme er bald zurück. Nicht laut dieser Nachrichten.« Mutter faltete die Zeitung und strich liebevoll über einen Stapel Briefe auf dem Tisch.

Bis vor ein paar Monaten hatte Vater regelmäßig geschrieben. Wir vermuteten, dass er sich noch in Norwegen befand und – abgesehen von ein paar Handgreiflichkeiten mit den Einheimischen – noch keine Kämpfe erlebt hatte. Ich war froh, dass Vater sich im Norden und nicht in Russland aufhielt. Die Zeitung druckte mehr und mehr Todesanzeigen von Soldaten der Ostfront.

Ab und zu besuchten wir die Familien meiner Onkel — mein Vater hatte drei Brüder —, doch meine Tanten und Vettern rangen genau wie wir ums Überleben. Wir standen uns nicht wirklich nahe und der Mangel an Nahrungsmitteln machte jede Art von Feiern unmöglich. So blieben wir meist unter uns, jede Familie für sich damit beschäftigt, den Tag zu überstehen.

»Glaubst du, wir bekommen bald wieder ein Paket?«, fragte ich. Ich vermisste die Leckerbissen, die Vater zu schicken pflegte. In Norwegen hatte er sich mit einem Lebensmittelhändler, der gern soff, angefreundet. Also tauschte Vater seine Schnapsrationen gegen Elch- und Sardinenbüchsen, Hering in Öl, geräucherten Fisch, Butter, getrocknete Wurst und aromatischen Käse. Wenn ich mir vorstellte, dass sich eine andere Familie an *unserem* Essen laben könnte, ließ die Wut mein Inneres förmlich brodeln.

»Es sind mindestens drei Monate vergangen. Sieht so aus, als müssten wir uns allein versorgen.«

»Helmut und ich gucken nach der Schule.«

»Seid bloß vorsichtig. Die Leute schießen, wenn du stiehlst.«

Ich grinste. »Vielleicht finden wir ein paar Kartoffeln.«

Mutter faltete die Zeitung zusammen und klopfte meinem kleinen Bruder auf den Kopf. »Komm, Siegfried, wir packen einen Koffer, damit wir für den Bunker bereit sind.«

Mein Magen knurrte, als ich zu Bett ging. Die Graupensuppe war dünn gewesen, Brot hatten wir keines mehr. Neue Rationen gab es erst Montag. Ich träumte von meinem Vater, der auf einem Ruderboot stand und mir zuwinkte. Ein Seil hing von der Spitze seines Gewehrs ins Wasser. »Willst du angeln?«, fragte er immer wieder.

Sirenen kreischten und ich setzte mich abrupt im Bett auf.

Mutter stand im Türrahmen und machte Licht. »Schnell.«

Ich rieb meine Augen. »Ich gehe in den Keller.«

»Wir gehen zum Bunker — das ist sicherer.«

»Aber Mutter.« Ich nickte meinem älteren Bruder zu, der sich ein Hemd über den Kopf zog. »Gehst du mit mir nach unten?«

»Komm schon.« Mutter klimperte mit dem Hausschlüssel. »Jetzt sofort, ihr beide.«

Ich schüttelte den Kopf und zog mir die Hose an. Wen kümmerte es, ob die Haustür abgeschlossen war, wenn das Haus sowieso zerbombt wurde?

Draußen in der Dunkelheit erkannte ich rennende Gestalten. Wir überholten Frau Baumann von nebenan, die am Stock daherhumpelte. Vor uns erhob sich der Bunker. Wie ein Maul standen die Türen auf, um uns zu verschlucken. Die Leute schubsten mich vorwärts. Als wir durch den Eingang drängten, traf mich ein Koffer von hinten in die Kniekehle und jemand trat auf meine Ferse. *Verdammte Idioten.* Der schwache Geruch von Farbe vermengte sich mit dem Gestank angsterfüllter Menschen, einer Mischung aus Schweiß, ungewaschener Kleidung und darunter noch etwas anderem, etwas Tieferem und Verdorbenem — roher Angst.

»Hier drüben.« Mutter zeigte auf eines der Betten. Immer mehr Leute quetschten sich in den Bunker. Die Liegen füllten sich, ebenso die Stellen dazwischen, der Boden. Viele standen. Irgendwo im Hintergrund knarrten Blasebälge, die Luft in den Bunker pumpten. Trotzdem war die Luft dick, weil zu viele Lungen um Sauerstoff konkurrierten. Von meiner Stirn tropfte Schweiß, obwohl mir kalt war. Hunderte Gesichter verschwommen in der Düsternis vor meinen Augen.

Ich versuchte, vom Bett aufzustehen, doch es gab nicht einmal Platz für einen Fuß. Jeder Zentimeter des Bodens war mit angsterfüllten Menschen belegt. Die Tür knallte zu. Der Steinboden erzitterte.

»Ich kriege keine Luft«, hauchte ich. Mein Brustkorb fühlte sich so eng an, als hätte ich einen Fünfzig-Meter-Sprint hinter mir. »Ich muss hier raus.«

»Wir warten, bis sie Entwarnung geben.« Mutter umklammerte unseren Koffer mit einem Arm, Siegfried mit dem anderen.

Hans tätschelte meine Hand. »Beruhige dich.«

»Ich muss *jetzt* hier raus«, sagte ich gerade, als die ersten Explosionsgeräusche durch die Wände drangen.

Der Raum schrumpfte. Menschen jammerten, beteten und schrien. Ihre Laute zerrissen die Luft und nahmen mir den Atem. Ein kollektiver Seufzer des Terrors.

»Günter, das geht nicht«, flüsterte Mutter. »Die Türen sind abgeschlossen.«

Ich ignorierte sie, sprang vom Bett und trat auf jemandes Hand.

»Idiot!«, schrie eine Frau, deren Augen vor Ärger blitzten. »Bleib sitzen.« Sie hielt ein silbernes Kreuz in der Hand, über das sie immer wieder mit dem Daumen rieb.

»Entschuldigung.«

Wie eiserne Schraubzwingen legten sich von hinten Hände auf meine Schultern und drückten mich zurück aufs Bett.

Ich wollte brüllen und um mich treten, aber meine Lungen waren leer. Ich musste mich auf jeden Atemzug konzentrieren oder jämmerlich in Ohnmacht fallen.

Ein, aus, ein, aus.

Die Luft wurde dicker, wie eine unsichtbare Decke aus Blei lastete sie immer schwerer auf mir. Das schwache Geräusch von Flugzeugmotoren vibrierte durch die Decke. Es war unmöglich, zu beurteilen, wo sie waren oder in welche Richtung sie flogen. Trotzdem schauten die Leute nach oben, als könnten ihre Blicke Eisen und Stein durchdringen. Explosionen donnerten, zehn Stürme auf einmal wurden entfesselt.

Die Luft stoppte in meiner Lunge, weigerte sich, durch meinen Hals zu wandern. Wen interessierten die dösigen Explosionen? Ich brauchte Sauerstoff.

Ein, aus.

Der Bunker war ein Sarg, dessen Wände sich um mich schlossen, meine Luft nahmen und alles schwarz färbten. Alles war egal, selbst die Bomben, die auf Häuser fielen.

Ein, aus.

Als Entwarnung gegeben wurde, wollte ich mich übergeben. Die Menschenmasse kam langsam zu sich, bewegte sich wie zäher Sirup, zu langsam für mich. Ich musste raus.

Jetzt!

Ich quetschte mich an der endlosen Schlange von Körpern vorbei, ohne auf meine Mutter und meine Brüder zu warten.

Mit zitternden Knien stolperte ich auf den Weg und füllte meine Lunge mit kühler Nachtluft. Ein paar Sterne funkelten weit entfernt und kalt. Egal, was Mutter sagte, hierher würde ich niemals zurückkehren.

Um mich herum verschwanden die Menschen in der Dunkelheit. Den Blick zu Boden gerichtet und beunruhigt, was uns erwartete, kehrten wir nach Hause zurück. Obwohl unser Heim intakt war, wusste ich, dass nichts mehr so wie früher war — dass etwas jenseits unseres Blickfeldes begonnen hatte, zu zerfallen.

KAPITEL SIEBEN

Lilly: Mai 1943

Bis auf den Dunst am Horizont war es ein sonniger Tag Ende Mai. Nach einem dritten Winter mit Rekordkälte hatte der Frühling vorsichtig Einzug gehalten. Osterglocken und lila Krokusse blühten im Vorgarten und die jungen Blätter der Buche brannten rot.

Ich wischte den Wohnzimmertisch, das Sofa und die Fenster. Die Couch mit ihren gelben Kissen stank noch immer nach Rauch. Gestern Abend hatte Mutti Gäste gehabt. Wie immer hatte ich mich an die Tür geschlichen und hineingespäht.

Es waren alles Fremde gewesen, und Muttis Stimme hatte über den anderen geschwebt, laut und aufgeregt. Eine Frau hatte etwas gesungen, während die tiefen Baritone der Männer durch die Wände vibrierten. Wie konnte sich Mutti amüsieren, während Vati weit weg im Krieg kämpfen musste? Ich spülte das Tuch im Wasser aus und klatschte es auf den Boden, sodass das Wasser in Rinnsalen über das Linoleum lief. An dieser Fröhlichkeit war alles falsch. Als bemühte Mutti sich darum, Vati zu vergessen.

Während ich die Wischrunde durch den Raum drehte, tagträumte ich von Vatis Rückkehr. Er würde mich umarmen und durch die Luft schwingen, so, wie er es früher getan hatte. Drei Jahre waren seit seiner Abreise vergangen und die Erinnerung an ihn verblasste. Ich wusste nicht, wann genau es passiert war, aber eines Tages konnte ich mich nicht mehr an den Klang seiner Stimme erinnern. Es machte mir Angst, weil es sich so anfühlte, als sei ein Teil von ihm aus meinem Leben verschwunden. In Wirklichkeit war alles von ihm schon längst weg.

So klammerte ich mich an die Dinge, derer ich mich am besten entsinnen konnte. Die Art, wie er hinter dem Schreibtisch saß und sich über die Akten beugte. Wie er den Füller hielt und vorsichtig in ordentlicher Schrift Notizen machte — und der Duft seines Rasierwassers.

Vatis Schreibtisch zu wischen, dauerte bei mir immer am längsten. Manchmal pausierte ich auf seinem Stuhl. Die übrig gebliebene Schnapsflasche räumte ich weg, scheuerte die jetzt blanke Oberfläche und die Lederunterlage. In der Schublade lagen Vatis Akten, als wäre es eine Sache von wenigen Tagen, bis er heimkehrte. Vorsichtig putzte ich die Teile in der Schublade und legte dann meine Wange auf den Schreibtisch.

Als ich schließlich wieder aufstand und das Fenster öffnete, entdeckte ich Burkhart mit seinem Spielzeugauto im Vorgarten. Mutti fegte den Bürgersteig. Ich schauderte. Herr Huss lehnte neben ihr am Zaun.

Ich verstand nicht, was sie sagten, aber Mutti lächelte und nickte, und Huss tätschelte ihren Unterarm. Etwas in der Art, wie er sie berührte, gab mir das Gruseln. Ich wollte aus dem Fenster brüllen, damit er sie in Ruhe ließ.

Abrupt wurde Muttis Gesichtsausdruck grimmig. Herr Baum schlurfte auf sie zu, mit steifen Beinen auf ungebeugten Knien. Ich lehnte mich weiter hinaus und hörte Mutti zu Huss etwas murmeln wie »... denkt, er sei so schlau ...«.

»Sie haben Wuppertal bombardiert.« Herr Baum deutete mit dem Kopf in Richtung unserer zehn Kilometer entfernten Nachbarstadt.

Als weder Huss noch Mutti antworteten, fuhr er fort: »Die schwarze Asche ... Sie sagen, sie sei von den Verbrannten. Das Land verschwindet unter einem grausamen Schleier.« Er holte Luft. »Meine Schwester hat mir aus Berlin geschrieben. Auch dort fallen Bomben. Sie werden dieses Land in einen Friedhof verwandeln.«

Ich betrachtete argwöhnisch den Bürgersteig und die Wiese, stellte mir vor, wie sich eine schwarze Wolke auf uns niedersenkte. Trotz der wachsenden Lebensmittelkürzungen und der ständig zunehmenden Fliegeralarme konnte ich mir eine solche Zerstörung nicht vorstellen.

»An Ihrer Stelle wäre ich mit solchen Aussagen vorsichtiger«, sagte Huss mit kalter Stimme.

Mutti nickte. »Wenigstens haben wir den Bunker in der Nähe.« Sie blickte zu dem enormen Gebäude, das weniger als hundert Meter entfernt strotzte.

Huss lächelte Mutti an. »Unser Führer denkt an alles.«

Sein Spruch erinnerte mich an Vatis Worte, bevor er verschwand. Welche Sorte Mensch erlaubte es, Bomben auf seine Bürger fallen zu lassen?

Herr Baum zuckte mit den Schultern. »Meine Knie sind zu steif, um es zum Bunker zu schaffen – bevor die Türen schließen. Ich sitze lieber im Keller.« Er blickte Huss finster an und trat näher zu Mutti. »Irgendwelche Nachrichten von Ihrem Mann?«

Mutti biss sich auf die Unterlippe. Typisch. Jedes Mal, wenn ich fragte, wann Vati nach Hause käme, hatte Mutti diesen Blick – eine Mischung aus Wut und Frustration. In der letzten Zeit hatte ich nicht mehr gefragt.

»Nichts als einen gelegentlichen Brief.« Mutti wischte sich den Schweiß von der Stirn. Da sie keinen Haarschnitt bekommen konnte, hatte sie ihre Locken zu einem Dutt zusammengesteckt. Die Regierung verbot es den Friseuren seit Neuestem, Frauen, deren Haare länger als fünfzehn Zentimeter waren, zu bedienen.

»Unsere Wehrmacht macht große Fortschritte.« Huss' Blick fiel auf Herrn Baum. Sein Tonfall wurde noch frostiger. »Schade, dass Sie zu langsam sind, andernfalls könnten Sie ganz vorn an die Front.«

Zu meiner Überraschung ignorierte Herr Baum ihn und winkte stattdessen mir zu. Ich duckte mich, aber es war natürlich zu spät.

»Lilly, ich dachte, du arbeitest«, rief Mutti.

Ich erschien wieder am Fenster. »Fast fertig, Mutti.«

»Ich könnte Lillys Hilfe gebrauchen«, sagte Herr Baum, »Falls Sie nichts dagegen haben.«

Mutti schien zu schwanken, doch schließlich nickte sie. »Für kurze Zeit.«

Ohne weiter zuzuhören, schleuderte ich den Lappen ins Wasser und flitzte nach draußen.

»Sei in einer Stunde zurück«, sagte Mutti, sobald ich neben ihr anhielt. »Du musst auf Burkhart aufpassen, während ich unser Essen abhole.« Sie wandte sich an Herrn Baum. »Diese Rationen … Können Sie das begreifen? Viereinhalb Pfund Brot und ein halbes Pfund Sauerkraut für eine ganze Woche.« Sie schüttelte den Kopf.

Tatsächlich hatte sich die Versorgungslage von schlimm auf mangelhaft verschlechtert. Wir hatten Essensmarken, die wertlos waren, ganze Karten mit Abschnitten für Kartoffeln, Zucker und Mehl. Aber die Vorräte der Geschäfte waren erschöpft, die Regale leer.

In der Bäckerei wartend, hatte ich Leute murmeln hören, dass der Krieg nach dem Winter in Stalingrad verloren war. Sie flüsterten miteinander, glaubten, ich hörte nichts. Ich wusste auch, dass Leute, die Feindsender hörten, erschossen wurden, und dass Sophie und Hans Scholl, die Anführer der Studentenwiderstandsgruppe *Weiße Rose*, exekutiert worden waren.

Natürlich setzte sich die Propaganda fort. Unter dem Jubel von fanatischen Anhängern hatte Goebbels den totalen Krieg angekündigt. Demnach wollte das Reich noch mehr Länder angreifen, während die Heimatfront — wir — jede Reserve, die noch übrig war, spenden sollte. Das hieß auch, dass Frauen ab sofort in der Waffenproduktion mitarbeiteten. Alle Ressourcen gingen zum Militär. Das Ausbluten des Landes hatte einen neuen Höhepunkt erreicht.

»Sicherlich hat unser Führer alles im Griff und bald gibt es wieder mehr zu essen«, erklärte Huss mit angespanntem Lächeln. Wie durch Zufall klopfte er sich auf das rote Armband mit dem Hakenkreuz. Heute Morgen war er voll ausstaffiert mit braunem Anzug und langen schwarzen Stiefeln. »Sie sollten sich den neuen Film *Baron Münchhausen* anschauen. Das bringt Sie auf andere Gedanken.«

Abwinkend drehte sich Herr Baum zu mir. Dabei murmelte er: »Welch ein Unsinn. Nicht genug zum Leben, zu viel zum Sterben. Im ersten Weltkrieg haben wir zwei schreckliche lange Winter gehungert. Sie werden schon noch sehen, dazu wird es auch diesmal kommen.« Er nickte mir zu, seine Stimme wieder freundlich. »Sollen wir gehen, Lilly?«

Ich grinste und versuchte, meine Schritte denen des alten Mannes anzupassen.

Hinter mir brummte Huss: »Er kann froh sein, dass ich ihn nicht anzeige. Wenn er nicht so alt und klapprig wäre, würde er festgenommen.«

Ich bezweifelte, dass Herr Baum ihn gehört hatte. Zu der Zeit war mir nicht klar, wie unerschrocken der alte Mann im Angesicht des offensichtlichen Nazispions war, der sich in unserem Haus verbarg.

»Wie geht's in der Schule?«

»Langweilig! Unser neuer Lehrer ist schrecklich alt.« Ich zögerte, besorgt darüber, dass Herr Baum ärgerlich werden könnte. Als er schmunzelte, fuhr ich fort: »Ich mag die Mittagessen. Kartoffeln und Rüben, und manchmal Milch.«

»Das klingt ja gut.«

Zu meiner Überraschung schloss Herr Baum das hölzerne Tor zum Garten auf. Ich war noch nie hinter dem Haus gewesen.

»Ich will dir was zeigen«, sagte er und schloss sorgfältig das Gatter hinter sich. Ein sechs Meter hoher Apfelbaum beschattete die Wiese, die bis auf einen mit Löwenzahn und Gänseblümchen bewachsenen Fleck gleichmäßig gemäht war. Ein Holztisch mit zwei passenden Stühlen stand auf einer Terrasse am Haus. Ich ließ meinen Blick über den Garten schweifen, auf der Suche nach der Arbeit, die getan werden sollte. Doch die Beerensträucher reihten sich tadellos aneinander und das kleine Gemüsebeet war unkrautfrei.

Herr Baum stoppte vor einem Holzkasten neben der Kellertür.

»Hier drüben, Lilly.«

Bis heute erinnere ich mich an das Gefühl der Freude, einer Wärme, die sich wie eine heiße Suppe im Winter in meinem Innern ausbreitete. Ein rauchgraues Kaninchen saß in dem Käfig. Es hatte lange weiche Ohren und weiße Flecken auf den Vorderpfoten und blickte mich mit seinen dunkelbraunen Augen an.

»Ein Kaninchen«, flüsterte ich und presste meine Handflächen gegen den Draht.

Herr Baum öffnete die Drahttür. »Möchtest du es halten?«

Als sich das Tierchen in meine Arme kuschelte, überkam mich eine mir bis dahin unbekannte Sanftmut. »Es ist warm.« Ich rieb meine Wange gegen sein Fell.

»Sie heißt Anna«, sagte Herr Baum. »Ich hatte gehofft, du könntest mir bei der Pflege helfen. Sie muss jeden Tag gefüttert und gestreichelt werden. Und natürlich sauber gemacht.«

»Ich helfe Ihnen.« Ich konnte meinen Blick nicht von der Lieblichkeit in meinem Arm wenden. »Ich komme jeden Tag nach der Schule her.«

»Anna liebt Löwenzahn.« Herr Baum deutete zu dem Fleck Wiese mit dem langen Gras. »Wie wär's, wenn du ihr etwas holst. Ich halte sie solange.«

Ich riss so viele gelbe Blumen und Blätter aus, bis sich meine Finger grün färbten. »Ist das genug?«

Herrn Baums Augen zwinkerten. Ich hatte ihn noch nie lächeln sehen.

»Das ist reichlich. Hier, leg das Zeug in den Käfig, damit Anna fressen kann.«

Ich stopfte alles in die Kiste und er platzierte das Kaninchen vorsichtig daneben und verriegelte die Drahtschlaufe.

»Hast du Hunger auf Maisbrot? Ich bringe es heraus und dann essen wir mit Anna.« Ohne auf eine Antwort zu warten, verschwand Herr Baum durch die Kellertür.

»Isst Anna auch Maisbrot?«, fragte ich wenig später mit vollgestopften Backen. Wir hatten unsere beiden Stühle vor den Käfig geschoben und sahen Anna beim Kauen zu.

»Anna mag nur Grünes und Gemüse. Sie liebt Möhren, aber ich habe zurzeit keine.«

»Wo haben Sie sie her?«

»Meine jüngere Schwester züchtet auf ihrem Bauernhof Kaninchen und gab mir eins.« Die Miene des alten Mannes wurde plötzlich ernst. »Noch etwas.«

»Was denn?«

Herr Baum blickte über seine Schulter, als wollte er nachsehen, ob jemand hinter dem Apfelbaum lauschte. »Versprich mir, dass es unser Geheimnis bleibt«, flüsterte er. »Es bleibt unter uns beiden.«

Ich nickte leidenschaftlich. »Ich werde es keinem erzählen.«

»Lilly?«, rief Mutti von Weitem. Wie immer klang sie gereizt.

Herr Baum stand auf und sammelte unsere Teller ein. »Du gehst besser. Sollst ja nicht in Schwierigkeiten geraten.«

Ich rannte zum Tor. Dort angekommen, fiel mir noch etwas Wichtiges ein. »Wie komme ich denn rein?«

Herr Baum folgte mir langsam. »Ich lasse das Gatter tagsüber unverschlossen. Dann kannst du jederzeit vorbeischauen. Achte darauf, dass du allein bist.«

Ich lächelte, während etwas Wunderbares mein Herz umschloss. »Danke. Ich bin morgen wieder da.«

KAPITEL ACHT

Günter: Mai 1944

Der nächste Mai bescherte Wärme und blauen Himmel. Die ersten Blumen brachten Farbe. Frisches Grün bedeckte das Land. Ich hatte den Frühling immer geliebt und versuchte, mir einzureden, die Dinge würden ab nun wieder besser. Das dauerte jedoch nur so lange an, bis ich die bedrückten Gesichter um mich herum bemerkte. Alle warteten auf Nachrichten ihrer Lieben — auch wir. Einer meiner Onkel war irgendwo an der Ostfront gefallen. Als ich meine Vettern auf der Beerdigung weinen sah, fragte ich mich, ob mein Vater als Nächster dran wäre. Er schrieb kaum noch, und wenn er es tat, dann erinnerte es mich daran, wie sehr ich ihn vermisste — es war wie das konstante Schmerzen einer Wunde, die sich weigert, zu heilen.

Mutters inzwischen permanente Sorgenfalte auf der Stirn reichte bis zu ihrer Nase. Hans war meistens schlechter Laune. Seine Stimme hatte sich verändert, sank tiefer, sprang wieder hoch und senkte sich erneut.

»Warum ist er nur so launisch?«, fragte ich Helmut, während wir die Wälder auf der Suche nach Essbarem durchstreiften. »Ich stelle eine harmlose Frage, zum Beispiel was er gerade macht, und er rastet aus.«

»Keine Ahnung. Vielleicht hat er dann gerade einen Ständer.«

»Was?«

»Du weißt schon, wenn dein Glied wächst und … Du weißt schon.«

Meine Wangen brannten, aber Helmut schien das nicht zu bemerken. »Ach so«, brachte ich hervor.

»Es passiert, wenn du träumst. Fühlt sich geil an und deine Unterhose wird klebrig.« Helmut runzelte die Stirn, sagte aber nichts mehr.

Ich erinnerte mich an die groben Witze in der Schule und hatte selbst den einen oder anderen Traum erlebt. Auf keinen Fall wollte ich dieses Thema jetzt weiter vertiefen. Ich würde ein Buch dazu ausfindig machen. Auch wenn aufgrund der vielen Schulschließungen kaum noch Bücher zu finden waren.

Es war sowieso egal. Ich wollte nur Nahrung finden oder irgendetwas Wertvolles zum Tausch. Unsere Tagesrationen waren so knapp geworden, dass mein Magen ständig knurrte.

Wir wanderten entlang des engen Tals der Wupper, wo sich Grasland, kleine Bauernhöfe und vereinzelte Häuser mit ihren Gärten drängten. Eichen, Buchen und Zedern beschatteten die steilen Hänge auf beiden Seiten.

Helmut beäugte einen schwarzweißen Stier auf der anderen Seite des Stacheldrahts. »Wir gehen besser außen herum. Der sieht gemein aus.«

Ich nickte in Richtung des grauen Flusses, nach dem die Wupperberge benannt waren. »Vielleicht können wir fischen.«

»Und womit willst du das anstellen?«

»Kein Grund, so negativ zu sein. Hast du eine bessere Idee?«

»Nein.«

Wir liefen schweigend weiter. In der letzten Zeit stritten wir oft. Dabei ging es gar nicht mal darum, dass wir gegensätzlicher Meinungen wären und den anderen von der eigenen Meinung zu überzeugen versuchten, vielmehr lag es an einem generellen Unmut. Ich konnte selbst nicht erklären, warum ich ständig Wut empfand. Es lag nicht nur am Essensmangel. Mein gesamtes Leben fiel auseinander, die Schule war unterbrochen, die Zeitungen waren voller Weltuntergangsnachrichten und wir bekamen kaum ein Lebenszeichen von Vater.

Helmut ging es ähnlich. Er war nicht nur stockdürr, er hatte auch angefangen, zu rauchen, und war dauernd auf der Suche nach der nächsten Fluppe. Aber Zigaretten waren teuer und rar. Ich hätte ein schönes Stück Brot mit Butter und Wurst oder Käse bevorzugt – ach, ein Stück Brot hätte gereicht. Es gab kein Fett mehr, nicht mal Margarine, geschweige denn Öl oder Butter.

Ich war immer gern draußen, erforschte die Wälder und kletterte durch die Berge und Täler. Doch jetzt brannten meine Augen von der intensiven Sonne und mein Magen fühlte sich wie ein leerer Sack an.

Helmut zeigte auf ein Feld. »Da stehen Obstbäume.«

Der kleine Baumgarten hinter einem der Häuser wirkte friedlich, aber es nützte nichts, denn die Apfel- und Birnenbäume blühten erst.

»Viel zu früh«, murrte ich.

Einmal hatte ich unreife Früchte gestohlen, doch die waren viel zu sauer gewesen. Mutter hatte sie unter den Brotteig gemischt und das Brot damit fast ungenießbar gemacht.

»Hast du vielleicht eine Idee?«

»Wir sehen uns das Restaurant an. Vielleicht haben sie Reste.«

Das Restaurant in der Nähe des Rüdenstein trug den Namen eines berühmten Jagdhundes. Vor langer Zeit hatte dieser den Grafen von Berg nach einem Sturz vom Pferd gerettet. Der Graf errichtete daraufhin ein Denkmal an der Wupper, das gern von Wanderern besucht wurde. Vor einer Ewigkeit war ich mit meinen Eltern hier gewesen und hatte mit meinen Brüdern Nachlaufen gespielt. Auch damals hatten wir sparen müssen, aber wir hatten einander gehabt. Nein — wir hatten Normalität gehabt. Einen normalen Ausflug am Sonntagnachmittag. Unsere neue Normalität waren Bomben, Hunger und der Verlust unserer Väter.

Als wir uns dem Restaurant näherten, wusste ich sofort, dass etwas nicht stimmte. Es war still, zu still. Der seitliche Garten lag verlassen da. Nicht mal ein Eimer oder ein Blumentopf standen herum.

»Lass uns hinter dem Haus nachsehen«, sagte Helmut.

Wir lugten um die Ecke. Der Garten stand bis auf ein paar alte Tische und drei Stühle, deren einst weiße Farbe sich in ein schmutziges Grau gewandelt hatte und nun abblätterte, leer. Gras bedeckte einen Teil der Möbel. Die Trostlosigkeit des Gartens ließ es mir kalt den Rücken hinunterlaufen.

»Wir können genauso gut gehen.«

»Wer ist da?«, fragte eine harsche Stimme.

Ich drehte mich um. Ausnahmsweise hatte ich nicht die Kraft, wegzulaufen. Ein Mann stand an der Seitentür und musterte uns. Zumindest dachte ich, dass er das tat, denn die Sonne blendete mich und ich sah nur eine Silhouette. »Tut mir leid, wir suchen nach etwas zu essen.«

»Seid ihr Jungs in der Klemme?«

»Nur hungrig.«

»Kommt her.«

Als ich näher trat, bemerkte ich das Gewehr auf der Schulter des Mannes. Ein Verband bedeckte seinen Hals. Blut war hindurchgesickert und längst getrocknet, was seine Kehle wie Rost färbte. Sein rechter Arm fehlte, der Ärmel war verknotet. Wie kam der Mann mit einer Hand zurecht?

Ich konnte in seinen Augen nichts lesen, seine Züge waren ohne jede Emotion, als wären sie erfroren.

»Wir gehen besser«, flüsterte Helmut in mein Ohr.

Ich ignorierte ihn. Eine seltsame Neugier hatte mich gefangengenommen - wie ein Zirkusakt, bei dem ich auf das nächste verrückte Kunststück wartete. Ich stellte mir vor, wie mein Vater so dastand, mit ebensolchen Verletzungen an Hals und Arm, und schlimmer noch, an seiner Seele. Der Gedanke, wieder mit leeren Händen nach Hause zu kommen, beängstigte mich mehr als der Mann.

»Wir brauchen Essen«, platzte ich raus.

Der Mann schwieg und blieb unbeweglich wie eine Marmorstatue.

Ich warf Helmut einen Blick zu und wusste, dass er darauf brannte, auszureißen. Mutters Stimme flüsterte: »Traue keinem. Der Krieg macht die Menschen gefährlich.«

»Wohnt ihr in der Nähe?«

Ich nickte. Nah genug. Mit einem strammen Marsch über den Berg wäre ich in vierzig oder fünfzig Minuten zu Hause.

»Wollt ihr Jungs arbeiten?« Die Stimme des Mannes klang, als zöge man Metall über eine Raspel. »Ich kann beim Holzhacken Hilfe gebrauchen. Ich zahle mit Lebensmitteln.«

»Was geben Sie uns, wenn wir das Holz spalten?«, fragte ich.

»Kartoffeln. Ein wenig Käse. Früher habe ich Käse und Wurst für das Restaurant produziert.«

Der Mann verschwand im Eingang.

»Bist du sicher?«, fragte Helmut. »Was ist, wenn der uns drinnen erschießt? Vielleicht ist der durchgedreht.« Helmut tippte sich mit dem Zeigefinger an die Schläfe.

Ich hielt inne. Was, wenn Helmut Recht hätte? Ein Teil von mir wollte weglaufen.

»Worauf wartet ihr?«, brummte der Mann durch die Tür.

»Komme«, rief ich.

Ich war erleichtert, als Helmut mir folgte.

Wir passierten die Küche — darin ein riesiger Herd mit Platten, Tischen und Töpfen —, ein Fuß des Mannes zog klackernd über den gefliesten Boden.

»Durch diese Tür. Der Klotz steht rechts. Axt und Säge lehnen an der Wand. Das Holz ist unter der Verkleidung. Der Brunnen hat gutes Wasser, falls ihr Durst habt.« Die Anweisungen des Mannes klangen abgehackt als sei er atemlos.

Ich wollte fragen, wo er gekämpft, wie er sich verletzt hatte, in welcher Einheit er gewesen war. Am dringendsten wollte ich wissen, ob er meinen Vater kannte. Aber ich sagte nichts, nicht einmal dann, als der Mann uns am Nachmittag Brot und gekochte Rüben schenkte. Es gab keine Butter, nicht mal Salz, aber oh, wie gut dieses Essen tat. Eine wunderbare Wärme glitt durch meinen Hals in den Bauch. Ich hätte zehn Teller davon essen können.

Je müder und schwerer meine Muskeln wurden, desto mehr dachte ich an die Kartoffeln und den Käse und an Mutters Gesichtsausdruck, wenn ich die Küche betreten würde.

Es war lange nach dem Abendessen, als wir nach Hause gingen. Jeder von uns trug einen Sack mit einer Wochenration Kartoffeln und einem Stück Hartkäse. Ich wiegte meinen wie ein Kind. Ab und zu hob ich den Käse an die Nase und schnupperte daran. Er roch süß und aromatisch zugleich. Ich hatte seit einem Jahr keinen Käse mehr gegessen.

In der Nacht träumte ich, dass Vater heimkehrte. Seine Kleider waren zerrissen und verdreckt, sein rechter Ärmel leer und verknotet.

KAPITEL NEUN

Günter: Juni bis August 1944

Ich lag im Bett und sah meinem Bruder beim Packen zu. Hans' Ausdruck war stoisch. Er bewegte sich schneller als sonst, aber seine Arme und Beine eckten überall an. Bilderrahmen und Kleidung fielen zu Boden, und er vergaß, sie aufzuheben.

Ich sah mich in dem winzigen Raum um — kaum groß genug für zwei Betten und den schmalen Kleiderschrank — den wir so lange geteilt hatten, wie ich mich erinnern konnte. Wie sehr hatte ich mir ein eigenes Zimmer gewünscht. Jetzt wollte ich nur meinen Bruder. Ich wollte lieber diesen Raum teilen, bis ich ein alter Mann war, als meinen Bruder so in den Krieg ziehen zu sehen.

»Kannst du nicht sagen, du wärst krank?«, drängte ich.

Hans stopfte Socken in eine Reisetasche. »Wenn sie sagen, ›du bist eingezogen‹, kannst du nicht argumentieren.«

Ich starrte ihn an, wollte mehr sagen. Warum brüllte er nicht, meckerte oder trat irgendwo gegen? Ich hätte alles lieber gesehen als diese äußerliche Ruhe, die Akzeptanz seines Schicksals. Stattdessen fragte ich: »Glaubst du, du triffst Vater?«

»Unwahrscheinlich.«

»Du könntest fragen.« Was ich wirklich wissen wollte, war, ob Hans Angst hatte, und ich wollte ihn daran erinnern, vorsichtig zu sein. Doch in der Enge unseres Zimmers blieben mir die Worte im Hals stecken. Das Gefühl der Hilflosigkeit war lähmend, jeglicher Kommentar bedeutungslos.

Ich schlang die Arme um meine Knie und schloss die Augen.

Es würde nicht das letzte Mal sein, dass ich aus meiner Haut herauswollte.

In der Küche marschierte Mutter auf und ab. »Du bist doch erst siebzehn«, jammerte sie. Dann bereitete sie Hans' letztes Frühstück zu Hause zu, zwei Scheiben Maisbrot und Brombeermarmelade, die wir vom Sommer aufgehoben hatten. »Erst Vater, jetzt du. Was sollen wir bloß machen? Sie werden uns alle umbringen.«

Hans nahm Mutters Hand. »Es wird alles gut, mach dir keine Sorgen.«

Als ich meinen Bruder ansah, bildete sich in meinem Magen ein Eisklumpen. Das Tageblatt war täglich mit Todesanzeigen gefüllt. Mutter studierte sie alle auf der Suche nach Bekannten. Vater war an die Ostfront im Balkan versetzt worden. Er hatte einmal kurz geschrieben, aber wir hatten seit Monaten nichts gehört, die Erinnerung an seine Lebensmittelpakete war inzwischen so verblasst wie ein alter Traum.

Den Rest der Mahlzeit schwiegen wir. Die Augen meines Bruders glänzten. Tränen pressten gegen meinen Schädel, bettelten darum, herauszukommen.

Unvermittelt knuffte mich Hans in den Arm und ging dann zur Tür. »Stell dich nicht an wie ein verdammtes Mädchen. Pass auf dich auf. Du bist als Nächster dran.«

Ich schauderte. Sollte mich das beruhigen? Ich war hin- und hergerissen, ihn anzubrüllen und mich auf dem Speicher zu verstecken.

Wir umarmten uns kurz und ich versuchte, mir seine Gesichtszüge einzuprägen. Was sagte man zu jemandem, der in den Tod zog? Nichts schien richtig, also hielt ich den Mund.

Als er davonging, brannten sich Hans' Augen, glänzend vor Trauer und Verlangen, in mein Gedächtnis wie eine Narbe.

»Jetzt sind nur noch wir übrig.« Mutter wischte sich über die Wangen.

Ich warf einen Blick zum Tisch hinüber, an dem mein kleiner Bruder saß und uns beobachtete. Mit sieben verstand er nicht, was los war. Das war gut so.

»Ich kümmere mich um euch«, erklärte ich und hustete den Kloß in meinem Hals weg. »Ich schaue mal, was ich finde.« In Wahrheit brauchte ich Zeit für mich, weg von unserem Heim, wo mich alles an unsere schrumpfende Familie erinnerte.

Vater war vor vier Jahren weggegangen. Ich hatte mich daran gewöhnt. Wenigstens starrte ich nicht mehr ständig den leeren Platz am Tisch an. Aber Hans' Abschied riss ein neues Loch in mein Leben. Draußen, wo ich mich ablenken konnte, war es einfacher für mich. Da musste ich nicht ständig daran denken, wie sehr ich mich auf meinen Bruder verlassen hatte. Seine Gegenwart hatte mir Stärke verliehen. In der Abwesenheit meines Vaters hatten wir zusammengehalten. Als ich mein Zimmer betrat, füllten Schatten das leere Bett.

In dem Moment entschied ich, nie wieder die Zeitung zu lesen oder Radio zu hören. Es stank zum Himmel, nur Propaganda zu hören und den Reden zu lauschen, wie wir bis zum Ende für die Ehre des Vaterlandes kämpfen sollten. Was hieß das überhaupt? Mir war nur wichtig, dass Vater und Hans nach Hause kamen und wir genug zu essen hatten. Das einzig Positive war, dass ich den Übungen der HJ entkommen konnte, weil ich Akkordeon spielte. Helmut hasste jede Minute in der Truppe. Als Teil des Jugendorchesters besuchten wir Krankenhäuser und Heime, erschienen bei Tänzen und Festen. Die Musik erlaubte mir, zu entkommen, wenn auch nur solange ich spielte.

Hans schrieb einmal und schickte Fotos. Er hatte sein Training in der Radionachrichtentruppe beendet und wartete auf seinen Marschbefehl. Er sah komisch aus in der Uniform und der modischen Kappe — älter und distanziert.

Juli und August waren heiß, Wasser war oft rationiert. Die Talsperre, in guten Zeiten ein riesiger See, war fast leer. Da Schulen und Freibäder geschlossen waren, verbrachten Helmut und ich die meiste Zeit mit Herumwandern.

Durstig und klebrig von der Hitze traf ich nach einer vergeblichen Suche nach Essbarem zu Hause ein. Wir hatten eine Hecke fast reifer Blaubeeren in einem Garten ausspioniert, doch standen dort ständig Leute Wache oder schauten durch die Fenster, sodass wir irgendwann aufgegeben hatten.

Mutter überfiel mich, sobald ich eintrat. Mit sorgenvollem Blick winkte sie mit einem Brief, der ein Hakenkreuz in der oberen linken Ecke zeigte. »Du hast Post.«

Kommentarlos riss ich den Umschlag auf. »Ich bin zur Musterung bestellt«, sagte ich mit einer Stimme, die mir selbst fremd vorkam.

Mutter sackte auf die Bank, öffnete den Mund und schloss ihn wieder.

»Ich habe wohl keine Wahl«, murmelte ich mehr zu mir selbst. »Ich muss hin.«

In der Nacht rollte ich mich von einer Seite auf die andere und starrte in die Dunkelheit. Ich hatte die Masturbation für mich entdeckt und sie half mir gelegentlich beim Entspannen. Aber nicht heute. Stattdessen fragte ich mich, wo ich demnächst schlafen würde und wie es wohl an der Front war. Vielleicht würde ich Hans wiedersehen.

Ich malte mir aus, neben meinem Vater an Stacheldrahtrollen entlangzulaufen, jeder von uns mit einem Gewehr auf der Schulter. Vater nickte mir zu, sein Gesicht mit schwarzer Farbe beschmiert.

Ich blinzelte die Tränen weg, die sich hinter meinen geschlossenen Lidern angesammelt hatten, und fühlte sie meine Wangen hinunterlaufen. Es dämmerte bereits, als ich endlich einschlief.

Jungen drängten sich vor dem für Musterungen zuständigen Wehrmachtsbüro, einem gedrungenen Gebäude auf der Wiener Straße, in dem früher die Schule gewesen war. Die meisten waren Klassenkameraden oder Kinder aus der Nachbarschaft, knochig wie ich, mit geflickten Hemden und Hochwasserhosen. Ich schluckte, aber mein Mund blieb trocken wie Baumwolle.

Selbst Rolf Schlüter, das führende Großmaul in meiner Klasse, sah blass und schmallippig aus. Ich fragte mich, ob Helmut auch hier gewesen war. Wie sehr ich mir meinen besten Freund an meiner Seite wünschte.

Zwei Offiziere standen grimmig und still wie Statuen vor dem Eingang Wache. Sie trugen die traditionelle grau-blaue Uniform der SS mit kniehohen schwarzen Stiefeln, roten Armbändern und dem gezackten Doppel-S am Kragen.

»Herein!«, rief eine tiefe Stimme aus dem Innern.

Unter normalen Umständen hätte der gelb gestrichene Raum freundlich gewirkt, aber das kalte Leder des einsamen Untersuchungsbettes in der Ecke, die verhangenen Fenster und das grau gefleckte Linoleum wirkten nüchtern wie eine Leichenhalle. Ein abgenutzter brauner Schreibtisch stand an der Wand, der Mann dahinter prüfte einen Stapel Akten.

Ein Offizier trat ein. Unter dem nach Hitlermode getrimmten Schnurrbart erschienen seine Lippen dünn und blutleer. Der Mann trug eine Militärmütze, sein Haar um die Ohren war kahl rasiert. Ich fragte mich, ob der Mann Haare hatte, besorgt, dass meine zu lang sein könnten.

»Stellt euch in einer Reihe auf!«, brüllte der Offizier mit ungewöhnlich hoher Stimme. »Schnell jetzt.«

Ich drängelte mich durch die Menge, und fand einen Platz entlang des blauen Streifens auf dem Boden. Es wurde still.

»Ausziehen«, bellte der Offizier.

Ich stutzte, als ich den argwöhnischen Blick eines der anderen Offiziere auf mir spürte. Von Panik ergriffen riss ich mir die Hosen runter, vergaß dabei, die Schnürsenkel aufzumachen. Weil wir dieser Tage keine neuen fanden, waren sie geknotet. Meine zitternden Finger konnten sie nicht öffnen. Frustriert trat ich gegen meine Fersen und zerrte, bis sich die Dinger lösten. Waren sowieso steinalt. Gleichzeitig zog ich mir das Hemd über den Kopf. Ich wollte nicht der letzte sein.

Neben mir mühte sich mein Klassenkamerad Paul, den obersten Knopf seines Hemdes zu öffnen. Seine rissigen Hände bebten. Einer der Offiziere schritt näher, seine Stiefel knallten auf dem Linoleum. Wortlos zerrte er Pauls Arm weg, griff den Kragen und zog brutal an dem Knopf. Der flog in hohem Bogen gegen die gegenüberliegende Wand. Eine Ohrfeige schallte, der Ton bohrte sich scharf in meine Ohren. Paul krümmte sich wimmernd zusammen.

»Vielleicht bist du nächstes Mal schneller«, sagte der Offizier leise. »Du bist eine Peinlichkeit.« Er starrte Paul mit zornig verengten Augen an.

Ich blickte geradeaus und focht mit dem Impuls, einen Arm um Pauls Schultern zu legen. Er war einige Zentimeter kleiner als ich und sah eher wie zwölf als fünfzehn aus. In der Totenstille dröhnte eine weitere Ohrfeige, gefolgt von unterdrücktem Schluchzen.

»Hör auf, zu heulen«, schäumte der Offizier.

»Achtung!«, rief jemand von der Tür.

Ich riskierte einen Blick auf den Mann im weißen Mantel, der ein Stethoskop um den Hals trug. Er sah einer Mumie ähnlich, seine Haut war runzlig, Augen und Mund lagen versteckt unter

Falten. Ein Ring schmutzig-grauer Haarbüschel bedeckte seinen Schädel.

Nach kurzem Geflüster mit dem Offizier trat der Arzt vor Paul, dessen Nase angefangen hatte, zu bluten. »Name?«

»Paul Mans«, hauchte der Junge.

»Wie alt sind Sie, *Herr* Mans?« Der Doktor schielte in seine Akte.

»Fünfzehn«, sagte Paul. Seine Stimme war trotz der Stille im Raum kaum hörbar.

»Lauter.«

»Fünfzehn.«

»Sollten Sie mit fünfzehn nicht in der Lage sein, sich auszuziehen?«

»Jawohl.« Paul riss sich das Hemd über den Kopf. Seine linke Wange war inzwischen dunkel angeschwollen.

Der Arzt händigte dem schmallippigen Offizier die Akte aus und ging an den Anfang der Reihe. Dabei zog er sich die Brille, die auf der Spitze seiner Nase balancierte, näher an die Augen. Anschließend pflanzte er das Stethoskop auf die Brust des ersten Jungen. »Einatmen. Noch einmal.«

Der andere Offizier notierte, verglich Namen, Daten und Anmeldungen. »K. V. – kriegsverwendungsfähig«, brummte der Doktor bei jedem Rekrut.

Zwei Jungs hoben ihre Hosen auf.

»Habt ihr die Erlaubnis, euch anzuziehen?«, bellte der Offizier.

Die Jungen warfen ihre Kleider hin, als wären sie vergiftet.

»Antwortet!«

»Nein«, stammelten beide.

»Es heißt, ›nein, Unterscharführer‹. Vergesst nicht, dass ihr jetzt unter dem Befehl der SS steht. Ist das klar?«

»Jawohl, Unterscharführer!«, brüllten die beiden.

Mein Hals zog sich zusammen wie im Bunker. Mit jedem Augenblick kam der Doktor näher und meine Atmung wurde lauter. Wenn ich in Ohnmacht fiele, würde ich sterben. Ein, aus. Der Arzt erschien in meinem rechten Blickfeld. *Jetzt nicht. Atme.* Ich fühlte weder Beine noch Arme, noch nahm ich das eisige Linoleum war.

»Name?«

»Günter Schmidt.«

»Einatmen.« Der kalte Rand des Stethoskops glitt über meine Brust, während ich nach Luft schnappte. »K. V.«

Ich schluckte und der Arzt ging weiter. *Warum hört Paul nicht auf, die Nase hochzuziehen? Gleich wird er wieder geschlagen.*

Ein hochrangiger Offizier kam herein, seine Brust war mit diversen Medaillen dekoriert, Streifen zierten seine Ärmel. Seine Stiefelabsätze hallten, als er sich vor uns aufbaute. Wie konnte sich der Mann nur so wohlfühlen? Keiner von uns trug einen Fetzen Kleidung.

»Der Führer braucht eure Hilfe«, sagte der Offizier mit kühler Stimme. »Endlich könnt ihr euer Vaterland ehren und für ein starkes, arisches Deutschland kämpfen. Ich nehme an, ihr meldet euch freiwillig für die Luftnachrichtentruppe?« Sein Ton wurde bedrohlich. »Natürlich könnt ihr der Waffen-SS beitreten.« Keiner sprach und ich versuchte, zu bestimmen, was ich sagen oder tun sollte. »Mitglieder der Waffen-SS dienen in unseren Eliteeinheiten an der Front.«

Ich unterdrückte ein Schaudern. Vor drei Jahren und zwei Monaten waren vier SS-Männer nebenan erschienen und hatten unseren Nachbarn, Herrn Baumann, in ein wartendes Auto geschleppt. Man hatte gemunkelt, der Mann sei Kommunist. Ich wusste nur, dass Vater dem Mann beim Rasenmähen geholfen hatte und Mutter Frau Baumann öfter besuchte. Seitdem waren mehr und mehr Menschen verschwunden, beispielsweise der Mann mit der gekrümmten Wirbelsäule, der in dem Kiosk am Brühl gearbeitet hatte, und die Judenfamilie, der das Kaufhaus in der Stadt gehört hatte. Seit Jahren hatte niemand sie gesehen.

»Aber wenn ihr euch freiwillig meldet«, fuhr der Offizier fort, »könnt ihr euer Regiment wählen. Wer meldet sich freiwillig?«

Einer nach dem anderen hob die Hand. Trotz der eisigen Luft war meine Haut klamm, als ich den Arm nach oben streckte.

»Sehr gut!« Der Mund des Offiziers verzerrte sich zu einem Lächeln, das nicht bis zu den Augen reichte. »Vorerst lautet euer Befehl, euch bereitzuhalten und augenblicklich loszumarschieren, wenn ihr gerufen werdet. Ihr steht jetzt unter dem Befehl der SS und des Führers. Abtreten!«

Ohne ein weiteres Wort verließen bis auf eine Wache alle den Raum.

Mein Kopf schwirrte, während ich mich anzog. Ich war Soldat. Ein Knoten formte sich in meinem Hals. Eine unsichtbare

Schlinge zog sich zusammen. Was hatte der Offizier mit *bereithalten* gemeint?

Ich musste Mutter davon erzählen. Heute noch. Die aufgeregten Stimmen und neugierigen Blicke ignorierend, folgte ich Paul nach draußen. Im Gegensatz zu meinen Klassenkameraden war mir nach Schweigen. Ich wollte nur weg. Wohin, allerdings, war die Frage.

KAPITEL ZEHN

Lilly: 4. bis 5. November 1944

Als am Samstagnachmittag die Sirenen heulten, wusch ich Socken im Waschbecken. Das Geräusch ging mir schrecklich auf die Nerven, aber nach fünf Jahren ununterbrochenem Luftalarm nahm ich an, dass es auch diesmal wieder eine Fehlwarnung sein würde.

»Mutti?«

Meine Mutter kam aus ihrem Schlafzimmer. »Komm. Schnell.«

Sie presste Burkhart an ihre Brust. Auch wenn die Schulen geschlossen waren, besuchte er immerhin die zweite Klasse. Doch konnte Mutti es immer noch nicht lassen, ihn wie ein Baby überall herumzutragen.

Mit tropfenden Händen ergriff ich meinen Koffer. Die Tür schlug hinter uns zu und wir rannten nach unten, durch den Vorgarten auf die Straße. Die Sirenen kreischten lauter, bohrten sich in meinen Kopf. Ich wollte mir die Ohren zuhalten, aber meine Arme waren schwer mit Koffer und Mantel.

Zu meinem Entsetzen übertönte diesmal ein furchtbares Dröhnen die Sirenen. Hoch über uns brummten Flugzeuge wie ein Schwarm mörderischer Bienen. Doch selbst dieser Lärm wurde noch übertroffen, durch das Heulen der fallenden Bomben. Und dann … Explosionen.

Es ist unmöglich, das markerschütternde Heulen fallender Minen und das ohrenbetäubende Krachen eines Bombenhagels zu beschreiben, die Ausweglosigkeit, die mit diesen Geräuschen

59

einhergeht. Es gibt kein Versteck davor, erst recht kein Entkommen. Die Bomben finden jeden, der am falschen Ort ist.

Irgendwo im Hinterkopf registrierte ich, dass die Explosionen von der Stadtmitte herüberdrangen. Aber anders als sonst, wenn die Flugzeuge nach dem Abwerfen der Bomben auf Fabriken und spezielle Ziele abgedreht hatten, steigerte sich der Lärm noch.

Diesmal wollten sie uns.

Ich zitterte, meinen Blick hielt ich auf Muttis Rücken gerichtet. Sie drehte sich nach mir um und ich sah, wie sich ihr Mund öffnete und schloss, konnte aber nichts verstehen. Ein Seitenstich attackierte meine Rippen und ich bekam keine Luft mehr. Dennoch trieb mich die Panik vorwärts — meine Angst war so gewaltig, dass ich meine Herzschläge wie Trommeln spürte, wenn ich nach Luft schnappte.

Die Bomben fielen immer dichter, der Abstand zwischen den Detonationen verringerte sich, bis sie in einem ununterbrochenen Krachen miteinander verschmolzen. Kein Erdbeben konnte so schlimm sein.

Kaltes Metall blitzte im kobaltfarbenen Himmel.

Die gewaltige Druckwelle einer Explosion riss mich zu Boden. Glas hagelte in meine Haare, mein Gesicht. Meine Ohren sausten und ich rang nach Luft. Schwankend stand ich auf, um mich zu orientieren … und war körperlos, fühlte nichts. Nachbarn rannten an mir vorbei, ihre Gesichter waren blass, ihre Mienen erstarrt. Ich bemerkte meinen Koffer, hob ihn mechanisch auf und folgte ihnen.

Die Bunkertür stand offen, das Licht innen war trüb wie vergehendes Feuer. Wenn jetzt eine Bombe fiele, gäbe es kein Entkommen. Noch zwanzig Schritte, zehn. Erneutes Tosen. Das Geräusch zerrte an mir, drillte in meinen Schädel wie Schrauben.

Schrie ich? Das ist das Einzige, was ich nicht mehr weiß. Doch ich hätte meine eigene Stimme sowieso nicht hören können.

Ich wurde von der Menge durch die Tür geschoben, das Kreischen der Bomben klang jetzt dumpf.

Über Beine, Koffer und Kisten stolpernd, versuchte ich, mit Mutti Schritt zu halten, sie anzufassen, wenigstens ihren Ärmel oder den Saum ihres Mantels. Alle Betten waren belegt, und so lehnte ich mich neben Mutti an die Wand.

Menschen saßen und standen enger zusammen, als sie es je getan hatten. Jetzt berührten wir uns, Fremde waren einander so nah wie Liebende.

Ich sah nichts, konnte mich nicht bewegen. Nur meine Brust hob und senkte sich. Mutti umarmte meinen weinenden Bruder. Ich wollte dazukriechen, mich auf ewig auf ihrem Schoß verstecken. Ich wollte mich in Tränen auflösen. Ich tat weder das eine noch das andere. Ich konnte es nicht, weil ich zu sehr damit beschäftigt war, den Piloten dort oben Böses zu wünschen.

Der Bunker erbebte.

Kälte kroch durch meinen Mantel. Ich zitterte trotz der Hitze im Raum. Es war nicht die angenehme Wärme eines Ofens oder Federbettes. Es war eine stinkige Wärme, hervorgebracht durch heißen Atem und zu viele Körper, die sich auf engem Raum zusammengequetschten. Ich schloss die Augen und hielt mir die Ohren zu. Der Boden bewegte sich, wurde flüssig, schlingerte hin und her.

Die Luft wurde dicker, erfüllt von Stöhnen und Grauen. Ich fühlte es, schmeckte es.

Mir fiel das Wort *Teppichbomben* ein, das in einem Gespräch meiner Mutter mit einer Frau aus unserer Straße gefallen war. Wir waren von einer vergeblichen Tour zum Lebensmittelgeschäft zurückgekehrt und Mutti hatte mit der Nachbarin, die immer sauer dreinblickte, getuschelt. Mutti hatte leise gesprochen, aber ich wusste inzwischen, dass es sich lohnte genau zuzuhören, wenn Erwachsene flüsterten. Die Frau hatte Bomben erwähnt, die in so großer Zahl auf Städte fielen, dass sie den Boden wie ein Teppich bedeckten. Solch ein harmloses Wort, ein Einrichtungsgegenstand, den jeder im Haus hatte.

Ich blinzelte durch halb geschlossene Augenlider — Burkhart vergrub sein Gesicht unter Muttis Arm. Die Beine an mich gezogen, schlang ich meine Arme eng drum herum, sodass ich beinahe so kompakt wie ein Ball dasaß. Wo mochte Vati sein? Sah auch er Bomben fallen? Zum ersten Mal fragte ich mich, was er eigentlich im Krieg tat und ob er woanders die Bombardierungen vornahm.

Dann wurde es still.

Ich horchte auf, versuchte, das Flüstern der Menge zu ignorieren. Sie sollten den Mund halten, damit ich besser lauschen konnte — die Bomber hörte.

Nichts.

Ich besann mich auf meinen Körper, wie er schmerzte, meine

Beine waren steif und verkrampft. Blutige Kratzer überzogen meine Hände. Ich spürte ein Ziehen im Gesicht, wo sich bereits Krusten formten.

Ich hätte nicht sagen können, ob der Luftangriff fünf Minuten oder eine Stunde gedauert hatte. Später erfuhr ich, dass 580 britische Bomber ihre Ladungen in fünfzehn Minuten abgeworfen hatten — eine tödliche Mischung aus Teppichbomben, Bomben mit Stahlspitzen, Phosphorbomben und Luftminen.

Die Ruhe hielt an, meine Ohren schienen mit Watte gefüllt zu sein. Trotz meiner steifen Glieder saß ich wie versteinert da. Vielleicht würde ich ewig so ausharren und mit dem Bunker verschmelzen.

»Ist es vorbei?«, fragte Burkhart. Seine Stimme klang höher als üblich. Das Murmeln im Bunker war lauter geworden.

»Ich weiß es nicht.« Muttis bebende Hand strich über Burkharts Kopf.

Mittlerweile war ich Muttis einseitige Zuneigung für meinen Bruder gewöhnt. Es tat immer noch weh, aber ich hatte es akzeptiert und als weiteren Schmerz in meinem Herzen vergraben. Deshalb reichte es mir, ihre Stimme zu hören. Die Spannung in mir löste sich und ich sah mich um. Ringsumher standen die Leute auf und blickten nach oben, als könnten sie durch die Decke sehen. Ich wollte nur schlafen und nie wieder hinaus.

Die Türen öffneten sich. Frische Luft strömte herein, ebenso wie immer mehr Menschen. Blass und zittrig, trugen sie Kisten und Taschen, Kopfkissen und Decken. Ich lauschte weiter auf Flugzeugmotoren, doch es blieb still.

»Wir bleiben heute Nacht hier«, sagte Mutti.

Trotz der unbequemen Situation war ich froh. Ich war lieber hungrig als draußen. Die stickige Luft war mir egal, auch der steinharte Boden. Ich lehnte mich an die Wand und schloss die Augen.

Als ich am nächsten Morgen erwachte, sickerte schwaches Novemberlicht durch die Fensterschlitze. Es war nicht viel mehr als ein kraftloser Schimmer.

Mutti streckte sich. »Wir gehen besser heim.«

Meine Beine waren vor Schlafmangel und aufgrund der schrecklichen Luft im Bunker ohne jede Kraft. Meine Füße schlurften beim Gehen, der Koffer schien über Nacht doppelt so schwer geworden zu sein.

Draußen stank es nach Rauch. Ein Haus weiter unten an der Straße brannte, das Dach war eingefallen, lila Flammen züngelten heraus. Zu meiner Erleichterung stand unser Haus noch, obwohl die stuckierten Wandornamente entlang der Fenster zerkrümelt waren und faustgroße Löcher hinterlassen hatten. Fenstergläser und Rahmen waren verschwunden, durch eine der klaffenden Öffnungen konnte man die grüne Tapete im Wohnzimmer unseres Nachbarn sehen. Ein Stück Gardinenspitze bewegte sich im Wind wie Spinnweben.

Drinnen war es schlimmer. Glas- und Holzsplitter bedeckten alles, sogar mein Bett. Das Licht sickerte trübe durch die glaslosen Fenster. Die schwarzen Verdunklungsrollos hingen in Fetzen.

Mutti rannte von einem Raum zum nächsten und raufte sich das Haar. »Was sollen wir bloß tun?«, jammerte sie mehr zu sich selbst als zu uns.

Ich fröstelte in meinem Mantel. Unser Küchenofen war der hereindringenden Novemberkälte, die sich bereits ausgebreitet hatte, nicht gewachsen.

»Was machen wir wegen der Fenster?«, fragte ich.

»Hilf mir,« sagte Mutti. »Wir ziehen den Kleiderschrank vor das Fenster. Dann kehrst du den Boden.«

Ich wollte nicht saubermachen, ich wollte mich ausruhen. Nein, ich wollte weg. Ich sehnte mich nach einem friedlichen Platz, nach einem Haus, das intakt war, nach einer ruhigen Gegend, wo ich spielen und zur Schule gehen konnte. »Ich will woandershin.«

Muttis Lippen pressten sich wie gewohnt zusammen und ich bereitete mich auf einen neuen Wutausbruch vor. Doch diesmal blieb er aus.

»Sobald sie geöffnet hat, gehen wir zur Stadtverwaltung und fragen nach einer neuen Unterkunft. Jetzt brauche ich deine Hilfe mit Feuerholz, damit wir Kaffeewasser kochen können. Hol eine Ladung aus dem Keller. Dann kehrst du.«

Wenn Mutti Kaffee sagte, dann meinte sie Ersatzkaffee aus gerösteten Körnern. Kaffee gab es schon länger nicht mehr. Ich unterdrückte einen weiteren Kommentar, obwohl mir der Keller fast so eine Falle zu sein schien wie der Bunker. Im Treppenhaus versuchte ich den Lichtschalter. Es blieb dämmrig.

Mit bebenden Fingern entfachte ich eine Kerze und ging mit

angehaltenem Atem nach unten, vorbei an Huss' Tür.

Der Holzvorrat war fast aufgebraucht. Ich musste morgen neues finden.

Schnell stapfte ich mit einigen Scheiten im Arm die Treppe hinauf und schloss unsere Wohnungstür hinter mir.

»Vati wüsste, was zu tun ist«, murmelte ich, während ich Kleinholz in den Ofen steckte. Einen Moment lang fantasierte ich, wie er mit einem Arm voller Vorräte durch die Tür schritt. Wenn es eins gab, an das ich mich bei meinem Vater erinnerte, dann war es seine Zuverlässigkeit. Er war immer pünktlich gewesen. Jeden Morgen hatte er, mit der Aktentasche in der Hand, seinen Hut zurechtgerückt und war zur Arbeit gegangen. Das Bild wechselte, nun sah ich ihn auf einem der hundert Bettenreihen eines Feldlazaretts, weiß wie Mehl und stumm.

»Er ist aber nicht da«, schnappte Mutti. Sie ging auf und ab und blickte dabei finster auf die zerfetzten Vorhänge. »Sie werden die Kälte nicht abhalten. Wir müssen die schwereren Vorhänge aus dem Wohnzimmer holen und die Tür schließen. Dann wohnen wir halt nur in der Küche. Und wir brauchen Holz oder Glas.«

»Das ist der Rest Brennholz«, sagte ich. »Es wird uns nicht wärmen, wenn die Fenster zerbrochen sind.«

»Ich weiß, Lilly, wir müssen sie irgendwie reparieren.«

Wir kauerten uns um den Ofen. Mein Rücken fühlte sich eisig an, als säße ich draußen auf der Straße und nicht in unserer Wohnung.

»Hier.« Mutti reichte mir ein Stück Brot und eine Möhre. »Die Wasserleitungen sind kaputt. Wir müssen zur Quelle.« Sie deutete auf den Eimer unter der Spüle. »Ich zeige dir den Weg, dann kannst du nächstes Mal allein gehen.«

»Warum hilft Burkhart nicht?« Ich sah meinen Bruder an, der Glasscherben von seinem Spielzeugauto wischte. In solchen Momenten spürte ich das Minderwertigkeitsgefühl, das Mutti in mir nährte, am deutlichsten. Obwohl mein Bruder fünf Jahre jünger war, war er in ihren Augen immer besser als ich, ein außergewöhnlicher Mensch im Vergleich zu seiner durchschnittlichen Schwester. Die Ungerechtigkeit stieg in mir hoch wie Galle, aber ich schluckte sie weg.

»Vorsichtig, mein Lieber.« Mutti prüfte Burkharts Handflächen. Zu mir gewandt sagte sie: »Er ist zu klein. Komm mit.«

Als wir auf die Straße traten, sahen wir in der Ferne Rauch aufsteigen. Wir gingen in die andere Richtung. »Merk dir den Weg.«

»Wie baden wir denn jetzt?« fragte ich. Ich hatte meine Bäder sehr genossen, die Zeit, in der ich für mich allein im heißen Wasser saß. Neuerdings hatte ich die Wanne mit meinem Bruder teilen müssen, um Wasser zu sparen. Das Zinkgefäß war klein und wir erwärmten das Wasser in Töpfen auf dem Herd. Trotzdem gefiel es mir nach wie vor.

»Bis sie die Leitungen repariert haben, waschen wir uns mit Wasser vom Pütt.«

Vor der Quelle – von allen nur Pütt genannt – stellten wir uns in der Schlange an. Ich fröstelte. Es war schattig unter den Weiden, die Novembersonne kraftlos. Niemand sprach. Die Leute sahen verängstigt aus, mit Augen, die ständig zum Himmel wanderten, und mit abgehackten, hastigen Bewegungen. Einige hatten blutige Kratzer. Die Frau vor uns blutete aus dem rechten Ohr.

Die Suppe, die wir am frühen Mittag kochten, war dünn, die Kartoffeln darin waren nur halb gar.

»Lasst uns gehen, um nach einer neuen Wohnung zu fragen«, meinte Mutti, sobald wir das lausige Essen verspeist hatten. Ich bemerkte eine Note der Ungewissheit in Muttis Stimme als sie ihren Mantel ergriff, ihr Atem eine weiße Wolke. Sicher suchten viele Menschen eine neue Unterkunft. »Wenn wir wieder zu Hause sind, holst du Holz. Es sei denn, wir haben ab heute Abend eine andere Bleibe.«

»Ich bin müde. Ich will es morgen tun.« Mein Arm schmerzte vom Tragen des Wassereimers. In Wirklichkeit sog mir die Angst und Zerstörung die letzte Energie aus den Knochen.

Die Schulen waren seit Monaten geschlossen und die örtliche Grundschule fungierte neuerdings als Rations- und Kommunikationsstelle. Vermisstenanzeigen und verschiedene Annoncen wie Verkaufs- und Kaufangebote von Tauschartikeln sowie Angaben zu Fundsachen klebten auf Papierfetzen entlang der Wände.

»Lilly, schau mal, ob du Wohnungsanzeigen findest«, sagte Mutti, während wir uns durch die Menge drängten. »Wir stellen uns schon mal an.«

Nachdem ich vergeblich die Zettel überflogen hatte, stellte ich mich zu Mutti und Burkhart. Die Schlange bewegte sich nicht. Zahlreiche Menschen standen herum und lehnten an Wänden oder lungerten auf Bänken. Glas und Holzsplitter bedeckten das graue Linoleum, das nach Wachs roch und unbekümmert glänzte.

Ich erkannte eine meiner Klassenkameradinnen und näherte mich vorsichtig. »Wie lange wartest du schon?«

»Den ganzen Morgen.« Das Mädchen war so alt wie ich, sah aber jünger aus. Eine alte Leinentasche hing von ihrem Arm.

Als ich zu Mutti zurückkehrte, schrie jemand auf und das Murmeln der Menge verstummte. Alle sahen nach draußen — durch die glaslosen Fenster zum Himmel hinauf —, verunsichert, ob sie ihren kostbaren Platz in der Schlange verlassen sollten. Am Horizont erschienen graue Punkte, die schnell größer wurden.

Am sich rasch verdunkelnden Himmel dröhnten Hunderte von Maschinen. Die Leute schrien. Dann folgten die Geräusche, die mir das Blut in den Adern gefrieren ließen, das schrille Heulen Tausender zur Erde stürzender Bomben.

Der Boden erbebte unter meinen Füßen. Die Bomben fanden ihr Ziel, fielen mit Leichtigkeit durch Dächer und Wände und gruben sich tief in die Erde, zermahlten und schmolzen mit ihren Explosionen alles, was sich in ihrer Nähe befand.

Mit tauben Gliedern sah ich die Menschen auseinanderstieben. Ein grausiges Lied klang in meinen Ohren, von Zerstörung, von Gefahr. Angst ließ meine Knie weich wie Wackelpeter werden. Die Luft wurde fest und zäh, zu zäh zum Atmen. Meine Lunge brannte.

»Wo ist der Keller?«, schrie Mutti und zog an meinem Arm. Zumindest glaubte ich, dass sie das sagte. Das Getöse war ohrenbetäubend. Leute rannten hierhin und dorthin. Ein alter Mann stolperte zu Boden. Ich trat auf seinen Mantel, taumelte und fing mich. Keiner half dem Mann. Ich dachte an Herrn Baum, wollte dem Alten aufhelfen, doch Mutti zog mich vorwärts.

Die Kellertreppe erschien links von uns. Von hinten drängten fremde Körper und ich klammerte mich an Muttis Ärmel, um nicht die Treppen hinunterzufallen. Der Gang unten war voller Menschen. Die Menge von oben drückte nach. Hysterische Schreie erklangen.

Irgendwo über uns steigerten sich die Einschläge, der Lärm schwoll zu einem unendlichen Dröhnen. Der Steinboden vibrierte und sprang. Mein Magen drehte sich, als ich mir vorstellte, hier unten begraben zu werden. Es war, als hätte sich die Erde aufgetan, um uns alle zu verschlingen, uns für den jahrelangen Terror Hitlers auf unsere Nachbarländer zu bestrafen.

Ich verlor Muttis Hand im Gedränge und stand mit der Nase gegen den Wollmantel eines Mannes gepresst, sodass mein Atem durch den Stoff gefiltert wurde. Irgendjemand betete laut. Andere Stimmen fielen ein. Die Luft wurde heiß und giftig. Mehr Explosionen — die zweite Welle. Über uns heulten die Flugzeuge und die Teppichbomben setzten sich auf der anderen Seite nach Süden hin fort.

Als es still wurde, war mir von der schlechten Luft schwindlig. Der Mann vor mir bewegte sich und an ihm vorbei konnte ich Mutti sehen.

»Wir gehen besser«, sagte sie.

Meine Beine wollten einknicken. »Was ist, wenn sie wiederkommen?«

»Wenn wir etwas hören, laufen wir hierher zurück.« Sie hob Burkhart auf den Arm. Die Menge um uns herum verlief sich langsam.

»Können wir nicht noch ein bisschen warten?«

»Erinnerst du dich? Wir wollten doch eine andere Wohnung suchen.«

»Ja, aber …«

»Genug, Lilly.« Mutti drehte sich weg und folgte den anderen.

Es blieb mir nichts anderes übrig, als mich ihr anzuschließen. Ich hatte Angst, sie aus den Augen zu verlieren.

Oben hatte sich eine neue Schlange gebildet, aber mir war anderes wichtiger. Ich suchte den Himmel nach Flugzeugen ab. Hinter den Nachbarhäusern loderte dichter Rauch.

Als wir endlich drankamen, schüttelte die Frau ihren Kopf. Es gab keine freien Unterkünfte mehr. Zu viele Häuser waren bereits zerstört oder unbewohnbar. Wir trugen uns auf einer Warteliste ein und gingen.

Mutti kaute auf der Unterlippe. »Irgendwie müssen wir es schaffen.«

Wir stolperten über Ziegel, Zementstücke, Glas, zerbrochene Dachpfannen und Äste, bis sich vor uns ein Berg auftürmte.

Zwei sich gegenüberliegende Häuser waren eingestürzt, obwohl sie nicht Feuer gefangen hatten. Ziegelsteine, Holz, Möbelstücke, ein Waschbecken bildeten eine Wand aus losem Schutt. Eine Puppe ohne Beine lag vor mir. Sie sah aus wie ihre Kusine Inge, die Puppe, die ich nie bekommen hatte. Auf einmal war ich froh. Aus den Tiefen meines Halses brodelte ein Glucksen nach oben, bis es aus meinem Mund kicherte.

»Was soll denn das?«, fragte Mutti fassungslos.

Aus den umliegenden Häusern hatten sich Dutzende von Menschen auf die Straße begeben. Sie ignorierten uns, stolperten durch die Trümmer wie Schlafwandler. Und ich lachte noch immer.

Blut sammelte sich in einer Pfütze vor einer einstigen Haustür, unter dem verdunkelten Himmel sah es beinahe schwarz aus. Eine Frau lag darin, barfuß und mit zerfetztem Rock. Kopf und Gesicht waren mit einem geblümten Kopfkissenbezug bedeckt, der sich grell gegen das schwärzliche Rot darunter abhob.

Ein Mann steckte im Geröll, sein Kopf und halber Rumpf waren verschüttet, die Beine und Füße sonderbar abgeknickt, als wäre er mit einem Kopfsprung in die Trümmer getaucht. Blut tropfte von einem Schnitt im Unterschenkel, wo der Stoff seiner Hose gerissen war. Zwei ältere Frauen waren dabei, ihn auszugraben.

Ein Mädchen kniete vor einem kleinen Jungen und berührte sein Gesicht, redete und weinte gleichzeitig. Ich konnte an ihm kein Blut entdecken, aber seine Augen schauten geradeaus, seine Miene schien zu einem Ausdruck der Überraschung erstarrt zu sein.

Ich blickte schnell weg. Der Junge war so alt wie Burkhart.

»Wir müssen drüberklettern«, sagte Mutti entschlossen. »Das ist immer noch schneller, als über die Seitenstraßen einen Umweg zu finden.«

Während ich noch überlegte, ob es wohl einen Zweck hätte, darüber zu diskutieren, blieb mein Blick an einem Gegenstand im Trümmerhaufen hängen, der grau und verschwommen, doch zugleich vertraut schien.

Eine Männerhand, kurze schwarze Haare auf dicken Fingern, streckte sich in die Luft wie zur Begrüßung. Trotz der mit Zementstaub grau gepuderten Haut glitzerte ein goldenes Band am Ringfinger.

Ich kreischte.

»Was ist denn?«

»Die Hand!« Ich deutete in Richtung der leblosen Finger. Auch wenn es nicht Vati war, lag da ein Mann begraben.

»Hier drüben, schnell«, rief Mutti. »Da ist jemand verschüttet.«

Zwei Jugendliche und ein älterer Mann eilten zu der Stelle und begannen, Steine wegzuziehen.

Ich rannte in die entgegengesetzte Richtung, den Berg rauf nach Hause. Weg von der stillen Hand und dem Gestank, der wie Säure in meinem Hals kratzte. Meine Sohlen hämmerten stakkatoartig auf dem Straßenpflaster.

Als ich vor unserem Haus zum Stillstand kam, schmerzten meine Rippen. Mutti und Burkhart waren nirgendwo zu sehen.

Glaslose Fenster grüßten mich wie leere Augenhöhlen. Die Gardinen hingen schlapp herab. Die Rotbuche sah traurig aus, ihre kahlen Äste wie schwarze Fühler.

»Was sollen wir bloß machen?«, keuchte Mutti, sobald sie mit Burkhart an meine Seite trat. »Wie sollen wir hier ohne Fenster wohnen?«

Ich suchte den dunklen Himmel ab. Bis zu diesem Moment hatte ich irgendwie angenommen, dass meine Eltern mich vor Unheil beschützen würden. Dass sie einen Schutzschirm bereithielten, hinter dem ich mich verstecken konnte. Aber ich hatte Vati an den Krieg verloren und Mutti hatte nicht die Macht, mich zu behüten. Den Bomben waren meine Familie und ich egal. Wie ihre Hersteller hatten sie keine Seele. Sie hatten nur eine Aufgabe: zu zerstören.

Ich war auf mich allein gestellt.

»Glaubst du, sie kommen zurück?«

»Ich weiß es nicht.« Muttis Stimme zitterte. »Wir können nicht bleiben, wir können aber auch nicht weg.«

»Herr Baum hat bestimmt Material und Werkzeuge«, sagte ich.

»Herr Baum spricht nicht mit uns. Außerdem haben wir ihn seit ewigen Zeiten nicht gesehen. Vielleicht ist er …«

»Ich sehe nach«, unterbrach ich sie und bewegte mich schon zum Bürgersteig. »Vielleicht braucht er Hilfe. Er hat doch gesagt, dass er während der Bombenalarme in den Keller geht.«

»Also gut, du machst ja doch was du willst. Ich wünschte mir, du wärst nicht so stur«, rief Mutti hinter mir her.

Ich klopfte an die Tür des alten Mannes. Die Fensterläden an der Straßenseite waren abgerissen und zerbrochen. Eine Seite hing noch an einem Scharnier.

»Ich bin es, Lilly«, brüllte ich und hämmerte mit der Faust gegen die Tür. Herr Baum hörte schlecht. Als immer noch keine Antwort kam, probierte ich den Türknauf. Er ließ sich drehen und ich trat ein. »Herr Baum?«

»Was ist passiert?« Herr Baum kam die Treppe aus dem Keller herauf. Er hustete und bewegte sich langsam.

»Sind Sie verletzt? Ist Anna in Ordnung?«, fragte ich, nach Verletzungsspuren suchend. Herrn Baums Kleidung schien intakt zu sein.

»Uns geht's gut. Ich bin nur alt und wackelig auf den Beinen. Ist aber lieb von dir, nach uns zu sehen. Oder hat dich deine Mutter geschickt?«

Ich wusste, dass Herr Baum Mutti nicht leiden konnte, weil er jedes Mal, wenn er sie sah, einen missbilligenden Ausdruck im Gesicht hatte. Ich wusste irgendwie, dass es wegen mir war, weshalb ich ihn noch lieber mochte.

»Ich wollte Sie um Hilfe bitten.«

Herr Baum hatte das Parterre erreicht und hielt sich am Treppengeländer fest, um Luft zu schnappen. Sein Kinn war mit einem stacheligen Bart bedeckt und er trug seinen farblosen Hut und Wollschal.

»Komm erst mal rein, damit ich ausruhen kann.« Herr Baum zeigte auf die Wohnungstür. »Geh schon mal vor, ich bin in einer Minute bei dir.«

Ich durchschritt kalte und zugige Räume und landete in der Küche. Eine dicke weiße Kerze warf tanzende Schatten an die Wände.

Herr Baum erschien und fiel auf einen Stuhl. »Wir müssen hierbleiben. Ich hab noch keine Zeit gehabt, etwas zu reparieren. Ich wünschte, sie würden mit dem Unsinn aufhören. Ich bin dafür zu alt.« Dann sah er mich an und schüttelte den Kopf. »Willst du ein Stück Brot?«

Ich betrachtete den Laib Schwarzbrot auf dem Küchentisch und leckte mir die Lippen. Ich war ausgehungert.

»Natürlich willst du das.« Herr Baum schnitt eine dicke Scheibe ab und gab sie mir. »Tut mir leid, ich habe weder Marmelade noch Butter, aber es ist gutes Brot.«

»Danke.« Ich roch an der Kruste, bevor ich hineinbiss. Das sich in meinem Mund ausbreitende Aroma war wunderbar und ich schloss für einen Moment die Augen.

Mit einem Seufzer sank Herr Baum zurück auf den Stuhl. »Du hast gesagt, du bräuchtest meine Hilfe.«

»Ja«, antwortete ich kauend, »ich habe mich gefragt, ob Sie irgendwelches Material haben, um die Fenster abzudecken. Ich weiß, Sie brauchen selbst welches. Aber Mutti … Wir haben nichts, womit wir das kaputte Glas ersetzen könnten und auch keine Werkzeuge. Ich dachte … Ich habe mich an Ihre Werkzeugkiste erinnert.«

»Sie erinnert sich an meine Werkzeugkiste«, sagte Herr Baum schmunzelnd. »Ich weiß kaum, welcher Tag heute ist, aber du erinnerst dich an meine Werkzeuge von vor fünf Jahren.«

»Ja, Sie hatten Hämmer und Nägel und andere Sachen aus Metall.«

»Du hast völlig recht. Schlaues Mädchen!« Seine tief liegenden Augen ruhten auf mir. »Ich sag dir was. Morgen reparieren wir die Fenster. Du kannst assistieren. Jetzt bin ich zu müde, aber wir finden schon was für deine Fenster. Mach dir keine Sorgen.« Herr Baums knorrige Finger tätschelten meinen Arm.

»Ich sage besser Mutti Bescheid. Ich komme morgen Früh wieder.«

»Warte.« Auf Herrn Baums Handfläche lag ein Apfel. »Er ist aus meinem Garten. Vielleicht kannst du mir irgendwann helfen, Apfelmus zu kochen. Meine Hände wollen nicht mehr kooperieren.« Herr Baum zog ein Gesicht und besah seine knotigen Gelenke.

»Ich kann sehr gut Äpfel schälen«, sagte ich. Der fruchtige Apfelgeruch stieg in meine Nase. Dann biss ich hinein.

»Das ist ein Jonathan. Ich verwahre die Äpfel im Keller. Anna mag sie auch.«

»Bis morgen.« Immer noch kauend, wischte ich mir den Saft vom Kinn und zog vorsichtig die Tür hinter mir zu.

KAPITEL ELF

Günter: 4. November 1944

Auf dem Weg von der Handelsschule nach Hause — ich hatte einen Platz als Tagesschüler ergattert — stapfte ich durch Berge alter Blätter, die der Novemberwind durch die Straßen fegte. Es war Samstag und ich plante, mich heute Abend mit Helmut zu treffen und einen Lichtfilm anzuschauen. Nicht, dass mich die Wochenschau interessierte, die die neuesten Errungenschaften des deutschen Militärs herausposaunte, nein, ich wollte endlich den neuen Film *Die Feuerzangenbowle* mit Heinz Rühmann sehen, von dem jeder sprach.

Rühmann, einer der beliebtesten Schauspieler Deutschlands, spielt darin einen erfolgreichen Dichter, der sich als Schüler verkleidet und im Gymnasium großen Unfug anstellt. Das klang, als sei es genau das, was ich brauchte, nämlich das tägliche Leben, Hans, meinen Vater und meinen nagenden Bauch einmal zu vergessen. Vor allem wollte ich nicht an den drohenden Militärdienst denken.

Die Karte war kurz nach der Musterung eingetroffen.

»Günter Schmidt, geboren am 20/12/1928 – KV … zurückgestellt.«

Das ich abberufen würde, war klar. Wann wusste niemand. Jeder von uns, selbst Paul Mans, war bei der Musterung als kriegstauglich befunden worden. Hitlers Kriegsmaschinerie war endlos hungrig.

Nach dem Lesen dieses Schreibens hatte Mutter geweint. In den Reden und Nachrichten der Regierung waren Siege kein Thema mehr. Stattdessen drängte sie uns, stark zu sein und bis zum

72

Schluss ehrenhaft zu kämpfen. Ich fragte mich, was das bedeutete, wenn es sich so anfühlte, als sei das Ende bereits hier, und wenn ich nur noch daran denken konnte, Vater und meinen Bruder nach Hause zu bekommen.

»Mutter?«, rief ich beim Aufschließen der Tür.

»Ich mache einen Mittagsschlaf.« Mutters müde Stimme kam vom Sofa im Wohnzimmer.

»Entschuldige, hast du meine Hose geflickt?«, flüsterte ich. »Ich gehe heute Abend aus.«

»Noch nicht. Mache ich gleich. Mittagessen ist auf dem Tisch.«

Mittagessen war übertrieben. Ich schlang die Brühe mit den vereinzelten Kartoffel- und Zwiebelstücken hinunter. Sie war kaum in der Lage, das nagende Hungergefühl in meiner Mitte zu beruhigen. Um mich abzulenken, dachte ich an mein wöchentliches Bad. Nach fünf Jahren Krieg hatten wir Glück, noch fließendes Wasser und Gas zu haben. Die Engländer hatten Köln, Wuppertal und Remscheid schon vor ein oder zwei Jahren erwischt. Die Überlebenden dort mussten sich an verschiedenen Quellen das Wasser holen.

»Was machst du?« Siegfried lehnte im Türrahmen zu meinem Zimmer. Er schlief seit Jahren bei Mutter.

»Na, was schon?«, fragte ich zurück und knöpfte mein Hemd auf. »Ich gehe baden.«

»Mein Stift ist zerbrochen.« Auf Siegfrieds Handfläche lag ein Bleistiftstummel, dessen Bleispitze fehlte.

»Was hast du gemacht? Jemanden damit beworfen?«

»Stefan hat draufgetreten. Er ist gemein.«

»Ich dachte Ihr seid Freunde.«

Siegfried zog ein Gesicht.

»Ach, lass mich mal sehen.« Ich wuschelte durch Siegfrieds Haare und zog mein Taschenmesser heraus, das einzige kostbare Teil, das ich noch besaß. Dann schnitzte ich das Holz winklig weg, wodurch eine neue Spitze entstand. »Hier.«

»Gehst du auch in den Krieg?«

Siegfrieds Frage überraschte mich. Zunächst war ich sprachlos.

»Nicht, wenn ich es irgendwie vermeiden kann.«

»Aber Hans und Vater sind gegangen. Mutter sagt, sie weiß nicht, wann sie zurückkehren.«

Wenn sie zurückkehren. Ich räusperte mich. »Genaueres weiß ich auch nicht, aber erst mal bleibe ich hier. Nun lass mich ins Bad, ja?«

Siegfried nickte stumm und ließ mich mit meinen Gedanken allein.

Warum hatte Vater nicht geschrieben? Oder Hans? Ohne jede Nachricht zu sein, war schlimmer als der Ausfall der Lebensmittelpakete. Das schafften wir irgendwie. Auch in Zukunft.

Der Gasboiler an der Badezimmerwand zischte und entlud heißes Wasser in die Wanne. Weiße Wolken dampften in der Luft, als ich ins Wasser glitt. Es war zwei Uhr nachmittags, und ich hatte ein paar Stunden für mich allein. Ich rutschte tiefer und inspizierte meine mageren Knie. Über den Sommer war ich wieder gewachsen und fragte mich, ob ich jetzt größer als Vater war.

Wir hatten schon lange kein Haarwaschmittel mehr und das letzte Stück Seife war zu einem Knubbel geschrumpft. Während ich meine Fingernägel schrubbte, wanderten meine Gedanken zum bevorstehenden Abend: kurz den neuen Schwarzmarkt am Grünewald ausloten, dann Helmut und das neue Mädchen am Kino treffen.

Helmut hatte sie seit Monaten im Auge. Letzte Woche hatte er es endlich geschafft, sie einzuladen. Sie hieß Gerda und war so alt wie Helmut, sechzehn. Helmut hatte sie in der Druckerei Ullrich kennengelernt, wo er als Schriftsetzer ausgebildet wurde. Er schien sie für etwas Besonderes zu halten. Für mich war die Sache klar: Er war verknallt.

Wie weit war er wohl mit ihr vorangekommen? Als ich ihn einmal gebeten hatte, sie zu beschreiben, hatten seine Augen einen träumerischen Ausdruck angenommen. Angeblich hatte sie schönes braunes Haar wie ein Reh und schien zu wissen, was sie wollte.

Wenn ich ehrlich war, ärgerte mich Helmuts neue Hingabe. Ich war daran gewöhnt, dass seine Aufmerksamkeit mir galt. Wenn alles stimmte, was er erzählt hatte, dann mochte Gerda ja ganz nett sein, aber trotzdem. Mich konnte jedenfalls kein Mädchen ablenken. Sie waren mir ehrlich gesagt alle egal. Ich war zu sehr mit Schule, Arbeit und dem Organisieren unseres Unterhalts beschäftigt. Mich um Mutter und Siegfried zu kümmern, erforderte meine letzte Kraft. Jetzt war ich auch noch das fünfte Rad am Wagen.

Die Luftschutzsirene heulte auf, echote durch die Straßen.

Egal, wie oft ich sie hörte, das Kreischen machte mich schreckhaft. Auch jetzt war ich wieder zusammengezuckt.

Aber nein, ich weigerte mich, Angst zu haben. Wenigstens dieses eine Mal wollte ich mir mein Leben nicht von den Sirenen diktieren lassen.

Normalerweise flogen die Bomber nachts, doch in der letzten Zeit erschienen sie auch tagsüber. Und es gab haufenweise falschen Alarm, weswegen die Leute die Warnungen oft ignorierten.

Ein hartes Klopfen an der Tür. »Günter?«, schrie Mutter.

»Ich bin noch nicht fertig.«

»Wir gehen zum Bunker. Beeil dich. Ab in den Keller.« Mutter hatte schon lange aufgegeben, mich von der Sicherheit des Bunkers zu überzeugen.

Die Haustür fiel zu und für den kürzesten Moment herrschte Totenstille. Aus irgendeinem Grund machte mich diese Ruhe nervöser als die Sirenen.

Aber ich wollte das kostbare Wasser nicht verlassen, versuchte, mich stattdessen auf meinen mageren Kleiderschrank zu konzentrieren. Welches Hemd war sauber und passte noch? Nichts war schlimmer, als vor dem Mädchen wie ein Idiot dazustehen. Vielleicht könnte ich mir ein Hemd von Hans ausleihen.

Das Dröhnen von Flugzeugen brachte mich in die Gegenwart zurück. Wie eine monströse Dampfmaschine brummten sie näher, gefolgt vom Heulen und Pfeifen der fallenden Bomben und Minen. Dann Explosionen. Laut. Anschwellend.

Der Boden vibrierte, sodass das Wasser in der Wanne wie von selbst Wellen schlug. Dann verschoben sich die Wände, ein grauenhaftes Knirschen, als fiele das Haus auseinander.

Ich sprang auf. Zu spät.

Die Erde erbebte.

Die Luft toste.

Ich hielt mir die Ohren zu, doch es dämpfte den Lärm kaum. Wo war mein Handtuch? Ich musste raus. Jetzt sofort.

Das Fenster über der Wanne zersprang und explodierte in silberne Splitter. Eisige Luft traf meine nasse Haut wie ein Wintersturm. Ich schüttelte mich. Glas stob in alle Richtungen, als ich aus dem Wasser sprang, die Hose an mich riss und zur Tür rannte. Ich sah mich nackt in den Trümmern liegen, meine Haut zerkratzt und blutig.

Ich zögerte und stieg dann in die Hosenbeine. Ich würde nicht im Adamskostüm sterben.

Der Boden erzitterte erneut und ich stieß mit der Schulter gegen die Wand, der Krach so laut, dass ich meine Mutter nicht hätte sprechen hören können, selbst wenn sie direkt neben mir gestanden hätte. Ich musste nach unten. Jetzt.

Die Explosionen schwollen zu einem stetigen Getöse an. Ich hätte mich nicht gewundert, wenn meine Trommelfelle geplatzt wären. Der Flur dehnte sich, zog sich mit jedem Bruchteil einer Sekunde mehr in die Länge.

Eine neue Welle. Lauter.

Ich erreichte das Treppenhaus, sprang zwei Stufen auf einmal hinunter, ignorierte die Glassplitter unter meinen Füßen. Mein Herz sprang gegen meine Rippen. Das war's! Das war das Ende. Ich war zu langsam gewesen.

Der Keller … Geh in den Keller.

Ein enormer Knall rüttelte das Haus, während ich an der eichenen Haustür vorbeiflog.

Hinter mir krachte etwas wie ein Schuss. Wie in Zeitlupe hob sich die schwere Eichentür aus den Angeln und schlug im Flur auf. Ich sprang die letzten drei Stufen hinunter und verschwand um die Ecke im Kohlenkeller, unserem designierten Luftschutzraum.

»Günter, oh mein Gott.« Die Nachbarn aus dem zweiten Stock, ein Ehepaar in den Siebzigern, hielten angsterfüllt die Arme über dem Kopf. Sie wirkten aschgrau, ihre Augen waren vor Schreck geweitet.

Ich fiel auf die Bank.

»Alles in Ordnung?« Mein Nachbar betrachtete mich durch seine Finger. »Deine Mutter und dein Bruder?«

»Im Bunker.« Erst, als ich es aussprach, wurde mir klar, dass es mindestens fünf Minuten dauerte, den Bunker zu erreichen. Mit Siegfried eher acht. Ich erschauerte, schüttelte den Kopf, um den Gedanken, sie könnten da draußen vergraben liegen, zu verdrängen.

Das Haus schien auf Kufen zu sitzen, wurde schlüpfrig. Staub und Zement rieselten von der Decke. Bums, bums, bums.

Als ich nach unten sah, fiel mir auf, dass meine Knie gegeneinanderschlugen. Etwas braute sich in mir zusammen, würgte mich, aber es war weder Angst noch Panik, es war blanke Wut. Zorn verwandelte mein Inneres in Feuer. Er brodelte, wurde zur Glut. Fünf Jahre lang hatte ich mich abgerackert, Mutter geholfen, immer auf der Suche, immer darum besorgt, wo die nächste Mahlzeit herkommen sollte. Und nun sollten wir so enden? Mutter und mein kleiner Bruder von Bomben zermalmt, Hans und Vater erschossen und im Niemandsland vergraben. Wofür?

Ich schluchzte auf.

Die alte Frau legte einen Arm um meine Schultern. Ich spürte sie an meiner Seite zittern. Draußen noch mehr Getöse, diesmal so nah, dass auf der anderen Seite der Wand Regale umfielen. Ich begrub meinen Kopf in den Armen und neigte mich nach vorn, das Gesicht auf den Knien.

Eine tiefe Kälte kroch in meine noch feuchte Haut, den nackten Oberkörper. Meine Füße fühlten sich komisch an in den Hausschuhen, aber ich konnte nicht klar denken. Gedanken überschlugen sich in abgehackten Szenen — Vater in seinem Lieblingssessel, mich anlächelnd, Hans auf dem Bett in Uniform, Mutter sich über Siegfried beugend. Die Chancen standen gut, dass wir unter dem Haus begraben würden. Ich sah abwesend auf meine Hausschuhe und die darin liegenden Glassplitter. Ich schüttelte sie heraus, betrachtete meine Fußsohlen. Keine Schnitte, nicht mal ein Kratzer.

Totenstille.

Keine Entwarnungssirene. Nur Stille.

Ich strengte meine Ohren an. Nichts.

Die Ruhe war sonderbar, unwirklich. Ich sah auf. Es war fast dunkel in dem kleinen Raum, der schwärzliche Staub der leeren Kohlenverschläge hing in der Luft wie schwarzer Nebel.

Ich stand auf. »Ich halte es nicht aus.«

»Sie kommen vielleicht wieder«, rief mein Nachbar hinter mir her.

»Dann sollen sie«, murmelte ich, bereits um die Ecke. Meine Oberschenkel wollten mir nicht gehorchen, sie waren schwach, als hätte ich kilometerweit schwere Lasten getragen.

Ich roch sofort, dass es draußen brannte, die Luft, getragen vom scharfen Novemberwind, biss in meiner Nase. Erneut packte mich das Grauen. Ich kroch vorwärts.

Die Kellertür zur Waschküche, die sich alle Nachbarn teilten, war zerbrochen und lag auf dem Boden.

Im Treppenhaus, wo vor Kurzem noch die Eingangstür gewesen war, klaffte ein Loch. Der Holzrahmen hing in Stücken, die Eichentür lag auf den Stufen. Glassplitter übersäten alles. Die verputzten Wände waren gelöchert wie Pockennarben. Ich kroch über die zerborstene Tür und, wie ein Hund schnüffelnd, in unsere Wohnung. Wo war das Feuer? Kalter Wind traf mich — ich hatte meine nackte Brust vergessen. Dennoch stand ich unbeweglich da, versuchte, den Anblick, der sich mir bot, zu verarbeiten.

Die zerfetzten Gardinen tanzten im Wind. Alle Scheiben fehlten, das normalerweise geschrubbte Linoleum war mit einer Mischung aus Glas- und Holzsplittern bedeckt. Durch die Zimmer katapultiert, hatten sie sich auch auf Sofa, Regalen, Tischen und Stühlen verteilt. Der Wohnzimmertisch lag an der Wand auf der Seite.

Die Küche sah noch schlimmer aus.

Wie bei einem Erdbeben hatte sich das Haus geschüttelt, Türen und Schlösser geöffnet, alles, was in Schränken und Kommoden lag, herausgestoßen. Porzellan und Gläser, Töpfe, Pfannen und Besteck lagen in buntem Durcheinander. Die wenigen kostbaren Gewürze bestaubten nun Mutters bestes Geschirr. Mitternachtsblau mit Goldrand war es noch immer schön, selbst jetzt. Unsere wenigen Bestände an Mehl und Salz lagen dazwischen, mischten sich mit Glas und Keramiksplittern zu einem Mosaik der Zerstörung.

Geistesabwesend hob ich eine Kaffeetasse auf. Sie hatte weder Risse noch Katschen und ich stellte sie auf den Tisch.

Als mir bewusst wurde, wie kalt es war, eilte ich in mein Zimmer. Mehr Glas und Holz bedeckten die Betten und den Boden. Bücher lagen herum, als hätte sie jemand hingeworfen, einige offen, die Seiten im Luftzug flatternd. Ich ergriff mein Arbeitshemd, schüttelte es aus und hielt inne.

Was sollte ich tun?

Die Intensität des Bombenangriffs lähmte mich. Unser Haus war ein Scherbenhaufen. Mutter würde geschockt sein. Mutter!

Das blöde Haus war völlig egal. Ich musste Mutter und Siegfried finden.

Ich rannte in den Flur und stieß fast mit meiner Mutter zusammen, die wie erstarrt dastand, mit Siegfried an der Hand.

»Alles ist kaputt«, sagte sie, während ihr Blick unsicher über das Chaos schweifte.

Mir fiel kein passender Kommentar ein. Ich wollte sie umarmen, aber selbst das erschien mir nicht richtig. »Ich hole Besen und Schaufel«, sagte ich.

»Mein bestes Porzellan.« Sie schlurfte zum Sofa und sackte darauf.

»Mutter?« Siegfried zog an ihrem Ärmel. »Mir ist kalt.«

Ich drapierte eine Decke um die Schultern meines Bruders und ging in die Küche, um einen Schluck Wasser zu trinken. Ein trockenes Gurgeln kam aus der Leitung.

»Sie haben die Wasserleitungen erwischt«, murmelte ich zu mir selbst.

Mutter rappelte sich langsam auf. »Dann holst du Wasser vom Pütt. Wer weiß, wie lange die Reparaturen dauern.«

Vor langer Zeit hatten in der Zeitung genaue Instruktionen gestanden, was bei Ausfällen der Wasser- oder Gasleitungen zu tun war.

Ich unterdrückte ein Zittern und probierte den Lichtschalter aus. »Auch kein Strom.«

Ohne den Schutz der Fenster war die Luft hier drinnen so kalt wie draußen.

»Besorg mir zwei Eimer. Ich kümmere mich um die Fenster. Wir erfrieren, wenn wir die nicht zubekommen.« Ohne auf Antwort zu warten, ging ich zur Tür.

»Hol zuerst Wasser«, rief Mutter hinter mir her.

Ich seufzte vor Frust. »Ja, Mutter.«

Von einem Haus in der Nähe vom Brühl schlugen Flammen gen Himmel. Ein paar Schaulustige standen herum. Vielleicht waren sie auch nur in Schock. Zwei Frauen sortierten Trümmer. Ich versuchte, mich zu erinnern, wer hier gelebt hatte, aber mein Hirn war porös wie ein Sieb.

An der Quelle wartete ich in der Schlange. Das Wasser lief kalt und stark und füllte meine Eimer schnell.

Der Weg zurück dehnte sich, die Bürgersteige und Wege waren unter Schutt begraben, meine Arme gefühllos vom Gewicht.

Ich sollte dankbar sein, dass die Bomben uns verschont hatten — Mutter und Siegfried unverletzt waren. War ich auch. Und trotzdem wollte ich nur brüllen und fluchen. Zu überleben war unendlich schwieriger geworden.

Ich lieferte die Eimer ab — Mutter hatte sich ein Kopftuch umgebunden und kehrte die Böden — und steuerte kommentarlos in den Keller.

In einer Ecke unseres Privatkellers stand eine Holzkiste voller Sägen, Hämmer, einer alten Axt mit zerbrochenem Griff, Zangen und etlichem Krimskrams. Eine schmierige Ölkanne stand auf einem Fensterbrett neben zwei Dosen Farbe, die Deckel waren verbeult und rostig. Ich schnupperte.

Mein Vater hatte die Ölkanne benutzt, um den Rasenmäher zu schmieren. Ein altes Flanellhemd hing an einem Haken hinter der Tür. Vater hatte es bei der Gartenarbeit getragen. Der Stoff war moderig feucht, ich zog es dennoch über.

In der anderen Ecke lehnten verschiedene Reste Linoleum, ein alter Teppich, zerbrochene Stühle, Holz und Pappe. Ätzende Luft strömte durch die mit einem Metallgitter gesicherten Fenster und brannte sich in meine Nase. Ein orangefarbener Schimmer vom Haus an der Ecke reflektierte auf dem Pflaster.

Ich begann in der Küche und arbeitete mich von Zimmer zu Zimmer, verdeckte die Fenster mit einem Flickwerk aus Holz, Pappe und Linoleum. Ich hämmerte, bis meine Arme so schwer wurden, dass ich die Nägel verfehlte. Einige waren sowieso rostig und krumm, sodass ich sie erst geraderichten musste.

Im Wohnzimmer war die Arbeit am schwierigsten. Das Fenster war größer und die Holzrahmen hatten sich mit dem Glas verabschiedet. Morgen würde ich weiteres Material finden müssen.

Der Himmel über der Stadt im Norden glühte hell. Fünf Jahre lang hatten wir die Fenster verdeckt und waren ohne Straßenlaternen ausgekommen, um uns vor Feindfliegern zu verstecken. Es war umsonst gewesen.

Dreckig und hundemüde sank ich abends in der Küche auf einen Stuhl. Morgen früh war die Haustür dran. Mutter und Siegfried hatten sich ins Bett verkrochen. Ein Kerzenstumpen stand in einer Blechdose neben einem schmalen Stück Schwarzbrot. Ich trank ein paar Tassen Wasser vom frischen Eimer und stopfte das Brot in den Mund.

Ich wusste schon lange nicht mehr, wie Butter und Wurst schmeckten. Die Erinnerung an die Lebensmittelpakete meines Vaters traf mich wie ein Faustschlag in den Magen — Hering, Fischsuppe in Konserven und richtige Beerenmarmelade — doch all das war weit weg, nicht mehr als ein vergessener Traum.

Ich zog das Hemd meines Vaters aus und untersuchte meine Brust. Jede Rippe war zu sehen, die Haut mit Schmutz und Ruß befleckt. So viel zum Bad. Ich ließ mich aufs Bett fallen und fragte mich, ob Helmut in Sicherheit war. Meine Pläne, ihn heute Abend am Kino zu treffen, schienen Monate her zu sein.

VATERLAND, WO BIST DU?

Das Gesicht meines Vaters schwebte in meine Gedanken —
doch es blieb verschwommen.

KAPITEL ZWÖLF

Günter: 13. November 1944

Eine Woche lang wüteten die Feuer in der Stadt — Asche rieselte wie Schnee vom Himmel und bedeckte alles. Sie kam mit dem Wind, dämpfte die harschen Zacken der Trümmer. Sie fand ihren Weg durch kaputte Wände, zerbrochene Fenster, durch Löcher, Risse und Eingänge.

Dann begann es zu regnen. Schwere Wolken hingen über Solingen, verschmolzen mit dem Grau und Schwarz des Rauches hunderter Feuer, entfesselten die ersten Stürme des nahenden Winters und verwandelten die Asche in klebrigen Schlamm.

Immer noch brannte die Stadt, bis es nichts mehr zu verbrennen gab. Das Feuer vernichtete alles, schmolz Glas in undefinierbare Formen, kochte Menschen in ihrem eigenen Fett, bis sie zur Größe von Säuglingen geschrumpft waren.

Eine gute Woche nach dem verheerenden Angriff erforschten Helmut — zum Glück waren er und seine Mutter unverletzt geblieben — und ich die Nachbarschaft in immer weiteren Kreisen. Dabei stellten wir fest, dass noch mehr Leute als zuvor um Schlafplätze konkurrierten und nach Essbarem suchten.

»Sollen wir in die Stadt gehen? Die Feuer sind endlich aus.« Helmut thronte auf einem Stapel Ziegelsteine, die auf dem Bürgersteig aufgereiht standen.

Es war ein eisiger Nachmittag. Regen nieselte, gerade genug, um die Luft abzukühlen, ohne uns zu durchnässen. Wir hatten hart daran gearbeitet, einen Dachgiebel in Feuerholz zu zerteilen.

Mein Magen rumpelte wie üblich. »Warum nicht?«

Trotz unserer dauernden Suche nach Essbarem und nach Artikeln, mit denen man handeln konnte, war mir langweilig. Die Schulen waren geschlossen, die meisten Fabriken zerstört. Ich konnte keinen Ausbildungsplatz finden, nicht mal einen Aushilfsjob, und die Aufgaben zu Hause drückten mir aufs Gemüt.

»Glaubst du, die Läden sind offen?«, fragte ich.

Seit der Bombardierung am 4. und 5. November, die inzwischen alle *den Angriff* nannten — Zeit wurde gemessen, indem man von ›vor‹ oder ›nach‹ dem Angriff sprach —, hatte ich mich heimlich gefragt, was noch von unserer Stadt übrig war. Die Tageszeitung erschien nicht mehr, und so hörten wir nur schreckliche Gerüchte. Dementsprechend war meine Laune mit jedem Tag, an dem das Feuer brannte, weiter gesunken.

»Lass uns nachschauen«, sagte Helmut.

Normalerweise waren wir vom Brühl in fünfzehn Minuten in der Stadt. Heute nicht. Nachdem wir den Brühler Berg erklommen hatten, blieb ich stehen. Vor uns lag die Innenstadt, doch was wir kannten, gab es nicht mehr.

Das alte Zentrum war über Hunderte Jahre gewachsen. Schwarz-weißes Fachwerk drängte sich gegen mit grauem Schiefer verkleidete Häuser, deren präzise geschnittenen Platten mich mit ihrer silbrigen Oberfläche an Fischschuppen erinnerten. Dazwischen boten Einzelhandelsläden alles, was der Solinger Bürger so brauchte.

All das war weg.

Vor uns türmte sich ein Armageddon, eine endlose Wüste zerbröckelter Steine. Straßen waren verschwunden, ersetzt durch schmale Trampelpfade über Ruinen und Trümmer. Die alten Kopfsteinpflaster lagen vergraben wie die Erinnerungen und Andenken Tausender.

Busse und Straßenbahnen fuhren nicht mehr. Wie auch? Die Schienen bogen sich wie Metalldrähte unter kilometerweiten Bergen von Zement, Ziegeln, zerborstenen Möbeln und Holzbalken.

Ich wollte gleich wieder umdrehen. Ich hätte darauf bestehen sollen.

Stattdessen folgte ich Helmut, der von einem Stein zum anderen hüpfte. Unter mir verschob sich das Geröll, gab tiefe Risse und Löcher preis, in die man fallen konnte, um von einem versteckten Keller verschluckt zu werden. Viele Menschen waren verschwunden, verbrannt oder explodiert, verschüttet und zerdrückt von Ruinen.

Wer Glück gehabt hatte, genug Luft zu haben, wartete auf Rettung, ein Rennen gegen die Zeit. Familien, unterstützt von Nachbarn und Freunden, gruben mit bloßen Händen die Nächte durch. Oft waren die Opfer längst tot, bevor sie gefunden wurden, bedeckt vom Staub roter Ziegel wie von Blut. Nackte Körper, die Kleidung entrissen vom Sog der Bomben und Feuer, lagen wie Feuerholz gestapelt auf den Bürgersteigen und warteten auf Abholung.

Inzwischen lebte niemand mehr unter den Trümmern, und bei dem Gedanken, auf Tote zu treten, kehrte sich mein Inneres um. Meine Brust zog sich zusammen wie im Bunker, ein Gewicht, das sich zu lichten weigerte. Es hätten Mutter und Siegfried sein können. Ich hob einen faustgroßen Stein auf und schleuderte ihn weg. Er traf ein Stück gewelltes Metall mit einem dumpfen Knall, das Geräusch klang so verloren und hilflos, wie ich mich fühlte.

»Verdammt!«, würgte ich. »Nichts steht mehr.«

Meine Nase wegen des schrecklichen Gestanks tief im Kragen vergraben, überflog ich die Anhöhe in Richtung Dreieck, das Herz der Innenstadt, wo ehemals die Straßenbahnen in drei Richtungen geeilt waren.

Fast jedes Haus war eingestürzt, die Dachgestelle verbrannt — schwärzliche Knochen, die sich gen Himmel reckten. Widerwillig betrachtete ich meine verdreckte Hose, versuchte, die Schwere in meinem Herz zu ignorieren. *Werde bloß nicht sentimental. Nicht jetzt.*

Unter den Zementstücken und Ziegeln ragte etwas Schwarzes in die Luft. Es sah aus wie verbranntes, in Kohle verwandeltes Holz. Meine Nase brannte von dem überwältigenden Gemisch aus Ruß, Staub und etwas Süßlichem.

Als ich erkannte, was da vor mir lag, drehte ich mich schlagartig um. »Ich haue ab.«

»Warum die Eile? Wenn wir schon mal hier sind …«

Ich nickte in Richtung der Schwärze.

»Ist das ein … ein Mensch?«

Ich nickte wieder. Mein Hals war zu eng, um Luft durchzulassen. Was wie schwarze Stangen aussah, waren Arme und Beine, verkohlt zu Zweigen, zusammengeschrumpft und knorrig in den Himmel zeigend, als bäten sie um Hilfe. Ich wollte nur noch weg, doch meine Füße waren wie festgewachsen.

Helmut kletterte auf mich zu. »Gehen wir.«

Eine alte Frau zog einen Karren mit Holzstücken an uns vorbei. Ihr Gesicht war fahl und verschwamm wie der formlose Haufen hinter ihr. Trümmerfrauen arbeiteten entlang des Weges, entfernten Steine und Gerümpel, säuberten Ziegel und stapelten sie auf. Sie bückten und streckten sich, mit mechanischen Bewegungen, ohne jedes Geräusch.

Das war aus dem Leben geworden. Eine Serie von mechanischen Bewegungen, Arbeiten ohne Pause. Denn würde man sich erlauben, innezuhalten und nachzudenken, würde man unweigerlich auf die Trümmer sinken und wie die Steine rings um einen herum auseinanderbrechen.

»Hier gibt es nichts für uns«, raunte Helmut, während sein Blick unstet umherschweifte.

»Ne.« Meine Stimme klang hoch in meinen Ohren.

Ich rutschte über die Ruinen und scheuchte dabei Dreck und Fliegen auf. Sie schwärmten in schillernden Wolken daher. Ihr Brummen stach meine Ohren wie Dornen und ich wollte vor diesem Geräusch noch mehr davonlaufen als vor dem Dröhnen der Bomber. Ich wusste, warum es so viele waren. Ich wusste, was sie taten.

Ich sah geradeaus. Hätte ich Helmut angeschaut, das war mir klar, so wäre ich in jämmerliches Heulen ausgebrochen, das nie wieder aufgehört hätte.

Obwohl meine Mutter für unsere Einkäufe zuständig gewesen war, hatte ich die Besuche in den Cafés und Bäckereien genossen, den alten Markt mit seinen kleinen Geschäften. Ich hatte den Brunnen geliebt, in dem man Spielzeugboote hatte schwimmen lassen können, den alten Schwertschmied, der auf einer Steinsäule über uns geragt hatte. Ich hatte meine Stadt verloren.

Eine unsichtbare Wolke umfing mich, wollte mich zu Boden zwingen. Die Trauer war so intensiv, dass sich mein Körper wie mit Zement gefüllt anfühlte und ich meine Beine mit Gewalt vorwärtstreiben musste.

»Lass uns in den Wald gehen«, sagte ich. »Da ist wenigstens nicht alles verbrannt und kaputt.«

»Jungs, könnt ihr mir einen Moment helfen?« Ein Mann stand auf der obersten Treppenstufe eines ehemaligen Hauseingangs. Wo

Tür und Wände gewesen waren, türmten sich Steine.

Ich trat einen Schritt näher. »Was brauchen Sie denn?«

Der Mann sah abgerissen aus, Mantel und Hose waren dreckverkrustet, sein Haar hing grau und zerfranst wie ein Heiligenschein um seinen Schädel. Sein Gesicht war runzelig und beschmutzt. Ein rauer Bart bedeckte sein Kinn. Er schaute wirr zwischen uns und den Trümmern hin und her.

»Meine Frau … Sie ist da unten.«

»Ihre Frau ist verschüttet?«

»Ich kann sie hören. Sie ruft nach mir.«

Ich rannte die Treppen hinauf, Helmut blieb mir auf den Fersen. »Wo ist sie?«

»Gleich da unten.« Der Zeigefinger des alten Mannes deutete auf die Berge Ziegel, Schiefer, Zement und Holz. »Könnt ihr mir helfen, sie herauszuholen?«

Die Geröllmenge war überwältigend.

»Haben Sie eine Schaufel oder Kreuzhacke?«

»Keine Werkzeuge.«

»Aber es ist neun Tage her«, sagte Helmut. »Ich höre nichts.«

Der Mann nickte. »Sie ruft mich, meine Liesel ruft mich.« Er ließ sich auf die Knie fallen, hob einen Stein auf und warf ihn ein paar Meter. Ich hockte mich neben ihn und lauschte. Nichts, außer dem Brummen von Fliegen und dem penetranten Gestank von Verwesung. Ich stand schlagartig auf und klopfte dem Mann auf die Schulter. »Sind Sie sicher, dass Sie etwas hören? Denn ich höre nichts.«

Helmut schüttelte den Kopf.

Der Mann antwortete nicht, hob aber weitere Steinchen auf. Die meisten Teile waren jedoch zu groß und ineinander verkeilt. Er sah gebrechlich aus, abgemagert, als hätte er seit Wochen nicht gegessen.

Als ich mich abwendete, schlossen sich die Finger des Mannes um meinen Unterarm. Obwohl sie vor Arthritis ganz knotig waren, waren sie überraschend stark.

»Du musst mir helfen. Ich schaffe es nicht allein.«

»Lassen Sie mich los.« Ich zerrte an meinem Arm. Der Griff des Mannes hielt wie ein Schraubstock. »Bitte.«

Helmut, der bereits am Fuß der Treppe stand, kletterte wieder herauf. »Wir wäre es, wenn wir dieses Teil zusammen hochheben?«

»Ja, natürlich.« Der alte Mann nickte eifrig und ließ meinen

Arm los.

Ich trat neben Helmut auf die andere Seite der Wand.

»Auf drei.«

Wir zerrten und zogen, aber das Teil bewegte sich nicht. Es war, als wollte man einen See mit einem Fingerhut leeren.

»Sie brauchen Werkzeuge, um das hochzuheben.« Ich rieb meine Hände, die rau und dreckverschmiert waren. »Haben Sie einen Platz zum Schlafen?«

Der Mann schien mich nicht zu hören.

»Sollen wir Ihnen helfen, eine Schlafstelle zu finden?«, schrie ich.

Der Alte schüttelte den Kopf. »Ich bleib hier. Das ist mein Haus, genau hier bei meiner Liesel.« Er tätschelte den steinigen Grund.

»Es tut mir leid, ich glaube nicht, dass wir helfen können.« Ich nickte Helmut zu. »Wir gehen.«

Als wir davonrannten, hörte ich, wie der alte Mann erneut jemanden ansprach. »Bitte helfen Sie mir eine Minute.«

»Danke«, sagte ich nach einer Weile.

»Kein Problem.«

Mehr gab es nicht zu sagen.

KAPITEL DREIZEHN

Lilly: Dezember 1944

Viereinhalb Jahre nach Vatis Verschwinden fragte ich Mutti nicht länger nach seiner Rückkehr. Inzwischen wusste ich, dass Männer nie wiederkamen. Zumindest nicht in einem Stück.

Stattdessen wurden sie von Hitlers Kriegsmaschinerie verbraucht. Während eine Stadt nach der anderen zu Asche zerfiel, erschienen immer mehr Vermissten- und Todesanzeigen an den Wänden von Ämtern und anderen öffentlichen Gebäuden.

Sie betrafen nicht nur Soldaten, sondern auch Tausende Zivilisten.

Obwohl ich erst zwölf war, wusch ich die Wäsche im großen gemauerten Ziegelbecken unseres Kellers allein. Die Schulen waren geschlossen und ich verbrachte den ganzen Tag mit Wasser holen, heizen, rühren, einweichen und spülen. Weiße Wäsche wurde nach dem ersten Gang zum Bleichen auf das Gras im Garten gelegt und musste ein zweites Mal gewaschen werden. An den restlichen Tagen sandte mich Mutti Feuerholz sammeln. Ausgestattet mit einer ziemlich stumpfen Axt zog ich dann mit dem alten Bollerwagen los.

»Ich will heute nicht waschen.« Ich stand mit den Armen vor der Brust gekreuzt in der Küche. Es war Samstag und ich hatte vorgehabt, in der Umgebung nach Brauchbarem zu suchen und vielleicht in den Wald zu gehen. Nicht nur schien ausnahmsweise die Sonne, ich liebte die Stille, das Geflüster der Zweige hoch über mir und die aromatische Luft, den einzigen unverdorbenen Ort der

Welt.

»Motz hier ja nicht rum, junge Frau.« Muttis Stimme war schrill. »Ich sage dir, was zu tun ist, und du hörst gefälligst.«

»Warum können wir nicht am Montag waschen?«

»Weil wir es schon zu lange aufgeschoben haben.«

»Fein.« Ich stapfte in den Flur. Ich hatte gelernt, Muttis drohende Attacken schlechter Laune zu erkennen. Zeit, abzuhauen.

»Vergiss nicht den Wäschekorb.«

Ich ignorierte sie und sprang die Stufen hinunter.

Die Waschküche war schummrig, weil das Kellerfenster mit einem Metallgitter verschlossen war, um Diebe abzuhalten. Ich versuchte den Lichtschalter. Nichts.

Stromausfall war nur eines der Dinge, die seit dem Angriff als *normal* galten. Ich hatte oft Albträume. Im Schlaf lief die Hand auf den Fingern und folgte mir über die Straße. Die Hand war weiß, wie mit Mehl bestäubt. Sie zog Fleisch und Sehnen hinter sich her wie die Tentakel eines Oktopus. Die Hand kroch und kroch — und egal, wie schnell ich lief, sie erschnüffelte mich und blieb mir auf den Fersen.

Ich verriegelte Türen und Fenster, aber die Hand öffnete sie. Dann kroch sie langsam näher, aufs Bett, über meinen Körper zu meinem Hals, wo sie mich würgte. Ich schrie jedes Mal und wachte auf. In einem anderen Traum gehörte die Hand Vati. Ich grub in den Trümmern und fand ihn darunter, blass, seine blauen Augen leer.

Mein Magen schmerzte, nicht nur vom Hunger, sondern auch von der Angst, die sich dort festgesetzt hatte und meine Eingeweide wie ein Schraubstock umklammerte.

»Fräulein Lilly.« Huss stand in der Tür zu seinem Privatkeller. Das eiserne Vorhängeschloss hing offen herab, an ihm vorbei erhaschte ich einen Blick auf Kisten und Kartons, die zum Teil unter Ölhäuten versteckt waren. Ich fragte mich, was er dort verborgen hielt.

»Hallo Herr Huss.«

»Dein Haar sieht heute sehr schön aus.«

»Danke.«

»Ist es Zeit zum Wäschewaschen?«

»Mutti kommt jeden Moment runter.«

Huss ignorierend, kniete ich mich vor den Ziegelofen und stopfte kostbares Zeitungspapier unter einen Berg Zweige. Es war nervig, Feuer unter dem großen Behälter zu machen, weil es viel Holz verbrauchte. Holz, das ich mühsam aus dem Wald holen musste und das uns beim Kochen und Heizen fehlte. Inzwischen wuschen wir Kleidung und Unterwäsche in einer alten Zinkwanne in der Küche und nur die großen Teile wie Bettwäsche hier unten. Das Holz brannte und ich richtete mich auf, um die zwei Eimer zu nehmen, mit denen ich an der Quelle Wasser holen musste. Drei Wege waren nötig, um das Becken zu füllen.

Huss erschien aus dem Dunkel. »Brauchst du Hilfe?«

»Ich kann es schon.«

»Es ist kein Problem, Lilly. Ich helfe dir gern mit dem Wasser.« Huss' Stimme war seidig.

»Es geht schon. Wirklich.« Ich sah auf und stellte fest, dass Huss mir den Weg zur Treppe abschnitt. *Wo sind die Eimer?* Ich saß in der Falle. Schweiß tropfte von meinen Achseln.

Ich bewegte mich rückwärts und stieß gegen die eiserne Tür der Feuerstelle.

Huss folgte und trieb mich in Richtung Kellertür. Ich vergaß die Eimer. Alarmglocken läuteten. Zuinnerst hatte ich immer gewusst, dass mit Huss etwas nicht stimmte. Warum war ich nicht vorsichtiger gewesen?

So nahe vor mir sah ich jedes Detail. Wie sich seine Augen beim Lächeln in Schlitze verwandelten, die braunen Zahnstumpen und die fettigen Haare.

»Wenn du nett zu mir bist, helfe ich dir.« Sein Arm schoss nach vorn und ich fühlte seine Finger auf meinen Haaren. »Wie weich es ist«, seufzte er und trat noch näher.

»Bitte, lassen Sie mich gehen.«

»Aber ich bin doch dein Freund«, sagte er, seine Stimme tiefer, rauer und mit einer Spur Empörung darin. Er atmete heftiger. Natürlich wusste ich, dass er log, doch in seinem verdrehten Hirn glaubte er vermutlich sogar, was er sagte.

Meine Schulterblätter stießen gegen die Tür und ich tastete hinter mir nach der Klinke. Etwas Kaltes floss durch meine Adern und drohte, zu gefrieren.

»Wenn Sie mein Freund sind, dann geben Sie mir die Eimer und lassen mich die Wäsche machen!«, schrie ich in der Hoffnung, Mutti könnte mich hören.

Huss ragte über mir, seine Finger auf Wanderschaft über meine Wange zum Hals. Meine Faust flog gegen seine dürre Brust und prallte nutzlos ab.

»Lassen Sie mich in Ruhe.«

»Wie stark du bist«, schmunzelte er.

Ich erinnerte mich an den Türknauf hinter mir. Ich drehte daran. Nichts. Die ekelerregende Hand kroch über meine Schultern. »Warum kommst du nicht mit in meine Wohnung? Ich habe Schokolade.«

»Nein, danke.« Der Gestank von Huss' dunkel-geflecktem Hemd stach in meiner Nase. »Meine Mutter wird verärgert sein, wenn ich nicht mit der Wäsche anfange.«

»Aber du arbeitest zu hart für so ein junges Mädchen. Wie alt bist du jetzt?«

»Ich werde im Juni dreizehn.«

»Eine junge Frau«, hauchte er. Seine Finger fanden meine Brust.

Ausnahmsweise war ich über den formlosen Pullover froh. Nicht, dass da viel zu sehen gewesen wäre. Nicht wie bei den Mädchen in meiner Klasse, die schon letztes Jahr wie richtige Frauen mit Kurven aussahen. »Wie schön deine Brust ist, wie Rosenknospen.«

Meine Wangen gingen in Flammen auf. Ich stampfte fest mit dem Fuß auf. Dabei streifte mein Stiefel die Spitze von Huss' offenen Sandalen.

Er schrie auf, während ich mich an ihm vorbeischob.

»Du kleine Hexe. Dich kriege ich noch.«

Dann lachte er und das Echo folgte mir nach oben. Schaudernd öffnete ich die Etagentür. Ich konnte noch immer seine Hände riechen.

»Am besten machen wir die Bettlaken zuerst.« Mutti stand in der Schlafzimmertür, ihre Arme beladen mit Kopfkissenbezügen.

»Noch nicht.« Ich rannte in die Küche, vergaß, dass ich noch Schuhe trug.

»Warum bist du …«

»Huss hat mich angegriffen«, keuchte ich. Mein Kopf pulsierte wie ein überfüllter Zeppelin.

»Was heißt das?«

»Er hat mich angefasst.«

Mutti runzelte die Stirn, als wäre sie unsicher, ob sie mir glauben sollte. »Ist was passiert?«, fragte sie endlich. »Was genau hat er getan?«

»Er kam ganz nah, hat mich an die Wand gezwungen und dann sind seine Hände … Er hat meinen Kopf und meine Brust angefasst.« Ich wurde wieder rot.

»Ich verstehe.« Mutti biss sich auf die Lippe.

»Allein gehe ich nicht wieder runter.«

»Ich komme mit.«

Als wir die Waschküche betraten, war Huss nirgendwo zu sehen. Die Tür zu seinem Keller war abgeschlossen und das Feuer fast aus. Die Eimer standen in der Ecke neben der Tür zum Garten, wo sie hingehörten.

Obwohl ich erschöpft war, konnte ich in dieser Nacht nicht schlafen. Mutti schien abgelenkt zu sein. Ich vermutete, dass es wegen Vati war. Nach dem Angriff im November hatten viele Soldaten Bombenurlaub erhalten, um sich um ihre Familien zu kümmern. Mehrere Nachbarn waren nach Hause gekommen. Vati jedoch nicht. Er hatte auch nicht geschrieben. Ich brannte darauf, Mutti zu fragen, was das bedeutete. Ob mit Vati etwas nicht stimmte. Aber ein Blick auf Muttis zusammengepresste Lippen ließ mich meine Frage verschlucken.

Ich wusste, dass wir in Schwierigkeiten waren, wenn ich Mutti bei der Aufteilung der mageren Rationen zusah. Inzwischen aßen wir hauptsächlich Maisbrot und Wassersuppe. Burkhart jammerte oft vor Hunger. Ich hielt den Mund, unterdrückte das Knurren in meinem Bauch.

Ich stand auf und tapste auf Zehenspitzen in den Flur. Mutti würde wütend werden, wenn sie mich herumlaufen sah. Der kleinste Anlass brachte sie zum Schreien. Außer bei Burkhart. Mein Bruder konnte nichts falsch machen.

»Dein Bruder ist zu klein«, pflegte sie zu sagen. »Burkhart muss sich ausruhen.« Und wenn er in ihrer Abwesenheit jammerte oder so tat, als ob er weinte, kam Mutti gelaufen. »Lass ihn in Frieden. Schäm dich.« Ich ließ dann meist den Kopf hängen und verdrückte mich, weil herumzudiskutieren nicht half. In solchen Situationen träumte ich davon, wegzulaufen. Ich stellte mir vor, meine Tasche mit meinen Habseligkeiten zu packen, dazu ein Stück Brot. Dann würde ich zur Tür hinausgehen, ohne einen Blick zurückzuwerfen. Ich würde die Straße hinuntermarschieren …

Irgendwo im Haus lachte jemand. Ich hielt inne, stand mitten im Flur. Das Geräusch war gedämpft, aber deutlich zu vernehmen, und es schien von unten zu kommen. Huss hatte nie Gäste, noch ging er abends aus. Anhand des ranzigen Geruchs wusste ich immer, dass er da war.

Die Küche war dunkel und still, das Wohnzimmer leer, was komisch war, denn Mutti blieb oft lange auf. Ich wusste nie, wann sie zu Bett ging.

Wieder ein Kichern. Ich öffnete die Tür zum Treppenhaus. Zigarettenrauch stieg in meine Nase und der Duft nach etwas Gekochtem. Sofort lief mir die Spucke im Mund zusammen. Ich schlich die Stufen hinunter, setzte vorsichtig einen Fuß vor den anderen. Erneutes Lachen. Und definitiv der Geruch nach Essen. Suppe oder Eintopf. Ich schluckte.

Licht schien durch Huss' neue Milchglasscheibe. Schon sonderbar, dass er so einfach an Spezialglas herankam. Als ein Schatten vorbeihuschte, schrak ich zurück und drückte mich an die Wand.

Die Stimmen waren zu leise, um etwas zu verstehen, und der Steinboden ließ meine Blase schrumpfen. Aber ohne Kerze und allein würde ich nicht zum Plumpsklo gehen.

Hinter der Tür verwandelte sich das Kichern in Lachen, familiär und doch fremd. Muttis Stimme war unverkennbar. Ich spitzte meine Ohren. Jemand stöhnte. Das schwere Atmen eines Mannes. Ich schüttelte den Kopf, um das Bild vor meinen Augen zu verbannen.

Als es in der Wohnung still wurde, schlich ich in unser Badezimmer und pinkelte in den Eimer. Meine Fußsohlen waren gefroren, meine Beine schienen aus Gänsehaut zu bestehen. Ich war kaum im Bett, als sich die Wohnungstür öffnete und schloss.

In der Stille, die folgte, formte sich in meinem Kopf ein Bild. Mutti und Herr Huss. Es war undenkbar. Doch …

In diesem Augenblick erkannte ich, dass Mutti zur Lügnerin geworden war, genau wie Vati.

Am nächsten Tag war Mutti guter Laune. Sie lachte sogar, als ich wegen Burkharts Anstalten das Gesicht verzog.

»Was ist das?«, fragte ich und deutete auf die zwei quadratischen Pakete auf dem Tisch.

»Brot, Lilly.«

»Wo hast du es her?«

»Es war Teil unserer Ration. Du hast es nur nicht gemerkt.«

Mutti wickelte das Brot aus dem Papier. »Wir essen besser, bevor es trocken wird.«

Meine Stirn klopfte. Mein Bauch drückte. Ich wollte schreien, Mutti fragen, weshalb sie log und was sie mit dem schrecklichen Mann unter uns tat. Doch die Worte formten sich nur in meinem Kopf, verließen nicht meine Lippen. Ich schwor mir allerdings, dass ich eines Tages, eines Tages, etwas dagegen tun würde.

KAPITEL VIERZEHN

Günter: Dezember 1944

Wie jeden Monat verließ ich das Haus, um neue Lebensmittelkarten für meine Familie abzuholen. Die tiefhängenden Wolken färbten die Luft grau und drohten mit Regen.

Ich sah das Schild erst, als ich vor der Tür stand und sie öffnen wollte: »Bis auf Weiteres geschlossen.«

Was sollte ich jetzt machen? Die Aussicht, mit leeren Händen nach Hause zu kommen, wo eine Handvoll verschrumpelte Kartoffeln auf mich wartete, verlangsamte meine Schritte. So konnte ich nicht heim.

»Günter, warte!«, rief Helmut. »Holst du die Karten ab?«

Zum ersten Mal fiel mir auf, wie abgezehrt Helmut aussah. Seine Bewegungen wirkten fahrig, die Kleider hingen ihm lose am Leib. Trotz des Nahrungsmangels waren wir beide über den Sommer gewachsen, sodass unsere spitzen Knöchel unter den Hosen hervorragten. Als Gürtel benutzten wir inzwischen Schnüre.

»Sie haben geschlossen.« Ich konnte den Unmut in meiner Stimme nicht verbergen.

Komischerweise glänzten Helmuts Augen vor Aufregung. »Laut unserer Nachbarin zieht eine Wehrmachtskolonne durch die Stadt. Vielleicht sind unsere Väter dabei.« Helmut senkte die Stimme. »Sie sind auf dem Rückzug.«

Gegen meinen Willen sah ich mich in einer engen Umarmung mit meinem Vater. Wir hatten immer noch nichts von ihm gehört, der letzte Brief war vor langer Zeit eingetroffen. Er enthielt nur wenige gekritzelte Zeilen, ganz so, als sei er in Eile gewesen oder hätte nicht sagen wollen, was wirklich los war.

Ich machte mir Sorgen, er könnte in einer der furchtbaren Schlachten verlorengehen. In der letzten Zeit verschwanden Männer einfach. Dabei warteten ihre Familien auf Nachrichten — auf einen Brief, eine Karte oder Hitlers Heldenmitteilung. Vor allem, wenn sie an den Kämpfen im Osten teilnahmen — wie jetzt mein Vater.

»Er wird nicht dabei sein.« Ich schüttelte den Kopf, um mir die aufkeimende Hoffnung auszureden.

»Aber vielleicht haben sie Neuigkeiten.«

»Gehen wir.« Wenigstens war es eine Ablenkung.

Am Rande von Solingen, im Stadtteil Höhscheid, drängten sich Frauen und Kinder, die angespannt die Straße hinunterblickten. Anstatt in Richtung Rheintal in der Ferne zu schauen, beobachteten sie eine Schlange Männer, die in endloser Prozession den Berg heraufzogen. Die Blicke der Soldaten in den ausdruckslosen und mit Staub bedeckten Gesichtern wirkten niedergeschlagen, ihre Bewegungen mechanisch wie Roboter, ihre Stiefel waren dreckig und ihre Uniformen zerrissen. Ich konzentrierte mich auf die nächstgelegenen Männer, die etwa hundert Meter entfernt waren. Einer von ihnen führte ein Pferd.

»Sie sind noch zu weit weg«, sagte ich, während wir uns zur ersten Reihe durcharbeiteten. Aber egal, wie angestrengt ich starrte, die Gesichter blieben mir unbekannt.

Der Mann mit dem Pferd nickte in unsere Richtung.

»Meint der uns?«, fragte Helmut.

Als der Soldat sich von seiner Truppe entfernte, stupste ich Helmut in die Seite. »Komm, wir sehen mal, was er will.«

Aus der Nähe sah der Mann noch abgerissener und kränklicher aus, seine Augenlider waren rot und geschwollen vor Entzündung oder Schlafmangel. Sein Gaul hatte auch bessere Tage gesehen. Kantige Hüftknochen standen aus den Flanken des Tieres hervor, das Ganze wurde von rauem, braunem Fell zusammengehalten. Wo der Sattel gewesen war, eiterten nun offene Wunden. Es war eine Karikatur eines einst stolzen Kriegspferdes.

Der Soldat winkte. »Kommt her. Schnell.«

Wir eilten vorwärts, wobei sich der Mann ständig nach seiner Truppe umdrehte. Seine Schultern waren gebeugt und er krümmte sich noch weiter vor, bevor er flüsterte: »Ich brauche Zivilkleider und Schuhe. Könnt ihr die besorgen?«

Ich wollte mir die Nase zuhalten, weil der Gestank des Mannes in mein Hirn kroch und mich würgte. Dreck bedeckte seinen Hals und die gräulichen Stoppel an seinem Kinn. Hinter ihm marschierten die Soldaten weiter.

Mein Blick folgte dem des Pferdesoldaten zu einem VW Kübelwagen, auf dessen Rücksitz erkennbar ein Offizier saß. Messingknöpfe blitzten wie fremdartige Gebilde im Nachmittagslicht.

»Ich gebe euch mein Pferd«, setzte der Soldat mit zitternder Stimme fort. »Sie war einmal eine feine Stute.«

Wie schon bei unserem Zusammentreffen mit dem einarmigen Veteranen stieg eine sonderbare Neugier in mir auf. Offensichtlich hatte der Mann Angst. Nach allem, was über Fahnenflüchtige gemunkelt wurde, oder über solche, die sich gegen die Regierung aussprachen, war das kein Wunder.

»Klar, Herr …, ich habe Kleider«, hörte ich mich sagen.

»Sch.« Der Mann kratzte wie beiläufig an einem Lehmflecken seines Pferdes und beobachtete den sich nähernden Wagen.

»Von meinem Vater«, hauchte ich. »Er ist auch im Krieg. Vielleicht kennen Sie ihn ja. Artur Schmidt.«

Der Mann verzog das Gesicht und schüttelte den Kopf. »Tut mir leid, mein Sohn, ich kenne deinen Vater nicht. Wir sind zu viele.« Nach einem weiteren Blick auf das Auto fuhr er fort. »Wo wohnst du?«

»Nicht weit, weniger als zwei Kilometer. Können Sie mitkommen?«

»Nein!« Der Mann klang wieder furchtsam. »Ich muss bei meiner Kompanie bleiben. Wir treffen uns nach Einbruch der Dunkelheit.«

Hinter uns dröhnte der Wagen näher.

Meine Knie zitterten, aber das war die Chance, auf die ich gehofft hatte. Mit dem Pferd konnten wir viel machen.

»Wir folgen Ihnen zu Ihrem Lager«, sagte ich. »Auf dem Weg schauen wir nach einem geeigneten Treffpunkt.«

»Alles in Ordnung hier?« Der makellos gekleidete Offizier richtete sich im offenen Wagen auf und beäugte argwöhnisch den Soldaten … und mich.

»Jawohl, Herr Hauptmann«, schrie der Soldat und riss

grüßend den Arm zur Mütze.

»Ich … habe ihn nach meinem Vater gefragt«, sagte ich. *Warum halte ich nicht einfach den Schnabel?* »Er ist auch im Krieg. Vielleicht kennen Sie ihn. Er heißt Artur Schm…«

»Ausgeschlossen.« Der Offizier winkte ungeduldig seinem Fahrer, der sofort den Motor aufheulen ließ.

Als der Pferdesoldat ohne einen Blick davoneilte, wurden meine Knie weich.

»Sag mal.« Die Stimme des Offiziers schnitt wie Glassplitter.

»Jawohl?«

»Müsstest du nicht dienen? Wie alt bist du?«

»Ich werde in zwei Wochen sechzehn. Ich bin noch nicht einberufen.« Trotz des Dezemberwindes klebte mein Hemd unter der Jacke vor Schweiß.

»Du bekommst bald deine Chance, dem Führer zu dienen.« Der Offizier warf den Arm nach vorn. »Heil Hitler.«

Ich erwiderte den Gruß, aber der Kübelwagen fuhr bereits vorbei.

»Das war knapp.« Helmuts Gesicht war blass wie Mehl.

Ich stieß einen Seufzer aus. Keine Zeit, sich zu fürchten. »Siehst du den Mann mit dem Pferd?«

Auf der Bergkuppe verschwanden Männer und Laster in einer Staubwolke.

»Was hast du vor?«, fragte Helmut, der meinem Blick gefolgt war.

»Den Pferdesoldaten einholen, natürlich.«

»Bist du verrückt?« Helmuts Stimme klang schrill.

Ich ging schneller. »Halt nach dem Wagen Ausschau«, flüsterte ich, als Helmut neben mir aufholte.

»Was *machst* du?«

»Wir werden ihm helfen.«

»Sie erschießen uns«, zischte Helmut, leicht grün im Gesicht.

Ich legte den Zeigefinger auf die Lippen und schüttelte den Kopf. Überall standen Leute. Die meisten waren harmlos, manche nicht. Vertrauen konnte man niemanden.

Die Truppe ließ sich unter ein paar Eichenbäumen nieder, die es irgendwie geschafft hatten, dem Bombenhagel zu entgehen. Wir waren noch fünfzig Meter entfernt, als ich hinter einer Hausruine, deren Dach ein schwarzes Loch war, eine alte Scheune bemerkte.

Ich steuerte darauf zu. »Das müsste gehen«, murmelte ich. Die

Scheune war leer.

»Was passiert, wenn dich der Offizier sieht?«, fragte Helmut in mein rechtes Ohr.

Ich atmete tief durch, die eisige Luft stach mir fast schmerzhaft in der Lunge, und streckte mich. Manchmal wünschte ich mir, Helmut hielte den Mund. »Warte hier.«

Besorgt, ich könnte den Mut verlieren, zwang ich mich, meine Schultern zu entspannen, und wanderte in Richtung Lager. Helmut hatte natürlich recht. Es war irrsinnig. Aber mein Magen rumpelte, es war ein dumpfer Schmerz, der dieser Tage nie verschwand. Ich war es unglaublich leid, hungrig zu sein … und mich zu fürchten.

Mein Herz hämmerte mir im Hals, als ich den VW am Rande des Lagers parken sah.

Zwanzig Meter entfernt kniete der Pferdesoldat und rollte seine befleckte Decke aus.

»Verschwinde«, sagte er, als ich näherkam. Er klang gleichsam genervt und ängstlich.

Ich ignorierte seine finstere Mine, bückte mich und nickte in Richtung der alten Scheune. »Wir können Sie dort treffen.«

»Wann?«

»Heute Abend um neun?«

»Ja«, wisperte der Soldat.

Aus der Entfernung sah ich, wie sich Helmut betont entspannt gegen die Seitenwand der Scheune lehnte.

»Welche Schuhgröße haben Sie?«

»Egal.«

Ich richtete mich langsam auf, widerstand dem Drang, zu rennen. Stattdessen schlenderte ich auf Helmut zu und erwartete jede Sekunde, dass der Offizier mir eine Pistole in den Rücken rammte. Meine Beine und Füße waren aus Gelee. *Geh schon … nur nicht zu schnell.*

Helmut zog mich in die Scheune. Er war tatsächlich grün. »Du hast den Verstand verloren.«

»Bin nur hungrig.« Ich atmete tief durch und sah über meine Schulter. Irgendwo im verblassenden Licht meinte ich, Messingknöpfe zu erkennen. »Lass uns gehen.«

Helmut rannte los, als sei ein Rudel Wölfe hinter ihm her. Ich kam kaum nach, denn mir war auf einmal eiskalt. Feuchtigkeit stieg vom Boden auf und kroch unter meine Haut. Sechs Wochen Regen hatten den Boden in eine matschige Schmiere verwandelt, die meine Schuhe besudelte und ein schnelles Laufen erschwerte.

Es war dunkel, als wir unser Wohnviertel erreichten. Wir machten aus, dass Helmut mich nach dem Abendessen abholen würde.

Ich platzte in die Küche. »Mutter.«

»Wo warst du? Ich habe gedacht, du wolltest unsere Lebensmittelkarten abholen«, schimpfte meine Mutter. Die Arme hatte sie in die Hüften gestemmt.

»Da war zu. Aber hör mal, ich habe fabelhafte Nachrichten.« Bevor sie mich unterbrechen konnte, beschrieb ich schnell das Treffen mit dem Soldaten.

»Wir brauchen Zivilkleidung, um sie gegen das Pferd zu tauschen.«

»Was wollt ihr nur mit einem Pferd?«, fragte Mutter. »Noch dazu ein Militärpferd … Wenn die SS dich sieht …« Ihre Stimme zitterte.

Ich biss mir auf die Lippen, versteckte meine Unsicherheit. Es war gefährlich, aber ich hatte die Nase voll vom Hungern. »Wir finden einen Weg.«

»Selbst, wenn du das Pferd bekommen solltest – hast du überhaupt eine Vorstellung davon, wie schwierig das Schlachten ist? Das ist kein Kaninchen oder Huhn. Du musst dich verstecken …«

»Helmut hilft mir. Wir teilen uns das Fleisch.« Ich umarmte Mutter. »Mach dir keine Sorgen.«

Ich eilte ins Badezimmer, die zitternden Hände in den Hosentaschen. Ich räusperte mich, dann rief ich über meine Schulter: »Wir müssen uns beeilen.«

Als ich mich gewaschen hatte, gingen wir gemeinsam in den Keller. Mutter nahm einen Pullover aus einer Kiste und schnüffelte daran.

»Mutter, bitte.« Wenn der Soldat abhaute oder jemand anderen fand, der ihm half, war meine ganze harte Arbeit umsonst.

»Er riecht ein bisschen nach ihm.« Mutter schüttelte den Kopf. »Vielleicht bilde ich es mir auch nur ein.« Sie hielt den Pullover erneut hoch. »Er wird den Mann warmhalten.«

»Wir brauchen auch Schuhe.«

Mutter seufzte wieder. »Ich habe nur noch ein Paar — Vaters beste Sonntagsschuhe.« Sie zog sie vom untersten Regal und inspizierte die Sohlen. »Wie neu«, murmelte sie und band die

Schnürsenkel zusammen.

Ich muss los, wollte ich schreien. »Ich brauche auch eine Hose und eine Jacke«, sagte ich laut.

»Und wenn er nie mehr ein Paar braucht?« Mutter war in Gedanken weit weg. »Weißt du, dass deine Großeltern sie für ihn gekauft haben?«

Ich stellte mir vor, wie der Soldat umsonst wartete und mit seinem Pferd verschwand.

»*Mutter*, eine Hose!« Ich kämpfte gegen das Verlangen, Mutter die Schuhe aus der Hand zu reißen. Stattdessen nahm ich Jacke und Hose aus einer Kiste und streckte die Hand aus.

Mutter reichte mir die Schuhe. »Versprich mir, vorsichtig zu sein.«

Helmut traf ein, als ich den letzten Bissen meines Abendessens hinunterschluckte, das aus einer einzelnen Scheibe Maisbrot bestrichen mit dem letzten Rest Zuckerrübensirup bestanden hatte.

Wir brachen im Dunkeln auf, das Kleiderbündel unter dem Arm. Mit jedem Schritt wand sich mein Bauch enger. Ich hörte Helmuts flatternden Atem neben mir und wusste, dass es ihm genau so ging. Ich wollte nichts mehr, als umzudrehen. Aber das hätte Niederlage bedeutet. Und mein Hunger erlaubte das nicht.

Nachdem die Feuer der Stadt vergangen waren, gab es keinen Strom mehr, die Nacht war wie ein Leichentuch aus pechschwarzem Samt, das die Stadt und die Menschen, die vor neuen Bombenangriffen Angst hatten, verbarg. Da ich oft nachts unterwegs war, hatten sich meine Augen daran gewöhnt, den geringsten Lichtschein wahrzunehmen.

»Bist du dir wirklich sicher?«, fragte Helmut nach einer Weile.

»Bist du es nicht leid, immer hungrig zu sein?«

»Ja, aber wenn der Offizier …«

»Wir sind vorsichtig.«

Vor uns glühten wie rote Augen ein paar Feuer, ihr beißender Rauch war auffälliger als das Licht.

»Von jetzt an kein Wort«, flüsterte ich.

Wir schlichen in die Scheune. Es war rabenschwarz und eiskalt. Wir hockten uns in der hintersten Ecke an die Wand. Ich massierte meine Schultern, befahl meinen Beinen, mit dem Zittern aufzuhören. Vergeblich. Also schlang ich meine Arme um die Knie, genau so, wie ich es getan hatte, als Hans ging.

Wie jede Nacht wanderten meine Gedanken zu meinem Bruder. Und wie jede Nacht wurde mir das Herz schwer, da jede Nachricht fehlte. Gut, es gab Nachrichten. Jede Menge Unsinn von mutigen Schlachten und gefallenen Helden. Seit dem Angriff gab es keine Zeitung, also klebte Mutter, wenn es denn mal Strom gab, wie besessen am Radio.

»Was ist, wenn er nicht kommt?« Helmuts Stimme bebte.

»Er kommt!«, sagte ich, darum bemüht, zuversichtlich zu klingen.

Das Stück Brot vom Abendessen war längst vergessen und ich war so hungrig, dass sich mein Kopf anfühlte, als könnte er in der Dunkelheit davonfliegen. Es war schwierig, an etwas anderes zu denken als an den Druck in meinem Inneren.

»Vielleicht hat er schon Kleider gefunden und ist längst abgehauen.« Helmut rieb sich die Hände. »Was würde ich für ein Feuer geben.«

Ich blieb still. Die Sorge, entdeckt zu werden, schnürte mir die Kehle zu. Mutter hatte recht. Helmut auch. Der Hauptmann würde uns auf der Stelle erschießen. Und falls die SS oder Gestapo uns mit einem Militärpferd erwischte, waren wir genauso tot. Ein Seufzer rasselte in der Luft. Es war meiner. Ich zwang Luft in meine Lunge. Noch konnten wir abhauen.

Aber ich musste das Pferd haben.

Ich lehnte mich gegen die rauen Holzplanken und schlug meinen Kragen hoch. Die grobe Wolle kratzte an Ohren und Nacken. Obwohl der Lehmboden kahl war, hing noch ein schwacher Strohgeruch in der Luft. Stimmen, zu leise, um sie zu verstehen, flatterten ungreifbar im Wind.

»Du schläfst doch nicht etwa?«, flüsterte ich. Wut stieg in mir auf. Wie ich den Krieg hasste. Er hatte mir alles genommen — meinen Vater und Hans —, alles, was ich liebte und kannte. Meine Chance, normal zu leben, zur Schule zu gehen, ein wenig Komfort zu erreichen und vernünftiges Essen zu bekommen.

»Nein.«

»Ich werde …«

Undeutliche Geräusche wurden hörbar. Da, Schritte. Dann zwei Schatten im Eingang, einer hoch, der andere mannsgroß.

»Jungs?« Die Stimme des Soldaten klang nervös.

Ich sprang aus meinem Versteck. »Wir haben die Sachen.«

Ich hielt dem Mann, der seit heute Nachmittag geschrumpft

zu sein schien, das Paket entgegen. Ohne Zögern entkleidete sich der Soldat. Sein Gestank verpestete die Luft.

Ich lauschte auf verdächtige Geräusche. Hatte jemand das Pferd wegwandern sehen? Und warum brauchte der Mann so lange? Während er mit den Knöpfen fummelte, band ich die Uniform zusammen und gab sie ihm.

»Ihr habt mir das Leben gerettet«, seufzte der Soldat. »Passt auf meine Stute auf. Sie stirbt sowieso. Wenigstens könnt ihr sie gebrauchen.« Er verschwand um die Ecke und war weg.

Ich schaute ihm hinterher. Alles war still. Das Lager befand sich augenscheinlich im Schlaf, lediglich ein paar Holzscheite kohlten vor sich hin. Ich hoffte, dass der Mann entkommen würde. Es ging sowieso alles zugrunde. In meinem Innersten wünschte ich mir, Vater und Hans täten das Gleiche. Aber das war unter Umständen gefährlicher, als Soldat zu sein. Die SS zögerte nicht, wenn sie einen Fahnenflüchtigen erwischte.

»Gehen wir?«, fragte Helmut.

Als Antwort zog ich am Zügel. Die Stute bewegte sich nicht. Sie war jahrelang pausenlos gelaufen, hatte sich langsam von einem imposanten Kriegspferd in ein Gestell aus Haut und Knochen verwandelt. Jetzt wollte sie ausruhen.

»Du ziehst, ich schiebe«, murmelte ich und rammte meine Schulter in den Rumpf des Pferdes. Zu meinem Schrecken wieherte das Tier. »Sch!« Durch den Schleier meiner Panik hörte ich Stimmen. Es kam jemand. »Beeil dich!«

Die Angst nahm mir den Atem. Ich schubste härter. Endlich tat der Gaul einen Schritt, dann noch einen. Wir eilten um die Ecke und hielten hinter der Scheune an. Von der anderen Seite kamen Geräusche.

»Keiner hier.« Die Stimme klang müde. »Ich brauche Licht.«

Ich schob mich neben Helmut und beobachtete die dunkle Form des Pferdes, bat es in Gedanken, leise zu sein. Mit zitternden Fingern strich ich der Stute über Mähne und Stirn. Wir warteten. Ein Huf streifte einen Stein, ein dumpfer Klang ertönte. Ich hielt den Atem an. Obwohl ich nichts hörte, fühlte ich die Gegenwart der Männer auf der anderen Wandseite.

»Wollte Hartmann nicht sein Pferd hier unterstellen?«, fragte eine zweite Stimme.

»Nichts hier«, antwortete die müde Stimme. »Vielleicht hast du ihn falsch verstanden.«

»Ich hätte schwören können, er sagte …«

»Lass uns schlafen gehen.«

Als die Schritte der Männer verklangen, stolperten wir in die Dunkelheit. Ich wollte mich übergeben, etwas Saures stieg aus meinem Magen empor. Das Gefühl des Triumphs blieb aus. Ich empfand nur Unbehagen und mein Hals schmerzte vor Durst.

»Meinst du, wir können an der Quelle vorbei?«, fragte ich. »Ich verbrenne.«

»Das Pferd hat bestimmt auch Durst.« Helmut versuchte, einen Schuttberg hinaufzuklettern. »Komm schon, Faulpelz.« Die Stute hatte keine Lust und blieb störrisch stehen. »Wir müssen einen anderen Weg nehmen.«

»Was?« Ich war gedanklich weit weg, dachte an die bevorstehende Aufgabe des Pferdeschlachtens.

»Hörst du mir überhaupt zu?«

»Ja, Mann. Dann gehen wir eben an den Hecken entlang.«

Die Stute wieherte erneut, vielleicht suchte sie nach ihrem Besitzer. Erneut machte sich Furcht in mir breit, ich fühlte mich hilflos. Wenn wir einfach losrannten, verloren wir unseren Preis, eine Chance auf richtiges Essen.

Ich atmete auf, als wir die Quelle erreichten. Während ich meine brennende Stirn kühlte, trank das Pferd mit lauten Schlucken.

Wir einigten uns, die alte Gemeinschaftsküche im Weegerhof in der Nähe meiner Wohnung aufzusuchen. Die Ohren auf Alarm gestellt, setzten wir unsere Wanderung fort. Die einzigen Geräusche waren unsere rasselnde Puste und das Klacken der Hufe.

Das einstöckige Gebäude, das die Überreste einer Küche beherbergte, war ehemals für Nachbarschaftsfeiern benutzt worden. Ich wusste, dass sie leer stand. Seit Jahren hatte es schon nichts mehr zu feiern oder zu kochen gegeben.

Schiebend und ziehend bugsierten wir das Pferd in den Raum. Die Küche war dreckig, aber sie hatte gekachelte Wände und einen Abfluss im Boden. Ich zündete eine Kerze an, die ich für Notfälle dabeihatte. Ihr Schein reichte kaum eineinhalb Meter weit. Ich sah gerade einmal die Vorderhufe des Pferdes. Dahinter verbarg sich alles im Schatten.

»Vielleicht sollten wir bis zum Morgen warten.« Helmut sackte auf einen Stapel Ziegelsteine. »Ich bin völlig fertig. Wir könnten hier schlafen und das Pferd bewachen.«

»Dann wird uns bestimmt jemand sehen.« Ich rieb meine Glieder, um die kriechende Kälte abzuwehren, die uns in die Küche gefolgt war.

Das Pferd schnaubte und beobachtete mich, als wollte es mich daran erinnern, dass ich nichts lieber getan hätte, als wegzulaufen und die ganze Sache zu vergessen.

Es würde eine widerliche Arbeit werden. Zum einen war ich hundemüde, zum anderen machte mich der Gedanke, ein Tier zu töten, dazu noch ein solch riesiges Biest, krank vor Sorge. Und im Innern brodelte der Hass für das Desaster, das Hitler uns eingebrockt hatte, das uns zwang, unsägliche Dinge zu tun, wie ein unschuldiges Pferd abzuschlachten.

Aber wir brauchten Nahrung. Warum war Vater nicht hier, um zu helfen? Oder Hans? Ich zwang das Bild ihrer regungslosen Körper in einer Grube, verlassen und mit Unkraut bedeckt, aus meinen Gedanken.

Als ich die lange, raue Mähne der Stute und die weiche Haut hinter den Ohren rieb, schnaubte sie und bewegte den Kopf auf und ab, als wollte sie mit mir reden.

»Du bist bestimmt genauso hungrig wie wir.« Ich massierte meinen steifen Hals und nickte Helmut zu. »Wir brauchen einen Hammer.«

»Wofür?«

»Das Pferd, du Idiot. Oder hast du eine Pistole in der Tasche?«

»Kein Grund, böse zu werden. Wir haben Werkzeug im Keller.« Helmut streckte seine langen Arme und ging zur Tür. »Bin gleich wieder da.«

»Einen großen«, rief ich hinter ihm her.

Ich legte mein Gesicht an den Hals der Stute. Sie war warm und behaglich. Ich fühlte, wie sie an meinem Ärmel knabberte, und merkte, wie friedlich mich das stimmte. Wie war das möglich?

Ich streichelte ihre Brust, das rötlich-braune mit Lehm verkrustete Fell. »Wie schmutzig du bist.«

Die Stute wieherte.

Was versteht sie wohl? Meine Finger fanden eine kahle Stelle, eine alte Wunde — rosa und glänzend. »Du bist auch ein Veteran.«

Ich schloss meine Augen und döste, wünschte, das Unmögliche wäre bereits vorüber. Überlegte, mit der Stute durchzubrennen. Oder Helmut zu sagen, sie wäre entkommen.

Die Tür schlug zu. Helmut zog einen Bollerwagen mit quietschenden Holzrädern hinter sich her. Darin lagen ein Vorschlaghammer, drei Messer verschiedener Größe, eingewickelt in ein Handtuch, eine Emailschüssel, eine zweite Kerze und mehrere alte Zeitungen.

»Wer tut's?«, fragte er.

»Keine Ahnung.«

Meine Entscheidungsfähigkeit hatte sich verflüchtigt. Trotz ihres elenden Zustands war die Stute riesig. Leise wiehernd stieß sie mit dem Vorderhuf gegen den Steinboden.

Helmuts Augen wirkten riesig in seinem blassen Gesicht. »Vielleicht ziehen wir um die Wette? Der kürzere Stock verliert?«

»Fein.«

»Fein.«

Helmut ging nochmals hinaus, kehrte gleich darauf mit einem Grashalm zurück und brach ihn in zwei Stücke. »Du zuerst.«

Ich schluckte hart, als ich einen Halm auswählte. Auf Helmuts zitternder Hand lag … das längere Stück.

Vorsichtig hob ich den Hammer und ließ ihn wieder auf den Boden sinken. Mit dem knapp einen Meter langen Griff erschien er mir schwer wie ein Felsbrocken.

»Hast du die Narben gesehen?«, fragte ich. »Sieh mal hier.« Eine zweite Narbe, lang und mit rauer Kruste bedeckt, streckte sich am Hinterbein entlang. »Was da wohl passiert ist?« Ich ließ meinen Zeigefinger längs der Flanke laufen.

»Tun wir es oder nicht?«

»Ich mach ja«, zischte ich. Meine Stimme klang fremd und blechern, als spräche ich durch ein Fass. Ich versuchte, wegzuschauen, weg von den sanften braunen Augen und weg von der weichen Nase. Ich musste es tun. Jetzt. Bevor ich den Verstand verlor.

»Ich klettere auf den Tresen. Bring sie rüber.«

»Warte!«, rief Helmut. »Verbinde ihr die Augen.«

»Gute Idee.«

Ich schlenderte nach draußen. Alles war besser, als hier zu stehen und an das zu denken, was mir bevorstand. Letztendlich kehrte ich mit einem alten Lappen zurück. Ich kletterte auf den Tresen und verband der Stute die Augen.

»Gib mir den Hammer.«

Der Vorschlaghammer hatte eigene Ideen, als ich ihn hin und her schwang. Er war unmöglich zu kontrollieren. Meine Arme waren schlapp. Trotzdem musste ich es tun.

Ich schluckte, doch mein Mund war so trocken wie eine Wüste.

»Eins, zwei, drei.« Ich schloss die Augen.

Die Stute stand ruhig, als der Hammer ihre Stirn mit einem krankhaft dumpfen Aufprall traf. Tief drinnen knackte etwas. Ein seltsames Geräusch entwich dem Maul der Stute, kein Wiehern oder Schnauben, mehr ein Gurgeln. Hufe kratzten den Zementboden, ihre Därme gaben nach und der Raum füllte sich mit dem Gestank frischen Mists.

Helmuts Stimme drang in mein vernebeltes Hirn, aber ich konnte nicht verstehen, was er sagte. *Schnell jetzt*, drängte mein Verstand.

Ich schwang mit aller Kraft, die mir noch geblieben war. Der Hammer verpasste die Stirn und knallte in die Augenbraue. Die Haut zerriss, Blut spritzte und besprenkelte Helmuts Gesicht. Weißliche Knochenteile erschienen in der roten Masse über dem Auge. Der Hammer krachte zwischen die Ohren.

Die Stute zitterte. In Wellen wanderten Schauer ihren Rumpf entlang. Dann, in Zeitlupe, gaben ihre Vorderbeine nach, gefolgt von den Hinterbeinen. Sie kippte zur Seite und fiel. Ihre Masse füllte den Raum und ihr Kopf schlug auf den Boden. Sie lag still, aber ich hörte ihren schwerfälligen Atem. Blut sickerte aus ihrer Nase.

Ich sprang vom Tresen und ergriff ein Messer. »Halte die Schüssel. Sie muss schnell sterben.«

Ich schnitt in den Hals der Stute. Helmut hielt die Schüssel darunter. Blut spritzte und beschmierte uns in schleimigem Rot. Eine Pfütze wuchs auf dem Zement. Rote Rinnsale schlängelten sich zum Abfluss.

»Mann, das stinkt.« Helmut hielt sich die Nase zu und hinterließ dabei blutige Spuren auf seinem Gesicht.

»Halt die Schüssel näher dran«, quiekte ich.

Galle stieg meinen Hals herauf, bis in den Mund, und mein Kopf drehte sich beim Anblick dessen, was ich getan hatte. Helmut versuchte, die Schüssel ruhig zu halten, aber das Blut floss schnell und heftig, tränkte Haut, Kleider und Schuhe. Die Schüssel füllte sich und floss über. Das Pferd schien unermessliche Mengen davon zu haben.

Weil ich sicher sein wollte, dass die Stute wirklich tot war, kroch ich auf ihren Hals. Er fühlte sich warm an und immer noch weich. *Dreh jetzt nicht durch.*

Es gab keinen Puls.

»Sie ist tot«, flüsterte ich.

Helmut hielt mir das größte Messer hin. Es war leicht rostig, aber sehr scharf mit einer gebogenen Klinge. »Wir müssen erst die Eingeweide rausholen.«

Zu müde, um zu debattieren, setzte ich den ersten Schnitt entlang des Bauches an, dann noch einen. Ich würgte, als das Messer tief eindrang und gräuliche Gedärme herausquollen.

»Hilf mir!«

Mit den Armen bis zu den Achseln im dampfenden Bauch, zogen und zerrten wir, bis der Boden von Innereien bedeckt war. Ich hörte Helmut schlucken und mein eigener Magen krampfte. Ich musste meine Sinne betäuben, durfte nicht denken.

Was hätte ich darum gegeben, keinen Geruchssinn zu haben. Doch es funktionierte nicht, ich konnte den Gestank nicht ausblenden. Er infiltrierte mein Gehirn, machte jeden Atemzug mühsam. Gedärme schlängelten sich über den Boden, scheinbar endlose weißliche Ketten von Eingeweiden, die die Luft in eine dunstige und dickflüssige Masse verwandelten. Die ehemals weißen Wände waren rot bespritzt, der Grund nicht mehr zu sehen.

»Ich fange am Bein an.« Ich stach das Messer in die Haut, mein Atem ging rau. Endlich drang die Klinge ein und mehr Blut sickerte aus dem Schnitt. »Halte das Papier bereit.«

»Bin ja hier«, sagte Helmut und entfaltete eins der Zeitungsblätter. »Müssen wir nicht erst die Haut abziehen? Mein Vater hat früher Kaninchen geschlachtet und …«

»Richtig. Reich mir das Küchenmesser.« Ich schnitt am Rücken entlang. »Hier, halt da fest.«

Die Haut widersetzte sich und wir rissen mit aller Gewalt, bis sich ein Teil löste.

»Zieh weiter, während ich schneide«, befahl ich.

Endlich lagen Seite und Rücken der Stute bloß, das Fleisch bräunlich-rot wie alter Wein.

»Nimm schon.« Ich hielt das erste Stück hoch, fühlte einen leisen Triumpf.

Helmut griff behutsam nach dem Fleisch, das noch warm war

und beinahe lebendig schien. »Es ist schleimig.«

Ich ignorierte ihn und schnitt weiter. »Worauf wartest du? Hier ist noch eins.«

»Ich nehme es ja.« Helmut griff das Stück und wickelte es ein. »Ich hasse diesen Gestank.«

Wir arbeiteten in aller Stille weiter — ich schnitt und Helmut wickelte und packte. Wir hatten beschlossen, unseren Müttern abwechselnd Fleisch zu liefern. Bei einer solchen Menge an Nahrung würden wir mehrmals gehen müssen.

»Ich glaube, der Wagen ist voll.« Ich wischte mir den Schweiß von der Stirn. »Wir machen besser eine Pause und fahren den Wagen nach Hause. Du zuerst.«

Eine Zeitlang arbeitete ich in aller Stille. Ich zerlegte gerade einen Teil des Rückens und Hinterbeins, als Helmut mit dem Wagen erschien und die Tür schloss.

»Willst du eine Weile übernehmen?«, fragte ich. Es war nicht als Frage gemeint. Ich brauchte frische Luft. Draußen atmete ich tief durch, aber die klebrige Schicht auf meiner Haut ließ mich in der kalten Luft frösteln. Schaudernd zwang ich mich, wieder reinzugehen.

Helmut beugte sich über den Pferderücken und packte die zweite Ladung. »Wir haben mindestens noch vier Runden, vielleicht sechs mit all den Knochen …«

»Was macht ihr Jungs da?« Ein Mann erschien aus dem Schatten des Eingangs. Ich hatte ihn schon mal irgendwo in der Nachbarschaft gesehen, kannte aber seinen Namen nicht. Der Mann, einige Zentimeter kleiner als wir, starrte uns aus wässrig grauen Augen an. Er war älter als mein Vater, seine Wangen aufgedunsen und blass wie Knetteig.

In meinem Kopf klangen Warnglocken. Warum war der Mann nicht im Krieg? Er sah unverletzt aus.

»Wir schlachten ein Pferd«, meinte Helmut.

»Ein Pferd, eh?« Der Mann streifte den Kadaver mit einem neidvollen Blick. »Habt ihr es gestohlen?«

Er leckte sich die Lippen wie ein hungriges Tier. Sie waren dunkel und rissig, als hätte er seinen eigenen Mund zerkaut. Seine Brust und Schultern waren gebeugt, was ihn unter dem zu großen Mantel fast bucklig erscheinen ließ.

»Wir haben es fair getauscht.« Helmut stellte sich zwischen das Pferd und die Tür — sein bluttropfendes Messer fest in der

Hand.

»Unwahrscheinlich. Woher kriegen zwei Halbstarke ein solches Tier?« Der Mann betrachtete das Fleisch voller Gier. »Vielleicht sollte ich die Behörden alarmieren.« Er versuchte, seine Schultern zu strecken, vermutlich um wichtig auszusehen.

Ich seufzte und stellte mich neben meinen Freund. »Wie gesagt, wir haben das Pferd getauscht. Sie kennen uns doch, wir wohnen in der Nähe.«

»Niemand gibt zwei Burschen ein Pferd. Ihr habt es von unserer Wehrmacht gestohlen.«

»Haben wir nicht.« Meine Stimme zitterte, aber ich ergriff das andere Messer.

Kalte Wut breitete sich in mir aus, als ich den Mann dabei beobachtete wie er *unser* Fleisch beäugte. Selbst mit fünfzehn hatte ich schon Menschen seines Schlags kennengelernt — Opportunisten, die von ihren eigenen Müttern stahlen, um sich zu bereichern.

»Sie kennen doch bestimmt meinen Vater, Artur Schmidt?« Insgeheim wünschte ich mir, groß und stark zu sein. »Und meinen Großvater Egon Schmidt — er besaß eine Scherenfabrik.«

»Na und?«, erwiderte der Mann.

Für einen Augenblick wurde es still. Wir starrten uns an.

Der Mann ergriff als Erster wieder das Wort: »Gebt mir was ab oder ich melde euch.«

Helmut sah mich an und wir nickten einander zu.

»Also gut.« Ich reckte mich und betrachtete meine blutbefleckten Hände. »Wir geben Ihnen die Knochen.«

»Knochen? Ich will Fleisch oder ich gehe jetzt sofort zur SS.« Der Mann grinste zum ersten Mal. »Ihr könnt froh sein, dass ich nicht eher hier war. Ich komme gleich zurück. Seht zu, dass ihr dann weg seid.« Ohne unsere Antwort abzuwarten, verschwand er.

»Scheiße«, sagte ich. »Ich wünschte, wir könnten es mitnehmen.«

»Glaubst du, der meldet uns?«

»Quatsch. Der will das Fleisch. *Unser Fleisch*«, knurrte ich.

Der Mann war in wenigen Minuten zurück. »Ihr seid immer noch hier.«

»Wir nehmen, was uns zusteht.« Ich sah von dem Gerippe auf, das Messer schwer in der Hand. »Ich werde den Rest hier abschneiden. *Dann* gehen wir.«

Der Mann blinzelte, ein wilder Ausdruck lag in seinen Augen. Wortlos öffnete er seinen Mantel und zog eine Axt und ein großes Messer heraus.

»Verschwindet, bevor ich danebenschlage.«

Dann schwang er die Axt in hohem Bogen, was uns zwang, zurückzuspringen.

Helmut duckte sich hinter dem Rumpf der Stute. Ich beobachtete die Klinge, die tief ins Fleisch sank. Beim zweiten Versuch traf die Axt den Zementboden. Funken sprühten in der Dunkelheit. Der Mann bewegte sich überraschend schnell, sandte Fleischfetzen und Knochensplitter in die Luft.

Ich zuckte mehrmals zusammen. »Beeil dich«, flüsterte ich und behielt dabei die schwingende Axt im Blick. Wir schnitten entlang der Rückseite, derweil die sausende Klinge näherkam. So, wie der Mann sich aufführte, würden ihn zwei blutende Jungs nicht weiter stören. Wir saßen in der Falle.

»Wir gehen«, zischte ich und häufte die letzten Stücke auf den Wagen, während Helmut Messer und Hammer einsammelte.

Der Mann sah nicht auf. Er schnitt eins der Vorderbeine auseinander. »Gut. Und kommt nicht wieder.«

Wir zogen den Wagen durch die Tür. Ich packte mein Messer fester. Frische Hitze brodelte in meinen Adern und für einen Moment malte ich mir aus, den Mann anzugreifen. Nie zuvor hatte ich mir so sehr gewünscht, erwachsen zu sein. Nie zuvor hatte ich mir meinen Vater mehr nach Hause gewünscht.

»Er stiehlt *unser* Essen«, würgte ich auf dem Nachhauseweg. Über uns färbte eine stählerne Dämmerung den Himmel wie verbrauchtes Metall.

»Ich wünschte mir, unsere Väter wären hier«, sagte Helmut. »Sie würden ihn verprügeln.«

Die in Zeitungspapier gewickelten Fleischbrocken bebten noch, als ich in meine Straße einbog, als folge mir der Geist der Stute nach Hause.

»Ich komme später vorbei, um den Wagen abzuholen«, rief Helmut hinter mir her.

Zwei Minuten später schlich ich die Treppe hinauf und klopfte an die Tür, meine Arme beladen mit Fleisch.

»Ich hab noch mehr unten«, erklärte ich, als die Tür aufging.

Mutters Augen weiteten sich. »Was ist passiert? Wo bist du verletzt?«

Ich verzog das Gesicht. »Das ist Pferdeblut. Heute essen wir gut.«

Ich lud die Pakete auf dem Tisch ab.

Mutter schlug die Hände zusammen, ein seltenes Lächeln auf den Lippen. »So viel Fleisch!«

»Wir hätten noch viel mehr gehabt. Ein Mann hat das Pferd gestohlen. Warum nur ist Vater nicht hier?«

Zu meinem Entsetzen verengte sich mein Hals. Ich wischte mir ärgerlich mit dem blutverschmierten Ärmel über die Augen und verschwand, um den Rest des Fleisches zu holen.

»Das hast du wunderbar gemacht, Günter.« Mutter legte einen Arm um meine Schultern, als ich hereinkam. »Alles wird besser. Ich baue jetzt den Fleischwolf auf und du holst mir den größten Topf aus dem Keller.« Mutter warf mir einen zweiten Blick zu. »Am besten wäschst du dich erst mal. Wir haben noch frisches Wasser im Eimer.«

Das meiste Blut war auf der Haut getrocknet. Nachdem ich mich so gut es ging geschrubbt hatte, zog ich alle Kleider aus und ließ sie in dem kalten Wasser einweichen. Während ich die einzige Ersatzgarnitur, die eigentlich für Sonntage reserviert war, hervorholte, stieg mir das Aroma gebratenen Fleisches in die Nase.

»Hier.« Mutter stellte einen Teller mit rohem Hackfleisch vor mich. »Versprich mir, langsam zu essen, oder du wirst krank. Wenn du fertig bist, brauche ich Hilfe beim Ofenheizen. Den Rest kochen wir ein.«

Wir verstopften die Ritzen der Etagentür und an den Fenstern mit Decken, damit die Nachbarn nichts merkten. Es spielte keine Rolle, dass wir weder Öl noch Butter, Eier oder Gewürze hatten. Gehacktesbällchen stapelten sich auf Tellern und Einmachgläser, die im Keller überlebt hatten, reihten sich auf dem Tisch aneinander.

Ich war völlig erschöpft, als ich am späten Morgen zu Bett ging. Mein Magen war endlich voll, aber ich konnte es nicht genießen. Ich konnte mich an nichts mehr erfreuen.

Ich hatte ein unschuldiges Pferd ermordet. Ich liebte Tiere, aber anstatt sie zu ehren, hatte ich sie zerfetzt und sie einem widerlichen Verbrecher überlassen. Der Krieg verwandelte uns alle in Tiere — Hitler, die SS und Gestapo, die Männer an der Front, die Bomber, spionierende Nachbarn und jetzt sogar mich – einen Pferdemörder. Ich warf mich auf die Seite, bittere Tränen im Hals.

Das Letzte, was ich vor dem Einschlafen sah, waren sanfte braune Augen mit langen Wimpern.

KAPITEL FÜNFZEHN

Günter: Dezember 1944

Der Regen hörte nicht auf. Es nieselte und schüttete, tropfte und sprühte. Niedrige Wolken hingen über unserer Stadt wie ein Trauerschleier und die Menschen darunter versuchten, ein Leben wieder aufzunehmen, das verloren war.

Lieferungen stoppten, Produktionen waren eingestellt, Wasser- und Gasleitungen leer. Mütter und Kinder begruben ihre Toten. Oftmals andere Mütter und Kinder. Viele – entweder unwillig oder nicht in der Lage, ums Überleben zu kämpfen – legten sich hin und gaben auf.

Ich sammelte Holz, sägte und schnitt, damit die Teile in den Ofen passten. Ich trug Wasser von der Quelle am Pütt, manchmal zwei- oder dreimal täglich. Wenn ich endlich reinkam, waren meine Kleider durchnässt und dreckig. Anstatt sie zu waschen, hängte ich sie neben dem Ofen zum Trocknen auf. Etwas Schmutz fiel über Nacht davon ab. Es war schwierig genug, Energie zum Waschen aufzubringen. Seit dem Angriff im November erlebte Solingen die schlimmste Notlage in seiner fast sechshundertjährigen Geschichte. Es gab nicht nur Tausende Tote, es waren auch so viele Häuser zerstört worden, dass Familien und sogar Fremde gezwungen waren, zusammenzurücken. Und das betraf auch uns.

Es war fast Weihnachten, und ich schritt in Helmuts Zimmer auf und ab.

»Ich halte es nicht mehr aus. Es ist zum Verrücktwerden. Den ganzen Tag arbeite ich, besorge Feuerholz, trage Wasser, tue dieses und jenes. Du glaubst nicht, wie es bei uns aussieht. Ein Schweinestall. Mein Onkel schläft auf dem Tisch. Auf dem Küchentisch, an dem wir *essen*.« Ich warf die Hände hoch. »Und meine Vettern, was tun die? Nichts. Sie jammern und klagen.«

Vor drei Wochen waren zwei meiner Onkel, die beide mit Verletzungen aus dem Krieg heimgekehrt waren, meine Tanten und drei Kinder bei uns eingezogen. Da ihre Wohnungen bei einer weiteren Bombardierung zerstört waren, hatten sie keine andere Unterkunft.

»Mein Vetter Bernd«, setzte ich meine Tirade fort, »liegt ständig auf meinem Bett. Jedes Mal, wenn ich reinkomme, ist er da. Ich bin es verdammt noch mal leid.«

»Du kannst immer …«

»Morgen ist mein Geburtstag«, fuhr ich fort. »Ich werde sechzehn. Aber wen interessiert das? Wir haben nicht genug zu essen. Und was schenke ich Mutter? Keiner hat was.« Mutter und ich teilten denselben Geburtstag, den 20. Dezember.

»Du kannst immer zu mir kommen, wenn du es nicht mehr aushältst.« Helmuts Familie hatte Glück gehabt. Keiner hatte die Wohnung verloren und er wohnte immer noch im eigenen Zimmer.

»Mensch, tut mir leid. Ich klinge wie meine Tante, wie ein Jammerlappen.«

Am nächsten Morgen wachte ich früh auf. Ich kletterte aus dem Bett und stieg über meine schlafenden Vettern auf dem Boden. So wie am Morgen der Pferdeschlachtung war Mutter bereits in der Küche. Meinen Onkel hatte sie auf den Boden vor dem Sofa verbannt. Auf dem Tisch brannte ein Kerzenstummel. Der Teller daneben war mit Wachspapier bedeckt.

»Herzlichen Glückwunsch, mein Lieber.« Mutter schloss mich in die Arme, ihr Kopf gegen mein Schlüsselbein.

»Auch dir einen herzlichen Glückwunsch, liebe Mutter.«

»Ich hätte dir gern einen Kuchen gebacken.« Sie zeigte auf den Teller. »Vielleicht können wir das nächstes Jahr nachholen.« Unter dem Papier lag ein Stück Maisbrot, dick bestrichen mit Erdbeermarmelade. Ich roch die Früchte — ihr Aroma ließ mir das Wasser im Mund zusammenlaufen.

»Danke. Das ist sehr lieb.«

»Ich habe die Marmelade mit Frau Baumann getauscht. Ich habe noch etwas für dich.« In der Hand hielt sie einen Pullover. »Ich habe ihn gestrickt, während du unterwegs warst.«

Ich verschluckte den Klumpen in meinem Hals. Ich wusste, dass sie Wochen gebraucht haben musste, um alte Pullis aufzuwickeln und die Wolle neu zu spinnen.

Der Pullover war etwas zu lang in den Armen, aber schön und warm. Dieser Tage war unsere Wohnung immer feucht. Wir unterhielten ein ständiges Feuer im Küchenofen, und obwohl der Regen endlich aufgehört hatte, war alles nass. Matsch und Asche hielten die Feuchtigkeit. Ich fühlte mich bestätigt und war stolz auf Mutters Einfallsreichtum.

»Ich habe gar nichts für dich. Ich arbeite an Weihnachtsgeschenken, aber …«

»Als wäre mir das wichtig. Du hilfst uns so viel«, seufzte Mutter. »Mein einziger Wunsch ist, dass Vater und Hans sicher nach Hause kommen. Ich habe noch eine Überraschung.«

Mein Mund war voll und ich hielt meine Augen geschlossen, um die Marmelade zu genießen.

»Deine Onkel ziehen endlich diese Woche aus.«

»Wann?« fragte ich durch die Süße. Ich wusste, Mutter war es leid, ihre Schwager zu beherbergen. Unser aller Gereiztheit hatte sich über die letzten drei Wochen stetig gesteigert und Mutter war mit den Nerven am Ende.

»In drei Tagen, ich glaube am dreiundzwanzigsten. Gott sei Dank sind wir zu Weihnachten unter uns.«

Ich trug meinen neuen Pullover, als ich Helmut abholte. Wir wollten nach Weihnachtsgeschenken *Ausschau halten*.

»Herzlichen Glückwunsch! Sieht so aus, als hättest du einen neuen Pulli«, sagte Helmut gutmütig.

»Er ist super warm.« Ich streichelte die Wolle am Hals. »Wie wäre es, wenn wir die Felder auskundschaften. Vielleicht ist noch was von der Ernte übrig.«

»Kartoffeln wären lecker. Vor allem zu dem trockenen Pferdefleisch. Weißt du noch, wie wir früher Bratkartoffeln gegessen haben?« Helmuts Augen nahmen einen träumerischen Ausdruck an. Er liebte gebratene Kartoffeln. »Mmmh, Bratkartoffeln mit Zwiebeln und Eiern.«

Ich versuchte, mich daran zu erinnern, wann ich zum letzten Mal eine komplette Mahlzeit mit Fleisch, Kartoffeln und Gemüse mit der Familie gehabt hatte. Es schien ein Jahrhundert her zu sein.

»Meinst du, wir werden je wieder normal leben?«, fragte Helmut, als hätte er meine Gedanken gelesen.

Ich zuckte mit den Schultern. »Wie viel länger kann dieser Krieg noch dauern? Jeder Mann, den ich kenne, der nicht schon verletzt ist, ist irgendwo eingezogen. Ich sehe nicht, wie wir das noch lange durchhalten.«

»Wir verlieren.«

»Das sagen meine Onkel auch. Erinnerst du dich an den Pferdesoldaten? Wie können wir gewinnen, wenn sie das ganze Land bombardieren?«

»Ich hoffe, es ist bald vorbei.«

Meine Onkel und Tanten zogen am Heiligabend in der Früh aus und hinterließen eine zentimeterdicke Lehmschicht. Inzwischen getrocknet, braun und klebrig, bedeckte sie Sofa und Stühle, Teppich und Linoleum. Betttücher und Kissen hatten Flecken, unsere guten Handtücher waren ruiniert. Ich schleppte einen Eimer Wasser nach dem anderen von der Quelle heran und half Mutter, die Böden zu schrubben. Zuletzt fällte ich einen Baum, den wir im Wohnzimmer aufstellten. Ich hatte lange gesucht, bis ich eine schöne Blautanne mit dichten Nadeln gefunden hatte, die passte. Am frühen Abend half ich meinem kleinen Bruder, Strohsterne und Ornamente aus Eicheln zu basteln.

Mutter berührte die Schnitzerei neben ihrem Teller, die ich für sie gefertigt hatte: einen Engel mit weiten Flügeln und einem Heiligenschein über dem Kopf. Siegfried wieherte und galoppierte über unser frisch geputztes Linoleum. Für ihn hatte ich ein winziges Pferd aus Hülsenholz geschnitzt — es glich eher einem Esel — und es mit Sandpapier geglättet. Siegfrieds Geschenk an Mutter, eine Zeichnung unseres Hauses mit einer fünfköpfigen Familie aus Strichmännchen, hing an der Wand neben dem Baum.

Ich erhielt eine neue Winterjacke. Sie war nicht wirklich neu, aber Mutter hatte es geschafft, sie zu tauschen und abzuändern. Sie war aus gefilzter schwarzer Wolle und besaß einen großen Kragen, den ich hochschlagen konnte.

Wir erfreuten uns an eingemachtem Pferdefleisch und ein paar

Kartoffeln, Zwiebeln und Möhren, die in einer großen Pfanne schmorten. Zum Nachtisch hatte Mutter einen Honigkuchen gebacken, überzogen mit Zuckerrübensirup, den Helmut und ich kürzlich auf einem Feld *gefunden* hatten.

»Ich gehe mal eben zur Nachbarin«, verkündete Mutter nach dem Essen. »Sie möchte sicher ein Stück Kuchen.«

»Kein Problem«, nuschelte ich. Der zähe Sirup schmerzte an meinen Zähnen.

»Vielleicht kannst du kurz schauen, ob Siegfried schläft? Wir können ja Dame spielen, wenn ich zurück bin?«, fragte Mutter, bevor sie mit etwas Kuchen in der Hand die Wohnung verließ.

Allein in der Küche, betrachtete ich die leeren Stühle. Erinnerten sich Vater und Hans an Weihnachten oder kämpften sie einfach weiter, saßen in Erdlöchern, frierend und klamm vor Nässe? Es war unser viertes Weihnachtsfest ohne Vater und das erste ohne Hans. Und wenn sie mich beschuldigten? Waren sie sauer, dass ich zu Hause blieb und es mir leicht machte? Na ja, einfach war es nicht gerade.

Ich dachte an unsere gemeinsamen Feste, als wir noch eine Familie waren. Ich hatte es als selbstverständlich angesehen und mich nur darum gesorgt, ob ich genug *Geschenke* bekam. Jetzt wünschte ich mir nur alle nach Hause.

»Günter, komm schnell«, rief Mutter von der Wohnungstür her.

»Was ist denn?«

»Unsere Nachbarin … Es ist schrecklich.«

Als Erstes bemerkte ich beim Betreten des winzigen Apartments die eiskalte Luft. Unser Atem dampfte vor unseren Gesichtern in weißen Wolken. Blasses Licht fiel durch die Ritzen an den Fenstern, die mit einer Sammlung aus Pappe und Holz abgedeckt waren. Es schaffte nicht, die frostige Düsternis im Zimmer zu vertreiben.

Frau Baumann saß voll angezogen, in ihren Mantel gehüllt und mit Handschuhen, am Küchentisch. Der Raum war makellos aufgeräumt, der Herd sauber und ohne jeglichen Topf darauf.

Ich bückte mich über das Gesicht der Frau. Sie war tot — ihre Haut war grünlichgrau verfärbt — und starrte mit eingesunkenen, fast farblosen Augen geradeaus an die Wand. Ich hatte keine Ahnung, wie lang sie schon so hier saß.

Zu meiner Überraschung fühlte ich keine Traurigkeit. *Schwein.*

Wo ist dein Mitgefühl? Ich wollte nur zurück in unsere Wohnung und die Tür schließen.

»Morgen laufe ich zur Polizei«, sagte ich laut.

Stille Tränen rollten über Mutters Gesicht. »Warum habe ich nicht eher nachgeschaut?«, murmelte sie und schüttelte den Kopf.

Einen Arm um ihre Schultern gelegt, führte ich Mutter in den Flur. »Hier können wir heute Abend nichts ausrichten.«

»Ich hätte öfter nach ihr sehen sollen. Sie hatte niemanden. Warum habe ich ihr nicht mehr Fleisch gegeben?«

Ich schmiedete mit Helmut Pläne, Silvester zu feiern. Ich wollte ihn überraschen, hatte ein paar Kartoffeln und eine Zwiebel zusammengeklaubt. Helmut bekam Möhren, Knoblauch und Kräuter, die seine Großmutter im Garten hatte und im Winter im Keller aufbewahrte.

Als die frisch reparierte Luftschutzsirene an diesem Nachmittag erklang, holte Mutter Siegfried, der einen Mittagschlaf machte, aus dem Bett. Ohne Kommentar verschwanden sie in Richtung Bunker. Während sich die Straßen mit flüchtenden Nachbarn füllten, zog ich meinen Mantel an und verdrückte mich in den Keller.

Ich war allein. Seit dem Angriff im November gingen auch meine Nachbarn in den Bunker. Ich fühlte mich sonderbar losgelöst, als hätte sich meine Angst abgenutzt. So viele Bombenalarme, so viele Angriffe, so viel Tod. Wenn es passieren sollte, dann passierte es so oder so. Und doch …

Motoren dröhnten, hunderte Explosionen entluden sich irgendwo über der Stadt. Obwohl sie dafür zu weit entfernt zu sein schienen, bebte die Erde. Ich stopfte mir die Finger in die Ohren und betrachtete die Kohlenschütte, fragte mich, ob ich Zeit haben würde, hinauszuklettern, bevor das Haus implodierte. Meine Hände an die Schläfen gepresst, spürte ich meinen rasanten Pulsschlag.

Warum griffen die Bomber immer an, wenn ich etwas vorhatte, an Wochenenden und Feiertagen? Es schien, als ob sie planten, die Menschen, deren Häuser leichte Ziele darstellten, daheim anzutreffen.

Als es ruhig wurde, wartete ich auf Entwarnung. Sie kam nicht. Minuten krochen vorbei. Schließlich hielt ich es nicht länger aus und eilte nach oben. Alles schien in Ordnung — es gab ja kaum etwas mehr, das zu Bruch gehen konnte. Ich kletterte auf den Speicher und öffnete das mit Holz versperrte Fenster, das mir einen Ausblick über die Dächer Solingens bot. Vor weniger als zwei Monaten war die Innenstadt bis auf den Boden abgebrannt. Trotzdem kamen die Bomber wieder. Zu meiner Linken quollen Rauchwolken in den Himmel, aber in unserer Nähe war alles ruhig. Ich seufzte.

Als Mutter nach Einbruch der Dunkelheit noch immer nicht wieder zurück war, begann ich, mir Sorgen zu machen. Um mir die Zeit zu vertreiben, holte ich Wasser von der Quelle und besserte das Küchenfenster aus. Es war fast Zeit, Helmut zu besuchen, und ich war ungeduldig, endlich abzuhauen. Helmut würde hungrig sein und wir hatten seine Mutter um Erlaubnis gebeten, die Küche benutzen zu dürfen.

In der Nähe schienen keine Bomben gefallen zu sein, aber wie konnte ich da sicher sein?

Der Gehsteig war verlassen, als ich nach draußen trat. Meine Schritte knirschten auf dem Schotter, klangen noch lauter auf der mit Raureif bedeckten Straße. Feuchtigkeit kroch unter meine Haut und ich war für meinen neuen Mantel dankbar. Ich zwang mich, langsamer zu gehen. Bürgersteige und Wege waren wie Fallen, voller Löcher und Trümmerteile. Ich stieß mir mein Knie an einem Stapel Ziegelsteine vor einem Haus.

»Verdammt«, schrie ich.

Kurz darauf türmte sich auch schon der Bunker vor mir auf. Warum war die Tür verschlossen, obwohl sich die Bomber doch längst verzogen hatten? Ich horchte auf Geräusche von innen. Nichts.

Die Stille war beunruhigend, als hielte der Wind den Atem an. Ich klopfte zweimal, meine Knöchel waren rau und steif vor Kälte. Immer noch nichts. Ich wartete, klopfte wieder. Stille.

Letztendlich brüllte ich: »Lasst mich rein! Bitte! Ich suche meine Mutter.«

»Wer ist da?« Die Stimme kam von weit her.

»Günter Schmidt. Ich wohne in der Weinsbergtalstraße.«

Die Tür schwang auf. »Schnell, komm rein.«

Innen war es fast warm, aber der schreckliche Gestank nach ungewaschenen Körpern traf mich wie ein Hammer. Die untere Etage war vollgepackt mit Menschen, kaum erhellt von ein paar Kerzen entlang der Wände. Ich schlug mich durch die Menge, wobei mir bewusst war, dass ich mich mit jedem Schritt weiter von der Tür entfernte. Die Menschen hockten immer dichter beisammen und obwohl niemand sprach, spürte ich ihre Angst — roch sie in der Luft.

»Mutter, wo bist du?«

Ich war fast auf der anderen Seite des Raumes angekommen, als ich sie sah. Sie lehnte mit dem Kopf gegen einen eisernen Bettpfosten, Siegfried saß neben ihr. Der Klumpen in meinem Hals löste sich, aber der Schweiß unter meinem Hemd floss weiter.

»Komm, wir gehen nach Hause.« Ich ergriff Mutters Arm, um ihr aufzuhelfen. Sie wirkte benommen.

»Was ist, wenn sie wiederkommen?«

»Dann kehrst du zurück, wenn du willst. Jetzt sollten wir heimgehen.« Ich nahm Siegfried auf den Arm und atmete tief auf, sobald wir draußen waren.

Es war nach zehn Uhr, als ich bei Helmut ankam.

»Wo warst du?« Helmut zog eine Grimasse. »Ich dachte, wir wollten kochen. Stattdessen habe ich mit meiner Mutter gegessen. Toll!«

»Mutter ist nicht aus dem Bunker zurückgekehrt. Ich musste sie holen. Dann habe ich gewartet, bis sie einschlief. Ich habe dir etwas mitgebracht.« Damit hielt ich ihm den Sack hin. »Kartoffeln und Zwiebeln.«

»Es ist ziemlich spät.«

»Quatsch, wir können noch kochen«, sagte ich. »Ist dann eben unser Neujahrsessen.« Obwohl ich nicht wusste, was es zu feiern gab oder worauf wir uns freuen sollten.

Kirchenglocken läuteten Mitternacht, als wir uns zum Essen hinsetzten.

1945 hatte begonnen.

KAPITEL SECHZEHN

Lilly: Februar 1945

Ich war auf dem Weg in den Wald, um Feuerholz zu hacken, und der blöde Bollerwagen, den ich zog, blieb dauernd auf dem unebenen Boden stecken.

»Komm schon«, rief ich und hob die Vorderräder über einen weiteren Schutthaufen.

Heute Morgen war mir klar geworden, dass Mutti Burkhart die gleiche Menge Essen gab wie mir, obwohl er fünf Jahre jünger und einen Kopf kleiner war. Natürlich war ich stinkwütend. Und sie hatte den Nerv, mich mit einem stumpfen Beil in den Wald zu schicken, was stundenlang dauerte und riesige Mengen Energie kostete, während Burkhart zu Hause saß, spielte und las.

Ich war schon hundemüde, als ich im Gehölz hinter der Eichenstraße ankam. Von hier fiel das Land in ein Tal ab, die Hänge waren mit einem Mischwald aus Buchen, Eichen und dem gelegentlichen Nadelbaum bewachsen. Ich bevorzugte Zedern oder Pinien, weil ich ihren Harz liebte, aber vor allem weil das Holz weicher und einfacher zu schlagen war und außerdem toll roch, wenn es brannte.

Der Waldboden war wie sauber gefegt, ohne jeden Zweig oder Ast. Ich musste jedes Mal weiter laufen, weil die Leute Bäume zu Tausenden fällten. Vor allem die dünnen Stämme waren beliebt. Nahe der tiefsten Stelle des Steilhanges entdeckte ich eine junge Zeder und arbeitete mich dahin vor.

Es war Knochenarbeit. Um einen Baum zu fällen, musste ich

das Beil immer wieder in die gleiche Kerbe schlagen. Nach zehn oder fünfzehn Minuten wurden meine Arme so weich wie Frau Flugs überkochte Kartoffeln. Ich sackte auf den Bollerwagen und holte Luft, überlegte, ob ich das Stück Maisbrot, das ich mir als Ration mitgenommen hatte, sofort essen sollte. Es war handflächengroß und ich würde innerhalb kurzer Zeit wieder hungrig sein.

Als wartete ich.

Nach ein paar Minuten stand ich auf, um mit dem Hacken weiterzumachen, als ich ein Geräusch hörte. Der Boden war vom vielen Regen aufgeweicht und mit Nadeln bedeckt, daher waren Schritte darauf kaum zu hören, aber meine Wachsamkeit arbeitete wegen Huss auf Hochtouren. Jemand war in der Nähe.

Ich drehte mich langsam um und hob das Beil.

Nichts.

Über mir flüsterte die Zeder. Irgendwo in der Ferne schimpfte ein Eichelhäher. Ich trat nach rechts, hoffte, einen Blick auf etwas oder jemanden zu erhaschen, der sich hinter den dickeren Stämmen der Buchen und Eichen versteckte.

Nichts.

Du alberne Kuh. Bildest dir wieder was ein, was nicht da ist. Ich zuckte mit den Schultern und drehte mich zu meinem Baum um — und fiel fast in Ohnmacht.

Ein Mann stand daneben. Zumindest sah er einem Mann ähnlich. Das Weiße seiner Augen war das einzig Saubere an ihm. Er trug Uniformhosen, die Streifen waren noch erkennbar, und eine alte Decke wie einen Poncho. Gesicht und Hände waren so besudelt, dass ich kaum individuelle Merkmale erkennen konnte. Nicht, dass ich daran Interesse gehabt hätte.

Ich kreischte und hob mein Beil. Mein Herz klopfte mir bis zum Hals. »Einen Schritt näher und ich schlage zu.«

»Ich bin unbewaffnet.« Die Stimme des Mannes war sanft. Er hob die Arme, mit den Handflächen nach außen.

»Was wollen Sie?« Meine Finger zitterten, aber ich hielt das Beil vor der Brust.

»Hast du was zu essen?«

Ich schüttelte den Kopf. »Nicht genug, um es zu teilen. Bitte gehen Sie.«

Aber anstatt abzuhauen, sank der Mann auf die Knie, sackte nach vorn und rollte auf die Seite.

»Hallo, was tun Sie denn?«, rief ich. Er lag genau vor meiner Zeder.

Der Mann rührte sich nicht.

Es ist eine Falle, flüsterte mein Verstand. *Er versucht, dich zu kriegen, wie Huss.*

Allerdings sah dieser Mann wirklich krank aus. Und er stank wie vergammelter Abfall.

Ich rümpfte die Nase und trat einen Schritt nach vorn. Dann noch einen. »Hallo? Bitte stehen Sie auf. Es ist zu kalt auf dem Boden.«

Die lilafarbenen Lider des Mannes zuckten und er öffnete langsam die Augen. »Lass mich in Ruhe.«

»Sie liegen vor meinem Baum.« Das Beil lose in der Hand haltend, trat ich näher, direkt neben die liegende Gestalt. Sollte er tatsächlich einen Angriff auf mich versuchen wollen, dann jetzt.

Der Mann stöhnte. »Tut mir leid«, flüsterte er.

»Können Sie wenigstens zur Seite rutschen, damit ich meinen Baum fertig bekomme?«, bat ich. »Ich helfe Ihnen.«

Die Augen des Mannes flatterten wieder auf und er lehnte sich halbherzig auf einen Ellbogen. Ich griff ihn am Arm und versuchte, ihn aufzurichten.

»Sie müssen *mithelfen*«, keuchte ich. »Sie können mir beim Baumfällen zuschauen.«

Anscheinend half das, denn er richtete sich mit dem anderen Arm auf und rutschte mit meiner Hilfe zum nächsten Baumstamm. Er stöhnte heftig und lehnte sich zurück, die Augen wieder geschlossen.

»Ich bin krank«, murmelte er. »Entschuldigung.«

Ich war gerade so weit, an meinem Baum weiterzumachen, als mein Beil in der Luft stoppte. Ich sah auf den halb toten Mann, der am Baum lehnte. Dann auf meinen Wagen. Und zurück.

In Zeitlupe nahm ich das Maisbrot und trug es zu dem Mann. Ich brach es in zwei Stücke und hielt die eine Hälfte unter seine Nase.

»Hier, essen Sie.«

Die Augen des Mannes klappten auf, eine zitternde Hand ergriff das Brot. Er schnüffelte und hob den Brocken langsam an die Lippen. Unsere Blicke trafen sich und ich nickte. Im nächsten Moment stopfte er das Stück in den Mund und kaute wie ein wildes Tier.

Ich biss langsam in meine Hälfte. Mir wurde klar, dass der Hunger, den ich bisher erlebt hatte, in keiner Hinsicht dem des Mannes gleichkam.

»Ich heiße Lilly«, sagte ich.

»Erwin.«

Ich wollte beileibe nicht die Hand schütteln, die er hinhielt, aber ich ergriff sie trotzdem.

»Was machen Sie im Wald?«

»Mich verstecken«, hauchte er. Unsere Blicke trafen sich erneut. »Ich … war Soldat. Konnte es nicht mehr aushalten.«

»Leben Sie in Solingen?«

»Darmstadt.« Er zögerte. »Ich habe ein kleines Mädchen. So wie du. Sie heißt Magda.«

Ich richtete mich auf und stopfte mir den Rest des Brotes in den Mund, wobei mir die Augen des Mannes wie gebannt folgten. Wen nannte er hier klein? Ich war fast dreizehn!

»Sind Sie auf dem Weg nach Hause?«

Er nickte. »Weiß nicht, ob ich es bis dahin schaffe. Ich bin seit Dezember unterwegs.«

Ich biss mir auf die Lippen, versuchte, mir eine Deutschlandkarte vorzustellen. Darmstadt war irgendwo südlich, mindestens zweihundert Kilometer. So, wie er aussah, würde Erwin es nicht einmal aus Solingen hinausschaffen.

Schweigen breitete sich zwischen uns aus. Ich wollte fragen, warum er mit dem Soldatensein aufgehört hatte, aber Erwins Augen waren wieder geschlossen. Ich erinnerte mich an meine Arbeit und ergriff das Beil. Mein Magen fühlte sich an wie ein leerer Sack.

Den ganzen Nachmittag hackte und ruhte ich abwechselnd, während Erwin an dem Baum lehnte und schlief. Es war dämmrig und ich war schweißgebadet, als der Wagen mit einem halben Meter langen Scheiten Zedernholz beladen war.

Erwin hatte sich kaum gerührt, deshalb klopfte ich ihm auf die Schulter. »Ich gehe jetzt nach Hause.«

Sein Mund verzog sich zu einem Lächeln. »Danke, kleines Mädchen. Lilly ist ein schöner Name.«

»Seien Sie vorsichtig.« Ich stemmte mich vorwärts, um den Wagen bergauf in Gang zu bringen.

Nichts passierte. Ich stand wie angewurzelt da, wie einer der Bäume. Und wenn Vati irgendwo so im Wald saß wie Erwin? Er brauchte einen Platz zum Schlafen, ein warmes Heim und er brauchte Nahrung. *Du kannst ihn nicht mit nach Hause nehmen. Huss passt auf.*

Aber es gab jemand anderen, jemanden, dem ich vollkommen vertraute. Ich ging zum Baum zurück und rüttelte entschlossen an Erwins Schulter.

»Oh, hallo noch mal.« Er lächelte sein sanftes Lächeln.

»Auf jetzt, Sie gehen mit. Ich kenne einen sicheren Ort.«

Erwins Augen öffneten sich weiter. »Ist in Ordnung. Zu gefährlich.«

»Nein!« Ich riss an Erwins Ärmel. »Sie sterben, wenn sie hierbleiben.«

Erwin kicherte. »Ich bin schon tot.«

»Nicht, solange ich hier bin«, beharrte ich. »Was ist mit Magda und Ihrer Frau?«

»Wahrscheinlich bombardiert ... tot.«

»Aber das wissen Sie doch nicht.« Ich boxte Erwin in die Brust. Meine Wut gab mir Kraft. »Es ist nie zu spät. Los, gehen wir.«

Einen Moment lang war es still. Aber endlich begab sich Erwin auf die Knie, und langsam, noch langsamer als Herr Baum, richtete er sich auf.

»Ich kann Ihnen nicht beim Laufen helfen, aber ich gehe ganz langsam.«

Erwin nickte. »Also gut, Fräulein Lilly. Du bist der Chef.«

Mit einer Grimasse lehnte ich mich vorwärts, die Wanderung nach Hause begann.

Es war dunkel, als wir unsere Nachbarschaft erreichten. Ich hatte alle fünfzig Meter angehalten, weil Erwin noch lahmer war als ich den Wagen ziehend. Mutti würde sauer sein, aber im Moment hatte ich keine Zeit, darüber nachzudenken. Ich musste Erwin von der Straße bekommen, ohne gesehen zu werden. Die Verdunklung half – weder brannten Straßenlaternen noch fiel Licht aus den Fenstern der Häuser –, aber so war es auch unmöglich, Löcher im Pflaster oder Schutt auf dem Weg zu sehen, was mir allerdings für später eine Idee gab.

Als wir an meinem Haus ankamen, versteckte ich den Wagen hinter dem Zaun und packte Erwins Ärmel.

»Nur noch ein paar Meter«, flüsterte ich.

»Du wohnst hier?«, fragte er, als ich ihn die Straße hinaufführte. »Warum …«

»Sie können nicht bei mir bleiben.«

Ich beäugte Herrn Baums Eingangstür und horchte. Dafür, dass hinter den Wänden der Häuser Leute wohnten, war es unheimlich still.

Ich schellte. Wenn mich Herr Baum nicht hörte, hatten wir ein großes Problem. Die Sekunden vergingen, schließlich eine Minute. Ich schellte noch mal. Erwin sackte auf die unterste Stufe und lehnte seinen Kopf an das gusseiserne Geländer.

Als nichts passierte, versuchte ich die Klinke. Abgeschlossen.

Panik stieg in mir auf. Glühend rote Flammen brannten in meinen Adern. Ich zitterte. Zum Glück bekam Erwin davon nichts mit. Ich hatte ihm einen sicheren Platz versprochen. Was sollte ich nur tun, falls Herr Baum irgendwohin gereist oder tot war? Ich hatte ihn seit ein paar Wochen nicht mehr gesehen. Erwin wäre in meinem Haus in größter Gefahr. Selbst in meinem Alter war mir klar, dass Huss der Typ Mann war, der großes Vergnügen darin fand, einen Fahnenflüchtigen anzuzeigen.

Kostbare Minuten vergingen, während ich mir vorstellte, wie Mutti in der Küche hin- und herschritt, ihre Augen vor Wut Feuer spien und vielleicht eine winzige Prise Sorge darin stand. Ich musste nach Hause. Aber Erwin …

Da fiel mir das Gartentor ein. Ich war ein Idiot. Herr Baum ließ das Gatter oft unverschlossen, damit ich Anna besuchen konnte. Ich rannte in den seitlichen Garten und versuchte den Griff. Abgeschlossen. Verdammt.

Der Boden knirschte unter meinen Sohlen. Ich machte zu viel Krach. *Steine!* Ich bückte mich schnell und griff eine Handvoll.

»Bleiben Sie hier«, flüsterte ich und eilte um die Ecke zur vorderen Seite des Hauses. Es war ein Risiko, hier so offen zu stehen, aber falls mich jemand sah, würde er hoffentlich nicht allzu erstaunt sein, wenn ein Mädchen ihren Nachbarn alarmierte.

Aha, genau wie ich dachte, sickerte ein schwacher Lichtschein durch die Fensterläden. Ich warf ein paar Steine gegen die Läden. Dann noch welche.

Das Fenster knarrte und öffnete sich.

»Hallo?« Bei Herrn Baums Stimme überkam mich Erleichterung, bis ich mich daran erinnerte, weshalb ich hier war.

»Ich bin's, Lilly«, sagte ich. »Können Sie die Tür öffnen?«

»Lilly? Einen Moment.« Das Fenster schlug zu und ich rannte zurück zur Haustür. Erwin saß wie erstarrt an derselben Stelle. Ich wusste nicht, ob er bei Bewusstsein war.

»Was ist passiert?« Herr Baum streckte den Kopf nach draußen.

»Nichts«, sagte ich. »Darf ich reinkommen?«

»Natürlich.« Er öffnete die Tür weiter und ich schlüpfte nach drinnen. Seine wässrigen Augen musterten mich. »Du siehst schlimm aus. Was hast du gemacht? Ist etwas mit deiner Mutter?«

»Ja, ich … Ihr und Burkhart geht es gut.« Ich atmete tief ein. »Ich muss Sie um einen Gefallen bitten.«

Herr Baum nickte ernst. »Warum kommst du nicht in die Küche? Es ist zu kalt hier.«

»Nein«, rief ich. »Ich meine, vielleicht in einer Weile. Ich war heute im Wald und da war ein Mann.«

»Hat er dir was getan?«

»Nein«, sagte ich wieder. Ich wünschte mir, Herr Baum ließe mich aussprechen. »Er ist deutscher Soldat. Sehr krank und hungrig. Ich …«

Herr Baum ergriff meine Hand. »Du hast doch nicht …«

Ich nickte langsam. »Ich konnte ihn nicht dalassen. Er wäre gestorben. Und Sie wissen, Huss würde ihn anzeigen.«

Herrn Baums Augen bohrten sich in meine. »Er ist hier?«

»Draußen, auf der Treppe.« Ich beobachtete meinen alten Freund. »Was hätte ich sonst tun sollen? Es hätte Vati sein können.«

Im Flur wurde es still. Irgendwo tickte eine Uhr.

»Du weißt, was passiert, wenn sie ihn finden?«

»Er wird erschossen.«

»Richtig. Und jeder, der ihm hilft, stirbt auch.«

»Wir werden vorsichtig sein«, beeilte ich mich.

Herrn Baums knorrige Hand tätschelte meine schmutzige. »Also gut. Ich bin alt genug geworden. Dann kümmern wir uns um ihn.« Er hielt inne. »Aber Lilly?«

»Ja?«

»Versprich mir, dass es das letzte Mal ist. Es ist zu gefährlich. Für uns alle. Die Nazis werden immer verrückter. Sie wissen, dass der Krieg verloren ist. Sie wissen es und machen dennoch weiter wie zuvor, sogar noch verbissener.« Seine Stimme senkte sich. »Sie wollen uns alle mit in die Hölle nehmen.« Er richtete sich auf und öffnete die Tür. »Wir bringen ihn in den Keller.«

Wir steckten Erwin auf eine Matratze unter einen Berg Decken. Während Herr Baum in der Küche Suppe erwärmte, wusch ich Erwins verkrustete Finger. Er murmelte etwas Undeutliches. In der Schüssel mischte sich unser Dreck.

»Du gehst besser nach Hause«, sagte Herr Baum, eine dampfende Schale in der Hand. »Ich passe auf ihn auf.«

Ich nickte. Das Aroma der Suppe ließ mich schlucken. Ich war zum Umfallen müde und ausgehungert. Jetzt, da Erwin außer Gefahr war, verflüchtigte sich die Energie des Nachmittags und ich war drauf und dran, der Wut des Jahrhunderts zu begegnen.

Wenige Minuten später legte ich einen Armvoll Zedernholz am Ofen in unserer Küche ab.

»Ich bin zu Hause!«

Mutti kam herbeigeeilt.»Was ist passiert? Ich habe mir solche Sorgen gemacht.«

Wirklich?, wollte ich fragen. »Ich habe mir den Knöchel verdreht und musste mehrmals anhalten. Überall waren Löcher.«

Mutti musterte mich von Kopf bis Fuß. »Lass mich mal sehen.«

Ich nickte, erhaschte einen Blick auf meine zerkratzten Unterschenkel und hoffte, mein Alibi wäre überzeugend. »Kann ich zuerst essen? Ich sterbe vor Hunger.«

»Also gut. Aber wasch dir die Hände.«

Ich drehte mich schnell zum Waschbecken. Mutti hätte sich bestimmt gewundert, warum meine Finger so sauber waren.

Am nächsten Morgen, gleich nach dem Frühstück, murmelte ich etwas von »Herrn Baum besuchen« und eilte nach draußen.

»Wie geht's ihm?«, fragte ich, als der alte Mann die Tür öffnete.

»Er ist schwach, aber in Ordnung, glaube ich.«

Ich betrat den Kellerraum, die Regale darin waren bis auf ein paar Gläser Apfelmus leer gefegt.

Erwin stützte sich auf einen Ellbogen, sobald er mich sah. »Lilly.«

»Wie geht es Ihnen?«

»Viel besser. Friedrich ist sehr nett zu mir.«

»Friedrich?«

»Kein Grund für Formalitäten«, sagte Herr Baum von der Tür her. »Erwin hier war auch Lehrer.«

Ich sah zwischen den beiden Männern, die sich wie alte Freunde verhielten, hin und her.

»Erwin braucht andere Kleidung. Meine Sachen sind zu kurz. Es wäre verdächtig. Ich habe die Wehrmachtshose verbrannt. Außerdem war sie irreparabel.«

Ich sah Herrn Baum an. Er war genauso groß wie ich, einen Meter fünfundsechzig. Erwin war fast einen Kopf größer.

»Aber unsere Kleiderkarten funktionieren nicht mehr«, erwiderte ich.

»Ich weiß«, sagte Herr Baum. Er kratzte sich die Bartstoppeln. »Wir müssen uns was anderes einfallen lassen.«

»Ich kann nicht lange bleiben«, sagte Erwin. »Es ist zu gefährlich für euch.«

Herr Baum hinkte zum Bett. »Du erholst dich hier, bis du zu Kräften gekommen bist.«

»Aber ich nehme dir dein Essen weg.«

»Unsinn. Es ist genug da«, antwortete Herr Baum. »Wie wär's, wenn du raufgingest, Lilly? Ich habe Brot für dich.«

Ich schluckte gerade den Rest meiner Schnitte hinunter, als Herr Baum hereinkam. »Er sieht besser aus«, sagte ich.

»Es wird eine Weile dauern, bis er gesund ist.« Herr Baum sackte mir gegenüber auf die Bank. »Ich befürchte, ich muss einen Ausflug zu meiner Schwester nach Berlin machen. Wir müssen ihm etwas Vernünftiges zum Anziehen besorgen.«

»Aber es fahren kaum noch Züge.«

»Ich muss eine Nacht darüber schlafen.«

Ich stand langsam auf. Mutti wartete auf mich. Ich sollte Burkhart beaufsichtigen, während sie unsere Rationen holte.

Als ich hinausging, rief Herr Baum hinter mir her: »Ich bin froh, dass du ihm geholfen hast.«

Das brachte mich zum Lächeln.

Die gesamte folgende Woche stahl ich mich so oft wie möglich nach nebenan.

»Du bist ja ganz verrückt nach dem alten Mann«, kommentierte Mutti eines Nachmittags, als ich von einem weiteren Besuch zurückkehrte.

Erwin machte gute Fortschritte. Inzwischen nahm er seine Mahlzeiten in der Küche ein, die Schlagläden fest geschlossen. Herr Baum war viel besserer Laune, als ich von früher her in Erinnerung hatte. Er lächelte sogar manchmal, wenn Erwin Geschichten aus seinem Klassenzimmer wiedergab.

Das einzige Problem bestand darin, dass Herrn Baums geplante Reise nach Berlin nicht mehr möglich war. Er hatte eine hastig gekritzelte Nachricht von seiner Schwester erhalten. Sie hatte kürzlich während eines Bombenangriffs ihre gesamte Habe verloren und war bei einer Kusine eingezogen. Und Erwin wollte so schnell wie möglich abreisen, um nach seiner Familie zu schauen. Aber vor allem hatte er Angst, uns in Schwierigkeiten zu bringen.

»Er ist immer nett«, antwortete ich meiner Mutter einfach. Erwins Kleiderfrage lag mir schwer auf der Seele.

»Nachher besuche ich Annelise«, sagte Mutti, ihre rechte Augenbraue vor Argwohn gehoben. »Sie macht sich schreckliche Sorgen um August.«

Natürlich war mein Onkel kurz nach Vati eingezogen worden und hielt sich angeblich irgendwo in Frankreich auf.

»Sieh zu, dass Burkhart um acht Uhr ins Bett geht. Ich dürfte gegen neun zurück sein.«

Ich nickte gedankenverloren. Eine Idee setzte sich in meinem Kopf fest. Eine Idee, die schon eine Weile in mir gegärt hatte und die nun akut geworden war. Denn jetzt, wo Erwin in der Klemme saß und Herr Baum ihm nicht helfen konnte, war es meine Aufgabe. Selbst wenn ich dafür in große Schwierigkeiten geraten würde.

Sobald Burkhart eingeschlafen war, ging ich auf Zehenspitzen in Muttis Schlafzimmer. Seine Liege stand unter dem Fenster. Am Fußende von Muttis großem Bett befand sich der Kleiderschrank.

Ich warf einen Blick auf das friedliche Gesicht meines Bruders, bevor ich den Schrank öffnete. Auf der einen Seite hingen Muttis Kleider und Röcke, auf der anderen Vatis Sachen. Aber wo einst Vatis Anzüge aufgereiht gewesen waren, klaffte jetzt eine Lücke — nur ein einziger Anzug hing noch dort, ein anthrazitfarbener mit nadelfeinen schwarzen Streifen, Vatis bester

Sonntagsanzug.

In den letzten paar Jahren hatte Mutti Vatis Kleidungsstücke getauscht oder verschenkt. Die Regierung verlangte von allen Zivilisten, für die Winterhilfe — die jährliche Bitte um Kleidung und Möbel für Notleidende, in der letzten Zeit vermehrt für Soldaten — zu spenden. Die Schubladen waren bis auf ein paar Unterhosen und Socken leer.

Die Liege am Fenster ächzte unter Burkharts Gewicht. Er drehte sich auf die Seite. Ich wartete einen Moment und ließ, als Burkhart still liegen blieb, Vatis Anzug vom Bügel gleiten. Zumindest würde ich wissen, welcher Soldat Vatis Anzug bekam, dachte ich grimmig.

So leise wie möglich schloss ich den Kleiderschrank und kehrte in die Küche zurück. Ich faltete den Anzug und stopfte ihn in meinen Schulranzen. Sollte mich jemand fragen, was ich vorhätte, dann ginge ich eben für ein bisschen Privatunterricht zu Herrn Baum. Immerhin wussten alle, dass er pensionierter Lehrer war.

Ich verschloss vorsichtig die Tür und schlich aus dem Haus.

»Wer ist da?« In Herrn Baums Stimme schwang Sorge mit. Einen solchen Tonfall hatte ich bei ihm noch nie gehört.

»Lilly.«

Die Tür sprang auf und ich flitzte hinein.

»Er ist in der Küche«, sagte Herr Baum und ging voran.

Ich konnte mir ein Grinsen nicht verkneifen, als ich den kleinen Raum betrat. Erwin, in zwei Decken gewickelt, trug Herrn Baums alten Schlapphut.

»Es ist spät«, sagte Herr Baum. »Wo ist deine Mutter?«

»Meine Tante besuchen.« Ich konnte meine Aufregung kaum unterdrücken und klappte den Ranzen auf. »Ich habe etwas zum Anziehen für Erwin gefunden.«

Der Stoff war ein wenig knittrig. Doch selbst in dem dämmrigen Licht war offensichtlich, welch eleganten Anzug ich mitgebracht hatte.

»Lilly, das geht nicht.« Erwins Blick hing sehnsüchtig an dem feinen Stoff.

»Du hast den Anzug deines Vaters genommen?« Herr Baum schüttelte den Kopf. »Deine Mutter wird dir die Haut abziehen. Nimm ihn besser wieder mit.«

Ich kreuzte meine Arme vor der Brust. »Tu ich nicht.«

»Hör mir mal zu, Lilly.« Herr Baum beugte sich zu mir. »Was passiert, wenn deine Mutter das herausfindet?«

Ich schüttelte stur den Kopf. »Sie wird ihn sowieso der nächsten Winterhilfe spenden. Wenigstens weiß ich so, dass ein Freund Vatis Anzug trägt.« Ich biss mir auf die Lippen. »Außerdem kommt Vati vorläufig nicht zurück.«

»Woher weißt du das?« fragte Erwin.

»Ich weiß es einfach.« Natürlich hatte ich keine Ahnung, was mit Vati los war. Aber in diesem Moment breitete sich in mir ein wohlig warmes Gefühl aus. Erwin brauchte etwas, das ich geben konnte, und zum ersten Mal wusste ich, was Selbstvertrauen war.

Herr Baum sah Erwin an, der mich anblickte.

»Also gut. Dann probiere ich ihn an.« Erwin entfaltete die Hose und zog sie unter der Decke über. Die Taille schlotterte, aber die Länge war perfekt. Erwin warf die Decke ab und probierte die Jacke an. Sie hing ebenfalls lose und die Arme waren etwas zu lang.

»Das geht.« Überraschung schwang in Erwins Stimme mit. Er sank auf den Stuhl und verdeckte seine Augen mit den Händen. »Ich gehe nach Hause«, weinte er. Seine Schultern bebten.

Ich klopfte ihm auf den Rücken. »Jetzt siehst du bald Magda wieder.« In meinem Hinterkopf stellte ich mir vor, wie Vati in einem neuen Anzug nach Hause kam.

Erwin wischte sich über das Gesicht und zog mich in die Arme. »Danke«, flüsterte er. »Du hast mir das Leben gerettet.«

Das Gefühl, geliebt zu werden, dauerte genau so lange, bis ich die Küche unserer Wohnung betrat, wo Mutti auf- und abschritt.

»Wo warst du?«, schäumte sie.

Augenblicklich sprachlos, hielt ich meine Schultasche hoch. »Herr Baum hat mir mit einem Rechenproblem geholfen.« Mein Ranzen war natürlich leer, aber Mutti sah zum Glück nicht nach.

»Wie kannst du nachts das Haus verlassen und deinen Bruder unbeaufsichtigt lassen?«, schrie sie.

»Er schlief.«

»Und was wäre gewesen, wenn es Bombenalarm oder ein Feuer gegeben hätte?« Ihre Augen funkelten und ich wusste, dass sie über eine passende Strafe nachdachte. »Du gehst nicht mehr zu diesem Mann. Ich will nicht, dass du deine gesamte Freizeit dort verbringst.«

»Aber Mutti, ich …« Tränen sprangen aus meinen Augen. Nicht, weil ich vor Mutti Angst hatte, sondern weil Erwin morgen abreiste. Und ich versprochen hatte, ihn zu verabschieden.

»Geh zu Bett, aber zügig.«

Erschöpft kroch ich unter die Decke, mein letzter Gedanke vor dem Einschlafen galt Erwin in seinem neuen Anzug.

Ich wachte auf, weil mich jemand rüttelte. Muttis Gesicht schwebte wie ein Geist über meinem.

»Wo ist Vatis Anzug?«

Ich versuchte, halbwegs wach zu werden und meine Gedanken zu ordnen. Nach dem grauen Licht zu urteilen, das durch die geflickten Fenster sickerte, war es früher Morgen. Ich hatte mir noch keine Entschuldigung überlegt, hatte nicht erwartet, dass Mutti den fehlenden Anzug so schnell entdecken würde.

Sie packte mich bei den Schultern und rüttelte mich. »Ich habe dich etwas gefragt.«

Ich rieb mir die Augen und versuchte, Zeit zu gewinnen. Es fiel mir nichts ein, mein Hirn war ebenso leer wie mein Magen. Ich dachte an Muttis Besuche im Parterre und wusste, dass ich ihr niemals von Erwin erzählen würde.

»Ich habe ihn dem Winterhilfswerk gespendet«, platzte ich heraus.

»Was?«

»Sie kamen gestern Abend vorbei, während du unterwegs warst. Sie fragten nach Kleidung, also habe ich ihnen Vatis Anzug gegeben. Sie sagten, sie würden die Sachen an die Soldaten senden, die als Invaliden nach Hause kommen.

Muttis Blick klebte immer noch auf mir. Ich spürte, wie sie in meinem Hirn herumzuwühlen versuchte. Ich hielt ihrem Blick stand, hielt den Atem an.

Endlich richtete sie sich auf und ließ mich los. »Nie und nimmer entwende etwas aus unserer Wohnung.«

Ich drehte mich zur Wand und schluckte den Seufzer, der in meinem Hals aufstieg, hinunter. »Ja, Mutti.«

Mit der Erinnerung an Erwin sprang ich wenig später aus dem Bett. Er hatte früh aufbrechen wollen. Für mich gab es keine Möglichkeit, dabei zu sein. Nicht mehr.

Der Anzug hatte das Fass zum Überlaufen gebracht und Mutti

schickte mich sofort zum Wohnzimmerputzen. Und so wusch und polierte ich die Möbel, während mein Blick immer wieder zum Vorgarten schweifte — trotz der Kälte standen die Fenster weit offen. Gegen neun bemerkte ich eine Bewegung hinter dem Zaun — eine menschliche Gestalt in einem Anzug und mit einem altmodischen Koffer in der Hand ging langsam vorbei. Erwin hatte sich rasiert und sein Haar war geschnitten — ein wenig zottelig, wahrscheinlich war es Herrn Baum zu verdanken.

Ich hob den Arm, Handfläche nach außen, und für einen Moment hielt er inne und sah mich an. Unsere Blicke trafen sich zwischen den kahlen Ästen meiner geliebten Rotbuche. Er nickte fast unmerklich und dann war er weg.

Ich schloss die Augen und begann zu weinen.

KAPITEL SIEBZEHN

Günter: März 1945

Ich saß auf meinen Händen, um sie warmzuhalten, als unser Lehrer, Herr Leimer, hereinkam. Vier Monate nach dem Angriff im November, als alle Schulen geschlossen worden waren, hatte ich es endlich geschafft, wieder einen Platz als Tagesschüler an der Berufsschule zu ergattern.

Leimer war uralt und aus dem Ruhestand geholt worden, nachdem die eigentlichen Lehrer vom Krieg verschluckt worden waren. Es war März und unser Klassenzimmer, dessen Fenster mit verschiedenen Dachpappen und Linoleum vernagelt waren, war düster und ebenso kalt wie die gefrorene Landschaft draußen.

Wie meine Mitschüler trug ich meinen Mantel und eine Wollmütze, die Mutter aus einem alten Pulli gestrickt hatte. Frustriert wegen der Steifheit meiner Finger, öffnete und schloss ich meine Fäuste. Technisches Zeichnen war mein Lieblingsfach.

Aber anstatt an die Tafel zu gehen und eine Aufwärmskizze vorzuschlagen, räusperte sich Leimer mehrmals. Seine Wangen, die schroff vom Alter und zu vielen kalten Nächten waren — oder, wie manche munkelten, von zu viel Alkohol —, glühten ungewöhnlich rot.

Als das Stühlerücken und Zappeln endlich aufhörte, vergaß ich meine eisigen Hände. Der alte Mann sah aus, als würde er jeden Moment umkippen. Er schwankte sogar etwas. Immer noch sprach er kein Wort. Stattdessen sah er uns aus seinen wässrig blauen Augen an, hielt unsere Blicke, bis das Rutschen und Zappeln von

Neuem begann und alle zu flüstern anfingen.

»Jungs«, sagte er endlich, »ich habe euch etwas mitzuteilen …« Leimers Stimme zerrann, doch er fing sich und fuhr fort: »Ihr seid zur Musterung befohlen. Ich lese vor, was hier steht.« Er mühte sich, mit seinen knochigen und mit blauen Venen überzogenen Händen ein offiziell aussehendes Dokument zu entfalten.

»Alle Männer, Jahrgang 1928 oder 1929, werden zur Musterung gebeten.« Er hielt inne. In der ansonsten absoluten Stille des Raumes klang sein Atem schrill wie eine kaputte Pfeife. »Falls für kriegsverwendungsfähig erklärt, lautet der Marschbefehl wie folgt: bis Montag, den 12. März 1945, nach Marburg durchschlagen und bei der Hitlerjugend melden.« Leimer ließ die Notiz sinken. Als er wieder sprach, klang seine Stimme wie von weit her. »Ihr habt eine Woche. Aber erst müsst ihr euch zur Musterung melden und eure Papiere aktualisieren lassen. Alles andere wird dort erklärt.«

Ich kratzte mich am Kinn und sah mich im Raum um. Das konnte nicht wahr sein. Nicht jetzt. Ich war mir sicher, dass der Krieg bald vorbei sein müsste. Letzten Dezember hatte der Pferdesoldat gesagt, das Ende sei nah. Ich wollte meinen Bleistift gegen Leimers Stirn schleudern.

»Wie kommen wir nach Marburg?«, fragte jemand.

»Wo ist Marburg? Gehen wir alle zusammen?« Aufgeregte Stimmen füllten den Raum.

Leimer hob beide Arme. »Ruhe.«

Das Geplapper ließ widerwillig nach.

»Es gibt keinen offiziellen Transport nach Marburg. Es sind vielleicht zweihundert Kilometer südöstlich. Ihr müsst den Weg dahin selbst finden. Haltet nach Lastern Ausschau oder versucht, einen Zug zu erwischen. Wahrscheinlich müsst ihr laufen.«

»Warum sollen wir jetzt dorthin gehen?« Paul Mans war noch immer so klein wie letzten Sommer, als der Offizier ihn geohrfeigt hatte. Ich war sicher, dass er sich vor einer zweiten Musterung fürchtete. Denn ich fürchtete mich auch.

»Die Wehrmacht braucht jedermanns Hilfe.« Leimer zögerte, als wollte er mehr sagen. Aber dann schüttelte er den Kopf.

»Was ist mit Uniformen?«, fragte jemand.

»Und Waffen?«, rief ein anderer Junge.

Leimer runzelte die Stirn. »Ich nehme an, ihr bekommt alles Notwendige in Marburg. Ihr seid entlassen.«

Das Zimmer explodierte vor Geschnatter. Stimmen in

verschiedenen Stufen der Entwicklung mischten sich, darunter tiefe Baritone und die hellen und kratzigen Tonlagen von Halbwüchsigen. Ich beobachtete Rolf Schlüter, der sich immer wichtigmachte und die Leute drangsalierte. Entweder war man im Rolf-Schlüter-Verein oder nicht. Ich war's definitiv nicht.

Im Moment ließ sich Rolf von einer Schar eifriger Zuschauer bewundern. Sie drängten sich um ihn, während Rolf seine Strategie erklärte. »Das ist stinkeinfach, ihr werdet sehen. Wenn wir alle mitmachen, sind wir in Nullkommanichts da.«

Komisch, dachte ich und deponierte meinen Bleistiftstummel vorsichtig in der Manteltasche, *Rolf hat ein Talent, sich die Verdienste anderer anrechnen zu lassen.*

Ehrlich gesagt, konnte ich kaum glauben, wie aufgeregt, ja sogar begeistert meine Mitschüler klangen. Hatten sie die letzten fünfeinhalb Jahre nicht miterlebt? Ihr Plappern ging mir auf den Nerv und ich wollte nur gehen — weg von ihnen und ihrer Torheit.

»Was ist mit dir, Günter?« Rolf sah mich erwartungsvoll an.

Ich schluckte einen Fluch hinunter und zwang mein Gesicht in eine neutrale Miene. Zumindest hoffte ich, dass sie so wirkte. »Ich muss erst sehen, ob mein Freund Helmut auch geht. Dann ziehen wir zusammen los.«

»Komm schon. Dein Freund kann sich uns anschließen. Wir treffen uns nach der Musterung in Höhscheid.«

»Warum dort?«, fragte ich und bereute es sofort. Jetzt würde er denken, ich sei interessiert.

»Dieter sagt, da fahren Militärkolonnen vorbei. Wir können problemlos mit.« Wie selbstsicher er klang.

»Ich versuche, es zu schaffen, aber ich werde auf Helmut warten«, sagte ich.

»Was heißt hier *versuchen?*«, äffte Dieter mich nach. »Du solltest dich mehr engagieren. Hast du nicht gehört? Der Führer braucht uns! Das wird sauaufregend.«

Ich bemühte mich, zu lächeln, obwohl ich innerlich mit dem Kopf schüttelte. Wie konnte Dieter den Krieg aufregend finden? Selbst ein Blinder konnte sehen, dass Deutschland verloren war.

»Dann such dir selbst den Weg«, sagte Rolf. »Du wirst ziemlich dösig aussehen, wenn du Tage später ankommst und wir schon die ersten Russen umgelegt haben.«

Wie aufs Stichwort grölten Rolfs Freunde.

»Mein Bruder kennt jemanden von der Partei«, bot einer von Rolfs Kumpanen an.

»Mein Onkel ist Hauptmann. Er weiß bestimmt was«, schaltete sich ein anderer Junge ein.

Wie konnten die Onkel und Brüder dieser Jungen zu Hause sein, wenn mein Vater bereits seit Jahren weg war? Vier Jahre und zehn Monate, um genau zu sein. Ich wusste zwar nicht viel, aber mir war klar, dass ein Kriegsbeitritt keine kluge Idee war. *Du würdest tun, was Vater und Hans machen. Du wärst einer von ihnen.*

Aus der Entfernung beobachtete ich meine Klassenkameraden. Trotz seiner starken Worte erschien Rolf neben seinen Freunden eher klein.

»Ich wette, wir treffen als Erste ein«, sagte er gerade. »Wer kommt mit mir?« Alle Hände in der Gruppe schossen hoch. »Lasst uns gehen und alles vorbereiten. Wir sehen uns bei der Musterung.« Gefolgt von seinen Bewunderern, stürmte er aus dem Zimmer.

Ich blieb zusammen mit Paul zurück, der langsam seine Tasche packte. Herr Leimer saß noch immer an seinem Schreibtisch auf dem Podium. Er schien über Nacht gealtert zu sein. Ich wollte ihn fragen, was er jetzt machen würde, da die Klasse aufgelöst war, aber ich erinnerte mich an die Musterung. Ich wollte nicht zu spät kommen und musste bald los, besonders dann, wenn es Ewigkeiten dauerte, dorthin zu kommen. Die meisten Wege waren bis auf Weiteres unter Trümmern vergraben.

Kurze Zeit später sah ich meine Mitschüler in der alten Grundschule auf der Zweigstraße, wo die Wehrmacht ein anderes Büro aufgemacht hatte. Die vorherige Dienststelle auf der Wienerstraße gab es seit dem Angriff nicht mehr. Wieder mussten wir uns nackt ausziehen und in einer Reihe aufstellen.

Der kommandierende Offizier blickte grimmig von einem zum anderen, während wir frierend in der eisigen Luft warteten. Die Musterung war noch kürzer als die letzte, der uralte Arzt sah uns kaum an. Wir bekamen alle den Marschbefehl nach Marburg.

Auf dem Weg nach Hause ging ich bei Helmut vorbei, um herauszufinden, ob er denselben Befehl erhalten hatte.

Schon beim Öffnen der Tür wurde mir klar, dass er auch gehen musste. Seine Augenlider flatterten und seine Arme gestikulierten fahrig. »Komm rein.«

»Ich gehe nicht. Zumindest nicht sofort«, sagte ich und ließ mich auf Helmuts Bett fallen. »Die Soldaten im Dezember meinten, wir sollten es abwarten. Dass der Krieg bald vorbei sei.«

»Ich will auch nicht«, sagte Helmut. »Aber wir können nicht hierbleiben. Das ist Befehlsverweigerung. Du weißt, was passiert, wenn sie uns erwischen.« Seine Stimme zitterte. Er sackte auf den einzigen Stuhl am Fenster. Normalerweise war er ziemlich gelassen, aber heute Nachmittag glänzte seine Stirn trotz der kühlen Raumtemperatur vor Schweiß.

»Natürlich können wir nicht zu Hause bleiben, aber wir brauchen ja nicht direkt nach Marburg zu gehen. Wir könnten ganz gemütlich wandern und abwarten. Es hieß, wir sollten *versuchen*, am Montag da zu sein. Sie wissen doch nicht, wer alles geht und wie lange es dauert. Ich wette, sie schätzen es nur.«

»Du meinst, wir sollten uns verstecken?«

»Für eine Weile. Um zu sehen, wie die Sache sich entwickelt.«

»Was ist, wenn einer unsere Papiere kontrolliert?« Helmut sprang auf und marschierte auf und ab. »Ich sage meiner Mutter nichts davon. Sie würde verrückt vor Sorge.«

»Sie wird so oder so verrückt.« Ich schob den Gedanken, Mutter meine Neuigkeiten zu erzählen, weit von mir. »Wir könnten doch auch *Probleme* haben und viel länger brauchen. Vielleicht verletze ich mich. Oder wir verlaufen uns.«

»Du willst dich also nicht diesem Rolf anschließen?«

»Auf keinen Fall!«

Helmut grinste. »Er klingt wie ein Idiot.«

»Ich sehe mal nach, ob ich eine regionale Karte finde.«

»Treffen wir uns heute Abend um sieben?«, fragte Helmut.

Ich nickte wortlos.

Als ich das Haus verließ, rief er hinter mir her: »Wir hauen ab, falls uns einer beobachtet.«

Auf dem Nachhauseweg wuchs der Knoten in meinem Magen bei dem Gedanken an Mutter mit jedem Schritt.

Entschlossen, ruhig zu bleiben, schaute ich sehnsüchtig den geschrubbten Küchentisch an.

»Ich bin zu Hause.«

Kein Topf stand auf dem Ofen. Dieser Tage hatten wir kaum genug Rationen, etwas Warmes zu kochen.

»Du bist spät dran.« Mutter erschien aus ihrem Schlafzimmer mit einem geflickten Socken in der Hand. »Ich habe Maisbrot und etwas Marmelade.« Sie stöberte in der Brotkiste, die ebenso hohl klang wie mein Bauch sich anfühlte. »Setz dich doch beim Essen.«

Mein Bauch knurrte ärgerlich, als ich auf die Bank sank. Ich war hungrig, gleichzeitig aber auch nicht. Ich suchte Mutters Gesicht nach Anhaltspunkten ab, wie ich das Thema am besten anschneiden könnte. Sie zeigte den gewohnt angespannten Ausdruck, den die jahrelangen Sorgen und Ängste ihr ins Gesicht geschrieben hatten.

»Ich bin eingezogen worden.« Wie sonderbar das klang.

Die Socke fiel auf den Tisch. »Was meinst du damit?«

»Wir wurden ein zweites Mal gemustert und ich habe Marschbefehl nach Marburg.«

»Was? Heute?«

Ich nickte und hoffte, meine Stimme bliebe fest. »Ich soll mich nach Marburg durchschlagen. Meine gesamte Klasse geht. Helmut auch. Ich habe eine Woche Zeit, dorthin zu kommen.« Ich schluckte das letzte Stück Brot hinunter. Die Krumen blieben in meinem Hals kleben. Ich stand abrupt auf und presste meine Lippen fest zusammen. So hatte sich Hans benommen, als er aufgebrochen war.

»Aber du bist kaum sechzehn.« Mutters Augen waren dunkel vor Tränen. »Wollen sie uns alle umbringen? Du musst vorsichtig sein, Günter. Versprich es mir.«

Ich nickte, widerstand meinem Verlangen, auf ihren Schoß zu klettern und meinen Kopf an ihrer Schulter zu verbergen.

Stattdessen sackte ich auf die Bank zurück und ergriff ihre Hände. »Pass auf. Ich … wir haben entschieden … Wir gehen nicht sofort hin. Wir nehmen uns ganz viel Zeit. Wir laufen irgendwie … im Kreis.«

Mutter drückte meine Finger. »Sei bloß wachsam. Die SS … Sie erschießen dich auf der Stelle, wenn sie auch nur vermuten …«

»Mach dir keine Sorgen, wir schaffen es«, brachte ich hervor. Ich wünschte mir, meine Stimme klänge überzeugender — für sie, und für mich. Ich stand wieder auf und eilte in mein Zimmer. Zeit, zu packen.

»Wirst du Vater und Hans sehen?« Siegfried lungerte im Türrahmen, seine Stimme erschien mir ungewöhnlich hoch.

Ich kniete mich vor ihn. »Es sind viele Männer unterwegs,

aber ich werde definitiv nach ihnen Ausschau halten.«

Wie konnte ich meinem achtjährigen Bruder erklären, dass ich keine Absicht hatte, unserem Vater und Bruder zu folgen? *Verräter! Sie kämpfen einen Krieg irgendwo da draußen, den sie nicht gewinnen können, und was tue ich?*

Siegfried legte seine Wange an meine Schulter. »Schreibst du uns?«

Ich kniff die Augen zusammen, damit sie nicht undicht wurden, und klopfte ihm als Antwort auf den Rücken.

Es war dunkel, als ich mich aus dem Haus schlich. Mutter war dem Weinen nahe, aber ruhig, und presste Siegfried an die Brust. Ich schluckte mehrmals, doch der Kloß in meinem Hals war so groß wie ein Fußball. All die Worte, die ich hatte sagen wollen, kamen nicht. Das Einzige, an das ich denken konnte, waren meine brennenden Augen und feuchten Handflächen, bis ich meinte, ich müsste ersticken. Hatten Vater und Hans Ähnliches gefühlt, als sie davonmarschiert waren? Ich drehte mich hastig um und schloss die Tür hinter mir.

Für Anfang März war es eine außergewöhnlich kalte Nacht, der Boden hart gefroren. Helmut wartete an der Ecke. Sein Atem dampfte in der Luft. Über uns stand ein blasser Halbmond, und vereinzelte Wolken warfen Schatten über den Weg.

Wir huschten leise daher, jeder mit einer Tasche mit einer extra Garnitur Kleidung, einer Decke, etwas Brot und ein paar Kartoffeln. Es fiel mir schwer, mir vorzustellen, dass wir heute Nacht oder in absehbarer Zeit nicht nach Haus gehen würden.

Ich hatte keine Landkarte gefunden, also steuerten wir Richtung Süden in die Wupperberge. Blätter raschelten unter unseren Schuhen und ein eisiger Wind blies. Wir hatten diese Gegend tausendmal durchstöbert, die Landschaft war uns ebenso vertraut wie unsere Gärten. Ich hatte bisher nicht begriffen, wie sehr ich es liebte, hier zu leben. Wie sehr ich diese Dinge für selbstverständlich hingenommen hatte.

»Alles in Ordnung?«, fragte ich, um mich abzulenken.

»Klar.«

»Du klingst wenig überzeugend.«

Helmut blieb still.

»Warum antwortest du nicht?« Ich konnte die Wut in meiner

Stimme nicht unterdrücken.

»Was soll ich schon sagen?«

»Idiot.«

Helmut blieb ruckartig stehen und schleuderte seine Tasche auf den Boden. »Wen nennst du einen Idioten? Hast du dir mal überlegt, was passiert, wenn sie uns erwischen? Alle gehen nach Marburg. Was passiert wohl, wenn wir nicht dort auftauchen?«

»Wir müssen uns einfach verstecken. Falls einer fragt, sagen wir, wir hätten uns verlaufen.«

»Und wenn du dich irrst? Wenn der Krieg weitergeht? Ich meine, er läuft seit über fünfeinhalb Jahren. Was ist, wenn sie herausfinden, dass wir …« Helmut ließ die Stimme sinken. »Wir werden hingerichtet.«

»Halt den Mund. So, wie du hier rumschreist, sind wir in zehn Minuten tot.« Am liebsten hätte ich Helmut eins auf die Nase gegeben. »Keine Ahnung, was passieren wird, aber ich weiß, dass ich nicht dahingehen will. Überall sterben die Menschen. Jeder …«, ich schluckte, um die Gedanken an meinen Vater und meinen Bruder zu vertreiben, »kommt um.«

»Ich sage, wir gehen in die Nähe von Marburg. Dann warten wir.«

»Warten auf was?« Ich kratzte mich an der Stirn. »Darauf, dass die SS oder die Russen uns finden?«

Helmut blieb still.

»Wir müssen nur vorsichtig sein und dort bleiben, wo wenige Leute sind. Wir können jederzeit später nach Marburg wandern.«

Helmut sagte immer noch nichts, doch nahm er seine Tasche und lief los.

Die Bäume wuchsen dichter und dunkler. Pinien und Zedern mischten sich mit Eichen und Buchen. Wir fanden Unterschlupf in einem alten Jagdstand etwa sechs Kilometer von zu Hause entfernt. Der kleine Kasten, auf vier Meter langen Stelzen gebaut, stand am Rand eines Feldes, eines von Tausenden in dieser Landschaft. Da wir uns nicht trauten, Feuer zu machen, kauerten wir uns in die Ecke, wobei der Wind durch die Fensteröffnung freien Zugang hatte.

Ich konnte weder schlafen, noch meine Zehen fühlen. Es war früher Morgen, die Stunde vor der Dämmerung, wenn Gedanken der Hoffnungslosigkeit und Zweifel flüstern. Tau durchnässte meine Haare und Decke. Ich versuchte, mir den Mantel über die

Knie zu ziehen, aber er war zu kurz. Ich war über den Winter wieder gewachsen.

Über mir schwangen Äste wie riesige Finger. Unter uns raschelte etwas am Boden, das Geräusch wirkte in der Dunkelheit unverhältnismäßig laut. Die gestrickten Handschuhe, die Mutter mir gegeben hatte, erlaubten zu viel Luft, also steckte ich meine Hände zwischen die Beine. Ich sehnte mich nach meinem Bett, nach den gewohnten Lauten zu Hause – und nach Mutter. Ich döste, aber der Schlaf blieb aus.

Helmut hatte recht. Was, wenn wir uns irrten und der Krieg viel länger dauerte? Wen interessierte schon, dass eine Handvoll Soldaten von Niederlage sprach. Wer wusste, ob das stimmte? Alles, was wir sonst hörten, kam durchs Radio, die Ankündigungen und Berichte. Nicht, dass ich noch zuhörte — wenigstens nicht mit Absicht.

Und wenn uns eine Patrouille stoppte? Oder wir auf Russen oder Amerikaner stießen? Wir hatten weder Waffen noch Training. Nicht mal Essen für mehr als zwei Tage.

Ich zitterte.

Als es dämmerte, begann der Nieselregen. Ich sah über die Felder, um zu entscheiden, in welche Richtung wir gehen sollten. Zwei Rehe grasten unter uns, friedlich und unerreichbar. Helmut schlief, den Kopf nach hinten gelegt, den Mund weit offen und entspannt, seine Wollmütze über einem Auge verrutscht.

Ich boxte meinen Freund in den Arm. »Wir gehen besser.«

»Lass mich schlafen«, murmelte Helmut und drehte sich auf die Seite, um eine bequemere Position zu suchen. Da er keine fand, öffnete er die Augen. »Scheiße, ich friere.«

»Dann setz deinen faulen Arsch in Gang.« Ich hatte Stinklaune. Helmut konnte überall schlafen, Tag oder Nacht, während mein Verstand nicht abschalten wollte.

Mit gesenkten Köpfen schlappten wir weiter. Das Land wellte sich in sanften Hügeln und weiten Tälern, mit Wäldern und Wiesen und dem gelegentlichen Bauernhof oder Dorf gesprenkelt. Die Nässe dämpfte unsere Schritte und kroch unter unsere Kleidung. Wir gingen vorsichtig, vermieden Straßen und Häuser und sprangen vom Weg, sobald wir Geräusche hörten.

Manchmal fanden wir eine Scheune gefüllt mit Stroh oder Heu und krochen nach Dunkelheit hinein. Auf einem Bauernhof war es einfacher, etwas zu finden oder zu stehlen. Obwohl die meisten Bauern ihre Ernten für den Krieg spenden mussten, hatten sie immer Reserven. Immerhin war es leichter, Nahrung anzubauen und zu verstecken, wenn man Land und Gebäude besaß.

»Was meinst du, wann wir nach Hause können?«, fragte Helmut, als wir hintereinander über einen schmalen Pfad wanderten. Schwer zu begreifen, dass wir schon seit einer Woche unterwegs waren.

Farne sprossen, ihre aufgerollten Stiele entfalteten sich durch die Blätterschichten vom letzten Herbst. Trotzdem kam mir der Wald leer vor. Außer den Tieren, die wir nicht fangen konnten, gab es nichts Essbares. Ein Sonnenstrahl tauchte die Umgebung in kräftige Farben, fügte aber keine Wärme hinzu. Was hatte ich denn erwartet? Es war erst Mitte März.

Ich rupfte meine Mütze herunter und kratzte mir den Kopf. Alles juckte.

»Lass uns noch mal proben und sicherstellen, dass wir das Gleiche sagen.« Ständig malte ich mir aus, erwischt zu werden. Es war, als ob mir eine Gewitterwolke folgte, die mich mit einem Blitz treffen wollte.

»Wir wandern nach Marburg?«, bot Helmut an.

»Vielleicht sollten wir sagen, wir hätten uns im Wald verlaufen.«

»Wir erzählen, ich hätte meinen Knöchel verstaucht. Uns glaubt doch niemand, dass wir eine ganze Woche lang herumirren.«

»Also gut. Fein.« Ich konnte meine Verärgerung nicht unterdrücken.

»Wären wir *meinem* Vorschlag gefolgt, müssten wir nicht ständig nach Ausreden suchen. Wir könnten einfach auf die richtige Chance warten.«

Ich biss mir auf die Lippen. Vielleicht hatte Helmut recht. Aber der Gedanke, nach Süden zu wandern und uns in die Nähe *der* Leute zu begeben, die uns jederzeit erschießen würden, gab mir ein noch schlechteres Gefühl. »Lass uns noch ein wenig länger warten.«

Helmut seufzte. »Meinst du, die anderen sind schon eingetroffen?«

»Wer weiß, vielleicht schießen sie schon auf Russen.«

Ich stellte mir Rolf mit einem Gewehr vor, sein Gesicht mit

Lehm beschmiert, auf einen unsichtbaren Feind anlegend. Ich dachte an Paul Mans, den zierlichen Jungen, der immer ängstlich war, selbst in der Klasse. Zweifel machten sich in mir breit und ich verließ abrupt den Weg.

»Was hast du vor?«, rief Helmut hinter mir her.

Ich zuckte mit den Schultern. Ich musste mich einfach ablenken. Mein Hals juckte, wo der Wollmantel die Haut wundgescheuert hatte. Meine Achselhöhlen stanken und mein Schritt kribbelte. Wir würden bald Läuse oder anderes Ungeziefer anlocken.

Aber das war nicht der Grund für meine schlechte Laune. Das ziellose Wandern machte mich verrückt. Helmuts Grübeln und Stirnrunzeln machten mich verrückt. Noch schlimmer waren meine eigenen Zweifel und diese Unentschlossenheit.

Mit einem Seufzer dachte ich an unsere Badewanne. Selbst als ich Wasser schleppen und es auf dem Herd erhitzen musste, war das im Vergleich zum Hausen im Wald purer Luxus gewesen.

»Was? Du willst dich waschen?« Helmuts Ausdruck war so ungläubig, als hätte ich vorgeschlagen, nach Afrika zu fliegen. Er tauchte einen Zeigefinger ins Wasser. »Flüssiges Eis.«

Ich ignorierte ihn und starrte auf das über moosbedeckte Steine gurgelnde Flüsschen. So früh im Jahr war das Wasser kniehoch. Das Licht reflektierte in brillanten Farben auf der Oberfläche. Normalerweise liebte ich jede Art Wasser, aber ich war immer nur schwimmen gegangen, wenn es heiß war. Ich zog Mantel und Pullover aus, knöpfte Hemd und Hose auf, warf Schuhe und Socken ab, krümmte die Zehen gegen die kalte Feuchtigkeit des langen Winters.

Die Luft stach. Gänsehaut erfasste mich am ganzen Körper. Helmut bewegte sich nicht.

»Guckst du zu oder was?«

»Fein.« Ächzend riss sich Helmut die Jacke vom Leib.

Ich drehte ihm den Rücken zu, watete ins Wasser und spritzte mich nass. »Scheiße, ist das kalt.« Meine tauben Füße machten es unmöglich, die Balance zu halten. Ich glitt aus und tauchte unter. Eis drang in Ohren und Nase, entzog mir die Luft.

Als ich prustend wieder auftauchte, stand Helmut mit bläulichen Lippen in der Unterhose da. »Wir haben keine Handtücher«, bibberte er. Seine Schlüsselbeine standen heraus, darunter die Rippen, perfekt aufgereiht wie die Tasten eines

Klaviers. Warum war mir das nie aufgefallen? Vor dem Krieg waren wir oft schwimmen gegangen. Vor hundert Jahren.

Warum also sollten wir weitermachen? Warum sollten wir uns nicht einfach hinlegen und sterben, hier, sofort? Oder besser noch, zur nächsten HJ marschieren und uns selbst anzeigen? Ich konnte es nicht sagen. Ich wusste nur, dass ich so lange weitermachen würde, wie ich laufen konnte. Ich musste daran glauben, dass uns irgendwo hinter dem Horizont ein neues Leben erwartete. Was bedeutete nach fünfeinhalb Jahren schon ein weiterer Tag oder eine weitere Woche?

»Ich kann es kaum erwarten, wieder ein richtiges Bad zu nehmen«, sagte ich, während ich mich mit meinem Hemd trockenrubbelte und meine extra Unterhose aus der Tasche zog. Tausend Nadeln stachen meine Füße und Beine. Wäre in mir nicht so eine große Leere gewesen, hätte ich mich vermutlich erfrischt gefühlt.

»Gehen wir weiter«, sagte ich, sobald Helmut angezogen war.

Der Drang, mich zu bewegen, war stärker als das Bedürfnis, mich auszuruhen.

Da der Wald wie leer gefegt war, konnten wir nur auf Höfen fündig werden: eine Handvoll Rüben, Sauerampfer und halbverdorbene Äpfel, ein paar aufgeweichte Körner. Da wir uns nicht trauten, Feuer zu machen, aßen wir unsere Fundstücke roh.

Am zehnten Tag stießen wir auf ein kleines, sauber geführtes Anwesen, das weitab von der Straße stand. Nervös suchte ich das Grundstück nach offensichtlichen Zeichen politischer Bekundung ab, nach einem Hakenkreuz oder der deutschen Fahne.

Es gab keine. Das Haus stand wie verlassen da. Nicht mal ein Hahn krähte.

»Lass uns nach Essen fragen«, sagte Helmut.

»Ziemlich riskant, oder?« Ich musterte die Fenster des Hauses, wähnte Augen hinter den Gardinen. Das Haus war schlicht, mit roten Ziegelmauern und Dachpfannen aus Ton. Der Stall daneben, mit dem niedrigen Dach, wirkte ebenso bescheiden. Immer noch rührte sich nichts.

Wir probten rasch unsere Ausreden – auf dem Weg nach Marburg, uns verlaufen, brauchen Proviant für den Weg.

Ich wusste, dass Helmut Angst hatte, weil seine Unterlippe

bebte. In den letzten beiden Tagen hatten meine eigenen Beine zu zittern begonnen. Es war, als würde ich auf halbgekochten Nudeln laufen. Mein Magen schmerzte die meiste Zeit und ich schlief schlecht, obwohl die Nächte inzwischen wärmer waren.

»Willst du fragen?«, flüsterte ich.

»Vielleicht sollten wir bis zum Dunkelwerden warten und dann etwas zum Stehlen suchen.«

»Wir brauchen Essen«, zischte ich. Neue Wut brauste in mir hoch, ein weiterer Nebeneffekt des Hungers. Trotzdem bewegte ich mich genauso wenig.

Helmut lehnte sich unentschlossen gegen einen Baumstumpf. »Wir sollten erst mal rausfinden, ob hier jemand wohnt.«

Aus dem Nichts raste ein Köter auf uns zu. Er war groß wie ein Schäferhund und hatte sein schwarzes Fell gesträubt. Ein paar Meter vor uns hielt er an und knurrte, wobei er imposante weiße Zähne entblößte.

»Guter Hund«, flüsterte ich.

Meine Beinmuskeln spannten sich und ich fragte mich, ob wir genug Zeit hatten, abzuhauen, bevor das Biest uns zu Mittag verschlang.

Der Hund kam nun langsam näher. Er setzte seine Pfoten leise auf den festgetrampelten Boden, sein Knurren klang böse.

Ich schauderte und Helmut rief: »Beweg dich langsam und klettere auf den Baum.«

»Was wollt ihr?« Ein alter Mann stand im Eingang des Bauernhauses und zielte mit einer Flinte auf uns.

»Vielleicht können Sie …«, begann Helmut.

»Heraus mit der Sprache, Junge. Ich habe nicht den ganzen Tag Zeit«, unterbrach ihn der Mann.

»Wir sind hungrig … und unbewaffnet«, rief ich.

Technisch war das gelogen, denn ich ging nirgendwo ohne mein Taschenmesser hin. Meine Knie blieben auf der Stelle angewachsen.

»Was habt ihr für Unfug vor?« Der Mann fuchtelte mit dem Gewehr.

»Wir wollten nur um etwas zu Essen bitten«, sagte Helmut kleinlaut. »Wir gehen besser.«

»Nicht so hastig. Kommt aus dem Gebüsch und zeigt euch.« Klang die Stimme des Bauern nun milder oder bildete ich mir das nur ein?

Wir gingen langsam näher. Mein Blick huschte zwischen dem Hund, der aufgehört hatte, zu knurren, und dem Gewehrlauf hin und her. Ich überlegte, ob ich Helmut, der neben mir lief, ein Zeichen geben sollte. Aber ob wegzurennen oder weiterzugehen, war mir selbst unklar.

»Bei Fuß, Rudi.« Der Hund trottete schwanzwedelnd zu dem alten Mann.

»Ich merke schon, ihr habt eine Weile nicht gegessen.« Der Blick des Bauern ruhte auf unseren lehmbesprenkelten Schuhen. »Eine Schande, was mit unserem Land passiert.« Er schüttelte den Kopf und verschwand im Haus.

Ich zögerte und sah Helmut an.

»Worauf wartet ihr? Kommt rein«, sagte der alte Mann. »Zieht eure Schuhe aus.«

Die Küche war abgenutzt wie die knotigen Hände des Bauern, aber der Eichentisch war sauber poliert. Der Mann stellte seine Flinte in die Ecke beim Waschbecken. »Dann sehen wir mal, was wir haben«, murmelte er und wühlte in einem Schrank.

»Setzt euch, Jungs.« Der Alte nickte zum Tisch, der rasch mit Butter, Brot, Käse, hausgemachter Marmelade und getrockneter Wurst beladen wurde.

Wir sanken auf zwei gegenüberstehende Stühle. Mein Mund war trocken und mein Magen ein einziger Knoten aus Hunger und Sorge.

Ich roch das Brot und das geräucherte Fleisch. Es war unmöglich, den Blick abzuwenden. Helmut schluckte Spucke.

Der alte Mann ließ sich schwerfällig zwischen uns nieder. »Also, wer seid ihr?« Seine Augen, halb verdeckt zwischen losen Hautfalten, waren schwer zu deuten.

Wir verstecken uns, wollte ich sagen. *Wir laufen vor dem Krieg davon.*

Ich seufzte vor Erleichterung, als ich Helmut sagen hörte: »Ich heiße Helmut. Das ist mein Freund Günter. Wir sind auf dem Weg nach Marburg, um den Dienst anzutreten.

Der Bauer studierte unsere Gesichter. »Wie alt seid ihr?

»Sechzehn«, sagten wir gleichzeitig.

In der Küche wurde es still. Irgendwo in der Ecke verrutschten Scheite im Ofen. Ich versuchte, flach zu atmen. Meine Hände zitterten unter dem Tisch. Ich konnte an nichts als das Essen vor mir denken. Und an unsere Lüge, die wie ein böser Geist in der Küche schwebte.

Erdbeeren, meldete mein Gehirn, als ein Dufthauch Marmelade in meine Nase kroch.

»… seid besser vorsichtig.« Der Blick des Mannes lag auf mir.

»Was?«, fragte ich.

Der Alte schüttelte den Kopf. »Ich sagte, ihr Jungs seid zu jung für den Krieg. Ihr müsst vorsichtig sein.«

Ich nickte langsam, beobachtete den Gesichtsausdruck des Alten. Dinge standen zwischen uns. Unausgesprochene Dinge, aber ich hatte keine Angst mehr.

Ich langte nach einer Schnitte Brot und vergaß unser Elend.

Der Alte sah schweigend zu, wie wir uns die Bäuche vollstopften. Endlich lehnte ich mich zurück. Wir sprachen wenig. Das Miene des Mannes war entspannt, seine Augen glitzerten hinter dem Schatten riesiger Augenbrauen.

»Wenn ihr wollt, könnt ihr im Stall schlafen. Bleibt aber während des Tages außer Sicht.«

Ich nickte, zwang meine Aufmerksamkeit weg vom Brot. Mein Bauch dehnte sich unangenehm und doch wollte ich mehr essen.

»Ihr bekommt Frühstück und etwas für die Reise.« Der Alte nickte und stand ächzend auf. »Versprecht mir, vorsichtig zu sein.«

Ich versuchte ein Lächeln. Der Mann klang wie Mutter. *Denk bloß nicht an zu Hause. Nicht jetzt, nicht in nächster Zeit.*

Aber als wir ins Heu sanken, dass frisch roch und sich warm anfühlte, und der Wind mich in den Schlaf flüsterte, wanderten meine Gedanken zu meinen Eltern und Hans. Wie verstreut wir alle nun waren. Ich sehnte mich danach, bei ihnen zu sein.

Am Anfang hatte ich die Tage gezählt: 192 Tage, seit Vater weggegangen war, 33 Tage, seit Hans eingezogen wurde, 97 Tage, seit wir zuletzt ein vernünftiges Mahl gehabt hatten. Jetzt, fünf Jahre später, zählte ich in Jahren. Die meiste Zeit zählte ich gar nicht mehr.

Wir blieben zwei Nächte, halfen dem alten Mann beim Säubern, stapelten Holz und Stroh. Am dreizehnten Tag unserer Wanderschaft, mit Brot und Käse in unseren Taschen, steuerten wir auf einer Straße gen Süden, als wir Motoren brummen hörten.

Alarmiert sprangen wir über den mit moderigem Wasser

gefüllten Graben in ein dichtes Gebüsch. Wir lugten durch die Blätter, als der Boden zu vibrieren begann und der Lärm zu Getöse wurde.

Eine deutsche Militärkolonne kroch im Schneckentempo auf uns zu. Wagen, Pferde, Anhänger, Laster und Menschen verstopften den Fahrweg. Die Landser schauten grimmig, ihre Uniformen waren verdreckt. Die meisten schlurften zu Fuß. Die Glücklicheren fuhren auf hohen Ladeflächen. Viele waren verletzt.

Ich konnte mir nicht helfen, ich musste die Gesichter der Männer in den Lazarettwagen absuchen, sah glanzlose Augen und blutige Stümpfe. Wie still sie lagen. Manche stöhnten. Erleichterung breitete sich in mir aus, weil mir keiner der Männer bekannt vorkam. Vielleicht war Vater schon lange tot, lag erfroren und vergessen in einem Massengrab.

»Glaubst du, wir sollten uns zeigen?«, flüsterte Helmut in mein Ohr.

Ich schüttelte den Kopf, starrte verlangend auf den Provisionswagen und fragte mich, ob diese Soldaten von Marburg wussten. Es brauchte nur einen eifrigen Offizier und wir würden angezeigt.

»Ich will nach Hause«, klagte Helmut zwei Tage später, als wir mal wieder einen Waldweg entlangwanderten. »Wir hungern, und meine Schuhe fallen auseinander.«

»Und was, wenn uns jemand sieht?«, fragte ich, darum bemüht, mein eigenes Bedürfnis nach einem warmen Bett zu ignorieren.

»Wir sind vorsichtig.«

»Na gut, aber nur für einen Tag, in Ordnung?«

Helmut nickte, ein grimmiges Lächeln auf den knochigen Wangen.

Es dauerte weitere zwei Tage, bevor wir unsere Nachbarschaft erreichten. Im Schutze der Nacht kroch ich durch das Kellerfenster und schlich die Treppe hinauf. Keiner durfte mich sehen. Gedämpfte Stimmen drangen in den Flur. Ich versuchte die Eingangstür — abgesperrt.

»Wer ist da?«, erklang Siegfrieds Stimme von der anderen Seite.

»Ich bin zurück«, wisperte ich.

Die Tür flog auf. Ich schlüpfte hinein, gerade als Mutter aus der Küche gerannt kam.

»Günter!«

Mit einem Seufzer entspannte ich mich in ihrer Wärme.

»Was machst du hier?«, fragte sie. »Es ist noch nicht vorbei, oder?«

»Nein, Mutter. Aber wir haben ein paar Soldaten belauscht — die Amerikaner sind bereits in Siegen. Die Wehrmacht zieht sich überall zurück.«

Mutter schüttelte den Kopf. »Du darfst nicht bleiben. Wenn dich jemand sieht …«

»Ich weiß.« Nie hatte ich etwas mehr gewollt. »Hast du was gehört …?« *Von Vater und Hans*, hatte ich sagen wollen. Meine Stimme gehorchte nicht.

Mutter eilte resolut zum Brotkasten. »Nichts, kein Brief.«

Wie ich es bei dem alten Bauern gemacht hatte, schloss ich beim Essen des Maisbrotes die Augen. Mutter schien dünner zu sein als vor zwei Wochen und ich fragte mich, ob ich ihre Ration aß. Immer noch kauend, ging ich in mein Zimmer. Mein Bett sah warm und einladend aus. Ich wollte mich darauf einrollen und ewig schlafen.

Mutter war mir gefolgt. »Du bleibst besser im Keller. Ich habe gehört, dass die SS Leute erschossen hat, nur weil sie Flugblätter aufgehoben haben.«

»Was stand auf den Blättern?«, fragte ich und wanderte wieder in die Küche.

»Dass wir kapitulieren sollen, wenn die Amerikaner kommen.« Mutter sackte auf die Bank. »Hitler will uns zuerst alle umbringen. Versprich mir, vorsichtig zu sein. Ich hole dir eine extra Decke.«

Als von der Wohnung über uns keine Stimmen oder Schritte mehr hörbar waren, öffnete ich vorsichtig die Wohnungstür und schlich nach unten. Der Hunger war zurück, aber dem war nicht zu helfen. Ich schloss mich im Kohlenkeller ein, breitete die alte Matratze aus, die für Bombenalarme gedacht war, und fiel in einen Tiefschlaf.

Ein Klopfen an der Tür weckte mich.

»Komm nach oben«, flüsterte Mutter.

Ich schloss auf und flitzte hinter ihr her. Nach der Wärme meines Bettes, war die Küche ein Eisschrank.

»Wir haben wenig Holz«, sagte Mutter, als hätte sie meine

Gedanken erraten.

Es wäre einfach gewesen, Feuerholz zu suchen, aber ich konnte es nicht riskieren. Die SS erschien oft aus dem Nichts. Viele Menschen verschwanden, nachdem sie von spionierenden Nachbarn wie dem Schwein, das unser Pferd gestohlen hatte, angezeigt wurden. Mit einem Seufzer zog ich meinen Mantel an und setzte mich zu einem Stück Maisbrot und Pfefferminztee hin. Am Abend, nach Einbruch der Dunkelheit, verschwand ich und holte Helmut auf dem Weg ab. Mutter hatte nicht geweint.

Die Luft war wärmer, und der Frühlingsanfang färbte Büsche und Bäume mit frischem Grün. Wir wanderten weiter. Einige Wege erschienen uns vertraut, aber es war schwer, das mit Sicherheit zu sagen. Ganze Wälder waren verschwunden, entweder waren sie von Bomben verbrannt oder als Feuerholz abgehauen worden.

Ich verlor den Überblick. In den ersten drei Wochen hatte ich jeden Tag gezählt, aber die Eintönigkeit unserer Wanderschaft weichte mein Hirn auf.

»Jetzt sind's schon vier Wochen«, sagte Helmut, als ob er meine Gedanken gehört hätte.

Wir versteckten uns in einer verlassenen Scheune, deren Wände halb eingefallen waren.

»Was meinst du, was dieser Rolf gerade tut?«

»Gute Frage.« Ich inspizierte meine Fingernägel. Sie erinnerten mich an den Schornsteinfeger, der mit Ruß gepudert zweimal im Jahr unser Haus besuchte, um den Kohlenstaub zu entfernen. Das war in einem anderen Jahrhundert gewesen.

»Ich glaube, wir haben einen Fehler gemacht.« Helmut vermied meinen Blick. »Ich meine, nicht da runter zu gehen.«

»Weiß nicht.« Ich stellte mir vor, wie meine Mitschüler in Applaus ausbrachen, als Rolf Schlüter, seine Brust mit Medaillen behangen, ins Klassenzimmer marschierte. »Ich hasse es, dass wir keine Informationen bekommen«, murmelte ich.

»Was ist, wenn der Krieg noch ein Jahr andauert?«

Ich verzog das Gesicht und sprang auf die Füße. »Ich weiß es nicht.«

Ich war alles so leid. Ich war es leid, dass Helmut die Fragen und Zweifel aussprach, die ich selbst hatte und nicht beantworten konnte. Ich war es leid, hungrig zu sein, aber vor allem war ich es leid, mich ständig zu fürchten.

»Warum sendest du Hitler nicht einen Brief und fragst ihn, was er vorhat?«, höhnte ich. Die Wut drückte mir die Luft ab wie im Bunker.

»Ich mein ja nur, ich kann so nicht weiter. Meine Beine tun weh und meine Zehen sind voller Blasen.« Helmuts Stimme bebte.

»Wir müssen aber.« Ich boxte gegen die raue Holzwand der Scheune, begrüßte den sofortigen Schmerz in meiner Faust. »Wie oft kannst du dir den Knöchel verstauchen? Es ist zu spät, uns jetzt noch in Marburg sehen zu lassen.«

»Du bist schuld«, knurrte Helmut. Er begann, mit glühenden Wangen in dem leeren Schober auf- und abzugehen. »Wir hätten uns melden sollen. Warum habe ich auf dich gehört?« Er warf die Arme hoch und baute sich schlagartig vor mir auf. »Du hast gesagt, der Krieg sei bald vorbei. Aber das ist er nicht. Was ist, wenn Hitler gewinnt?«

»Tut er nicht.«

»Woher weißt du das?«

»Du hast doch selbst gehört, was die Männer gesagt haben.«

»Männer sagen viel. Viele haben versucht ihn umzubringen. Er hat immer überlebt. Vielleicht ist er unsterblich.«

»Er ist wie andere Menschen, allerdings wahnsinnig.«

»Warum gibst du nicht zu, dass du dich geirrt hast?«

Ich zuckte mit den Schultern. Vielleicht hätte ich es sogar getan, aber so wütend, wie Helmut aussah, und den geballten Fäusten nach zu urteilen, würde ich es jetzt ganz gewiss nicht aussprechen.

»Hätten wir und sollten wir«, zeterte ich stattdessen, indem ich seinen Tonfall nachäffte.

»Du hättest genauso gut abdrücken können.« Helmut sackte auf einen Haufen schimmeliges Stroh. »Es ist nur eine Frage der Zeit, bis die SS uns findet. Oder die Gestapo oder einer ihrer Spione.«

»Halt's Maul. Halt doch einfach das Maul«, brüllte ich. »Ich hab dein Jammern satt. Dann geh doch zurück und ergib dich.«

Ich wollte nicht zugeben, dass ich das Gleiche dachte. Meine eigenen Beine schmerzten. Mein Magen krampfte die meiste Zeit vor Leere und ich fühlte mich von permanenter Dunkelheit umgeben.

Helmut ging nicht, aber danach sprachen wir nicht mehr

miteinander. Wir richteten uns jeder nach dem anderen, hielten zum Pinkeln oder um Pause zu machen. Aber wir sahen uns nicht an und schwiegen, obwohl ich mich dabei ertappte, Helmuts Atmung und Seufzern zu lauschen, der Art, wie er sich räusperte.

Und mit jedem Tag waren wir mehr erschöpft, bis unser Gang dem von alten Männern glich, die durch den Wald schlurften. Wir rasteten oft, aber das kühle Wetter hielt noch an, auch wenn es nicht mehr gar so eisig war, und wir mussten uns bald wieder in Bewegung setzen. Ein paar Mal riskierten wir ein Feuer. Das feuchte Holz schwelte und produzierte wenig Hitze. Ich sorgte mich, man könnte den Rauch sehen.

Mehr und mehr Kolonnen verstopften die Straßen. Einfache Landser schlängelten sich in endlosen Strömen. Ich hatte kaum noch Angst vor ihnen, weil klar war, dass sie wenig mit der SS und Gestapo zu tun hatten.

»Geht nach Hause, Jungs«, flüsterten sie, wenn wir vom Straßenrand zuschauten. »Wir haben keine Munition mehr. Die Amerikaner sind schon ganz nah.«

Wie nah?, wollte ich schreien. *Wie lange dauert dieser Krieg noch?* Aber ich nickte nur, zu ängstlich, mich auf eine Diskussion über unsere Wanderungen einzulassen, zu ängstlich, Helmut anzusehen. Wir beobachteten Frauen, die Schubkarren mit Haushaltsgütern transportierten, alte Männer mit Koffern und Kindern. Alle sahen hungrig und angsterfüllt aus.

Am zweiunddreißigsten Tag unserer Wanderung waren wir endlich mutig genug, auf einem der deutschen Militärwagen mitzufahren. Oder besser gesagt: Ich bewegte mich zur Kolonne und hoffte, Helmut würde folgen.

»Jungs, springt rauf«, sagte einer der vorbeigehenden Soldaten.

Also kletterten wir auf einen der offenen Lastwagen und ließen unsere Beine über die Kante schwingen.

»Siehst du den Wagen hinter uns?«, schrie ich über den Motorenlärm, irgendwie ermutigt durch unsere Fahrt.

»Nein, warum?«, rief Helmut zurück. Sein Blick hing an einem der Soldaten, der sich am Straßenrand niederfallen ließ. Die Stiefel des Mannes waren kaputt und er war dabei, einen auszuziehen. Die Socke darunter war mit Löchern gespickt.

»Er ist bis zum Dach mit Essen beladen. Du weißt schon, mit

diesem kantigen Soldatenbrot.«

»Kommissbrot?«

»Wir sollten danach fragen.«

Bei der langsamen Fahrt war es einfach, von der Plattform zu springen. Nachdem ich zwei Fahrzeuge passiert hatte, bemerkte ich einen Soldaten, der mit einem Gewehr an der Seite eines Wagens lief. Der musste es sein. Tatsächlich war der Provisionswagen bis zum Faltdach mit dunklen, rechteckigen Laiben vollgepackt.

»Können Sie ein paar Brote erübrigen?«, fragte ich und dachte dabei, wie gut es getan hatte, Helmuts Stimme zu hören.

Der Soldat, kaum älter als wir, schoss mir einen einschätzenden Blick zu. »Zwei Brote. Aber wir halten nicht für dich an.«

Ich beäugte den hohen Wagen mit seiner Last, die breiten Reifen, die mich zermalmen konnten.

»Ich warte. Vielen Dank.« Dann schrie ich zu Helmut hinüber: »Wir können welche haben, aber wir müssen warten, bis sie anhalten oder langsamer fahren, damit ich raufklettern kann.«

Helmut nickte und sah dann wieder in die Ferne, die vertraute Sorgenfalte zwischen den Brauen.

Als die Straße steil anstieg, verlangsamte sich die Kolonne zum Schneckentempo. Die Wache nickte und ich zog mich an der Rampe hoch. Zwei Laibe verschwanden in meinem Hemd. Obwohl Kommissbrot trocken und hart war, würden die darin enthaltenden Nährstoffe aus dem Roggen, dem Weizen und dem Kraut unsere Mägen beruhigen. Selbst wenn die Gerüchte stimmten, dass der Teig inzwischen Sägemehl enthielt.

Irgendwo brüllte jemand und ich sah auf. Wie in einem Film sprangen entlang der Kolonne Soldaten in die Gräben oder verschwanden im angrenzenden Wald.

Ein Brummen wurde rapide lauter, als ob jemand ein gigantisches Hornissennest aufgestört hätte. Graue Flecken erschienen am Horizont und wuchsen schnell – eine Staffel niedrig fliegender Feindflugzeuge. Bevor ich Zeit hatte, zu reagieren, explodierten Maschinenpistolenfeuer. Die hinteren Wagen verschwanden in einer Staubwolke.

Panik stieg in mir auf, ein Adrenalinstoß traf mich wie eine Faust. Ich war ausgeliefert, befand mich drei Meter hoch über der Straße und gab ein perfektes Ziel ab. Da war weder Zeit, herunterzuklettern, noch Helmut auf dem anderen Laster zu finden.

Ich sprang – besser gesagt, ich flog – und rollte in den Graben, während der Himmel sich über mir verdunkelte. Geschosse zerfledderten den Brotwagen, durchschlugen Planen und Metall mit Leichtigkeit. Ich bedeckte meinen Kopf mit den Händen und lag still, ließ das ohrenbetäubende Getöse über mich ergehen. Mein rechter Knöchel klopfte. Ich konnte nur hier liegen und warten und hoffen, dass die Kugeln und Schrapnelle mich nicht fanden.

Als die Detonationen verklungen waren, setzte ich mich auf. Mein Kopf schwamm, meine Ohren waren wie taub. Ich sah an mir hinunter, um nach Blut zu suchen, denn in dem Moment konnte ich meinen Körper nicht spüren. Meine Kleidung war in Ordnung. Nichts war kaputt.

Nach und nach nahm ich wieder Geräusche wahr. Laute menschlicher Qualen drangen zu mir herüber — Männer weinten und stöhnten. Mein erster Impuls war, mich davonzumachen. So weit und schnell, wie meine Beine mich tragen konnten.

Doch bevor ich diesem Drang nachgeben konnte, erinnerte ich mich an Helmut und kalte Panik ergriff mich. War er verletzt? Vielleicht sogar tot? Meine Hände zitterten so stark, dass ich sie nicht kontrollieren konnte. Ich blickte die Straße hinunter. Soldaten lagen verstreut zwischen liegengebliebenen Fahrzeugen wie weggeworfene Puppen. Die meisten lagen still.

Ich erkannte die freundliche Wache neben dem Proviantwagen. Er lag auf dem Rücken, seine Augen standen weit offen und starrten in den Himmel. Sein Helm war weggeflogen und die Schädeldecke lag offen. Rotgraue Gehirnmasse sickerte in den Boden.

In der Nähe des Grabens lag ein anderer Mann auf der Seite und weinte. »Hilf mir«, bat er. Die Vorderseite seines Mantels lag zerfleddert auf dem Boden, ich konnte seine Gedärme sehen. Ich versuchte, wegzuschauen, aber der Mann starrte mich an. Da ich mich im Graben befand, waren wir auf Augenhöhe.

Der Soldat hatte blondes, um die Ohren kurz rasiertes Haar, seine Brauen glichen blonden Raupen, die nicht zu den rötlichen Bartstoppeln passten. Blut gurgelte aus seinem Mund, und er spuckte, als ob er unter Wasser wäre. Schließlich wurde er still, sein Blick starr.

Wie in Trance kletterte ich aus dem Graben. Ich musste

Helmut finden. In meiner Verwirrung konnte ich mich nicht mehr daran erinnern, wo ich ihn gelassen hatte. Mein Herz raste schneller als bei den Rennen in der Schule. Ich eilte die Straße entlang, wendete mich hierhin und dorthin, suchte die Umgebung ab. Ich erkannte den Laster, auf dem wir gefahren waren. Jetzt lag er zusammengebrochen auf der Straße, von Maschinengewehrsalven zerschossen. Die hölzerne Plattform war von Holzsplittern übersät, die Reifen waren platt. Helmut war nicht zu sehen.

»Helmut?«, schrie ich.

Soldaten rannten umher und brüllten Befehle, untersuchten Verletzte und Tote. Ich sauste um den zusammengebrochenen Wagen. Überprüfte den Graben. Kein Helmut.

Mit jedem Schritt wuchs in mir die Überzeugung, dass Helmut tot und dass ich allein war, eine Insel inmitten der verzweifelten Aktivitäten. Bis ich nicht mehr weitergehen konnte und im Chaos stehenblieb. Mein Kopf war leer, mein Leib gelähmt.

»Günter?« Helmuts Stimme driftete durch den Nebel. »Hier drüben.«

Ich drehte mich um und sah verblüfft, wie Helmut auf mich zurannte. Lehm klebte auf seiner rechten Wange, ein grimmiges Lächeln lag auf seinen Lippen. Es war das erste, das ich seit Wochen gesehen hatte.

»Ich bin in Ordnung«, sagte er.

Ich grinste zurück, blickte dann zum Himmel hinauf. »Lass uns abhauen. Vielleicht kommen sie wieder.«

Wir schlüpften in den Wald, die Brote sicher unter den Jacken verstaut.

In der Nacht traf ich den Mann mit den rötlichen Bartstoppeln. In meinem Traum setzte sich der Soldat hin und zog meterlange Gedärme aus seinem Bauch. Er lachte irr, als er sie auf der Straße aufhäufte.

Ich wachte auf. Mein Gesicht war verschwitzt und eiskalt. Neben mir lag Helmut unter seiner Decke. Nur ein paar sandig-blonde Haarsträhnen schauten hervor. In dem Moment war ich ungemein dankbar dafür, meinen Freund in Sicherheit zu wissen. Ich wollte hinüberlangen und seine Schulter berühren, ihm sagen, wie egal es war, was kam, solange wir nur zusammenhielten. Es war das einzig Wichtige, das Einzige, was Hitler uns nicht nehmen konnte.

Ich setzte mich auf und brach ein Stück Brot ab. Es

schmeckte metallisch, als sei es mit Blut befleckt.

Unsere Reise dauerte nun schon fünf Wochen. Nachdem wir wieder nichts als verschimmelte Kartoffeln in einem verlassenen Feld gefunden hatten, erreichten wir ein Dorf, etwa sechzig Kilometer von zu Hause entfernt. Ein Gasthof schien das einzig offizielle Gebäude zu sein. Egal, wie klein ein Ort war, es gab immer mindestens ein Wirtshaus.

Da es hier keine Industrie gab und das Dorf in den Hügeln verborgen lag, war es vom Krieg scheinbar verschont geblieben, zumindest nach allem, was wir sehen konnten. Häuser und Scheunen waren unbeschädigt. Selbst der Kirchturm mit seiner Bronzeglocke, den weißgekalkten Wänden und einem schlichten Glasmosaikfenster war intakt. Mehrere Wehrmachtswagen parkten zweihundert Meter entfernt auf der schmalen Straße.

»Meinst du, die Leute dort geben uns was zu essen?«, fragte Helmut, doch in seiner Stimme schwang kein Fünkchen Hoffnung mit.

Hinter den Fenstern des Gasthofs zum Löwen leuchteten einladend warm-gelbe Lichter. Das leckere Aroma gerösteten Fleisches erreichte meine Nase und ließ mir das Wasser im Mund zusammenlaufen.

Mein Kopf drängte mich, weiterzuziehen, doch mein Magen schlug Purzelbäume und verlangte Befriedigung. Gestern hatten wir eine Handvoll verschrumpelter Zwiebeln vom letzten Jahr gefunden und ausnahmsweise ein Feuer riskiert. Die Zwiebeln verschlangen wir halb gar und verkohlt.

»Warte hier, ich gehe rein.«

Ich trat auf die Straße. Kein Mensch war in der Nähe, obwohl ich annahm, dass die Wagen gut geschützt waren. Gegen meinen sinkenden Mut ankämpfend, schlüpfte ich in den Gasthof.

Mit den niedrigen Decken und dunkel getäfelten Wänden wirkte der Raum erstickend wie ein Bunker. Dicker Rauch hing in der Luft. Nach der Helligkeit der Abendsonne blinzelte ich in der Düsternis.

Ein fetter Mann in schwarzem Hemd und fleckiger blauer Schürze stand hinter dem Tresen und wischte Bierflecken weg. Der Geruch von etwas Saurem mischte sich mit dem Gestank abgestandenen Alkohols. Ich fragte mich, wie der Mann Essen und

Getränke servieren konnte, wo wir doch schon seit Jahren hungerten.

Besorgt, ich könnte das letzte bisschen Zuversicht verlieren, trat ich an die Theke. Zu spät bemerkte ich die grauen Militärjacken.

Ich hätte die Abzeichen überall erkannt: ein gezacktes Doppel-S am Kragen, Ärmelbänder und Mützen: SS-Offiziere.

Drei Männer besetzten Stühle an der Seite der Bar, rauchten und sprachen lautstark. Vor ihnen stand eine Kollektion leerer Gläser. Ich fluchte innerlich, mein Hunger war vergessen.

Zu meinem Entsetzen wurde es plötzlich still im Raum.

»Was kann ich dir geben?«, fragte der Wirt. Seine tiefliegenden Augen wirkten wie schwarze Rosinen in den Falten seines teigigen Gesichts.

Ich leckte mir die Lippen, schimpfte innerlich mit mir für meine Nachlässigkeit. Warum hatte ich nicht zuerst durch die Fenster gesehen? Jetzt war es zu spät. Ich war inmitten eines Albtraums gelandet.

Wenn ich das jetzt vermasselte, war es vorbei. Ich *musste* selbstbewusst auftreten.

»Mein Freund und ich suchen nach einer kleinen Mahlzeit«, sagte ich und zwang mich, tief Luft zu holen, um bestimmt weitersprechen zu können. »Wir haben kein Geld, aber wir können arbeiten.«

»Wieder ein Bettler«, wandte sich der Wirt mit einem Scheingrinsen an die Offiziere.

Die Männer in der Ecke ignorierend, schüttelte ich den Kopf. »Wir arbeiten für alles.«

»Lass ihn aussprechen«, sagte einer der Offiziere.

»Was kannst du denn für mich tun?«, fragte der Wirt in gleichgültigem Tonfall.

»Spülen«, stammelte ich, »oder Holz hacken oder … Wir können Sachen reparieren. Ich kann vieles wieder richten.« Ich sah mich nach Beschädigungen um. Die Wände begannen, sich zu drehen, ganz so wie mein Magen.

Die Stille wuchs. Die Blicke der Offiziere bohrten sich wie glühende Nägel in meine Brust.

Einer der Männer beugte sich vor. »Und wie sieht es mit dem Reparieren unseres Landes aus?«

Der Offizier daneben prustete. »Da braucht es mehr als

Hammer und Nägel.«

Ich bemerkte, dass der dritte Mann nicht in das Lachen eingestimmt hatte. Er sah verärgert aus. Seine Augen glitzerten kalt wie ferne Gestirne. Unsicher, was ich tun sollte, und bange, dass sie mir noch mehr Fragen stellen würden, stammelte ich weiter: »Wir können zuerst arbeiten und dann geben Sie uns nachher was zu essen, als Bezahlung.«

Warum hielt ich nicht die Klappe und ging? Die SS und ihre offensichtliche Arroganz verhießen nichts als Ärger oder Schlimmeres. Trotzdem stand ich wie angewurzelt inmitten des Gastraums, und die Offiziere begannen zu flüstern.

Zu meinem Entsetzen stand einer von ihnen auf und kam auf mich zu. »Kommen Sie schon, Herr Wirt. Geben Sie dem jungen Mann eine Chance.«

Ich sah zweimal hin, mein Hals wurde schlagartig trocken. Der Offizier sah wie eine ältere Version von Vogelnest aus, dem Jungen, der mich vor gefühlt tausend Jahren in der HJ gequält hatte. Er hatte die gleichen an den Seiten rasierten blonden Haare, während ein Tuff heller Locken auf seinem Kopf thronte. Ich war mir nicht sicher, immerhin waren fünf Jahre vergangen. Aber für einen Moment fragte ich mich, ob Vogelnest mich erkennen würde.

»Hier, ich zahl sein Essen.«

Der Mann warf zwanzig Reichsmark auf den Tresen. So viel Geld hatte ich schon eine ganze Weile nicht mehr gesehen.

Der Wirt grummelte vor sich hin, nahm aber den Schein. »Holst besser deinen Kameraden. Sieht so aus, als hättest du einen Freund gewonnen.«

»Bin gleich wieder da«, würgte ich hervor.

Jetzt war meine Chance, mich dünn zu machen. Ich drehte auf dem Absatz um und rannte nach draußen, wo ich mit Helmut kollidierte, der vor der Tür wartete. Ich versuchte, meine aufsteigende Panik zu kontrollieren, und blinzelte Helmut wild zu, zornig auf mich selbst, dass wir kein Notsignal vereinbart hatten.

»Wie war es?«, fragte Helmut unschuldig. »Ich bin soooo hungrig, ich könnte ein Haus verschlingen.«

»Wir müssen …«

»Hallo, guten Abend«, sagte hinter mir jemand.

Ich zuckte zusammen. *Luft holen.* Zum Glück kehrte ich der Tür den Rücken zu.

Helmuts Augen weiteten sich, als sich der blonde SS-Mann in der perfekten Uniform und mit seinen perfekt polierten Stiefeln vor uns aufbaute.

»Worauf wartet ihr? Das Essen ist fertig.«

Mein Hals war wie zugeschnürt, sodass ich keinen Ton herausbrachte, doch ich schaffte es, zu nicken. *Renn weg, jetzt sofort*, drängte mein Bauch. *Renn weg und du wirst erschossen*, argumentierte mein Kopf. So oder so waren wir erledigt.

Der Wirt erschien, sobald wir uns in einer Tischnische am Fenster gesetzt hatten, sein riesiger Leib war hinter einer weißen Porzellanschüssel und Tellern verborgen. »Lasst es euch schmecken.«

Ich schluckte und griff nach einem Löffel. Das glänzend dunkle Hirschgulasch roch himmlisch. Ich wollte nichts mehr, als essen, doch mein Magen schlug Saltos vor Angst. Helmut sah so grün aus wie zur Zeit des Pferdehandels. Wir mussten uns normal verhalten, wenn wir keinen Verdacht erregen wollten. Ich nickte kurz und füllte mir den Teller.

Zu meiner Erleichterung kehrte der Wirt zurück und schirmte uns vorübergehend mit seinem fetten Rumpf von den SS-Männern ab. »Brot und Bier, Kulanz eurer neuen Freunde.«

Ich musterte das Glas. Ich wollte betrunken sein, alles vergessen. Aber Alkohol machte leichtsinnig und löste die Zunge.

»Kann ich Kranwasser haben, bitte?«, fragte ich mit einer mir selbst fremden Stimme.

Ich wusste, dass die Offiziere uns beobachteten, also nahm ich die Gabel und begann, langsam zu essen. Die üppige Sauce explodierte in meinem Mund und katapultierte meine Geschmacksnerven ins Paradies. Das Brot war warm, die Kruste knusprig und duftend. Ich vergaß die Männer und unsere Situation — mein Körper verlangte es.

Unglaublich, wie man so essen konnte, wenn der Kopf bereits in der Schlinge saß.

Ich beobachtete, wie Helmut kaute und schluckte, seine Augen fast überirdisch glänzend. Wir aßen, bis der letzte Tropfen Sauce aufgeleckt und der Brotkorb leer war. Ich lehnte mich zurück und rülpste. Mein Magen krampfte, zum Teil aus kalter Furcht, zum Teil durch zu viel Kost. Warum hatten wir uns keine Ausrede einfallen lassen, um schnell abzuhauen? Ich dachte gerade darüber nach, was ich Helmut unauffällig sagen könnte, als Vogelnest sich an unserem Tisch aufbaute.

»Obersturmführer Kummel. Darf ich mich setzen?«

Es *war* Vogelnest. Ich räusperte mich, hoffte, dass meine Stimme nicht schwankte. »Schön, Sie kennenzulernen.«

»Danke fürs Essen«, ergänzte Helmut. Sein Blick hing etwas zu lange an Kummels blondem Tuff. Helmut hatte den gleichen Schluss gezogen wie ich.

»Wo wollt ihr Jungs hin?«, fragte Vogelnest.

Ich starrte Helmut an, versuchte, zu entscheiden, was ich sagen sollte. Helmuts Wangen waren so bleich wie das Tischtuch.

Jetzt rede endlich. »Wir ziehen nach Marburg. Gehen zu Fuß hin.«

»Zeigt mal eure Papiere!« Vogelnests Handfläche hing drohend in der Luft.

Ich mühte mich, die Papiere zu finden. Was, wenn uns der Offizier fragte, wo wir herkamen? Wie sollten wir erklären, dass wir uns nördlich von unserem Ausgangspunkt befanden, wenn Marburg doch viel weiter südlich lag?

Zum Glück streifte Vogelnest nur oberflächlich unsere Ausweise.

»Habt ihr das gehört?«, fragte er an die Offiziere an der Bar gerichtet. »Die beiden reisen nach Marburg.«

»Ach, tatsächlich?« Ein zweiter Offizier kam an den Tisch. »Haben sie den Marschbefehl nach Marburg nicht schon vor Wochen gegeben?« Er kratzte sich am Kopf.

Ich erstarrte. Diesmal würde es keine Liegestütze geben — diesmal würden wir an die Wand gestellt und erschossen.

Zu meiner Überraschung atmete ich noch und spürte noch meine feuchten Handflächen unter dem Tisch, meine eisigen Füße, meine Zehen, die vom Leder meiner Schuhe aufgerieben waren. Warum fiel ich nicht einfach um und verlor das Bewusstsein? Brachte es hinter mich?

»… heute ist euer Glückstag«, sagte der zweite Offizier gerade.

»Warum?«, krächzte ich, aus meiner Benommenheit auftauchend.

Vogelnest drängte sich eifrig dazwischen. »Wir fahren nach Frankfurt. Ihr könnt hinten auf dem Wagen mit.« Vogelnest hielt kurz inne, bevor er fortfuhr: »Harald, glaubst du, wir können einen Abstecher machen und diese feinen jungen Soldaten abliefern?«

Der dritte Offizier, der uns wortlos gemustert hatte, stand auf.

»Natürlich.«

Vogelnest, jetzt mit Stolz in der Stimme, meinte: »Ihr werdet sehen, ihr könnt bald unserem Vaterland dienen. Wir brauchen jeden Mann.«

Ich verschluckte mich und hustete. Als ich vom Teller aufsah, ruhten Haralds arktische Augen auf mir. Meinen Mund zum Lächeln zwingend, sah ich Helmut an, dessen Oberlippe zitterte.

»Harald, ist das nicht großartig?«, kicherte Vogelnest.

Aber Harald schwieg und starrte mich weiter an.

»Das ist toll«, brachte ich hervor. »Wann geht's los? Wir sind ziemlich geschafft. Sind den ganzen Tag gelaufen.«

Der zweite Offizier nickte gen Decke. »Wir schlafen oben. Trefft uns hier um fünf Uhr dreißig.«

Vogelnest sprang auf und riss den rechten Arm in die Luft. »Heil Hitler!«

Die anderen Offiziere taten es ihm eifrig nach und auch Helmut und ich hoben den Arm.

»Ein wenig mehr Enthusiasmus, vielleicht?« Harald kam näher, seine Stimme hatte kühl geklungen, fast gelangweilt.

»Ach, lass sie in Frieden.« Vogelnest klopfte seinem Kameraden auf den Rücken. »Sie werden bald genug lernen, was es heißt, Soldat zu sein. Ein paar Wochen Training, anständige Waffen, und sie nehmen es mit den Russen auf.«

Harald nickte, starrte uns aber weiterhin an. Vielleicht entschied er sich gerade, ob er uns erschießen oder in Stücke schneiden wollte.

Ich stand auf, dankbar, dass mich meine Beine nicht im Stich ließen. »Wir ruhen uns besser aus, damit wir für die Reise bereit sind.«

»Ihr könnt hier drüben schlafen.« Der Wirt zeigte auf ein Seitenzimmer mit Tischen und Bänken. »Es ist hart, aber das seid ihr ja gewöhnt.«

»Wir schlafen gern in Ihrer Scheune«, schlug ich vor. »Wir wollen keine Umstände machen.«

Ich hoffte, wir könnten leichter entkommen, wenn wir draußen blieben. Vor allem, weil es gerade dunkel wurde.

»Nicht nötig, Jungs.« Der Wirt grinste. »Für die zukünftigen Soldaten unseres Vaterlands mache ich gern Platz.«

»Danke«, brachte ich hervor.

Ich musste uns Zeit verschaffen. Wir konnten nicht

weglaufen. Das würde sofort Verdacht erregen. Dieser Kerl Harald sah aus, als würde es ihm Spaß machen, uns auf der Stelle zu erschießen.

»Dann müssten wir mal aufs Klo. Haben Sie draußen Wasser?«

Der Wirt zeigte auf die Hintertür. »Da durch und dann rechts. Das Klo ist geradeaus im Garten. An der Wand ist ein Wasserhahn.«

»Komm, Helmut.« Ich steuerte auf die Hintertür zu, wobei ich hoffte, begeistert zu wirken. Zu meinem Schrecken folgte uns der Wirt nach draußen.

»Da drüben ist das stille Örtchen. Und hier das Wasser.«

Ohne ein weiteres Wort verschwand ich auf dem Plumpsklo. Unter meinem Hemd rann Schweiß herunter. *Durchatmen.* Der Gestank warf mich fast um. Ich brauchte Zeit zum Nachdenken, doch es gab keinen ruhigen Ort. Es würde auffallen, wenn wir zu lange draußen blieben. Mein Kopf schmerzte dumpf. Je mehr ich mich zu konzentrieren versuchte, desto panischer wurde ich.

Ich trat hinaus und warf die Tür hinter mir zu. Helmut lehnte an der Hauswand, seine Augen waren so groß wie Mühlsteine.

»Und was jetzt?«, flüsterte er mit zitternder Stimme. »Warum habe ich nur auf dich gehört? Sie werden alles herausfinden, sobald wir nach Marburg kommen.«

Ich schüttelte schweigend den Kopf, während ich versuchte, Helmut mit Blicken klarzumachen, dass es überall Ohren gab. Irgendwo über uns öffnete sich ein Fenster. Unser schlimmster Albtraum wurde wahr.

Wir würden nach Marburg transportiert und dann exekutiert. Ich dachte an Mutter, stellte mir vor, wie sie in der stillen Wohnung auf- und abging, vor den leeren Betten haltmachte. Ich steckte mein brennendes Gesicht unter den laufenden Strahl des Wasserspeiers. Das Wasser war eisig, aber ich merkte es kaum. Mein Lotteriespiel war fehlgeschlagen. Morgen würden wir sterben.

Zu meiner Erleichterung waren die Offiziere nach oben gegangen, als wir in den Schankraum traten.

Der fette Wirt ging zur Tür. »Ich schließe ab.«

Wir saßen in der Falle.

Ich ließ mich neben Helmut auf die Bank fallen. Hitze und Kälte wechselten sich auf meiner Haut ab. Mein Hals verengte sich, das Gefühl einer unsichtbaren Hand an meiner Kehle schnürte mir die Luft ab. Ich war wieder im Bunker. Ein … aus … ein … aus.

»Hör zu«, wisperte ich, während ich mich auf jeden Atemzug konzentrierte. »Wir müssen vor dem Morgengrauen verschwinden. Wenn sie uns mitnehmen, ist es vorbei.«

Helmut beugte sich zu mir. »Wenn sie uns auf der Flucht erwischen, sind wir auch tot.«

»Wir hauen zwischen zwei und drei Uhr ab. Das sollte uns genug Zeit geben, einen sicheren Abstand zu schaffen.«

»Aber die Türen sind abgeschlossen. Wie kommen wir raus?«

»Durchs Fenster.«

»Aber wo sollen wir hin? Sie werden uns doch bestimmt folgen. Und wenn uns einer draußen beobachtet? Sie haben sicherlich Wachen.« Helmuts Geflüster wurde lauter. »Es ist alles deine Schuld.«

»Sch!«, zischte ich. »Wir gehen nach Süden.« Ich war sauer auf Helmut, weil er genau die Dinge sagte, die ich dachte. Vor allem aber war ich auf mich selbst wütend, weil ich nicht aufgepasst hatte. Weil ich meinem Hunger erlaubt hatte, uns in Gefahr zu bringen.

»Das erwarten sie nicht«, sagte ich. »Wir halten uns von den Straßen fern. Einer von uns muss wachbleiben. Wir wechseln uns ab. Im Hauptschankraum ist eine Uhr. Du übernimmst die erste Wache. Weck mich in zwei Stunden. Es ist neun Uhr. Schlaf nicht ein.«

Trotz meines trägen Kopfes und des ungewohnten Bieres, das ich nicht ausgeschlagen hatte, konnte ich mich nicht entspannen. Ich machte mir Sorgen, Helmut würde einschlafen oder — schlimmer noch — den Offizieren vor lauter Angst alles beichten. Wäre es möglich, dass er uns anzeigte, um seinen eigenen Hals zu retten? Nein, definitiv nicht. Wir waren Freunde, so lange ich mich erinnern konnte. Die Bank knarrte unter Helmuts Gewicht. Ich nickte ein.

Ich träumte, Vater erschiene in der Gaststätte. Er lächelte und bestellte eine Runde Bier für die SS-Männer. In seiner Mitte klaffte ein Loch. Er kicherte und hob den Krug zum Mund. Als er trank, floss aus mehreren Löchern in seinem Magen Bier. Ich schrie und wachte auf.

Zuerst bemerkte ich, dass ich fror. Und dass ich Helmut in der Dunkelheit nicht sehen konnte.

»Wie viel Uhr ist es?«, flüsterte ich.

Nichts.

Hat er etwa doch einem der Offiziere alles gesagt?, fragte eine Stimme in meinem Kopf.

»Helmut?«

Dann hörte ich, wie jemand ruhig atmete. Erleichterung breitete sich in mir aus. Ich erinnerte mich an die Uhr und ging auf Zehenspitzen in den Schankraum.

Ich streckte eine Hand aus und tastete mich am Tresen entlang. Die Uhr hing an der Wand. Irgendwo hier hatten Streichhölzer herumgelegen. Meine Finger ertasteten eine Zündschachtel und der Phosphor explodierte in grelles Licht.

Ich hob die Flamme und schluckte. Vier Uhr fünfzehn. Wir hatten mehr als sieben Stunden geschlafen.

Panik ergriff mich. Meine Fingerkuppen brannten und ich ließ das Streichholz fallen. In der Dunkelheit rasten meine Gedanken. Jeden Moment konnten die Männer aufstehen. Ich eilte ins Hinterzimmer, tastete mich zu Helmut durch und rüttelte ihn an der Schulter.

»Wach auf.«

Helmut gähnte. »Ich bin eingeschlafen.«

Ich wollte ihn erwürgen. »Es ist super spät.«

Helmut brummte etwas Unverständliches.

»Beeil dich«, flüsterte ich. »Von jetzt an kein Wort. Wir steuern schnurstracks durch den Garten.«

»Fein«, sagte Helmut.

Die Bank knarrte, als er aufstand.

Im Dunkeln fummelte ich nach dem Fenstergriff. Letzte Nacht hatte ich über unseren Fluchtweg nachgedacht. Aufgrund der verschlossenen Türen waren die Fenster unsere einzige Chance.

Das Fenster bewegte sich nicht.

Und wenn die Rahmen zugenagelt waren? Daran hatte ich nicht gedacht. Dann wären wir wahrhaftig eingeschlossen.

Wieder packte ich den Griff und drehte, presste mein Körpergewicht dagegen. Holz ächzte, rieb gegeneinander. Ich drückte fester.

Das Fenster gab mit einem entsetzlichen Quietschen nach, sodass mir die Puste im Hals stecken blieb. Jedes Geräusch echote durch die Stille. Wohlmöglich waren SS-Männer als Wachen um das Wirtshaus stationiert. Sicher gab es irgendwo da draußen Patrouillen. Mein Atem rasselte laut in der Stille. Die Luft war windstill und um uns herum war es absolut ruhig, während mein Herz so laut in meinem Hals pochte, dass ich mir sicher war, sie würden es über uns hören.

Ich hob ein Bein über die Fensterbank, verlagerte vorsichtig das Gewicht, bis mein Fuß draußen den Boden berührte. Etwas knirschte und ich hielt inne. In Zeitlupe schob ich mich vor. Unter meinem Schuh barst etwas wie ein Feuerwerkskörper. Neue Panik stieg in mir auf. *Renn weg.* Ich zog schnell das zweite Bein nach und warf mich in die Dunkelheit, darauf hoffend, weich zu landen. Feuchte, mit Tau benetzte Grashalme trafen mein Gesicht.

Hinter mir hörte ich Helmut.

»Warte.«

Ich krabbelte auf die Knie und tastete umher. Etwas Scharfes schnitt in meine Hand, ein Stück Glas oder eine Scherbe, ein vergessener Blumentopf. Ich zog meine Finger gerade noch rechtzeitig weg, bevor Helmuts Schuh auf dem Boden landete. Wieder lauschte ich.

Alles, was ich hörte, war Helmuts schwerfälliger Atem und mein eigener Herzschlag.

Ich sah die Hauswand hinauf. Da oben schliefen die Offiziere. Es war unmöglich, zu wissen, ob ein Fenster offenstand. Wenn über uns jemand wach war und am Fenster Luft schnappte, würde er uns mit Sicherheit hören.

Ich zitterte.

Die Luft roch feucht. Die Nässe legte sich auf meine Haut, durchdrang meinen Mantel, und machte meine Finger steif. Ich wagte es nicht, einen Mucks von mir zu geben. Stattdessen streckte ich den Arm seitlich aus und hielt mich an Helmuts Schulter fest. Die andere Hand streckte ich nach vorn, wobei ich versuchte, mir die Landschaft hinter der Gaststätte ins Gedächtnis zu rufen. Ich erinnerte mich vage an ein paar Bäume und Büsche, ein Gemüsebeet. Warum hatte ich nicht besser aufgepasst?

Ein Hund bellte, das Geräusch war wie losgelöst, geisterhaft. Es war unmöglich, abzuschätzen, woher es kam. Helmut zog hörbar die Luft ein, ich konnte seine Angst in der Dunkelheit spüren. *Du musst stark sein.*

Einen Schritt, dann noch einen. Es war unmöglich, zu wissen, wo wir hingingen. Wenn wir vom Weg abkamen, rannten wir schnurstracks in eine Wache oder einen der Militärwagen. Ich zwang meine Ohren, all meine Sinne, uns zu führen. Es gab keinen

Raum für Fehler. Nicht jetzt. Ich konnte es nicht zulassen. Meine Oberschenkel wollten sich verkrampfen, sie waren schwach und zittrig vom langsamen Gehen. Trotzdem setzte ich meine Füße vorsichtig, bewegte mich in Zeitlupe.

Ein schrecklicher Gestank stach mir in die Nase. Meine Finger berührten raues Holz. Das Plumpsklo. Wir waren nur ein paar Meter weit gekommen.

Hinter uns schlug eine Tür zu. Ein Licht tanzte auf uns zu. Jemand schlurfte über die Wiese. Jede Sekunde würden wir entdeckt werden.

Ich fiel auf die Knie und zog Helmut mit mir um die Ecke und weg vom Licht. Lautes Gähnen erklang, eine Tür quietschte, gefolgt von Fallgeräuschen. Ich hielt den Atem an, um den Gestank nicht riechen zu müssen. Ich fragte mich, ob es der Wirt war.

Das feuchte Gras bohrte sich in meine Haut wie eisige Finger und ich begann, zu frösteln. Jede Minute würde der Wirt unsere Abwesenheit bemerken und es der SS sagen. Warum hatten wir nicht das Fenster geschlossen, um es weniger offensichtlich zu machen? Ich war so dumm.

Ich merkte kaum wie die Tür zuschlug. Der Mann kratzte sich umständlich, bevor er sich davonmachte und sein Schatten mit der Dunkelheit verschmolz.

Helmut boxte mich in die Schulter. »Komm schon.«

Wir standen auf und stolperten wortlos, einen Arm unsicher ausgestreckt, vorwärts. Es war, als ob wir in einem Hohlraum operierten, einem schwarzen Loch ohne jeden Anhaltspunkt. Jeder Schritt barg ein neues Risiko. Zweige schlugen uns ins Gesicht. Minuten dehnten sich zu Stunden, jeder Schritt erschien wie ein Kilometer.

Ohne Warnung traf meine Hand auf etwas Festes — Baumrinde. Wir gingen darum herum, taumelten über Wurzeln und Steine. Ein weiterer Baumstamm. Dann noch einer. Gingen wir im Kreis?

»Können wir eine Sekunde Pause machen?«, flüsterte Helmut irgendwann.

»Nur eine Minute.«

Wir fielen auf den Boden, ignorierten die schwammige Feuchtigkeit.

Helmut seufzte. »Wie lange ist es wohl her, seit wir los sind?«

»Nicht lange genug.« Ich malte mir aus, wie der gemeine Offizier Befehle brüllte, sah Hunde schnüffeln, mit gefletschten Zähnen, und dann …

»Ich wünschte, wir hätten Licht«, sagte Helmut. »Ich hoffe, wir gehen den richtigen Weg.«

»Wir müssen weiter.«

Alle paar Schritte trafen wir auf Baumstämme. Riesige Zweige raschelten über uns — es musste ein Wald sein.

Irgendwann blieb Helmut abrupt stehen und schrie auf, »Aua, meine Hand«, gerade als ich etwas Scharfes in meiner Seite fühlte.

»Stacheldraht.« Ich verfluchte die mondlose Dunkelheit, tastete nach weiteren Drähten. Es waren drei, der niedrigste etwa 40 cm über dem Boden.

»Wo, meinst du, führt der Zaun hin?«, fragte Helmut. »Vielleicht können wir drum herum.«

»Wir gehen besser geradeaus«, sagte ich und stellte mir vor, wie ein wütender Stier uns auf der anderen Seite angriff. Aber Nutztiere waren rar geworden. Wenn es sie gab, versteckte der Bauer sie gut. »Ich will so weit wie möglich von dem Wirtshaus weg.«

»Wie weit sind wir wohl gekommen?« fragte Helmut wieder.

Er sprach immer die Dinge aus, über die ich nachdachte, die mich grübeln ließen. Wir waren zu lange zusammen. Aber dann erinnerte ich mich an die Bomber. An meine Verzweiflung, als ich angenommen hatte, ich hätte Helmut verloren. Mir wurde klar, dass ich lieber mit Helmut zusammenblieb, bis wir keinen weiteren Schritt mehr laufen konnten, als eine Stunde allein zu verbringen.

»Rutsch unter dem Zaun durch. Ich halte den Draht hoch«, sagte ich.

Helmut fiel auf die Knie und robbte auf die andere Seite. »Jetzt du.«

Das Gras war wie ein Eisbad. Die Drähte schabten über meinen Rücken. Hier standen keine Bäume mehr, daher kam es mir so vor, als wanderten wir in kompletter Leere. Wir hatten keine Bezugspunkte, keine Richtung. Nur der Grund fiel langsam ab.

»Lass uns hier bis zur Dämmerung warten«, meinte Helmut nach einer Weile.

An dieser Stelle hatte das Gras kurze, zähe Halme. Der Boden war aufgeweicht und ich begann bald, zu frieren. Irgendwo in der Ferne hörten wir schwache Laute.

»Meinst du, die suchen uns?«, fragte ich.

»Weiß nicht. Man sollte annehmen, die hätten Besseres zu tun, als zwei Jungs zu verfolgen.«

»Hoffentlich.«

Als die Dämmerung endlich einsetzte, fanden wir uns auf einer früheren Kuhwiese wieder. Hinter uns stieg das Land an und verlor sich in einem Waldhang. Vor uns fiel es in ein langes Tal, zu unserer Linken befand sich ein Gehölz aus Tannen und Fichten.

»Wir verstecken uns im Wald«, schlug ich vor. Helmut nickte und wir stolperten erneut los. Dabei kämpfte ich gegen das Verlangen an, über meine Schulter zu sehen.

In der Düsternis des Tannenwaldes brachen wir zusammen. Nadeln bedeckten den Boden und die Luft roch intensiv nach Harz. Wie sehr ich mich nach einem Feuer sehnte. Wir waren durchweicht, von einer Mischung aus Schweiß und Tau, die Haut unserer Hände war hart und trocken, mit knochigen Fingern und blutig verschrammten Knöcheln.

Ich wollte nach Hause, ein heißes Bad nehmen und unter einer warmen Steppdecke in sauberen Laken schlafen. Ich dachte an die anderen Betten, die meines Vaters und Hans', die schon viel länger leer standen.

In der letzten Zeit konnte ich mich kaum noch an Vaters Gesicht erinnern. Alles verschwamm, selbst die Erinnerungen an unser Leben vor dem Krieg. Ich dachte an Mutter. Wie sie in der Küche stand, Siegfried ansah, das letzte Kind, die letzte Person, die noch bei ihr zu Hause war, und ich sehnte mich nach ihrer Umarmung, ihrem Lächeln, selbst nach ihrer ärgerlichen Miene, wenn ich vergessen hatte, eine Aufgabe zu erledigen.

Es war zu früh für Früchte, aber das frische Grün der Bäume und Büsche war inzwischen dicht.

Helmut richtete sich von seinem provisorischen Bett unter einem Haselnussstrauch auf. »Ich will meine Mutter sehen. Ich könnte wirklich für ein paar Tage ein Bett gebrauchen.«

Ich sprang auf. »Das ist die beste Idee, die ich seit Langem gehört habe.«

Sieben Wochen waren seit unserem Aufbruch in die Wälder vergangen. Es schien ewig her zu sein. Jetzt, da ich daran dachte, wollte ich nicht eine Sekunde länger so hausen. Selbst wenn der

Besuch nur einen Tag dauerte.

Wir wanderten querfeldein, bis wir die Wupperberge erkannten.

»Hast du das gesehen?« Helmut zeigte auf zwei Häuser im Dorf Wupperhof. »Sie haben weiße Bettlaken im Fenster hängen. Glaubst du, es ist jemand gestorben?«

»Vielleicht.« Ich dachte an die Zeit nach dem Angriff im November, als weiße Tücher zum Abholen bereite Tote signalisiert hatten.

Ich schob den Gedanken an die wirbelnden Fliegen und die Verwesung weg und konzentrierte mich auf das glückliche Gesicht meiner Mutter, wenn sie mich wiedersehen würde. Ich konnte es kaum erwarten, sie in den Arm zu nehmen.

»Ich weiß nicht, wie lange ich das noch aushalte«, seufzte Helmut.

»Es muss bald vorbei sein. Erinnerst du dich, was die Soldaten gesagt haben«, murmelte ich.

Wie oft hatte ich diese Worte wiederholt? Rolf Schlüter kehrte in meine Gedanken zurück, prahlte in der Klasse mit seinen Medaillen und richtete spottend seine Pistole auf mich. »Deserteur«, raunte er, »nehmt ihn fest.«

Ich ging schneller. Alles war besser, als an die Konsequenzen meiner Entscheidung zu denken. Ich war blind gegenüber der Tatsache, dass der Frühling endlich eingetroffen war. Obwohl die Blätter des letzten Winters unter unseren Füßen raschelten, waren die Bäume hellgrün und verbreiteten Schatten.

»Da ist wieder ein Betttuch.« Helmut keuchte und hielt sich die Seiten. »Meinst du, die sind alle krank? Das Haus ist nicht zerbombt.«

»Keine Ahnung.«

»Wenn es Typhus ist — das bekommt man von schlechtem Wasser.«

»Vielleicht haben sie die Wasserleitungen vergiftet.« Ich rannte weiter. »Wenn die Amerikaner und Russen in der Nähe sind …«

»Was trinken wir bloß?«

»Wir holen Wasser vom Fluss und kochen es.«

Und wenn Mutter krank geworden und gestorben war? Seit Wochen war ich nicht zu Hause gewesen. In einem solch langen Zeitraum konnte viel passieren, manchmal schon innerhalb einer Stunde oder eines Sekundenbruchteils. Ich beschleunigte meine

Schritte.

»Mach mal langsam!« rief Helmut hinter mir her. »Ich bin erledigt.«

Aber ich konnte nicht anhalten, obwohl meine Beine brannten und meine Kehle sich wie Sandpapier anfühlte. Ich musste heim. Jetzt. Scheiß drauf, dass es helllichter Tag war. Dass uns jeder sehen konnte.

Als wir unsere Nachbarschaft erreichten, schrie ich Helmut, der dreißig Meter hinterhertaumelte, zu: »Wir treffen uns morgen Abend. Ich hole dich nach Dunkelwerden ab.«

Ich wartete nicht auf Antwort, sondern rannte den restlichen Brühler Berg hinunter. Auf der Weinsbergtalstraße verlangsamte ich meine Schritte. Ein Seufzer entfuhr mir. Die Häuser standen noch.

Aber trotz des frühen Nachmittags schien die Straße seltsam verlassen und ich bemerkte noch mehr weiße Tücher.

Da war mein Haus. Endlich. Ich überflog die Fenster unserer Wohnung. Nichts. Aber Moment. Da hing ein Laken an der Seite. Ich hatte es zunächst nicht bemerkt, doch da hing etwas Weißes aus dem Fenster des Elternschlafzimmers.

Mutter war tot.

Das Grauen umklammerte mein Herz wie eine eiskalte Hand und veranlasste mich, den Rest des Weges zu rennen. Die Wohnungstür war verschlossen und ich zog den Ersatzschlüssel unter der Matte hervor.

»Mutter?«

Nichts.

Ich eilte von Zimmer zu Zimmer — die Wohnung war leer. Sie hatten Mutter abgeholt. Siegfried war sicherlich auch gestorben.

Ich seufzte und fiel schwer in einen Sessel. Ein tiefer Schluchzer entfuhr meiner Brust. Der Schmerz erfasste meinen gesamten Körper. Er brannte wie Säure, ätzte ein Loch in die Stelle, wo zuvor mein Herz gewesen war. Ich würde hier warten, bis mich die SS abholte oder eine Bombe auf mich fiel. Ich sah mich in dem ordentlichen Zimmer um, betrachtete den Lieblingssessel meines Vaters. Er war seit fünf Jahren leer. Jetzt war ich ganz allein.

Tränen liefen ungehindert. Die Zeit stand still.

Erinnerungen tanzten in meinem Kopf: wir alle beim Abendessen, Mutter beim Kuchenbacken, Vater beim Reparieren einer Steckdose, Siegfried als Pferd durch das Haus galoppierend, Hans auf dem Bett beim Lesen.

»Günter?« Mutter knallte die Wassereimer auf den Boden und rannte auf mich zu.

Ich sah auf, bemerkte die schlanke Gestalt meiner Mutter, den gestopften Mantel und den Schal um ihren Kopf. Träumte ich? Es gab nur eine Möglichkeit, das herauszufinden. Ich sprang auf und warf mich in Mutters Arme.

»Bin ich froh, dich zu sehen«, schluchzte ich.

Mutter hielt mich fest. »Was ist passiert? Bist du verletzt? Ist was mit Helmut?«

»Nein, ich dachte, du … Die Tücher im Fenster.«

»Ach, du dachtest …« Mutter wischte die Tränen von meinen Wangen. »Diesmal ist es kein Signal für Tote. Hast du es denn nicht gehört?«

Ich starrte sie an. Wovon sprach sie?

»Es ist vorbei. Die Amerikaner sind in der Stadt. Solingen hat sich ergeben. Deshalb haben wir die Laken im Fenster. Der Krieg ist vorbei.« Mutter ließ mich los und musterte mich, ihre Miene wirkte erleichtert. »Ach, bin ich froh, dass du wieder da bist.«

Ich brachte ein schwaches Lächeln hervor und erzählte kurz von den letzten Wochen.

Als Mutter wenig später in der Küche verschwand, sackte ich auf das Sofa zurück. Meine Knochen fühlten sich schwer an. Das Einzige, was ich vor mir sah, war Helmuts dreckverschmiertes Gesicht, wie er ausgesehen hatte, als die Bomber uns fast auf der Straße erwischt hatten.

Es ist vorbei. Vorbei.

Wir mussten uns nicht länger verstecken. Nicht mehr durch den Wald rennen, Angst haben, die falschen Leute zu treffen. Nach sechs Jahren hatte sich Hitlers stinkender Schleier gelüftet. Nie wieder musste ich mich im Keller verbergen oder nach Einbruch der Dunkelheit davonschleichen. Helmut und ich konnten im Hellen auf der Straße gehen, ohne das schleichende Gefühl zu haben, uns beobachte jemand.

»Komm und iss.« Mutters Stimme drang durch den Nebel meiner Gedanken. »Nachher könnte ich Hilfe beim Holzhacken brauchen.« Sie kam zurück ins Wohnzimmer und warf einen Blick auf die Wanduhr. »Jetzt hole ich Siegfried ab. Er wird sich so freuen, dich zu sehen.« Sie seufzte und wischte sich über die

Augen. »Ich bin heilfroh, dass es dir gutgeht.«

Der Kloß in meinem Hals löste sich und mir entfuhr ein Glucksen.

Ich war endlich frei. Und Mutter und Siegfried lebten.

Natürlich hielt dieser Moment nicht lange an. Glück ist nichts als ein vergängliches Gefühl. Wie ein heißer Windstoß in einem kalten Raum neigt es dazu, sich zu verflüchtigen. Die Nachkriegsära brachte neue schwerwiegende Fragen mit sich. Wie würden wir in den Trümmern überleben, wenn es kein Essen, keine Arbeit und kein Geld gab? Aber am allermeisten wollte ich wissen, was mit Vater und Hans passiert war.

BUCH ZWEI: MAI 1945 BIS MAI 1952

KAPITEL ACHTZEHN

Lilly: Mai bis Juni 1945

Das *Moral Bombardement*, die Bombardierung seitens der britischen
Royal Air Force und der US-amerikanischen Luftwaffe, bei der sie
Millionen Luftminen, Schlag- und Phosphorbomben über
deutschen Städten abwarfen, setzte sich bis zum 3. Mai fort.
Dresden, Hamburg, Berlin, Potsdam, große Städte und kleine Orte
gingen in Flammen auf. Ich weiß nicht, ob Churchill es nicht
verstand oder ob es ihm egal war, dass weder die Zivilbevölkerung
noch die Soldaten Hitlers Kriegsmaschine beeinflussen konnten.
Wenn der Krieg nicht zu gewinnen war, wollte Hitler den letzten
Deutschen opfern. Und dabei blieb er bis zu seinem Selbstmord
am 30. April 1945. Womit er sich feige aus der Affäre zog.

Am 16. April kapitulierte Solingen vor den Amerikanern, ohne
Kampfhandlung. Wir hörten es von einem Nachbarn, der die
Straße heraufgerannt kam und an unsere Tür klopfte.

Mutti setzte sich einfach hin und hielt den Kopf in den
Händen. »Es ist vorbei«, murmelte sie.

Ich lief mit Burkhart zu ihr und sie umarmte uns beide. Es ist
eine der wenigen Umarmungen, an die ich mich erinnern kann.

Mit dem Kriegsende sickerten Männer in die Stadt. Sie trugen
ein Sammelsurium an Kleidungsstücken, um jede Verbindung zu
ihrer vorherigen Tätigkeit als deutsche Soldaten von sich zu weisen.
Sie glotzten voller Staunen auf die Ruinen der Stadt. Mit
dreckverkrusteten und ausgemergelten Gesichtern erschienen sie
auf Türschwellen und in Wohnzimmern. Manchen fehlten Arm

oder Bein. Manche hatten noch all ihre Gliedmaßen, sahen aber kränklich aus. Manche waren gekommen und hatten ihre Häuser nicht mehr gefunden — ihre Familien hatten sich in Luft aufgelöst.

In einigen Wohnungen erklangen Überraschungs- und Glücksschreie, während es in anderen still blieb, in denen Frauen und Kinder warteten und dabei zusahen, wie ihre Nachbarn Ehemänner, Väter und Brüder willkommen hießen. Manche Männer waren Hunderte Kilometer gelaufen, andere aus Gefangenenlagern heimgekehrt. Da sie nicht in der Lage waren, für genügend Verpflegung zu sorgen und gesunde Lebensbedingungen zu schaffen, entließen das britische und das amerikanische Militär ihre Gefangenen zu Tausenden.

Ich dachte an Erwin und fragte mich, ob er es nach Hause geschafft hatte.

Es tröstete mich, mir vorzustellen, wie er sein Haus in Vatis Anzug betrat — mit einem Lächeln auf den Lippen, während er Magda und seine Frau umarmte. Von Vati gab es nämlich kein Lebenszeichen. Und die Stille beunruhigte mich mehr, als die Gerüchte über streunende Banden, Massenerschießungen und hastig ausgehobene Massengräber. Wie eine giftige Wolke beeinträchtigte diese Stille meine Atmung.

Dann kamen die Nachrichten über Kriegsverbrechen, deren Ausmaß mich bis ins Mark erschütterte. Die Grausamkeiten schienen kein Ende zu nehmen – Zivilisten ermordet von der SS, Todesmärsche, und dann die albtraumartigen Entdeckungen der Juden, entweder tot oder kaum noch am Leben hinter den Stacheldrahtzäunen der Konzentrationslager. Das gesamte Land ertrank im Blutbad, war zum Friedhof geworden, und ich fragte mich, welche Rolle Vati gespielt hatte, seit er vor fünf Jahren so enthusiastisch in den Krieg gezogen war.

Aber allzu viele Gedanken konnte ich mir über diese Dinge nicht machen, denn zu diesem Zeitpunkt bedeutete Überleben Vollzeitarbeit.

Mein dreizehnter Geburtstag am 4. Juni kam und ging. Noch immer gab es kein Lebenszeichen von Vati, und egal, wie oft ich von seiner Rückkehr träumte, bei der er lachte und mich umarmte, die Eingangstür öffnete sich nie.

Dabei nervte mich mein Körper — an meinen Füßen trug ich nun Schuhgröße 40, aber Busen hatte ich keinen. Mutti schimpfte, weil ich neue Schuhe brauchte. Als ob ich meinen Füßen hätte befehlen können, nicht mehr zu wachsen. Natürlich gab es keine neuen Schuhe. Ich trug Männerstiefel, die ehemals schwarz gewesen waren, doch jetzt grau und abgewetzt aussahen. Ich hasste sie.

»Kommt Vati bald nach Hause? Meinst du, er ist außer Gefahr?« fragte ich.

Mutti saß am Tisch, während ich eine Handvoll verschrumpelter Kartoffeln vom letzten Herbst schrubbte.

»Morgen gehe ich zum Roten Kreuz und frage nach.«

»War er nicht in Kurland?« Ich schnitt die Kartoffeln in Würfel.

»Das ist das Letzte, was ich von ihm gehört habe. Er könnte inzwischen woanders sein. Vielleicht geht er zu Fuß nach Hause.«

So ging es dieser Tage, unsere Gespräche waren so kühl wie die von Fremden im Café.

In der Nacht konnte ich nicht schlafen. Ich wollte mit Mutti zum Roten Kreuz gehen, aber das kam nicht in Frage. Wann immer sie das Haus verließ, hatte ich automatisch die Position des Kindermädchens inne. Ich starrte an die Decke und dachte daran, wie ich mir eine extra Portion Essen besorgen könnte. Kirschen, die einzigen Früchte in unserem Garten, waren noch nicht reif, und unsere Rationen schrumpften weiter.

Das andere Problem war Huss. Ich hatte meinen Weg zum Klo geändert, indem ich durch die Haustür und von dort in den Garten ging. So vermied ich den Keller. Aber jedes Mal, wenn ich aus der Tür schritt, fühlte ich Huss' Blicke auf mir wie schleimige Hände. Selbst, wenn er nicht zu Hause war, verursachte er bei mir eine körperliche Reaktion, ein Gruseln, das mich in Schweiß ausbrechen ließ und einen Ausschlag wie bei einer Allergie auf Brust und Bauch produzierte.

Mein Zimmer war schwül, meine Haut klamm. Das Fenster war kaputt und ließ sich nicht mehr öffnen, daher war es nun mit Linoleum und Dachpappe verhängt. Ich drehte mich auf die Seite und trat die Decke weg.

Am Mittag des nächsten Tages marschierte ich in der Küche auf und ab, während Burkhart eines der wenigen erhaltenen Kinderbücher las. Mutti war nach dem Frühstück verschwunden und seit Stunden unterwegs.

Als sich die Eingangstür endlich öffnete, rannte ich in den Flur. Mutti sah müde aus, ihre Schultern waren nach vorn gebeugt.

»Warum hast du so lange gebraucht?«, rief ich.

»Da waren riesige Schlangen. Tausende Menschen suchen nach ihren Angehörigen.«

»Und was ist mit Vati? Hast du herausgefunden, wo er ist?«

»Ich habe eine Karte mit seinen Personalien ausgefüllt.« Mutti hängte ihre Tasche auf. »Sie ordnen die Karte zu, wenn sie etwas herausfinden, und sie befragen zurückkehrende Soldaten.«

»Warum kommt Vati nicht nach Hause? Viele unserer Nachbarn sind zurück. Und sie lösen die Gefangenenlager auf und …«

»Lilly, bitte. Ich weiß es nicht! Kannst du es nicht dabei bewenden lassen?« Mutti drehte sich weg und betrat ihr Schlafzimmer.

Ich folgte. »Was ist das?«

Mutti hielt zwei zerknitterte Tütchen mit englischer Aufschrift in der Hand. »Bin mir nicht sicher.«

Sie riss eine der Tüten auf. Nylonstrümpfe, durchsichtig und leicht wie Federn, entfalteten sich. Die letzten Strümpfe hatte es vor dem Krieg gegeben.

»Wo hast du sie her?«

»Ich war bei den Amerikanern.«

»Warum?«

»Ich habe geglaubt, sie könnten bei der Suche nach Vati helfen.«

»Und? Können sie es?«

»Lilly, ich weiß es nicht. Vielleicht.« Muttis Blick wurde hart, ganz so, wie wenn sie wütend wurde. »Übrigens kommt der Captain vorbei und besucht uns.«

»Welcher Captain? Wann?«

»Samstag.«

»Der Amerikaner?«

»Ja.«

»Wird er dann was über Vati wissen?«

»Ich hoffe es.«

Ich fragte mich, warum er vorbeikommen sollte, wenn er keine Informationen hatte.

Als der Samstag nahte, wurde ich immer aufgeregter. Ich hatte strikte Anweisungen erhalten, auf Burkhart aufzupassen. Mutti schien aufgewühlt und kramte in ihrem Schrank.

»Was machst du?«

Mutti hielt einen langen dunkelblauen Rock hoch. Sie murmelte etwas, hängte ihn zurück in den Schrank. »Zu streng.«

»Wann kommt er vorbei?«

»Am Nachmittag.« Mutti schien abgelenkt. »Das könnte gehen.« Sie hielt zwei Röcke hoch, einer rot, und einer schwarz. »Was meinst du, Lilly? Ich könnte eine rote Litze an den schwarzen Rock nähen.«

»Wofür denn?«

»Lilly, ich hab doch gesagt, dass ich ausgehe und etwas zum Anziehen brauche.«

»Du hast nicht erwähnt, dass du ausgehst. Du hast gesagt, dieser … Captain käme zu Besuch. Warum musst du mit ihm ausgehen?«

»Warum, warum? All diese Fragen. Ich gehe, also sei still.« Sie trug die neuen Strümpfe, die ihre Beine wie Seide glänzen ließen.

Mein Kopf begann zu schmerzen. Ich konnte mich nicht an Muttis Lügen gewöhnen, egal, wie viele Männer vorbeikamen.

»Wo gehst du denn hin?«, fragte ich.

»Das geht dich nichts an.« Mutti prüfte ihr Gesicht im Taschenspiegel. Unser Badezimmerspiegel war beim Angriff zerbrochen. »Wie wäre dieses? Früher war es mir immer zu eng.«

Sie glättete die Falten eines roten Kleides. In normalen Zeiten wäre das Kleid durchschnittlich gewesen, aber jetzt, mit all der Trostlosigkeit ringsum, wirkte Mutti darin regelrecht elegant. Das dünne Material hing an ihrem Körper, der in seiner Magerkeit kantiger geworden war. Mutti hatte seit Jahren nicht so gut ausgesehen.

Als es an der Tür klingelte, schoss sie mir einen warnenden Blick zu. Ich sollte unter allen Umständen in der Küche bleiben. Zu meiner Überraschung trat ein Mann ein, gefolgt von Mutti.

Der Mann sah beeindruckend aus. Mit einer Größe von mehr als einen Meter achtzig überragte er uns. Seine Augen hatten das stechende Blau eines Sommerhimmels, sein Haar war so kurz geschoren, dass die Kopfhaut durchschimmerte. Die weiße Stirn bildete einen scharfen Kontrast zu seinem ansonsten tief gebräunten Gesicht und erinnerte an die Militärmütze, die er jetzt unter dem Arm trug.

»Captain Marks. Du bist bestimmt Lilly.«

»Guten Tag.«

»Du solltest die Hand geben, Lieselotte«, sagte Mutti.

Ich streckte den Arm aus, als sollte ich eine Schlange berühren.

»Sehr angenehm, junges Fräulein«, dröhnte Marks. Tausend Lachfalten umrahmten seine Augen wie ein Spinnennetz. Er sagte *Fraulein*, während seine Blicke über meine Figur schweiften. Es gab nichts zu sehen, aber meine Wangen glühten trotzdem.

»Werden Sie meinen Vater finden?«

»Ich werde es versuchen.« Marks wühlte in seiner Hosentasche. »Ich habe dir etwas mitgebracht.« Auf seiner Handfläche lag ein goldenes Röhrchen. »Lippenstift, rosa. Passt gut zu deinem Gesicht.« Er grinste.

Ich grabschte den Stift aus seiner Hand. »Danke.« Es war die erste Schminke, die ich je besessen hatte.

»Ich hoffe, Sie finden ihn«, schrie ich wenig später hinter den beiden her. Vom Wohnzimmerfenster aus beobachtete ich, wie Marks für Mutti die Beifahrertür seines schwarzen Mercedes öffnete. Er marschierte unbeschwert zur Fahrerseite, als hätte er keinerlei Sorgen, als hätte es keinen Krieg gegeben, der sechzig bis achtzig Millionen Menschen das Leben gekostet hatte.

Burkhart zog an meinem Arm. »Lass mich mal sehen.«

»Sch.« Ich legte eine Hand auf Burkharts Mund. »Einen Moment, ich versuche, zu lauschen.«

Burkhart, von der Hand auf seinem Gesicht genervt, biss in meinen Finger.

»Aua! Was machst du denn?«

Es würde ein langer Abend werden.

Ich wachte plötzlich auf. Jemand war im Flur. Sofort fiel mir Muttis Ausflug wieder ein und ich sprang auf, aber die Tür zu ihrem Schlafzimmer war bereits geschlossen und kein Licht drang durch die Ritzen. Ein Geruch nach Alkohol und kaltem Zigarettenrauch hing in der Luft.

Als ich am nächsten Morgen in die Küche schlich, war Burkhart bereits dort.

»Was gibt's zum Frühstück?«, fragte er.

»Das Gleiche wie jeden Morgen«, schoss ich zurück.

Dann bemerkte ich den Pappkarton auf dem Tisch, erhaschte das Aroma von Käse und Salami.

»Was ist das?« Burkhart kletterte auf seinen Stuhl, um besser sehen zu können. »Mmmh, das riecht aber gut. Kann ich was haben?« Seine Hand verschwand in der Kiste.

»Lass das.« Ich schubste Burkharts Arm beiseite.

Obwohl der Klaps leicht gewesen war, schrie er laut auf und rannte aus der Küche.

»Mutti, sie hat mich gehauen.«

»Still jetzt.« Ich zog Burkhart von Muttis Tür weg. »Du machst sie wach.«

In der Küche nahm ich vorsichtig einen Pfirsich aus der Kiste. Er war perfekt, rot-orange mit einem wunderbaren Aroma. Ich hielt ihn an die Nase und rieb die flaumige Haut über meine Wange.

»Wo wachsen die wohl?«

»Gib mir ein Stück.« Burkharts gierige Finger ergriffen meinen Arm.

»Eine Sekunde.« Vorsichtig schnitt ich die Frucht in zwei gleiche Hälften. »Tropf nicht.«

Ich schloss die Augen, um den intensiven Geschmack, der sich in meinem Mund breitmachte, zu genießen. Noch nie hatte ich etwas so Köstliches gegessen. Wie konnte ich etwas so sehr mögen, wenn ich doch wusste, dass es von einem Mann stammte, den ich verabscheute? Einem Mann, der sich in unser Heim geschlichen hatte, als ob es ihm gehörte. Einem Mann, der Sachen von Mutti wollte. Schamlose Dinge.

»Ich bin immer noch hungrig.« Burkhart kletterte zurück auf den Stuhl.

Ich schubste seinen Arm weg. »Lass *mich* das machen.«

Brot, Käse, Salami und zwei Tafeln Schokolade waren in der Schachtel. Ich versuchte einzuschätzen, ob ich etwas davon nehmen und damit Muttis Wut riskieren sollte. Man wusste nie, in welcher Laune sie gerade war.

»Wir probieren ein Stück davon. Nur ein kleines.« Ich hielt ein Stück Käse und einen Laib Brot hoch.

»Das ist so lecker.« Burkhart kicherte, während er aß, seine Wangen waren gebeult wie bei einem Hamster.

Ich hatte meinen Bruder lange nicht lachen hören. Selbst,

wenn Mutti zornig werden sollte, war es das wert, Burkhart so fröhlich zu sehen.

Aber Mutti schimpfte nicht. Sie umarmte Burkhart und klopfte mir auf den Rücken. Ich saugte die Wärme ihrer Hand auf wie einen Sonnenstrahl nach Monaten in einer Höhle.

Ich dachte an Erwin und daran, wie leicht es für ihn gewesen war, mich in den Arm zu nehmen. Warum konnte Mutti nicht so sein wie er? Ich wünschte mir, sie wäre in den Krieg gezogen und hätte Vati zu Hause gelassen. Aber es war nicht nur die körperliche Nähe, die ich vermisste. Ich litt unter dem emotionalen Hunger, den ihr Verhalten bei mir auslöste – die Kälte ihres Blickes auf mir, die Art, wie sich ihre Lippen zusammenpressten, wenn sie unglücklich über etwas war, was ich getan hatte.

»Gut. Ihr habt das Essen gefunden. Ist das nicht schön?« Sie hielt die Salami hoch. »Hier, nehmt ein Stück.«

»Wir haben etwas Käse und Brot probiert«, sagte ich leise. »Wir wollten dich nicht wecken.«

Mutti schenkte mir ein rares Lächeln. »Hoffentlich bekomme ich noch mehr. Wir müssen abwarten.«

Mein Bruder versuchte, auf Muttis Schoß zu klettern, aber sie schob ihn weg.

»Gehen wir heute auf den Spielplatz?«, fragte er.

»Jetzt nicht, Burkhart. Ich habe zu tun. Außerdem ist es zu heiß.«

»Aber gehen wir später?« Burkhart hing an ihrer Seite und zappelte von einem Fuß auf den anderen.

»Heute können wir nicht dorthin. Ich habe … etwas anderes vor. Ich habe doch schon erwähnt, dass Captain Marks uns bei der Suche nach Vati hilft. Ich treffe ihn heute. Außerdem organisiert er Extrarationen für uns.« Mutti stand auf.

»Wann weiß er etwas über Vati?«, fragte ich. Ich wusste, dass ihre Ausflüge nichts mit Vati zu tun hatten.

»Du passt heute Nachmittag auf deinen Bruder auf.«

»Aber es ist Sonntag. Ich wollte Herrn Baum besuchen.« Ich baute mich vor Mutti auf. »Ich will nicht auf ihn achtgeben.«

»Ich bin um zwei Uhr weg. Vielleicht kannst du ihn mitnehmen.«

»Au ja, ich komme mit«, mischte sich Burkhart ein.

Ich sah meinen Bruder an, der keine Ahnung hatte, was hier vorging. Das alte Neidgefühl war wieder da. Aber ich hatte nicht die Absicht, den alten Mann mit meinem Bruder zu teilen.

Marks betrat die Küche, als wohnte er hier. Breit lächelnd, bot er mir die Hand. »Hello, mein Fraulein.«

»Hallo.« Ich hielt meinen Blick auf das Brettspiel gerichtet, dass ich mit Burkhart spielte.

»Was macht ihr?«

»*Mensch ärgere dich nicht*«, presste ich durch die Zähne. Mutti erschien in Bluse und Rock und ich wandte mich an sie. »Wann kommst du wieder?«

»Irgendwann heute Abend. Du kümmerst dich um deinen Bruder. Ich will keine Klagen hören.«

Ich sah mir Muttis bemalte Lippen an und schaute dann zu Marks hinüber, dessen Blick an Muttis Figur klebte. Ich wollte ihm die Lippenstifttube an den Kopf werfen.

»Sollen wir?«, fragte Marks.

Als Mutti ihre Hand ausstreckte, platzierte Marks sie auf seinem Unterarm.

»Ich hoffe, Sie finden bald etwas über Vati heraus«, schrie ich hinter ihnen her, aber die Tür war bereits zugefallen.

Ich rannte zum Fenster, wo sich die Szene von gestern wiederholte.

Als Mutti nach Einbruch der Dunkelheit zurückkehrte, schoss ich aus meinem Zimmer. Ich hatte Burkhart ins Bett gebracht und gewartet, bis er eingeschlafen war. Er sah friedlich aus.

Ich folgte Mutti in ihr Schlafzimmer. »Hast du was herausbekommen?«

Ihr Rock war zerknautscht. Grashalme fielen auf den Teppich, als sie die Schuhe auszog. Ihr Lippenstift war verschwunden und sie sah erschöpft aus.

»Warst du auf einem Picknick?«

»Lilly, bitte. Lass mich einen Moment ausruhen. Ich ziehe mich jetzt um und danach reden wir.«

»Fein. Ich bin in der Küche.«

Aber Mutti erschien nicht. Als ich eine Weile später nach ihr sah, lag sie schlafend auf ihrem Bett. Sie war nicht einmal unter die Decke gekrochen. Eine weitere Proviantkiste stand im Flur.

Ich schmeckte noch die Erdbeermarmelade auf der Zunge, als ich am nächsten Morgen den Bollerwagen in den Wald zog. Ich hatte keine Gelegenheit gehabt, Mutti zu ihrem Ausflug oder zu Vati zu befragen.

Inzwischen war das Beil so stumpf wie das falsche Ende eines Messers und ich brauchte ewig, selbst dünne Äste durchzuhacken. Die Militärbesatzung hatte verboten, Feuerholz zu schlagen, aber jeder tat es. Wie sollten wir sonst heizen und kochen? Seit Jahren gab es weder Kohlen noch Briketts.

Es war nach Mittag, als ich zurückkehrte. Mein Magen knurrte wie eine alte Katze. Die Eingangstür stand offen und ich wollte gerade eintreten, als ich Stimmen hörte.

»… warst spät aus.« Huss' Stimme kroch durch die Öffnung.

»Karl, bitte«, sagte Mutti.

»Ich glaube, es ist Zeit für einen Besuch, meinst du nicht?«

»Heute Abend nicht, Karl.«

»Luise, an deiner Stelle wäre ich vorsichtig.«

»Ich sagte, heute Abend nicht.«

»Ts, ts, Luise, warum so schroff? Es war ja nur eine Frage.«

»Guten Tag, Karl.«

Stille trat ein. Ich wartete darauf, dass Huss' Tür sich schloss, und spähte in den Eingang.

Huss stand im Treppenhaus, die Arme gegen die Wand gestützt, dazwischen Mutti — gefangen. »Ich dachte wir wären Freunde«, hauchte er. »Warum kommst du nicht jetzt zu mir?«

»Burkhart ist allein.«

»Vielleicht sollte ich deine Tochter fragen. Sie scheint ein süßes Mädchen zu sein.«

»Du hältst dich von ihr fern, hörst du?«

»Wie ist es morgen? Sicher bist du dann nicht zu müde, oder?«

Er hob einen Arm, damit sie vorbeikonnte. Wortlos rannte Mutti nach oben.

Ich duckte mich, als Huss sich umdrehte und sein Blick am Eingang vorbeischweifte. Seine Tür schloss sich, doch in der Luft hing noch der Gestank abgestandenen Rauches.

Ohne zu atmen, flog ich die Treppe hinauf. Mutti war in der Küche und wühlte in den neuen Paketen. Sie schien mit ihren Gedanken weit weg zu sein. Meine Abscheu für Huss hatte neue Nahrung gefunden.

Als ich am nächsten Nachmittag vom Rationsbüro zurückkam, drangen Stimmen durch Huss' geöffnetes Fenster.

»Ich hab dich gesehen«, zischte Huss.

»Ich weiß nicht, was du gesehen hast.« Muttis Stimme war laut und deutlich. Ich blieb stockstill auf dem Weg stehen.

»Glaubst du, ich bin ein Idiot?«

»Karl, bitte.«

»Karl, bitte«, äffte Huss sie nach. »Ich hab dich gesehen.«

»Was hast du gesehen?«

»Dich und diesen Amerikaner — ich dachte, wir hätten eine Abmachung.« Karls Stimme wurde leise und ich kroch unter das Fenster, um besser lauschen zu können.

»Ich bin dir für deine Hilfe dankbar.«

»Wenn du ein Spiel mit mir treibst, wirst du es bereuen.«

»Tue ich nicht. Ich brauche dich.«

»Du bist besser nett zu mir.«

»Ich weiß, heute Abend, ich …«

»Ja, heute Abend.«

In der Stille, die folgte, verlagerte ich das Gewicht von einem schmerzenden Bein auf das andere.

»Da draußen ist doch jemand«, sagte Huss.

Ich drückte mich an die Hauswand. Mein Herz galoppierte in meiner Brust. Über mir schlug das Fenster zu.

Ich wollte Huss erwürgen — und Mutti. Und doch konnte ich nur nach oben rennen.

Burkhart kam mir entgegen. »Wo warst du? Du solltest seit Stunden zu Hause sein.«

Ich seufzte, versuchte, meinen Atem zu beruhigen. Burkhart klang wie Mutti. Ich ignorierte ihn, stapelte das Holz neben dem Ofen und eilte zur Brotkiste.

»Du sollst nichts nehmen, ohne zu fragen.«

Das Stück war halb so groß wie meine Handfläche, trotzdem hatte ich ein schlechtes Gewissen. »Ich habe Hunger.«

»Ich auch. Kochst du was?«

Obwohl Mutti den ganzen Nachmittag daheim gewesen war, stand die Herdplatte leer.

»Wo ist Mutti?«, fragte ich.

»Sie besucht den Nachbarn.«

»Wie lange ist sie schon da unten?«

»Weiß nicht, eine Weile. Sie hat gesagt, ich soll hier warten.«

»Ich bereite eine Suppe vor. Wie wär's, wenn du mir hilfst, die Möhren zu schneiden?«

»Ich darf keine Messer anfassen.«

»Fein, dann mach ich es eben. Hol eine Zwiebel und zwei Kartoffeln.«

»Lilly?« Mutti stand im Türrahmen.

»Hallo Mutti.« Ich schüttete Wasser aus dem Eimer in den Topf.

»Wie lange bist du schon hier?«

»Keine Ahnung. Eine Weile.« Ich hoffte, mein Bruder würde mich nicht verraten.

»Sie hat Brot genommen«, sagte Burkhart.

»Ich war hungrig.«

»Du solltest vorher fragen. Wir alle müssen die Zuteilungen respektieren.«

Ich nickte, erleichtert darüber, dass die Gefahr gebannt war. »Hilfst du mir mit der Suppe?«

»Natürlich.«

Ich säuberte die verschrumpelte Zwiebel — die äußeren Schichten waren weich. Aber wir konnten es uns nicht leisten, etwas wegzuwerfen. Mutti schälte Kartoffeln.

»Warum hast du Herrn Huss besucht?«, fragte ich wie beiläufig.

Muttis Gesichtsausdruck blieb unverändert, aber ihr Blick schoss so schnell zu mir und wieder zurück, dass ich es fast verpasst hätte. Sie begann, die Kartoffeln zu zerkleinern, wobei das Messer in das Holzbrett stach. Zwei rote Flecke brannten auf ihren Wangen.

»Ich habe nur Hallo gesagt. Es ist wichtig, einen Mann in der Nähe zu haben, der sich um Dinge kümmern kann.«

»Was für Dinge?«

»Ach, weißt du, Sachen reparieren und mit Verpflegung aushelfen.«

»Ich verstehe.«

Eine Zeitlang blieb es still und ich zerbrach mir den Kopf, was Huss je für uns getan hatte.

»Lilly?«

»Ja, Mutti.«

»Hörst du zu? Ich habe gesagt, du sollst dich von Herrn Huss fernhalten. Sei freundlich, aber sprich nicht mit ihm.«

»In Ordnung.« Ich wollte noch mehr sagen, wollte all das loswerden, was mir auf der Seele brannte, doch ich hielt den Mund. Die Probleme waren so überwältigend, dass ich mir sicher war, meine Welt würde einstürzen, wenn ich erst einmal von ihnen zu sprechen anfing.

In der Nacht wachte ich plötzlich auf. Ich hatte geträumt, Vati wäre zurück. Es hatte sich so wirklich angefühlt, dass seine Stimme noch in meinem Kopf echote. Alt und verschrumpelt wie Herr Baum kam er herein und entdeckte Mutti und Herrn Huss auf dem Sofa, wie sie sich an den Händen hielten. Mich und Burkhart ignorierend, drehte sich Vati auf dem Absatz um und warf die Tür wortlos hinter sich zu.

Wut brodelte in mir. Gleichzeitig eisig und heiß, schnürte sie mir den Hals zu, bis ich fast keine Luft mehr bekam. Vati war weit weg, vielleicht in Not, und Mutti? Ich war stinksauer auf sie.

Wieder sah ich Huss im Flur. Wie er einem Blutsauger gleich über ihr hing. Ich sah den Amerikaner mit dem wissenden Lächeln in der Küche. Ich wollte aufstehen und meine Mutter schütteln, sie fragen, was sie da tat. Mein Kopf wirbelte, während ich zu sortieren versuchte, was ich denken sollte.

In all meiner Verwirrung war mir nur eines klar: Ich musste Burkhart beschützen, ihn von Muttis Freunden und den Folgen des Krieges fernhalten. Wie mich, hatte Vati meinen Bruder zurückgelassen Anders als ich, konnte er sich nicht an Vati erinnern. Er kannte nur Mutti und ihre Feiern.

»Wie war er?«, hatte Burkhart einst mit gerunzelter Stirn gefragt, als ich Vatis Foto auf Muttis Nachttisch betrachtet hatte.

»Er hat uns vorgelesen«, hatte ich geantwortet, mir aber gleichzeitig die Wärme verübelt, die diese Erinnerung mir gab.

Ich drehte mich auf die Seite, mit im Dunkeln weit aufgerissenen Augen, während neue Sorgen mich zu überwältigen drohten. Ich wollte, dass Vati nach Hause kam. Aber wenn er etwas herausfand und uns verließ?

Vielleicht war es besser, wenn er wegblieb.

KAPITEL NEUNZEHN

Lilly: Juli 1945

Als Vati auch den ganzen Juni über nicht erschienen war, besuchten Mutti und ich seinen alten Chef bei der Stadtverwaltung, Dr. Fenning. Aus irgendeinem Grund meinte Mutti, ich solle mitgehen.

Fennings Ausdruck zeigte milde Verärgerung, weil wir eine Stunde lang vor seiner Tür gewartet und uns geweigert hatten, zu gehen.

»Frau Kronen, was kann ich für Sie tun?« Dabei warf er uns einen nachsichtigen Blick zu, als spräche er mit zwei lästigen Kindern.

»Das ist meine Tochter, Lieselotte.« Mutti schob ihr Kinn nach vorn. »Wir warten auf Nachricht von Willi, meinem Mann. Keiner weiß …«

»Das ist sicher nicht der Grund, warum sie mich besuchen.«

»Nein, ich … Wir bekommen kein Einkommen mehr von der Regierung. Wir brauchen Geld.«

Fenning lächelte. »Ich sehe hier keine Relevanz.« Er beugte sich vor. »Die Stadt ist nicht verpflichtet, die Familien vermisster Soldaten zu unterstützen.« Sein Ton war kühl.

»Aber Herr Doktor, ich dachte …«, stammelte Mutti. »Sie können doch sicher etwas Hilfe leisten. Mein Mann hatte eine wichtige Position. Er kommt eines Tages, bald, und dann können wir alles zurückbezahlen.« Sie verstummte.

»Frau Kronen«, Fenning zappelte auf seinem Stuhl und

trommelte mit den Fingern auf dem Schreibtisch, »ich habe Mitgefühl, aber mir sind die Hände gebunden. Die Stadt hat keine Gelder für solche Dinge. Vor allem, da er …« Er hielt inne.

»Was?«

»Ihr Mann, wissen Sie — er musste nicht gehen.«

»Was meinen Sie damit?«

»Ihr Mann hatte eine permanente Position, damit er nicht eingezogen wurde. Er hat sich trotzdem freiwillig gemeldet.«

Mutti schwankte. »Er hätte bleiben können?«

Meine Finger krampften sich um die Handtasche, bis die Ledergriffe in meine Handflächen schnitten. Hatte ich richtig gehört?

»Die Stadt brauchte ihn dringend, obwohl… Aber das spielt ja jetzt keine Rolle mehr.«

Eine Faust drückte sich in meinen Magen. Vati hatte so getan, als ob er eingezogen worden wäre, und er hatte uns verlassen, weil er Teil von Hitlers Kriegsmaschinerie hatte werden wollen. Ich erinnerte mich an Vatis Lüge und mir drehte sich der Magen um, als das neu gewonnene Verständnis, dass er uns betrogen hatte, in mein Bewusstsein eindrang.

Mutti ging es nicht besser. Ihre Fassung brach und Tränen tropften auf ihre gefalteten Hände.

»Das wusste ich nicht.«

Mit einem Seufzer stand Fenning auf und kam um den Schreibtisch herum. Er legte eine Hand auf Muttis Schulter.

»Na, na, Frau Kronen, so schlimm kann es nicht sein.«

Mutti weinte weiter, ignorierte die Hand, die ihren Rücken hinunterkroch.

»Vielleicht können wir ja etwas tun.« Fenning richtete sich auf, als hätte er sich daran erinnert, dass ich seine grabschenden Hände sehen konnte.

Mutti hob den Kopf, ihre Augen waren geschwollen.

Fenning sprach weiter: »Was können Sie denn? Ich meine, haben Sie etwas gelernt? Irgendeine Fertigkeit?«

»Was meinen Sie damit?«

»Haben Sie einen Beruf erlernt, eine Ausbildung gemacht? Können Sie tippen oder Bücher führen oder übersetzen?«

»Nein, ich war nie — ich brauchte es nicht. Willi wollte, dass ich zu Hause bleibe.«

»Sicher können Sie *etwas*.«

Mutti setzte sich gerade hin. »Ich kann putzen und ich kann stricken. Meine Tochter auch.«

Ich starrte vor mich hin. Der Mann war ein Trottel.

Fenning setzte sich wieder und legte mit gerunzelter Stirn den Zeigefinger auf die Lippen.

Wir warteten. Ungeduldig und wütend, beobachtete ich den weichlichen Mann hinter dem Schreibtisch. Meine Gedanken kehrten zu Vati zurück, der hier vor langer Zeit gearbeitet hatte. Die Stadt hatte ihm Schutz vor dem Krieg angeboten. Er hätte daheim bleiben und sich um uns kümmern können. Mein Kopf drehte sich, während ich diese neue Wahrheit hin- und herwälzte und mich fragte, was Vati dazu getrieben haben mochte, uns zu verlassen.

»Frau Kronen?«

Mutti sah erstaunt auf. Offensichtlich war sie ebenso verwirrt wie ich.

Fenning glotzte Mutti an. »Ich sagte, ich kenne eine Baronin, die immer maßgeschneiderte Strickwaren sucht. Sie zahlt gut, wenn ihr die Arbeit gefällt.«

Mutti nickte.

»Sie müssen sehr sorgfältig arbeiten.« Fenning musterte uns beide. »Wir wollen ja keinesfalls ihre Zeit verschwenden.«

»Unsere Sachen sind akkurat«, sagte Mutti. »Wir können es.«

Fenning kritzelte etwas auf ein Blatt Papier und kam ein zweites Mal um den Schreibtisch herum. »Hier.« Wieder legte er den Arm um Muttis Schultern und gab ihr den Zettel. »Gehen Sie zu dieser Adresse und fragen Sie nach Baronin Warberg. Sagen Sie ihr, dass ich Sie geschickt habe.«

»Vielen Dank, Herr Doktor.« Mutti befreite sich aus der Umarmung und wir schlüpften in den Flur.

»Vergessen Sie nicht«, rief Fenning hinter uns her, »melden Sie sich am Hintereingang. Hinten!«

Ich hörte gar nicht hin. Ich achtete auch nicht auf Mutti oder dachte an die Kilometer Garn, die wir verarbeiten würden. Ich hatte nur einen Gedanken: Vati hatte uns absichtlich verlassen.

Wir eilten schweigend nach Hause. Wut trieb mich vorwärts, als könnte ich der Wahrheit davonlaufen. Erst als unser Haus sichtbar wurde, verlangsamten wir unsere Schritte. Das Ausmaß dessen, was Vati getan hatte, drang nicht sogleich ein. Es war, als ob wir nach einem tiefen Schlaf erwachten und die Welt unkenntlich vorfanden. Das Bild meines Vaters, das ich in meinem Herz bewahrt hatte, war nichts als eine Illusion. Ich fragte mich, ob überhaupt etwas von dem, an das ich mich erinnerte, der Wahrheit entsprach.

Ich war die Tochter eines Fremden.

Ich wandte den Kopf zur Seite und beobachtete Mutti. Sie hatte es schwer, uns zu versorgen, und sie war ebenso betrogen worden. Ging es ihr wie mir? Hatte auch sie das Gefühl, dass sie den Mann, den sie geheiratet hatte, nicht kannte?

»Was machen wir jetzt?«, fragte ich und legte meine Hand auf ihren Unterarm.

Mutti entzog sich meiner Berührung und streckte sich. »Nichts, Lilly. Absolut gar nichts. Ich besorge uns die Strickarbeit.« Sie drehte sich zu mir, ihr Ausdruck war wieder hart. »Und kein Wort zu deinem Bruder.«

Ich ließ den Kopf hängen und bemerkte kaum, dass Herr Baum uns entgegengehumpelt kam.

»Lilly, kannst du einen Moment zu mir kommen? Ich habe eine Überraschung«, sagte er. In seinen Augen lag ein sonderbarer Schimmer.

Mutti ignorierte ihn und stürmte zur Haustür. Mein Blick folgte ihr. Ihr Hut hing schief und ihr Lippenstift war verschmiert, doch sie hielt ihre Schultern stolz und gerade, während sie nach dem Schlüssel suchte. Jeder andere sah in ihr eine Frau, die eine gute Partie gemacht hatte. Das Einzige, was ich sah, war der Betrug, der sich in ihr Wesen geätzt hatte, die künstliche Hülle der Prätention. Vatis Lüge hing über ihr wie eine Wolke aus Säure, bereit, sie aufzulösen.

Ich atmete tief durch und schluckte die Trauer, die mein Herz zusammenpresste, hinunter.

Herrn Baums Stimme erreichte mich durch den Nebel. »Was ist passiert?«

Ich versuchte, zu lächeln, und nahm seinen Arm. Eines Tages würde ich ihm von Vati erzählen. »Gehen wir.«

Der alte Mann wirkte beinahe aufgedreht, als wir seine Küche betraten. Er reichte mir eine Karte. »Lies das, Lilly.«

Mein lieber Friedrich,
ich habe es nach Hause geschafft. Magda und meiner Frau geht es gut.
Wir wohnen bei meinem Schwager auf einem kleinen Hof und ich werde ab

dem Herbst wieder unterrichten. Ich danke dir von ganzem Herzen für all das, was du getan hast.

Dieser Teil ist für Lilly:

Du hast in so vieler Hinsicht mein Leben gerettet, dass ich es nicht ausdrücken kann. Ich werde dich nie vergessen.

In ewiger Liebe.

E.

Mein Blick verschwamm, als ich die Karte ein zweites Mal las. Welch seltsames Ding das Schicksal doch war. Es hatte meinen Vater in die Arme Hitlers getrieben, hatte mein Vertrauen in Vati zerstört. Und zugleich hatte das Schicksal Erwin gesandt, weil er gerettet werden musste. Und ich hatte es getan.

Herr Baum kicherte. »Er ist außer Gefahr.«

Und wie eine Flutwelle sprudelte Gelächter aus mir heraus.

KAPITEL ZWANZIG

Günter: Juli 1945

Wir hockten auf den Überbleibseln einer eingestürzten Villa und suchten nach Brauchbarem für den Schwarzmarkt und für zu Hause. Helmut grub unter einer Schrankwand — sie war alles, was von der Küche übrig war. Ich zerrte an einem Stück Dachbalken.

Als Reifen quietschten und eine Tür schlug, zuckte ich zusammen. Die Wochen im Wald hatten ihre Spuren hinterlassen. Ich hatte Albträume von Vogelnest, dem SS-Offizier, wie er mich durch die Wälder jagte und mich auf die Knie zwang, bevor er eine Pistole in meinen Mund rammte.

Ich wusste, dass es Helmut genauso ging. Seine Wangenknochen waren kantiger und seine Finger sahen aus wie dürre Stöcke. Wir sprachen nie über unsere Zeit auf der Flucht, aber unsere Erinnerungen begleiteten uns ständig, als hinge ein böser Geist über unseren Köpfen.

»Was macht ihr da?«, brüllte jemand in gebrochenem Deutsch.

Ich sah von den Trümmern auf. »Nach Brauchbarem suchen.«

»Es ist verboten, Gegenstände von zerbombten Grundstücken zu entfernen.« Der Mann trug eine britische Militäruniform und wedelte mit einem Gewehr.

Ich hielt meinen Blick auf die Waffe und die Pistole an seinem Gürtel gerichtet.

»Wussten wir nicht«, gab ich zurück.

»Das Grundstück gehört der Stadt. Lest die Meldungen.« Der Soldat klang verärgert.

Während Helmut und ich von der Ruine herunterkletterten, rief der Offizier hinter uns her: »Das nächste Mal verhafte ich euch.«

»So ein Idiot«, keuchte ich, als wir hinter einem Zaun stehen blieben, um wieder zu Atem zu kommen. »Wenigstens kennt er unsere Namen nicht.«

»Und weiß nicht, wo wir wohnen.«

»Was machen wir jetzt? Ich brauche dringend Feuerholz.« Ich war mal wieder ausgehungert, mein Magen gab immer wieder ein missgelauntes Knurren von sich.

»Gehen wir zurück?«, fragte Helmut.

Ich zuckte mit den Schultern, weigerte mich, Angst zu haben. »Vielleicht zu einer anderen Stelle. Die haben bestimmt nicht überall Wachen. Die halbe Stadt ist zerstört.«

»Ich kann es kaum glauben, sie verbieten uns, etwas zu nehmen.«

»Wie sollen wir dann überleben?«

»Genau.«

»Als Nächstes bestimmen sie, wann wir aufs Klo dürfen.«

»Einen Verwalter für Scheiße«, spottete Helmut.

»Einen Beauftragten für Plumpsklos und Wasserklosetts.«

Helmut kratzte sich den Kopf. »Ich brauche auch Holz. Wir haben fast keins mehr.«

Ich grinste. »Ich weiß, wo es ein eingestürztes Dach gibt.«

Anders als Bäume, brannten Dachfirste lang und heiß.

»Wir brauchen Sägen«, meinte Helmut.

»Warte an der Ecke, ich hole sie.« Ich rannte davon.

Zumindest steht unser Haus noch, dachte ich, als ich mich unserer Wohnung näherte.

Kurze Zeit später versteckte ich Handsäge und Axt unter meinem Mantel und rief in die Küche: »Mutter, ich bin in einer Stunde zurück.«

Das Klopfen an der Wohnungstür ließ mich zusammenzucken. Warum wartete Helmut nicht an unserem gewohnten Treffpunkt? Irritiert riss ich die Tür auf.

»Was? Ich dachte, du wartest …« Die Worte blieben mir im Hals stecken.

Der Besucher sah außerirdisch aus. Schwärzlicher Dreck bedeckte seine Haut, als hätte er Jahre in einer Kohlengrube verbracht. Seine Hose, die mit einem Stück Kordel zusammengehalten wurde, war zerfetzt, sein Hemd voller Löcher. Wunden eiterten an Armen und Kinn.

»Ich bin's«, hauchte die Gestalt.

Der Schock fuhr mir in den Körper, als ich die Stimme meines älteren Bruders Hans erkannte.

»Mutter, komm schnell«, quiekte ich, während mein Blick an der sonderbaren Figur kleben blieb. »Ach, komm rein.« Ich winkte meinen skelettartigen Bruder in die Wohnung, zerbrach mir den Kopf nach einem passenden Kommentar. Meine Kehle war seltsam rau. »Mann, du stinkst. Wie geht's dir?«

Unter dem Dreck zog Hans eine Fratze. »Viel besser, jetzt wo ich daheim bin.«

»Hans!« Mutter umarmte meinen Bruder.

Ich versuchte, meine Bestürzung zu verbergen. Hans sah wie eine Vogelscheuche aus, die man im Feld hatte verrotten lassen. Seine einst muskulösen Arme waren dünn wie Zweige, seine Haut hing in losen Falten. Er schwankte wie ein Angetrunkener, als könnten ihn seine Beine nicht mehr halten.

Mutter wischte sich rigoros eine Träne ab. »Zuerst mal waschen wir dich.« Und nach mir schrie sie: »Günter?«

»Ich bin ja hier.«

»Hol Wasser, genug, um die Wanne zu füllen. Geh zweimal.«

Ich ließ die Werkzeuge fallen und schnappte mir die Eimer. Alles war besser, als die eingesunkene Figur in der Küche anzuschauen. Ich würde Helmut auf dem Weg zur Quelle treffen und ihm Bescheid geben. Das Feuerholz musste warten.

Hans war im letzten Oktober als Teil des ersten Volkssturms eingezogen worden, Hitlers letztem Versuch, den Krieg mit Deutschlands Jugendlichen zu schüren. Sechs Monate später war ich Teil des gleichen Einsatzes gewesen. Aber anders als ich, hatte Hans sich nicht verstecken können. Er war der Radionachrichtentruppe beigetreten. Was war mit ihm passiert?

Nachdem Mutter ihm Pfefferminztee und etwas Brot eingeflößt hatte und das Badewasser heiß war, halfen wir Hans in die Wanne. In früheren Zeiten wäre es mir peinlich gewesen, ihn nackt zu sehen. Jetzt war es egal. Mein Bruder erinnerte mich an ein Kind, hilflos und schwach.

»Reich mir die Seife«, orderte Mutter. »Und hol eine zweite Bürste.«

Ich eilte in die Küche, um unsere Wurzelbürste für die

Kartoffeln zu holen. »Wo ist die verdammte Bürste?« schrie ich. Wie ein Besessener wühlte ich unter der Spüle, riss Spül- und Handtücher aus dem Schrank, ließ sie auf dem Boden liegen, bis ich das blöde Ding unter einem Leinensack fand.

Hans hatte sich nach hinten gelehnt und hielt die Augen geschlossen. Ich konnte seine Rippen zählen, während ich an seinen Schultern und dem Rücken arbeitete. Alles war schwarz, wie mit Kohlenstaub paniert. Aber es war kein loser Dreck. Er haftete an seiner Haut wie Kleber.

»Bis du verletzt?«, fragte ich, wobei ich tote Läuse von seiner Haut pflückte.

Hans schien mich nicht zu hören. Er lehnte sich nur gegen meinen Arm wie ein Baby.

Mutter schickte mich, mehr Wasser zu erhitzen, damit wir seinen Kopf waschen konnten. Eine Stunde später war wieder Haut zu sehen. Doch Hans blieb wortlos. Allerdings schrie er mehrmals auf, wenn wir eine der Wunden berührten. Ich schloss hin und wieder meine Augen, weil ich nicht wollte, dass Siegfried, der sich hereingeschlichen hatte, um seinen großen Bruder zu beobachten, meine Tränen bemerkte.

Wir wickelten Hans in ein Handtuch und halb trugen, halb zogen wir ihn in unser Schlafzimmer. Hans' alte Kleider, die Mutter aus dem Schrank geholt hatte, hingen faltig an ihm herunter. Ich gab ihm meinen Ersatzgürtel, ansonsten hätte er seine Hose verloren. Nach einer zweiten Portion Brot und Pfefferminztee kroch Hans unter die Decke und schlief auf der Stelle ein.

Trotz meiner Erleichterung, Hans in Sicherheit zu wissen, hatte ich das dringende Bedürfnis, draußen und weit weg zu sein. Mit den immer weiter schwindenden Rationen hatte ich gehofft, Hans würde, sobald er wieder zu Hause wäre, bei der Organisation von zusätzlichem Material helfen. Mit einem weiteren hungrigen Maul benötigten wir dringend extra Nahrung, weil die Geschäfte auch zwei Monate nach Kriegsende geschlossen blieben.

Die britische Besatzung hatte Ende Mai das Management von den Amerikanern übernommen und versorgte uns angeblich mit ausreichender Verpflegung. Das stimmte – auf dem Papier. Wir bekamen Gutscheine für alles, aber Deutschland war in so schrecklicher Verfassung, dass uns nur wenig Nahrung erreichte.

Und über Hans schien permanent eine düstere Wolke zu schweben. Auch zwei Wochen nach seiner Heimkehr schlurfte er durchs Haus, als sei er achtzig.

»Ich muss mehr Essen besorgen.« Ich rührte unlustig in der Wassersuppe, in der ein paar Schnipsel Kartoffeln und Zwiebeln schwammen.

»Vielleicht sollte ich zum Amt gehen und mit der Militärbesatzung sprechen«, meinte Mutter. »Aber einer von uns muss bei Siegfried bleiben.«

Ihr Blick fiel auf Hans, der in die Leere starrte, und augenscheinlich seine Suppe vergessen hatte.

»Hans?«, sagte ich ein wenig zu laut.

Er zuckte zusammen und murmelte etwas, bevor er mich ansah. »Was?«

»Kannst du bei Siegfried bleiben, während Mutter und ich Besorgungen machen?«

»Sicher.«

Während wir unsere Diskussion darüber fortsetzten, wie wir am besten genug zu essen für vier Personen aufstöbern könnten, blieb Hans wortlos. Am nächsten Tag war es nicht besser. Auch nicht am darauffolgenden. Entweder schlief er, oder er saß gedankenverloren im Wohnzimmer. Manchmal nahm er sich ein Buch, aber es blieb jedes Mal ungeöffnet in seinen Händen liegen.

Bisher hatten wir nur herausgefunden, dass er Anfang 1945 von der britischen Armee überwältigt worden war und in Mecklenburg in Gefangenschaft gesessen hatte. Von dort war er nach Hause gelaufen.

»Helmut und ich ziehen heute Nacht los«, verkündete ich eine Woche später. Dabei starrte ich auf den sauber geschrubbten und polierten Küchentisch, der nach Essen verlangte. Es war meine Art, zu sagen, dass wir stehlen würden. Welche Wahl hatte ich denn? Unsere Schränke standen leer und ich war nicht bereit, zu verhungern.

Hans nickte. »Ich komme mit.«

Ich sah meinen Bruder an, und hoffte, dass das Grauen, das in meinen Magen kroch, unbegründet war.

»Wir gehen im Dunkeln«, sagte ich. »Das ist sicherer. Die Leute streunen überall herum. Ich sage Helmut Bescheid.«

Ein Halbmond tauchte die Umgebung in geisterhaftes Licht, die Häuser und Ruinen warfen Schatten über unseren Weg. Die Luft duftete nach Gräsern und Blüten - die Natur zeigte sich gegenüber der menschengemachten Zerstörung gleichgültig. Der Sommer war nun mit voller Macht da, lullte uns tagsüber mit blauem Himmel und warmen Temperaturen ein. Doch der Hunger blieb ein ständiger Begleiter.

In dieser Nacht hatten wir auf unserer Tour bisher eine Handvoll roter Johannisbeeren aus einem Vorgarten erbeutet, aber die saure Frucht machte mich nur noch hungriger.

Als wir hinter Witzelden am Rande eines Feldes haltmachten, beugte ich mich tief vor, um die dunklen Blätter zu untersuchen. »Wisst ihr, was das ist?«, flüsterte ich und konnte meine Aufregung kaum unterdrücken.

Helmut sank auf die Knie. »Meine Füße bringen mich um.« Er war im Laufe des Jahres wieder gewachsen und um einiges größer als Hans und ich.

»Zuckerrüben.« Ich untersuchte die Blätter. »Sie stehen in der zweiten Saison, damit sie süßer werden. Sonst wären sie noch nicht so groß.« Ich zog an einem Büschel. Die Blätter rissen, die Rübe blieb im Boden stecken. »Scheiße.«

»Wie schmecken die denn gekocht?« Helmut hatte einen seiner Schuhe ausgezogen, der große Zeh steckte durch ein Loch im Socken.

»Sirup natürlich«, schnappte ich.

Ich war es leid, immer die Verantwortung zu tragen. Ich hatte mich während der Wanderung zusammengerissen, obwohl wir hundertmal anhalten mussten, um auf Hans zu warten.

»Hmmm, Sirup.« Die Stimme meines Bruders hallte mit Leichtigkeit über den Acker.

»Sch«, zischte ich. »Das Bauernhaus ist bestimmt in der Nähe.«

»Dann beeilen wir uns.« Helmut wühlte in seiner Tasche nach einem Sack und begann dann zu graben.

Ich nahm einen spitzen Stein und hockte mich daneben. Seit Wochen hatte es nicht geregnet, sodass die Erde hart und klumpig war. Nach kurzer Zeit war mein Hemd durchgeschwitzt, während der Haufen Rüben langsam wuchs.

Ich blickte zu Hans hinüber, der regungslos im Feld saß. »Warum hilfst du uns nicht?«

Ein Hund bellte. Ich hielt inne. Erinnerungen an den alten Mann und seinen Hund Rudi sprudelten hoch. Die Chance, diesmal gebissen zu werden oder … Schlimmeres, war groß.

Da, mehr Geräusche: Zweige brachen, schwere Schritte. Ich unterdrückte einen Fluch und kroch rückwärts in ein paar Haselnussbüsche, zerrte dabei den Sack Rüben mit. Helmut folgte und zog im letzten Moment seinen Schuh nach.

»Wer ist da? Verdammte Diebe!« Eine Stimme drang durch das Gebüsch zu unserer Linken. »Ihr stehlt meine Ernte.« Ein Schuss explodierte.

»Wo ist Hans?« Ich lugte durch die Zweige, weil mir auf einmal mein Bruder einfiel.

Der Mond badete den Acker in bläulichem Licht. Und genau da, wo wir gegraben hatten, saß Hans bewegungslos.

In diesem Moment erschien ein Mann neben ihm, der ein Gewehr trug.

»Was machst du auf meinem Feld?«, knurrte er böse.

Der Bauer musste in den Siebzigern sein. Unter der Glatze trug er das gerötete Gesicht eines Mannes, der sein Leben draußen verbringt.

»Antworte gefälligst!«, sagte er. »Ich sollte dich auf der Stelle erschießen.« Sein Hund knurrte, als wollte er seinem Herrchen zustimmen.

Hans' Stimme trieb durch die Nacht. »Dann tun Sie's doch. Ist mir egal. Ich hab Schlimmeres erlebt.«

»Was machst du auf meinem Feld?«, fragte der Bauer ein zweites Mal.

»Ein paar Rüben nehmen.«

Ich hielt den Atem an, beobachtete, wartete. Schweiß tropfte von meinen Schläfen. Ich würde mir nie vergeben, wenn Hans etwas passierte — auch wenn er total verrückt war. Meine Zunge klebte am Gaumen, aber ich musste mich zeigen, dem Bauern beichten, dass es meine Idee gewesen war.

»Wie alt bist du, mein Sohn?«, fragte der alte Mann gerade.

»Fast achtzehn.«

»Bist du allein?« Der Bauer begutachtete die frischen Grabspuren und warf einen Blick in unsere Richtung.

Hans hielt den Mund.

Als ich mein Gewicht verlagerte, richteten sich die Ohren des Hundes auf und er knurrte. Ich wollte davonrennen, wusste aber, dass ich dem Hund nicht entkommen würde. Und Hans brauchte mich.

»Du warst im Krieg.« Die Feindseligkeit in der Stimme des Bauern hatte sich verflüchtigt.

»Ja.«

»Dachte ich mir.« Mit einem Seufzer legte der Alte sein Gewehr auf den Boden. »Hör zu, mein Sohn. Du solltest nicht zu jeder Nachtzeit draußen herumrennen. Sonst wird dich noch jemand erschießen. Nur weil der Krieg zu Ende ist, heißt das nicht, dass du in Sicherheit bist.«

Hans schwieg.

Warum bewegst du dich nicht? Mach doch was. Ich fühlte die gleiche Art Lähmung wie mein Bruder, es schien, als wären meine Gliedmaßen mit dem Erdboden verschmolzen.

Zu meiner Überraschung fiel der Bauer steif auf die Knie und zog mit Leichtigkeit Rüben aus der Erde. Dann stopfte er die Knollen in Hans' Arme.

»Nimm die und geh nach Hause. Komm nicht wieder. Nächstes Mal hast du vielleicht nicht so viel Glück.«

Hans kam schwerfällig auf die Beine und strauchelte in die Büsche. Er ging weiter, offensichtlich hatte er uns vergessen. Der Bauer marschierte mit seinem Hund an der Seite in die andere Richtung davon.

»Hier drüben«, flüsterte ich.

»Ich glaub's ja nicht«, raunte Helmut. »Er hat die Rüben umsonst bekommen. Musste nicht mal graben.«

»Lass uns gehen.« Ich rannte hinter Hans her. »Ich helfe dir tragen.«

Als die graue Dämmerung über den Himmel kroch und die Luft sich mit Vogelgezwitscher füllte, kletterten wir einen steilen Berg hoch. Immer wieder warf ich meinem Bruder, der kaum Luft bekam und immer langsamer wurde, einen Blick zu. *Er war einmal stark und hat mich herumkommandiert. Und jetzt bin ich der Anführer.* Irgendwie verübelte ich Hans seine Langsamkeit.

Als das Land abflachte, warf sich Hans auf den Boden. Sein Gesicht war so fahl wie die Birkenrinde hinter ihm.

»Ist alles in Ordnung?«, fragte ich.

»Wieso fragst du?«

»Weil ich mir Sorgen mache.«

Hans blinzelte, seine Augen wirkten glasig. »Lass mich in

Frieden.« Er rollte sich auf die Seite und drehte mir den Rücken zu.

Ich mühte mich, die Geduld zu bewahren. Ging aber nicht.

»Du hättest sterben können«, schäumte ich. »Das nächste Mal gehen wir ohne dich.«

»Du hast *uns* fast in die Falle laufen lassen«, mischte sich Helmut ein. »Er hätte *uns* erschießen können.«

Hans blieb stumm und bewegte sich nicht.

Ich trat voller Frust in die aufgehäuften Blätter und ergriff die Rüben. »Lass uns nach Hause gehen. Es ist nicht mehr weit.«

Hans blieb stur liegen.

Ungeduldig klopfte ich ihm auf die Schulter. »Komm schon.«

Mein Bruder zuckte zusammen und schlug hart nach meiner Hand.

»Aua! Warum haust du mich?«

Hans' Augen weiteten sich, als er seinen Blick auf mich richtete. »Entschuldigung. Ich dachte …«

Ich massierte meine Finger. Hans hatte den Verstand verloren.

Helmut stand auf. »Ich habe riesigen Kohldampf.«

Ich trat von einem Fuß auf den anderen. »Ich kann ihn nicht zurücklassen.«

Was sollte ich jetzt tun? Hans hatte sich nicht von der Stelle bewegt. Er war schlimmer als mein kleiner Bruder.

Helmut tippte mit dem Zeigefinger an seine Schläfe. »Was ist wohl mit ihm passiert?«

Hans seufzte und murmelte etwas Unverständliches.

»Warum erzählst du uns nicht von deiner Gefangenschaft?« meinte ich und ließ die Rüben wieder fallen. »Vielleicht geht's dir dann besser.«

Hans schüttelte den Kopf. In der darauffolgenden Stille raschelte etwas im Gebüsch. Der Warterei müde schwang ich die Arme wie Windmühlen.

»Vielleicht können wir ihn abwechselnd tragen.«

Aber als ich zu Boden schaute, murmelte Hans vor sich hin: »Briten … nahmen uns an der belgischen Grenze gefangen … marschierten nach Mecklenburg.« In der sich hebenden Dunkelheit klang seine Stimme mechanisch. »Fast nur Jungs wie ich, ohne Erfahrung — dumm. Die älteren Männer wurden schlechter behandelt, viele erschossen.« Er hielt inne. Es war die längste Rede, die er seit seiner Rückkehr gehalten hatte.

Helmut nahm den Rübensack wieder auf. »Gehen wir.«

Ich sah meinen Freund an und legte einen Finger auf die Lippen.

»Wo hast du geschlafen?« fragte ich und richtete meine Aufmerksamkeit wieder auf Hans.

»Auf einem Feld mit Wachtürmen und Stacheldraht. Es gab keine Häuser, also gruben wir Löcher im Boden. Wir stritten um Pappe und Stoff, mit denen wir unsere Gruben auspolsterten. Wenn es regnete, füllten sich die Löcher mit Lehmwasser.«

Ich spuckte einen Grashalm aus. »Das muss schrecklich kalt gewesen sein.«

»Manchmal hatten wir Holz. Wir rissen Zweige von den Bäumen, bis die Stämme wie schwarze Knochen aussahen.«

Ich sackte auf den Boden, hielt meinen Blick auf das Gesicht meines Bruders gerichtet. »Wie groß war das Lager?«

»Tausende. Viele starben. Es gab Massengräber.« Hans setzte sich mühsam auf, wählte ein Stöckchen aus, auf dem er vorsichtig kaute. Ich wusste, dass seine Zähne lose waren. »Wenn du Durchfall bekamst, war es vorbei. Einige Männer sind in den Latrinen zusammengebrochen.«

»Was hast du gegessen?«

Hans zog eine Grimasse. »Meistens bekamen wir zwei Kekse, manchmal eine Handvoll trockene Bohnen.«

»Bohnen? Was hast du mit denen gemacht?«

»Wir haben sie gekocht — wenn wir Holz hatten.« Hans stützte sich auf die Ellbogen. »Am Anfang, als ich es noch in einen Baum geschafft hatte, verlor ich das Holz. Sobald ich die Zweige auf den Boden fallen ließ, stahl sie jemand und rannte weg.«

»Ich hätte den Kerl geschlagen.« Ein frischer Wutknoten breitete sich in meiner Magengegend aus.

»Für Kämpfe konntest du in die Box geworfen werden.«

»Welche Box?«, mischte sich Helmut ein. Er hatte sich hingesetzt, lehnte mit dem Rücken an einem Baum und streckte die langen Beine von sich.

»Eine Metallkiste ohne Fenster. Man konnte darin weder stehen noch ausgestreckt liegen. Manche waren wochenlang da drin.« Hans starrte in die Leere. »Wenn sie rauskamen, gingen sie krummgebeugt wie Greise. Ich freundete mich mit einem Jungen aus Frankfurt an. Er und ich teilten uns ein Loch. So war es sicherer, weil er half, unsere Sachen zu schützen. Ich kletterte auf seine Schulter, um an die Äste zu kommen.«

»Wie habt ihr gekocht?« Ich dachte an unsere eigene Wanderschaft im Frühjahr. An das Risiko, das Helmut und ich auf uns genommen hatten. Wir waren in schrecklicher Ungewissheit durch die Wälder gestreift, hatten darauf gewartet, dass der Krieg zu Ende ging, während wir uns vor der SS versteckten. Siebenundvierzig Tage voller Hunger, siebenundvierzig Tage voller Angst, erwischt und erschossen zu werden.

»Mit einer Zinndose. Du hast dir zwar die Finger daran verbrannt und die Bohnen wurden nie weich, aber es war etwas Warmes.« Hans zitterte, als säße er noch immer mitten im Winter in einem Erdloch.

»Jetzt bist du in Sicherheit. Wir passen auf dich auf.« Ein Gefühl der Wärme überkam mich, als ich erkannte, dass ich jedes Wort ernst meinte.

»Was ist mit deinem Freund?«, fragte Helmut.

Hans wurde fahler und sein Kinn zitterte.

»Wir gehen besser nach Hause.« Ich streckte ihm die Hand hin, hielt aber Abstand.

Hans ignorierte mich. »Mein Freund ist tot«, murmelte er. »Er hat versucht, mir zu helfen, und jemand stieß ihn zu Boden.«

»Die Briten?«

»Eine Bande. Grobe Gesellen. Sie nahmen, was sie wollten. Richtige Kriminelle. Einer hat meine Tasse gestohlen. Sie war aus Emaille und besser zum Kochen. Ich hatte eine Ladung Holz dafür getauscht. Mein Freund half mir, sie zurückzubekommen, aber sie warfen ihn zu Boden. Er fiel mit dem Kopf gegen einen Stein, lag da und blutete … und niemand tat etwas.« Hans' Augen glänzten.

»Konntest du nicht weglaufen?«, fragte Helmut.

»Einige haben es versucht. Sie wurden erschossen.« Hans wischte sich mit dem Ärmel über die Augen. Sein Gesicht wirkte verhärmt, als ob sein Schädel und die Muskeln geschrumpft wären.

»Verdammter Krieg«, schimpfte ich. »Lass uns nach Hause gehen und essen.«

Hans reagierte nicht darauf. Stattdessen zitterte er noch heftiger.

»Warum?«, platzte er heraus.

»Warum was?« Mein Magen war jenseits des Knurrens. Ich war bereit, Hans mit Gewalt auf die Füße zu zerren.

»Hitler wollte uns alle umbringen.« Hans sprach zwar leise,

doch seine Stimme schäumte vor Zorn. »Die Regierung wusste, dass wir verloren waren, und schickte uns trotzdem in den Krieg. Meine Freunde sind tot. Meine Klassenkameraden … tot. Wofür?«

Ich kaute auf meiner Unterlippe. Was konnte man dazu sagen, wenn das eigene Land einen betrog, wenn es seine Fünfzehnjährigen zum Abschlachten schickte? Es war die bösartigste Regierung der Menschheit. Ich sah meinen Bruder an und fühlte seine Trauer und Wut wie meine eigene. Wortlos streckte ich meine Hand aus.

Endlich ergriff Hans sie.

Als wir uns später zum Frühstück setzten, fielen die ersten Sonnenstrahlen des Tages durchs Fenster. An meinen Händen klebte Lehm, meine Hose war befleckt und ich sehnte mich nach einem Bad.

»Wir müssen ihn im Auge behalten«, sagte Mutter, nachdem ich ihr von Hans erzählt hatte. »Ich wünschte, Vater wäre zurück.«

Ich nickte, traute mir das Sprechen nicht zu. Jedes Mal, wenn ich an Vater dachte, bildete sich in meiner Kehle Druck. Ich schluckte, aber der Klumpen blieb. Der Krieg war seit zwei Monaten zu Ende, doch Vater war noch immer nicht wieder da.

Und was, wenn er sich wie Hans benimmt?, flüsterte eine Stimme in meinem Kopf. *Oder wenn er gar nicht kommt?*

»Ich kann kaum glauben, dass der Bauer Hans die Rüben geschenkt hat«, sagte ich endlich und räusperte mich.

Der Zuckerrübensirup sah wie schwarzes Gold aus, eine himmlische Kombination aus Erde und Sonne, zu flüssiger Süße geschmolzen. Ich leckte mir über die Lippen, um jeden Tropfen zu genießen. Ich sah mich in der Küche um, glücklich und dankbar für die Gewissheit, dass Hans nun in Sicherheit war. Ich würde dafür sorgen, dass es so blieb, und wenn ich zehnmal der jüngere Bruder war.

Mir gegenüber tropfte Hans Sirup auf ein Stück Maisbrot. Seine Augen waren geschlossen, sein Gesicht so entspannt, als schliefe er.

Ich lächelte.

KAPITEL EINUNDZWANZIG

Günter: August bis September 1945

Die Augustsonne verbrannte den Boden. Sie scherte sich nicht darum, dass viele Solinger zusammengepfercht in winzigen Notunterkünften dahinvegetierten und dass nur noch wenige Wasser oder Strom hatten. Die britische Besatzung hatte angeordnet, Notwohnungen zu schaffen — ungemütliche, undichte Apartments, die Tausende vertriebene Familien – oder was noch von ihnen übrig war – beherbergen sollten.

Obwohl ich über unsere relativ intakte Wohnung froh war und mein Herz wegen Hans, obgleich er nun ein neuer Hans war, ein wenig leichter schlug, bevorzugte ich es, meine Zeit mit Helmut zu verbringen. Besonders nach unserem Beinahezusammenstoß mit dem Rübenbauer. Ich hatte ein altes Fahrrad aus den Trümmern gestohlen und Helmut benutzte das alte Gefährt seines Vetters von vor dem Krieg. Es war ihm zu klein und seine Knie berührten den Lenker, wenn er in die Pedalen trat, aber die Fahrräder boten uns ein Gefühl der Unabhängigkeit.

Wie während des Krieges verbrachten wir die Tage im Wald und manchmal an einem der Seen. Aber der Mangel an Nahrung zwang uns jeden Abend nach Hause. Wir hatten gehofft, die Situation würde sich jetzt, da keine Bomben mehr fielen, verbessern. Stattdessen verschlechterte sie sich immer weiter. Es fehlte an Essen und an so grundlegenden Produkten wie Toilettenpapier, Schuhen oder Glühbirnen.

Heute war ich besonders aufgebracht. Ich hatte mich für das

neue Schuljahr angemeldet und herausgefunden, dass nicht ein einziger Klassenkamerad auffindbar war.

»Keiner ist zurückgekommen?« Helmut saß zusammengesunken auf dem Boden und malte Buchstaben in den Staub.

»Noch nicht.«

Ich stellte mir Rolf Schlüter nicht länger mit Orden vor. Jetzt sah ich ihn tot neben dem kleinen Kerl, Paul, liegen, beide blutverschmiert mit offenen, starrenden Augen.

»Vielleicht sind sie in einem Lager wie Hans«, überlegte ich laut.

»Wie stehen da wohl die Chancen? Sie lösen die Lager auf.«

»Oder sie sind auf dem Weg nach Hause.« Ich wollte hinzufügen, dass mein eigener Vater nicht heimgekehrt war, aber ich traute mir nicht zu, darüber zu sprechen, ohne dass meine Stimme zitterte.

Nachts lag ich stundenlag wach und machte mir Sorgen, warf mich von links nach rechts und zurück und stellte mir das Leben ohne ihn vor. Nebenan hörte ich Mutter in ihrem Schlafzimmer hin- und herwandern. Die Fußböden ächzten unter ihren schweren Schritten. Dunkle Ringe rahmten ihre Augen.

Als ob es nicht hart genug gewesen wäre, ihn im Krieg zu wissen. Zumindest hatten wir daran geglaubt, er kämpfe irgendwo. Jetzt gab es für seine Abwesenheit keinen Grund mehr, außer einem, und das Warten war unerträglich. Wir sprachen nie darüber, obwohl Helmuts Vater vor Kurzem heimgekehrt war. Manchmal blieben wir stundenlang still, jeder tief in Gedanken.

Als ich nach achtzehn Uhr zurückkehrte, war ich ausgehungert. Die Wohnung wirkte verlassen und es stand nicht mal ein Topf auf dem Herd. Ich hatte mich auf irgendeine Suppe gefreut oder ein Stück Brot.

Ärgerlich warf ich die leere Brotkiste zu, als ich Gelächter hörte. Das Geschnatter mehrerer Stimmen drang durch die verschlagenen Fenster. Ich steuerte in den Keller, von wo Stufen in den Garten führten. Ich hatte so lange kein Lachen gehört, doch nun drang unerklärlicherweise eine weitere Lachsalve durch die dicken Wände des Kellers.

Eine Menschenmenge drängelte sich auf dem Rasen. Ich erkannte meine Vettern und Onkel, meine Brüder und Tanten. Was machten die bloß hier? Ich ging näher heran, zwang mich in die

Ansammlung und da — umarmt von Mutter — stand mein Vater.

»Günter«, rief er. »Mein Sohn!«

Ich fand mich umschlossen von einer ungestümen Umarmung. Außerstande, zu sprechen, entließ sich der Druck in meinen Augen. Tausend Knoten öffneten sich. Ich lehnte mich zurück, um den Mann anzusehen, der mich festhielt.

Vom Verstand her wusste ich, dass es Vater war, aber es kam mir unwirklich vor. Nach fünf Jahren voller Albträume und Sorgen erschien nun die Wirklichkeit wie ein Traum.

Mich an etwas erinnernd, tastete ich nach den kräftigen Händen meines Vaters. Sie waren beide da. Dann sah ich nach unten auf seine Beine. *Beide* Beine. Eine neue Gefühlswelle überkam mich, als ich realisierte, dass Vater körperlich unversehrt war und auch nicht wie ein psychisches Wrack erschien wie Hans. Stille Tränen rannen. Blind schloss ich meine Augen. Ich war nicht länger der Familienvorstand, verantwortlich für Mutter und Brüder.

»Vater«, krächzte ich, »du siehst gut aus.«

»Ich fühle mich gut.« Die Augen meines Vaters glänzten vor Tränen. »Es ist so schön, zu Hause zu sein.«

Damit legte er einen Arm um Mutter, die gleichzeitig lachte und weinte.

Jeden Tag folgte ich meinem Vater durchs Haus. Nur um sicherzugehen, dass es ihn gab. Der Platz am Kopfende des Tisches hatte so lange leer gestanden. Ich drehte mich immer wieder zu ihm, erwartete, den Stuhl unbesetzt zu finden. Doch dann erwiderten blaue Augen meinen Blick. Wir sahen uns in wortloser Verständigung an. Vater nickte, als wollte er sagen: »Ich weiß, ich kann es selbst kaum glauben. Ich bin endlich daheim.«

Wenn ich Männer mit fehlenden Gliedmaßen sah, brach ich in Tränen aus. Es waren viele, manche in Rollstühlen, manche mit Stöcken oder Krücken. Komischerweise waren mir die Tränen egal. Mir war auch egal, was andere dachten. Erstaunlich, wie ich solche Freude empfinden konnte, wenn solche Dunkelheit über dem Land lastete.

Deutschland war physisch und psychisch zerstört. So viele Millionen waren tot oder verstümmelt. Fast jede Familie hatte Verluste erlitten. Millionen mehr waren vertrieben. Alle größeren Städte und die meisten kleineren lagen unter Trümmern. Es gab keine Infrastruktur, keine Dienstleistungen, keine Produktion. Die Hungerkrise verschlimmerte sich trotz der Initiativen seitens der Alliierten, das neue Rationssystem anzukurbeln.

Mein Vater gewöhnte sich an das Alltagsleben. Gleichzeitig begann eine neue hektische Betriebsamkeit. Glasscheiben wurden ›organisiert‹ und ersetzten Papp- und Linoleum-Fenster, Holzscheite stapelten sich neben den Öfen, Möbel wurden repariert und der Garten von Unkraut befreit. Aber Nahrung war fast unmöglich zu finden. Die britische Besatzung zeigte sich schlecht gerüstet, unsere Gegend mit Essen zu versorgen. Die neuen Rationskarten blieben wertlos, solange Produktion und Distribution nicht funktionierten.

Die Reichsmark verlor, sobald sie gedruckt war, ihren Wert. Auf dem Schwarzmarkt kostete ein Laib Brot sechzig Mark, ein Betrag, der noch vor Monaten grotesk erschienen wäre. Die Inflation schritt so rasend voran, dass die Menschen Zigaretten als Währung benutzten.

»Wir müssen handeln«, sagte Vater eines Abends. Hamstern, die Suche nach Essbarem und dessen Erwerb im Tausch gegen Güter, wurde für viele Familien, die ein paar brauchbare Gegenstände hatten und reisen konnten, zur Überlebenschance.

Ich sah Hans an, der reglos am Küchentisch saß und nicht zuzuhören schien. Vater folgte meinem Blick.

»Nur wir zwei fahren. Ein Mann muss sich um Mutter und Siegfried kümmern, richtig Hans?«

Mein Bruder murmelte etwas und schlappte ins Wohnzimmer.

»Gute Idee«, sagte ich laut. »Man weiß nie, wer durch die Nachbarschaft läuft. Wo gehen wir hin?«

»Nach Norden. Die Bomber haben viele Bauernhöfe verschont.«

Damit blieb das Problem, etwas Wertvolles zu finden, Waren, die sich zum Tausch eigneten. Unser gutes Ledersofa war gegen zweihundert Kilo Kartoffeln eingewechselt worden. Die waren fast aufgebraucht.

»Wir nehmen das Besteck.« Vater sah Mutter an, als wartete er auf ihren Protest. Sie blieb still. »Sobald die Fabriken öffnen, gehe ich an die Arbeit.« Solingens Stahlindustrie war zum Stillstand gekommen. Entweder waren die Werkstätten zerstört oder die Briten hielten sie geschlossen.

Am nächsten Nachmittag machten Vater und ich uns auf den

Weg zum Bahnhof. Wir trugen eine Kamera, zwei Messingkerzenhalter und eine Sammlung der berühmten Solinger Bestecke.

Als wir uns dem Hauptbahnhof näherten, begann mein Herz zu pochen. Menschen verstopften den Eingangsbereich. Wie wir trugen sie Säcke und verbeulte Koffer, ihre Gesichter waren grau, mit eingesunkenen Wangen, und die pure Verzweiflung sprach aus ihrem Blick.

»Bleib bei mir«, raunte Vater und zog mich durch die Menge. Irgendwo hinter der menschlichen Wand kreischten die Schienen und kündigten einen neuen Zug an.

Das Gedränge intensivierte sich.

Druck bildete sich in meiner Brust wie ein eiserner Schraubstock. Ich war wieder im Bunker, wo die Menschen schubsten und versuchten, aneinander vorbeizukommen.

Vater war bereits drei Meter weiter und fast außer Sicht. *Verschwinde*, mahnte die Stimme in meinem Kopf.

Meine Panik wuchs, als ich zwischen zwei Männern steckenblieb. Ihre Koffer schnitten schmerzhaft in meine Knie und Hüften. Die Luft um mich herum wurde zu dünn zum Atmen. Meine Sicht verschwamm, als würde alles um mich herum durchsichtig.

»Günter!«

Vaters Gesicht erschien vor mir und er sah mich voller Sorge an. »Ich helfe dir.«

Ein Arm umschlang meine Schultern und schaffte ein paar Zentimeter Platz. Meine Atmung verbesserte sich und ich konnte meine Beine bewegen. Ich fühlte Vaters Blick auf mir, aber da war keine Zeit, etwas zu erklären. Eine Pfeife trillerte, warnte die Menschen vor dem einlaufenden Zug.

Der Druck der Menge verstärkte sich, je näher wir den Gleisen kamen, aber Vaters Brust war wie ein Eisbrecher in der Arktis. Als er durch die letzte Reihe stieß und mich mitzog, stoppten die Wagons mit einem letzten Beben.

Ich starrte voller Verwunderung.

Der Zug war wie ein überfülltes Aquarium, die Gliedmaßen der Leute pressten von innen gegen die Wagenfenster. Sie saßen auf Stufen und in Eingängen. Sie hingen mit Stricken von den Seiten. Einige hatten auf den Dächern der Wagons Platz gefunden.

Die Menge auf dem Bahnsteig grummelte. Niemand stieg aus,

um neuen Passagieren Platz zu machen.

»Hör zu, Günter«, flüsterte Vater. »Das Dach ist die einzige Möglichkeit.«

»Wie?«, fragte ich. Wir könnten genauso gut den Mount Everest erklimmen. Ich hatte von schrecklichen Unfällen auf den Gleisen gehört, wenn die Menschen das Gleichgewicht verloren und herunterstürzten, sich etwas brachen oder gar Beine oder Arme unter den malmenden Rädern verloren.

»Komm schnell.« Vater drängte zum Ende des Bahnsteigs, wo die letzten zwei Wagons des Zuges standen. Hier lungerten weniger Leute und sie schienen sich entschlossen zu haben, resigniert auf die nächste Bahn zu warten.

Vater zeigte auf ein Schild. »Wir klettern hier rauf. Du zuerst«

Damit hob er mich am Pfosten hoch. »Tritt auf das Wagenfenster.«

Ich streckte mein rechtes Bein aus und als ich auf die Fensterkante trat, gab Vater mir einen kleinen Schubs. Nun stand ich mit beiden Füßen auf dem Fensterrahmen und versuchte, nach oben zu kriechen. Aber das Dach war rutschig und es gab nichts, woran man sich festhalten konnte. Wenn der Zug jetzt anfahren sollte, würde ich seitlich abstürzen.

Aus dem Nichts ergriff mich jemand an den Schultern und zog mich aufs Dach. Ein Junge in meinem Alter, dessen Gesicht mit Ruß schwarz gepudert war, grinste.

»Glatt wie die Glatze meines Großvaters«, sagte er und klopfte auf den Platz neben ihm. »Setz dich besser.«

Ein Rumsen vibrierte durch das Dach und der Wagon unter uns erzitterte. Machte einen Satz. Ich ließ mich schnell fallen.

Vaters Stimme driftete von unten herauf. »Fang auf.«

Unser kostbarer Koffer flog mir entgegen. Ich schnappte ihn aus der Luft und legte ihn neben mich. Wieder ein Ruck, und der Zug rollte los. *Vater!*

Ich rutschte auf die Knie, während ein Meer aus Gesichtern zu mir aufschaute, um das Schauspiel zu beobachten.

Vater hing am oberen Ende des Pfostens. Aber das Fenster, auf das ich vorhin getreten war, hatte sich mit dem rollenden Zug fortbewegt. Er würde es niemals schaffen.

Ich unterdrückte meine neu aufkeimende Panik und rief dem Jungen zu: »Hilf mir.«

Wir rutschten auf dem Hosenboden zurück und zum Rand.

Eine rußige Rauchwolke wehte uns ins Gesicht, blendete mich.

Wenn Vater fiele, würde er seine Beine verlieren. Ich blickte auf den Koffer, fragte mich, ob ich es rechtzeitig zum Bahnsteig schaffen konnte. *Du brichst dir was.*

In diesem Moment ließ sich Vater los ... flog durch die Luft. Der Junge und ich verlagerten unser Gewicht. Aber als Vaters Füße den Rand des Daches erreichten, hatte sich sein Schwung verflüchtigt. Seine Arme ruderten in der Luft, als er versuchte, sich nach vorn zu lehnen. Bevor er die Balance verlor, ergriffen wir seine Arme. Ein anderer Mann sprang herbei, um uns zu helfen. Wir zogen gemeinsam und krochen dann zum Koffer.

»Einen feinen Plan hattest du da«, keuchte ich. »Du hättest es fast nicht geschafft.«

»Aber hier bin ich.« Vaters Augen blitzten.

Ich hatte ihn noch nie so waghalsig erlebt.

»Ihr legt euch besser flach hin«, sagte der Junge. »Der Zug wackelt und es gibt Tunnel.«

Besorgt glitt ich auf den Bauch, mit dem Gesicht in Fahrtrichtung. Wind blies mir entgegen. Zum Glück war das Wetter gut und die Wolken hielten das Dach kühl. Innerhalb einer Stunde sahen wir wie alle anderen hier oben aus, unsere Gesichter waren so schwarz wie die von Bergarbeitern.

Jeder Bahnhof war gleich. Die Menschen drängten und versuchten, irgendwo aufzusteigen. Fäuste flogen. Viele fluchten. Wir blieben auf dem Dach, erleichtert, dass nur wenige Leute den Aufstieg versuchten.

Die Landschaft war inzwischen flach, zog mit Mooren und Heidekräutern, Reetdächern und weißgewaschenen Häusern vorbei.

»Wir sollten an der nächsten Station aussteigen«, meinte Vater, als sich der Zug erneut verlangsamte. »Ich helfe dir runter. Dann werfe ich den Koffer. Lass ihn nicht aus den Augen.«

»Was ist mit ...?« Meine Frage wurde von quietschenden Rädern und Hunderten Stimmen übertönt.

Vater nickte zur Kante. »Beeil dich!«

Der Bahnsteig schien Meter entfernt ... außer Reichweite. Ich legte mich flach auf den Bauch und ließ mich, Füße zuerst, zur Kante gleiten. Vater rutschte auf dem Hosenboden hinterher.

»Vorsichtig«, mahnte er.

Ich schlitterte über den Rand. Meine Beine hingen ins Leere.

Unter uns drängelten Leute vorbei. Die Metallkante grub sich in meine Oberschenkel. Eine Pfeife erklang. Der Zug ruckte und ich ließ los. Zu meiner Verwunderung landete ich solide auf dem Zement. Schon flog der Koffer mir entgegen. Der Schaffner ging vorbei, ignorierte Vater, der noch vom Dach hing. Keiner zahlte für Fahrten und ihm schien es egal zu sein.

»Schnell jetzt«, schrie ich, aber Vater war schon gesprungen.

Bei der Landung rollte er sich zur Seite und richtete sich mit einem Grinsen auf. »Nicht übel für einen alten Mann. Jetzt suchen wir uns was zu essen.«

In der Hitze des Nachmittags war der Pfad verlassen. Er führte zwischen Hecken hindurch — auf beiden Seiten umgab uns grüne Pracht. Die Sträucher standen hoch und dicht und erstickten beinahe unter süß riechenden Heckenkirschen.

Unterwegs hatten wir Gerüchte über einen Großbauern gehört, der Wertgegenstände kaufte und fair handelte. Wir hatten bereits unsere Kamera, Messer und die Kerzenhalter gegen eine Sammlung luftgetrockneter Wurst, Schwarzbrot, ein paar Zigaretten und kostbare Schokoladentafeln getauscht, die wir jetzt in einem alten Mehlsack trugen.

Unsere kostbarste Ware — die Silberbestecke — lag noch im Koffer. Vater hoffte, sie gegen eine große Menge Nahrung einzutauschen.

»Ich will nach Hause«, sagte ich. »Bin's leid, überall rumzulaufen.«

»Alles zu seiner Zeit«, murmelte Vater. Seine Vorkriegsungeduld, die oft mit Jähzorn verbunden gewesen war, hatte sich verflüchtigt.

Ich seufzte, wollte streiten. Aber es brachte nichts. Zumindest war der Krieg vorbei. Mit Vater zusammen fühlte ich mich zum ersten Mal wieder sicher. Mein Magen knurrte und ich freute mich auf eine Portion leckerer Bratkartoffeln. Die meisten Bauern boten sie kostenlos als Teil des Tausches an, und manchmal, wenn wir Glück hatten, gab es dazu Eier.

Vater beschattete seine Augen gegen die grelle Sonne. »Wir müssten bald da sein.«

»Du!«, brüllte eine tiefe Stimme.

Im Bruchteil einer Sekunde umrundeten uns drei Männer. Sie

waren in den Dreißigern, mit dunklen Bärten und kurz geschorenen Haaren.

Jemand ergriff meine Handgelenke. Ein anderer stieß den Lauf einer Pistole in Vaters Wange. Die Augen des Mannes, zu wütenden Schlitzen verzogen, waren dunkel wie Gewitterwolken über einer breiten, krummen Nase und wulstigen Lippen.

»Was hast du?«, fragte er. Sein Akzent klang russisch oder polnisch.

Er riss den Stoffsack von meiner Schulter und schwang ihn durch die Luft. Anstatt den Beutel aufzuknoten, schmetterte er ihn auf den Boden und bohrte brutal sein Messer hinein.

Als unser Proviant in den Dreck fiel, sagte Vater: »Es ist Essen.« Seine Stimme war komischerweise gelassen. »Wir versuchen, unsere Familie zu ernähren.«

»Was da drin?« Der dritte Mann zeigte auf den Koffer, der neben Vater stand. Er sah einigermaßen intelligent aus, seine Kleidung war weniger zerschunden und sauberer.

Ich starrte weiter auf den Pistolenlauf an Vaters Nacken. Die Spitze bohrte sich in seine Haut. Hände rissen an meinen Hosentaschen, drückten mich fast nieder. Aus den Augenwinkeln sah ich mein Taschenmesser in den dreckigen Händen des Diebes verschwinden. Als der Mann grinste, klaffte ein schwarzes Loch, wo eigentlich Vorderzähne gewesen wären.

Ich biss mir auf die Lippen, um nicht zu zittern. Ich wollte keine Angst zeigen und ich würde keinen Laut von mir geben. *Warum gibt es hier keine Wanderer?*

Fingernägel gruben sich in meine Handgelenke. Meine Arme wurden mir so weit hinter den Rücken gedreht, dass meine Schultergelenke schrien. Aber ich konnte nur Vater ansehen. Es war hypnotisch, weil er total entspannt wirkte und nicht mal schwer atmete. Unsere Blicke trafen sich und Vater nickte fast unmerklich. Ich blinzelte. Ich hatte genug damit zu tun, mich aufrecht zu halten.

»Darf ich?« Vater zeigte zunächst seine offenen Handflächen und öffnete dann langsam den Koffer. Alte Lederriemen und -reste quollen heraus. Vater hatte sie irgendwo unterwegs aufgelesen.

»Du Schuhmacher?«, fragte der Mann mit der Pistole.

»Ja«, antwortete Vater rasch.

Ich unterdrückte ein Grunzen. Falls sie unsere Wertsachen

fanden, bedeutete das unser Ende. Wir hatten gelogen, was hieß, dass wir entweder erschossen werden oder mit leeren Händen nach Hause kommen würden.

Ich hatte von wandernden Banden gehört. Die meisten waren ehemalige Zwangsarbeiter, die Hitler in die Sklaverei gezwungen hatte, um die schwindenden deutschen Arbeiter zu ersetzen. Obdachlos und ohne Familien, hegten sie Deutschland gegenüber Verbitterung und Hass. In mancherlei Hinsicht konnte ich ihnen keinen Vorwurf machen, wenn sie das, was zum Überleben notwendig war, selbst in die Hand nahmen.

Der Anführer musterte den Koffer. Der schwarzäugige Räuber hielt weiter die Waffe auf Vater gerichtet, aber sie berührte ihn nicht mehr. Wo sie zuvor in die Haut gedrückt hatte, war nun eine rote Strieme zu sehen.

Der Anführer sagte etwas und der Mann mit der Pistole schien zu widersprechen. Er gestikulierte mit der Waffe genau vor Vaters Brust. Ich konzentrierte mich auf den Zeigefinger des Gangsters. Der Anführer wurde lauter und der Mann mit der Pistole hielt inne.

»Du geh«, nickte der Anführer.

Schnell schloss Vater den Koffer. Ich sog Luft durch meine Zähne und richtete meinen Blick zu Boden, damit die Diebe meine Erleichterung nicht mitbekamen.

Einer hob unsere Nahrung auf. In Windeseile verschwanden die Männer mitsamt unserem Proviant in den Büschen.

»Komm«, sagte Vater.

Wir gingen wortlos davon. Ich stellte mir vor, wie die Männer uns mit Blicken verfolgten, dann die Pistole anlegten und… Schweiß tropfte in meinen Kragen und ich zwang mich, normal weiterzugehen.

»Glaubst du, sie hätten uns umgebracht?«, fragte ich nach einer Weile.

»Ohne Frage.« Vater schluckte vernehmlich. »Es war gut, dass wir so wenig dabeihatten.«

»Sie haben mein Taschenmesser, das mit dem eingravierten Elefanten, selbst mein Taschentuch gestohlen.«

»Ich weiß, mein Sohn.« Vater legte einen Arm um meine Schultern. »Wir haben Glück, noch am Leben zu sein. Wir besorgen ein neues Messer. Und«, flüsterte er, »wir haben noch unsere Bestecke.«

Galle stieg mir aus dem Magen. Unser schwerverdienter Proviant war weg und wir mussten von vorn anfangen. Ich wollte schreien, fluchen, jemandem ins Gesicht schlagen. Stattdessen ging ich schweigend weiter, suchte in mir einen Fetzen Dankbarkeit, am Leben zu sein. Ich fühlte nur Wut.

Erst als ich zur Seite sah und Vaters ruhige Miene bemerkte, entspannte ich mich ein wenig.

Schließlich kam ein großer Stall in Sicht. Die meisten Scheunen, an denen wir bisher vorbeigekommen waren, bestanden aus Holz, doch dieser Stall war aus roten Ziegeln gemauert. Unsere Schritte beschleunigten sich. Das musste der Hof sein, von dem wir gehört hatten. Eine Eiche beschattete die Wiese. Ihre silbergrünen Blätter raschelten im Wind. Sie war mehr als fünfundzwanzig Meter hoch, mit dickem Stamm und knorriger Rinde, und streckte ihre Äste gen Himmel.

Nichts bewegte sich, außer zwei weißen Hühnern, die im Gras neben dem Misthaufen gackerten. Alles sah aus wie vor hundert Jahren, als ob kein Krieg das Land verwüstet hätte.

Vater klopfte an die Tür des Bauernhauses. Aus Eiche gefertigt und mehr als zwei Meter breit, wirkte sie massiv wie eine Festung.

Voller Ungeduld, dass sich endlich etwas tat, steuerte ich über den Innenhof auf die offenen Ställe zu. Kühe kauten und stampften.

»Ist jemand zu Hause? Hallo?«

»Was willst du?«, kam eine Stimme aus der Finsternis.

»Entschuldigung.« Meine Überzeugung wankte.

»Was?« Die Stimme war tief und klang genervt. »Sag schon. Ich habe nicht den ganzen Tag Zeit. Das Vieh muss gemolken werden.«

Ein breitschultriger Mann in den Fünfzigern erschien am Stalleingang. Er wirkte bedrohlich, seine Miene war unfreundlich und barsch. Tiefe Falten zerfurchten sein Gesicht vom Mund bis zum Kinn, als hätte er seit Jahrzehnten schlechte Laune.

»Ich … Wir … Mein Vater und ich wollten wissen, ob Sie tauschen«, sagte ich. Warum war Vater nicht hier?

»Handeln, handeln, jeder will was. Ich habe das Haus voller Zeug. Kann nichts mehr brauchen.«

Ich öffnete den Mund, wollte etwas sagen, doch mir fiel nichts ein. So einen Empfang hatte ich nicht erwartet. Die meisten Bauern waren nett. Sie verstanden, was Hunger bedeutete. Ein Blick auf mich machte ihnen klar, dass ich schon eine ganze Weile nicht mehr vernünftig gegessen hatte.

»Wir haben Bestecke aus Solingen«, brach es aus mir hervor. Als von dem Mann keine Antwort kam, fuhr ich fort: »Gute Qualität. Vater arbeitet in der Industrie.«

»Dann lass sehen.«

Der riesige Bauch des Landwirtes wackelte und seine Schuhe schleiften durch den Kies, als er näher herankam und meine offensichtlich leeren Hände absuchte. Seine Hose war mit Kuhmist befleckt und ich roch den ungewaschenen Körper darunter. Selbst, wenn Wasser knapp war und obwohl wir unterwegs waren, hatten wir versucht, irgendwo zu baden oder uns an einem Bach zu waschen.

»Vater hat den Koffer. Vater? Wo bist du?«, brüllte ich, nicht länger bemüht, meine Abneigung zu verstecken.

»Günter?« Vater kam um die Ecke des massiven Gehöfts. »Guten Abend.« Er lächelte den Bauern an.

»Sie haben etwas zu tauschen? Ich muss die Tiere melken.«

»Genau, qualitätshohe Silberware aus Solingen.«

»Ihr Sohn sagte das bereits.«

Vater öffnete den Koffer und warf Riemen und Gürtel ins Gras. Er wickelte vorsichtig mehrere wunderschöne Servierbestecke aus, Messer und große Löffel mit gravierten Mustern. Das Silber glänzte in der Abendsonne.

»Hm.« Der Bauer berührte einen der Löffel. Dreck verkrustete seine Hände. Die Spitze des Daumens war gespalten, die entstandene Rille mit Schmutz gefüllt. »Wie viel wollen Sie?«

»Wir möchten Ware, die wir tragen können.«

»Sehen wir mal, was es gibt.« Der Landwirt eilte zum Haus und winkte uns hinein.

Als sich meine Augen an den düsteren Raum gewöhnt hatten, blieb mir vor Staunen der Mund offen stehen. Schwere Eichen- und Kirschholzschränke, ein Klavier, dicke Wollteppiche, Porzellan und Kristall füllten das Wohnzimmer. Drei Lagen Teppiche bedeckten das Parkett, mit Blumen- und Tiermustern in zarten Farben. Da sie jeweils zwei Zentimeter dick waren, erschienen die Möbel darauf wie auf einem Podium.

Bunte Schüsseln und Vasen bedeckten den Tisch, ihre blauen und goldenen Muster wetteiferten miteinander. Der Raum sah wie ein Warenhaus aus, und niemand schien genug Interesse zu haben, die Sachen schön zu arrangieren und sich daran zu erfreuen. An den Fensterscheiben schwärmten Fliegen, saßen herum und zwirbelten ihre Beine. Das Glas war mit dunklen Flecken beschmutzt.

Der Bauer schien es nicht zu bemerken. »Hier lang«, brummte er.

Ich folgte Vater und dem Bauer in den Keller. Hatten die Besitztümer oben schon üppig auf mich gewirkt, so kam mir hier unten alles wie der reinste Überfluss vor. Im dämmrigen Keller schlängelten sich geräucherte Würste wie Girlanden um die Balken. Fleischstücke und mehrere luftgetrocknete Schinkenseiten hingen von der Decke. Zwei riesige Fässer quollen vor Sauerkraut über, ihre Steindeckel ließen sich kaum mehr schließen. In der Ecke häuften sich meterhoch Kartoffeln. Drei riesige Kisten enthielten rote Beete, Möhren und Zwiebeln. Regale bogen sich unter Gläsern mit Früchten: Birnen, Äpfel, Brombeeren und Marmelade. Eingekochte Bohnen, Blumenkohl und Tomaten säumten die Wände.

Ich konnte mich kaum konzentrieren, weil der Geruch der Würste meinen Magen ablenkte. Ich hatte Hunderte von Ausflügen in die Umgebung gemacht und was hatte ich gefunden? Fast nichts. Was hier lag, würde eine Familie über Jahre hinweg ernähren. Ich hörte Vaters Verhandlung nur halb zu.

»Was bieten Sie an?«, fragte er.

»Für alles?«

»Ja.«

Der Landwirt schwieg. Er begutachtete die Silberteile, ihre feinen Muster und Gravierungen. Er hob eins auf, wog es in der Hand, mit einem Ausdruck unkontrollierter Gier auf dem Gesicht.

Niemand sprach und ich fragte mich, warum Vater nichts sagte. Eine Minute verging. Ich schloss die Augen, versuchte, das Räucheraroma auf meiner Zunge und das Magenknurren zu ignorieren.

»Ich gebe Ihnen sechs Würste und Eingemachtes. Und drei Laibe Brot. Es ist oben.«

Der Bauer blinzelte, riss seinen Blick von den Silberwaren.

»Dann wird daraus nichts. Das ist solides Silber, kein billig überzogenes Zeug.« Vater beugte sich vor, um einzupacken.

Ich wollte sagen: »Warte, ich verhungere. Etwas Nahrung ist

besser als keine.« Stattdessen stand ich stumm in der Stille, die sich im Raum ausbreitete, bis ich dachte, ich würde explodieren. Was würden wir heute Abend essen?

Der Koffer schnappte zu. Zu meiner Überraschung blieb der Bauer steif stehen und musterte Vater.

»Nicht so eilig«, sagte er plötzlich. »Was wollen *Sie* denn?«

Vater streckte sich und setzte den Koffer ab. »Ein dutzend Würste — die großen —, fünfundzwanzig Pfund Weizen, sechs Laibe Brot, fünf Pfund Käse und zwei Flaschen Schnaps. Und ich hätte gern ein paar Gläser Marmelade.

»Das ist zu viel.«

»Ich weiß, dass es viel ist. Aber ich habe keine Wahl. Der Silberwert allein ist bei der verfallenden Reichsmark einiges wert. Wenn ich das, was ich habe, als Einzelstücke tausche, bekomme ich mehr dafür.«

Ich beobachtete meinen Vater, dachte zurück an die Geschichten von Enar, dem norwegischen Lebensmittelhändler. Als Vater in Norwegen stationiert gewesen war, hatte er Enar im Dorf kennengelernt. Es hatte sich herausgestellt, dass Enar Schnaps liebte … Vaters Schnaps, genauer gesagt. Zur der Zeit hatten deutsche Soldaten wöchentliche Schnapsrationen erhalten und da mein Vater nicht trank, hatte er seine Flaschen gegen Nahrungsmittel aus Enars Laden getauscht. So hatten wir eine Zeitlang diese tollen Pakete bekommen.

Wenige Minuten später waren wir wieder draußen. Neben uns standen der Koffer und drei Säcke, die allesamt mit Proviant und Weizen gefüllt waren.

»Wir können heute Nacht hierbleiben« sagte Vater.

»Ich bin am Verhungern.«

»Ich weiß, Günter. Wir essen vom Proviant. Dieser geizige Kerl hätte uns nun wirklich etwas von seinem Abendessen abgeben können, aber was soll's? Immerhin lässt er uns in der Scheune schlafen.«

Wir schlenderten in den riesigen Schober, der etwa fünfzig Meter entfernt stand und aus dem oben das Heu herausquoll. Trotz der dreckigen Ställe und der bedrückenden Atmosphäre des Hofs roch es hier drinnen gut. Überall waren Heuballen gestapelt. Ich liebte Scheunen, war aber zu hungrig, mich umzusehen. Vater warf seinen Mantel hin und öffnete die Säcke.

»Ich kann kaum glauben, dass er dir alles gegeben hat, was du wolltest«, sagte ich. Mein Kopf schwamm und ich war beim Verschlingen des Weizenbrotes mit Butter und Wurst fast im Rausch.

»Ja.« Vater riss ein Stück Brot mit den Zähnen los. »Aber als ich die Gier des Mannes gesehen hatte, wusste ich, dass wir gewonnen hatten.«

»Hättest du wirklich mehr bekommen, wenn du die Stücke einzeln verscheuert hättest?« Grunzlaute stiegen aus meinem Hals.

»Eher nicht. Aber ich hätte unsere Wertsachen nicht verschwendet. Ich meine, der Mann kann das, was er da weggelegt hat, nicht in zehn Jahren essen. Es verdirbt eher, bevor er sich davon trennt.«

»Ich bin jedenfalls froh, dass wir etwas abbekommen haben.«

»Aus den Weizenkörnern können wir wunderbares Brot und Pfannkuchen machen.« Vater zog eine Grimasse und massierte die rote Strieme am Hals.

»Ist alles in Ordnung?«

Er grinste mich an. »Fein, mein Sohn.«

Die Luft roch nach Sommer und sorglosen Abenteuern. Vögel sangen das letzte Abendkonzert. Schwalben schossen wie Akrobaten durch die Luft, landeten dann auf ihren Lehmnestern unter dem überhängenden Dach. Bis auf das gelegentliche Stampfen von Hufen und dem Schnauben aus dem Stall war alles still. Wir wechselten uns mit dem Waschen an der altmodischen Pumpe ab.

Vater klopfte mir auf den Rücken und unterdrückte ein Gähnen. »Lass uns schlafen gehen.«

»Ich schlafe oben.« Ich kletterte über die Heuballen bis unters Dach und kuschelte mich in die Gräser. Es war ein ewig langer Tag gewesen und ich schlief innerhalb weniger Minuten ein. Den Bauern draußen hörte ich nicht.

Ich erwachte mit einem Ruck. In meinem Traum umringten uns Banditen wie ein Pack Wölfe. Mit geröteten Augen sabberten sie blutrünstig, ließen Messer und Pistolen aufblitzen. Ich war schweißgebadet.

Ein schwaches Geräusch erreichte meine Ohren. Stimmen. Dann ein Schrei. Der Bauer und seine Frau stritten sich. Der Schlaf holte mich wieder ein.

Erneut wachte ich auf. Jemand brüllte. Dann ein Aufschrei, lauter. Dieser zweite Schrei war so voller Terror, dass er mich keuchen und über die Heuballen nach unten kraxeln ließ.

»Vater, wo bist du?«, flüsterte ich. »Wach auf! Etwas Schreckliches geht draußen vor.«

»Aua, vorsichtig.«

Ich war auf Vater gelandet.

»Tut mir leid, ich …«

»Sch.«

Der Lärm auf dem Hof schwoll an. Raue Stimmen brüllten. Glas splitterte.

Vater richtete sich auf und tastete nach unseren kostbaren Säcken. »Nimm den Koffer. Wir hauen ab. Sei ganz still.«

»Vater, was …«

»Keinen Mucks«, hauchte er.

Wir krochen zur Scheunentür.

»Scheiße.« Es war das erste Mal, dass ich meinen Vater nach seiner Rückkehr aus dem Krieg fluchen hörte.

»Was?«

»Wir sind eingeschlossen. Ich wette, der Landwirt hatte Angst, wir würden ihn bestehlen.« Vater klang grimmig.

Draußen schrie jemand triumphierend, hoch und unheimlich. Dann erkannte ich die Stimme des Bauern. Aber während sie gestern Abend unfreundlich und wütend geklungen hatte, zitterte sie jetzt vor Angst.

»Nein, bitte«, flehte er.

»Du verdammtes Schwein«, sagte eine drohende Stimme. »Hier, probier mal.« Der Bauer gurgelte. »Schweinemist für unser Schwein.« Raues Gelächter folgte. Wie es klang, waren es mehrere Männer.

Etwas klirrte. Dann dieselbe böse Stimme. »Verdammtes Nazischwein, wurdest reich, während wir hungern. Schaut euch an, was er alles von uns gestohlen hat. Das Land ist ruiniert und er ist steinreich.« Ich hörte jemanden ausspucken. »Wir sollten dich hängen.«

Die Meute brüllte ihre Zustimmung. »Häng ihn, häng ihn«, riefen sie.

Jammern folgte, dann das Klagen einer Frau: »Bitte verschont mich. Ich wusste nichts. Bitte.« Die Stimme wurde schrill. Mehr raues Lachen.

»Was sollen wir tun?«, flüsterte ich.

In der Dunkelheit hörte ich, wie Vater sich am Kopf kratzte. »Wir müssen irgendwie hier raus. Sie werden alles niederbrennen. Es spitzt sich zu.«

»Oben gibt es ein Fenster. Vielleicht können wir rausklettern.«

»Versuchen wir es.«

Vorsichtig kroch ich nach oben, zerrte den Koffer mit. Vater hatte größere Probleme, weil er die drei Säcke trug.

Draußen skandierte die Meute noch immer. »Häng ihn. Bring ihn um.«

Schmerzlich langsam kletterten wir über das Heu. Es war zu dunkel, um viel sehen zu können, und die Ballen konnten jederzeit wegrutschen. Der obere Teil der Scheune hatte nur einen Teil Heuboden, aber es war unmöglich, zu erkennen, wo er begann oder aufhörte.

Ich tastete nach den Holzplanken. Der Gedanke, dass wir eingesperrt waren, drückte meine Brust zusammen.

»Ich sehe den Himmel«, murmelte ich über meine Schulter. »Hier drüben.«

Die Öffnung inmitten der Seitendielen war zwei Meter breit und ebenso hoch, mit einem Dachüberhang, der einen Luftzug erlaubte, ohne Regen hereinzulassen. Wir konnten von dem Spektakel nichts sehen, da die Öffnung auf der anderen Seite der Scheune lag. Im schwachen Licht erkannte ich einen Flaschenzug, mit dem das Heu hier hinauftransportiert wurde. Aber das Seil fehlte.

Ich spähte durch die Öffnung. »Was meinst du, wie hoch wir sind?« Der Grund lag in der Finsternis, aber ich wusste auch so, dass es einiges höher war als das Dach des Zuges.

»Zu hoch. Wenn wir unsere Sachen hier rauswerfen, gehen uns die Gläser kaputt.«

»Dann springe ich und öffne die Scheunentür für dich.«

»Hör zu.« Vater hielt mich am Arm. »Häng dich von der Fensternische herunter. Dann bist du schon einiges näher am Boden. Wenn du dich verletzt, kann ich dir nicht helfen. Ich nehme den Koffer und die Säcke wieder mit nach unten.«

Wortlos kroch ich aus der Öffnung und griff nach dem Sims. Wenn da unten Geräte lagen und ich auf etwas Scharfes fiel oder Lärm machte, würde mich die Bande finden. Sie würden mich hängen, ohne groß Fragen zu stellen.

Die Raserei vor dem Bauernhaus erreichte einen neuen Höhepunkt. Schritte knirschten, Holz splitterte. Die Frau heulte, aber der Bauer war still. Ich versuchte, all das zu ignorieren, und konzentrierte mich auf die Aufgabe … ließ mich los … fiel durch die Luft. Meine Füße schlugen hart auf. Wie Vater rollte ich mich über die Seite ab. Zum Glück war der Boden weich und es lag nichts in der Nähe. Als ich zur Ecke der Scheune kroch, verstärkte sich der Lärm. Das Bild, das sich mir bot, ließ mir das Blut in den Adern gefrieren.

Mehrere Feuer brannten und tauchten den Hof vor dem Wohnhaus in flackerndes, orangefarbenes Licht. Männer rannten wie besessen aus dem Haus, trugen Flaschen und Fässer, Möbel und Teppiche. Ein Teil der Beute brannte. Glas barst. Die Bande leerte den Keller. Im tanzenden Licht erkannte ich den Bauern unter der Eiche, seine Frau an seiner Seite. Beide hatten Seile um den Hals. Um sie herum standen mehrere Männer mit Waffen.

Einer holte aus und schlug den Griff seines Gewehrs gegen das Knie des Bauern. Etwas knackte und der Landwirt schrie und brach zusammen.

Ein anderer Bandit stand vor der Frau. Sie war fast so rund wie ihr Mann, mit großen Brüsten und ausladenden Hüften. Das Geräusch von reißendem Stoff drang zu mir herüber, gefolgt von rauem Lachen. Die Brust der Frau war nackt, bleiche Haut im Feuerlicht. Der Mann lachte wieder, griff hart nach dem Busen und zwang die Frau näher zu sich. Metall blitzte und ein grauenerregender Schrei erhob sich. Triumphierend hielt der Mann die Brust der Frau hoch. Die anderen heulten und lachten.

Ich drehte mich abrupt zur Scheunentür, musste das Bild aus meinem Kopf verbannen. Mein Magen drehte sich. *Bleib bloß ruhig. Denk an Vater.* Sollte sich die Tür nicht öffnen lassen, würde er springen müssen. Er war schwerer als ich und konnte sich leichter verletzten. Unsere kostbaren Gläser würden zerbrechen. Das konnte ich nicht zulassen.

Mit gesenktem Kopf kroch ich entlang der Scheunenwand. In der Nähe des Hauses brannten die Feuer heller. Ich fluchte innerlich, brauchte ich doch jetzt die Dunkelheit.

Dann hörte ich Schritte.

Ich duckte mich tiefer und hielt inne.

»Glaubst du, es versteckt sich jemand im Heuschober?«

»Lass uns nachsehen«, sagte eine zweite Stimme.

»Das wird ein tolles Feuer geben«, kicherte die erste Stimme.

Ich hatte keine Zeit, mich zurückzuziehen. Außerdem war Vater eingeschlossen. Ich verschmolz mit der Wand, meine Fußgelenke schmerzhaft gegen das raue Holz gepresst. Jeden Augenblick würden sie mich entdecken.

»Tomas, komm her!« Die Stimme kam von der Eiche.

Die Schritte hielten inne. »Wir wollen uns die Scheune ansehen.«

»Eins nach dem anderen«, sagte die Stimme vom Hof. »Holt ein paar Stühle und hängt die Nazischweine.«

»Was schaden ein paar Minuten?« Der Mann in meiner Nähe versuchte, desinteressiert zu wirken, aber in seiner Stimme lag ein Schimmer Unsicherheit.

»Tomas! Komm sofort hierher!« Die Stimme des Anführers schäumte. Ein Gewehr wurde entsichert.

Als sich die Schritte entfernten, erinnerte mich daran, zu atmen, und kroch zur Tür. Mir lief es kalt wie Eiswasser den Rücken hinab. Ich stand völlig entblößt vor dem Hof und den Banditen. Ein Vorhängeschloss hing durch zwei Laschen, war aber zum Glück nicht verriegelt. Ich schob das Schloss ab und zog vorsichtig an der Tür.

Das Tor quietschte in den Scharnieren und Vater eilte an mir vorbei, zog mich dabei auf den Boden. Wir krabbelten um die Ecke, schleiften Säcke und Koffer mit uns. Wir krochen weitere fünfzig Meter und rannten und stolperten von dort in die Finsternis.

Endlich hielt Vater an.

Als wir inmitten des Feldes lagen und unseren Atem wiederfanden, schossen Flammen in die Nacht. Im tanzenden Schein stand die alte Eiche wie vor hundert Jahren. Von ihren Ästen hingen zwei Gestalten, halb nackt, ihre Kleidung zerfetzt. Männer schwärmten, warfen Sachen, schwangen Flaschen und brüllten vor Schadenfreude.

Bittere Galle stieg in meinen Mund. Ich hörte Vater neben mir atmen und fühlte die Tränen kommen.

KAPITEL ZWEIUNDZWANZIG

Lilly: Mai 1946

Nie werde ich den Tag vergessen, an dem die Postkarte eintraf. Sie war gelblich und trug ein rotes Kreuz in der oberen linken Ecke. Aber das war nicht das schockierendste Ereignis, das an diesem Tag passierte.

Bisher hatte ich mich durchgebissen, Tag für Tag. Seit wir mit Dr. Fenning von der Stadtverwaltung gesprochen hatten, besuchte ich Vatis Foto auf Muttis Nachttisch nicht mehr. Ich hatte erkannt, dass er mich – uns – auf schlimmste Weise angelogen hatte. Er hatte etwas bevorzugt — jemanden — der sich als Monster entpuppt hatte.

Selbst jetzt, ein Jahr nachdem wir von Vatis freiwilligem Einsatz erfahren hatten, lenkte ich mich ab, sobald ich ein Verlangen nach ihm spürte, sobald ich ihn zu vermissen begann.

»Lilly, siehst du denn nicht, dass das Wohnzimmer geputzt werden muss? Und wisch den Tisch ab.« An diesem Tag war Mutti verärgert und frustriert von ihrem Besuch bei der Baroness nach Hause gekommen. Wir strickten zwar noch für sie, aber die Baroness gab uns immer weniger Arbeit.

Ich blickte finster drein, war Muttis Launen leid. »Ich habe erst vor drei Tagen geputzt.«

Eigentlich machte Arbeiten mir Spaß. Selbst die Ausflüge in den Wald störten mich nicht, weil ich in der Zeit Mutti und meinen Bruder nicht zusammen sehen musste und von der Tatsache abgelenkt war, dass ich sie in ihrem Leben störte.

»Dann mach es eben noch einmal. Wenn du besser gearbeitet hättest, wäre es nicht nötig. Außerdem bekommen wir heute Abend Gäste.«

»Aber du hattest erst gestern Besuch.«

»Das geht dich nichts an«, brauste sie auf. »Außerdem ist Wochenende.«

Ich riss das Staubtuch aus der Schublade und stampfte ins Wohnzimmer. Jede Oberfläche, die ich berührte, war bereits sauber. Also setzte ich mich an Vatis Schreibtisch und starrte aus dem Fenster.

Die Buche funkelte burgunderrot, schien mich zu rufen. Als Mutti das Haus verließ, um Rationen zu holen, rannte ich nach draußen, kletterte so hoch ich es wagte und umarmte die Rinde. Die Stärke dieses Baumes hielt mich davon ab, auseinanderzufallen. Obwohl ich gelernt hatte, Muttis abgöttische Liebe für meinen Bruder zu tolerieren, kam der Groll immer wieder hoch, was meine unterdrückte Sehnsucht nach Vati noch schmerzhafter machte.

Die Stadt hatte keine Hilfe angeboten. Wenn Vati für tot erklärt werden würde, wären wir berechtigt, Unterstützung von der Regierung zu erhalten. Aber wir hatten keinen Beweis, ob er lebte oder tot war. Es war *zu früh*. Viele Männer waren verschwunden und dann auf wunderbare Weise wieder aufgetaucht — entweder aus einem Lager oder einem Versteck. Die Westalliierten hatten Dutzende Gefangenlager. Die meisten Männer in Gefangenschaft wurden irgendwann aufgespürt.

Aber die Gulags in Polen und der Sowjetunion gab es zu Tausenden — Gerüchte sprachen von 40.000 Gefängnissen und Lagern. Stalins bevorzugte Weise, mit Unerwünschten umzugehen, bestand darin, sie in Gulags zu werfen. Sie arbeiteten umsonst und ersetzten die Millionen Toten aus dem Krieg bei der Erschließung des Landes.

Als Mutti später unsere spärlichen Lebensmittel verstaute, klopfte an der Etagentür.

»Luise? Bist du zu Hause?« Karl Huss' Stimme drang zu uns herein.

Mutti riss die Tür auf. »Ich hab zu tun. Was willst du?«

Karl hielt eine Karte hoch über Muttis Kopf. »Guck mal hier! Es ist an dich adressiert. Rate mal, was es ist.«

»Karl, bitte gib sie mir.« Mutti versuchte, die Karte zu erhaschen.

»Warum bist du nicht ein wenig netter?« Huss' hässliche Fratze hing über Mutti. »Ich dachte, wir wären *gute* Freunde.« Er war einiges größer als Mutti und hielt die Karte außerhalb ihrer Reichweite. Ein Ausdruck wollüstigen Hungers erschien auf seinem Gesicht.

»Hallo Herr Huss«, sagte ich laut und baute mich hinter Mutti auf.

Sein Ausdruck verzerrte sich zu einem halben Lächeln. »Hallo Lilly.«

Mutti streckte den Arm aus, Handfläche nach oben. »Gibst du sie mir? Bitte. Lilly, kümmere dich um deinen Bruder.«

Huss legte die Karte auf Muttis Hand.

Ich verharrte im Flur, bis Mutti die Tür mit einem Knall zuschlug. »Was ist das?«

»Ich brauche besseres Licht.«

»Lass mich mal sehen.« Ich versuchte, einen Blick auf das Papier zu werfen, doch Mutti eilte an mir vorbei zum Küchenfenster. Dank Herrn Baum hatten wir eine neue Scheibe, die natürliches Licht hereinließ.

Ich drängte mich neben Mutti. Die Karte war mit mehreren Briefmarken beklebt und mit Flecken beschmiert. Tränen quollen aus Muttis Augen.

Meine eigenen Augen brannten. »Ist sie von Vati?«

»Ich weiß es nicht. Es ist nicht seine Handschrift.«

Liebe Familie Kronen,
wir bedauern, Ihnen mitteilen zu müssen, dass sich Wilhelm Kronen, Pionier-Hauptmann, in russischer Kriegsgefangenschaft befindet. Nach zwei Sammellagern befindet er sich jetzt in einem Lager im Osten der Sowjetunion. Wir informieren Sie, sobald neue Informationen vorliegen.
Das Rote Kreuz / Suchdienst

Ich begann zu weinen. Ich wollte Glück fühlen. Ich war glücklich. Vati lebte. Sie wussten nicht genau, wo er war, aber bestimmt kam er bald nach Hause. Die Väter vieler Klassenkameraden waren bereits aus Gefangenenlagern entlassen worden.

Ich konnte es kaum erwarten, ihn wiederzusehen.

Wir würden eine große Feier mit allen Nachbarn und Verwandten organisieren. Außer Herrn Huss. Er würde nicht an unseren Festlichkeiten teilnehmen. Insgeheim hoffte ich schon lange, Huss würde verschwinden und sich eine andere Wohnung suchen.

Wenn ich angenommen hatte, die Postkarte hätte Muttis Lust auf Partys gedämpft, wurde ich bald eines Besseren belehrt. Sie legte die Benachrichtigung in die oberste Schublade des Küchenschranks und machte so weiter wie bisher. Falls sie Zweifel hatte, zeigte sie es nicht.

Am Abend war das Wohnzimmer blitzblank und roch nach Möbelpolitur. Ich wienerte Vatis Schreibtisch, dachte an den Füllfederhalter und die Lederunterlage, die schon lange fehlten, an das Aroma seines Rasierwassers. Das Einzige, was ich roch, waren Zitrone und abgestandener Rauch von unten. Vatis Handschrift war so ordentlich gewesen wie seine Kleidung und obwohl ich damals nicht gut hatte lesen können, hatte ich gern beobachtet, wie er Seite um Seite in seine Akten schrieb.

»Lilly, es ist Zeit, in dein Zimmer zu gehen.« Mutti stand, mit den Armen über der Brust verschränkt, im Türrahmen.

»Warum kann ich nicht deine Gäste treffen? Ich sollte nicht so früh ins Bett gehen müssen. Ich bin fast vierzehn.«

»Ruhe, gerade junge Mädchen brauchen ihren Schlaf.« Mutti trug das rote Kleid mit passendem Lippenstift, ein Abschiedsgeschenk von Captain Marks, und hatte ihre Haare aufgesteckt.

»Warum muss ich verschwinden, wenn Burkhart alle sehen darf?« Bei mehreren Anlässen hatte ich mitbekommen, wie Mutti Burkhart vorstellte. Da die Tür geschlossen blieb, war außer dem Gemurmel der Gäste nie Genaues auszumachen.

»Du brauchst dich nicht um deinen Bruder zu kümmern.« Mutti begutachtete die Gläser, Teller und Bestecke, die ich auf den Tisch gestellt hatte. Unser Porzellan bestand aus einer Kollektion unterschiedlicher Muster und Größen. Es war alles, was vom Inhalt unseres Wohnzimmer- und Küchenschranks nach dem Angriff übriggeblieben war. Manchmal brachten die Gäste ihr eigenes Geschirr mit, das ich während des Spülens am nächsten Morgen entdeckte.

»Mach schon«, sagte Mutti, als es klingelte. »Ich will keine Klagen hören.«

Ich rauschte davon und warf die Tür hinter mir zu. Murmeln und Kichern drang durch die Wände und lullte mich langsam in den Schlaf.

In meinem Traum erschien Vati und wir feierten. Er sah anders aus und ich konnte nicht ergründen, warum. Trotzdem wusste ich, dass er es war. Ein Geräusch ließ mich aufwachen. Ich riss die Augen auf und in dem Moment dachte ich, mein Traum sei wahr geworden.

Ein Mann stand an meinem Bett und sah mich an. Doch selbst im Dunkel war mir sofort klar, dass es nicht mein Vater war. Seine Gegenwart ließ mich frösteln.

»Hallo, süßes Kind«, flüsterte er.

Alkoholdunst legte sich wie ein Schleier über mich und nahm mir den Atem.

»Was ist denn?« Ich versuchte, mich aufzusetzen. »Ist etwas mit Mutti?«

Er sackte auf den Bettrand. »Deiner Mutter geht es gut«, kicherte er. Was war daran so lustig?

»Bitte gehen Sie. Ich will schlafen.«

Während ich mir den Kopf zerbrach, wie ich den Mann loswerden konnte, explodierte im Wohnzimmer Gelächter.

»Warum bist du nicht ein wenig freundlicher, Mädchen? Ich beiße nicht. Komm, gib mir einen Kuss.« Er beugte sich über mein Gesicht.

Sein Atem stank nach Schnaps, gemischt mit Kartoffelsalat — ich roch Zwiebel — und etwas Öligem.

In dem Moment, in dem ich mich entschied, zu schreien, wurde ich von etwas Nassem verschlungen. Die Zunge des Mannes drang in meinen Mund wie eine schleimige Schlange. Ich trat und wand mich, aber er war groß und viel stärker als ich. Mit Leichtigkeit drückte er meine Arme nach unten und versuchte wieder, mich zu küssen.

»Lassen Sie mich in Frieden«, keuchte ich. Vergebens versuchte ich, mich zu befreien, dem Mann ins Gesicht zu schlagen.

»Ach, bist du quirlig«, gluckste er und riss mir dabei die Decke weg. Der Mann schien abgelenkt und ließ eine meiner Hände los.

»Sieh mal, was ich für dich habe.«

»Lassen Sie mich los. Mutti!« schrie ich, bevor mir der Mann eine Hand über den Mund legte.

Seine andere Hand griff nach meinem Arm und zog ihn in seine Mitte. »Ist das nicht schön?«

Ich fühlte eine sonderbare Form in meinen Fingern. Trotz meines Ekels sah ich hin. Der Penis war riesig und der Mann wurde rasend und riss an meinem Nachthemd. Als es nach oben rutschte und meinen Bauch und die Unterhose preisgab, überkam mich blanke Panik. Alles in mir wurde kalt, wie ein eisiger See im Winter.

»Nein!« brüllte ich.

Der Mann grunzte nur und versuchte, auf mich zu klettern. Er war groß und schwer wie ein Schrank und begrub mich mit seinem Körper, legte meine Arme lahm. Seine Schulter grub sich in mein Gesicht, kroch in meinen Mund. Ich spuckte, die Angst, keine Luft zu bekommen, schnürte mir den Hals ab. Stoff riss und meine Hose verschwand. Immer noch drückte seine Schulter in mein Gesicht.

Ich biss zu, so fest ich nur konnte. Meine Zähne schnitten durch ein Hemd in das Fleisch des Mannes. Ein gurgelnder Schrei erklang, ein tiefes Graulen. Der Oberkörper des Mannes bewegte sich nach hinten und im trüben Licht trafen sich unsere Blicke. Seine Augen schienen vor Wut zu brodeln.

»Was machst du da, Gerhard?« Muttis Stimme klang schrill.

Der Mann auf mir hielt inne.

»Nur ein kleiner Besuch. Ist ja nichts passiert«, röchelte er und kletterte vom Bett. Er massierte seine Schulter. Das jetzt schlaffe Fleisch verschwand zwischen den Falten seiner Hose.

Mutti zog ihn weg, eine Hand fest an seinem Ellbogen.

»Du solltest dich schämen«, flüsterte sie. An der Tür drehte sie sich zu mir um. »Geh schlafen, Lilly. Morgen ist das alles wie ein Traum.«

Die Tür schloss sich. Ich war hellwach.

Alkohol- und Tabakgestank verweilten. Obwohl es Mittsommer war, fror ich. Gelächter trieb herüber, darunter Muttis Stimme.

Ich drehte mich zur Wand und versuchte, wieder einzuschlafen. Aber der Schlaf wollte nicht kommen.

Der letzte Gast ging am frühen Morgen. Ich wartete, bis Mutti ins Bett gegangen war, und stand dann leise auf. In der Küche nahm ich den Wassereimer und öffnete geräuschlos die Tür zum Treppenhaus.

Ich brauchte Luft, viel frische Luft. Warum hatte ich je gedacht, das Ende des Krieges würde mir Frieden bringen?

KAPITEL DREIUNDZWANZIG

Lilly: Juni 1946

Man würde erwarten, dass es uns ein Jahr nach Ende des größten Krieges aller Zeiten besser ging. Das Gegenteil war der Fall. Der Winter 1945/46 war schrecklich gewesen, unsere Wohnung eine gefrorene Landschaft, die Küche der einzige Raum, in dem wir es hatten aushalten können.

Wir hatten so viel Zeit wie möglich am Ofen gehockt und Mäntel und Mützen getragen, während wir aßen, arbeiteten und schliefen. Nachts hatten wir uns in unseren eisigen Betten verkrochen und auf den Frühling gewartet, auf ein kleines Fünkchen Normalität.

Den gesamten Winter über hatten wir uns sogar in der Küche gewaschen. Meinem inzwischen acht Jahre alten Bruder schien es egal zu sein, sich nackt vor uns zu zeigen. Mit knapp vierzehn hatte ich mich jedes Mal in Gedanken weit weg katapultiert und trotzdem hatten meine Wangen vor Scham geglüht.

Wie ich nun die Wärme der Sonne willkommen hieß und die Chance, Muttis neugierigen Augen zu entfliehen. An diesem Tag im frühen Juni wurde es gerade hell, als ich aufstand. Selbst um diese Uhrzeit war klar, dass es heute besonders schön werden würde. Die Vögel zwitscherten Konzerte und die Luft roch frisch und neu. Morgen war mein vierzehnter Geburtstag.

Da das Frischwasser aufgebraucht war — Mutti hatte gestern Abend das gesamte Wasser für ihre Haare verschwendet —, machte ich mich auf den Weg zur Quelle. Eine Steinwand, dunkel vor lauter Moos, ragte vor mir auf. Wasser lief mit starkem Strahl aus einem Messinghahn in einen Steintrog und von dort in einen Teich, der kühl und grün war und in dem Wasserlilien wuchsen. Ein Chor Frösche quakte ein Morgenkonzert. Goldene Lichter tanzten über der Wasserfläche.

Ich fröstelte. Es war kühl im Schatten und immer ein wenig unheimlich, aber die Frösche waren lustig und ließen mich mein Unbehagen vergessen. Mit vollen Eimern eilte ich heim. Im Parterre wiegten sich die Gardinen im Wind. Die Tür meines Nachbarn öffnete sich, sobald ich den Flur betrat, was meinen Magen Saltos schlagen ließ.

»Was machst du denn schon so früh?« Huss' Gesicht wirkte fahl im Halbdunkel des Treppenhauses. Er trug nur kurze Hosen, schwarze Haare bedeckten wie ein ekelhaftes Gewächs seinen schwammigen Bauch. Seine Brust wirkte eingesunken und blutarm.

»Wasser holen«, brachte ich hervor. Mein Kopf war damit beschäftigt, eine Möglichkeit zu finden, um Huss herumzunavigieren. Ob meine Schreie Mutti wohl wecken würden?

»Du solltest im Bett sein, Lilly.«

»Ich bin gern früh auf.«

Als Huss auf mich zukam, wurden meine Oberschenkel vor Panik schwach und meine Zehen taub. Mein Herz hämmerte wie eine Trommel.

Huss' Finger streckten sich mir entgegen. »Ich helfe dir besser mit den Eimern.«

In meiner Not hob ich abwehrend die Arme. Sofort wurden die Eimer, die jetzt zwischen uns hingen, zu schwer und ich musste sie senken. Huss' Blicke schweiften über das dünne, jetzt feuchte Hemd, das ich heute Morgen übergeworfen hatte und das sich nun an die Konturen meiner Brust schmiegte.

»Ist doch kein Problem.« Huss' Stimme klang sanft. »Ich trage die Eimer für dich.« Er beugte sich vor, sodass ich die Kopfhaut durch die dünnen Haare sehen konnte.

»Mutti wartet auf mich.«

»Tatsächlich? Sie war doch spät auf.« Huss sah kurz nach oben, bevor sein Blick zu mir zurückkehrte. »Das ist ganz schön schwer. Du bist ein starkes Mädchen.«

Ich sah auf die Eimer in seinen Händen, überlegte, ob ich ohne sie laufen sollte. Doch ich wollte das Wasser.

»Sie tragen sie nach oben?«

»Natürlich.« Huss fasste die Eimer und kletterte die Treppe rauf. Wasser schwappte und tropfte.

Ich folgte zwei Meter hinter ihm. Als er die Gefäße vor der Wohnungstür absetzte, quetschte ich mich entlang des Handlaufs an ihm vorbei. Mein Herz hämmerte wieder und es lag nicht an den Stufen. Der Treppenabsatz war schmal und ich war überzeugt davon, dass Mutti mich nicht hören würde.

Bevor ich die Türklinke erreichte, ergriff Huss mein Kinn. »Du bist so niedlich. Warum kommst du mich nicht besuchen? Ich habe leckere Sachen zu essen.«

»Vielleicht ein anderes Mal.« Ich drehte ihm abrupt den Rücken zu, wobei ich mich sofort sorgte, er würde meine Brust von hinten berühren. Zu meiner Erleichterung hatte ich ihn überrascht und die Tür ging problemlos auf. »Danke, Herr Huss«, brüllte ich.

Huss spähte in unseren kleinen Flur. Es war still. Zu still. Er zögerte, kratzte sich an der Brust, wo sofort rote Flecken erschienen.

Dann tat er einen großen Schritt über die Eimer und folgte mir, als ob dies sein Zuhause wäre und er das Recht hätte, hier zu sein.

Ich erwog, zu schreien. Burkhart würde mich sicher hören. Vielleicht sogar Mutti, obwohl sie oft wie eine Tote schlief. Doch ich brachte keinen Laut heraus. Ein eisiger, erstickender Schleier umhüllte mich — die gleiche Hilflosigkeit, die ich während der Bombenangriffe empfunden hatte.

Huss' Hand landete auf meiner Schulter, die außer dünnen Trägern nackt war. Er trat näher heran, während seine Finger vorn in mein Hemd schlüpften. Ich schauderte und vergaß, auszuatmen. Trotz meines Wachstumsschubs war er wesentlich größer als ich.

Ein Entkommen war unmöglich, mein Fluchtweg zurück in den Flur abgeschnitten. Warum hatte ich nicht sofort die Tür zugeworfen?

Huss atmete schneller, es klang wie ein schrilles Röcheln.

»Lilly?« Burkharts verschlafene Stimme erklang von der Schlafzimmertür.

Huss hielt inne. »Guten Tag.« Er drehte sich hastig um und schritt ins Treppenhaus.

»Ist alles gut, geh wieder schlafen«, sagte ich, nahm meine Eimer und schloss die Tür. Erst als ich den Schlüssel im Schloss herumgedreht hatte und im Badezimmer verschwunden war, erinnerte ich mich wieder daran zu atmen. Ich rutschte auf den Boden, meine Beine waren so weich wie zerkochte Nudeln. Unten rührte sich nichts.

Mit einem Seufzer stand ich auf und begann, meinen Körper von oben bis unten zu schrubben. Meine Haut brannte und auf dem Linoleum stand eine Pfütze. In diesem Moment wurde mir klar, dass ich wegen Huss etwas unternehmen musste.

Oder bei dem Versuch untergehen.

Ich zog mein einziges sauberes Kleid an und begab mich ins Wohnzimmer.

Aschenbecher quollen über, auf Boden und Tisch standen leere Bier- und Weinflaschen. Teller und Bestecke stapelten sich — darüber schwirrten Fliegen. Schüsseln mit Resten und ein halbgegessener Obstkuchen zeugten von einer erfolgreichen Party. Die meisten Gäste brachten Essen und Alkohol als Geschenk mit und ich konnte mir nicht helfen, für die Reste dankbar zu sein.

Vatis Schreibtisch war mit leeren Flaschen übersät. Zigarettenasche lag auf dem Holz und klebte an den Ringen getrockneter Flüssigkeit, wo Flaschen und Gläser gestanden hatten. Schaler Alkoholdunst mischte sich mit dem ätzenden Gestank kalter Zigarettenkippen. Ich würgte. Wie ich Muttis Feste verabscheute — die Gerüche, das Lachen, das Vergnügen Fremder und am meisten Muttis laute Stimme, schrill und gereizt.

Ich trug die Flaschen in die Küche und wartete, bis der Gestank durch die offenen Fenster entwichen war. Ich scheuerte und fegte, verbrauchte mehr von unseren letzten Reserven kostbarer Seife, als ich sollte. Es war mir egal, verschwenderisch zu sein.

Zuletzt glänzte der Eichenschreibtisch wieder. Ein paar blasse Ringe blieben. Ich brauchte feine Stahlwolle und fragte mich, ob Herr Baum welche besaß. Ich schwor mir, ihn bald wieder zu besuchen. Sicher hatte Erwin geschrieben. Er und Herr Baum hatten einen lebhaften Briefwechsel begonnen.

Ich schnupperte an meinen Händen und bemerkte, dass sie noch immer nach Rauch rochen. Oder klebte der Geruch an den Wänden? Sicher hatte die schwere Tapete einiges aufgesogen.

»Wo mag Vati wohl gerade sein?«, flüsterte ich, als die Sonne über den Horizont kroch und die Küche in gleißendes Licht tauchte.

KAPITEL VIERUNDZWANZIG

Lilly: Juli 1946

Wenn ich bisher bei meinen Touren in den Keller und zum Klo vorsichtig gewesen war, so schaltete ich jetzt auf Vollalarm. Egal, wie früh oder spät es war, ich horchte immer, bevor ich mich auf den Weg machte. Und meist war ich erfolgreich. Oder ich fragte Burkhart, mich zu begleiten, mir bei einer ›Kelleraufgabe‹ zu helfen oder mir Gesellschaft zu leisten.

Mir war klar, dass Mutti es hasste, wenn Huss nach Möglichkeiten suchte, sich mir zu nähern. Aber ich wusste auch, dass sie nichts Drastisches unternehmen würde, um mich zu beschützen, oder dass sie zumindest nicht rechtzeitig da sein würde, um etwas verhindern zu können. Oder war sie vielleicht sogar machtlos?

Nein, wenn ich etwas ändern wollte, dann musste ich es selbst tun.

Allerdings hatte ich keine einzige Idee, wie ich das anstellen sollte. Huss würde nicht fortziehen, und ich hatte keine Waffen, mit denen ich mich verteidigen könnte. Ich erwog, unser Brotmesser mitzuführen, aber die Chancen standen gut, dass Huss es mir wegnehmen oder – noch schlimmer – gegen mich verwenden würde.

Und so wuchs meine Frustration. Nichts würde sich je ändern. Tief im Innern hatte ich gehofft, Vati käme nach Hause. Irgendwie hatte ich in meinem benebelten und naiven Hirn angenommen, er erschiene an meinem Geburtstag.

Natürlich kam er nicht. Mein Geburtstag war eine lahme Angelegenheit mit einem Stück Honigkuchen und einem überarbeiteten alten Kleid von Mutti. Das Teil war zu weit in der Taille, aber ich freute mich über die Verbesserung meiner Garderobe. Vor sechs Jahren hatte ich mir eine Puppe gewünscht. Jetzt wollte ich nur Vati, saubere Socken und ein neues Paar Schuhe. Was ich wirklich wollte, war Normalität – oder was ich nach all den Kriegsjahren dafür hielt.

Seit unserem Besuch bei Dr. Fenning war Mutti noch unberechenbarer als vorher. Das heißt, sie war mir gegenüber unberechenbar, ihre Laune schwankte zwischen Wut und Ungeduld. Vielleicht war sie einfach überfordert. Oder sie ließ ihre Frustration über Vatis Betrug, freiwillig in den Krieg zu gehen, an mir aus. Komischerweise war ich selbst zu der Zeit nicht allzu wütend darüber.

Noch nicht.

Dieser Groll würde mit dem zunehmenden Verständnis, dass er Hitler uns vorgezogen hatte, wachsen. So wie mir zunehmend klar wurde, dass das Dritte Reich nichts als Verachtung für seine Bevölkerung gehabt und seine Frauen als Zuchttiere zukünftiger Soldaten missbraucht hatte.

Jahre später fand ich heraus, dass Hitler selbst spät im Frühjahr 1945 behauptet hatte, der Krieg ginge bald zu Deutschlands Gunsten zu Ende. Da vier bis fünf Millionen Männer fehlten, sollte jeder übriggebliebene Deutsche mindestens zwei Frauen heiraten und mit ihnen viele Kinder zeugen.

Und da war die kranke Idee des Mutterkreuzes. Frauen, die vier Kinder hatten, erhielten ein Bronzekreuz, Mütter mit sechs Kindern ein Silberkreuz und Frauen mit acht oder mehr Kindern wurde das goldene Kreuz verliehen. Laut Hitler sollten Frauen auf ewige Zeiten das Land mit Soldaten beliefern.

Er scheute sich nicht, die letzten Jugendlichen und alten Männer in den Krieg zu entsenden, als schon längst klar war, dass Deutschland verloren hatte. Hitler war ein Irrer — und mein Vater hatte ihn uns vorgezogen?

»Vati ist doch in Russland. Wissen die das denn nicht?« Mutti warf die Zeitung auf den Tisch.

»Was ist passiert?«, fragte ich und griff nach den Seiten.

Als Teil der Denazifizierung fordert die britische Militärverwaltung alle Erwachsenen zwischen 18 und 65 Jahren dazu auf, einen Fragebogen auszufüllen. Abholung wie folgt:

Nachnamen von A bis H, 8. – 10. Juli

Nachnamen von I bis O, 9. – 11. Juli

Nachnamen von P bis Z, 10. – 12. Juli

Alle Fragebögen müssen komplett ausgefüllt und wie folgt abgegeben werden:

Nachnamen von A bis H, 15. – 16. Juli

Nachnamen von I bis O, 16. – 17. Juli

Nachnamen von P bis Z, 17. – 18. Juli

Falschaussagen oder Unterlassungen werden mit Bußgeldern und Freiheitsstrafen geahndet.

Ich ließ die Zeitung sinken. »Was bedeutet das?«

»Wir sollen beschreiben, was wir während des Krieges gemacht haben. Ob wir in der Partei waren oder schlimmer …« Mutti seufzte. »Sie versuchen, die Leute zu finden, die beteiligt waren, die schuldig sind.«

Wie Vati, wollte ich sagen. Aber ich blieb still, während sich eine Idee in meinem Kopf festsetzte.

»Du meinst, jeder muss das ausfüllen?«

Mutti nickte. »Besonders diejenigen in öffentlichen Ämtern oder in Führungspositionen.«

Die Zeilen des Artikels verschwammen vor meinen Augen. »Was macht eigentlich Herr Huss dieser Tage?«

Mutti warf mir einen kurzen Blick zu und begann, im leeren Schrank herumzuwühlen. Ein Jahr nach dem Krieg hatten wir außer weißen Bohnen und ein paar Zwiebeln, die Herr Baum vorbeigebracht hatte, nichts zu essen. Ich sehnte mich nach den Kirschen, die viel zu langsam im Garten heranreiften.

»Er arbeitet für einen Verband oder Verein. Bin nicht sicher.« Neugier schwang in ihrer Stimme mit.

Ihre Blicke folgten mir durch den Raum. Ich wusste, dass sie sich wegen Huss sorgte, spätestens seit er sie mit dem Amerikaner erwischt hatte. Sie sagte kein Wort darüber, aber sie ging nicht mehr nach unten und es schien, als ginge sie Huss aus dem Weg. Genau wie ich. Doch die Wand zwischen Mutti und mir hatte sich seit Jahren gefestigt und wir blieben beide still.

In der Nacht zwang ich mich, wach zu bleiben, indem ich auf die schwachen Glocken der Lutherkirche hörte. Ein Gong hieß 15 Minuten nach der vollen Stunde, zwei Schläge 30 Minuten und so weiter. Als die Glocken elf plus zwei schlugen, stand ich auf. Mutti war kurz nach mir ins Bett gegangen und Burkhart schlief immer tief. Ich horchte auf seine regelmäßigen Atemzüge, unterbrochen von gelegentlichem Geraschel, wenn er sich umdrehte.

Ich war verzweifelt, und Verzweiflung treibt einen dazu, verrückte Dinge zu tun.

Leise zog ich mein Kleid an und ging auf Zehenspitzen zur Etagentür. Der Schlüssel steckte im Schloss. Ich drehte ihn, wünschte mir, dass er so geräuschlos wie möglich bliebe. Ein leichtes Kratzen erklang, als das Schloss aufsprang. Ich schlüpfte die Stufen hinunter und stoppte kurz vor Huss' Tür.

Der Vorhang hinter dem Glas war dunkel. Kein frischer Zigarettenrauch drang durch die Ritzen. Huss hatte kürzlich begonnen, außer Haus zu arbeiten, und ich hoffte, dass er übliche Schlafzeiten einhielt. Jeden Morgen verließ er um halb acht das Haus und kam nicht vor fünf oder sechs nach Hause.

Ich tastete mich zur Kellertür vor und kletterte nach unten. Ich hatte meine Schuhe oben gelassen, um leiser zu sein, aber die Kälte von den eisigen Zementstufen kroch durch meine Zehen in die Unterschenkel. Noch schlimmer war meine Atmung, die an eine Lokomotive erinnerte und das Blut in Wellen durch meinen Kopf schickte.

Nachdem ich wieder gehorcht hatte, aber nichts als mein eigenes Keuchen hörte, schaltete ich die einzelne Glühbirne in der Waschküche an. Zu meiner Rechten befanden sich die beiden Privatkeller, einer für jede Familie. Unserer war bis auf ein paar alte Lappen und Holzregale leer, aber durch die Ritzen in den Lattenwänden von Huss' Seite sah ich bis zur Decke gestapelte Kisten und Kartons.

Oben rechts von seiner Tür befand sich eine Kante. Nachdem mich Huss in die Enge getrieben hatte, hatte ich mir angewöhnt, auf dem Weg zurück vom Klo durch die Fenster zu spähen. Einmal hatte ich ihn dabei beobachtet, wie er den Schlüssel dort oben abgelegt hatte.

Ich holte einen Eimer, drehte ihn um und kletterte hinauf.

Der Schlüssel war da. Er fühlte sich feucht an oder kam das

von meinen zitternden Fingern? Der Schlüssel drehte sich problemlos in dem altmodischen Vorhängeschloss, als sei es geölt.

Ich öffnete die Lattentür und stahl mich hinein. Der Raum war knapp zwei Meter breit und drei oder vier Meter lang. Die gesamte Wand war mit Kisten zugestellt, manche davon waren unter Wachstüchern verborgen. Wieder lauschte ich. Das Haus war abgesehen von einem gelegentlichen Knarren in der Decke ruhig.

»Komm schon, beeil dich«, murmelte ich. Ich zündete einen Kerzenstummel an und öffnete die nächstgelegene Kiste. Sie war mit Küchenutensilien und Porzellan gefüllt. Huss hatte seine Sachen sicher in Verwahrung gehabt, bevor die Bomben fielen. Ich bewegte mich zur nächsten Box. Mehr Haushaltssachen, eine Pfanne und Vasen. Ich fragte mich, wo all das hergekommen war. Die meisten von uns besaßen nur wenige persönliche Güter, was unsere Mägen so leer ließ wie unsere Vorratsschränke.

Ich öffnete einen weiteren Karton. Dieser war voller Hemden. Sie rochen muffig und leicht verraucht und ich unterdrückte ein Würgen.

Meine Frustration wuchs, als ich mich durch die Kisten arbeitete. Einige Behälter waren riesig und ich konnte sie nicht herunterheben, um an die darunter zu gelangen. Es dauerte alles viel zu lange. Meine Nerven ließen mich frösteln, obwohl ich unter dem Kleid schwitzte.

In der Ecke stand unter einem leeren Regal eine Holztruhe. Das Vorhängeschloss daran war zerbrochen und ich legte es vorsichtig beiseite. Als ich den Deckel anhob, sprang mein Herz gegen die Rippen.

Wie ich vermutet hatte, hatte Huss einige Erinnerungsstücke an seine nationalsozialistischen Aktivitäten behalten. Da war die braune Uniform, eingepackt in Papier, die ich ihn über Jahre hinweg hatte tragen sehen. Da waren mehrere Armbänder mit dem Hakenkreuzsymbol. Da waren Fahnen mit Hakenkreuzen und verschiedene Dokumente. Selbst Hitlers *Mein Kampf* steckte an der Seite. Ich wählte ein paar Teile, aber als ich den Deckel schließen wollte, rutschte er mir aus der Hand und krachte hinunter.

Ich horchte einen Moment. Dann blies ich die Kerze aus, eilte aus Huss' Verschlag und warf die Tür zu. Gerade als ich versuchte, das Vorhängeschloss anzubringen, hörte ich die Kellertür.

Und war wie gelähmt.

In diesem Moment des Terrors verflüssigte sich mein Inneres

und mein Kopf entledigte sich aller Gedanken. Da war nichts als unerträgliche Leere und die alte Unfähigkeit, mich zu bewegen.

Als das Licht an der Treppe anging, wurde ich endlich aktiv. Ich legte den Schlüssel zurück, nahm den Eimer und eilte so leise wie möglich hinter den Ziegelwaschofen. Ich schnappte nach Luft, das Geräusch in der Stille brausend wie ein Sturm. Dann steckte ich mein Gesicht in den Ausschnitt meines Kleides, um den Lärm zu unterdrücken.

Bitte, lass es nicht Huss sein.

»Irgendjemand hier unten?« fragte Huss. »Luise, bist du das?«

Ich hockte hinter dem Wäschebottich. Mir fielen die Dokumente und das Armband wieder ein, die ich von Huss' Kiste gestohlen hatte. Sie steckten in meiner Unterhose, und das Papier schabte an meiner Haut.

Auf der anderen Seite des Waschzubers tastete Huss nach dem Schlüssel und öffnete das Vorhängeschloss.

»Was zum Teufel …«

Er hatte das zerbrochene Schloss der Kiste entdeckt. In meiner Eile hatte ich vergessen, es wieder anzubringen. Er wusste, dass jemand im Keller gewesen war. Vielleicht roch er auch die erloschene Kerze. Mein Blutdruck schoss hoch und ich sah Sterne vor den Augen. Ich wollte mir nicht ausmalen, was passieren würde, wenn er mich jetzt erwischte.

Den Rest von Huss' Wutattacke hörte ich nicht, weil ich an ihm vorbei die Stufen hinaufflog. Huss brüllte irgendetwas, bevor mir Schritte folgten. Ich konnte seinen schweren Atem hören.

Er war viel schneller, als ich erwartet hatte.

Ich weiß nicht, wie ich es zum Eingang meiner Wohnung schaffte. Dort angekommen, sah ich noch Huss' gerötetes Gesicht, in dem seine Augen vor Wut loderten, bevor ich die Tür zuwarf und abschloss.

Dann rutschte ich langsam auf den Boden, wartete darauf, wieder zu Atem zu kommen, spürte Huss' Anwesenheit auf der anderen Seite der Tür, fühlte zum ersten Mal seine Unsicherheit.

Irgendwann später steckte ich das Armband und die Papiere unter mein Kissen und kletterte ins Bett. Mein Körper begann so arg zu zittern, dass die Matratze unter mir gegen den Bettrahmen klapperte. Was hatte ich getan?

Ich war eine Diebin … schon wieder. Ich hatte mir geschworen, immer ehrlich und offen zu sein. Weil meine Eltern es nicht waren. Jetzt war ich in ihre Fußstapfen getreten — war so geworden wie sie.

Aber du musstest es tun, argumentierte der andere Teil meines Verstandes. *Wie könntest du sonst Huss stoppen?* Denn eines war klar: Es war nur eine Frage der Zeit, bevor er mich wieder in die Enge trieb, und ich hatte bereits Anfälle von Verstopfung, weil ich mich nicht zum Klo traute.

Ich ballte meine rechte Faust und drückte sie gegen meine Lippen, bis mein Kiefer schmerzte. Nein. Ich musste es tun. Ich war es leid, Angst zu haben, belästigt zu werden.

Ich stand auf und schaltete das Licht ein, um mir die Papiere näher anzusehen. Sie waren vom Büro der Solinger SS und der NSDAP, Memoranda und Briefe, die neue Regeln verkündeten, mit denen sich die Zivilbevölkerung kontrollieren ließ und durch die man ihr Angst einjagen konnte.

Eine Notiz der NSDAP, datiert auf den 5. April 1945, sprach über neue Arten Nahrung. Rationen seien unter das Erhaltungsminimum gesunken und es drohe eine Hungerepidemie. Die Leute sollten die folgenden neuen Lebensmittel akzeptieren: Raps, Rapskuchen, Kastanien, Eicheln, Futterrüben, wilde Beeren, Wurzeln und Pilze, Klee und Alfalfa. Für Proteine sollten die Menschen Frösche, Schnecken und Fisch essen. Als Vitaminlieferant wurde ein Heißgetränk aus Piniennadeln empfohlen.

Ein anderes Memorandum vom 21. September 1944 enthielt Folgendes:

Der Führer hat angeordnet! Da der Kampf jetzt in großen Teilen auf deutschem Raum und in deutschen Städten ausgetragen wird und unsere Dörfer zu Kampfzonen geworden sind, muss unsere Schlacht fanatisch werden. In jedem Kampfgebiet muss unser Kampf mit äußerster Härte fortgeführt werden, indem jeder schlachtbereite Mann eingesetzt wird. Jeder Bunker, jede Nachbarschaft deutscher Städte und jedes deutsche Dorf muss zur Festung werden, an der der Feind blutet.

Es gibt nur zwei Optionen: die Position halten oder die totale Zerstörung.

Ich bitte die Gauleiter, ihre Bürger über die Notwendigkeit des Kampfes und seine Konsequenzen in Kenntnis zu setzen. Die Ernsthaftigkeit dieses

Kampfes kann sie dazu zwingen, ihre Habseligkeiten zu opfern, ja, gegebenenfalls zu zerstören. Dieser Kampf auf Leben und Tod des deutschen Volkes wird in seiner Schwere nicht bei Denkmälern und anderen kulturellen Werten haltmachen.

Selbst mit kaum vierzehn, als Bohnenstange, als Mädchen, dem der Hunger ins Gesicht geschrieben war, verstand ich den Irrsinn dieser Notiz. Sie sprach von all dem, was das Dritte Reich repräsentierte. Nutze die Menschen aus und – wenn nötig – ermorde jeden, zerstöre alles. Meine Augen schwammen, als ich an die schrecklichen Leiden der Menschen dachte, an die Verschwendung menschlichen Lebens. Die Unermesslichkeit des Ganzen. Wofür?

Ich wusste nicht, warum Huss diese Papiere hatte, aber eines war klar: Er war in das schmutzige Geschäft der Nazis verwickelt gewesen.

Zum ersten Mal seit Monaten grinste ich.

Am nächsten Nachmittag wartete ich im Vorgarten auf Huss. Ich hatte mich versichert, dass Mutti zu Hause war und die Fenster weit offen standen.

Ich hörte ihn, bevor ich ihn sah, die kurze Pause in seinen schlurfenden Schritten, als ob er darüber nachdenken müsste, sich vorwärtszubewegen.

»Hallo Herr Huss«, rief ich, sobald er um die Ecke kam.

»Hallo Lilly.« Er blinzelte mich an. Sein Ausdruck spiegelte diese Ungewissheit wider, die ich letzte Nacht gespürt hatte.

»Von jetzt an«, rief ich, mit einer Stimme, die trotz der aufmunternden Worte, die ich mir zuvor zugesprochen hatte, ein wenig zittrig war, »lassen Sie mich in Frieden. Ich habe etwas von Ihnen, etwas, das beweist, dass sie bei den Nazis waren. Sofern Sie nicht wollen, dass ich anderen davon erzähle, zum Beispiel Ihrem Chef oder der britischen Besatzung, lassen Sie mich in Ruhe.«

Huss ging an mir vorbei zum Haus, als sei ihm egal, was ich sagte. Aber dann drehte er sich abrupt um und sah mich an.

»Du kleine Hexe«, zischte er, »willst du mich zerstören?« Er öffnete den Mund, überlegte es sich dann jedoch anders. Oder vielleicht fiel ihm nichts Drohendes mehr ein.

»Von jetzt an halten Sie sich von uns fern.« Wie das ›uns‹ da hineingeraten war, wusste ich nicht. Aber irgendwie wollte ich Mutti und Burkhart auch einbeziehen.

Huss antwortete nicht und schloss die Haustür auf.

»Ich habe alles gut versteckt«, schrie ich hinter ihm her.

Als der Garten zu seiner Friedlichkeit zurückkehrte, kletterte ich auf die Buche. Ich lehnte mich gegen die Rinde, streichelte den riesigen Ast, auf dem ich saß, und beschwor ihn, seine Kraft mit mir zu teilen.

KAPITEL FÜNFUNDZWANZIG

Günter: Winter 1946/47

Tief gegen den eisigen Wind gebeugt, eilte ich hinter Helmut her. Von Weitem sahen wir wie Vogelscheuchen aus – unsere Jacken saßen schlecht und waren zusammengeflickt, unsere Hosen so kurz, dass die Knöchel herausschauten. Ich trug Socken in undefinierbarer Farbe, eine Kreation aus Mutters Stopfgarnen.

»Heute Abend habe ich nichts dabei«, sagte ich. Dabei ließ ich die Hände durch die Taschen wandern, als könnten sie einen versteckten Schatz ausfindig machen.

Helmut hielt einen Jutesack hoch. »Zwiebeln und Möhren von Oma.« Er räusperte sich. »Ach, was würde ich für eine Zigarette geben.«

Ich zog eine Grimasse. Rauchen war wie Geld aus dem Fenster werfen. Für fünf Zigaretten bekam man ein Kilo Brot — wenn man einen Bäcker fand. »Ich will lieber was zu essen. Der Krieg ist seit eineinhalb Jahren vorbei und wir bekommen immer noch nichts Ordentliches.« Ich steuerte um einen Haufen Schutt vor einem ausgebombten Haus. »Wie läuft die Arbeit? Siehst du dieses Mädchen noch, Gerda?«

»Arbeit ist in Ordnung.«

»Was ist mit Gerda?«

»Ihr geht's gut.«

»Erreichst du was bei ihr?«, fragte ich.

»Was meinst du?«

»Ist sie nicht achtzehn?«

»Na und?« Helmut zog die Schultern noch ein bisschen weiter nach vorn.

»Das ist alt genug, es zu tun.«

Helmuts Ohren brannten rot. »Du hast's noch nicht gemacht, oder?«

»Ich hab noch ein paar Monate bis zu meinem Geburtstag. Ich tu es bald.« Was hatte mein Geburtstag mit Sex zu tun? Aber es war eine willkommene Ausrede. Immerhin ging Helmut seit mehr als einem Jahr mit Gerda, während ich noch niemand Passenden kennengelernt hatte. Ich hatte sowieso keine Zeit für Mädchen.

»Wie wär's mit Sabine, Gerdas Freundin?« fragte Helmut. »Sie scheint dich sehr zu mögen.«

»Sie ist mit der halben Stadt zugange. Wahrscheinlich infiziert. Außerdem habe ich sie mit einem britischen Soldaten gesehen.«

Es war dämmrig, als wir am Grünewald, einer Nachbarschaft im Süden der Stadt ankamen. Hundert Meter weiter erhoben sich die roten Backsteinmauern von Zwilling J.A. Henckels. Im Schein einer von Stacheldraht umwickelten Glühbirne priesen die Leute ihre Waren auf einem leeren Grundstück an.

Ein Eimer Kartoffeln stand neben einer Kamera und drei Küchenmessern, deren gezahnte Klingen vor Fett glänzten, ein sicheres Zeichen dafür, dass sie aus einfachem Metall waren und nach Kontakt mit Wasser sofort rosten würden. Ein mürrisch aussehender Mann mit geschorenem Haar und einer blühenden Narbe auf der Wange wachte über einige in blutiges Zeitungspapier gewickelte Fleischbrocken. Er starrte auf seine Waren und hin und wieder nervös in Richtung Straße. Zwei Dutzend Männer und Frauen schlenderten oder lungerten herum, offensichtlich auf der Suche nach Schnäppchen. Eine ältere Frau verkaufte Stücke Butter. Einer ihrer Kunden hielt ein zerrupftes Huhn zur Inspektion hin. Es gackerte leise, während die Butterfrau seine federige Brust untersuchte.

Helmut hielt mir den Sack hin. »Willst du es versuchen? Du kannst besser handeln als ich.«

Mit einem Achselzucken ergriff ich den Beutel und steuerte auf die hintere Ecke zu, wo sich eine Sammlung von Glasflaschen im Dreck aufreihte. Dahinter lungerten zwei Jungen unseres Alters.

»Das ist richtiger Schnaps«, sagte einer der beiden, als wir näher traten. Selbst im dämmrigen Licht sah er schmierig aus, sein Haar war fettig, das Gesicht mit Pickeln übersät. Seine Augen glänzten, aber er wirkte ausgelaugt und kränklich.

»Du musst erst probieren«, flüsterte Helmut. »Da kann ja Wasser drin sein.«

»Was soll das heißen?«, schnaubte der picklige Junge. »Das ist gutes Zeug. Du kannst nichts trinken. Sonst ist die Flasche gleich leer.«

»Und wenn du lügst?« Aus dem Nichts brodelte Wut in mir hoch.

»Warum sollten wir lügen? Wir kommen öfter hierher.«

»Ich kaufe nichts von euch.« Damit drehte ich mich um und musterte die Butterfrau.

»Wie wär's mit Fleisch?«, meinte Helmut. »Aber wer weiß, was es wirklich ist.«

Ohne Warnung zerrte mich der picklige Kerl am Arm. »Bleib gefälligst weg, wenn du nichts kaufst.«

»Lass mich los!« Ich riss mich frei und schubste den Kerl aus dem Weg. Ich wollte gerade Helmut antworten, als die Faust des Jungen hart auf meiner Wange landete. Schmerz schoss in meine Stirn und in Richtung Kiefer. Ich schirmte meinen Kopf so ab, wie ich es beim Boxen gesehen hatte, und traf den Pickligen mit der Faust am Kinn. Mit wackelndem Kopf flog er zu Boden. Der zweite Bursche war Helmut auf den Rücken gesprungen, der versuchte, die Last loszuwerden, indem er sich im Kreis drehte.

»Komm schon«, knurrte ich. »Wenn du mehr willst, genau hier.« Ich zeigte auf mein Kinn.

Dem pickligen Jungen hingen die Haare über das Gesicht. Er richtete sich mühsam auf, schüttelte den Kopf und hob die Arme.

»Lügner«, schnaufte er durch die blutige Nase. Er sprang vorwärts und rammte die rechte Faust in meinen Magen.

Ich wollte mich krümmen, dem dumpfen Schmerz nachgeben, der meinen Bauch wie ein Mühlrad drehte, doch meine Faust hatte andere Ideen. Sie bohrte sich in die Augenhöhle des Jungen, der mit ungläubigem Ausdruck in die Knie sank.

Mehrere Pfeifen trillerten gleichzeitig.

»Stopp!«, schrie jemand. »Alle stehen bleiben.« Ein Schuss explodierte.

Von der Straße her rannten britische Soldaten auf den Markt.

»Helmut. Schnell!«, rief ich.

»Ich habe ihn gleich«, keuchte Helmut und schwang erneut den Arm.

»Militärpolizei. Wir müssen weg.«

Um uns sammelten die Schwarzmarkthändler hektisch ihre Waren ein. Frauen, Männer und Jugendliche stoben auseinander. Helmuts Gegner taumelte auf die Füße. Schnell ergriff ich zwei Flaschen.

Und hielt inne.

Unser Fluchtweg war abgeschnitten.

Der Mann mit der Narbe lag mit dem Gesicht nach unten im Dreck, zwei Polizisten standen mit gezückten Pistolen über ihm. Weitere Polizisten hatten die Straße abgesperrt. Jeeps und Laster verstopften den Fahrweg. Auf der Rückseite ragte eine zwei Meter hohe Mauer empor — zu hoch, um sie schnell erklimmen zu können. Das Haus hatte auf der Südseite eine Seitentür. Ich bezweifelte, dass sie unverschlossen war.

Vertrauen gehörte zur Vergangenheit. Die Menschen, selbst ehemals ehrliche, stahlen jeden Tag. Außerdem müssten wir den gesamten Markt überqueren und würden damit den Briten reichlich Gelegenheit geben, uns zu fangen. Ich sah mich im Gefängnis, Vaters wütendes Gesicht.

Gegen meine wachsende Panik ankämpfend, zog ich Helmut in Richtung der Ruine auf der Nordseite. Das Dach fehlte, die Wände waren teilweise eingefallen. Der Stuck war gerissen oder fehlte. Ich rannte hinter einen Haufen Ziegelsteine und Zement, die Reste des ehemaligen Hintereingangs. Entlang der Wand gab es mehrere ebenerdige Kellerfenster.

Ich ignorierte die Glasscherben und Holzsplitter und fiel auf die Knie. Die Öffnung war nur vierzig Zentimeter hoch. Was dahinter war, lag im Schatten und war nicht zu erkennen.

Das Trillern von noch mehr Pfeifen drang um die Ecke. Mir klopfte das Herz bis zum Hals. Jeden Moment würde uns die Militärpolizei finden. Ich hatte keine Wahl.

»Hier rein.«

Ich rutschte auf den Bauch und durch das Loch. Helmut folgte.

Innen roch es leicht rußig. Das Licht verlor sich entlang der eingefallenen Wand. Überall lagen Betonstücke und Ziegelsteine und Holzreste.

»Geh vom Fenster weg«, flüsterte Helmut in der Dunkelheit.

Mein Hals verengte sich. Die tintenschwarze Leere schien nach mir zu greifen. Ich konnte mich nicht bewegen.

»Hast du ein Licht?«, krächzte ich. Helmut hatte zweifellos weder Streichhölzer noch Feuerzeug, doch meine Frage lenkte mich von der wachsenden Panik ab, dem Gefühl, zu ersticken. Die Angst und Enge, das Jammern der Nachbarn im Bunker hatten mich verrückt gemacht. Jetzt würgten mich dieselben geisterhaften Hände.

»Wenn sie mit einer Lampe hier reinscheinen, sehen sie dich«, sagte Helmut.

»Ich höre nichts.«

Tatsächlich war es seltsam still. Ich riss meine Augen so weit wie möglich auf, aber der Druck auf meiner Brust blieb. Die Wand unter dem Fenster war feucht und schimmelig und ich sehnte mich nach einem Hauch frischer Luft.

»Vielleicht warten sie auf uns.« Helmuts Stimme klang hohl in der Düsternis.

Ich kämpfte gegen den Nebel hinter meiner Stirn und spitzte die Ohren in der Hoffnung, die Polizei wäre anderweitig beschäftigt. Nichts als hohle Stille. Ich wollte raus.

Minuten dehnten sich ins Unendliche.

»Ich schlage vor, wir gucken nach«, quiekte ich. »Sie sind bestimmt weg.«

Ohne auf Helmuts Antwort zu warten, kraxelte ich durch das Fenster. Meine Handflächen bluteten, als ich mich draußen aufrichtete. *Atme.* Ein, aus, ein, aus. Ich kroch vorsichtig zur Hausecke — und seufzte erleichtert auf. Der Platz war verlassen.

»Ich weiß, wo wir hingehen können«, sagte ich, als ich Helmut neben mir spürte. Dabei klopfte ich mir auf die Jacke. Die Flaschen waren unversehrt.

Neben einer verlassenen Villa hatte eine vereinzelte Bombe einen fünfzehn Meter weiten Krater in den Boden gerissen. Die Hauswand war daraufhin eingefallen. Das Loch im Erdreich sah in der Dunkelheit endlos aus. Wir kletterten von der Straßenseite her durch die ebenerdigen Fenster, wobei uns die Gaslaterne auf der anderen Straßenseite ausreichend Licht spendete.

Glas knirschte unter unseren Schuhen und wir sahen uns nach einem geeigneten Sitzplatz um. Der Raum war völlig leer — selbst die Holzböden fehlten — und die Decke hing schief.

Ich reichte Helmut eine Flasche, sank auf den Boden und nahm einen tiefen Schluck. Die scharfe Flüssigkeit brannte im Hals, ätzte ein feuriges Muster in meinen Magen.

»Die waren vielleicht dämlich.«

»Wer?« Helmuts Schlucken echote durch das Zimmer.

»Die Jungs mit dem Schnaps.«

»Total blöd.«

Ich schmatzte mit den Lippen. »Das ist nicht schlecht.« Mein Mund war warm und der Alkohol betäubte meine Zunge. Hitze verbreitete sich auf meinem Gesicht und ließ mich die Prellung, die der Junge mir verabreicht hatte, vergessen.

»Wer hätte das gedacht?«, fragte Helmut.

»Sahen wie Schufte aus. Hätte Wasser sein können.«

»Genau.« Helmut rutschte über den Boden, um seinen Rücken an die Überreste der fleckigen Tapete zu lehnen. »Wer wohl hier gelebt hat?«

»Ich würde gern ein Feuer machen.«

»Das wäre schön.«

»Glaubst du, sie haben die Jungs festgenommen?«

»Wen?« Helmut nahm einen Schluck. Die Flasche schwappte und klirrte auf dem Steinboden.

»Die Kerle mit dem Schnaps.«

»Wahrscheinlich.«

»Geschieht ihnen recht.« Ich trank erneut. Es ging mir gut. Die Wärme war bis zu den Fingern gezogen, der Schmerz in der Wange abgeklungen. Ich bewegte die Zehen in meinen Schuhen. Sie waren eng.

»Wo hatten sie das Zeug wohl her?«

»Bestimmt geklaut.«

Bis auf klirrendes Glas zwischen den Schlucken wurde es still. Der Raum schrumpfte, erwärmte sich, seine Schatten wurden mit der Zeit vertraut. Menschen hatten hier gelebt, auf einem Sofa gesessen und Radio gehört. Es war kaum vorstellbar. Ich dachte an Hans. Er war immer noch schweigsam, aber er hatte es geschafft, einen Ausbildungsplatz zum Elektriker zu bekommen. Ich nahm an, dass die ruhige, oft einzelgängerische Arbeit ihm guttat.

Ich setzte mich gerade hin. »Warum traust du dich nicht mit Gerda?«

Stille. Helmut hob die Flasche. Die Flüssigkeit schwappte.

»Helmut?«

»Was?«

»Du hast mich gehört«, sagte ich.

Helmut nahm einen weiteren Schluck und setzte die Flasche

hart auf. Er murmelte etwas, dass ich nicht verstand.

»Was?«

»Warum willst du das wissen?« Helmut klang irritiert.

»Bin neugierig.«

Wieder Stille.

»Helmut?«

»Ich will jetzt nicht reden.«

»Fein«, sagte ich, »tut mir leid. Ein Feuer wäre schön.«

Helmut lehnte sich zur Seite und inspizierte eine Wandöffnung. »Sieht aus, als hätten sie einen Ofen gehabt. Ich liebe Kohlenfeuer.«

»Und was zum Rösten obendrauf.« Ich nahm einen Schluck. Schnaps tropfte mir vom Kinn. Ich wischte ihn mit dem Ärmel ab. Taubheit machte sich in mir breit, meine Arme und Beine wurden schwer. Die Erde zog mich nach unten. Ich entspannte mich, war beinahe fröhlich.

In der erneuten Stille wanderten Gedanken durch meinen Kopf, entglitten, bevor ich sie festhalten konnte. Die Erinnerungen an Rolf Schlüter und den kleinen Paul, die Tatsache, dass kein einziger Klassenkamerad heimgekehrt war, rückten ebenso in die Ferne wie meine Sorgen um das tägliche Essen.

Jedes Mal, wenn ich etwas sagen wollte, schlüpfte der Satz außer Reichweite. Die aus dem Zementboden aufsteigende Kälte war warm wie unser altes Sofa zu Hause.

»Wir haben es ihnen gezeigt«, kam es aus mir. Ich wollte aufspringen und herumhüpfen, doch meine Glieder bewegten sich nicht.

Helmuts Schnauben driftete herüber. »Genau.«

Ich rülpste. Dann Helmut.

Ein Rülpswettkampf begann. Kichern echote durch die Finsternis.

»Ich erkläre mich zum Gewinner«, rief Helmut und ging auf alle Viere. »Ich muss pissen.«

»Ich auch, Rülpsmeister.« Als ich mich aufrichtete, drehten sich die Wände. Ich lachte wieder und tastete nach etwas Festem. Mich verschätzend, stolperte ich und fiel gegen die Fensterbank. »Dieses Zimmer soll aufhören, sich zu drehen.«

»Weißt du, warum wir es nicht tun?« Helmuts Stimme war scharf.

»Was?«

»Gerda und ich, miteinander schlafen, du Arsch.«

»Warum?« Wegen des Wirbelwinds in meinem Kopf hörte ich nur halb zu. Es war, als stände ich außerhalb meines Körpers, sähe hinein und beobachtete, wie sich meine Gedanken wie zerbröselnde Steine in der Wüste auflösten.

Helmut war einen Moment still. »Finde keine Kondome. Gerda tut es nicht ohne … *Schutz*.«

»Heck, wenn das alles ist, dann finden wir eben Pariser für dich.« Ich kletterte durch das Fenster. »Mann, ist mir schwindlig.«

»Leichter gesagt als getan. Ich hab's versucht, aber … es ist peinlich. Hallo, haben Sie zufällig Kondome?« äffte er. »Meine Eltern dürfen das auf keinen Fall wissen.«

»Versuch's doch in der Apotheke.«

»Die haben nichts. Du kannst froh sein, wenn du da Pflaster bekommst.«

»Scheiße.«

»Was?«

»Ich bin voll«, sagte ich.

Helmut kroch über die Fensterbank. »Ich merke nichts.«

»Ja, bestimmt.«

»Ich kann nicht aufstehen.« Helmut saß auf dem Sims, ein Bein drinnen, eins draußen.

»Dann bleib eben hier«, kicherte ich. »Ich hole dich morgen ab.«

»Warum hilfst du mir nicht?«, lallte Helmut. Er zog an seiner Hose und sackte wieder zusammen.

»Also gut, ich komme … zur Rettung.« Ich taumelte nach vorn und stützte mich am Fensterrahmen ab. Im Schatten der Laterne war wenig zu sehen, also fummelte ich blind an Helmuts Rücken. »Versuch's mal.«

Helmut richtete sich abrupt auf. Das Geräusch von reißendem Stoff zerschnitt die Stille. »Scheiße.«

Ich krümmte mich vor Lachen, wobei der Boden schon wieder ins Schwanken geriet. Helmut befühlte seinen Hosenboden. Ein Stück Stoff hing lose und gab den Blick auf seine Unterhose frei.

»Idiot. Warum hast du mir nicht geholfen?«

»Hab ich doch.«

»Meine gute Hose. Mutter bringt mich um.«

»Ist doch egal. Sie kann es flicken.« Ich taumelte zum Rand

des Bombenkraters. »Mal sehen, wer bis unten trifft.«

Helmut stellte sich schwankend neben mich. »Mann, ich muss vielleicht pinkeln.«

Bis auf ein Plätschern wurde es still.

Ich knöpfte die Hose zu. »Sollen wir heimgehen? Ich hole die Flaschen.«

Helmut schwieg.

Ich kletterte zurück ins Haus. Das Zimmer drehte sich und ich stolperte erneut. Glas zerbrach und Alkoholdämpfe stiegen auf.

»Was ist passiert?« Helmuts Stimme schien von weither zu kommen.

»Keine Ahnung. Muss gegen die Flasche getreten haben. Ist kaputt.« Meine eigene Stimme klang dumpf, als spräche ich durch ein Kissen. »Wo ist deine?«

»Weiß nicht. Wo ist eigentlich der Sack mit dem Gemüse?«

»Ich dachte, du hättest ihn mitgenommen. Ich finde die Flasche nicht.« Ich sank auf die Knie. Die plötzliche Übelkeit war überwältigend, mein Magen schien sich auflösen zu wollen.

»*Du* hattest den Beutel. *Du* wolltest handeln.«

Ich schluckte, versuchte, nicht zu würgen. »Ich muss ihn fallengelassen haben. Warum hilfst du mir nicht, die Flasche zu suchen?«

Helmut kletterte rein. »Also gut. Ich finde sie. Warum hast du das Essen dagelassen? Jetzt haben wir nichts, das wir mit nach Hause nehmen können.«

»Mann, ist mir schlecht.« Ich hielt mir die Stirn. »Nimm den Schnaps. Ich muss mich setzen.« Meine letzten Worte schienen von einem Fremden zu kommen, meine Zunge war wie gelähmt.

Helmut kroch herum. »Hier ist sie. Ich wusste es. Sollen wir gehen?«

Schweiß tropfte von meinen Schläfen und ich lehnte mich gegen die Wand. Mir war gleichzeitig heiß und kalt. Ich wollte mich ausruhen, nur für einen Moment die Augen schließen. Mein Atem rasselte, schien ein Echo zu bilden und lauter zu werden, meinen Kopf in einen Ballon zu verwandeln. Ich vergaß, was ich tun wollte. Das Leben zog sich zurück, wurde undeutlich und verschluckte mich. Nichts war wichtig. Ich schlief ein.

Kurz vor der Dämmerung, wenn die Nacht am kältesten ist, wachte ich auf. Ein Vorschlaghammer kreiste in meinem Gehirn. Ich versuchte, zu schlucken, aber meine Zunge war geschwollen und steif, meine Zähne pelzig. Ein Feuer brannte in meinem Magen, doch Beine und Rücken schmerzten vor Kälte. Mir wurde übel, Galle stieg mir in den Mund. Ich kroch in Richtung Fenster und übergab mich. Krämpfe malträtierten meinen Magen, strahlten in den Darm und zum Hals aus. Mehr spucken. Endlich lehnte ich mich zurück, hoffte, das Pochen in meinem Hirn würde schwächer.

»Steh auf«, flüsterte ich.

Helmut murmelte etwas, rührte sich aber nicht.

Ich zog mich mühsam hoch und setzte mich auf den Fensterrahmen. »Wir gehen. Ist zu kalt.«

»Lass mich schlafen.«

Ich bewegte meine tauben Zehen. »Mir ist eiskalt.«

»Warte, ich komme — lass mich erst mal aufwachen.«

Das erste Licht kroch über den Horizont, als wir in unserer Nachbarschaft ankamen. Helmut verschwand um die Hausecke und ich betrat unsere Wohnung. Zitternd, mit einem Vorschlaghammer im Kopf und mit leerem und bitterem Magen, kletterte ich ins Bett.

Als ich in den Schlaf glitt, fühlte ich mich so dünn und hohl wie ein Geist.

KAPITEL SECHSUNDZWANZIG

Lilly: Juni 1947 bis Juni 1948

Mutti lehnte im Türrahmen der Küche. »Du musst Arbeit finden und uns unterstützen. Du bist alt genug.«

»Ich will weiter zur Schule gehen oder eine Ausbildung machen«, sagte ich. Zu meiner Frustration war die Volksschule zu Ende. Wenn man die Kriegsjahre mitzählte, die vielen ausgefallenen Stunden, hatte ich acht Jahre abgeschlossen.

»Du weißt ganz genau, dass wir uns das nicht leisten können.«

Wir könnten es, wenn du arbeiten gingest. Ich biss mir auf die Lippe und sagte nichts.

Mit fünfzehn war ich zu jung, eine reguläre Stelle anzutreten. Für uns Frauen hatte sich das Dritte Reich das Pflichtjahr ausgedacht, während dem junge Mädchen in fremden Haushalten *Erfahrung* sammeln sollten, was normalerweise bedeutete, dass sie die Häuser reicher Familien schrubbten. Inzwischen gab es zwar kein Pflichtjahr mehr, aber das schien Mutti entgangen zu sein.

Ich sah die Frau an, die meine Mutter war, ärgerte mich, dass ich mich immer noch nach ihrer Zustimmung und Liebe sehnte, obwohl ich wusste, dass sie mein Verlangen nicht verdiente. Sie war gealtert und trotzdem … Schlank, wie sie war, sah sie gut aus. Da war etwas in ihren Augen und ihrem Auftreten, was Männer anlockte wie im Herbst der Pflaumenkuchen die Wespen.

»Ich habe heute mit Frau Schneider, der Eigentümerin von Café Schneider, gesprochen. Sie braucht jemanden, der sich um das Baby kümmert, ein Kindermädchen. Sie erwartet dich übermorgen um elf zum Gespräch.«

Ich wusch schweigend mein Nachthemd aus, weil ich Angst hatte, zu explodieren, wenn ich den Mund aufmachte. Mein Leben schlitterte immer mehr aus der Bahn. Wenn es überhaupt je in einer Bahn verlaufen war, eine Richtung gehabt hatte. Ich hatte die Nase voll von niedriger Arbeit und war wütend über Muttis Geldbesessenheit und ihren offensichtlichen Drang, mich schuften zu sehen.

»Und wenn ich nicht gehen will?«, murmelte ich gegen die Wand.

»Was hast du gesagt?«

»Nichts!« Ich warf die Etagentür zu und trug die nassen Sachen zum Trocknen in den Keller. Huss' Tür war geschlossen, der Vorhang still. Er hatte uns kein einziges Mal belästigt, seit ich seine Hakenkreuze gestohlen hatte.

Zwei Tage später nahm ich den Bus nach Widdert, einem ruhigen Stadtteil im Süden Solingens. Schneiders Café war beliebt, besonders an den Wochenenden. Von hier führten Wanderwege ins bergische Land und ins Tal der Wupper. Nachmittags lockte Café Schneider mit Kaffee und Kuchen, Deutschlands beliebtestem Zeitvertreib. Freitag- und Samstagabend war es *der* Ort zum Tanzen. Livemusik half den Menschen, zu vergessen — mitsamt Strömen von Nachkriegsbier. Viele zahlten mit Zigaretten und ständig wachsenden Mengen an Reichsmark.

Außer dass ich mit Mutti fertigwerden musste, war es daheim ruhig. Seit meinem Diebstahl atmete ich jeden weiteren Tag etwas leichter. Am Anfang hatte ich mir oft Sorgen über die Konsequenzen gemacht, hatte mir vorgestellt, wie Huss Rachepläne schmiedete. Aber inzwischen vermutete ich, dass seine dreckige Vergangenheit mächtig genug war, ihn zurückzuhalten. Ich erzählte Mutti nie davon, und manchmal fragte ich mich, ob sie etwas vermutete und sich wunderte, warum Huss sie in Frieden ließ.

Soweit es mich anging, war mir ein neues Leben beschieden worden. Ich fühlte mich innerlich stärker, mit einem neuen Gefühl der Kontrolle, das ich vorher nicht gekannt hatte. Es war berauschend und es machte mein Leben – abgesehen von dem anhaltenden Nahrungsmangel – fast tolerabel. Zwei Jahre nach

Kriegsende hatten wir immer noch so gut wie nichts. Schwarzmärkte wimmelten von heruntergekommenen, handelnden Menschen, die das äußerste Versorgungsminimum suchten und ihre Familienerbstücke verscheuerten.

Der Mangel und die tägliche Suche nach Essen zehrten an mir. Das konstante Nagen in meiner Mitte war wie ein Geist, der mir folgte. Wie ich das Rationieren jedes Bissens hasste. Ich wollte essen, bis ich satt war — nicht jeden Happen messen und ein paar Löffel auf dem Teller herumschieben, immer wieder Wasser trinken, um meinem Magen die Illusion der Fülle zu geben.

Es war fast so schlimm, wie meinen Bruder zu beobachten. Auch er war mager geworden, seine Wangenknochen zeichneten sich scharf ab und seine Schulterblätter stachen unter dem Hemd hervor.

Heimlich hoffte ich, meine neue Stelle würde Gelegenheit für Extrarationen bieten. Das war der Grund, so sagte ich mir, dass ich eingewilligt hatte.

Meine Handflächen schwitzten, als ich mich dem Café näherte. Ich hatte mich sorgfältig angezogen, trug mein bestes Kleid mit dem gestärkten weißen Kragen. Es war schwierig, gut auszusehen, wenn man nichts Ordentliches besaß.

Meine Füße schmerzten. Die einzigen *Damenschuhe*, die ich hatte, waren flach mit verschrammten Spitzen und schiefen Absätzen und eine halbe Nummer zu klein.

»Bitte sehr?« Das Mädchen hinter dem Tresen sah mich erwartungsvoll an. Ihr Blick sprang von meinem Gesicht nach unten und verweilte etwas zu lange auf meinem Kleid.

»Ich habe einen Termin mit Frau Schneider«, sagte ich und verlieh dabei meiner Stimme eine Kraft, die ich nicht fühlte.

Frau Schneider war in den Dreißigern, allerdings hatten Kuchen und Süßes ihre Spuren auf ihren runden Hüften hinterlassen. Während die meisten Deutschen seit Jahren hungerten, schien den Schneiders nichts zu fehlen.

»Du bist Lilly?« Frau Schneider musterte mich von oben bis unten. »Deine Mutter hat mir erzählt, du seist eine akkurate Haushaltshilfe. Stimmt das?«

»Ja«, sagte ich und unterdrückte den Wunsch, mit den Augen zu rollen. Frau Schneiders Blick war auf meinen Füßen gelandet.

»Du bist schrecklich jung.« Zweifel schwangen in Frau Schneiders Stimme mit. »Hast du Arbeitserfahrung?«

»Ich kümmere mich um meinen kleinen Bruder und um unsere Wohnung.«

»Aha.« Sie hielt inne. »Lassen wir es uns für ein paar Wochen versuchen«, fuhr sie schließlich fort. »Ich zeige dir das Haus.«

Die Schneiders wohnten hinter und über dem Café. Eine Seitentür führte zu Küche und Wohnzimmer. Die Schlafzimmer waren oben, die Räume groß, jedoch muffig mit einer Sammlung von Sofas und Stühlen. Dunkelgrüne Tapeten schluckten das Licht und der schwere Buffetschrank aus Kirschholz war mit ungleichen Gläsern und Porzellan vollgestopft.

Ich fragte mich, warum der Angriff das Porzellan der Schneiders verschont hatte. Die Oberflächen der Schränke standen voller Töpfe, Pfannen und Vasen. Ungewaschenes Geschirr türmte sich im Spülstein. Fliegen schwirrten in der Frühsommerhitze.

»Meinst du, du kannst unser Haus in Ordnung halten?«, fragte Frau Schneider.

Ich holte tief Luft. »Ich dachte, ich sollte auf ein Baby aufpassen.« Ich hatte kein Kind gesehen, obwohl Spielsachen auf dem Teppich im Wohnzimmer lagen.

»Wir brauchen auch im Haushalt Hilfe.« Frau Schneider trat nachlässig über einen Berg Schuhe. »Wenn du es nicht schaffst, finden wir jemand anderes.«

»Ich mach es.«

Erst auf dem Heimweg fiel mir ein, dass das Thema Bezahlung nie erwähnt worden war. Mir war es zu peinlich, umzukehren.

Am nächsten Morgen traf ich um acht Uhr bei den Schneiders ein. Wie die Küche, so ertranken auch die anderen Zimmer im Chaos. Ich begann, das Elternschlafzimmer zu reinigen. Ein riesiges Eichenbett dominierte den Raum und ich musste auf die Matratze klettern, um die Kissen zu erreichen.

Stühle, Betten und Kommoden bogen sich unter Wäsche und Kleidung. Noch mehr lag auf dem Boden. Es sah aus, als wäre seit Monaten kein Staub gewischt worden. Aufgrund der abgestandenen Luft öffnete ich die Fenster weit und atmete tief. Es war ein schöner Tag. Der Wind trug die Aromen des frühen Sommers herein.

»Was machst du denn?« Frau Schneider stand in der Tür und prüfte das Zimmer. Die Betten waren gemacht, Röcke und Anzüge sortiert, ordentlich aufgehängt oder in der Wäsche. Die Schränke hatten ihre Staubhauben eingebüßt.

Ich knickste. »Ich lüfte das Zimmer.«

Frau Schneiders Miene versauerte sich. »Ist das wirklich notwendig?«

Ich zuckte mit den Schultern, unsicher, wie ich darauf antworten sollte. Wie konnte ich erklären, dass der Raum nach ungewaschenen Sachen stank? »Ich musste den Staub ausschütteln«, murmelte ich.

»Ach so. Mach das Badezimmer als Nächstes.«

Mein Herz sank, als ich ins Bad trat.

Nach einer Stunde Schrubben rief mich Frau Schneider zum Mittagessen. Es bestand aus altem Kuchen vom Vortag und einigen Scheiben Weißbrot. Ich kaute wortlos. Der weiche Teig klebte am Gaumen, der Kuchen machte mich durstig und ich schluckte zwei Gläser Wasser.

Während das Baby von Frau Schneider oder einer der Großmütter umhegt wurde, durfte ich im Keller Wäsche bearbeiten.

Nachdem ich die schmutzigen Sachen aus den Schlafzimmern geholt und zu den Wäschebergen im Keller hinzugefügt hatte, sah es so aus, als ob ich den Rest meines Lebens hier unten verbringen würde. Zuerst musste ich unter dem Waschbottich — einem riesigen Steintopf — Feuer machen. Dann ging es ans Sortieren: weiß, bunt und dunkel, empfindlich oder nicht, gefolgt vom Zubereiten des Waschwassers, Einweichen, Rühren und Ausspülen. Es war fast sechs Uhr, als endlich alles sauber war. Meine Arme schmerzten und waren taub von der Strapaze. Morgen würde ich alles draußen aufhängen.

»Ich geh jetzt«, sagte ich in Richtung Küche.

Die Schneiders saßen beim Abendessen — die Düfte von Bratkartoffeln und Schweinebraten machten mich schwindelig. Mein Magen rumpelte in der augenblicklichen Stille. Das zuckrige Mittagessen hatte nicht bis zum Nachmittag angehalten. Ich rannte fast aus der Tür.

»Bis morgen«, rief Frau Schneider hinter mir her. »Sei pünktlich.«

Meine erste Bezahlung nach einer Woche reichte gerade für einen Besuch im Lebensmittelladen. Nächstes Mal würde es dank der galoppierenden Inflation noch weniger sein. Mutti nahm sofort das Geld und eilte zu den Geschäften. Sie hatte jeden Tag gefragt und als ich endlich mit meinem Lohn eintraf, hatte Mutti ihn vorsichtig abgezählt, bevor die Scheine in ihrer Schürzentasche verschwunden waren.

Zusätzlich erhielt ich Kuchen und Brot vom Vortag. Am Anfang war es eine willkommene Abwechslung, aber nach ein paar Wochen gingen mir die süßen Sachen und das weiße Brot auf die Nerven. Nur Burkhart schien die immerwährende Versorgung mit Leckereien zu gefallen. Ich hätte ein Stück Schwarzbrot vorgezogen, am besten mit Butter.

»Ich habe morgen Gäste, also brauche ich ein paar Dinge.« Mutti sortierte die Scheine. »Wieso ist es weniger als letztes Mal?«

»Ich habe weniger gewaschen.«

»Tatsächlich?«

Während Mutti am nächsten Abend feierte, gab ich Burkhart in der Küche ein Stück Roggenbrot. »Hier, was Gutes zu essen.«

Burkhart schnüffelte. »Mmmh.«

»Aber nichts verraten. Ich hab's vom Café.«

Die meisten meiner Aufgaben bestanden aus Putzen, Waschen und Reparieren. Obwohl ich hart arbeitete, war es immer gleich wieder schmutzig. Die Schneiders schienen Dreck anzuziehen. Nur das Badezimmer benötigte weniger Aufmerksamkeit, weil ich jeden Tag durchwischte. Aber egal, wie viel ich tat, ich schien nie Fortschritte zu machen.

Der Keller mit seinen Bergen Wäsche war am schlimmsten. Meine Arme wurden stark und muskulös von der Anstrengung, die Kleider mit einem langen Holzlöffel im heißen Wasser zu rühren. Die körperliche Arbeit verbrauchte weit mehr Kalorien, als ich aufnahm, und ich wurde noch dünner.

»Wir brauchen ausnahmsweise Hilfe im Café«, sagte Frau Schneider eines Tages. »Du kannst die Wäsche morgen machen. Ich gebe dir ein Kleid und eine Schürze.«

Ich wischte mir die Seifenblasen von den Händen und folgte Frau Schneider nach oben. Als ich im schwarzen Kleid und weißer Schürze das Café betrat, machte Gabi, das Mädchen hinter der Theke, ein langes Gesicht.

Frau Schneider zog die rechte Augenbraue in die Höhe und meinte, »Lilly wird dir helfen. Ich kann nichts dafür, dass Lena krank ist.«

»Aber sie kann doch nichts.« Gabi warf mir dabei einen gehässigen Seitenblick zu. »Ich wette, sie kann nicht mal zählen.«

Frau Schneider zuckte mit den Achseln. »Dann musst du es ihr zeigen.«

Mehrere Kunden standen bereits vor der Kuchentheke und starrten uns an.

»Schau zu, wie es geht«, zischte Gabi. Sie drehte sich zur Theke und pflasterte ein Lächeln auf ihr Gesicht. »Bitte schön?«

Innerlich kochend, schwor ich mir, Gabi zu übertreffen. Sie hatte offensichtlich zu viel Kuchen gegessen, ihr schwarzer Rock war eng wie eine Wurstpelle.

Erdbeerkuchen, Buttercremetorte, Walnuss- und Schokoladenkuchen strömten im Austausch für Reichsmark, Zigaretten und Lebensmittelkarten an mir vorbei. Nach dem katastrophalen Bezugsscheinsystem des Dritten Reiches funktionierte das neue System der britischen Besatzung kaum besser.

Offiziell war jeder Deutsche berechtigt, eintausendfünfhundertfünfzig Kalorien pro Tag zu sich zu nehmen. Allerdings gab es die meiste Zeit weniger als die Hälfte für jeden und die Läden blieben nach wie vor fast leer.

Wenn man sich umsah, war das nicht überraschend. Wie die meisten Städte lag Solingen weiter unter Trümmern begraben. Die Aufräumarbeiten gingen im Schneckentempo voran. Viele Bauernhöfe hatten nicht genug Hilfe und es gab nur noch wenige Produktionsstätten.

Die Inflation machte alles noch schlimmer. Viele Läden wie das Café Schneider passten ihre Preise jeden Tag an, manchmal zweimal täglich.

»Ich kann es«, sagte ich, nachdem ich ein paar Minuten zugeschaut hatte.

»Mach bloß keine Fehler.« Gabi blitzte mich an, was ihr rundes Gesicht wie Brotteig zusammenzog. »Sonst sag ich's Frau Schneider und du fliegst raus.«

Ich schluckte meinen Kommentar hinunter und ging an die Arbeit.

Nach kurzer Zeit hatte ich alles im Griff. Ich addierte Bezugsscheine und Reichsmark, sortierte Zigaretten, packte Kuchen und machte die Bestellungen fertig, indem ich Kuchen auf Teller platzierte, Kaffee und Tee in Tassen schüttete.

Frau Schneider schien zufrieden mit meiner Arbeit zu sein, denn ab diesem Tag wurde ich regelmäßig dazu geholt. Es ersparte den Schneiders ein Serviermädchen, dadurch hatten sie mehr Geld in ihren Taschen und für mich war es besser als Putzen. Aber die Wäsche wartete auf mich. Am Anfang hoffte ich darauf, permanent ins Café zu wechseln, doch dazu kam es nicht und der Schmutz und die Wascherei hörten nie auf.

Ein Jahr später hatte sich nichts geändert. Obwohl das Café gut lief, weil Fabriken die Produktion wieder aufnahmen und mehr Menschen Arbeit hatten, erhöhte Frau Schneider meine Bezahlung nur mäßig.

Eines Tages öffnete ich die oberste Schublade der Kommode, um saubere Wäsche zu verstauen. Auf der gesamten linken Seite stapelten sich Reichsmarkscheine. Es war mehr Geld, als ich je gesehen hatte. Ich räumte die Wäsche ein und schloss die Schublade wieder. Ich hätte mir einfach sagen können, dass von den Schneiders zu stehlen dasselbe war wie Herrn Flugs Portemonnaie und Huss' Dreck. Aber ich wusste, dass es *nicht* dasselbe war. Auf dem Weg nach Hause kam mir jedoch eine andere Idee.

Beim Abholen der Bezugsscheine hatte ich ein Mädchen kennengelernt, das in meiner Nachbarschaft wohnte. Es hieß Gerda und war, obwohl sie vier Jahr älter war als ich, immer freundlich zu mir, ohne überheblich zu sein. Sie trug schöne Sachen und hatte dichtes braunes Haar mit dazu passenden braunen Augen. Ich mochte sie sehr. Gerda arbeitete bei der Druckerei Ullrich und es schien ihr Spaß zu machen.

»Ich brauche deine Hilfe«, sagte ich, als ich Gerda am folgenden Abend auf der Straße traf. Es war wieder eine lange Woche gewesen. »Ich habe in der Zeitung gesehen, dass die Druckerei Mitarbeiter sucht. Bei den Schneiders ändert sich nie was. Ich hasse es.« Ich seufzte. »Könntest du ein gutes Wort für mich einlegen, wenn ich mich bewerbe? Ich kann alles lernen. Und ich bin superstark.«

Gerda lachte und zwickte in meinen Oberarm. »Ich glaub's dir. Werde Helmut fragen. Er ist schon eine Weile dort.« Helmut war Gerdas Freund und sie sprach ständig von ihm.

»Das wäre toll.«

Vier Wochen später fing ich bei Ullrich an. Das Einstellungsgespräch war einfach gewesen. Ich hatte meine vorherige Arbeit beschrieben und gesagt, warum ich von dort weg wollte. Die Firma bot mir eine Position in der Buchbinderei an, deutete an, es gäbe Aufstiegsmöglichkeiten, wenn ich mich gut schickte.

Jeden Morgen schellte ich an Gerdas Haustür und wir gingen gemeinsam zur Arbeit.

»Willst du Helmut kennenlernen?«, fragte Gerda am ersten Tag. »Als Schriftsetzer fängt er bereits um vier Uhr morgens an.« Gerdas Stimme war voller Stolz. »Er ist ein Ass in Rechtschreibung.«

Am Mittag trafen wir uns mit ihm. Er war anders, als ich ihn mir vorgestellt hatte. Groß und schlaksig, mit sandfarbenem Haar, das sich trotz seines jungen Alters bereits lichtete. Er strahlte mich aufmunternd an.

»Schön, dich kennenzulernen.« Schwarz gefärbte Finger streckten sich mir entgegen. »Keine Angst, das geht nicht ab.«

Gerda kicherte. »Nur mit Spezialseife.«

»Danke für deine Hilfe.« Meine Hand verschwand in Helmuts schwarzer.

»Kein Problem, war hauptsächlich Gerda.« Helmut schlang einen langen Arm um Gerdas Schultern und warf einen Blick auf die Wanduhr. »Wir sollten zusammen ausgehen, aber jetzt muss ich los.«

Mutti sagte nur wenig zu meinem Arbeitsplatzwechsel. Vor allem, weil mein Einkommen gewachsen war. Ich behielt ein wenig Geld für Brot zurück und teilte es mit Burkhart, während Mutti in Schnaps und Unterhaltung investierte.

»Hast du von der Demonstration vor dem Rathaus gehört?«, fragte Lotte, eine meiner Kolleginnen am nächsten Morgen. »Tausende haben gegen die schrecklich niedrigen Lebensmittelrationen protestiert. Die britische Besatzung versucht, Hamsterer zu finden und verhaftet die Schwarzmarkthändler. Ich weiß genau, dass die Läden ihre Waren verstecken, selbst Kartoffeln und Kohle.« Lottes Wangen brannten vor Wut.

»Ich hoffe, es ändert sich bald was«, sagte ich, in Gedanken bei unseren leeren Küchenschränken.

»Es heißt, es solle eine neue Währung geben und jeder bekomme neue Geldscheine«, sagte eine andere Frau.

»Wie viel?«, fragte ich.

»Vierzig Deutsche Mark. Und sie wollen unsere Ersparnisse

wechseln, allerdings nur zehn zu eins.«

Ich kalkulierte schnell. Nicht, dass ich Ersparnisse gehabt hätte, aber das neue Geld würde helfen. Ich würde mir endlich neue Schuhe kaufen — wenn ich welche fand.

Am 20. Juni 1948, dem Tag, an dem die Deutsche Mark eingeführt wurde, verwandelte sich Solingen über Nacht. Nachdem ich zwei Stunden lang angestanden hatte, war ich die stolze Besitzerin von vierzig neuen D-Mark. Das Papier raschelte in meiner Faust und ich roch daran. Ich wollte nur Schuhe und mehr Essen.

»Ich brauche deinen Anteil«, verkündete Mutti, sobald ich daheim eintraf.

»Ich brauche Schuhe. Meine Füße tun weh.«

»Und was ist mit unserer Familie?«

Welche Familie? Wenn wir eine Familie waren, war ich die Königin von England. Trotzdem hielt ich inne, wägte ab, ob es Sinn ergab, Muttis Schnapseinkäufe zu erwähnen, die den letzten Pfennig kosteten. »Ich kaufe neue Schuhe, und du bekommst den Rest.«

Ausnahmsweise blieb Mutti still und ich ging am nächsten Abend nach der Arbeit einkaufen. Meine Augen fielen mir fast aus dem Kopf, denn jedes Schaufenster war mit Waren gefüllt.

Neun Jahre lang hatte die deutsche Wirtschaft darniedergelegen. Deutschlands Bürger hatten mit immer weiter schrumpfenden Rationen auskommen müssen und über viele Jahre hinweg Hunger gelitten. Hunderttausende Geschäfte waren stillgelegt worden, alle Produktionskapazitäten in den Krieg geflossen.

Jetzt bogen sich die Regale unter dem ungewohnten Gewicht von Brot, Nudeln, Schokolade, Fleisch, Marmelade und Käse. Gemüse und Kartoffeln ergossen sich aus Körben.

Die Menschen starrten verwundert, viele schüttelten die Köpfe. Kleidung für Männer und Frauen, modische Hüte, Handschuhe und Portemonnaies lagen aus. Bücher, Töpfe und Pfannen, selbst Kameraausrüstungen gab es.

Ebert, der Schuhladen an der Hauptstraße, verkaufte mehr Schuhe, als ich in zehn Jahren gesehen hatte. Mein Einkauf dort dauerte zwei Stunden, nicht, weil ich jedes Paar anprobiert hätte, sondern wegen der Schlangen wartender Kunden. Meine Schuhe waren aus schwarzem Leder — richtige Damenschuhe mit einem niedrigen Absatz, damit ich vernünftig laufen konnte. Erst vor zwei Monaten waren auf dem Schwarzmarkt gebrauchte, abgewetzte Stiefel für vierhundert Reichsmark verkauft worden. In der neuen Währung zahlte ich vierundzwanzig.

Bis zum Herbst sollten sich die Preise verdoppeln, die Nachfrage so viel höher als das Angebot. Trotzdem war es der Anfang einer neuen Wirtschaft.

Begeistert von meinem Einkauf kam ich heim und fand Mutti am Tisch sitzend vor. Sie starrte aus dem Fenster, ihre Hände hatte sie im Schoß gefaltet.

»Mutti?«

Ihr Blick kehrte aus der Ferne zurück und richtete sich auf mich.

»Vati hat geschrieben.« Sie überreichte mir eine Postkarte, die mit Vatis ordentlicher, jedoch winziger Handschrift übersät war. Vor meinem inneren Auge sah ich Vati an seinem Schreibtisch sitzen, eine Erinnerung, die meinen Magen krampfen ließ.

Liebe Luise und Lilly, lieber Burkhart,

es ist lange her, aber ich kann endlich schreiben. Ich bin in einem russischen Lager in Nordsibirien. Letzten Winter wurde ich krank und bin jetzt in einer besseren Arbeitsgruppe. Wir arbeiten in einer Küche, die das Lager mit Essen versorgt. Das Kochen ist einfach, viel Kohl und halbverrottete Kartoffeln. Zumindest bekomme ich nun öfter etwas zu essen. Ich denke jeden Tag an euch und frage mich, wie ihr alles schafft.

Die Kinder müssen gewachsen sein. Ach, wie ich mir ein Foto wünschte. Vielleicht könnt Ihr eins senden? Ich hoffe, sie lassen es mich behalten. Die Adresse ist auf der Karte und ich hoffe, Ihr schreibt. Ich will genau wissen, was Ihr tut. Wir bekommen hier keine Nachrichten. Ich kann mir kaum vorstellen, was zu Hause passiert. Ich hoffe so sehr, dass es Euch gut geht.

Von einer Entlassung wurde bisher nichts erwähnt. Wir bekommen oft neue Gefangene, aber sie sind aus ~~politischen Gründen hier, hauptsächlich Russen und Polen.~~ Nur wenige Insassen verlassen das Lager und wir wissen nie, wohin sie verschwinden und ob sie wirklich entlassen wurden. Ich hoffe, bald nach Hause zu kommen. Ich kann kaum glauben, dass schon drei Jahre vergangen sind. Die Zeit vergeht langsam.

Ich muss darauf hoffen, dass Ihr es ohne mich schafft. Ihr musstet so stark sein. Ich freue mich auf Euren Brief. Es wird der beste Tag seit Jahren sein.

Ich vermisse Euch so sehr.
Willi, Vati

Während ich die Karte las, strömten Tränen über meine Wangen. Vergessen war meine Wut darüber, dass er uns im Stich gelassen hatte.

Ich wischte mit dem Unterarm über mein Gesicht, darauf bedacht, nicht auf das Papier zu tropfen. Vati lebte! Erinnerungen galoppierten durch meinen Kopf, zerfetzte Szenen aus längst vergangenen Zeiten. Vati mit der Brieftasche unter dem Arm im Hauseingang, auf seinem Schoß sitzend während er mir vorlas, das Gefühl der Geborgenheit wie eine kuschelige, warme Decke, seine fahrige Umarmung im Zug bei unserer letzten Begegnung.

Ich fragte mich, wie er jetzt aussah und ob die Russen ihn bald gehen ließen. Die Amerikaner, Briten und Franzosen hatten längst ihre Kriegsgefangenen entlassen. Ich fragte mich, was er jetzt über den Krieg dachte. Ich wusste so wenig über diesen Mann, nur oberflächliche Dinge, wie den Arbeitstitel bei der Stadt, seine Vorliebe für Anzüge, immer makellos, immer perfekt. Vati selbst kannte ich nicht.

Galle stieg in mir hoch, der alte Zorn. Ich verstand Vati nicht, wollte ihn fragen, was um alles in der Welt er sich gedacht hatte. Wie er Teil dieses Irrsinns gewesen sein konnte. Was er getan hatte.

Natürlich sprach zu dieser Zeit keiner von solchen Dingen. Die Entnazifizierung war zu einer Farce geworden. Menschen wie Huss, die in der NSDAP oder SS gewesen waren, die das Regime bejubelt und unterstützt, uns stolz unterdrückt hatten, eben diese Menschen kehrten in Führungspositionen zurück.

Das machte der sogenannte Persilschein möglich, eine Bescheinigung, die den Verbrechern, die Juden und Kommunisten ermordet hatten, ihre Unschuld bescheinigte und auf diesem Wege ihre Vergangenheit reinwusch.

Alle waren begierig darauf, zu vergessen.

Ich konnte es nicht.

Ich konnte weder vergessen, noch Vati vergeben, dass er uns verlassen hatte. Nicht nur, weil wir allein geblieben waren, sondern weil er es ermöglicht hatte, dass Huss und Muttis Freunde mich missbrauchen konnten.

Und so, mit jedem vergehenden Jahr, war meine Abscheu ihm

gegenüber in gleichem Maße gewachsen wie meine Sehnsucht, ihn daheim zu sehen.

»Ich schreibe ihm.« Ich sprang auf, um in Vatis Schreibtisch nach Papier und Stift zu suchen. Bis auf den Wasserkranz war es eines der wenigen, unversehrten Möbelstücke.

Nach ›Lieber Vati‹ stoppte ich. Das Papier verschwamm, während ich darauf starrte und versuchte, einen Satz zu formulieren. Nichts passte. Ich dachte an Muttis Besucher. An Herrn Huss. Ich dachte an unser Land, an die unbeschreiblichen Verbrechen und die Millionen Toten, an meine Fragen an Vati.

Was hast du getan? Warum hast du uns verlassen?

»Was soll ich schreiben?« Ich sah Mutti an, die immer noch aus dem Fenster starrte, die Augen aufgerissen, aber trocken.

»Ich weiß es nicht.«

»Was ist los?«

»Ist alles gut.« Mutti stand auf und begann, die Lebensmittel auszupacken, die sie auf den Boden geschmissen und augenscheinlich vergessen hatte.

Ich sah meine leere Seite an. »Schreibst du nicht?«

»Sicher. Aber nicht jetzt.«

»Aber wir müssen sofort antworten. Wer weiß, wie lange der Brief unterwegs ist.«

»Wir wissen nicht mal, ob er unsere Post bekommt.«

»Aber wir müssen es probieren.«

»Ich habe doch gesagt, dass ich schreibe.«

Ich griff erneut zum Stift und drängte mein Hirn dazu, sich etwas einfallen zu lassen, etwas, das ich gefahrlos schreiben könnte.

KAPITEL SIEBENUNDZWANZIG

Lilly: Juni 1949

An meinem siebzehnten Geburtstag wechselte ich in die Verwaltung der Druckerei Ullrich. Es war ein stolzer Moment in meinen Bemühungen um vernünftige Arbeit und zum ersten Mal spürte ich die Genugtuung, etwas aus eigener Kraft erreicht zu haben. Natürlich zählte ich Huss, der uns nicht mehr belästigte, als Erfolg, allerdings heimlich.

»Lass uns dieses Wochenende feiern.« Gerda, die so groß war wie ich, hatte ihre Haare in modische Locken geformt. Ich bewunderte sie oft.

»Wo willst du hin?«

Ich wusste, dass ich skeptisch klang, obwohl ich doch begeistert hätte sein müssen. Die Aufräumarbeiten in Solingen kamen nur langsam und zäh voran, doch viele Einwohner besuchten inzwischen im Rahmen ihrer Wanderungen und Radtouren die neu eröffneten Ausflugslokale.

Natürlich war ich froh, von Mutti wegzukommen, aber ich hatte wenig Lust, den Abend in einer Bar mit einer Meute Fremder zu verbringen, wenn ich mir kaum ein Getränk leisten konnte.

»Hast du nicht gehört?« Gerdas Stimme vibrierte vor Aufregung. »Dieses Wochenende findet in *Gräfrath* ein Straßenfest statt.«

»Oh.«

Manchmal kam es mir vor, als lebte ich unter einem Stein. Mutti hielt mich mit endlosen Hausarbeiten auf Trab. Selbst am

Wochenende musste ich trotz meiner vollen Arbeitswoche stundenlang stricken. Währenddessen tagträumte ich mich in eine bessere Welt. Ich stellte mir vor, auszuziehen und meine neue Wohnung einzurichten. Manchmal dachte ich an Jungs. Einer war regelmäßig bei Schneiders Café vorbeigekommen. Zu Anfang hatte er mir zugezwinkert und irgendwann hatte er mich sogar eingeladen. Aber ich hatte abgelehnt, weil ich zu schüchtern war und mir wegen Muttis Kommentaren Sorgen machte.

Es gab andere. Wie den Mann auf unserer Straße, der im gleichen Amt arbeitete wie einst Vati. Er war uralt und hatte dünnes Haar und aufgedunsene Wangen, aber Mutti bemerkte mehrmals, er sei daran interessiert, mich kennenzulernen.

Auf dem Nachhauseweg hakte sich Gerda bei mir ein. »Ich hole dich morgen um drei Uhr ab.«

»Sollen wir wetten, dass Mutti eine dringende Aufgabe für mich hat? Ich bin es so leid, meine Wochenenden mit Kochen und Putzen zu verbringen.«

»Es ist dein Geburtstag!« Gerda tätschelte mir den Rücken.

Ich seufzte. »Das hat sie noch nie abgehalten.«

»Helmut und ich sehen uns heute Abend einen Film an. Willst du mit?«

Ich dachte an meine mageren Ersparnisse. »Was wird denn gespielt?«

»Bergkristall, irgendwas über einen Bergbauern. Soll gut sein.«

»Ich kann's mir nicht leisten. Bis morgen also.«

Als ich in Richtung Wachtelstraße davonging, rief Gerda hinter mir her: »Du hast doch nichts dagegen, wenn Helmut mitkommt?«

»Natürlich nicht.«

Ich wusste, dass Gerda Helmut mochte. Sie sprach ständig über ihre Zukunftspläne, als wären sie bereits verheiratet.

Und ich hatte nicht mal einen Freund.

Am Samstag war ich wie gewohnt früh auf den Beinen. Die Sonne sandte kräftige Strahlen durch die morgendlichen Dunstschleier und versprach einen heißen Tag. Zum Glück hatte ich von Mutti ein weiteres Kleid geerbt, denn neu kaufen kam nicht in Frage. Seit der Währungsreform hatten sich die Preise mehr als verdoppelt. Also machte ich ein paar Änderungen, schnitt die langen Ärmel ab, setzte etwas weiße Spitze in den Ausschnitt und voilà, mein Kleid war fertig. Es war dunkelblau und akzentuierte meine Taille, während der weite Rock um die Beine schwang.

Zum Glück war mein neuer Körper zur gleichen Zeit eingetroffen wie die Währungsreform. Wo ich zuvor flach gewesen war, befanden sich jetzt sanfte Kurven. Meine Haare reichten bis auf die Schultern und dank der natürlichen Locken musste ich nicht viel daran tun.

Ich schrubbte das Badezimmer und bereitete das Mittagessen zu. Mutti kochte immer noch selten, was mich dazu gezwungen hatte, mit den wenigen Zutaten, die mir zur Verfügung standen, kreativ zu werden. Meistens gab es Suppen mit Bohnen oder Linsen oder Eier und Kartoffeln.

Als ich Gerda am Brühl traf, sah sie mich bewundernd an. »Du siehst hübsch aus!«

Ich grinste. »Du auch.«

Gerda trug einen hellgrünen Rock mit weißer Bluse.

»Danke. Ich hoffe, es gefällt Helmut.«

Ich nahm Gerdas Arm. »Wenn nicht, ist er ein Idiot. Wo ist er denn eigentlich?«

»Wir treffen uns dort mit ihm.«

Wir liefen in die Stadt und nahmen von dort die Straßenbahn nach Gräfrath, einem alten, vom Krieg fast verschonten Stadtteil Solingens.

Die Luft war warm und das Fest in vollem Gange. Eine Straße aus Kopfsteinpflaster, zwischen Schieferhäuser und Kneipen geklemmt, führte zum Marktplatz, der mit Buden und Karussells überlief.

Rote, grüne und blaue Girlanden tanzten im Wind. Junge und alte Menschen schlenderten umher, Gelächter und aufgeregte Stimmen umgaben uns. Das Aroma von Popcorn und Karamelläpfeln mischte sich mit dem Duft von Parfüm. Paare schlenderten Hand in Hand, Kinder rannten und schrien — einige trugen Bäusche aus weißer und rosa Zuckerwatte. Spannung lag in der Luft und in meinen Adern kribbelte es.

Genau das hatte ich vermisst, hatten wir alle vermisst. Musik und vernünftiges Essen, Menschenlachen ohne Angst. Freunde und Normalität.

Meine Hände zitterten und ich griff meine Handtasche fester. Ich war entschlossen, den heutigen Tag zu genießen.

Gerda wandte sich hierhin und dorthin. »Ich sehe ihn nicht.«

Vor den Festzelten mit Bier und Schnaps war die Menge besonders dicht. Zahlreiche Stimmen vermischten sich zu einer unverständlichen Geräuschkulisse und darüber hing eine Alkoholwolke.

»Lass uns dort oben hingehen, von da haben wir einen besseren Blick.« Ich zeigte auf die Steinstufen, die zur alten Kirche führten. Auf halben Weg hinauf drehten wir uns um und beobachteten das Gewühl.

»Ich sehe Helmut.« Gerda fuchtelte aufgeregt mit ihrer Handtasche, eilte die Stufen hinunter und warf sich in die Menge.

Ich folgte, etwas atemlos aufgrund der mich umgebenden Leichtigkeit, einer Art entschlossener Fröhlichkeit, von der es kein Entkommen gab.

Rudi Schurickes *Capri-Fischer* dröhnte aus den Lautsprechern, während wir uns zu einem Bierzelt durcharbeiteten. Mehrere junge Männer drückten sich um einen Biertisch, der sich unter leeren und halbleeren Gläsern bog. Der Lärm war ohrenbetäubend. Helmut winkte, seine Augen wirkten glasig. Sobald wir ihn erreicht hatten, zog er Gerda an sich.

»Hallo, meine Damen«, brüllte er.

Mehrere Augenpaare studierten mich und mein Atem beschleunigte sich vor Aufregung. Helmut schien davon nichts zu bemerken und rief über das Getöse: »Das ist Günter, ein Freund von mir. Und sein Bruder Hans.« Die jungen Männer, beide mit einem Bier in der Hand, beugten sich vor und nickten uns zu.

Ich warf einen heimlichen Blick auf Günter, den Burschen neben mir. Sein Haar war dunkel, fast schwarz, und im Nacken kurz geschnitten. Eine Locke hing über seine gebräunte Stirn. Er war etwas kleiner als Helmut und fast so dünn.

Für den Bruchteil einer Sekunde trafen sich unsere Blicke. In meinem Magen bildete sich augenblicklich ein Knoten und ich sah weg. Was war bloß mit mir los?

»Lasst uns einen trinken.« Helmut winkte zum Tresen. »Ich zahle.«

Wir stießen an. »Prost!«

Ich warf einen Blick auf den Fremden neben mir und zerbrach mir den Kopf, was ich Lustiges oder Schlaues sagen könnte. Mir fiel nichts ein, also schaute ich weiter in die Menge. Helmut und Gerda küssten sich.

Nach einer Runde Bratwurst und Kartoffelsalat wanderten wir über den Markt. Schreiende Passagiere wirbelten auf langen Kettenstühlen durch die Luft. Ein Riesenrad kreiste in Zeitlupe.

»Wer geht mit mir auf die Schiffschaukel?« Günter sah sich erwartungsvoll in unserer Gruppe um, die seit unserer Ankunft gewachsen war. Ich erkannte einen von Helmuts Freunden von der Arbeit und zwei junge Frauen aus der Nachbarschaft.

Gerda und Helmut blickten kopfschüttelnd auf das wild schwingende Boot. Es sah aus, als wollte die Schaukel aus der Halterung springen, so heftig wippten die Passagiere.

»Nie im Leben«, meinte Gerda.

Helmut schüttelte den Kopf. »Musst du allein machen.«

»Angsthasen«, lachte Günter. »Das sieht doch toll aus.«

»Ich geh mit«, verkündete ich. *Wo ist das jetzt hergekommen?*

Ein Dutzend Augen drehten sich in meine Richtung und mein Atem galoppierte erneut.

»Bist du sicher?« Gerda nahm beschützend meinen Arm.

Ich setzte ein Lächeln auf. »Nein, aber ich versuch's.«

Günter grinste und ergriff meine Hand. »Dann komm.«

Die Finger, die meine hielten, waren warm und trocken. Sie waren stark und bestimmt, veranlassten die Schmetterlinge in meinem Magen, Purzelbäume zu schlagen. Die Zeit stand still, während wir durch die Menge liefen. Der Lärm verblasste und ich versuchte, meine Schritte seinen anzupassen.

Er ging langsamer, wenn das Gedränge zu dicht wurde, und machte dabei sorgsam für mich Platz. Unsere Blicke trafen sich. Seine Augen waren haselnussbraun und funkelten mich an.

Als Günter meine Hand losließ, um den Kassierer zu bezahlen, fühlte ich eine sofortige Leere. Ich sehnte mich nach seiner Hand. Er sprang auf die Schaukel und nahm meinen Ellbogen, um mir beim Einsteigen zu helfen.

»Danke«, hauchte ich. Meine Stimme war vor lauter Nervenflattern abgetaucht. Das war schlimmer als das Bewerbungsgespräch bei Ullrich.

Die Schiffschaukel bestand aus Holz und war knapp zehn Meter lang. An jedem Ende waren verschraubte Handgriffe zum Festhalten angebracht. Günter steuerte auf die linke Seite und zog mich mit.

Als die Pfeife ertönte, legten wir los. Wir drückten die Füße in den Boden, um Schwung zu holen. Ich klammerte mich neben

Günter an die Stange, unsere Hände berührten sich beinahe. Ihm so nahe zu sein, schickte köstliche Impulse durch meinen Körper.

»Das ist toll!«, brüllte ich, als die Schaukel oben an der Halterung anschlug.

Günter grinste zurück. Hin und zurück schwangen wir und der Wind blies durch Haare und Kleid. Aus den Augenwinkeln beobachtete ich Günter, der problemlos balancierte. An einem Punkt schaukelte das Boot so heftig, dass unsere Füße den Boden verließen. Ich flog.

Es wäre mir egal gewesen, nie wieder zur Erde zurückzukehren. Aber nichts dauert ewig, schon gar nicht die Dinge, die uns glücklich machen. Irgendwann bremste der Fahrer und die Schaukel kam zum Stillstand.

Günter bot mir beim Verlassen der Schaukel seinen Arm. »Das hat Spaß gemacht.«

»Danke für die Einladung«, brachte ich hervor.

»Gern geschehen. Wir machen's irgendwann noch mal.«

Außer Atem und grinsend fanden wir unsere Freunde. Zum ersten Mal fühlte ich, was es bedeutete, irgendwo dazuzugehören. Trotzdem war ich enttäuscht, als Günter meine Hand losließ.

Was bist du für eine Kuh. Du kennst den Mann doch kaum.

»Was machen wir jetzt?« Obwohl Günter seine Frage eher an mich gerichtet hatte, antwortete Helmut.

»Wie wär's, wenn wir die neue Kneipe da drüben testen?«

Günter schüttelte den Kopf. »Tut mir leid. Da geh ich nicht mit. Bin pleite.«

Helmut wandte sich Gerda und mir zu. »Was ist mit euch beiden? Was wollt ihr machen?«

»Wir könnten noch eine Weile bleiben. Uns die Leute ansehen.« Ich sah zu Günter und merkte, dass meine Wangen brannten.

»Wir müssen sowieso in einer halben Stunde abhauen«, sagte Gerda. »Lilly muss um neun zu Hause sein.«

Ich nickte. Hatte praktischerweise Muttis Gebote vergessen.

»Das ist aber früh«, kommentierte Günter.

»Vor allem, weil sie heute Geburtstag hat.« Gerda knuffte mich in den Arm.

»Warum hast du das nicht gleich gesagt?«, spöttelte Günter.

Mein Gesicht glühte bestimmt wie eine Laterne, aber das ließ ich nicht auf mir sitzen. »Soll ich etwa rausposaunen, dass heute mein Geburtstag ist?«, stichelte ich.

»Warum nicht?« Günter lachte. Aber dann bemerkte er offensichtlich mein Unbehagen. »Gerda hätte es sagen sollen. Jetzt ist es zum Feiern zu spät. Das heißt, wir holen es nach.«

Ich lächelte und die Schmetterlinge im Magen stürmten erneut.

In der Dämmerung glitzerten die ersten Lichter. Bing Crosby sang *Far Away Places.*

Ich hatte nur eins im Sinn: Hand in Hand mit Günter durch die Nacht zu wandern. Aber er kletterte auf sein Rad und mit einem Verlangen, das mir völlig neu war, sah ich ihn davonfahren.

Helmut grinste. »Er ist nett, oder?«

Ich nickte, darüber besorgt, was in meiner Miene zu lesen war.

»Er und ich sind beste Freunde«, sagte Helmut. »Während des Krieges haben wir viel zusammen erlebt. Wenn du Fragen hast …«

Meine Wangen loderten erneut. »Ich fahre besser heim.«

»Dann komm.« Gerda tätschelte meinen Arm und nickte Helmut zu. »Wenn wir die Straßenbahn verpassen, bekommt Lilly Ärger.«

Es war weit nach Mitternacht, aber trotz meiner Müdigkeit konnte ich nicht schlafen. Mit geschlossenen Augen durchlebte ich den Abend wieder und wieder. *Hatte ich das Richtige gesagt? Was hielt Günter von mir?*

Mein Herz galoppierte, als ich an seine Hände, das dunkle Haar und die Bräune seiner Haut dachte. Er war groß und attraktiv. Ein bisschen dünn, aber das waren die meisten. In der Bahn hatte ich von Gerda erfahren, dass er schon zwanzig war. Er traf bestimmt viele Mädchen. Warum sollte er an mir interessiert sein?

Im Raum war es heiß und ich strampelte die Decken fort. Die Straßenlaternen warfen Schatten über mein Bett. Die Gardine flatterte leise im Wind und ich fühlte die Brise auf der Haut wie eine Berührung.

Mein Nachthemd war nach oben gerutscht, meine Beine enthüllt. Finger wanderten über Brust und Bauch und ich stellte mir vor, es wären seine. Mein Atem beschleunigte sich, als ich tiefer wanderte. Verlangen loderte zum Höhepunkt.

Ich wollte ihn wiedersehen.

KAPITEL ACHTUNDZWANZIG

Lilly: September 1949

Das Herbstwochenende kündigte sich mit wolkenlosem Himmel und warmen Temperaturen an. Ich begleitete Gerda und Helmut zum Café Mais, einem beliebten Tanzlokal in Widdert. In Gedanken war ich bei dem Brief, den ich Vati geschrieben hatte. Ich konnte ihn auswendig.

> *Lieber Vati,*
>
> *wir haben uns so gefreut, von dir zu hören. Ich vermisse dich so sehr. Ich arbeite in der Verwaltung der Druckerei Ullrich. Es gefällt mir viel besser als die Hauswirtschaftsstelle, die ich vorher hatte. Meine Freundin Gerda hat mir geholfen. Sie würde Dir gefallen. Es gibt wieder ausreichend Lebensmittel zu kaufen und wir haben genug, um ordentlich zu kochen.*
>
> *Vati, es ist so lange her, seit ich Dich gesehen habe. Ich hoffe, Du schaffst es und dass Du bald nach Hause kommst. Bitte pass auf Dich auf.*
>
> *Deine Tochter,*
>
> *Lilly*
>
> *P.S. Bitte komm bald heim!*

Der Lärm des Cafés brachte mich in die Gegenwart zurück. Hunderte Leute schoben sich durch die Räume. Ihre Stimmen vermischten sich mit dem Plärren von Musik, Alkoholdämpfen und Zigarettenrauch.

Jedes Wochenende versammelte sich Solingens Jugend hier, um die lange vermisste Unterhaltung zu genießen und um zu vergessen. Das Land und seine Menschen benötigten vieles, wollten alles. Wir hungerten nach Glühbirnen und Kaffeetassen, Unterhosen und Socken, Sofas und Tischtüchern. Insbesondere wollten wir Schnaps, Bier und Wein. Wir wollten feiern und vergessen, dass wir keine Jugend gehabt hatten.

»Das ist eine Überraschung«, sagte Helmut, als Günter an unserem Tisch auftauchte. »Ich dachte, du müsstest heute lange arbeiten.«

Günter grinste. »Bis sieben.«

Für einen Moment trafen sich unsere Blicke. Zu scheu, den Augenkontakt zu halten, sah ich weg. Als ich wieder aufschaute, hatte er sich Helmut zugewandt.

»Ich sehe mal nach, ob ich noch einen Stuhl auftreiben kann.«

»Günter, wie geht's dir?« Eine junge Frau mit blonden Haaren stieß Günter einen Zeigefinger in die Brust. »Schön, dich zu treffen.« Ihr blauer Lidschatten wirkte mysteriös, ihre Lippen glänzten rot.

»Elisabet.« Günter grinste die Blondine an.

Ich beobachtete wie sie sich vorbeugte und Günter etwas ins Ohr flüsterte. Er nickte.

Unerträgliche Hitze stieg in mir auf, loderte über meine Brust den Hals herauf, bis auch meine Wangen zu glühen begannen.

Seit dem Straßenfest hatte ich Günter einmal gesehen, als ich mit Gerda und Helmut im Kino war. Er hatte ein paar Meter entfernt gestanden und ich hatte mich mehrmals dabei ertappt, in seine Richtung zu starren. Jedes Mal, wenn ich darüber nachgedacht hatte, mich näher zu ihm zu drängeln, hatte mich der Mut verlassen. Also war ich stehengeblieben und hatte kaum etwas von dem Film mitbekommen. Selbst im Flackerlicht des Films bemerkte ich an ihm eine gewisse Wildheit, die mich gleichzeitig anzog und erschreckte. Da die Schau fast bis neun ging, war ich danach sofort nach Hause geeilt.

»Bin gleich wieder da«, krächzte ich jetzt und hastete zu den Toiletten. Nachdem ich Augen und Lippenstift kontrolliert hatte, begutachtete ich mich im Spiegel. Rote Hitzeflecke blühten an Hals und Ausschnitt. Ausgerechnet heute hatte ich die neue Bluse mit dem tieferen Dekolleté gewählt. Jetzt wünschte ich mir einen Rollkragen. Wie konnte sich Günter für mich interessieren, wenn ich wie eine gequetschte Tomate aussah? Ich fühlte mich wertlos und klein.

Ich stahl mich in eine Toilette, um zu warten, bis meine Haut sich beruhigte.

»Lilly, bist du hier?« Gerda pochte an die Tür.

»Ja«, seufzte ich.

»Ist alles in Ordnung? Du bist seit Ewigkeiten fort.« Gerda klang ehrlich besorgt.

»Komme gleich. Hab irgendwas Schlechtes gegessen.«

Ich konnte Gerda auf keinen Fall die Wahrheit sagen. Sie würde Helmut davon erzählen.

Bei meiner Rückkehr fand ich Gerda und Helmut am Tisch. Günter war nirgends zu sehen. Aus den Lautsprechern tönte ein schnelles Stück von Liebe und Sommerhitze, die Stimme des Sängers extra fröhlich und laut.

Dutzende Paare schoben sich über die Tanzfläche. Eine noch dichtere Menge drängelte sich um die Bar. Reflektiert von bodentiefen Spiegeln schlurften die Tänzer dahin. Das Licht der Wandleuchten blendete mich. Ich war unsichtbar geworden. Am besten ging ich sofort, bevor noch jemand merkte, in welcher miesen Laune ich war, oder etwa die roten Flecken an meinem Hals entdeckte.

»Willst du tanzen?« Einer von Helmuts Freunden, Uwe Reiner, ragte neben mir auf. Uwe war mindestens einen Meter neunzig groß und beugte sich oft nach vorn, wenn er mit jemandem sprach. Seine Schultern schienen dauerhaft gekrümmt, wie bei einem alten Mann.

Ich zwang mich zum Lächeln. Eine Hälfte von mir war dazu bereit, zu tanzen, während die andere weglaufen wollte. »Warum nicht?«

Als das Lied endete, gingen wir zur Theke, wo Uwe mir ein Bier mit Malzschuss besorgte. Es irritierte mich, dass Uwe bei mir stehenblieb. Gleichzeitig war ich froh, nicht mehr wie ein Mauerblümchen am Tisch zu sitzen. Gerda und Helmut drängten sich neben uns.

Das nächste Musikstück war langsamer und es wurde dämmrig. Eng aneinandergepresste Paare schoben sich in lässigen Kreisen über die Tanzfläche. Ich hoffte, Uwe würde mich nicht wieder zum Tanz auffordern.

»Amüsiert ihr euch?« Günter schubste Helmut in die Seite.

»Sieht aus, als ließest du es dir gutgehen«, schmunzelte Helmut.

»Ich liebe die Musik.« Günters Gesicht war gerötet wie mein Hals. »Willst du tanzen?«

Ich sah auf, augenblicklich sprachlos. »Äh, glaub schon«, hörte ich mich sagen.

»Dann komm.« Günter nahm mich am Arm und führte mich auf das Tanzparkett. »Bist du auf mich böse?«

Ich versuchte, eine undurchdringliche Miene aufzusetzen, während mein Blick in seinem versank. »Warum sollte ich das sein?«

»Du bist so schnell abgehauen, da dachte ich …« Günter zuckte mit den Schultern und nahm Tanzhaltung an.

»Mein Magen tat weh. Ist aber wieder gut.« *Warum spreche ich wie ein Schwachkopf?*

Ich versuchte, normal zu atmen, und hoffte, meine Füße würden seinen folgen. Seine Hand brannte ein Loch in meinen Rücken. Die Musik erschien mir jetzt lauter, vielleicht lag es aber auch nur an meinem erhöhten Bewusstsein. Das Pärchen neben uns küsste sich. Sie hatten die Arme umeinander geschlungen und ihre Körper waren eins. Ich sah weg, suchte nach etwas Schlauem, das ich sagen könnte. Konnte ich meinen Blick ebenso spielen lassen, wie die Blondine es getan hatte? Seine Hände auf meinem Körper machten es unmöglich, einen klaren Gedanken zu fassen.

»Ich freue mich, dass es dir besser geht«, sagte er in mein Ohr.

Ich wollte ihn fragen, ob er die ganze Zeit bei der Blonden gewesen war. Stattdessen schwieg ich, überzeugt davon, dass er mich langweilig fand. Das Lied endete nur zu bald. Der nächste Tanz war schnell und Günter brachte mich zurück zu unseren Freunden.

Da erinnerte ich mich an die Uhrzeit. Fast neun. Muttis verkniffene Miene erschien vor meinen Augen.

»Ich muss nach Hause.«

»Deine Mutter?«

Ich nickte, schämte mich für das blödsinnige Ausgehverbot.

»Warte mal.« Ohne meine Antwort abzuwarten, verschwand Günter in der Menge.

»Ich kann dich nach Hause bringen.« Uwes glasige Augen hingen über mir.

Gegen alle Vernunft hatte ich gehofft, Günter würde anbieten, mitzugehen. Um Uwe nicht antworten zu müssen, drehte ich mich zu Gerda um, die versprochen hatte, mich zu begleiten.

Aber als ich sah, wie glücklich sie mit Helmut war, überlegte ich es mir anders. Helmut hatte gerade neues Bier bestellt. Damit war klar, dass er noch bleiben wollte.

Jemand begann ein Trinklied und mehrere Stimmen plärrten mit. Die Menge hakte sich ein und schaukelte hin und her, die verschwitzten Gesichter zur Decke gewandt. Gläser klirrten, Bier schwappte, gefolgt von rauem Gelächter. Ein junger Mann kletterte auf die Theke und schrie etwas von Bäume ausreißen, bevor er von seinen Freunden heruntergezogen wurde.

Uwe schlang einen langen Arm um meine Schultern. »Komm schon, ich bring dich.«

»Also gut«, sagte ich.

Als ich Gerda zum Abschied umarmte, erschien Günter neben uns. »Hab ich was verpasst?«

Gerda zuckte mit den Schultern. »Lilly muss nach Hause und Helmut ist noch nicht so weit, also hat Uwe …«

»Ich kann dich bringen.« Günter grinste, während ich versuchte, mich aus Uwes Arm zu winden.

Ich wollte im Boden versinken. »Ich dachte, du wärst gegangen.«

»Ist wirklich kein Problem«, mischte Uwe sich ein.

»Vielleicht nächstes Mal.« Günter tätschelte meinen Unterarm und verschwand in der Menge.

Ich hätte schwören können, dass er verstimmt ausgesehen hatte. Durfte ich tatsächlich hoffen, dass er ärgerlich war, weil er glaubte, ich würde Uwe mögen?

Es war nach halb zehn, als ich daheim ankam. Der Weg nach Hause war nervig gewesen. Uwe hatte versucht, mich zum Reden zu bringen. Ich war jedoch still geblieben und durch die Tür verschwunden, bevor er meine Hand ergreifen konnte.

In der Hoffnung, der drohenden Schimpftirade zu entgehen, schlich ich auf Zehenspitzen durch den Flur. Doch dann sah ich Mutti in der Küche sitzen. Ihre Augen waren gerötet.

Mein Magen krampfte sich zusammen. Etwas Schreckliches musste passiert sein. »Was ist los?«

»Es ist wegen Vati.« Muttis Stimme brach und sie schluchzte. »Er hat geschrieben.«

»Lass mich mal sehen.«

Die Karte in Muttis Hand war ein zerknittertes Bündel. Aber das war nichts im Vergleich zu meinen zitternden Händen.

»Liebste Luise, Lilly und Burkhart,
mein Herz ist schwer, weil ich Euch mitteilen muss, dass ich den Richter gesehen habe. Ich hatte vier Jahr lang darauf gewartet und gehofft, meine Zeit hier sei bald vorbei. Stattdessen hat man mich zu fünfundzwanzig Jahren Schwerstarbeit verurteilt.
Wir schuften in einer Goldmine. Es ist hart, aber ich bin noch ziemlich stark. Ich schreibe bald wieder. Es tut mir leid. Ich kann nur hoffen. Hoffen, dass meine Zeit hier reduziert wird, hoffen, dass Ihr auf mich wartet. Ich vermisse euch so sehr.
Alles Liebe,
Willi/Vati

Verständnislos starrte ich auf die fünfundzwanzig Jahre. Bis dahin würde Vati weit über siebzig sein. Ich schleuderte den Brief auf den Tisch und ließ den Tränen freien Lauf. Wir würden ihn nie wiedersehen.

Mutti hob ihr tränenverschmiertes Gesicht und versuchte ein Lächeln. »Wie er schon sagt, wir können hoffen. Wir haben es bisher geschafft und werden es auch weiterhin tun.«

Sie stand resolut auf und wischte sich die Augen. Rollläden senkten sich über ihre Miene. Ich erinnerte mich an den Moment, als wir von Vatis Lüge erfahren hatten. Ich zweifelte nicht an ihrer Trauer, aber ich vermutete, dass sie hauptsächlich der ausbleibenden finanziellen Unterstützung und unserem Status, den Vatis angesehene Stelle geboten hatte, hinterherweinte.

Im Bett versuchte ich, mir Vatis Gesicht während der Urteilsverkündung vorzustellen. Die fünfundzwanzig Jahre rollten durch meinen Kopf.

Es war ein Todesurteil.

In der Vergangenheit waren immer wieder Gefangene aus russischen Lagern heimgekehrt. Vati hatte offensichtlich einiges verbrochen, wenn sie ihn lebenslang dabehalten wollten. Inzwischen wusste ich, dass es noch weitere wie ihn gab. Weit über zehntausend deutsche Männer saßen in Sibirien und im Ural fest.

Ich las über die Russen, so viel ich nur konnte. Jeden Morgen überflog ich die Zeitung, während Mutti Todes- und Vermisstenanzeigen studierte. Bestenfalls erschienen Stalins Lager willkürlich, viele Gefangene waren nur wegen eines politischen Kommentars eingesperrt worden. Ihre Arbeitskraft wurde ausgenutzt, um die zerfallene russische Wirtschaft wieder anzukurbeln.

Aber Vati war schuldig. Hitze erfasste mich und die Wut trocknete meine Tränen. Wut auf Vati, weil er uns freiwillig verlassen hatte, weil er freiwillig zu dem Bösen beigetragen hatte, das mein Leben und alles, was mir wichtig war, überschattete. Wut auf mich selbst, wegen meiner Unfähigkeit, zu vergessen. Ich verachtete meine Gedanken. Es war einfacher, mit dem Tod einer Person umzugehen, als sich auf ewig um sie zu sorgen.

Ich war wütend auf Vati und wusste, ich würde ihn nie wieder so sehen wie früher. Und trotzdem, wie hätte ich ihn mir nicht nach Haus wünschen können? *Du wirst ihn nie wiedersehen.*

Schluchzer brachen aus mir heraus und ich dämpfte die Laute im Kissen. All diese Zeit seit dem Kriegsende hatte ich gehofft. Ein winziger Teil meines Herzens horchte immer noch nach dem Klang der sich öffnenden Eingangstür.

Ich rang darum, die Hoffnung zu behalten. Die in mein Herz biss.

Nichts war schwieriger.

KAPITEL NEUNUNDZWANZIG

Lilly: September 1949

Trotz des herrlichen Herbstwetters fiel es mir schwer, aufzustehen. Jeder Tag erschien mir schlimmer als der Tag davor. Ich zwang mich, zur Arbeit zu gehen und mit Vatis Verlust fertigzuwerden.

Gerda legte den Arm um mich. »Ach Lilly, wir gehen dieses Wochenende schwimmen. Das bringt dich auf andere Gedanken. Es soll warm werden, vielleicht das letzte Mal dieses Jahr.«

Ich seufzte. Ich konnte mich für nichts mehr begeistern.

»Erzähl mir nicht, du würdest lieber bei deiner Mutter und deinem Bruder bleiben.« Gerda grinste. »Wer weiß, Günter kommt wohl auch.«

»Woher weißt du …«

»Musst nichts erklären.« Gerda kicherte. »Ist ziemlich offensichtlich. Er hätte dich letztes Wochenende nach Hause gebracht, aber du hast es vermasselt.«

Zum ersten Mal seit Tagen lächelte ich. »Bitte behalt es für dich.«

»Ich sage es niemandem, großes Ehrenwort.« Gerda legte eine Hand aufs Herz. »Nicht mal Helmut.«

Das in der Sonne glitzernde Schwimmbad Schellberg war von Rasenflächen umgeben, das Wasser kühl und erfrischend in dem blauen Pool. Der gebrauchte Badeanzug, den ich in einem Laden gefunden hatte, hatte auf dem Kleiderbügel nett gewirkt. Jetzt machte er mich verlegen. Aber mehr konnte ich mir nicht leisten. Obwohl er gut saß und aus einem hübschen türkisen Stoff war, wirkte der Schnitt altmodisch schlicht und verdeckte Hüften und Brustkorb. Zu meiner Erleichterung stellte ich fest, dass die Schwimmanzüge der anderen nicht besser aussahen.

»Er ist noch nicht hier«, flüsterte Gerda, als sie meine besorgten Blicke, die über die Gruppe schweiften, bemerkte.

Wir schwammen und es gelang mir, meinen unförmigen Badeanzug zu vergessen. Ich lachte mit den anderen, als die Männer der Reihe nach ins Wasser bombten. Ärgerlicherweise hing Uwe Reiner mal wieder in meiner Nähe herum und starrte mich aufdringlich an.

»Hallo zusammen.« Günter stand am Beckenrand.

»Komm rein«, schrien wir zusammen und bespritzten ihn.

Er nahm Anlauf und warf sich zwischen uns. Lachend und prustend kam er neben mir hoch.

»Hallo Lilly, wie geht's dir?«

»Ganz gut. Es ist so schön hier.«

»Ich habe von deinem Vater gehört. Das tut mir sehr leid.«

Mein Hals wurde eng und ich traute mich nicht, zu sprechen, also nickte ich.

Günter schlug sich mit der flachen Hand vor die Stirn. »Ich bin ein Idiot. Warum erwähne ich das? Entschuldige.« Er klopfte mir kurz auf die Schulter. »Sollen wir schwimmen? Danach kaufe ich uns Bier.«

Mit dem Bier in der Hand kehrten wir auf die Wiese zurück, wo ein Wirrwarr von Decken und Handtüchern unser *Revier* absteckte.

Zu meiner Überraschung setzte sich Günter neben mich. »Wir müssen noch deinen Geburtstag feiern.«

»Du hast es nicht vergessen.«

»Natürlich nicht. Geburtstage sind wichtig. Wie alt bist du eigentlich?«

»Siebzehn.«

»Fast eine erwachsene Frau«, schmunzelte er, wobei sein Blick über mein Dekolleté schweifte.

»Ist wohl wahr«, hauchte ich. Ein Sturm braute sich in meiner Mitte zusammen.

»Na ihr zwei.« Helmut baute sich grinsend vor uns auf. »Wie wär's mit einer Runde Fußball?«

Günter sprang auf. »Willst du mitspielen?«

»Ungern«, sagte ich. »Aber ich schau zu.«

Er hielt mir die Hand hin und zog mich auf die Beine. Hinter den Umkleiden jagten Günter und einige andere Jungs den Ball über die Spielwiese. Ab und zu trafen sich unsere Blicke und er zwinkerte mir zu. Uwe lungerte in der Nähe und ich drehte mich bewusst von ihm weg.

»Ich muss bald nach Hause«, sagte ich, als wir auf die Liegewiese zurückkehrten.

»Wenn du willst, geh ich mit«, sagte Günter. »Ich habe versprochen, meinem Vater im Garten zu helfen.«

Der Wald war angenehm kühl nach dem Tag in der Sonne. Die Blätter vom letzten Herbst raschelten im gesprenkelten Licht. Farne und Haselnussbüsche wiegten sich im Wind. Meine Haut brannte von der Sonne und vor Aufregung. Jede Zelle meines Körpers war sich des Mannes neben mir bewusst. Er schien mühelos zu atmen, als säßen wir in der Küche und kraxelten nicht den Berg hoch. Mein Herz pochte hart und laut.

»Hast du Lust, morgen mit mir auszugehen?«, fragte er, als unser Haus in Sicht kam.

»Weiß nicht, muss fragen«, flüsterte ich und beobachtete dabei die Gardinen im Parterre. »Lass uns zur Tür gehen.« Ich zog Günter in den Hauseingang und außer Sicht.

»Deine Mutter ist wohl streng?«

»Sie ist schwierig.«

»Soll ich morgen vorbeikommen? Ich kann ja wieder gehen, wenn es nicht klappt.«

»Wann denn?«

»Um drei?«

Ich nickte und schlüpfte in den Flur.

»Warte«, flüsterte Günter.

Ich beugte mich zu ihm. »Was?«

Sein Gesicht war ganz nahe, gebräunt, seine Augen tanzten. Warme Hände ergriffen meine Unterarme, als er mich an sich zog. Ich schloss die Augen, spürte seine Lippen weich auf meinen, aromatisch wie eine feine Speise.

Der Wind in meinem Bauch toste.

»Also bis morgen«, raunte er.

Als es am nächsten Tag an der Tür klingelte, zuckte ich zusammen. Ich war seit dreißig Minuten rastlos auf- und abgeschritten, meine Handflächen waren feucht und zum Stricken oder Händeschütteln völlig unbrauchbar.

Ich riss die Tür auf und schnappte nach Luft. »Hallo.«

Günter grinste. »Ist alles in Ordnung oder soll ich mich davonmachen?«

»Die Luft ist rein.« Ich ergriff meine Handtasche und schlug die Tür hinter mir zu, obwohl Günter neugierig hineingespäht hatte.

»Ist deine Mutter zu Hause?«

»Sie ist schon den ganzen Tag unterwegs. Ehrlich gesagt, weiß ich gar nicht, wo sie ist oder wann sie zurückkommt.« Burkhart war mit ihr gegangen und ich vermutete, die beiden besuchten Muttis Bruder, Onkel August.

»Scheint etwas sonderbar, aber … Nun, das heißt wohl, dass du ebenfalls ausgehen kannst.« Günter klemmte meinen Arm unter seinen. Das hatte den Vorteil, dass wir viel näher beieinander gingen. »Du siehst toll aus.«

Wie eine Umarmung fühlte ich seine Augen über meine Figur wandern und ich hätte schwören können, dass die Luft brodelte.

Ich hatte mir den Kopf zerbrochen, ob ich es noch mal wagen sollte, die Bluse mit dem tiefen Ausschnitt zu tragen. Jetzt war ich froh darum.

»Wohin gehen wir?«

»Hast du von dem neuen Café am Grünewald gehört? Sie sollen superleckeren Kuchen haben.«

Café Kohnens Theke trumpfte mit einer großen Auswahl an Heidelbeer- und anderen Obstkuchen, Marzipan- und Nougatrollen, Käsekuchen, Mokka- und Mandeltorten auf. Die Luft war mit dem Duft nach Kaffee und Kakao geschwängert, die Aromen so intensiv, dass mir das Wasser im Mund zusammenlief.

»Such dir aus, was du möchtest«, sagte Günter. »Herzlichen Glückwunsch.«

Mein Blick sprang von einer Dekadenz zur nächsten. Apfelkuchen oder Schokoladencremekuchen? So ein Angebot hatte ich seit der Vorkriegszeit nicht gesehen, als ich mit Vati in die Stadt zu gehen pflegte.

Günter zückte sein Portemonnaie und faltete eine nagelneue Zwanzig-Mark-Note auseinander. »Wir essen, bis wir umfallen.«

»Was darf es sein?« Das Mädchen hinter der Theke trug eine gerüschte weiße Schürze und ein dazu passendes weißes Haarband. Sie erinnerte mich an die Ziege im Café Schneider, die immer so arrogant gewesen war. Es war schön, auf der anderen Seite zu stehen.

»Ich möchte ein Stück Schokoladenbuttercreme.« Acht Jahre waren vergangen, seit ich das letzte Mal Kuchen mit Butter gegessen hatte.

»Machen Sie gleich zwei!«, meinte Günter. »Und zwei heiße Kakaos.«

»Meinen mit Sahne«, sagte ich und konnte mir ein Grinsen nicht verkneifen.

»Bitte sehr.« Die Bedienung knickste. »Ich bringe alles zum Tisch.«

Die mächtige Buttercreme schmolz mir im Mund und ich schloss die Augen. »Das ist so lecker.«

Der Teller war im Nu leer und ich kratzte die letzten Reste vom Porzellan. »Wieso verdienst du so viel Geld? Ich dachte, du gehst zur Schule.«

»Ich besuche die Schule als Teil meiner Ausbildung. Ich arbeite und lerne nebenbei. Sag bloß nicht, du wärst schon satt.«

Ich schüttelte den Kopf. Die Idee, zwei Stücke Kuchen hintereinander zu essen, war so fremd und wirkte so verschwenderisch, dass ich schon wieder lächeln musste.

Günter winkte der Bedienung und fuhr fort. »Außerdem fertige ich nebenher Schmuck.«

»Was für Schmuck?«

»Ich sammle Silberreste im Betrieb, schmelze sie ein und verarbeite sie zu Ringen und Armbändern.«

»Das würde ich gern sehen.«

»Ich kann's dir zeigen.«

Ein weiteres Stück Torte verschwand vom Teller. Das reichhaltige Schokoladenaroma war köstlich. Danach war ich so satt, dass mir schwindlig wurde.

»Wenn du willst, gehen wir auf dem Rückweg bei mir vorbei.« Günter wischte sich den Mund ab. Auch sein Teller war wieder leer. »Dann zeige ich dir, was ich für meine Tante gemacht habe.«

»Gern, das heißt, wenn wir die Zeit dafür haben. Ich muss nach Hause …«

»Ich weiß.«

»Entschuldige. Ich klinge wie eine zerkratzte Schallplatte. Ich will nur nicht wieder angeschrien werden.«

Günter tätschelte meinen Arm. »Wir sehen zu, dass du pünktlich zum Abendessen zu Hause bist.«

»Ich glaube kaum, dass ich heute noch was esse«, lachte ich.

Auf dem Heimweg nahm er meine Hand in seine. Es schien die natürlichste Sache der Welt zu sein. Seine Haut war warm und die Berührung wirkte auf mich beruhigend.

»Ich wohne nur zwei Straßen weiter«, sagte er. »Wir sind vor vier Jahren bei meiner Oma eingezogen. Sie hat einen schönen Garten.«

Zu dieser Zeit war es für erwachsene Kinder normal, bei den Eltern wohnen zu bleiben. Der Wohnungsmarkt war noch immer angespannt. Es gab kaum Apartments und es war unmöglich, mit einem Ausbildungsgehalt etwas Erschwingliches zu finden.

»Ich teile mir ein Zimmer mit Hans, meinem älteren Bruder. Er heiratet bald.«

»Was macht er?«

Günters Augen bewölkten sich. »Er ist Elektriker. Ist letztes Jahr fertig geworden.«

»Was ist denn?«

»Nichts. Ich … er hatte im Krieg eine schwere Zeit. War in britischer Gefangenschaft und ist fast gestorben.«

Ich hatte diesen Blick schon oft bei anderen gesehen, also drückte ich wortlos Günters Hand.

Nach einer kurzen Begrüßung seiner Eltern zog Günter mich in sein Zimmer. Zum Glück war Hans nicht da. Günter faltete einige Seidenpapiere auseinander. Darin funkelte Silber — ein Anhänger und das passende Armband dazu.

»Mein Onkel hat es für meine Tante bestellt.«

»Wie schön!« Vorsichtig berührte ich den silbernen Anhänger, der ein welliges Muster hatte. »Du bist so talentiert.«

»Eigentlich nicht, nur handwerklich.« Günter grinste. »Damit lässt sich gut was nebenher verdienen.«

Er trat näher und zog mich an sich. »Du siehst hübsch aus.«

Blut rauschte in krachenden Wellen durch meinen Kopf, als ich mich gegen ihn lehnte. »Tu ich das?«

»Glaubst du mir nicht?« Er strich mir sanft über das Kinn.

»Doch, ich …«

Seine Lippen waren weich, sein Körper beständig.

»Bleibt ihr zwei zum Abendessen?«, rief Günters Mutter aus der Küche.

Günter seufzte. »Ich bringe Lilly in ein paar Minuten nach Hause.«

Erneut fand sein Mund meinen. Ich schlang meine Arme um seinen Hals und presste mich an ihn. Elektrischer Strom pulsierte durch meine Adern. Ach, wie herrlich war diese Umarmung, die Nähe eines Menschen, der mich mochte.

Günters Hände wanderten über meinen Rücken, verbanden sich mit meinen Wirbeln und entfachten ein Feuerwerk in meinem Innern. Meine Haut kribbelte und ich atmete schneller. Ich vergaß, wo ich war, vergaß alles, außer dem Gefühl des Umschlungenseins, mein Leib zitterte vor Glück.

Die Stimme von Günters Mutter drang in mein Bewusstsein. »Suppe ist fertig.«

Ich sah endlich auf. »Wie viel Uhr ist es?«

»Fast halb sieben.«

»Nur noch einen Kuss«, flüsterte ich. »Ist mir egal, wenn ich zu spät komme.

KAPITEL DREISSIG

Lilly: Juli 1950

Wir verbrachten mehr und mehr Zeit zusammen. Wir wanderten im Wald, gingen mit Günters Freunden schwimmen und tanzen oder trieben uns an den Wochenenden in Biergärten und Kneipen herum.

Ich war beschwingt – nein, selig –, endlich einen Weg aus Muttis Umklammerung gefunden zu haben, von den Erinnerungen an Vatis Abwesenheit fortzukommen. Ich liebte Günter und zum ersten Mal im Leben war ich glücklich.

Das heißt, die meiste Zeit. Da waren immer noch Mutti und die Tatsache, dass ich festsaß.

»Ich kann nicht mit.« Meine Stimme zitterte vor Frustration. Nicht nur hatte Mutti mir eine lange Arbeitsliste fürs Wochenende aufgeschrieben, ohne Transportmittel war ich außerdem wie gelähmt. Alle unsere Freunde und Günter besaßen Fahrräder, nur ich nicht. Und nächstes Wochenende hatten sie einen Campingausflug an die *Lingesetalsperre* geplant.

»Deine Hausarbeit kann ich dir nicht abnehmen, aber ich kann dir mit dem Rad helfen«, sagte Günter.

»Und wie soll das gehen?« Ich riss meine Hand aus seiner und marschierte los.

»Mal langsam.« Günter holte sich meinen Arm zurück. »Wir sparen Geld und kaufen eins.«

»Du bist ja verrückt. Es dauert zehn Jahre, bis wir genug gespart haben. Außerdem wüsste ich auch gar nicht, wo man eins findet.«

»Ich verdiene gut und der Fahrradladen in der Innenstadt hat eins im Fenster.«

»Das meinst du nicht ernst.«

»Wenn wir ein paar Wochen keinen Pfennig ausgeben, schaffen wir das mit Leichtigkeit.«

»Kein Mensch hat mir je so was Großes gekauft.«

»Dann bin ich der Erste.« Günter lächelte und schloss mich in die Arme. »Außerdem ist das völlig egoistisch von mir, denn ich will doch, dass du mit uns kommst.«

Ich schmiegte mich an ihn, verbarg mein Gesicht an seinem Hals. »Das wird das beste Geschenk aller Zeiten.«

Günter holte mich von der Arbeit ab und wir gingen in die Stadt. Das Fahrrad im Schaufenster war wunderschön, ein metallisches Weinrot, das im Licht schimmerte.

»Was hältst du davon?«, fragte er.

»Viel zu viel.« Ich schüttelte den Kopf. »Du hast mir nicht gesagt, dass es hundertfünfzig Mark kostet. Das ist doch verrückt.«

»Unsinn. Warum haben wir denn sonst drei Wochen gespart und sind zu Hause geblieben?«

»Ich weiß, aber es gibt bestimmt was Billigeres. Vielleicht haben die was Gebrauchtes.«

Günter ergriff meine Schultern und sah mir tief in die Augen. »Ich möchte dir dieses Geschenk machen.«

Ich nickte benommen. Gleichzeitig schwappte ein Gefühl intensiver Wärme über mich wie eine Welle. Zum ersten Mal im Leben wurde ich geschätzt … anerkannt. In all den Jahren seit Vatis Abschied war es mir nicht so gut gegangen und mein Herz öffnete sich voll und ganz für Günter. In diesem Moment warf ich all meine Vorbehalte aus dem Fenster, akzeptierte Günters gelegentliche Leichtsinnigkeit genauso wie seine Großzügigkeit.

Nach dem Kauf holten wir Günters Fahrrad zu Hause ab und trafen Helmut und Gerda im Biergarten. Die Bänke auf der Wiese quollen mit Menschen über, die Tische bogen sich unter den Gläsern und Flaschen. Unter einem mit lilafarbener Clematis beladenen Holzdach spielte ein alter Mann Akkordeon. Ich sah immer wieder zu meinem neuen Rad. Ich konnte es immer noch nicht glauben.

»Kommt ihr morgen mit?« Helmut beäugte meinen Schatz.

»Wir fahren nächste Woche mit«, sagte Günter und sah Helmut beim Biertrinken zu. »Freitag haben wir wieder Geld.«

Ich grinste, als ich ihn ›wir‹ sagen hörte. Dann fiel mir siedend heiß etwas ein. »Ich habe gar keine Ausrüstung«, meinte ich kleinlaut.

»Mein Bruder Hans besitzt ein Zelt«, sagte Günter. »Er leiht es mir. Wir brauchen nicht viel mehr. Vielleicht ein paar Decken.«

»Wo fahren wir hin?«, fragte ich. Jetzt, da die Pläne immer konkreter wurden, wurde mir der Hals eng. Wie sollte ich Mutti diesen Ausflug erklären und was passierte, wenn ich mit Günter über Nacht allein war?

»Zum Rhein.« Gerda sah Helmut an und lief rot an.

»Was meinst du?« Günter sah mich an, in seinem Blick lag ein wenig von der gewohnten Unruhe.

Ich nickte, entschlossen, die Sache zu verwirklichen.

»Es geht zum Rhein, zum Rhein. Prost!« Helmut stieß mit Gerda an.

In der folgenden Woche wuchs meine Sorge von Tag zu Tag. Während unsere Freunde ihre Ausrüstung vorbereiteten, grübelte ich fieberhaft, wie ich das Thema bei Mutti anschneiden könnte. Am Freitag war ich ein nervöses Wrack.

Wir wollten am nächsten Tag in aller Frühe losfahren, doch ich hatte noch keine Gelegenheit gefunden, zu fragen. Der Tag im Büro verlief in unerträglicher Langsamkeit. Verschiedene Argumente, Wörter und Sätze schwirrten durch mein Hirn, wobei ich versuchte, mir Muttis Reaktion vorzustellen. Ich war entschlossen, mitzufahren, egal, was Mutti sagte, aber der Knoten in meinem Magen war faustgroß, als ich daheim eintraf.

»Ich gehe dieses Wochenende zelten«, platzte ich heraus, nachdem ich mich für eine Frontalattacke entschieden hatte.

Mutti saß auf der Couch und sortierte Strickmuster. »Ach ja?« Sie sah auf. »Hast du denn eine Ausrüstung?«

»Helmut und Günter bringen alles mit.«

»Ich nehme an, du fährst auch, wenn ich es verbiete.«

»Mutti, bitte. Alle fahren mit und jetzt, wo ich das neue Fahrrad ...«

»Natürlich schlaft ihr in separaten Zelten.« Muttis Stimme

strotzte vor Sarkasmus.

Meine Wangen glühten heiß. Mutti hatte ihre Methoden, mein Herz zu zerstechen. Günter war immer gut zu mir gewesen und behandelte mich mit Respekt. Ein weiterer Grund, weshalb ich ihn so mochte. Aber ich wusste, dass er wartete. Auch ich wollte den nächsten Schritt tun.

Helmut und Gerda taten *es* schon. Gerda hatte mehrere Bemerkungen gemacht und war dabei rosa angelaufen. Ich war neugierig, aber zu verlegen, um genauer nachzufragen. Unsicher, wie das Ganze funktionierte, hatte ich versucht, Bücher darüber zu finden, aber die Beschreibungen waren vage und die Zeichnungen geschmacklos.

Mutti stand auf und verließ das Zimmer. Im Türrahmen blieb sie stehen. »Vergiss nicht deine Hausarbeit.«

»Ich mach's heute Abend«, rief ich hinter ihr her.

Spätestens seit Vatis Karte war Mutti anders geworden. Es schien, als wäre sie abgelenkt und weniger daran interessiert, was ich tat. Oder lag es an Günter? Was auch immer der Grund dafür sein mochte, ich begrüßte die neue Freiheit.

Nicht, dass Mutti Günter guthieß. Ich hatte ihn ihr vorgestellt und er war ein paar Mal vorbeigekommen.

»Er passt mir nicht!«, hatte sie verkündet. »Er ist Arbeiter. Und hat keine gute Schule besucht.«

»Er ist schlau und besucht die technische Schule, weil er Graveur werden will. Er verdient gut.«

»Du weißt, was ich meine. Du solltest dir einen richtigen Mann suchen. Herr Hubert am Ende der Straße ist Beamter wie Vati.«

»Herr Hubert ist alt und hässlich«, hatte ich geschrien.

»Brülle hier nicht so rum«, hatte Mutti ungehalten erwidert. »Ich meine, du kannst es zu mehr bringen.«

Ich fragte mich, warum Mutti sich so anstrengte, mich zu verletzen, warum sie all meine Entscheidungen hinterfragte und es schaffte, mir in allen Dingen ein schlechtes Gewissen einzureden. Schließlich wurde mir klar, dass sie sich selbst entsetzlich fühlte und mich auf ihr Niveau herabziehen wollte.

Das würde ich nicht zulassen.

KAPITEL EINUNDDREISSIG

Lilly: August 1950

Die Samstagssonne lugte kaum über den Horizont, als wir abfuhren. Die Luft, frisch und würzig, befeuchtete meine Haut. Ich atmete tief ein und aus und hielt leicht mit meinen Freunden mit. Ich hatte eine Garnitur Kleidung, ein Stück Seife, ein Handtuch und eine Decke eingepackt. Günter transportierte unsere Ausrüstung – zwei Zeltstangen, zwei Leinwände zum Zusammenknöpfen, ein paar Längen Schnur – und seine eigene Wäsche.

Der Rhein floss von der Schweiz bis zur Nordsee und war in Düsseldorf mehr als fünfhundert Meter breit. Da die Industrie so lange brachgelegen hatte, war das Wasser sauber und glitzerte in der Sonne. Eine sandige Bucht erstreckte sich vor uns, ihre Kieselsteine glänzten wie farbige Perlen. Das Land hob sich sanft und war mit Gräsern und Wildblumen übersät. Wenn man es nicht besser gewusst hätte, so hätte man völlig vergessen können, dass auch hier der schrecklichste Krieg aller Zeiten getobt hatte.

Günter und Helmut schwammen weit in den Fluss, aber wir Mädchen blieben in der Nähe des Ufers. Ich war mir meiner Schwimmkünste nicht allzu sicher und zog es vor, festen Boden unter den Füßen zu behalten. Gerda schwamm noch weniger, also sprangen wir in den Wellen auf und ab. Ein gelegentlicher Schleppkahn tuckerte vorbei.

Wir campierten auf einer Felszunge, die flach wie ein Tisch in den Rhein hineinragte und mit Gras bewachsen war. Das Zeltdach war so niedrig, dass wir auf den Knien hineinkriechen mussten, um uns nicht den Kopf zu stoßen.

Auf dem Weg hatten wir frische Brötchen geholt, die wunderbar dufteten und im Mund zergingen. Dazu gab es Erdbeermarmelade und ein Stück harten Käse. Beim Bauern besorgten wir Stroh, mit dem wir unsere Zeltböden wie Nester polsterten. Helmut hatte Trinkwasser, Wein und eine Flasche Schnaps besorgt.

Am Abend versorgte Günter das Feuer und wir erzählten Geschichten und tranken.

Die plötzliche Empfindung, frei zu sein, machte mich schwindelig und erregt. Oder lag es am ungewohnten Alkohol? Ich hatte Freunde und einen tollen Mann in meinem Leben und zum ersten Mal war ich unbekümmert. Günter neben mir zu wissen, war wie eine unsichtbare Berührung. Als ob seine Seele mich aus der Entfernung streichelte.

Am Nachthimmel funkelten die Sterne wie Diamanten auf Samt. Ich dachte an Vati und fragte mich, ob er sie ebenfalls sah und ob er krank war. Ganz sicher hätte ich es doch irgendwie gespürt, wenn er gestorben wäre, oder? Nein, er konnte nicht tot sein.

Helmut stand auf und massierte Gerdas Schultern. »Wir gehen schlafen.«

Günter sah mich an, seine Augen waren im flackernden Licht unlesbar. »Willst du auch ins Bett?«

»Ich bin ziemlich geschafft.«

Meine Nerven flatterten und ließen meine Knie zittern, während Günter das Feuer löschte. Dann richtete er sich auf und schlang seinen Arm von hinten um mich.

»Gefällt es dir hier?«, flüsterte er, bevor sein Mund meinen Hals fand.

Ein heißer Wind pulsierte durch mich, als ich mich gegen ihn presste. »Es ist so schön.«

»Dann komm.« Günters Stimme war sanft und tiefer als sonst.

Im Dunkel spürte ich seinen Körper mehr, als dass ich ihn sah, der schwache Schimmer auf seiner Haut war wie eine Einladung. Das Stroh raschelte unter uns.

Seine Lippen fanden meine. »Hallo.«

Der Fluss murmelte in der Ferne und ich erwiderte seine Berührung. Günters Hände wanderten tiefer, knöpften meine Bluse auf, jede Bewegung erschien mir unerträglich langsam. Eine brennende Hitze eilte meine Wirbelsäule entlang. Wir hatten uns oft geküsst und uns manchmal in Günters Zimmer versteckt. Jetzt waren wir zum ersten Mal wirklich allein.

»Bist du glücklich?«, fragte er.

»Mmmh.«

Eine schwache Brise streichelte meine nackte Haut, gefolgt von Günters Hand. Ich öffnete sein Hemd und wanderte mit den Fingerspitzen durch das dichte Haar auf seiner Brust. Sein Beben erstreckte sich über meinen Arm zu meinem Herz. Ich schlängelte mich aus der Bluse und zog ihn an mich. Mein Körper badete in seiner Nähe, dieser neuen Vertrautheit. Da war so viel Haut, seine Hitze auf meiner.

»Bist du sicher, dass du es tun willst?«, fragte er. Seine Lippen fuhren hauchzart mein Schlüsselbein entlang.

»Wir müssen vorsichtig sein. Mutti bringt mich um, falls ich …«

»Bevor das passiert, bringe ich dich weit weg«, schmunzelte er.

»Bring mich jetzt weg.«

Mein Atem beschleunigte sich. Neue Empfindungen brachen in mir hervor. Ich erinnerte mich an unsere erste Begegnung, das herrliche Gefühl seiner Hände auf meinen, diese Hände, die so vieles wussten. Die Sorge, Helmut und Gerda könnten uns hören, verblasste. Günters Finger tanzten tiefer.

Meine Gedanken kehrten zu Huss und seinem widerlichen Gestank zurück. Ich seufzte.

»Was ist los?«

»Nichts.«

»Soll ich aufhören?«

»Ist alles gut.« Ich würde Huss nicht die Genugtuung geben, meine Liebe zu ruinieren.

»Wenn du warten möchtest, ist das in Ordnung.«

Mein Mund schloss sich über seinen und ich ergriff seine Hand. Ich lag flach auf dem Boden, und doch war mir schwindlig, als hinge ich über einem Abgrund. Mein Körper war nicht mehr meiner. Er schwebte wie ein Ballon, losgelöst und frei. Verlangen erwachte in mir.

Als Günter am Hosenbund meiner Shorts zupfte, hob ich meine Hüfte und er zog sie hinunter. Er riss sich Hose und Hemd vom Leib, wobei unser Dach beinahe einstürzte. Ein Kichern brach aus meinem Hals hervor, bevor sein nackter Körper auf meinen traf. Ich erzitterte und wurde still.

»Ist dir kalt?«, wisperte er.

»Nein.«

Ich erkundete seinen Rücken, wanderte tiefer und über den Bauch. Ich genoss diesen flachen und muskulösen Teil von ihm, fand ihn unglaublich erotisch. Meine Finger glitten weiter, pausierten hier und da, wenn ich für einen Moment zu sehr von meiner eigenen Lust abgelenkt war. Unser Atem verschmolz.

Der Fremde im trüben Licht meines Schlafzimmers kroch auf mich zu. Ich blinzelte, wollte die Erinnerung ausradieren. Ich tauchte aus der Vergangenheit wieder auf und spürte Günters Hände auf meinem Bauch. Sie wanderten, kreisten und eroberten neue Stellen.

»Du schmeckst nach Erdbeeren«, murmelte er an meinem Ohr.

Da ließ ich meine Gedanken los. Ängste und Sorgen verschwanden und ich drängte mich an ihn. Er sollte sich beeilen. Ich wollte …

Das Stroh raschelte leise, als er sich zum Zentrum meiner Lust vortastete. Hier hatte ich hin und wieder Vergnügen gefunden, aber dies war anders. Nichts war vergleichbar. Ich stöhnte und mein Leib erzitterte unter seinen Fingern. Ich tat es ihm nach, fasste zu.

Er erbebte und als ich es nicht mehr aushalten konnte, zog ich ihn zu mir. Die Welt verschwand. Das Leben konzentrierte sich nur mehr auf uns, die Luft lebte und pulsierte. Er drang langsam in mich ein, stieß gegen die jungfräuliche Verengung. Meine Existenz verflüssigte sich, gab nach. Unsere Bewegungen waren zu Anfang ungeschickt, dann rhythmisch.

Der stumpfe Schmerz verschwand. Günter wurde langsamer, seine Hüften waren weich und leicht wie Federn, heißer Atem auf feuchter Haut … unerträglich schön. Ich vergaß, wo mein Körper begann und endete. Ich existierte daneben und darüber. In mir.

Und stieg höher.

Mein Herz polterte gegen seine Rippen, die Lust wuchs, bis der Höhepunkt mich hinwegschwemmte. Nass vor Schweiß lagen wir still, hielten Händchen mit verschlungenen Fingern.

Stille umgab uns, als gäbe es keine Zeit mehr, als horchte sie untätig. Nichts war wichtig außer unseren lächelnden Gesichtern in der Nacht.

Ich erwachte früh. Es war ruhig, das Flüstern des Rheins wie ein alter Freund. Im Halbdunkel der Morgendämmerung sah ich auf den Mann neben mir. Günter lag auf dem Rücken, sein Mund war entspannt, sein dunkles Haar hing ungestüm über die Stirn. Ich sah ihm beim Schlafen zu, kuschelte mich an ihn. Er murmelte etwas und zog mich an sich. Ich war sicher und geborgen, ein Gefühl, das ich zuletzt empfunden hatte, als Vati noch zu Hause gewesen war. Es war so lange her … Es hatte nur etwas Schattenhaftes von dem, was jetzt in mir vorging – diese Nähe und Behaglichkeit, dieser Mann, der in mein Leben getreten war.

Ich liebte ihn.

Da sich meine Blase meldete, schlich ich hinaus und kletterte zum Strand hinunter. Es war friedlich. Das kühle Wasser umspielte meine Zehen. Ich schlenderte flussabwärts und genoss die Aussicht. Nachdem ich mich hinter einem Gebüsch erleichtert hatte, warf ich die Arme hoch und atmete tief ein. Ein Grinsen erschien auf meinem Gesicht, als ich mich an letzte Nacht erinnerte. Ein neuer Sturm braute sich in meiner Mitte zusammen. Die Luft rauschte, die Farben leuchteten, das dichte Grün war durchsetzt mit Gänseblümchen und Löwenzahn. Der Rhein flüsterte, strebte zielsicher weiter Richtung Nordsee — mit einer ebensolchen Entschlossenheit wie ich. Wellen plätscherten und warfen die Kiesel im Spiel durcheinander.

So fühlte es sich an, lebendig zu sein.

Man sagt, Glückseligkeit sei flüchtig wie heißer Atem im Wind, aber bis heute erinnere ich mich an diesen Moment als an ein Hochgefühl bedingungsloser Freude. Dieser Teil von mir, den ich versteckt hatte — dieser Teil, der zu empfindsam war, zuzugeben, wie schmerzhaft Muttis Verweigerung, mich zu lieben, war –, triumphierte. Ich wurde nicht länger abgelehnt, nicht länger kalt behandelt. Ich hatte jemanden in meinem Leben, der mich schätzte und der mich als wertvollen Mensch empfand.

Ich hätte gesungen, aber meine Stimme war das Jubeln nicht gewohnt.

Stattdessen tanzte ich ein paar Schritte, warf einen Stock ins Wasser und sah ihm zu, wie er in der Strömung davonschwamm.

BUCH DREI: JUNI 1952 BIS SEPTEMBER 1953

KAPITEL ZWEIUNDDREISSIG

Lilly: 4. Juni 1952
Die Feier sollte in fünfzehn Minuten starten und ich sah zum hundertsten Mal zum Fenster raus. Der Weg durch den Vorgarten, zum großen Teil verdeckt von der Rotbuche, die in meiner Kindheit meine treue Freundin gewesen war, blieb hartnäckig leer. Warum war Günter ausgerechnet heute spät dran?

Zu aufgeregt, um stillzustehen, drehte ich eine weitere Runde durchs Wohnzimmer. Es war schäbig, wirklich – das Sofa ein übergroßer Schwamm, die Sitzkissen abgenutzt glänzend wie die Glatze eines kahlwerdenden Mannes. Die Gläser passten nicht zueinander, standen aber in perfekten Reihen. Servietten waren gestapelt, Bretzeln und Brot arrangiert in Schüsseln auf dem Tisch.

Ich focht gegen die aufkeimende Panik, meine Gäste ohne einen Tropfen Alkohol empfangen zu müssen. Heutzutage, sieben Jahre nach dem Krieg, wo wir alles nötig hatten, aber nichts bekommen konnten, betrank sich jeder Deutsche so oft und schnell wie möglich. Es war wie ein Rausch — ein Sturmlauf ins Vergessen.

Mir bekam es schlecht. Die Empfindung, außer Kontrolle und benommen zu sein, beunruhigte mich. Mein Kopf schien sofort benebelt. Am nächsten Tag war ich jedes Mal krank, mein Magen ein leerer mit Galle gefüllter Sack, meine Zunge ein pelziges Tier, dass mich würgte.

Oh, was hätte ich darum gegeben, diese Sorglosigkeit, die meine Freunde an den Tag legten, zu fühlen. Alles zu vergessen und unbeschwert zu sein. Stattdessen stoppte ich mich selbst, als hielte eine unsichtbare Schranke meine Gedanken gefangen — scharf wie zerbrochenes Glas —, obwohl ich doch eigentlich den Nebel einer Flasche Schnaps bevorzugt hätte.

Lächelnd glättete ich meinen neuen Rock. Er war eng geschnitten und aus hellgrauer Wolle und hatte mich die Ersparnisse von sechs Monaten gekostet. Und oh, welcher Luxus war unser Kühlschrank, ein gebrauchter Bosch, der ein Vermögen gekostet hatte. Er war mit Kartoffelsalat, gefüllten Eiern und Würstchen beladen. Obwohl ich selbst alles hineingestellt hatte, schaute ich noch mal rein, um mich zu vergewissern.

»Was machst du denn?«, fragte Burkhart. Mit knapp fünfzehn schlugen seine schlaksigen Beine gegen den Küchentisch, Füße und Hände waren zu groß für seinen Körper. Mit glänzenden Augen verschlang er ein Brot, dick belegt mit Fleischwurst, seine Wangen rundeten sich und das Kinn war voller Krümel. Mutti hatte ihn als spezielles Geschenk hier gelassen, um meine Feier zu ruinieren.

Ich verübelte ihm, dass er meine Party infiltrierte. Trotzdem tat es mir gut, ihn essen zu sehen. Sechs Jahre Hunger waren schwer zu vergessen.

»Noch mal prüfen«, sagte ich ruhig. Es war nicht Burkharts Schuld, wenn Mutti ihn dazu benutzte, mich zu bestrafen.

»Du hast doch schon tausendmal nachgesehen.«

Ich ignorierte ihn und wischte ein weiteres Mal den Tisch ab.

Die Türklingel ging. Im Abbild des Flurspiegels glühte mein Lippenstift dunkelrot und betonte meine Frühsommerbräune. Ich machte mir nichts vor. Ich war keine Schönheit. Die Nase, die ich von Mutti geerbt hatte — sie nannte sie die *Kirschbaum*-Nase nach ihrem Zweig unserer Familie — war zu kräftig, aber heute Abend gefiel mir, was ich sah.

»Hallo Geburtstagskind«, sagte Günter, als ich die Tür aufriss. Er drückte mir einen flüchtigen Kuss auf den Mund, bevor er an mir vorbeidrängte. »Habe Beckmann-Pils und den Schnaps.« Er stellte den Kasten Bier unter den Tisch und zeigte mir die drei Flaschen Klaren. »Richtiger Korn, nicht dieser Nachkriegsfusel.« Er grinste, aber ich sah, wie müde er war. Die Sechzig- und Siebzigstundenwochen laugten ihn aus und es war erst Mittwoch.

Ich wollte ihn umarmen, mein Gesicht an die weiche Stelle an seinem Hals kuscheln, doch er trat einen Schritt zurück und starrte Burkhart an. »Was macht *der* denn hier? Ist deine Mutter …«

»Mutti besucht Onkel August. Sie hat Burkhart hier gelassen.« Ich zuckte hilflos mit den Schultern. Mit Mutti zu argumentieren, war schwieriger, als einen Eisberg zu versenken.

»Ich habe morgen Schule«, meldete sich Burkhart laut kauend.

»Weswegen du um neun im Bett bist«, konterte ich.

Burkhart zog ein Gesicht, bevor er seine Aufmerksamkeit einem Teller mit Schinken- und Käseröllchen zuwandte.

Endlich zog mich Günter ins Wohnzimmer, wo wir eine Gelegenheit zum Küssen hatten. Ich lehnte mich an ihn, trank seine Wärme und genoss den Abendstoppel seines Bartes. Er war immer noch dünn, fast knochig, und beinahe zehn Zentimeter größer als ich. Ich liebte vor allem seine Augen, die grün und braun gefleckt waren und mich an einen Sommertag im Wald erinnerten.

»Herzlichen Glückwunsch«, sagte er und legte eine winzige Schachtel auf meine Handfläche.

Meine Finger zitterten, als ich den Deckel öffnete. War es das, worauf ich wartete? Genauso schnell war der Gedanke fort. Ein silberner Anhänger in Tropfenform lag im Seidenpapier, ein winziger blauer Stein im bauchigen Teil eingefasst. Daneben lag eine zierliche silberne Kette.

»Es ist wunderschön«, sagte ich – und meinte es. Als ich mit dem Anhänger um den Hals vom Schlafzimmer zurückkehrte, klingelte es an der Tür.

Helmut und Gerda stürzten in den Flur, gefolgt von Günters älterem Bruder Hans und seiner neuen Frau. Unsere Wohnung füllte sich schnell. Ich nahm Jacken an und teilte Getränke aus. Heimlich fragte ich mich, ob Peter Neumann aufkreuzen würde.

Ich hatte ihn zufällig bei Ullrich getroffen. Als er seine Forschungsarbeit abgab und ich entdeckte, worüber er geschrieben hatte, hatte ich ihn darum bitten müssen. Wir hatten ein paar Mal miteinander gesprochen, wenn es zum Drucken der Texte Fragen gab. Ich war sicher, dass er mir mit Vati helfen konnte.

Bald erstickte das Wohnzimmer in Rauch und Alkoholdämpfen. Günter schlappte an mir vorbei und lehnte sich aus dem Fenster. Er hatte sich nicht am Singen der anderen beteiligt. Ich folgte und drückte seine Hand. Zarah Leanders *Wunderbar* erklang aus dem Radio. Hinter uns wiegten sich die Paare.

»Möchtest du tanzen?«

Günter schüttelte den Kopf. »Keine Lust.«

Als ob er mich gehört hätte, brüllte Helmut, »Ich will jetzt Walzer tanzen.« Er warf seine Schuhe in die Ecke und zog Gerda mit sich. »Lasst uns tanzen, tanzen, tanzen«, schrie er.

Ich grinste und rief ihm zu, »Helmut, von deinem Singen wird die Milch sauer.«

»Ist mir egal.« Taumelnd fing er sich am Radio und drehte an den Knöpfen.

Über Frank Sinatras schmachtende Stimme hörte ich die Klingel kaum. Im Türrahmen stand Peter Neumann.

»Tut mir leid, dass ich so spät komme. Hatte eine Besprechung mit meinem Professor und hab den Zug verpasst.« Peter stopfte ein Bouquet Flieder in meinen Arm. Der berauschende Duft mischte sich mit den Partydünsten.

»Schön, Sie zu sehen«, sagte ich und musterte meinen Gast. Er war einige Zentimeter größer als Günter, seine Brauen hatte er leicht hochgezogen, was ihm einen gelehrten Ausdruck verlieh. Ich hatte tausend Fragen und überlegte, ihn gleich hier nach seinen Forschungen auszuhorchen, als es in der Küche krachte, gefolgt von Kreischen und Fluchen.

Ich murmelte »Entschuldigung« und »einen Moment bitte« und ließ ihn im Flur stehen. Burkhart, von blauen und orangefarbenen Scherben umgeben, mühte sich gerade, vom Boden aufzustehen.

»Was ist passiert?« Als ich Burkharts Schultern stützte, stolperte er gegen mich und rülpste. Ich ergriff sein Kinn und schaute ihn mir genauer an. »Wie viel hast du getrunken?«

Seine rotgeränderten Augen und die Schnapsfahne sprachen Bände.

»Muttis beste Porzellanschüssel«, brummte ich, wobei mir der kalte Schweiß ausbrach.

Peter Neumann erschien an meiner Seite, seine Hand, lange weiße Finger mit feinen blonden Haaren, legte er beruhigend auf meinem Unterarm. »Kann ich helfen?«

»Ich muss ihn ausnüchtern, bevor Mutti …« Wo war Günter? Ich zwang mich zum Lächeln, hoffte, meine Verärgerung über Günters Abwesenheit verbergen zu können.

»Wie kann ich helfen?«, bot Peter an.

»Ich sammle eben die Scherben auf.« Ich beugte mich vor und überlegte dabei, wie ich am besten mit Peter allein sprechen konnte.

»Ich will auch Tango tanzen«, lallte Burkhart, als Helmut im Wohnzimmer erneut zum Tanzen aufrief. Bestimmt hörte uns die gesamte Nachbarschaft.

»Du tanzt höchstens noch in dein Bett«, sagte ich.

»Wie wär's mit einem Glas Wasser?« Peter wandte den gleichen beruhigenden Griff an Burkharts Schulter an und steuerte ihn zur Spüle.

»Bin gleich wieder da«, murmelte ich Peter zu.

Trotz des Durcheinanders musste ich grinsen. Konnte der Abend noch unwirklicher werden? Aus dem Wohnzimmer drang Blue Tango und meine Füße zuckten. In dem ganzen Durcheinander von Günter keine Spur.

»Hast du Günter gesehen?« schrie ich Gerda an, die gerade rotgesichtig an mir vorbeischob.

»Ist vielleicht zum Klo«, sagte sie, wobei sie eine Hand auf Helmuts Mund legte, um seinen Gesang abzudämpfen.

»Lilly, stell sofort die Musik leise.« Mutti stand stocksteif im Türrahmen. Ihre Lippen waren flachgepresst und zeugten von ihrem Zorn. »Dein Bruder braucht seinen Schlaf. Die Nachbarn auch.«

»Tut mir leid, Mutti.« Ich drehte an den Radioknöpfen und fluchte innerlich, weil ich sie nicht hatte reinkommen sehen.

»Entschuldigung, Frau Kronen«, sagte Helmut. »Ist mein Fehler. Ich wollte tanzen.«

Mutti ignorierte ihn und drehte sich auf dem Absatz um. Doch bevor ich Zeit hatte, nach Burkhart zu sehen und Peter zu warnen, war Mutti bereits in die Küche geeilt. Ich stand hinter ihr und versuchte verzweifelt, Peters Aufmerksamkeit auf mich zu lenken. Aber es war zu spät.

»Was ist mit Burkhart passiert?« Mutti warf einen bösen Blick auf Peter und beugte sich über Burkhart, der am Tisch saß und sich den Kopf hielt. »Oh Liebling, was haben sie mit dir gemacht?«

Burkhart grinste sie schief an.

Peter verbeugte sich und ging an mir vorbei. »Ich gehe besser«, raunte er. »Ich melde mich.«

»Ach, bleiben Sie doch auf ein Glas und was zu essen«, sagte ich kleinlaut. Innerlich erschauerte ich beim Anblick der abgegrasten Schüsseln und Teller.

»Vielleicht ein anderes Mal.«

Mit den Lippen formte ich »danke«, weil meine Kehle vor

Frustration wie zugestopft war. Ich hatte so gehofft, ein paar Minuten mit Peter sprechen zu können. Noch peinlicher war mein Bruder … Und Mutti beschuldigte meinen Gast auch noch, Burkhart besoffen gemacht zu haben.

Tolle Feier.

Die Freude an meinem Geburtstag war entwichen wie Luft aus einem durchstochenen Luftballon. Im Wohnzimmer säuselte Musik und meine Freunde unterhielten sich leise.

Bevor Mutti einen Anfall bekam, lenkte ich Burkhart ins Bett.

Als ich zurückkehrte, lungerte Helmut auf der Couch. »Trink einen mit mir«, sagte er und langte nach der halbvollen Schnapsflasche auf dem Tisch. »Komm schon, nur einen.«

Ich sackte neben ihn und nahm einen Schluck.

Lydia, meine alte Freundin aus der Grundschule, war in ein Gespräch mit ihrem neuen Freund, Kurt, vertieft. Hans und seine Frau quatschten mit Gerda, deren Augen funkelten.

»Ich kann's kaum glauben, dass du zwanzig bist«, nuschelte Helmut in mein Ohr. »Unser Kind wird erwachsen.«

Ich verzog das Gesicht. »Sehr witzig.« Ich war es leid, behandelt zu werden, als könnte ich keine eigenen Entscheidungen treffen. Nur weil die anderen drei oder vier Jahre älter waren.

»Ach, komm schon. Ich hab's nicht so gemeint.« Helmut sah mich reuevoll an, bevor er zu singen begann. »Hoch soll sie leben, hoch soll sie leben, dreimal hoch.«

Die anderen stimmten ein und ich leerte das Schnapsglas, das Helmut mir wieder aufgefüllt hatte. Die Flüssigkeit brannte einen feurigen Weg in meinen Magen.

»Du siehst heute sehr hübsch aus«, sagte Helmut, immer der Charmeur. »Willst noch einen?«

Ich schüttelte den Kopf und sprang auf. Der Alkohol kroch in mein Hirn und erhitzte meine Wangen. Die Vorstellung von Mutti, schmorend in der Küche, verblasste.

Als ich das Wohnzimmerfenster öffnete, um frische Luft zu schnappen, erkannte ich Günter im Schatten der Rotbuche. Da also steckte er. Da ich nicht brüllen wollte, eilte ich nach draußen.

»Warum rauchst du nicht drinnen?«, fragte ich. Irgendetwas störte mich an der Art, wie er am Zaun lehnte. Ich war immer ehrlich und geradeaus, vielleicht zu geradeaus, also gefiel mir diese Rückzugstaktik gar nicht. In der letzten Zeit hatten wir nichts anderes getan, als jedes Wochenende zu trinken.

Günters Augen leuchteten in der Dunkelheit. »Ich brauchte Luft.«

»Was ist los?«

»Ist alles gut«, lachte er, aber sein zynischer Ton entging mir nicht.

Was war nur mit ihm los?

»Ach, komm schon«, witzelte ich. Im Hinterkopf registrierte ich noch etwas. Günter log. Trotzdem sagte ich nur: »Sei doch kein Spielverderber. Außerdem hast du verpasst, wie Mutti meinen betrunkenen Bruder entdeckte.«

»Da hab ich aber Glück gehabt.« Er paffte an der Zigarette und lehnte sich erneut gegen den Zaun. »Wer war der andere Kerl da drin?«

»Ich hab dir doch erzählt, dass ich Peter Neumann im Büro kennengelernt habe. Er schreibt eine Forschungsarbeit über vermisste Soldaten und solche in Gefangenschaft. Er kann mir vielleicht mit Vati helfen.«

Günter grummelte irgendwas und tätschelte meinen Arm. »Geh schon rein. Ich komme gleich.« Er küsste mich flüchtig auf die Stirn, während seine Hand zu meiner Taille rutschte und dann runterfiel.

Ich sehnte mich danach, sie auf mir zu fühlen, diese geschickten Finger. Sollte ich ihn in eine dunkle Ecke ziehen? Wir mussten uns ständig heimlich lieben, wenn wir eine Gelegenheit hatten, taten es aber nie in meinem Haus.

Ich wollte fragen, weshalb er eine so düstere, fast schon hoffnungslose Miene zog, während alle anderen sich amüsierten. Aber etwas hielt mich zurück. Es war spät, und wir mussten alle am nächsten Morgen arbeiten.

»Du kannst auf der Couch schlafen, wenn du willst.«
Günter nickte.

Jetzt, wo ich näher hinsah, merkte ich, wie betrunken er war. Ein feuchter Film lag auf seinem Gesicht und seine Augen schienen weit weg zu sehen. Warum hatte ich nicht auf ihn Acht gegeben? Aber dann, warum hatte er mir nicht mit den Gästen geholfen?

Ich rieb meine schmerzende Stirn. Mittlerweile hatte Mutti bestimmt die Scherben ihrer kostbaren Schüssel gefunden.

Um fünf Uhr war ich auf, schrubbte die Küche, spülte und wischte die Tische ab. Die ersten Vögel zwitscherten durch das offene Fenster und ich badete in der frischen Luft des frühen Morgens.

Ich lehnte mich zurück, um meine Arbeit zu begutachten. Egal, wie ich putzte, die Wohnung war bis auf die Knochen ausgelaugt. Sah so ein Heim aus? Wohl kaum.

Der Raum wirkte, als wäre er geschrumpft, und obwohl er jetzt sauber war, zeigte er den Verfall eines harten Lebens. Der Tisch, schmal und nackt, war verkratzt, die Tapeten hier und da durchgescheuert, schmutzig. Farbanstriche blätterten ab. Die Stühle mit den geraden Lehnen aus Hartholz hatten Löcher in das Linoleum gebohrt.

Ich scheuerte den Boden auf den Knien. Vor dem Ofen hatte er Risse und gelbliche Flecken. Ein sonderbares Licht füllte das Zimmer – trotz der frühen Sonne, die im Osten glühte, grau wie ein Novembermorgen.

Günter ging nach sechs. Seine Augen waren blutunterlaufen, die Stirn schweißnass. Als er mich an sich drückte, stand eine schale Alkoholwolke zwischen uns. Keine Zeit zum Reden. Er musste in weniger als einer Stunde bei der Arbeit sein und sich noch zu Hause waschen und umziehen.

Burkhart schleppte sich gegen sieben in die Küche, sein Gesicht war so blass wie die Wände.

»Ich trinke nie wieder.«

Ich stellte ihm eine Tasse Kamillentee und ein trockenes Stück Brot hin. »Iss. Ich schmiere dir dein Schulbrot.«

Er kaute mit geschlossenen Augen, während ich mir Schuhe und Mantel anzog. Zeit, zu gehen.

Als ich abends aus der Druckerei Ullrich eilte, war ich nicht überrascht, dass Günter mich nicht abholte. Er arbeitete Zwölfstundenschichten und war entweder noch in der Firma oder zu Hause schlafen.

Ich grinste und freute mich, ihn zu sehen, fühlte bereits seine Umarmung, seine Lippen auf meinen.

Wenn seine Eltern im Garten waren, liebten wir uns manchmal auf seinem Bett. Ich gebe zu, die Chance ertappt zu werden, machte das Ganze noch aufregender. Es war eine heikle

Sache, weil wir die Tür nicht abschließen konnten. Also setzte ich mich mit meinen Kleidern auf seinen Schoß. Meine daraus resultierenden glühenden Wangen machten mich verlegen. Ich war sicher, dass Günters Eltern genau wussten, was wir taten. Einmal hatten wir uns auf den Speicher geschlichen und an dem abblätternden Putz unter dem Fenster gelehnt, unser Atem zusammenschmelzend, während Günters Eltern und Großmutter im Garten bei Kaffee und Kuchen saßen.

Da wir keine Pläne für heute gemacht hatten, entschied ich mich, ihn auf dem Nachhauseweg zu besuchen.

Günters Mutter Grete öffnete die Tür. »Lilly.« Sie war eine kleine Frau, ihr Haar an den Schläfen ergraut.

Ich zupfte an meinem Kleid — mein Favorit mit blauen und weißen Streifen. »Wie geht's ihm? Er hat zu viel getrunken. Also, die meisten …« Gretes erstaunter Ausdruck ließ mich verstummen.

»Ich hatte gehofft, du könntest mir sagen, warum er nicht arbeiten gegangen ist«, sagte sie endlich und winkte mich dabei in die Küche.

Etwas Eisiges zirkulierte in meinem Magen. »Was meinen Sie damit, er sei nicht zur Arbeit gegangen? Ist er krank?«

»Er war heute Morgen hier. Dann ist er abgehauen. Er hat sich seltsam benommen und Extrakleidung in seiner Aktentasche mitgenommen.«

Ich runzelte die Stirn. »Warum nimmt er Kleidung mit zur Arbeit?«

»Er meinte, er wolle seinen Freund Fredi in Düsseldorf besuchen«, fuhr Grete fort.

Ein Kloß formte sich in meinem Hals. Gleich würde ich zu weinen anfangen. Ich schluckte ihn weg. »Was in aller Welt macht er nur? Er hat mir nichts erzählt.«

»Ehrlich gesagt war er ziemlich gereizt, Lilly.« Grete tätschelte meinen Arm. »Ich dachte, ihr zwei hättet einen spontanen Ausflug geplant.«

Mein Blick verschwamm. »Das versteh ich nicht. Wir haben uns nicht gestritten und er hat gar nicht …« Meine Stimme weigerte sich, fortzufahren.

»Ich bin sicher, dass er heute Abend wiederkommt.«

»Aber er hatte doch keinen Urlaub im Betrieb.«

»Günter war immer unabhängig. Er musste es sein. Während des Krieges hat er für uns gesorgt.«

Ich nickte. Das war eines der Dinge, die ich so an ihm schätzte. Er kümmerte sich immer um mich.

»Mach dir keine Sorgen.« Grete rührte in der Suppe, die auf dem Herd köchelte. »Willst du zum Abendessen bleiben? Wir würden uns freuen.«

Ich sah auf, versuchte, meine weichen Knie zu kontrollieren.

»Ja, gern, wenn Sie nichts dagegen haben.« Ich verspürte keinen Hunger, aber ich lehnte nie eine Mahlzeit ab. Die mageren Jahre während und nach dem Krieg hatten meine Seele wie ein unsichtbares Brandmal geprägt.

»Guten Abend.« Hans trat in die Küche. »Herrliche Feier gestern, Lilly.« Ein erstaunter Ausdruck trat auf sein Gesicht. »Warum so ernst? Bald ist Wochenende.« Neugierig sah er zwischen mir und Grete hin und her.

»Günter ist verschwunden.« Grete deutete mit dem Kopf in meine Richtung. »Und er hat Lilly nichts von seinen Plänen erzählt.«

»Mein Bruder mal wieder.« Hans schüttelte den Kopf. »Er hat manchmal diese Ideen …« Er sah auf und verschluckte den Rest seines Kommentars.

Auf der einen Seite wollte ich wissen, was er gemeint hatte. Auf der anderen war ich froh, dass er nicht weitersprach.

Ich tat so, als würde zu Hause viel Arbeit auf mich warten, und schleppte mich nach dem Essen heim. Günters Fahrrad lehnte nicht, wie ich erhofft hatte, am Zaun. Nur Huss' alte Rostlaube stand in der Ecke.

»Du bist aber früh da.« Mutti saß auf der Couch und strickte. Der Duft von Peters Flieder hing schwer und süßlich im Raum. »Habt ihr euch gezankt?«

»Ich gehe ins Bett.«

Aber egal, wie müde ich war, ich konnte nicht schlafen. Mein Magen gurgelte mit der unverdauten Suppe und jedes Mal, wenn ich die Augen schloss, wisperte eine winzige Stimme in meinem Kopf. Eine Stimme, die ich vergessen geglaubt hatte.

Was ist nur in ihn gefahren?

Und schlimmer: *Was, wenn er dich verlässt wie dein Vater?*

Günter

Zu behaupten, Lillys Geburtstagsfeier hätte mich genervt, wäre eine Untertreibung. Ich fühlte mich seltsam losgelöst, interessierte mich weder für unsere Freunde, noch konnte ich mich am Essen erfreuen. Helmut ging mir auf die Nerven — und Lilly auch, sie sogar besonders mit ihrer nutzlosen Besessenheit, ihren Vater zu finden. Und da lud sie auch noch diesen Kerl ein, diesen Peter Neumann, nur weil der irgendwas über Kriegsgefangene schrieb.

Ich wusste nur, dass ich müde war. Nein. Erschöpft. Irgendwie innerlich dünn wie an dem Morgen vor einer Million Jahren, nachdem Helmut und ich uns mit dem gestohlenen Schnaps besoffen hatten. Ich war es leid, so viele Stunden zu arbeiten, leid, immer noch bei meinen Eltern zu wohnen, was mir keinerlei Privatsphäre erlaubte. Lilly und ich konnten uns nicht mal in Ruhe lieben. Lillys Mutter war total verrückt. Lilly zu besuchen, bereute ich jedes Mal, und ich fühlte mich wie geknebelt.

Jede Woche verlangte Mutter Mietgeld und ich musste den größten Teil meiner Einkünfte abgeben. Ich konnte es mir nicht einmal leisten, auszuziehen, und selbst wenn ich es gekonnt hätte, hätte es nichts genützt, denn es gab einfach keine freien Wohnungen.

Meine Brust verengte sich und mir wurde klar, dass ich stinksauer war. Seit über zehn Jahren arbeitete ich wie ein Besessener und kümmerte mich um andere. Und was konnte ich für all diese Arbeit vorzeigen? Nichts!

Aber es war mehr als das. Wut umhüllte mich wie schwarzer Nebel, eine Dunkelheit, die ich nicht durchdringen konnte.

Am frühen Morgen nach Lillys Feier stapfte ich nach Hause. Mein Schädel hämmerte, als wollte er sich für die zahllosen Schnäpse, die ich in mich hineingeschüttet hatte, rächen. Mein Hals bestand aus Sandpapier. Ich war ausgetrocknet. Nach mehreren Gläsern Wasser kühlte ich meine pochende Stirn am Hahn. Ich zitterte. Schweiß tropfte von meinen Achseln.

Ich richtete mich stöhnend auf und zwang mich, nach einem Arbeitshemd zu suchen. Meine Sicht wurde trüb und ich sank zurück aufs Bett, versuchte, mich zu konzentrieren und mit dem Gedanken zu ringen, der schon länger in meinem Hinterkopf gelauert hatte.

Ich war zum Stillstand gekommen. Sah keinen geraden Weg vor mir. Der Gang, den jeder andere nahm — Verlobung, Hochzeit, Sechzigstundenwochen und Saufereien am Wochenende —reizte mich nicht. Ich wollte eine andere Richtung einschlagen, nach rechts oder links ausweichen. Irgendwie verschwinden. Meine

Unentschlossenheit machte mich genauso verrückt wie das Wissen, dass mich keine dieser Richtungen glücklich machen würde.

Ich steckte den Kopf durch die Küchentür, wo Mutter rote Johannisbeeren für Gelee vorbereitete.

»Ich nehme mir heute frei«, murmelte ich. »Besuche vielleicht Fredi. Er schuldet mir Geld.« Sprechen war zu anstrengend, also schnappte ich mir eine Decke und rannte, ohne auf Antwort zu warten, hinaus.

Tief durchatmend, um die Spinnweben in meinem Hirn zu vertreiben, strampelte ich in Richtung Düsseldorf. So früh war es wolkig und kühl und die Anstrengung belebte mich. Ich fuhr durch kleine Dörfer, wo das Leben wie üblich vonstattenging, Leute Häuser bauten und zur Arbeit aufs Feld, in die Fabrik oder ins Büro hasteten.

»Fredi ist in der Schweiz«, verkündete seine Mutter, die mir auf mein Klingeln hin die Tür geöffnet hatte.

»Was macht er denn da unten?«

»Auf Montage arbeiten. Ich erwarte ihn erst Weihnachten zurück.«

Enttäuscht steuerte ich an Fredis Haus vorbei zum Rhein. Ich konnte nicht nach Hause. Konnte es einfach nicht. Stattdessen ließ ich mich auf die Mauer sinken und beobachtete, wie der Rhein vorbeifloss. Das Wasser flüsterte, ignorierte mich und meine Sorgen. Das Hämmern im Kopf hatte sich zu einem dumpfen Pochen reduziert. Ich massierte meinen steifen Hals und aß Brot und Käse, die ich auf dem Weg eingekauft hatte. Vor hundert Jahren hatten Lilly und ich uns hier zum ersten Mal geliebt. Jetzt erschien mir das Ganze unwirklich, noch unwirklicher als ein Traum.

Immer noch saß ich da. Immer noch starrte ich vor mich hin.

Es erstaunte mich, als es dunkel wurde. Resigniert rollte ich mich unter den Sternen in der Decke ein.

KAPITEL DREIUNDDREISSIG

Lilly, 6. Juni 1952

Es war morgens, Frühdämmerung, der zweite Tag seit Günters Verschwinden. Ich lag auf dem Rücken und starrte an die Decke. Die Tapete löste sich in verblichenen Fetzen, daneben Fliegendreck. Die Erkenntnis, dass es nötig wäre, dort oben sauber zu machen, waberte durch mein Hirn.

Der Gedanke war flüchtig und ich entschied mich, stattdessen darüber nachzudenken, was während meiner Geburtstagsfeier passiert war. Welche Anhaltspunkte hatte ich übersehen? Hatte Günter etwas gesagt, das ich wegen des Schnapses vergessen hatte? Hatte ich etwas gesagt, worüber er sauer war? War er auf Peter Neumann, den Mann, der mir mit Vati helfen sollte, eifersüchtig?

Außer Muttis Wutanfall und Peters schnellem Abschied fiel mir nichts ein. Ich sehnte mich nach Günters Nähe, fühlte die Abwesenheit seines Körpers, eine kalte Leere wie ein eisiger Windzug.

Heute war Freitag – Kinotag. Wenn das Wetter hielt, würden wir morgen vielleicht einen Ausflug zum See machen. Seit wir uns vor drei Jahren kennengelernt hatten, waren wir im Sommer jedes Wochenende zum See oder zum Rhein gefahren. Günter besaß inzwischen ein Zelt und wir besorgten beim Bauern Stroh. Ein Zittern durchlief mich. Wenn man unsere Zusammenkünfte in Günters Zimmer, in das jederzeit seine Mutter kommen konnte, nicht zählte, waren unsere Zeltausflüge die einzige Gelegenheit, ungestört allein zu sein.

Froh, dass Mutti noch schlief, machte ich mich für die Arbeit fertig. Ich wollte mit meinen Gedanken an Günter allein sein, mit diesem bröckligen Gefühl tief im Magen, das weder Hunger noch Völle bedeutete.

Ich würgte eine Schnitte Graubrot hinunter, die Krümel kratzten im Hals wie Sägemehl. Das Roggenbrot, das ich jede Woche für 42 Pfennig im Angebot kaufte, war dünn mit Butter und Erdbeermarmelade beschmiert, eine zweite Scheibe und eine Thermoskanne mit Pfefferminztee stellten mein Mittagessen dar.

»Morgen«, lallte Burkhart. Er rieb sich mit dem Schlafanzugärmel über die Augen und sackte auf einen Stuhl.

»Wie geht's dir?«, fragte ich. Er sah besser aus als gestern. Die Erinnerung an seine Trunkenheit ließ mein Schuldgefühl, nicht besser auf ihn geachtet zu haben, wieder aufflackern.

Er lächelte schief. »Taufrisch. Machst du mir ein Brot?«

Ich schob das Buttermesser in seine Richtung und stand auf. »Bist kein Baby mehr. Ich muss los.«

Sobald ich nach draußen trat, kehrten meine Gedanken zu Günter zurück. Ich bemerkte Gerda, die an der Ecke Brühler Berg und Wachtelstraße auf mich wartete, kaum.

»Guten Morgen, Sonnenschein«, sagte sie und hakte sich bei mir ein.

Ich brachte einen abgehackten Gruß zustande und eilte los. Heute Morgen wünschte ich mir, sie hätte die Straßenbahn genommen und mich allein gehen lassen. Es war ein vierzigminütiger Marsch zur Druckerei Ullrich, was viel zu viele Gelegenheiten bot, Fragen zu stellen.

»Was ist diesmal mit deiner Mutter los?«

Gerdas sorgenvoller Blick brannte auf meiner Schläfe, doch ich drehte mich nicht zu ihr um.

»Das Übliche. Hatte nur eine schlechte Nacht.« Heimlich fragte ich mich, warum ich Gerda nicht von Günter erzählte.

»Kopf hoch. Es ist Freitag, Kinotag.«

Ich nickte und für eine Weile gingen wir schweigend weiter, zwei Freundinnen, die kein ständiges Geplapper brauchten. Ich war dankbar, dass Gerda eher der ruhige Typ war. Heute Morgen kam mir das sehr gelegen.

Der Tag war vollgepackt mit Druckaufträgen, Anfragen und

Auslieferungen. Helmut schaute während der Mittagspause vorbei, mit Händen schwarz wie Kohle. Wir waren allein, weil Gerda einen Arzttermin hatte.

»Sag Günter, wir sehen uns heute Abend *Ein Amerikaner in Paris* an. Der hat im März einen Oskar gewonnen.« Helmut schluckte den letzten Bissen seines Käsebrots und verstaute das Papier sorgsam in seiner Tasche.

Damit hatte er unbewusst einen empfindlichen Nerv bei mir getroffen. Was nur sollte ich heute Abend zu Günter sagen? Wollte ich wütend oder versöhnlich sein? Ich wusste nur, dass mein Herz schmerzte, weil er mir nichts von seinem Ausflug erzählt hatte.

»Hast du gehört, was ich sagte?« Helmut sah leicht verwundert drein. »Du bist doch sonst nicht so zerstreut. Ist was passiert? Mit deiner Mutter?«

»Was? Nein, tut mir leid.« Ich zwang meinen Mund zum Lächeln. »Ein Amerikaner in Paris – klingt gut.«

»Ich habe gesagt, wir treffen uns um halb acht am Kino Zentral. Sie haben das Ding ganz neu renoviert.« Helmut warf einen Blick auf die Uhr und stand auf. »Ich muss gehen.«

Als ich mein halbgegessenes Brot in die Schublade stopfte, glitt ein Stück Papier mit Peters Adresse unter einem Notizblock heraus. Ich legte es auf den Schreibtisch und blickte zum Wandtelefon. Meine Mittagspause war erst in fünf Minuten vorbei — genug Zeit, um anzurufen.

Peter Neumann kannte sich mit Kriegsgefangenen aus. Und wenn er sich heute Abend oder morgen mit mir treffen wollte, wenn ich bei Günter war? Meine Hand sank zurück auf meinen Schoß. *Feigling!*

In Wirklichkeit schämte ich mich wegen der Feier … wegen Mutti. Ich konnte es nicht erwarten, auszuziehen, in eine eigene Wohnung – mit Günter.

Den ganzen Nachmittag über verhöhnte mich die Uhr. Die Zeiger klebten im Teer. Ich hörte jeden Klick, den der Minutenzeiger machte. Das Geräusch hallte in meinem Hirn, schlug vor meine Stirn und umgab mich wie eine zu feste Umarmung. Ich wollte endlich fertig sein und Günter sehen. Trotzdem gelang es mir, mich auf die Auftragslisten zu konzentrieren, perfekte Zahlen zu übertragen, die Papierauswahl und Druckfarben repräsentierten.

Was sollte ich Günter fragen? Wo warst du? Was hast du

gemacht? Warum hast du mir nicht von deinem Ausflug nach Düsseldorf erzählt? Von der Übernachtung – zwei Nächten?

Ich war so herrisch wie Mutti. Mein Verstand wanderte in eine Richtung und weigerte sich, Alternativen in Erwägung zu ziehen. Es war grässlich und ich wollte damit nichts zu tun haben, und trotzdem konnte ich nicht aus meiner Haut, sah nur eine mögliche Wahrheit, wie eine schreckliche Version von Mutti.

Um Punkt fünf eilte ich nach draußen, damit ich allein am Tor ankam.

»Holt dich Günter heute ab?«

Ich verschluckte einen Fluch, als Gerda von hinten meinen Ellbogen ergriff und mit mir zum Ausgang schritt. Ich vermied ihren Blick und rannte weiter. Und was, wenn Günter nicht da war?

Er war es nicht.

Mein Herz hämmerte gegen meine Rippen, als ich weiterging. Gerdas Geplauder bemerkte ich kaum. Ich drückte Luft durch den Hals und formte ein paar Worte.

»Arbeitet spät«, hörte ich mich sagen.

Als Gerda in einen Laden steuerte, um sich einen neuen Rock anzusehen, täuschte ich Hausarbeit vor und ging heim. Nach dem Essen würde ich Günter aufsuchen.

Meine Gedanken stürmten, als ich mich meinem Haus näherte. Selbst nach all dieser Zeit wanderte mein erster Blick zum Fenster im Parterre. Ich verbannte Huss aus meinem Kopf, sobald ich mir meiner schwelenden Ängstlichkeit bewusst wurde. Er verdiente meine Aufmerksamkeit nicht.

Nach einem gemurmelten Gruß zu Mutti und Burkhart verschwand ich im Schlafzimmer. Mein Bruder war schon vor einer Weile in Muttis Zimmer umgesiedelt, wo er auf einer schmalen Liege schlief. In besseren Zeiten wären wir längst in eine größere Wohnung mit separaten Schlafzimmern gezogen, aber das Geld reichte sowieso kaum.

Ich zog mich um, hängte mein Kleid zum Lüften auf und begann, auf- und abzuschreiten. Durch das offene Fenster drang das Geschwätz unserer Nachbarn. Herr Baum mähte seinen Rasen.

Mutti klapperte in der Küche. Es war die Einladung an mich, ihr bei der Vorbereitung des Abendessens zu helfen. Zu sagen, sie mochte nicht kochen, war reichlich untertrieben. Obwohl ich den ganzen Tag arbeitete und Mutti zu Hause blieb, richtete ich oft unsere Mahlzeiten.

Zweifellos würde sie sich nach meinen Abendplänen erkundigen. Ich hatte eineinhalb Stunden, bis wir Gerda und Helmut am Kino Zentral treffen sollten. Die Frage war: Würde Günter mich abholen oder sollte ich ihn überraschen?

»Ist heute nicht Zahltag?«, fragte Mutti, sobald ich die Küche betrat.

Mutti hielt den Rekord in passiver Aggression. Sie rührte im Topf, der irgendetwas mit Linsen oder Bohnen enthielt. Ich verdiente fünfundzwanzig D-Mark pro Woche und Mutti verlangte alles. Für Miete und Essen.

»Hier.« Sie überreichte mir drei Mark — mein Taschengeld — , nachdem ich ihr meinen Lohn ausgehändigt hatte.

Ich nahm kommentarlos die Münzen und ging zur Tür. Zum Glück zahlte Günter für unsere Ausflüge.

»Isst du nicht mit uns?«, fragte sie hinter meinem Rücken.

»Warte nicht auf mich.«

Der Weg den Berg hoch dauerte sieben Minuten. Als Günters Haus in Sicht kam, stockte mir der Atem.

Und wenn er noch immer weg war? Seine Mutter hatte am Vortag erwähnt, wie unabhängig er während des Krieges gewesen war. Was würde Mutti sagen, wenn ich heute Abend zu Hause blieb? Ich hatte in den letzten zwei Jahren nicht einen Freitag Abend daheim verbracht. Es war undenkbar.

Meine Augen brannten vor ungeweinten Tränen. Ich stellte mir vor, auf der Couch neben Mutti zu sitzen. Ihre neugierigen Blicke auf meiner Wange wie Brenneisen. *Was ist nur mit Lilly los?*, würde sie spekulieren. *Günter hat sie verlassen.*

Stopp, sofort, schimpfte ich innerlich. Heute würde er zu Hause sein. Ich wusste es.

Ich entschied mich, ihm zu sagen, wie sehr er mich verletzt hatte. Dass er nicht einfach davonlaufen konnte, um seinen Freund zu sehen. Meine Finger zitterten auf der Türklingel.

Ich freute mich jedes Mal, Günter zu besuchen, weil er eine richtige Familie mit einer Mutter *und* einem Vater hatte. Artur mochte ich besonders, seine Augen trugen den gleichen hellen Blauton wie ein Frühsommerhimmel. Er war kleiner als Vati, aber er war stark und verlässlich, arbeitete in einer Fabrik und oft im Garten hinter dem Haus. Seine Finger waren kräftig und verschluckten meine, wenn wir Hände schüttelten. Sie waren so anders als Vatis, die immer perfekt manikürt waren. Während ich den Gedanken an Vati von mir schob, kehrte meine frühere Unruhe mit aller Macht zurück.

Ich spähte gerade in den Garten, um zu sehen, ob Günters Fahrrad an der hinteren Ecke der Hauswand lehnte, als Artur mit der Schaufel in der Hand erschien.

»Lilly, wie schön, dich zu sehen. Komm mit, wir sind im Garten.«

Lächelnd folgte ich ihm. Ist es nicht seltsam, wie das Herz die geringste Hoffnung aufgreift, den winzigsten Anreiz, sich ermutigt zu fühlen? In diesem Sekundenbruchteil erlaubte ich mir, aufgeregt zu sein, sogar Freude zu empfinden.

Mein Lächeln gefror, sobald wir um die Ecke kamen. Es war ein wunderschöner Abend, die Luft war mild und roch nach dem Duft von Blumen und gemähtem Gras. Bevor jemand etwas sagte, begriff ich, dass Günter nicht zurück war.

»Ist er …?« Ich brach ab, weil ich meiner Stimme nicht traute. Sie hatte sich das Zittern angewöhnt. Ich verachtete mich dafür, weinerlich zu sein.

Grete schüttelte den Kopf. »Ich habe geglaubt, er würde bis jetzt wieder auftauchen, aber keiner hat von ihm gehört.«

»Ich bin wirklich verärgert.« Artur wischte sich mit einem Lappen den Lehm von den Händen. »Ich habe ihn bei seinem Chef entschuldigt, aber wenn er bis Montag nicht zurück ist, verliert er seine Stelle.« Er setzte sich neben Grete und wich meinem Blick aus. »Ich weiß nicht, was in ihn gefahren ist.«

»Sie glauben doch nicht … Und wenn etwas passiert ist?«, presste ich heraus. Ich stellte mir vor, wie Günter blutüberströmt in einem Graben lag.

»Sicher hätten wir dann etwas darüber gehört.« Gretes Stimme klang angespannt, sie massierte sich die Schläfen.

»Er könnte sich den Kopf verletzt und eine Amnesie haben«, sagte ich.

Obwohl Artur nickte, war klar, dass er das nicht glaubte. Ich auch nicht.

»Er hat dir gar nichts gesagt?«, fragte Grete.

»Kein Wort.« Zum hundertsten Mal ging ich in Gedanken die Nacht meiner Geburtstagsfeier durch. »Er war müde und betrunken, aber …«

Mir fiel ein, dass er mich nicht richtig angesehen hatte, mir nur einen flüchtigen Kuss auf die Stirn gegeben hatte. Das war nicht der Günter, den ich kannte. Etwas hatte nicht gestimmt, aber ich war zu beschäftigt und zu sehr in Gedanken gewesen, um nachzufragen.

Ich schauderte. Natürlich hatte ich etwas bemerkt. Warum hatte ich nicht nachgefragt, als er log?

Und wenn er die ganze Zeit geplant hatte, wegzugehen? Welche anderen Anhaltspunkte hatte ich übersehen – oder schlimmer noch: ignoriert?

Ich lehnte ein weiteres Abendessen ab und schlenderte in den Abend. Allein. Die Luft vibrierte mit den ersten Bienen und die Vögel zwitscherten unbesorgt. Ich drängte die Schuldgefühle, Helmut und Gerda umsonst am Kino warten zu lassen, von mir. Wie konnte ich ihre Fragen beantworten, wenn ich selbst nur Fragen hatte?

Ich wanderte die Straßen entlang und landete in dem kleinen Park, wo ich in den Jahren nach dem Angriff Wasser geholt hatte. Außerstande, einen weiteren Schritt zu gehen, sank ich auf einen Baumstumpf.

Nach Hause und Mutti entgegentreten konnte ich nicht. Ich konnte nirgendwo hin. Ich steckte in meinem Kopf fest, losgelöst von meinem restlichen Körper, aufgewühlt und in einer Düsternis gefangen, von der ich geglaubt hatte, sie abgestreift zu haben. Neue Sorgen stürzten auf mich ein und legten sich wie eine schwere Last auf meine Knochen. Günter könnte sich verletzt haben. Deutschland hatte Millionen Hektar Wald und jede Menge verlassene Straßen.

Mir kam ein schrecklicher Gedanke. Was war denn, wenn ihn jemand angegriffen und sein Geld gestohlen hatte? Ob zufällig oder absichtlich, Günter könnte ermordet worden sein und in einem flachen Grab liegen. Wir würden ihn nie finden. Günter hatte mir von seinen Klassenkameraden erzählt, die in den letzten Wochen des Krieges spurlos verschwunden waren. Jeder einzelne. Die Eltern dieser Kinder hatten kein weiteres Wort gehört, genau wie ich vielleicht nie erfahren ... ihn nie wiedersehen würde.

Ein Geräusch ließ mich zusammenfahren. Mit lautem Keuchen wich mein eigener Atem von mir. Es konnte nicht sein. Nicht das. Nicht nach dem Überleben dieses schrecklichen Krieges, der Hungerjahre.

»Sei nicht albern«, murmelte ich. »Er ist absolut in der Lage, auf sich aufzupassen. War er immer.«

Als sich die Dämmerung senkte, stand ich auf. Ich hatte einen neuen Entschluss gefasst. Morgen würde ich Gerda alles erzählen, denn Sonntag würde Günter wieder da sein.

Und nach etwas Schimpfen würde ich ihm vergeben.

Günter

Zwei Tage später war ich genauso klug wie am ersten Tag. Ich wusste nur, dass mich allein der Gedanke, nach Hause zu fahren, zur Weißglut brachte. Ich brauchte mehr Zeit. Wofür wusste ich nicht. Zum Nachdenken? Oder Vergessen?

So oder so war Freitag. Ich schwang mich aufs Rad und steuerte gen Süden, stoppte nur, wenn meine Beine nicht mehr konnten, der Magen knurrte oder ich pinkeln musste. Die Bewegung und die frische Luft hungerten mich aus. In der heißen Sonne radelte ich mit nackter Brust, aß Bratkartoffeln, Eier und Speck bei einem Bauer und schlief in seinem Heuschober.

KAPITEL VIERUNDDREISSIG

Lilly: 9. Juni 1952

Montagmorgen erwachte ich früh. Mein Kopf brummte, als wäre ein Bienenschwarm darin gefangen. Mein Rumpf fühlte sich schwer an, zu schwer, um sich zu bewegen. Nicht mal zu einer Seite. Ich lag mit geöffneten Augen auf dem Rücken und starrte auf den Fliegendreck und die Nähte der sich lösenden Tapete.

Ich war wieder im Krieg — die Welt, die ich kannte, hatte sich verschoben. Die Trümmer unter meinen Füßen ließen mich taumeln und wenn ich aufsah, war alles, was ich geliebt hatte, verschwunden.

Günter war gestern nicht heimgekommen.

Ich sah mich als alte Jungfer neben Mutti auf dem abgewetzten Sofa unserer Wohnung sitzen, in dieser Behausung mit den muffigen alten Stühlen und dem Schreibtisch — dem Schreibtisch, der einst Vatis Erinnerungen enthalten hatte, dem Schreibtisch, der jetzt all dieser Dinge beraubt war. Günter war zuweilen waghalsig gewesen, sein Blick manchmal abwesend, die Lippen zusammengepresst. Dieser skeptische Ausdruck war mir nicht neu, er hatte ihn schon oft gezeigt, wenn er sich unbeobachtet fühlte. Schon bei unserer ersten Begegnung auf dem Straßenfest hatte er sich risikobereit gezeigt. Ich meine, wer gibt denn seinen letzten Pfennig aus, wenn er dann die ganze Woche pleite ist? Selbst in den schlimmsten Zeiten war ich vorsichtig und behielt eine oder zwei Mark für den Notfall.

Spontan huschte ich ins Wohnzimmer und ließ mich auf Vatis

Stuhl nieder. Die Ringe auf der Schreibtischoberfläche erinnerten mich an Narben — sie zu entfernen, war unmöglich. Wie oft hatte ich hier gesessen, zunächst auf Vatis Schoß und später, als er fort war, allein, um einen Hauch seines Wesens einzufangen und damit seine Anwesenheit herbeizubeschwören? Die kostbaren Lederteile und der Füllfederhalter waren längst verschwunden, vor Jahren weggetauscht.

Es war schon hell und himmlische Luft strömte durch das offene Fenster. Ich musste mich bewegen, musste aufstehen. Es war fast halb sieben und in weniger als eineinhalb Stunden begann die Arbeit.

Schwache Geräusche drangen von unten herauf. Eine Tür öffnete und schloss sich. Ein Räuspern. Huss war auf. Ich unterdrückte ein Schaudern.

Warum konnte *er* nicht verschwinden?

Günter

Das Wochenende flog vorbei wie die Landschaft. Neben mir formte der Rhein ein breites Tal. Alte Burgen und Ruinen lagen versprenkelt auf den Bergkuppen. Weinreben bedeckten die Hügel in ordentlichen Reihen.

Mit jeder Pedalumdrehung wuchs in mir die Erleichterung. Weg. Nur weg. Von allem. Die Gegenwart verblasste. Dafür erhoben sich die Geister meiner Vergangenheit, wurden klarer, scharf.

Da war Ralf Schlüter, der kleine Paul. Die tot am Tisch sitzende Nachbarin und Frau des verhafteten Kommunisten. Hans vom Tode umarmt. Der Alte, der in den Stadtruinen nach seiner Frau grub. Vogelnest und Harald, die SS-Männer im Gasthof, und...und. Ich blinzelte in die sinkende Sonne, froh der Wind trocknete meine Tränen. Ich hatte überlebt und trotzdem war ich leer. Die Hohlheit in mir beinhaltete mein Herz.
Lillys Gesicht, ihre Augen ernst und nachdenklich, schwebte in mein Bewusstsein.

Ich schob es fort.

KAPITEL FÜNFUNDDREISSIG

Lilly: 18. Juni 1952

Zwei Wochen nach meiner Feier umhüllte mich eine Sorgenwolke. Sie war so dicht, dass ich sie kaum durchdringen konnte und sie jeden meiner Gedanken und Taten überschattete.

Menschen lösten sich nicht einfach in Luft auf. Jedenfalls nicht mehr. Während des Krieges waren Millionen Menschen verschwunden, als ob die Erde sie verschluckt hätte. Aber dies war das Jahr 1952. Der Krieg war seit über sieben Jahren vorbei.

Das heißt, er war für andere vorbei. Für mich ging er weiter.

Mutti steckte den Kopf durch die Tür. »Was ist los?«

Ich hustete. Mein Hals war mit Schleim verstopft, ich bekam kaum Luft, als würden Finger mich erdrosseln.

Mutti kam herein und befühlte meinen Kopf. Innerlich schauderte ich und gleichzeitig verachtete ich mich dafür, ihre Berührung zu ersehnen. Ich konnte mich nicht erinnern, wann wir uns zum letzten Mal umarmt hatten. Ihre Haut war kühl gegen meine heiße Stirn.

»Du hast Fieber.«

Ich drehte mich zur Wand, wollte sie nicht sehen. Die anklagenden Blicke, die sagten: »Günter taugte nichts. Ich hatte dich gewarnt.« Mutti verstand es, ohne Worte zu kommunizieren. Obgleich lautlos, wussten sie in meinem Kopf zu kreischen.

Als Günter am ersten Wochenende nicht heimgekommen war, hatte ich es Gerda erzählt. Ich hatte es loswerden müssen. Seitdem diskutieren wir bei jeder Gelegenheit mutmaßliche Gründe für Günters Abwesenheit.

Am Anfang versuchte Gerda, mir Mut zu machen. »Du wirst sehen, er kommt jeden Moment heim. Er ist sicher krank oder pleite und kann deshalb nicht nach Hause.«

Ich nickte, wollte ihr glauben und wünschte, es stimmte. Aber da war der Druck in meinem Kopf, das sich in mir wie ein Schmerz ausbreitende Unbehagen. Gerda log. Sie glaubte sicher, Günter sei etwas Schreckliches zugestoßen.

Ich fragte mich, was Gerda tun würde, sollte Helmut auf diese Weise verschwinden. Aber … Es war nun mal nicht *ihr* passiert, sondern mir. Das Sehnen nach Günter kehrte wieder wie ein heißes Schüreisen und verbrannte mein Inneres.

Mein Kopf brauste vom Fieber. Aber die Sorge überragte alles. Und trotz meines Elends vermisste ich ihn körperlich. Meine Haut schmachtete nach seiner Berührung, unserer heimlichen Liebe. Das Wetter war perfekt. Helmut und Gerda, Günters Bruder Hans und seine neue Frau fuhren jede Woche zelten.

Die Morgenluft glitt über meinen Hals wie sanfte Finger und für einen Moment tagträumte ich, es seien Günters Hände auf meiner Haut, die meinen Busen streichelten. Meine Brustwarzen antworteten auf sein Necken, bis ich ihn weiterdrängte. Tiefer … Das Geräusch meines stockenden Atems brachte mich in die Gegenwart zurück, als wäre ich durch Eis in einen See gestürzt.

Ich rollte mich zur Zimmerseite, wo mein Kleid von gestern neben meinen Strümpfen zum Lüften hing. Ich hatte nur drei Paar und sie waren alle bis zum Gehtnichtmehr gestopft, Fersen und Zehen im braun gegarnten Kreuzmuster. Gerda trug richtige Perlonstrümpfe, die glatt und seidig ihre Beine zur Geltung brachten. Sie waren teuer, aber sie konnte es sich leisten, weil Gerdas Mutter sie nicht jede Woche ausblutete.

Günter würde mir welche kaufen, wenn ich ihn darum bat … Ich zog die Knie an meine Brust, während das Bewusstsein, dass er verschwunden war, mich überwältigte.

Nach einer Weile lehnte ich mich aus dem Bett. In der Handtasche lag der Zettel mit Peters Adresse. Ich entschied mich, ihm zu schreiben, ihm Vatis Urteil und Kriegsgefangenschaft in Russland zu erklären. Ihm mitzuteilen, dass ich Hilfe brauchte.

»Bleibst du zu Hause?«, fragte Mutti von der Tür und zwang mich zurück in die miserable Gegenwart.

»Nur heute«, krächzte ich.

»Ich koche Tee.« Mutti schloss die Tür und ich lauschte ihr und Burkhart durch die Wand. Ihr Ton war leicht und fröhlich. Sie lachten.

Ich grub mich tiefer unter die Decke, um nicht zu zittern.

Wann hatten wir diese Wand gebaut? Eine unsichtbare Sperre, glatt wie Glas und doch undurchdringlich.

Günter

Am frühen Abend landete ich in der alten Rheinstadt Rüdesheim. Schwärme von Radfahrern verstopften Straßen und Bürgersteige, als ob Deutschlands gesamte Jugend hier unterwegs wäre. Ich reservierte ein Bett in der Jugendherberge und stürzte mich ins Gewühl.

Musik plärrte aus Gaststätten und Cafés und ich entschied mich, den »Alten Baron« in einer gepflasterten Straße in der Altstadt zu versuchen. Umgeben von Rosenbüschen lud ein Biergarten mit langen Bänken und Tischen ein. Eine Band mit Akkordeon, Gitarre und Schlagzeug klimperte begeistert deutsche Schlager.

Es war übervoll und ich zwängte mich auf ein paar Zentimeter Bank. Um mich herum war die Feier in vollem Gang. Ich bestellte Bier und Bratwurst mit Kartoffelsalat und beobachtete, wie die laut singenden Männer und Frauen ihre Bierhumpen mit der Musik schwangen.

»Bist du allein?«, schrie ein blonder Kerl, der mir gegenübersaß.

Ich formte mit den Lippen »ja«, weil ich daran zweifelte, dass er mich bei all dem Lärm verstehen würde.

»Woher kommst du?«, lallte der Blonde.

»Solingen.« Ich nahm einen tiefen Zug vom Krug, irgendein Pils mit viel Hopfen. »Bin seit zwei Wochen unterwegs.« Dank meines leeren Magens stieg das Bier sogleich in mein Hirn.

Das Mädchen neben mir sprach mich an. »Machen die da nicht diese Metallsachen? Messer und Zeug?« Sie hatte lange seidigbraune Haare, Sommersprossen und kleine hohe Brüste. Ihre Beine unter den abgerissenen Capris waren lang und muskulös.

Ich grinste. »Das ist mein Beruf.«

»Toll, wie hab ich das nur gewusst?« Das Mädchen lachte mich an. Ihre weißen Zähne blitzten. »Ich heiße Elke.« Sie hielt mir die Hand hin.

Ich ergriff sie. »Günter.«

Mit der untergehenden Sonne wurden die Stimmen am Tisch noch lauter. Laternen funkelten und verbreiteten sanftes Licht. Die Braunhaarige und ich verglichen unsere Erfahrungen von unterwegs. Ich verlor jedes Zeitgefühl. Ich existierte im Nichts, schwebte über dem Leben. Der blonde Mann von gegenüber schlief mit dem Kopf zwischen Bierkrügen und schmutzigen Tellern.

»Sollen wir spazieren gehen?« Elkes Gesicht schimmerte geheimnisvoll.

»Warum nicht?« Ich nahm ihre Hand und führte sie durch das Tor nach draußen.

Das Mädchen drückte meine Finger. »Ganz schön verrückt hier, oder?«

Ich nahm ihre Stimme nur verschwommen wahr. Unter der alten Promenade murmelte der Rhein.

»Ich liebe diesen Fluss«, seufzte ich.

Elke rannte zum Flussufer und warf dabei ihre Sandalen ab. »Sieh mal, wie es glitzert.« Lachend watete sie ins Wasser. Sie bewegte sich wie ein Tänzer mit langen geschmeidigen Schritten. Es war, als würde ich einen Film ansehen.

»Schau mal, wie *du* glitzerst.«

»Worauf wartest du?«

»Ich bleibe lieber trocken.«

»Dann muss ich zu dir kommen.«

Sie verließ das Wasser und blieb unmittelbar vor mir stehen. Sie war fast so groß wie ich. Ihre Lippen berührten meine.

»Hallo.« Ihr Atem roch nach Bier und etwas Süßem.

Unser Kuss war leidenschaftlich und lustvoll. Wir sanken ins noch warme Gras und ich verlor mich in der Fremden. Elke zog ihr Hemd hoch, ihre Brustwarzen erschienen, winzige rosa Blüten auf weiß. Ich lehnte mich darüber, umspielte sie mit meiner Zunge.

In der Nähe waren noch andere Paare ineinander versunken. Ich war berauscht davon, hier draußen zu liegen, ungehemmt und entblößt. Es gab keine Regeln, keine Erinnerungen. Keiner machte mir Vorschriften.

Als das Mädchen wimmerte und an ihrer Hose zog, riss ich meine auf. Ihre Augen blitzten hungrig. Sie hob die Hüften und antwortete eifrig auf meine Bewegungen. Ich war neben mir, über mir, zwischen den Welten. Nichts war wirklich und doch schien alles wirklicher, als ich es je erlebt hatte.

Ich rollte ins Gras, zu taub zum Sprechen, und schlief ein.

Mitten in der Nacht erwachte ich. Das Mädchen war fort. Ich kroch zur Straße, übergab mich über einen Zaun. Wo war mein Zimmer?

Am Morgen fand ich mich in der Jugendherberge wieder. Mein Mund bestand aus getrockneter Baumwolle und meine Därme brodelten. Nach einer kalten Dusche taumelte ich nach draußen und atmete tief durch. Der gestrige Tag erschien mir unscharf wie Nebel. Langsam schritt ich die Straße hinauf, bis mir ein braunhaariges Mädchen zuwinkte. Kannte ich sie? Dann fiel mir die letzte Nacht ein — zumindest ein paar Fetzen davon. Elke hieß sie.

Das Mädchen kam näher und lächelte. »Du siehst schlecht aus.«

»Ist mir auch.«

»Willst du Tee?«

Ich nickte stumm, weil mir schon wieder Galle in den Hals stieg.

Ihre Freunde saßen auf einer Terrasse, der blonde Kerl zusammengesunken, mit grünem Gesicht. Ich sackte neben Elke, die Tee ausschüttete.

»Wir bleiben noch einen Tag«, sagte sie an mich gewandt. »Kommst du mit?«

»Was macht ihr denn?«

»Wahrscheinlich schwimmen gehen und beim Bauern Kirschen pflücken.« Elkes Lächeln glänzte hell wie die Sonne. Mir schmerzten die Schläfen. »Na los, komm mit.«

Zu schwach, um eine Entscheidung zu treffen, nickte ich wieder.

Wir verbrachten den Tag und Abend zusammen, tranken mehr Bier und liebten uns nach dem Dunkelwerden im Gras. Ich kam mir in der Gruppe Fremder komisch vor. Sie kannten sich gut. Die Gruppe bestand aus einigen Pärchen und Elke, die ungebunden zu sein schien. Sie war nett und lachte ständig, zeigte ihre Zähne, so ganz anders als Lilly, die fast immer ernst und konzentriert war. Hier gelang es mir, einmal nicht an sie zu denken.

»Warum begleitest du uns nicht?« Elke setzte sich auf und sah mich an.

Ich starrte in den Nachthimmel. »Ich fahre morgen früh

weiter.«

»Wir könnten uns auch später treffen. Ich schreibe dir.«

Ich nickte, aber je nüchterner ich wurde, desto klarer wurde mir, dass ich ihr niemals schreiben würde. Ich hatte Elke nichts von Lilly erzählt.

»Nach meiner Rückkehr muss ich viel arbeiten«, seufzte ich. »Wenn es Arbeit gibt.«

Elke stützte ihr Kinn auf meine Brust. »Du verlierst deine Stelle?«

»Ich finde was Neues.«

KAPITEL SECHSUNDDREISSIG

Lilly: 20. Juni 1952

Es war Freitagnachmittag, sechzehn Tage nach Günters Verschwinden. Ich hatte die Woche überstanden. Rückblickend wusste ich nicht, wie ich es geschafft hatte, Haltung zu bewahren. Aber irgendwie war es gelungen.

Inzwischen wussten alle, dass Günter verschwunden war. Die Mädchen im Büro warfen mir schiefe Blicke zu, ihre Augen sahen mich gleichzeitig mitleidig und schadenfreudig an. Ihr Flüstern verstummte, wenn ich mich näherte, und sie taten dann so, als ob nichts wäre. Helmut tätschelte mir während der Mittagspausen die Hand und Gerdas Umarmungen verlängerten sich. Ich wollte Helmut fragen, ob er verstand, was mit Günter los war. Ob er jemals erwogen hatte, wegzulaufen. Aber ich tat es nie. Der Blick auf Gerdas glückliche Miene stoppte mich.

Ich zwang mich, Günters Haus zu ignorieren. Ich konnte kein weiteres Treffen mit seinen Eltern verkraften. Beim letzten Mal hatten sie so düster dreingeschaut, wie ich sie noch nie gesehen hatte. Artur war stinksauer, dass Günter seine Stelle bei Dohle verloren hatte.

Günter hatte seine Ausbildung zum Graveur dort gemacht und sich auf Bestecke spezialisiert. Ich hatte mich meinen Aufgaben immer voller Sorgfalt gewidmet, aber ich konnte mir kaum vorstellen, Wochen und Monate an einem Stück Metall zu arbeiten. Er benutzte eine Vielzahl von faszinierenden Werkzeugen, mit denen er Blumen und abstrakte Muster kreierte.

Deshalb machte er auch so tollen Schmuck. Ich massierte den Anhänger an meinem Hals, als ob ich so eine Art elektromagnetische Verbindung mit ihm herstellen könnte.

Günters Eltern hatten die Polizei um Hilfe gebeten, aber seitdem war nichts passiert. Die Polizei meinte, es sei zu früh. Eine Million Soldaten wurden noch immer vermisst. Es müsse nichts Ernsthaftes bedeuten, wenn ein junger Mann unerklärbar verschwunden war.

Die Beamten hatten nicht die vielen Menschen erwähnt, vor allem junge Leute, die den Sommer über unterwegs waren. Seit der Währungsreform fuhr die Jugend der Nachkriegsjahre durchs Land, um zu trinken, zu essen und zu feiern, als gäbe es kein Morgen. Was ich während des Straßenfestes zum ersten Mal erlebt hatte, war zum nationalen Phänomen geworden. Deutschlands Jugend rastete aus, weil sie zu kurz gekommen war.

Je mehr ich darüber nachdachte, desto stärker vermutete ich Günter unter ihnen. Mir wurde eiskalt, wenn ich ihn mir mit Blondinen tanzend in den Kneipen vorstellte. Meine Haarfarbe war immer ein unscheinbares Braun gewesen und der Gedanke, er sei irgendwo mit einer anderen zusammen, erfüllte mich mit unsäglicher Wut. Die Eifersucht brodelte in mir. Was es noch schlimmer machte, war, dass ich nicht einmal definieren konnte, worauf ich eifersüchtig war.

»Fräulein Lilly? Haben Sie einen Moment Zeit?« Mein Chef, Herr Keller, winkte mir von seiner Bürotür aus zu.

Ich eilte hinüber, mit vor Schuld heißen Wangen. Sicherlich hatte er mich Tagträumen sehen.

»Setzen Sie sich.« Herr Keller lächelte mich an, was seine Miene in Schieflage versetzte. Seine Lippen waren wie durchgeschnitten, denn vom Hemdkragen ausgehend erhob sich eine Landschaft von Schrapnellnarben. Er hatte ein Glasauge, welches seinem linken guten Auge nur teilweise glich.

Während Herr Keller eine Akte studierte, versank das Zimmer in Schweigen. Ich bereitete mich innerlich darauf vor, zur Rede gestellt zu werden. Irgendwo im Hintergrund mahlten Druckpressen. Ich saß mit verschränkten Fingern da, wünschte mich weit weg, wünschte mir, meinen Körper und dieses alberne Leben zurückzulassen. Einfach zu schweben, wie der Wind zwischen den Welten, ohne Gedanken und Gefühle.

Ich konnte mir nicht vorstellen, wie das Leben für meinen

Chef sein musste, dessen entstellende Verletzungen für jeden offensichtlich waren. Kaum älter als Günter, hatte er nie ein Wort darüber verloren. Natürlich sprach fast niemand über den Krieg. Alle wollten vergessen, wer der Nazipartei beigetreten war, wer Hitler bejubelt hatte. Als ob das so leicht wäre.

»Sie sind jetzt bei uns …?« Kellers gutes Auge ruhte auf mir. Zumindest glaubte ich, dass er mich ansah.

»Drei Jahre.«

Er nickte und tippte mit dem Finger gegen sein missgestaltetes Kinn. »Sieht aus, als hätten sie gute Fortschritte gemacht.« Er schloss die Akte mit einem Knall. »Sie bekommen eine Erhöhung. Zwei Mark die Woche.« Das schiefe Lächeln war zurück.

Ich murmelte »danke sehr« und wischte mir heimlich die Handflächen am Rock.

»Es tut mir leid wegen Ihres Freundes«, sagte er, als ich zur Tür ging. »Lassen Sie sich nicht davon ablenken.«

Wieder am Schreibtisch, atmete ich tief durch. Herr Keller hatte von Ablenkung gesprochen. Geistesabwesend rieb ich den Papierschnipsel mit Peters Adresse. Ich hatte ihm noch immer nicht geschrieben. Worauf wartete ich?

Als Herr Keller den Gang hinunter verschwand, eilte ich zum Telefon. Nur diesen einen Anruf, bevor ich die Arbeit wieder aufnahm.

Nach drei Klingeltönen kam Peters leicht atemlose Stimme durch den Hörer. »Peter Neumann, hallo?«

»Lilly Kronen.« Die Leitung blieb still und ich fragte mich, ob er aufgelegt hatte. »Sie waren bei meiner Feier …« Ich schauderte. Warum erinnerte ich ihn an das verheerende Treffen mit Mutti?

»Ich weiß.«

»Ich wollte wissen … ob wir uns treffen können. Wegen meines Vaters …« Wieder blieb die Leitung tonlos. Warum hatten Telefone keinen Bildschirm, damit ich Peters Ausdruck sehen konnte? »Er ist in Russland. Gefangen. Er lebt.«

»Das wusste ich nicht.«

Ich rollte innerlich mit den Augen. Hatte er geglaubt, ich würde ihn anrufen, um zu flirten? Ich wollte mehr über seine Kriegsgefangenenforschung wissen. Meine ums Telefon gekrampften Finger zitterten, so peinlich kam mir das Ganze vor.

»Wie wär's morgen, Café Kersting, zehn Uhr?«, fragte er. »Es wurde nach dem Angriff wieder geöffnet.«

Ich prüfte die Wanduhr, als ob sie mir eine Entschuldigung Mutti gegenüber zeigen könnte, warum ich morgen früh das Haus verlassen musste. »Das passt.« Irgendwas würde mir schon einfallen.

Als um siebzehn Uhr Feierabend war, war ich noch immer in Gedanken bei meinem Treffen mit Peter, während ein anderer Teil von mir nach Günter Ausschau hielt. Sechzehn Tage waren seit seinem Verschwinden vergangen. Neun Jahre seit Vatis Abschied.

Ich würde Mutti nichts von meiner Gehaltserhöhung erzählen.

Günter

Am nächsten Morgen stürzte ich mich gegen sechs Uhr aufs Fahrrad. Ich wollte jede Menge Distanz zwischen mich und Elke bringen. Ich musste verrückt gewesen sein, mich mit ihr einzulassen. Jetzt sollte ich ihr auch noch schreiben – oder, noch schlimmer, sie wollte mich besuchen.

Ich trat in die Pedalen und atmete die frische Morgenluft — wieder frei. Der Gedanke an zu Hause war weit weg, die Erinnerung an Rolf Schlüter und den kleinen Paul getrübt. Tatsächlich verschwamm meine gesamte Vergangenheit wie ein Traum, an den man sich kaum erinnert. Mein Fahrrad blieb stabil und mein Körper jauchzte bei der Anstrengung, meine Beine arbeiteten trotz der teils steilen Berge wie Maschinen.

KAPITEL SIEBENUNDDREISSIG

Lilly: 21. Juni 1952

Das Café Kersting platzte aus allen Nähten. Jeder wollte die neuen Räumlichkeiten sehen. Mein Herz galoppierte in meiner Brust, als ich mich zu Peters Tisch an der Wand durchkämpfte.

»Das war der letzte freie Platz«, sagte er und schüttelte meine Hand.

»Hallo.« Ich sank auf den Stuhl, froh, sitzen zu können. Der Tisch war so schmal, dass ich Angst hatte, Peter mit den Knien anzustoßen.

»Erzählen Sie mir von Ihrem Vater«, sagte Peter.

Bevor ich antworten konnte, erschien die Bedienung in schwarzem Kleid und weißer Schürze. »Bitte schön?«

Ich warf einen Blick auf die elegante, neue Karte. Ich wollte Kaffee, eine Delikatesse, die ich nur ein paar Mal im Leben bekommen hatte. Im Kopf ging ich die Münzen in meiner Tasche durch. Sechzig Pfennig war teuer, also entschied ich mich für Pfefferminztee.

»Geht auf meine Rechnung«, sagte Peter in dem Moment. Er wandte sich zur Kellnerin. »Eine Tasse Kaffee für mich.«

»Das gleiche. Und danke.«

Die Bedienung verschwand. Es trat Stille ein und ich wusste nicht, wohin ich schauen sollte. Erinnerungen blitzten auf wie kurze Filmszenen. Erinnerungen an Vati.

»Mein Vater wurde am 11. Mai in Kurland gefangengenommen.« Deutschland hatte das Gebiet im Herbst

1944 besetzt und bis zum Ende des Krieges verteidigt.

Peter nickte. »Nordöstlich von Polen, in der Nähe der Ostsee.«

»Er ist irgendwo in Sibirien. Ich weiß nicht …«

»Haben Sie von ihm gehört?«

»Nicht regelmäßig. Er hat ein paar Mal geschrieben.«

»Die Gulags verlagern ihre Gefangenen häufig.«

»Ich dachte, Sie wüssten vielleicht, was ich tun kann …« Bis zu diesem Moment war ich mir nicht sicher gewesen, was ich von Peter wollte. Aber jetzt war es klar. »Sie haben doch Forschungen über deutsche Kriegsgefangene angestellt.«

»Meine Arbeit behandelt alle Gefangenen des zweiten Weltkriegs. Ich weiß ein paar Dinge über russische Lager.«

Unser Kaffee erschien und er nahm einen Schluck.

»Es ist nur … Ich mache mir Sorgen. Er wird im September fünfundfünfzig. Ich hatte gehofft, Sie wüssten, was die Russen planen.«

»Ich bezweifle, dass selbst Kanzler Adenauer weiß, was Stalin vorhat.« Als er meine Miene sah, fuhr er fort. »Bestimmt haben Sie schon das Rote Kreuz kontaktiert?«

»1945, als Vati nicht wiederkam. Und dann noch mal 1950.«

»Ihr Vater ist einer von vierzehn Millionen Suchaufträgen.«

»Ich dachte nur, sie wüssten vielleicht einen anderen Weg.«

»Ich war beim zentralen Suchdienst des Deutschen Roten Kreuzes in München.« Er schüttelte den Kopf. »Es ist überwältigend. All diese Menschen werden vermisst – sind einfach weg. Wenigstens wissen Sie, dass er lebt.«

Aber wie lange noch? Wie lange konnte ein Mann in den Fünfzigern in sibirischen Lagern überleben, wo die durchschnittlichen Wintertemperaturen bei minus fünfundzwanzig Grad Celsius und oft sogar weit darunter lagen? Ich nahm einen Schluck Kaffee, das Aroma war so berauschend, dass ich die Augen schloss, um es zu genießen. Wie konnte ich mich am Kaffee erfreuen, wenn Vati vermutlich Hunger und Durst litt?

Peter missinterpretierte, und ich fühlte seine Hand auf meiner. »Ich habe es nicht so gemeint. Ich habe ein paar Kontakte, ehemalige russische Gefangene. Es ist nur … Eine Nadel in einem Heuhaufen wäre einfacher zu finden. Selbst, wenn Sie seinen Standort kennen, gibt es nichts, was Sie oder ich tun könnten.«

»Ich verstehe.«

Peter hatte recht. Vati war und blieb verloren. Warum machte ich mir überhaupt Sorgen um ihn? Immerhin hatte er uns angelogen, uns freiwillig verlassen. Ich war ohne Vater aufgewachsen und hasste ihn dafür. Dafür, was er getan hatte. Und trotzdem brauchte ich einen Abschluss.

Ich wollte wie andere Leute sein. Selbst jetzt fragte ich neue Bekannte nie nach ihren Vätern, Brüdern oder Ehemännern. Die meisten von uns taten es nicht. Trotzdem sorgte ich mich, jemand würde nach Vati fragen und ich müsste zugeben, dass der Krieg für mich weiterging und mit ihm das Warten, Wundern – und der Zorn.

»Hier.« Peter schob ein Notizbuch über den Tisch. »Schreiben Sie seine Daten auf. Ich höre mich um.«

Auf dem Nachhauseweg entschied ich mich, das verbleibende Wochenende mit Mutti und Burkhart zu verbringen. Ich war versucht, an Günters Haus vorbeizugehen, aber meine Beine marschierten stur zu unserer Wohnung. Sollte er zurück sein, dann konnte er zu mir kommen.

Lag es an meinem Stolz oder wollte ich nur vermeiden, Günters Abwesenheit erneut bestätigt zu sehen? Schmerzhafte Gedanken plagten mich. War es möglich, dass er niemals wiederkommen würde? Dass er tot war?

Ich schlüpfte in die Küche, wo das Aroma gebratenen Fleisches in der Luft hing. Mutti hatte gestern Abend einen Braten zubereitet, als ob sie Günters Verschwinden feiern wollte. Ich öffnete ein Fenster, lehnte mich hinaus und atmete tief durch.

Das rhythmische Klopfen eines Hammers gegen Holz hallte von nebenan. Herr Baum war bereits im Garten.

Im Nachhinein war ich davon überzeugt, dass er mich davor bewahrt hatte, den Verstand zu verlieren.

Im Traum war Günter zurück. Er stand vor der Druckerei Ullrich und wartete auf mich. Doch als er sich mir zuwandte, sah ich, dass die linke Hälfte seines Gesichts mit Kratern und Narben übersät war. Weder lächelte er, noch runzelte er die Stirn. Er stand einfach da, als wäre ich unsichtbar. Dann drehte er mir seine gute Seite zu und ging wortlos davon.

Ich wachte schweißgebadet auf. Drei Wochen waren vergangen und noch immer gab es keine Nachricht von ihm. Es musste etwas Schreckliches passiert sein. Als Vati nach dem Krieg nicht heimkehrte, wusste ich, dass er nicht tot war — auch wenn Mutti so tat. Aber bei Günter spürte ich gar nichts. Nur eine riesige Leere, ein Loch in meinem Herzen, das mich ahnungslos in Schach hielt.

Tagsüber schaffte ich es, mich zu konzentrieren. Ich wollte Herrn Keller meinen Wert beweisen. Ich hatte die Gehaltserhöhung verdient. Er kam öfter als sonst vorbei und machte mir kleine Komplimente. Heimlich fragte ich mich, ob er etwas Bestimmtes in mir sah. Hoffentlich nicht.

War das gemein? Aber die Verletzungen des Mannes waren so traurig. Bestimmt war sein ganzer Körper lädiert. Außerdem liebte ich Günter. Jetzt, da er fort war, ging mir auf, wie sehr ich ihn vermisste. Wie sehr ich ihn als selbstverständlich hingenommen hatte. Wir waren seit drei Jahren befreundet und er war ein Teil meines Lebens, nein, meines Leibes. Seine Abwesenheit fühlte sich an wie eine Amputation. Anders als bei Vati war es eine körperliche Reaktion, ein Schmerz, der mich von innen heraus verbrannte.

Oder hatte ich vergessen, wie ich damals jeden Abend auf Vati gewartet hatte? Wie mein achter Geburtstag kam und ohne Puppe verging? Wochen zu Monaten und Jahren wurden?

Vati zu vermissen, war wie ein dumpfer Zahnschmerz. Man wusste, er war da, aber er unterbrach nicht das tägliche Leben. Man gewöhnte sich daran, hielt die Gedanken an ihn verborgen im Dachboden der Seele. Man ging niemals dorthin, weil man wusste, man würde einem Geist begegnen.

Als ich die Küche betrat, saß Mutti bereits am Fenster. Üblicherweise war sie nie vor neun Uhr auf und an den Wochenenden schlief sie noch länger.

»Schlechte Nacht?«, fragte ich.

»Migräne. Lass das Licht aus.«

Ich befeuchtete einen Waschlappen und legte ihn ihr auf die Stirn. Mit achtundvierzig sah sie immer noch gut aus. Ihr Haar war vorzeitig weiß geworden, ihre hohen Wangenknochen wirkten beinahe aristokratisch, wäre da nicht der böse Zug um den Mund gewesen.

»Gibt es etwas Neues?«, fragte sie.

Ich wusste genau, was sie meinte. Die letzten einundzwanzig

Tage war ich jeden Abend zu Hause gewesen. Ich konnte nicht antworten, weil sich meine Kehle zuschnürte. Tränen drohten.

Sie drehte sich unerwartet zu mir um. »Ist es nicht an der Zeit, ihn zu vergessen?« Als ich benommen den Kopf schüttelte, fuhr sie fort: »Vielleicht ist er längst zu Hause und will dich nicht mehr sehen. Oder es ist etwas passiert. So oder so …«

Ich soll also Günter hinter mir lassen, wie du Vati hinter dir gelassen hast, wollte ich sagen. Stattdessen füllte ich halbblind den Wasserkessel und schmierte mir ein Brot. Ich musste mich ablenken. Irgendwie.

Trotz Muttis Grausamkeit knurrte mein Magen.

Hunger war eine sonderbare Sache. Inzwischen aßen die Menschen gut und die Geschäfte waren gefüllt. Wir lebten im Wirtschaftswunder der neuen deutschen Republik. Jeder verdiente genug, um sich über Wasser zu halten. Zumindest Familien mit arbeitenden Männern. Alleinstehende Frauen waren eine andere Sache.

Es gab Jahre, drei Jahre während des Krieges und drei Jahre danach, in denen mir der Hunger gefolgt war wie der Sensenmann den Sterbenden. Ich hatte ihn nicht loswerden können. Echter Hunger nagt unaufhörlich, und obwohl er im Magen beginnt, nimmt er bald die ganze Gedankenwelt ein, umschlingt den Geist, das gesamte Wesen eines Menschen.

Wenn ich damals unerwartet etwas gefunden hatte, zum Beispiel eine Zwiebel oder verschrumpelte Kartoffel, hatte das eine ganze Kaskade an Gedanken, Gefühlen und körperlichen Reaktionen ausgelöst. Der Mund wässerte, während ich meinen Fund in der Hand befühlte. Ich roch daran. *Iss es roh, sofort.* Nur damit etwas durch den Hals rutschte und die Magensäfte beschäftigte. *Oder mach ein Feuer und röste es.*

Aber das verbrauchte kostbares Holz und meist waren meine Arme wie aus Blei. Schließlich hatte mich immer die Erinnerung an Mutti und Burkhart eingeholt, die daheim warteten, an meinen kleinen Bruder mit seinen hohlen Augen und dem kantigen Schlüsselbein unter der Haut. Mit einem Seufzer hatte ich dann meinen Fund in die Tasche gesteckt und war nach Hause gegangen.

Günter

Ich folgte weiter dem Rhein. Noch eine Woche ging vorbei und der Gedanke, mich zu Hause zu melden, nagte in meinem Hinterkopf.

Meine Eltern warteten. Lilly auch.

Trotzdem hastete ich weiter, wenn ich an einem Kiosk mit bunten Postkarten vorbeifuhr. Was sollte ich schreiben? Wie konnte ich meine Reise erklären?

Von Sonne und Bewegung in Schweiß gebadet, fuhr ich weiter nach Süden, sprang in Flüsse und Seen, wenn ich eine passende Stelle fand.

Ein Besessener auf der Suche nach dem Vergessen.

KAPITEL ACHTUNDDREISSIG

Lilly: 29. Juni 1952

Vierundzwanzig Tage nach Günters Verschwinden schlief ich endlich die Nächte durch. Der Schmerz seiner Abwesenheit war immer präsent, aber ich konnte ihn in Schach halten, solange ich Mutti nicht ansah. Die Wochenenden waren besonders schlimm und ich war froh, wenn ich der häuslichen Enge entkommen und etwas Zeit im Lebensmittelgeschäft verbringen konnte.

Eine Woche war seit meinem Treffen mit Peter vergangen und er hatte weder angerufen noch geschrieben. Warum sollte er auch? Es brauchte Monate und Jahre, jemanden zu finden. Die Chancen, etwas Neues über Vati zu erfahren, standen schlechter, als eine Lotterie zu gewinnen.

»Lilly!« Günters Mutter eilte, den Einkaufskorb schwingend, zwischen den Regalen auf mich zu. »Bin ich froh, dich zu sehen. Ich wollte nachher bei dir zu Hause vorbeikommen.« In ihrem Ton schwang Erleichterung mit, ihre Augen glänzten mit dem ganz besonderen Schimmer, der von Freude herrührt.

»Guten Morgen«, sagte ich widerwillig. Lieber wollte ich sie schütteln, also umklammerte ich mit aller Macht meine Handtasche.

»Wir haben von Günter gehört«, sagte Grete, wobei sie in ihrer Manteltasche herumfummelte. »Das kam gestern.«

Ich nahm die Postkarte mit zitternden Fingern, wobei mein Blick sich einzustellen versuchte, nicht auf die hübsche Landschaft eines Flusses vor schneebedeckten Bergen, sondern auf die Worte.

Es waren wenige.

>>*Ihr Lieben,*
bin auf dem Weg in die Schweiz. Das Wetter ist schön, schlafe in
Heuschobern. Die Kirschen und Pfirsiche hier unten sind wunderbar.
Viele Grüße,
Günter<<

Ich las die Karte ein zweites Mal, dann ein drittes. Mein Name war nicht erwähnt. Nichts. Als ich aufsah, hatte ich vergessen, dass ich mich im Lebensmittelladen befand und Günters Mutter vor mir stand.

>>Es geht ihm gut<<, flüsterte ich und gab die Karte zurück.

Ich drehte mich auf dem Absatz um und marschierte davon, ohne mich zu verabschieden. Ich konnte es nicht, denn hätte ich den Mund geöffnet, hätte ich geschrien. Günter fuhr völlig sorgenfrei mit dem Fahrrad in die Schweiz? Ganz offensichtlich jedenfalls ohne jede Sorge um mich, seine Freundin. *Du bist nicht mehr seine Freundin,* flüsterte die Stimme in meinem Kopf. *Er hat dir nicht mal geschrieben. Nur seinen Eltern.*

Am Ausgang schleuderte ich den Einkaufskorb von mir und rannte davon. Ich brauchte Luft, viel Luft, sonst würde ich ersticken.

Der Krieg hatte etwas mit ihm angestellt. Nichts Offensichtliches wie ein fehlendes Bein oder Herrn Kellers mit Kratern zerfurchtes Gesicht. Nein, es war etwas Inneres, etwas tief Vergrabenes. Eine Art Verletzung, die sich zu heilen weigerte. Hatte ich die Spannung in Günters Schultern ignoriert, die sich vertiefenden finsteren Blicke, wenn er sich unbeobachtet wähnte?

Ich weiß nicht, wie ich zum Park kam. Im Sommernieselregen waren meine Arme zu schwer, um den Regenschirm zu öffnen. Ein Teil von mir war froh darum, weil der Regen meine Tränen versteckte — als weinte mein gesamter Körper.

Günter lebte. Erleichterung machte sich in mir breit. Er war unverletzt. Ich wollte singen. Doch die Tatsache, dass er wortlos abgehauen war und es nicht für nötig hielt, zu schreiben oder anzurufen, verdrängte meine Freude schnell wieder.

Was – war – mit – ihm – los? Warum war er so grausam? Drei Jahre lang hatte ich ihn als Mann meines Lebens, meiner gesamten Zukunft betrachtet. Der mich von Muttis lebenslangem Gefängnis der Lieblosigkeit erlösen sollte. Zu denken, dass ihm etwas passiert war, war einfacher als diese neue Wahrheit.

Mir wurden meine Sandalen inmitten der Pfütze bewusst. Wie zwei Inseln waren sie vom Land separiert. Wie ich. Warum trug ich Sandalen im Regen?

Meine Därme glucksten. Übelkeit stieg in meine Kehle. Ich beugte mich vor, bis meine rechte Wange mein Knie berührte. Regen prasselte auf meinen Rücken. Noch nie im Leben war ich so einsam gewesen.

Als ich aus der Starre erwachte, hatte das Licht gewechselt. Eine schwache Sonne blinzelte zwischen den Wolken hervor. Ich fror und schwitzte gleichzeitig.

Etwas musste geschehen.

Die Hoffnung, Post vorzufinden, trieb mich heim. Der Briefkasten war leer. Günter war es also nicht wichtig gewesen, Kontakt zu mir aufzunehmen. Der Schmerz dieser neuen Wahrheit war schlimmer als alles, was ich je durchlebt hatte. Ich wollte schreien. Und dann wollte ich weinen.

Ich tat weder das eine noch das andere.

Stattdessen behauptete ich meiner Mutter gegenüber, ich würde mich mit Gerda treffen, obwohl ich in Wirklichkeit in den Wald zog.

Szenen wirbelten durch meinen Kopf. Günter beim ersten Kuss, so nahe … Beim Kauf des nagelneuen Fahrrads, nachdem er drei Wochen lang seine gesamten Einkünfte gespart hatte, einhundertfünfzig Mark, ein Vermögen, mehr als ich in einem gesamten Monat verdiente. Und er hatte mir das Rad geschenkt, damit ich dabei sein konnte. Bei ihm sein konnte.

War das derselbe Mann? Hatte ich das alles geträumt?

Weitere Erinnerungen brandeten wie Flutwellen durch mich, bis mir schwindlig wurde.

Nach der Ansichtskarte konnte ich nicht mehr so tun, als ob. Weder mir gegenüber noch sonst jemandem. Er hatte es nicht für notwendig befunden, mir seine Pläne mitzuteilen. Stattdessen hatte er mich wochenlang im Dunkel herumtappen lassen. Es war Quälerei, reinste Folter.

Ich war ihm kein bisschen wichtig. Er war grausam und rücksichtslos. Genau wie Vati.

Mit aller Macht schlug ich einen Stock gegen eine Eiche. Die Vibration riss mir die Handfläche auf und der Stock landete im

Gebüsch. Der kaltherzige Mistkerl. Nach all unserer gemeinsamen Zeit.

Ich sank auf einen Baumstamm und zerrte die Inserate der Zeitung aus meiner Tasche. Ich würde ausziehen. Ich würde weder ihm noch Mutti davon erzählen. Ich wollte weg – weg von den unerträglichen Gewohnheiten der letzten drei Jahre, weg von Muttis Diktatur, weg von meiner Liebe.

Mein Zeigefinger lief die Anzeigen entlang. Eine Zweizimmerwohnung war ausgeschrieben. Neubau, Nähe Innenstadt und Straßenbahn. Ich markierte sie. Ich fand drei weitere und markierte sie ebenfalls. Montag nach der Arbeit würde ich sie mir anschauen.

Ich würde es ihm zeigen.

Ich machte drei Termine. Die vierte Wohnung war bereits vermietet. Ich erzählte Mutti, ich würde Gerda bei der Suche nach einem Kleid helfen.

Das Mehrfamilienhaus war neugebaut, eins von Hunderten von Häusern, die in Solingens Innenstadt aufschossen. Bauschutt, Zementreste und Holzabfall lagen noch im Vorgarten. Es hatte fünf Jahre gedauert, die Kriegstrümmer zu beseitigen. Nach dem Angriff hatte es innerhalb von mehreren Quadratkilometern kein intaktes Gebäude mehr gegeben — nur endlosen Schotter und Ruinen, halbe Wände, gebogenen Stahl und Leichen.

Jetzt glich die Innenstadt einem Irrgarten. Wege endeten plötzlich, blockiert von aufgestapelten Ziegelsteinen und Zementblöcken. Bombenkrater und Ausschachtungen waren teilweise mit Wasser gefüllt. Männer pfiffen und brüllten durch fensterlose Neubauten über mir. Sägen kreischten, Hämmer klopften. Es war ein Tollhaus neuer Bauten – Wohnungen, Geschäfte, Banken, Bekleidungs- und Lebensmittelläden.

Mein Blick wanderte die ordentlich angestrichene Fassade des fünfstöckigen Hauses hinauf. Ich stellte mir vor, hier zu leben. Ich würde ein Sofa und den passenden Tisch dazu kaufen, mein altes Bett mitnehmen. Vielleicht konnte ich mit Putzen etwas dazuverdienen. Das tun, was ich sowieso seit Jahren für Mutti machte, aber abwechslungshalber mit Bezahlung. Kaum zu glauben, dass ich unsere Wohnung sowohl in der Woche nach der Arbeit als auch am Wochenende säuberte. Als ob ich mir das Recht verdienen müsste, dort zu leben.

Meine Schritte hallten auf der Treppe, die Dämpfe frischer Farbe bissen mir scharf in der Nase. Dritter Stock, Apartment B.

Die Tür stand offen.

Menschen verstopften jeden verfügbaren Quadratmeter. Junge Paare öffneten und schlossen Türen und Schränke, schauten aus den Fenstern.

»Kann ich Ihnen helfen?« Der Mann musterte mich von oben bis unten.

»Ich bin Lilly … Kronen. Ich habe einen Termin.«

Er schenkte mir ein flüchtiges Lächeln und prüfte seinen Notizzettel. »Ach ja. Kommt Ihr Mann dazu?«

»Nein … Er arbeitet.«

»Ich verstehe. Schauen Sie sich nur um. Bewerbungen akzeptieren wir ausschließlich heute Abend. Wie Sie sehen, besteht große Nachfrage. Kein Wunder«, er lachte selbstgefällig, »achtzig Mark im Monat ist doch geschenkt.« Er eilte davon, um die Vorzüge des gekachelten Badezimmers zu rühmen. »Ist es nicht wunderbar? So praktisch, und so leicht zu säubern.«

Ich stand da wie erstarrt. Die Nummer achtzig kreiste durch meinen Schädel. Achtzig. Acht null. Das war fast so viel, wie ich im gesamten Monat verdiente. Ich würde nichts zum Leben übrig haben. Ich kalkulierte gerade die Nebenkosten, als eine junge Frau sich an mir vorbeidrängelte.

»Hier ist unser Antrag«, zwitscherte sie. »Ich hoffe, Sie nehmen uns. Heinz verdient als Elektriker hervorragend.«

Der betreffende Mann grinste den Makler breit an, der wiederum hektisch in seinem Notizbuch herumkritzelte. Ich wollte der Ziege in den perfekt bemalten Mund schlagen.

Stattdessen schlich ich davon. Meine Schritte klangen hohl, aber nicht so hohl wie meine Gedanken.

Bei der nächsten Wohnung war es das Gleiche: fünfundachtzig Mark, elf Paare und eine alleinstehende Frau — ich.

Wieder auf der Straße, zuckte ich selbst zusammen, als plötzlich ein Lachanfall aus mir herausplatzte. Eine Frau, die den Bürgersteig fegte, starrte mich an, ihr Gesichtsausdruck wirkte lauernd. Ich streckte ihr die Zunge heraus. Verdammt, warum nicht? Mein gesamtes Leben löste sich auf. Wen interessierte da noch, was sich gehörte? Warum hatte ich mich jahrelang so angestrengt, alles richtig zu machen, wenn es auf der Welt keine

Ehre mehr gab? Zumindest nicht für mich. Ich würde auf Lebenszeit als alte Jungfer in Muttis Wohnung inhaftiert sein.

Mein Herz raste, ich spürte das Pochen bis in meinen Hals. Hitze kroch über meine Brust. Nach dem Angriff im November 1944 hatte ich nicht erwartet, dass mich je wieder etwas so beängstigen könnte.

Wäre Günter damals in den Bunker gegangen, hätten wir uns irgendwann dort getroffen. Er lebte nur wenige Minuten von demselben Bunker, den Mutti, Burkhart und ich bei dem großen Angriff aufgesucht hatten, in der Nachbarschaft Brühl. Von meinem Haus aus konnte ich in weniger als drei Minuten dort sein. 1944 hatten sich diese drei Minuten zur Ewigkeit gestreckt. Jede Sekunde war in Zeitlupe vergangen und ich hatte nichts von diesem Wochenende vergessen.

Woran ich mich am meisten erinnerte, war die Angst. Angst, die wuchs, sich aufbäumte und wie eine Welle über einen schwappte, bis man nur noch weinen und sich in einem dunklen Loch verstecken wollte. Es ist kaum zu beschreiben, was mit einem Menschen passiert, der Angst um sein Leben hat. Ich glaube, für mich war am schlimmsten, dass ich nicht wusste, was ich zu erwarten hatte. Ich wusste nur, wie jemand – oder das, was von ihm übrig war – danach aussah.

Ich hatte wieder Angst.

Günter

Komischerweise verminderte sich die Last in meinem Innern mit jedem Kilometer, als fielen die schweren Gewichte der Erinnerungen von mir. Die Wut, die ich anfänglich empfunden hatte, war schwächer geworden, mit meinen Gedanken war ich nun oft in der Gegenwart. Die Landschaft wurde bergiger, mit ordentlich bewirtschafteten Feldern und Obstplantagen. Überall sah ich Fahrradfahrer, doch ich hütete mich vor längeren Unterhaltungen und eilte bald weiter.

Um Geld zu sparen, schlief ich in Scheunen und bezahlte den Bauern ein paar Pfennige für ein üppiges Frühstück aus Brot, Bratkartoffeln und Eiern. In der vierten Woche schrieb ich endlich eine Karte an meine Eltern. Ich kaufte eine zweite Karte für Lilly, doch als ich versuchte, mein Handeln zu erklären, fiel mir nichts ein. Keine Postkarte war groß genug. Sie war zweifellos in Sorge … erwartete meine Rechtfertigung.

Also steckte ich die Karte in die Tasche und fuhr weiter nach Süden.

KAPITEL NEUNUNDDREISSIG

Lilly: 8. Juli 1952

Günter war seit mehr als einem Monat fort. Jetzt, wo ich wusste, dass er lebte, sorgte ich mich nicht mehr um seine Sicherheit. Ich hasste nur seine Abwesenheit. Ich hing an der Idee, irgendwann würde eine Postkarte von ihm eintreffen, wenigstens ein paar Worte, die zeigten, dass er an mich dachte. Doch der Briefkasten blieb leer.

Tagsüber füllten sich meine Augen spontan mit Tränen. Ich trug ständig ein Taschentuch im Ärmel, das ich durchweicht wegsteckte. Wimperntusche gehörte der Vergangenheit an. Sie klumpte zum Geschmier und machte meinen Zustand noch offensichtlicher. Was mich wirklich nervte, war, dass ich meine Wut nicht rauslassen konnte. Ich wollte Günter anbrüllen, mit den Fäusten auf seine Brust schlagen.

Doch mir blieb nur das Schweigen.

Am Vortag hatte ich Helmut während der Mittagspause getroffen und ihn endlich gefragt, ob er etwas von Günter gehört habe. Als Reaktion hatte er mich komisch angesehen.

»Kein Wort.« Er hatte in sein Brot gebissen, das wie immer mit Butter und Gouda belegt war.

»Was meinst du, weshalb er das tut?«, hatte ich gefragt.

Helmut hatte mit den Achseln gezuckt. »Ich wünschte, ich wüsste es.« Auf mein Schweigen hin hatte er ergänzt: »Er kommt wieder. Was soll er sonst tun? Seine Familie ist hier. Du bist hier.« Er hatte meine Hand gedrückt, mir mit seinen druckfarbeverschmutzten Fingern Trost gespendet. »Ihr habt euch ja nicht mal gestritten.«

Und was ist, wenn er dich nicht länger will?

»Ich trete ihn für dich in den Hintern.« Helmut hatte gelächelt, doch seine Augen waren ernst geblieben. »Vor allem, weil er nicht geschrieben hat.«

Mutti sagte kaum etwas, aber ich bemerkte ein gelegentliches Schmunzeln. Sie freute sich über Günters Abwesenheit. Ich wollte sie ohrfeigen. Und jetzt funktionierte mein Plan, auszuziehen, auch nicht. Ich hatte Solingens Probleme ignoriert. Wie die meisten deutschen Städte litt sie wegen einer erneuten Welle von Zuwanderern unter enormem Wohnungsmangel.

Stalin war sauer, weil Deutschland sich entschieden hatte, mit den westlichen Alliierten ein Bündnis einzugehen. Der Deutschlandvertrag verband die USA., Großbritannien und Frankreich mit der neuen deutschen Republik. Stalin antwortete darauf, indem er Mauern durch Deutschland baute und damit endgültig den Osten vom Westen trennte. Menschen aus Ostdeutschland, Polen und anderen sowjetbesetzten Regionen flüchteten vor Stalins Diktatur.

Das erklärte, weshalb der Lackaffe mit dem Notizbuch so überheblich gewesen war. Selbst wenn ich die Wohnung hätte bezahlen können, wäre sie an ein Paar oder eine Familien vergeben worden.

Da kam mir eine Idee.

Gerda.

Sie lebte mit ihrer Mutter zusammen, verdiente mehr als ich und gemeinsam konnten wir es uns leisten.

»Was hältst du davon?« Ich zwang eine Portion Heiterkeit in meine Stimme. »Wir könnten tun und lassen, was wir wollen.«

Es war Samstagnachmittag und Gerda und ich saßen auf der neuen Bank im Park bei der Quelle.

»Lass mich drüber nachdenken«, meinte Gerda. »Zu Hause kann ich viel Geld sparen. Du weißt schon, für meine Aussteuer.« Sie zuckte zusammen, offensichtlich schuldbewusst.

»Deine Mutter nimmt dich nicht aus wie Mutti mich.«

»Was ist, wenn Helmut …?« Gerda schüttelte den Kopf und ergriff meinen Arm. »Ist egal. Erzähl mir mehr über die

Wohnungen.«

Ich grinste, beschrieb, was ich gesehen hatte. Die Worte sprudelten aus mir heraus. »Es könnte eine Weile dauern, aber wir wären schnell im Büro. Wir könnten Leute einladen, Helmut und …« Ich verstummte und sprang auf. »Ich muss einfach was tun. Ich werde sonst verrückt.«

»Ich weiß.«

Gerda warf ihre braunen Locken in den Nacken und lachte. »Ach, was soll's, warum nicht?«

»Wirklich?« Ich nahm ihre Hände und zog sie von der Bank. »Warte hier. Ich hole die Zeitungsannoncen. Mutti wird denken, dass wir nach Schnäppchen suchen.«

Ich wollte hüpfen und singen, arrangierte im Kopf bereits die Möbel. Mutti wäre natürlich sauer, aber sie musste sich einfach eine richtige Arbeit suchen, anstatt diese blöde Strickerei fortzusetzen. Das brachte kaum etwas ein.

Als ich in den Hausflur stürzte, öffnete sich die Tür unseres Nachbarn. Ich schreckte zusammen. Sofort setzte sich in meinem Kopf wieder das Gedankenkarussell, wie ich ein Zusammentreffen vermeiden könnte, in Bewegung. Wenn ich mich nicht sofort umdrehte, war ich gezwungen, dem Mann, der meine Kindheit terrorisiert hatte, zu begegnen.

»Fräulein Lilly, guten Morgen«, sagte Huss, ein künstliches Lächeln auf den Lippen. Sein strähniges graues Haar war zurückgewichen und offenbarte eine tellergroße kahle Stelle.

»Morgen.«

Ich überlegte, auf dem Absatz umzudrehen, aber Huss war schneller. Er verschwand in seiner Wohnung und ließ eine Wolke abgestandenen Zigarettenrauchs zurück.

Ich grinste verbissen und schlüpfte nach oben.

Die Woche kroch vorbei. Jeden Tag studierte ich die Anzeigen, während Mutti noch im Bett lag. Ich hatte eine Liste mit neun Möglichkeiten erstellt und Termine für den Samstag der Woche organisiert.

»Lilly, ist für dich.« Eine meiner Kolleginnen zeigte auf das Wandtelefon.

Es war mal wieder Freitagmittag und meine Gedanken wanderten automatisch zu Günter. *Es ist etwas passiert. Er hatte einen*

Unfall. Dann stoppte ich mich, wollte, dass es mir egal war.

»Hallo, Lilly Kronen?«

»Peter Neumann hier.«

Wie üblich klang er atemlos — ich war gleichzeitig aufgeregt und erleichtert. Mein Magen beruhigte sich.

»Ich habe jemanden gefunden, der mit Ihrem Vater in Russland war. Ich dachte, Sie könnten mit ihm sprechen.«

»Ja, gern.« Ich hatte tausend Fragen. »Wann?«

»Morgen, zehn Uhr im Café Kersting?«

Mir schwirrte der Kopf. Ich hatte Wohnungsbesichtigungstermine für Gerda und mich gemacht. »Ich kann nicht so früh … Wie wäre es um zwölf? Tut mir leid, ich bin auf Wohnungssuche.«

Ich legte auf und wurde mir wieder bewusst, dass ich mich im Büro befand. Mitarbeiter kehrten von der Mittagspause zurück. Mädchen schwatzten, Schreibtischschubladen ratterten, Türen öffneten und schlossen sich. Normale Geräusche, die ich tausendmal gehört hatte. Aber sie hatten Bedeutung angenommen, als seien sie voller Geheimnisse. Mir war schwindlig. Morgen würde ich Neues über Vati erfahren und aus meinem Elend in eine neue Wohnung entkommen.

»Lilly?« Gerda erschien neben meinem Schreibtisch. Ihre Arme schwangen fahrig, ihre Augen glänzten. Ich grinste sie an und sie musste etwas in meinem Ausdruck gesehen haben, denn sie rief: »Was ist passiert?«

»Nichts«, sagte ich. »Du zuerst.«

Sie lehnte sich gegen das Pult, als wollte sie Kraft gewinnen. »Ich … Helmut hat mir einen Antrag gemacht.« Ihre Stimme überschlug sich und sie räusperte sich.

Ich sprang auf und umarmte sie. »Herzlichen Glückwunsch«, rief ich. »Das ist ja toll. Ich weiß, dass du …« Ich erinnerte mich an den Moment, als Günter mir das Kästchen zum Geburtstag überreicht hatte. Meine eigene Hoffnung war nun zerstört. »Das freut mich so für dich.«

Gerda ergriff meine Hände. »Es tut mir leid. Wegen morgen …«

Da traf es mich. Gerda würde auf Helmut warten, ihr Geld für die Hochzeit sparen. Die Wohnungssuche war vorbei.

»Oh«, brach es aus mir heraus. Sonst nichts. Ich schluckte meine Enttäuschung herunter, der Kloß in meiner Kehle war so groß wie eine Pampelmuse. Ich konnte nicht mehr weinen. Es brachte nichts.

»Helmut dachte … Er hatte es eigentlich für nächsten Monat …zu meinem Geburtstag, geplant, aber als er gehört hat, dass wir eine Wohnung suchen, da … Vielleicht findest du jemand anderen.«

Die Tür zum Büro öffnete sich und Herr Keller humpelte herein. Gerda folgte meinem Blick und hob fragend die Augenbrauen. Ich schüttelte den Kopf und sackte auf meinen Stuhl.

Nachdem Gerda zu ihrem Platz zurückgekehrt war, klang ihre glückliche Stimme zu mir herüber. Jeder ging bei ihr vorbei und gratulierte. Ich ließ den Kopf hängen, froh über die Berge unerledigter Listen. Im Moment konnte ich niemanden ansehen.

Wie letztes Mal war im Café Kersting der Teufel los. Peter winkte mir von einem Ecktisch aus zu.

»Herr Stuber, das ist Lilly Kronen.« Wir schüttelten uns die Hände und ich glitt auf einen Stuhl. »Guten Tag.«

Stuber war Mitte dreißig, mit dichtem kastanienbraunem Haar und einem karierten Hemd. Sein Blick flog zwischen mir und Peter hin und her, seine Hände waren unruhig. Unter seinem rechten Auge pulsierte ein nervöser Tic wie ein winziger Herzschlag.

»Herr Stuber lebt in Wuppertal«, sagte Peter zu mir. Dann wandte er sich Stuber zu. »Vielleicht erzählen Sie Fräulein Kronen, was Sie wissen?«

Stuber nickte und zupfte an seinem Hemdkragen, als wäre er zu eng. »Es war der 11. Mai 1945. Ich erinnere mich genau«, sagte er ohne Einleitung. Er senkte sein Kinn. Seine Stimme war so leise, dass ich mich vorlehnen musste, um ihn im Trubel zu verstehen. »Sie wissen schon, ein paar Tage nach der Kapitulation. Wir waren auf dem Rückzug. Befehl war, uns zu ergeben. Aber wir hatten gesehen, was die Russen mit den deutschen Soldaten machten.« Stubers Blick schweifte in die Ferne, blieb verloren an etwas hängen, das sich außerhalb des Cafés und unserer Zeit befand.

»Erzählen Sie einfach, was Sie mir gesagt haben.« Peter nickte ihm aufmunternd zu.

Stuber räusperte sich und fuhr fort. »Also befahl Hauptmann Kronen, Ihr Vater, uns nach Libau durchzuschlagen. Wir erreichten den Hafen, waren fast am Wasser. Ihr Vater war nicht der Letzte in der Gruppe. Er war sogar direkt vor mir.

Der Iwan verfolgte uns, schoss aus allen Richtungen. Die Russen müssen auf uns gewartet haben. Einer unserer Männer wurde getroffen. Ich half ihm weiter. Es gab ein Boot und die meisten waren schon drauf. Wir stolperten, liefen geduckt. Es war Chaos. Das Rennen und Brüllen … die Schüsse. Ich sah erst auf, als wir auf dem Boot waren.« Stuber sah mich an, als wollte er Mut schöpfen. »Ihr Vater war am Strand, hatte die Arme gehoben. Fünf oder sechs Ruskies näherten sich mit erhobenen Waffen. Sie schrien. Unser Boot löste sich.« Stuber hielt inne. »Ich weiß nicht, wie es passieren konnte. Eine Sekunde war er vor mir, und dann war er weg. Wir konnten nicht warten …«

»Was passierte dann?« Das Sprechen fiel mir schwer, ich schaffte es kaum, die Worte herauszupressen. Am 11. Mai war der Krieg zu Ende gewesen. Hatte Vati davon gewusst? Er musste es gewusst haben. Stuber hatte etwas erwähnt. Anscheinend hatte Vati bis zuletzt seine Befehle befolgen wollen. Oder wollte er ehrenwert handeln, in der Hoffnung, die Russen würden ihn respektieren? Laut Stuber hatten die Russen die deutschen Soldaten schlecht behandelt.

»Hauptmann Kronen kniete am Boden. Er muss unser Boot abgedrückt haben. Wir schrien alle, er solle sich ins Wasser stürzen und schwimmen, aber er hörte nicht auf uns. Wir wollten doch nur weg … am Leben bleiben. Das Letzte, woran ich mich erinnere, … ein Russe nahm ihrem Vater die Waffen ab und trat ihn. Er fiel nach vorn und blieb liegen …«

Peter tätschelte meine Hand. Ich sah sie an, irgendwelche Finger auf dem Tisch, ein fremdes Objekt.

»Ich habe die Unterlagen beim DRK prüfen lassen«, sagte er. »Es gibt nichts Neues. Es sieht so aus, als sei er noch in Sibirien.«

Ich nickte betäubt, versuchte, mir die Szene am Strand von Kurland vorzustellen. Vatis Gesicht, als er seine Kompanie davonschwimmen sah.

»Bitte schön?« Die Bedienung hielt ihren Notizblock bereit.

»Kaffee, richtig?«, fragte Peter und klopfte wieder auf meine Hand.

Ich nickte erneut, versuchte, Peters Gesicht scharfzustellen. Tief in mir drin begann eine schreckliche Wut zu brodeln. Die Hand auf dem Tisch zitterte. Etwas Sprudelndes bahnte sich seinen

Weg meinen Hals hinauf. Eine Lachsalve platzte aus meinem Inneren wie Gebrüll.

Peter wechselte einen Blick mit Herrn Stuber. Sie hatten keine Ahnung. Sie hatten keine Ahnung, wie dämlich mein Vater war. Selbst dann, als der Krieg verloren war, als seine Kumpanen nach Hause entflohen, nahm mein Vater es auf sich, das Ehrenhafte zu tun. Was für ein Narr. Wie konnte er glauben, dass seine Teilnahme am Krieg Ehre bedeute? Oder seine Familie zu verlassen?

Den ganzen Heimweg über schäumte ich innerlich. Nachdem Stuber gegangen war, hatte Peter mehrmals gefragt, ob alles in Ordnung sei.

Aber klar, mir ging's prima.

So prima, wie es einem gehen konnte, wenn man wusste, dass der Vater freiwillig abgehauen war und sich freiwillig ergeben hatte, nachdem der Krieg *vorbei* war. Welch eine Farce.

Es wäre leichter gewesen, ihn tot zu wissen. Meine Freundin Lydia hatte ihren Vater in Stalingrad verloren. Wie andere Kriegskinder hatte sie den Krieg hinter sich gelassen.

Für mich ging er weiter. Wie ein Idiot suchte ich noch immer nach Antworten. Während die ganze Welt nach vorn blickte, Deutschland als neue Republik das Wirtschaftswunder durchlebte, fragte ich mich weiterhin, warum mein Vater uns für einen bösartigen Diktator verlassen hatte.

Meine Haut brannte lichterloh, als ich unsere Wohnung betrat. Mutti saß auf dem Sofa, sie strickte wieder mal an einem neuen Ensemble für die Baroness oder eine ihrer reichen Bekannten.

Ich wollte ihr von dem Soldaten im Café erzählen. Aber es ging nicht. Meine Kehle schnürte sich zu. Ich hatte Angst, ich würde verrückt, wenn ich den Mund aufmachte. Mutti musste es nicht erfahren. Nicht jetzt. Nach sieben Jahren war sie noch immer wegen Vatis Betrug wütend. Es war eines der wenigen Dinge, die wir gemeinsam hatten.

Ich absolvierte meine normale Putzrunde, wischte die Möbel ab, schrubbte die Böden und Fenster. Ich funktionierte wie ein Automat. Der Seifenduft und das Gefühl warmen Wassers wirkten beruhigend auf mich.

»Kannst du mir helfen?« Burkhart hielt mit der einen Hand ein Buch hoch, mit der anderen einen Bleistift. Er war im neunten Schuljahr, ein Jahr weiter als mein letztes vernünftiges Jahr.

Ich umklammerte das Staubtuch und schaute über seine Schulter auf die aufgeschlagene Seite. Nummern und Buchstaben verteilten sich in verschiedenen Mustern. Ich hatte nie Algebra gelernt. Auch keine Fremdsprache. Ich konnte sozusagen nichts, weil Mutti es nicht erlaubte. Sie hatte Angst, ich würde mehr als sie lernen. Ich hatte mir so sehr gewünscht, weiter die Schule zu besuchen, das Abitur zu machen und einen richtigen Beruf zu erlernen.

»Tut mir leid.« Ich klopfte ihm auf den Rücken und schluckte meinen Neid. Ich war froh darüber, dass er sich Wissen aneignen konnte. Wenigstens einer durfte es.

Ich verstaute die Eimer, wobei meine Gedanken zu Gerdas Verlobung zurückkehrten.

Nicht, dass ich Helmut und Gerda ihr Glück missgönnte, aber ich zog es vor, heute kein turtelndes Liebespaar um mich zu haben. Stattdessen wollte ich den Nerv aufbringen, Günters Eltern noch mal zu besuchen. Seit dem Treffen im Lebensmittelgeschäft waren zwei Wochen vergangen. Seit der Postkarte. Soweit ich wusste, war Günter noch immer weg.

Warum hing ich an Männern, die mich verließen?

Günter

In der Nähe des Bodensees wurde das Land flacher. Der See erstreckte sich vor mir wie ein silbernes Band. Südlich erhoben sich die Schweizer Alpen, ihre Spitzen weiß unter permanentem Schnee. Obstgärten reihten sich entlang des Ufers, und Stände am Straßenrand boten Kirschen, Pfirsiche und späte Erdbeeren an.

Eine Gruppe Radfahrer rastete an einer Kreuzung. Nach ihrer Bräune zu urteilen, waren sie schon eine Weile unterwegs.

»Wie geht's?«, rief ich, als ich mich ihnen näherte.

Offensichtlich stritten sie sich und ich sprang wieder auf mein Rad. Die Probleme anderer waren mir egal. Ich hatte selbst genug.

»Woher kommst du?« Eins der Mädchen hatte mich trotz der Schreierei gehört.

»Solingen.« Ich nickte über meine Schulter, als läge mein Zuhause um die nächste Ecke.

»Das ist ziemlich weit weg, oder nicht?« fragte die Blonde. »Wir kommen aus Bonn, aber wie du siehst, können wir uns nicht entscheiden, ob wir weiter nach Süden oder Richtung Heimat wollen.«

»Ich fahre nach Süden.«

»Wohin?«, fragte der junge Mann neben der Blonden.

Die Streiterei hatte aufgehört. Alle Augen lagen auf mir.

»Schweiz«, platzte ich heraus. Irgendwie klang es gut, jetzt da es heraus war.

»Dahin braucht man mindestens noch einen Tag«, sagte der junge Mann. »Läufst du vor was weg?«

Ich grinste. »Ich muss einiges überdenken.«

Das blonde Mädchen zwinkerte. »Klingt mir nach einem Frauenproblem.«

Ihr langes Haar war zu einem Pferdeschwanz zusammengebunden. Sie trug schwarze Shorts und eine rosa Bluse, die sie an ihrer schlanken Taille verknotet hatte.

»Warum fahren wir nicht eine Weile mit diesem Burschen?« Ohne auf Antwort zu warten, schwang sich die Blonde auf ihr Rad. »Es macht dir doch nichts aus, wenn wir mitkommen? Übrigens, ich heiße Rita.«

Zu meinem Erstaunen nickte ich. »Günter. Ich kann noch ein paar Stunden durchhalten.«

Die Gruppe folgte, hin und wieder fuhr einer der jungen Leute neben mir. Autos und Lastwagen waren kaum unterwegs, sodass wir die Straßen meistens für uns hatten. Wir erzählten gegenseitig von unseren Reisen, von den Orten, an denen viel los war, von freundlichen Bauern und unverschämten Wirten. In der Nähe der Schweizer Grenze hielten wir an einem Hof, einem zweistöckigen Gebäude mit Blumenkästen an den Fenstern und sorgsam gestrichenen Zäunen.

Ringsum lagen einfache Ställe und Heuschober, die Strohballen neben dem Tor ordentlich aufgestapelt. Gesund aussehende braune Pferde mit langen Mähnen und runde schwarzweiße Milchkühe beäugten uns von den Wiesen. Ein alter Mann in blauen Arbeitshosen, dessen gebogene Beine ihn viel kleiner machten, marschierte uns entgegen.

»Was gibt's?«, rief er.

Wir sahen einander an, unsicher wer sprechen sollte.

»Wir hätten gern etwas zu essen und einen Platz für die Nacht«, sagte ich. »Natürlich gegen Bezahlung.«

»Tatsächlich?« Der Bauer kratzte sich am Kinn, wollte wohl Zeit schinden, um sich ein Bild von uns zu machen. Nach einer kleinen Weile sagte er: »Wartet hier, ich spreche mit meiner Frau.«

Er verschwand im Haus.

»Meint ihr, der sagt Ja?«, fragte Bernd, einer der fremden Jungen. Die anderen murmelten ihre Prognosen, während ich mir den Hosenboden massierte, wo Hitze und Schweiß sich zu Schmerz vereinten.

»Ihr habt Glück«, sagte der Alte kurze Zeit später. »Meine Frau hat gute Laune.«

»Ich nehme Brot und Marmelade, wenn Sie welche haben«, meinte ich. »Ich kann da oben schlafen.« Ich nickte zur Öffnung der Scheune, wo das gestapelte Heu herausschaute.

»Das geht für heute Nacht in Ordnung«, sagte der Bauer. »Aber jetzt kommt ihr erst mal zu einem richtigen Essen ins Haus — wenn ihr sauber seid.«

Rita, die Blonde aus Bonn, wühlte durch ihre Tasche. »Wo können wir uns waschen?«

»Da drüben. Seht ihr den Bottich? Das ist sauberes Wasser und ihr könnt euch an der Pumpe mehr holen. Bis gleich.«

»Vielen Dank, Herr …?«, sagte ich. Der Mann erinnerte mich an den Alten, der Helmut und mich zwei Tage versorgt hatte, als wir uns vor der SS versteckten.

»Klein. Ich heiße Klein.«

»Danke, Herr Klein. Das ist sehr nett von Ihnen.« Ich wandte mich den anderen zu.

»Vergesst nicht, die Schuhe auszuziehen«, rief Herr Klein uns hinterher.

Der Bauer verschwand und wir ließen uns nacheinander das kühle Wasser über die Köpfe laufen.

Bald saßen wir um einen riesigen, runden Eichentisch in der Küche. Weißes und blaues Porzellan stand in Regalen und in einem altmodischen Glasschrank. Herr und Frau Klein waren in den Sechzigern, erschienen aber fit und gesund.

Schüsseln voller gebratener Kartoffeln, dicke Scheiben selbstgebackenes Brot, Butter, Erdbeermarmelade, Salami, goldgelber, fetter Käse und ein riesiger Apfelkuchen drängten sich auf dem Tisch. Eine Weile sprach niemand. Das alte Ehepaar lächelte, während wir nacheinander die Schüsseln leerten. Ich kaute und schluckte wie im Akkord, trotzdem konnte ich es mir nicht verkneifen, die Leckereien ständig anzustarren. Den anderen ging es genauso. Als ich mich endlich zurücklehnte, drückte mein Magen unangenehm, so voll war er.

Trotz ihrer Freundlichkeit bemerkte ich tiefe Linien in Frau Kleins Gesicht. Schatten umrandeten ihre Augen und ihre Bewegungen schienen ihr zu anstrengend zu sein. Mehrmals fühlte ich ihren Blick auf mir.

»Esst«, sagte sie alle paar Minuten.

»Das war wunderbar.« Bernd stand auf und rieb sich den Bauch. »Wenn Sie nichts dagegen haben, gehen wir nach draußen und schauen uns um. Die Mädchen können den Abwasch machen.«

»Gern«, sagte der alte Mann.

»Ich bleibe hier.« Meine Beine waren heute Abend schwer. Es war ein langer Tag gewesen — fast fünf lange Wochen. »Das muss Ihre Familie sein, stimmt's?« fragte ich. Auf einer Kommode am Fenster standen die Fotografien von zwei jungen Männern in silbernen Rahmen.

»Wir hatten zwei Söhne.« Herr Klein lehnte sich im Stuhl zurück und stieß würzige Rauchwolken aus seiner Pfeife aus. Er blickte zur Spüle hinüber, wo seine Frau und die beiden Mädchen abwuschen. »Wir haben sie im Krieg verloren«, fuhr er leise fort.

Ich biss mir auf die Lippen. »Das tut mir leid.« Ich war ein Idiot, meine Nase in anderer Leute Angelegenheiten zu stecken.

»Geht schon in Ordnung, mein Sohn. Aber wir haben niemanden, der den Hof weiterführt.«

Unsicher, wie eine passende Antwort lauten könnte, schwieg ich.

Der Bauer zeigte mit der Pfeife auf seine Frau. »Sie hat gern junges Blut um sich.«

»Ich könnte ein oder zwei Tage helfen«, sagte ich. »Für die anderen kann ich nicht sprechen, aber ich hab's nicht eilig.«

»Wir brauchen Hilfe im Stall. Es fällt uns immer schwerer mit den Tieren.«

Erleichtert streckte ich mich. »Abgemacht.«

Wenig später kroch ich erschöpft ins Heu. Es roch nach Sommer und Erde und war warm an meiner Haut. Der Bauer hatte sogar extra Decken spendiert, um die stechenden Gräser fernzuhalten.

Ich dachte daran zurück, wie ich mit Vater in der Scheune eingesperrt war und der Nazibauer von der Eiche hing, an den Irrsinn dieser Nacht.

Tiere stampften und schnaubten unter mir, sanfte Töne, die

mich beruhigten. Ich döste, mein letzter Gedanke vor dem Einschlafen galt den jungen Männern, die hier gelebt und nie ihren Platz im Leben angezweifelt hatten.

»Sch«, flüsterte eine Stimme in mein Ohr, als ich aus dem Tiefschlaf aufwachte.

»Was ist passiert?«

Eine Hand strich über meinen Bauch. Es war ganz dunkel. »Ich bin es, Rita.«

»Stimmt was nicht?« Ich versuchte, mich aufzuraffen, während Ritas Finger einen Weg über meine Brust verfolgte.

»Ich dachte, du magst mich«, murmelte sie. Selbst im Dunkel spürte ich ihr Schmollen. »Mach dir keine Gedanken. Bernd schläft.«

»Aber wir … Du solltest nicht …«, flüsterte ich. Ihr Mund schloss sich über meinen. Instinktiv erwiderte ich ihren Kuss.

»Mmmh, du schmeckst so gut.« Rita presste ihren Körper an meine Seite. »Komm schon, keiner merkt was.« Weiche Lippen, süß wie Erdbeeren und Vanille, strichen über meinen Mund.

Mein Verstand versuchte, mich zu mahnen, meinen Händen zu befehlen, das Mädchen wegzuschubsen. Stattdessen antwortete mein Körper wie ein Ausgehungerter, eifrig und taub gegenüber den Argumenten meines Hirns. Ritas Zunge forschte weiter und meine schloss sich zum Tanz an. Ihre Hand wanderte unter mein Hemd, ihre Finger waren beweglich und warm. Ich wollte sie wegziehen, ihr sagen, sie solle aufhören und mich in Ruhe lassen.

Nichts dergleichen geschah, nicht mal, als sie sich auf mich setzte und ich die Hitze ihrer Leisten gegen meinen Oberschenkel spürte. Sie rieb sich an mir, ich spürte ihren Atem an meinem Hals, fühlte einen süßen Schmerz, als sie sanft biss und saugte.

»Fass mich an«, stöhnte sie und schob meine Hände auf ihre Brüste.

Ich erinnerte mich daran, wie rund und voll sie waren. Wie sie gegen den Stoff ihrer Bluse pressten. Als meine Finger ihre festen Warzen fanden, stöhnte sie wieder und etwas löste sich in mir. Ich rollte sie zur Seite, zog ihr Hemd hoch und vergrub mein Gesicht in ihrem heißen Fleisch.

Meine Zunge fand sie, saugte, kreiste und reizte. Ihr Körper bog sich einladend, als sie mich auf sich zog, ihr Atem ging schnell und drängend. Noch nie hatte ich solche Intensität erlebt, mein Becken war wie besessen und kein Teil mehr von mir. Sie antwortete auf meine Bewegungen, zog und presste, bis nichts mehr wichtig war, bis die Empfindungen sich ausbreiteten, meinen Verstand abschalteten, bis … bis …

Ich tauchte atemlos auf. Das Blut pochte in meinem Hals. Jemand bewegte sich in der Nähe, als ich von Ritas Körper rutschte. Meine Haut war feucht und mir wurde augenblicklich kalt. Im Dunkel griff ich nach meiner Decke und starrte in die Finsternis. Nichts war zu sehen, alles war still. Als ich in den Schlaf driftete, breitete sich an meinem Hals, wo Rita mich gebissen hatte, ein dumpfer Schmerz aus.

Am Morgen war ich allein in der Scheune, der Haufen Decken leer. Ich kraxelte durchs Heu und zog Gräser aus Haaren und Kleidern. Nach einem kurzen Bad an der Pumpe betrat ich das Haus.

»Hallo?«

»Guten Morgen!« Frau Klein, die eine riesige Platte mit Brotscheiben auf dem Arm trug, lächelte mich an.

Die Gruppe saß flüsternd am Tisch. Als sie aufsahen, wusste ich, dass etwas nicht stimmte. Mit einem Schlag fiel mir die letzte Nacht wieder ein. Die Erinnerung war neblig, wie ein Traum, doch meine Hand wanderte zu meinem Hals, wo der dumpfe Schmerz pulsierte. Bernd stand auf, obwohl Rita versuchte, ihn auf seinen Stuhl zu ziehen.

»Bernd, nein!«

Aber Bernd riss sich los und kam auf mich zu, bis seine Nase nur noch drei Zentimeter von meiner entfernt war. »Sei froh, dass wir hier zu Gast sind. Andernfalls würde ich dich in den Arsch treten.« Er biss sich auf die Lippen und sah aus, als wollte er mir eine aufs Kinn verpassen.

Während ich versuchte, die Situation einzuschätzen, krochen einige Details der letzten Nacht in mein Bewusstsein. »Tut mir lei…«

»Du verdammter Scheißkerl, ich zeig dir, was Sache ist.« Bernd ergriff meinen Hemdkragen. Seine Freunde sprangen auf und zwangen seine Arme nach hinten.

Rita vermied meinen Blick und sagte: »Lasst uns abhauen.«

Bernd drehte sich abrupt um und die anderen folgten ihm hinaus. Durch das Fenster sah ich sie mit dem Bauern sprechen, der zuhörte und mit dem Kopf schüttelte. Mir war das Ganze so peinlich, dass meine Wangen brannten. Schließlich stieg die

Gruppe auf ihre Räder und fuhr davon.

»Junge.« Frau Klein tätschelte mir den Rücken. »Mach dir keine Gedanken. Mit denen stimmt was nicht.«

Ich suchte nach passenden Worten. »Entschuldigung. Wenn Sie wollen, fahre ich sofort los. Aber ich bin immer noch bereit, Ihnen heute zu helfen. Ich habe es versprochen und es tut mir leid, dass wir Ihnen solche Unannehmlichkeiten bereitet haben.«

»Unsinn«, sagte Frau Klein. »Natürlich bleibst du. Wir können deine Hilfe gut gebrauchen.« Sie ging zum Herd. »Ich brate Kartoffeln. Iss was. Du brauchst deine Stärke.«

Nachdem Frau Klein riesige Berge von Kartoffeln, Eiern und Zwiebeln aufgetragen hatte, setzte sie sich mir gegenüber. »Ich weiß nicht, wo du im Leben bist. Ob du ein Mädchen hast. Diese Rita, ich habe sie beobachtet. Sie hat dich die ganze Zeit mit den Augen verfolgt.« Frau Klein schüttelte den Kopf.

Warum hatte ich davon nichts bemerkt? Mal wieder peinlich berührt, sprang ich auf. »Sie haben ein schönes Heim.«

Frau Klein lachte grimmig. »Es hat uns solche Freude gemacht, als wir unsere Jungs noch hatten. Wir haben hart gearbeitet, damit sie weitermachen konnten und …« In Frau Kleins Augen trat ein feuchter Schimmer. »Nichts ist wichtiger als deine Familie und die Menschen, die du liebst.«

Ich stand auf, unsicher, was ich sagen sollte, unsicher in meiner Haut. Ich wollte arbeiten, und zwar sofort.

Zu meiner Erleichterung trat Herr Klein in die Küche. »Sollen wir darüber sprechen, was du heute tun könntest?«

Die Kühe schauten gelangweilt zu, wie ich die Ställe säuberte. Der Mist störte mich nicht. Er roch sogar irgendwie gut, nach gesunden Tieren, Stroh, Heu und Kräutern. Nach dem Mittagessen ging ich in den Gemüsegarten.

Ich grub und hackte, die Erde unter meinen Händen duftete aromatisch. Möhren, mit ihrem feingliedrigen, saftigen Grün, wuchsen neben Zwiebeln, Bohnen, Kohl und Salat. Vor meinem geistigen Auge erschien Lilly. Möhren schrubbend beugte sie sich über die Spüle, drehte sich zu mir, lächelte, wobei ihre Augen blitzten. Ich seufzte, die Erinnerung war so scharf, dass ich hätte schwören können, sie stünde neben mir.

Die Hochbeete mit einer Sammlung von Küchenkräutern erinnerten mich an Mutters Garten. Ich atmete tief, genoss die Sonne auf dem Rücken. Ich stellte mir vor, hier zu leben, den

Kleins bei der Landarbeit zu helfen, den Platz ihrer Söhne einzunehmen. *Nichts ist so wichtig wie die Menschen, die du liebst.*

Nach dem Abendessen, meinen Magen zum Bersten gefüllt, kroch ich ins Heu. Aber trotz meiner müden Knochen verweigerte sich mir der Schlaf. Das Mahl war festlich gewesen. Selbstgebackenes Brot und würzige Butter, Schweinekoteletts, Kartoffeln und Bohnen. Frau Klein hatte Rhabarberkuchen mit Butterstreuseln gebacken und ich hatte das meiste davon verschlungen.

Doch etwas beunruhigte mich – und es war nicht mein voller Magen. Es war heiß heute Abend und ich konnte mich nicht entspannen. Lillys Gesicht erschien vor mir, lächelnd und unschuldig.

Ich fragte mich, was sie gerade tat.

KAPITEL VIERZIG

Lilly: 13. Juli 1952

Die Sonne brannte auf meiner Kopfhaut, als ich mich auf den Weg zu Gerdas Verlobungsfeier machte. Ich trug mein Lieblingskleid mit den blauweißen Streifen, dem weiten Rock und engen Oberteil. Für Strümpfe war es zu heiß, also trug ich Sandalen, darauf hoffend, ohne Blasen davonzukommen.

Es war ein zehnminütiger Weg zu Helmuts Haus in der Hofschaft Unnersberg. Schmale Fachwerkhäuser, die den Bomben entkommen waren, lehnten sich mir entgegen wie ein Gruß. Einige waren so winzig, dass man mit ausgestreckten Armen fast die entgegengesetzten Wände erreichen konnte. Die grünen Fensterläden erinnerten mich an meinen alten Nachbarn Herrn Baum. Geranien winkten aus Blumentöpfen, ihre Blüten zauberten rote Tupfer auf das Schwarz-Weiß der Häuser. Pärchen schlenderten Hand in Hand in der Sonne. Kinder spielten auf einem leeren Grundstück Fußball.

»Komm rein. Schön, dich zu sehen.« Helmut drückte mich an sich, seine Miene voller Sorge. »Ist der Idiot immer noch nicht zurück?«

Ich schüttelte den Kopf und setzte ein Lächeln auf. »Idiot stimmt.«

»Lilly.« Gerda zog mich ins Gedränge. Ihre Eltern waren da, ältere Familienmitglieder und ein paar unserer Freunde, Lydia und Kurt, Kollegen der Druckerei Ullrich. Ich gratulierte Gerda und überreichte ihr mein Geschenk, eine weiße Porzellanvase, die ich am Freitag nach der Arbeit gekauft hatte.

Jemand reichte mir ein Glas Sekt. Ich nippte mehrmals daran, die perlende Flüssigkeit kitzelte mich im Hals. Ausnahmsweise war es mir egal, einen Schwips zu bekommen.

Gehäkelte Deckchen lagen auf dem Tisch und den Kommoden, frische Bouquets drängten sich wie im Blumenladen. Die Zimmer waren winzig, die Türrahmen so niedrig, dass Helmut den Kopf einziehen musste, wenn er hindurchging.

Der Alkohol prallte auf mein Gehirn wie eine Nebelbank auf die Wupper. Das Licht wurde an den Rändern grell, das Gemurmel der Gäste weicher und dumpfer, als sprächen sie durch die Wand.

Ich stand neben Lydia und Kurt, konnte mich aber nicht auf deren Unterhaltung konzentrieren. Es ging um irgendwelche Details zur Stalin-Note, in der er vorschlug, aus West und Ost ein Großdeutschland zu bilden. Natürlich hatte Kanzler Adenauer andere Ideen. Kurt meinte, Ostdeutschland würde russisch, während Lydia dagegenargumentierte.

Im Hauseingang entstand Unruhe. Hans, Günters älterer Bruder, war mit seiner Frau eingetroffen und stieß mit Helmut an. Der erste Schnaps machte die Runde.

Helmut steuerte auf uns zu und reichte mir ein Glas mit Korn. »Prost.«

Ich nahm einen Schluck, wodurch sich der Nebel in meinem Hirn schlagartig verdichtete. Meine Ohren brannten wie meine Kehle.

Hans kam mit seiner Frau Helga zu mir. »Lilly, schön dich zu sehen«, sagte er. Und dann leiser: »Hast du von meinem Bruder gehört?« Er war kleiner als Günter und unsere Blicke trafen sich auf Augenhöhe.

»Nichts«, hauchte ich.

Hans schüttelte den Kopf. »Er muss endlich mal erwachsen werden.« Er nahm mich am Ellbogen und zog mich in die Küche. »Wir haben gestern eine neue Postkarte bekommen.«

Ich versuchte, eine gleichgültige Miene zu machen, versuchte, mit dem Mund die Worte »Was stand drauf?« zu formen. Aber mein Kopf brummte und ich hatte Mühe, Hans' Worte zu verarbeiten. Die Tatsache, dass Günter seinen Eltern zweimal und mir gar nicht geschrieben hatte.

Meine Gedanken überschlugen sich, ich bekam Ohrensausen, während sich mein Gesichtsfeld verengte.

Offensichtlich hatte Hans meine Not nicht bemerkt, denn er fuhr fort: »Er hat geschrieben, dass er bald heimkommt, weil er kein Geld mehr hat.« Hans grinste, als ob mich die Information glücklich machen sollte.

Stattdessen starrte ich wortlos vor mich hin, während sich der Tumult in meinem Schädel auf meine Glieder ausbreitete. Ich schwankte und Hans griff plötzlich nach meinen Schultern und rief um Hilfe. Er tauschte Blicke mit Helmut aus, die mir sagten, dass auch sie an Flucht gedacht hatten. Dass sie Günter beneideten.

Ich sank auf die Bank und versuchte, mich auf das Spitzenmuster des Deckchens vor mir zu konzentrieren. Sollte ich Helmut noch einmal nach Günter befragen? Während der letzten drei Jahre hatte ich einige Geschichten gehört — die Pferdeschlachtung, die endlosen Wanderungen im Wald, wie Günter und Helmut der SS entkamen. Ich hatte diese Jahre in meiner zerstörten Wohnung verbracht, hatte ein Dach über dem Kopf gehabt. Dagegen hatten Helmut und Günter sechs Wochen Hölle erlebt.

Helmut reichte mir ein Glas Wasser und Gerda schob mir einen Teller mit Essen hin. »Iss. Du bestehst nur aus Haut und Knochen. Ich wette, du hast seit dem Frühstück nichts zu dir genommen.«

Sie hatte recht. In der letzten Zeit war der Akt der Nahrungsaufnahme für mich ebenso anstrengend und nervig wie das Putzen unserer heruntergekommenen Wohnung. Nichts schmeckte und ich war kaum hungrig. Sonderbar, wenn man bedachte, wie mich der Hunger in seinen knochigen Klauen gehalten hatte.

Ich muss hier raus. Diese neue Information überdenken. Zwei Postkarten, keine davon für mich. Günter wird bald heimkommen. Was bedeutet »bald«?

Den Nachhauseweg bewältigte ich wie in Trance. Hans ging neben mir, stützte meinen Ellbogen, als sei ich eine alte Frau mit klapprigen Gelenken. An der Haustür verabschiedete er sich. Zweifellos hatte ihn Muttis legendärer Ruf erreicht und er wollte nichts damit zu tun haben.

»Mach dir keine Sorgen. Ich spreche mit ihm«, bot er an, bevor er davoneilte.

Tu es nicht, wollte ich sagen, aber die Worte steckten in meinem Kopf fest. Wenn er nicht freiwillig aufkreuzte, konnte er gefälligst wegbleiben.

Günter

Die Morgendämmerung brach an, als ich aufwachte. Mir war kalt. Nicht von der kühlen Luft, sondern von Lillys grausigem Lachen, das noch in meinen Ohren klang. Im Traum hatte ich sie vor dem Tor ihrer Arbeitsstelle abgeholt, aber sie hatte den Arm von Peter Neumann genommen und ihm einen Kuss gegeben. Dann hatte sie gelacht und mir den Rücken zugedreht, woraufhin Peter seinen Arm fest um ihre Schultern gelegt hatte.

Während meines zweiten Tags auf dem Feld pflanzte ich Kartoffelstücke für die Herbsternte. Während ich in der Erde wühlte, verschwamm mir die Sicht mit Bildern von Lilly: unser erstes Treffen auf dem Straßenfest und wie sie mich trotz ihrer Scheu auf die Schiffschaukel begleitet hatte, unser erster Kuss und unsere stumme Liebe im Zelt.

Was hatte ich nur getan? Ich war weggelaufen, als wäre die SS hinter mir her, ohne jemandem Bescheid zu sagen, ohne Lilly etwas zu sagen. Ich hatte ihr nicht einmal geschrieben, stattdessen auch die zweite Postkarte an meine Eltern geschickt. Was hatte Frau Klein gemeint? Nichts sei wichtiger als die Menschen, die man liebt.

Ich stieß ein Seufzen aus. Ich liebte Lilly, ihre Ernsthaftigkeit, ihre Stärke im Angesicht aller Widrigkeiten, der Kälte und Grausamkeit ihrer Mutter. Bis jetzt war ich mir sicher gewesen, dass sie mich ebenfalls liebte. Ich war ihr Ausweg. Das wusste ich.

Und wenn Lilly mich nicht mehr wollte? Wenn sie sich mit Peter Neumann eingelassen hatte? Zum ersten Mal seit Jahren hatte ich Angst. Ich wusste, dass sie das aufrichtigste Geschöpf war, das ich je kennengelernt hatte. Wahrheit und Ehrlichkeit bedeuteten ihr immens viel, und sie lebte selbst nach diesen Werten.

Ich bewunderte ihre innere Stärke. Jeder andere Mensch wäre bei einer solchen Mutter verrückt geworden. Lilly jedoch nicht. Sie hatte es stattdessen geschafft, diesen Teil von sich zu schützen. Sie hielt ihn versteckt, diesen Teil des Herzens, der nicht nur lieben konnte, sondern jemand anderem Wärme und Fürsorge bot.

Mir!

Meine Eingeweide wanden sich schmerzhaft. Nach allem, was ich getan und gesehen hatte, wäre es ein Leichtes gewesen, das, was von meiner Moral übrig war, zu vergessen. Lilly war diejenige gewesen, die mir erlaubt hatte, weiterzumachen. Die mir klar gemacht hatte, dass das Leben wertvoll war, dass Ehrlichkeit und Wahrheit gut waren. Sie hatte es mir ermöglicht, an den Schatten meiner Vergangenheit vorbeizusehen, hatte die Schwielen entfernt, damit ich wieder fühlen konnte.

Wie hatte ich nur so blind sein können?

Während der Mittagspause war ich tief in Gedanken. Nicht einmal Frau Kleins nachdenkliche Blicke brachten mich zum Reden. Die Geister meiner Vergangenheit hatten sich in Luft aufgelöst und ich verstand nicht mehr, warum ich weggelaufen war. Doch, ich verstand es, aber die Dringlichkeit war verschwunden.

Weil ich fortgegangen war, konnte ich jetzt zurückkehren. Für immer.

Frau Klein sah mich immer wieder an. »Es ist bestimmt an der Zeit, heim zu fahren.« Ihre Augen blinzelten wieder feucht.

Ich räusperte mich und nickte. »Morgen reise ich ab.«

KAPITEL EINUNDVIERZIG

Lilly: 18. Juli 1952

Beim Verlassen des Büros plauderten alle aufgeregt. Das Wochenende lag vor uns, und ausnahmsweise war auch ich in Eile. Peter hatte mich für den kommende Tag um ein Treffen gebeten, also wollte ich den neuen Lippenstift kaufen, auf den ich seit Monaten sparte. Dank meiner heimlichen Gehaltserhöhung konnte ich ihn mir endlich leisten.

Wäre ich vernünftig gewesen, hätte ich für neue Schuhe zurückgelegt. Die Absätze meiner Pumps waren abgetreten und nur die Schuhreparatur hielt sie gegen alle Vernunft zusammen.

Gerda holte mich ein und wir gingen Arm in Arm zum Ausgang. Seit der Verlobung war sie so aufgeregt wie ein Kind, das seinen Stiefel am Nikolaus mit Schokolade gefüllt vorfindet.

Am Tor stoben meine Arbeitskollegen auseinander und dort, mit den Händen in den Taschen, stand Günter.

»Hallo Lilly«, sagte er, als ob es das normalste Ding der Welt wäre. Als ob er immer hier stünde, um mich abzuholen.

»Hallo.« Meine Miene war eine gefrorene Maske. Ich stand auf der Stelle, konnte weder lächeln noch finster blicken. Ich starrte wortlos.

»Ich geh vor und treffe dich später, in Ordnung?« Gerda drückte mich kurz an sich. »Es sei denn, du willst, dass ich hierbleibe.«

Ich wusste, dass sie unsere Begegnung nicht miterleben wollte.

Ich nickte, meinen Blick fest auf den Mann vor mir gerichtet.

Günter versuchte ein Lächeln. »Wie geht's dir?«

Wenn man jemanden anschaut, den man lange nicht gesehen hat, bemerkt man die unbedeutendsten Dinge — das Grübchen in der rechten Wange, die Ränder der Sommerbräune am Hals. Günter wirkte größer, als ich in Erinnerung hatte, der Gürtel in der Taille war enger geschnallt. Die Oberseiten seiner Hände waren im Gegensatz zu seinen weißen Handflächen braun wie Kakao. Er musste sein Haar geschnitten haben, weil seine Stirn bis zum Haaransatz blass war.

»Fein.«

»Es tut mir leid.«

Ich rührte mich nicht. Schwieg. Wir sahen uns an, blieben regungslos wie zwei Felsen in der Brandung der heimgehenden Arbeitskollegen. Herr Keller humpelte vorbei.

Die ganze Zeit über, sechs Wochen lang, hatte ich mir Dinge überlegt, die ich sagen wollte. Jetzt, da er vor mir stand, war meine Kehle zugesperrt. Der Druck hinter meinen Augäpfeln wuchs.

Ich biss mir auf die Lippen, bis meine Backenzähne mahlten. Wenn es eins gab, was ich nicht tun würde, war es heulen.

Nicht mehr.

»Kann ich dich nach Hause bringen?«

»Ist mir egal.«

»Tut mir leid«, sagte er wieder. Sein Blick erwiderte meinen, reuig aber entspannt.

»Hast du schon gesagt.« Ich sah starr geradeaus und eilte los.

»Ich meine es ernst.«

Ich ging schneller. »Nicht gut genug.«

»Ich bleibe jetzt hier.«

»Wie nett von dir.«

»Was kann ich tun, um dich zu überzeugen, dass ich dich will?«

»Du willst mich?« Ich stoppte abrupt, sah zu ihm auf. Meine Stimme schwellte und ich erkannte die Schrille von Muttis Tiraden. Um uns herum schnatterten und lachten Leute, beladen mit Einkaufstaschen. Das Wochenende hatte begonnen und jeder wollte sich amüsieren. Es gab Essen vorzubereiten, Feste zu besuchen und Schnaps zu trinken. »Du hast eine sonderbare Art, es zu zeigen.«

»Ich will dich. Nur dich.«

»Ich fühle mich geschmeichelt.« Ich zwang meine Beine zum

Weitergehen. Ich wollte nach Hause, weg von den neugierigen Blicken.

»Lilly, ich will es dir erklären.«

»Das könnte interessant werden.«

»Ich war ein Vollidiot. Ich brauchte eine Pause, musste weg, etwas anderes sehen. Ich war die Arbeit so leid, die mangelnde Privatsphäre, dieselbe Routine.«

Ich wollte seine Worte ignorieren, seine Ausreden, aber ich schaffte es nur wieder, anzuhalten. »Du warst *mich* leid?«

»Nicht dich. Ich …« Günter schüttelte den Kopf.

»Da musst du dich mehr anstrengen«, sagte ich. »Du warst sechs Wochen weg. *Sechs.* Kein Anruf, kein Brief, kein Zettel, nicht mal eine Postkarte. Nichts. Schäm dich!«

»Ich weiß. Ich wollte schreiben.«

Ich ging erneut los und er rannte hinter mir her.

»Lilly?« Seine Stimme klang dünn, als zöge der Wind sie auseinander. »Bitte warte. Ich will es wiedergutmachen. Bitte!«

Ich verlangsamte meine Schritte. Warum setzte sich mein Körper über meinen Verstand hinweg?

»Ich liebe dich! Ich weiß, ich war ein Idiot, grausam und eigennützig. Ich kann es nicht erklären, aber ich wollte immer nur dich.«

»Du hast seltsame Methoden, das zu zeigen.«

»Bitte, gib mir eine Chance.« Günter ergriff meine Hand und zog mich zu sich herum. »Ist mir egal, wie lange es dauert. Ich warte. Bitte vergib mir.«

Sein Gesicht war nahe, so nahe, ich wollte seine Wangen streicheln, mit dem Zeigefinger am Rand seiner Lippen entlangfahren. Meine Beine wankten. Ich wollte mich vorlehnen, an ihn, und seine Nähe aufsaugen, mich in der Wärme seines Halses vergessen. Wo ich Frieden fand. *Halt!*

»Ich muss darüber nachdenken.«

An den Rest des Weges kann ich mich nicht erinnern. Irgendwann rannte ich. Mein Herz pochte und mein Hals schmerzte, als ich zu Hause ankam. Günter war nicht mehr hinter mir.

All diese Zeit hatte ich gewartet — auf ein Lebenszeichen, eine Postkarte, irgendetwas — hatte tausend Reden im Kopf vorbereitet. Jetzt, wo der Tag gekommen war, wusste ich nicht, was ich sagen sollte.

Nicht nur das. Ich wusste nicht, was ich fühlte.

KAPITEL ZWEIUNDVIERZIG

Lilly: 21. Juli 1952

Ich starrte in die Ferne, wo Günter längst verschwunden war. Es war Montagabend, das Tor der Druckerei hatte sich geleert und ich stand unbeweglich. Fetzen unserer Unterhaltung schwirrten durch meinen Kopf wie feine Wolken, weich und formlos, unmöglich, sie festzuhalten.

Ich holte tief Luft, das Geräusch klang laut in meinen Ohren. Das Leben, auf das ich mich vorbereitet hatte, gab es nicht mehr. Es würde weder eine Verlobung noch eine Hochzeit geben. Es würde keine Wochenendausflüge geben, kein Ausgehen, nur endlose Abende allein mit Mutti.

Ich weiß nicht, wie lange ich dort schwebte, denn mein Verstand wehrte sich gegen die Erkenntnis des Unabänderlichen.

Du hast das Richtige getan. Du musstest dich von ihm trennen. Warum ging es mir dann so schlecht? Warum fühlte sich mein Hals wund an und schmerzte von der Anstrengung, nicht zu weinen?

Die vor mir liegende Woche dehnte sich unendlich lang. Ich hatte das ganze Wochenende über überlegt, was ich tun sollte. Ich konnte mich nicht entscheiden. Und blieb Günters Haus fern.

Am Samstagmorgen hatte ich Peter in der Stadt getroffen, wo wir Vatis Aufenthaltsort und die Verhältnisse, mit denen er sich höchstwahrscheinlich abfinden musste, besprachen. Russische Gulags waren im wesentlichen Todeslager. Ein Entkommen war unmöglich und Nahrung und Kleidung waren knapp. Es gab keine ärztliche Versorgung oder Medikamente und die Männer wurden gezwungen, in Minen und als Holzfäller zu arbeiten. Wie konnte ein fünfundfünfzigjähriger Mann unter diesen Umständen überleben?

Und warum hörte ich nicht auf, nach Antworten zu suchen, wenn ich innerlich vor Wut auf Vati kochte? Herauszufinden, dass er sich nach der Kapitulation Deutschlands freiwillig ergeben hatte, erneuerte meine Empörung. Ich verstand ihn nicht, dieses Klammern an Regeln und Ehre gegen alle Vernunft.

Peter hatte mir mehrmals die Hand getätschelt, und ich ahnte, dass er mich inzwischen aus anderen Gründen wiedersehen wollte.

Am Sonntag hatte ich Burkhart mit in den Wuppertaler Zoo genommen. Mutti hatte für die Bahnfahrt bezahlt und wir hatten in Eiscreme und Schokoladenkuchen geschwelgt. In den Momenten, in denen meine Aufmerksamkeit von den Tieren zu Günter geschweift war, hatte mein Inneres geschmerzt, als hätte jemand ein glühendes Messer hineingestoßen. Es war ein so tiefes Leiden, dass es schien, als eiterte meine Seele.

Also hatte ich eine Schau abgezogen und mit Burkhart gelacht, wenn die Eisbären ins Wasser gesprungen waren und die Affen sich von Ast zu Ast gehangelt hatten. Mein letzter Zoobesuch war mit Vati gewesen, als ich sechs Jahre alt gewesen war. Am Vortag hatte ich Burkhart dabei ertappt, wie er Vatis Foto an Muttis Bett studierte. Es war dasselbe Bild, das ich zu besuchen pflegte, wenn ich meinte, Vatis Gesicht zu vergessen.

Mir war es schwergefallen, mich nach sechs Wochen an Günters Züge zu erinnern. Nun gab es dazu keinen Grund mehr.

Ich wanderte langsam nach Hause, meine Beine unter meinem Gewicht strauchelnd. Meine Füße, immer noch Größe 40, schienen in Betonblöcken zu stecken. Der Abend erstreckte sich zäh vor mir.

Es ist nicht anders als die letzten sechs Wochen.

Und doch war alles anders!

Weil ich nicht mehr hoffte oder analysierte. Mich wunderte, welche Motive Günter wohl gehabt haben mochte, oder mich fragte, was er auf seiner Fahrt erlebt hatte. Er hatte mich angefleht, es mir zu überlegen, hatte mir beteuert, dass er mich liebe, seine Augen mit Tränen gefüllt. Wann hatte ich ihn je weinen sehen?

Es war vorbei. Ich hatte mich entschieden. Ich konnte ihm nicht vergeben … und ich begann, zu verstehen, dass dies mein neues Leben war. Dass ich dieses neue Leben auf ewig ertragen musste.

Beim Aufschließen der Wohnungstür erfasste eine lähmende Taubheit meine Knie, sie strahlte in meine Schenkel, durch meinen Körper und befiel meinen Kopf.

Mutti war in der Küche, blind für mein Leiden. Hätte sie davon gewusst, dann hätte sie sich gefreut. Sie würde um den Tisch tanzen und singen.

Als ich meine Handtasche verstaute, kam Mutti auf mich zu, ihre Augen vor Wut blinzelnd.

»Wann wolltest du es mir sagen?«

»Dir was sagen?« Ich war verwirrt, fragte mich, warum sie sich nicht über Günters und meine Trennung freute.

Mutti streckte mir ein Stück Papier entgegen. »Deine Gehaltserhöhung.«

Ich sank auf einen Stuhl, denn das Gewicht dieses unerträglichen Tages zog mich nieder.

»Wieso sagst du nichts dazu?« Ihre Stimme war schrill. »Du weißt genau, dass wir jeden Monat kaum über die Runden kommen! Und du handelst dermaßen egoistisch.«

Ich sah meine Mutter an, so, wie andere sie sehen mussten. Das Haar hatte sie straff aus dem Gesicht gekämmt, um ihre Wangenknochen zu betonen, der üppige Mund glühte mit einem knalligen Lippenstift, ihre Augen waren schwarz umrahmt. Ich sah sie so, wie sie war, eine Frau mittleren Alters, die den Wert ihrer Existenz darin fand, wie Männer sie behandelten. Die von ihrem Mann grundlos verlassen worden war, zumindest aus keinem Grund, den sie verstand.

Sie hatte wenig mit Vati gemeinsam. Ihm ging es um Ehre, wie verdreht sie auch sein mochte. Sie kannte die Bedeutung des Wortes nicht einmal.

Es hatte eine Zeit gegeben, in der ich alles dafür getan hätte, die Liebe und Akzeptanz dieser Frau zu gewinnen. Ich hatte es weiß Gott versucht, mit all meiner Kraft. Ich hatte gekocht, geputzt, Wäsche gewaschen und Kilometer von Garn verstrickt, nur um ein Wort der Anerkennung zu bekommen, ein Lächeln oder wenigstens ein Nicken. Es kam so selten vor, dass es wie ein Lichtstrahl mein Herz traf, wenn es doch einmal geschah. Vielleicht war das Muttis Absicht. Mich so dankbar für ihre karge Liebe zu machen, dass ich ewig nach ihr trachten würde.

Ich öffnete den Mund. Die Worte strömten schneller heraus,

als sie mir bewusst wurden. Mein Hirn enthielt zu viel Blut und wollte explodieren. Mein Herz pochte verzweifelt, als wollte es seiner Enge entkommen, als wollte es der Traurigkeit in mir entfliehen.

»Du nennst mich egoistisch?«, brach es aus mir hervor. »Ich tue nichts als arbeiten. Ich komme heim und putze und koche. Was willst du noch von mir?« Meine Stimme klang fremd in meinen Ohren, ein schrilles Heulen, das durch meinen Schädel hallte. »Warum gehst *du* nicht mal arbeiten?«

»Wenn du nicht so wenig verdienen würdest …«

»Und wessen Schuld ist das?«

Mutti zuckte mit den Schultern. »Der Krieg …«

»Du hast genau das gemacht, was Hitler wollte.«

Unsere Blicke trafen sich. Muttis Pupillen schrumpften. Ich hätte aufhören sollen, zu streiten, aber es war, als wollte man eine Lokomotive mit einem Stock aufhalten.

»Bist du verrückt?«, fragte Mutti.

»Im Gegenteil.« Ich holte tief Luft, auf einmal ganz ruhig. »Er hat damals gesagt, Mädchen sollen hart arbeiten, ohne Ausbildung, ohne Zukunft außer Mutterschaft. Du hast mich nicht zur Schule gehen oder lernen lassen, obwohl Burkhart … Du wolltest, dass ich dumm und unterwürfig blieb, dein persönlicher Sklave, der hinter dir sauber macht.«

»Kein Wunder, dass du keinen Mann glücklich machen kannst.«

Ich sah sie an, merkte, wie mein Gesicht sich zum Lächeln verzog. »*Ich* habe mit ihm Schluss gemacht.«

Muttis Mund öffnete und schloss sich, aber es kam kein Ton heraus. War sie sprachlos, weil ich auf die Wahrheit hingewiesen hatte, oder sauer, da ich ihr endlich meine Meinung gesagt hatte?

»Du hast den Verstand verloren. Dein Vater … Es war seine Schuld …« Während Mutti in eine Tirade verfiel, stand ich vom Stuhl auf und ging in mein Schlafzimmer. Ihre Worte sprangen durch den Raum wie Schrapnelle, mit der Absicht, maximalen Schaden anzurichten. Aber ich trug eine kugelsichere Weste und nichts davon erreichte meine Ohren. Irgendwo im Hinterkopf registrierte ich Burkharts Ausdruck des Schocks. Er hatte mich noch nie so mit Mutti reden gehört.

Ich auch nicht.

Ich wollte die Schlafzimmertür zuwerfen, aber die Energie

sickerte aus mir wie Wasser durch Sand und ich schloss sie leise. Ich schleuderte meine Schuhe von mir und fiel aufs Bett, wünschte mir, dass die Welt zu Ende ginge, wünschte mir, dass eine dieser Bomben im Jahr 1944 mich gefunden hätte.

372

KAPITEL DREIUNDVIERZIG

Lilly: 29. Juli 1952

In meinem Zuhause herrschte Krieg. Mutti sprach nicht, ihre Blicke waren wie Dolche, die Luft mit ihren Gedanken vergiftet. An mir glitt alles ab. Mein Bruder hatte Muttis Seite bezogen, zumindest wenn sie da war. Er hinterließ mir kleine Papierschnipsel mit Nachrichten.

Ich war entschlossen, nicht nachzugeben. Ich behielt die wenigen Extra-Mark, die mir die kleinste Andeutung von Unabhängigkeit boten. Da Günter nicht mehr half, konnte ich mir nicht mal die Grundanschaffungen wie Handschuhe oder Winterstrümpfe leisten.

Um sie zu schonen, wusch ich alle meine Sachen mit der Hand. Trotzdem schlichen sich Flecken ein und das Material wurde dünn und unansehnlich.

Meine Finger ruhten in dem seifigen Wasser, der winzige Badezimmerspiegel war dampfbeschlagen. Auch gut. Ich wollte mich nicht ansehen. Ich wollte gar nichts mehr sehen.

Als die Bomben auf uns gefallen waren und wir Grassuppe gekocht hatten, hatte ich mein Leben für unerträglich gehalten. In mancher Hinsicht war dies schlimmer. Die Menschen mussten glücklich sein. Das Land erfuhr ein »Wunder«, wie es hieß. Alle arbeiteten und verdienten Geld — Geld, mit dem man Güter kaufen konnte. Die Deutschen investierten in Radios und neue Sofas. Wir alle wollten, dass dieses neue Deutschland stark wurde. Wir wollten wieder normal sein.

All diese Beschäftigung hielt uns davon ab, über die Sorgen eines verärgerten Russlands nachzudenken, das unser Land zerteilte. Wir waren fortschrittlich, eine neue Republik mit einem neuen Namen, der uns von unserer Vergangenheit ablenkte.

Aber tatsächlich konnte niemand seine Vergangenheit hinter sich lassen. Nicht in diesem Land, und ganz bestimmt nicht ich. Wir taten nur so, als ob wir vorangingen. Äußerlich bauten wir neue Häuser und füllten unsere Wohnungen mit neuen Sachen. Darunter trauerten wir um die Toten, niedergeschmettert von der schrecklichen Schuld — von dem, was Deutschland der Welt angetan hatte. Den Juden, den Russen, den Zigeunern, den Briten und Invaliden und den vielen Millionen anonymen Opfern. Aber auch von dem, was wir uns selbst angetan hatten und was das Dritte Reich seinen Kindern angetan hatte.

Uns.

»Bist du bald fertig?« Muttis Worte schnitten durch die Stille. »Ich möchte baden.«

»Fünf Minuten«, sagte ich, wrang die Wäsche aus und stapelte sie im Korb.

Ich ging an ihr vorbei in den Garten. Tief in Gedanken hängte ich Blusen und Unterwäsche auf.

»Lilly, bist du das?« Herrn Baums schwache Stimme driftete über den Zaun.

Das Schuldgefühl, weil ich den alten Mann seit Monaten nicht besucht hatte, ließ mich zum Zaun eilen. »Wie geht's Ihren Knien?« Herr Baum hatte schlimme Arthrose und humpelte fast nur noch.

»So wie immer«, sagte er. Seine Miene lag unter dem Schlapphut im Schatten. Ich konnte mich nicht erinnern, ihn je ohne gesehen zu haben. Er blinzelte mich an. »Willst du so nett sein, einen alten Mann ein paar Minuten zu besuchen? Habe mir gerade einen Topf Bohnensuppe gekocht.«

Ich warf einen Blick zu unseren Fenstern im ersten Stock. Warum sollte ich in unsere Wohnung zurückgehen, wenn dort nur die Arktis herrschte?

»Ich komme«, sagte ich und zwang meinen Mund zum Lächeln.

Hinter dem Gartentor wartete Herr Baum auf mich. Seit unserer letzten Begegnung war er geschrumpft, ein kleiner alter Mann mit einem Gesicht voller Runzeln. Erneut überkamen mich Schuldgefühle, sodass ich vorwärts eilte und seinen Arm tätschelte.

Mein gezwungenes Lächeln verwandelte sich in ein echtes.

»Es ist zu lange her.« Meine Worte klangen hohl wie ein alter Baumstumpf.

Er nickte mir zu, seine Augen ein wenig feucht zwischen den Falten.

»Setz dich«, sagte er, und zeigte auf den kleinen Tisch auf der Terrasse. »Ich hole die Suppe.«

»Ich helfe Ihnen.«

Ich folgte Herrn Baum ins Haus, durch den Keller und die Stufen hoch. Es dauerte mehrere Minuten, bis der alte Mann die Treppe hinaufgekrochen war.

Seine knorrigen Finger verkrampften sich um den Krückstock. »Ich hasse dieses alte Ding«, schnaubte er. »Mein ganzes Leben habe ich mich selbst versorgt. Sieh mich jetzt an. Meine Muskeln sind geschrumpft wie trocknende Quallen in der Sonne, und meine Beine wackeln, als ob sie ihren eigenen Kopf hätten.«

Ich wollte ihn stützen, um schneller aus dem Keller zu kommen. Hier hatte Anna gelebt.

Wir sprachen nie von Anna, dem Kaninchen. Wie sie eines Tages verschwunden war, und Huss einen Festtagsschmaus hatte. Allein die Erinnerung an diesen Abend, als ich den Braten gerochen hatte, würgte mich. Es war seine Rache gewesen, weil ich von ihm gestohlen hatte. Ich hatte ihn davon abgehalten, uns weiter wehzutun, aber er hatte einen anderen Weg gefunden, mir Schmerz zuzufügen – und dem alten Mann.

Einen Tag nachdem ich die Hakenkreuze und Dokumente von Huss gestohlen hatte, hatte ich sie zu Herrn Baum gebracht, der sie für mich sicher aufbewahren wollte. Er hatte nie nach dem Grund gefragt, aber soweit ich wusste, besaß er sie noch immer.

Mein Hals verengte sich selbst jetzt, sechs Jahre später. Ein Seufzer erhob sich in der kühlen, feuchten Luft des Kellers, während wir unsere Suppenschüsseln nach draußen trugen. Ich wusste nicht, ob es seiner oder meiner war. Reue verschleierte meine Sicht. Nachdem Anna verschwunden war, hatte ich Herrn Baum lange nicht gesehen.

»Was ist los?«, fragte Herr Baum als wir uns setzten.

»Nichts.« Ich konnte dem alten Mann nicht in die Augen sehen. Er hatte diese Art, mir in die Seele zu schauen, und mir war angst und bange, was er dort finden würde.

»Du sagst kaum ein Wort.« Herr Baum lehnte sich mit einem Grunzen im Stuhl zurück. Ich wusste, dass er unter Schmerzen litt. »Erwin sendet Grüße. Er ist befördert worden.«

Ich versuchte ein Lächeln, aber selbst die Erinnerung an Erwins Rettung konnte mich nicht aus dem schwarzen Loch befreien, in dem ich mich befand. »Kann ich etwas für Sie tun? Vielleicht ein Kissen holen?«

Er lachte. »Ich wünschte, ein Kissen wäre die Lösung. Ich brauche einen neuen Körper und ein paar extra Muskeln und Knochen.«

Ich versuchte, zu lachen.

»Siehst du. Du ziehst die ganze Zeit über schon eine Miene, die mich beunruhigt. Ich hole dir besser etwas Schokolade.«

Ich wollte Nein sagen, dass ich nach Hause müsse, aber Herr Baum humpelte schon los.

Warum sollte ich heimeilen? Da wartete nichts auf mich, das nicht warten konnte. Vor allem Muttis Wut.

»Da, probier das mal.« Herr Baum wickelte eine Tafel Milchschokolade aus. Meine Lieblingssorte. Er tätschelte mir den Kopf, bevor er wieder auf seinen Stuhl sank.

Als ich nach der Süßigkeit griff, schloss sich wie aus dem Nichts meine Kehle. Ich riss meine Augen auf, damit sie nicht verschwammen, aber es funktionierte nicht. Mein Körper verwandelte sich in eine zittrige Masse und ich weinte los.

Herr Baum sagte nichts, saß einfach da und ließ mich heulen. Minuten vergingen. Ich habe keine Ahnung, wie lange es dauerte, bis ich wieder Atem holen konnte. Ein fein gebügeltes Taschentuch erschien vor meinen Augen. Ich nahm es und wischte mir damit das Gesicht ab.

Als ich aufsah, ruhte Herrn Baums Blick auf mir. Er blieb weiter still, nickte nur, als ob er wüsste, dass mein Leben vorbei und mein Herz tiefgefroren war.

Ich öffnete den Mund und erzählte ihm alles. Von Günters Verschwinden, meinen Sorgen und Sehnsüchten. Von meinem vergeblichen Versuch, auszuziehen, unserer Trennung, dem Krieg mit Mutti.

»Und dann finde ich heraus, dass Vati sich von den Russen verhaften ließ. Nachdem er uns verlassen hat. Ich kann ihm nicht vergeben. Oder Günter.«

Ich sah Herrn Baum an, aber der tröstende Ausdruck von

eben war gewichen, stattdessen schien der alte Mann nun tief in Gedanken versunken zu sein. Seine Augen schimmerten mit ungeweinten Tränen.

»Ich möchte dir eine Geschichte erzählen«, sagte er. Er nahm einen Schluck Mineralwasser und sank tiefer in seinen Stuhl. »Ich hatte einmal eine Tochter.«

»Das wusste ich nicht. Ich hab sie nie gesehen.«

»Sie starb an Tuberkulose. Aber das ist nicht der Grund, dass ich dir von ihr erzähle.« Herr Baum strich mit dem Handrücken über sein Gesicht. »Ich brach den Kontakt mit ihr ab, als sie sich mit einem SS-Mann anfreundete. Ich weigerte mich, mit ihr zu sprechen, als sie krank wurde. Selbst als ihr Mann im Krieg starb. Ich konnte ihr nicht vergeben, dass sie sich mit Hitlers schrecklicher Macht eingelassen hatte. Danach hörte ich nichts mehr von ihr. Bis ein Brief eintraf.«

Ein Seufzer erschütterte die Stille. Es klang wie ein Schluchzen. »Ich erinnere mich genau, wo ich an dem Tag war — ich spaltete Holz im Garten —, als der Postbote an der Tür klingelte. Er schellte nie, aber dieses Mal hielt er einen Umschlag in der Hand.

›Für das hier müssen Sie unterschreiben‹, sagte er. Ich trug den Brief ins Haus. In den Tagen bekam ich wenig Post. Nur ein paar Strom- und Wasserrechnungen. Keiner erinnerte sich, dass ich existierte. Meine Schwester in Berlin schrieb nie. Gleiches galt für meinen Neffen und die ehemaligen Kollegen von der Schule, an der ich vierzig Jahre lang Geschichte unterrichtet hatte. Soweit ich wusste, hielten sie mich für tot.

Ich ließ mich damals am Tisch nieder, auf dem noch die Reste des Frühstücks standen. Ich nahm ein Messer und schlitzte den Umschlag auf, derweil ich mich fragte, warum mir ein Anwalt aus Stuttgart schrieb.«

Eine einsame Träne erschien auf Herrn Baums Wange. »In dem Brief stand: ›Sehr geehrter Herr Baum, es tut uns leid, Ihnen mitteilen zu müssen, dass Ihre Tochter, Annemarie Lister, geborene Baum, am 16. März 1944 friedlich verstorben ist. Ihr Testament bestimmt Sie zum alleinigen Erben. Bitte melden Sie sich baldmöglichst, damit wir Frau Listers Nachlass bearbeiten können. Mit freundlichen Grüßen, Manfred Timmermann, Anwalt‹.

Bis zu diesem Tag hatte ich die Erinnerung an Annemarie aus

meinem Gedächtnis verdrängt. Aber die Sache ist die …« Herr Baum beugte sich unvermittelt nach vorn und tätschelte meine Hand, seine Finger waren knorrig wie Eichenrinde. »Ich habe einen Fehler gemacht. Es war dumm von mir, zu glauben, ich könnte jemanden, der mir so sehr am Herzen liegt, ignorieren. Es ist unmöglich, weil diese Liebe ein Teil von dir ist. Du kannst nicht vor ihr davonrennen, genauso wenig wie du deine Haut ablegen kannst.

Nach dem Brief wollte ich sterben. All diese verlorenen Jahre hätte ich mit meiner Tochter teilen können. Besonders nachdem ihr Mann, der SS-Offizier, gestorben war.«

»Warum hat sie *Sie* nicht besucht?« fragte ich.

»Sie war hier.« Herr Baum schmunzelte grimmig. »Hallo Papa‹, hat sie gesagt. Ihr Gesicht war ganz blass, wie eine Wolke.« Ein Seufzer, der eher wie ein Schrei klang, brach aus dem alten Mann heraus. »Ich habe sie fortgeschickt. ›Ich lasse keine Nazis in mein Haus‹, habe ich gesagt und ihr die Tür vor der Nase zugeschlagen.

Irgendwann ist sie gegangen, aber nicht, ohne mich anzuflehen. ›Ich bin kein Nazi. Bitte. Papi. Mir geht's nicht gut. Kannst du mir nicht verzeihen?‹

Ich habe mich von innen an die Tür gelehnt, ihre Anwesenheit durch die dicke Eichentür gespürt, ihre zitternden Glieder. Ich habe selbst ihre Tränen gespürt.«

Herr Baum schaute mich an, aber ich bezweifelte, dass er wirklich mich sah. »Jetzt ist sie fort. Für immer. Und der bittere Geschmack in meinem Mund weigert sich, zu verschwinden.«

Wortlos schob ich die Schokolade über den Tisch. Herr Baum brauchte sie mehr als ich.

KAPITEL VIERUNDVIERZIG

Lilly: 24. September 1953

»Es ist mir ernst.« Peter neigte sich mir zu, den Blick auf mich gerichtet. Wir teilten uns eine Bank vor dem frisch eröffneten Eiscafé an der Hauptstraße, wo wir uns beide an den neuen Waffelhörnchen erfreuten.

Ich schloss die Augen gegen die grelle Sonne, kostete die cremige Vanille auf meiner Zunge. Es erstaunte mich immer wieder, wie viel Vergnügen ich aus etwas so Einfachem wie Eiscreme schöpfte. Es war, als ob ich mich kneifen müsste, um sicherzugehen, dass ich tatsächlich etwas so Wunderbares essen durfte.

»Ich habe jede Menge Platz.« Peter wischte sich den Mund mit einem Taschentuch ab. »Ein eigenes Zimmer, neue Möbel, ganz so, wie du willst.« Ich fühlte seine Hand auf meinem Unterarm, die langen Finger waren so blass wie immer. Ich wusste, dass er tatsächlich etwas anderes wollte. Er wollte, dass ich bei ihm einzog und wir das Haus, das er von seinen Eltern geerbt hatte, teilten. »Deine Mutter kann nicht erwarten, dass du ewig bei ihr wohnst.«

Natürlich hatte er recht. Mutti und ich benahmen uns wie Fremde. »Sie müsste sich Arbeit suchen«, sagte ich, mehr zu mir selbst als zu Peter.

»Wäre auch Zeit.«

Peter ärgerte sich darüber, wie Mutti mich behandelte. Mir war bewusst, dass er mich liebte. Jetzt zeigte seine Miene eine Mischung aus Empörung und Zuneigung. Er war ein guter Mann.

Als ich mich vor einem Jahr von Günter getrennt hatte, hatte Peter mir die Möglichkeit geboten, mich abzulenken. Er war für mich da gewesen, hatte meine Zornausbrüche genauso geduldig hingenommen wie meine Depressionen.

Er sah auch nicht schlecht aus, war schlau und besser gebildet als Günter. Dennoch konnte ich mich nicht dazu bringen, ihn zu lieben.

Während Günter herumgereist war und ich nach einer Wohnung gesucht hatte, hätte ich die Gelegenheit einer anderen Bleibe sofort ergriffen. Jetzt, wo sie mir sozusagen in den Schoß gelegt wurde, konnte ich mich nicht entscheiden.

Es war nicht so, als würde ich nicht begreifen, was erste Liebe ist. Ich verstand es. Sie war magisch – und dann starb sie irgendwann. Es war nur … Mein Herz war gefroren wie ein Eisblock, saß im Dunkel und bewegte sich nicht. Meine Gedanken wirbelten im Kreis und ich starrte stundenlang ins Nichts. Arme und Beine funktionierten zwar, doch waren sie taub, als ob ich in einem Vakuum, einer Leere lebte.

Ich hatte viel über russische Gulags gelernt. Peter scheute sich, davon zu erzählen, weil er sich um mich sorgte. Trotzdem überredete ich ihn dazu. Nach allem, was ich hörte, war es ein Wunder, wenn jemand mehr als ein Jahr überstand. Die arktischen Temperaturen waren nur eins der Übel, wenn man die Lage in den Minen und Arbeitslagern bedachte.

Gefangene wurden gefoltert und in winzigen Einzelzellen gehalten, bis sie durchdrehten. Die restlichen Männer arbeiteten, bis sie zusammenbrachen. Die meisten russischen Bauern hatten nicht genug zu essen — tatsächlich tötete der Hungerwinter 1947/1948 mindestens eine Million russische Bürger. Logischerweise versorgte die Regierung erst recht nicht ihre Gefangenen mit ausreichender Nahrung oder Kleidung. Niemand wusste, wie viele Menschen in den Lagern starben, aber die Zahlen gingen in die Millionen. Vati würde bald einer von ihnen sein.

»Versprich mir, darüber nachzudenken, ja?« Peter ließ meinen Arm los.

Plötzlich konnte ich keine weitere Minute sitzen. »Tut mir leid. Ich muss nach Hause.«

Kurz nach meiner Heimkehr klingelte es an der Tür unserer

Wohnung.

»Ich geh schon«, rief ich und eilte hin, um sie zu öffnen.

Ich hatte mich umgezogen und den neuen Lippenstift aufgetragen, der meine sommerliche Bräune hervorhob. Der Herbst hatte zwar begonnen, aber selbst so spät im September war das Wetter warm, die Luft würzig mit dem erdigen Aroma der ersten gefallenen Blätter. Ich hatte Peter nicht erzählt, dass Gerda mich abholen würde und wir später zum Biergarten gehen wollten. Es gab Dinge, die ich nicht erklären konnte. Dies war eins davon.

Ein Polizist in grüner Uniform stand vor der Tür. Er zog die Mütze vom Kopf und klemmte sie unter den Arm.

»Ist Frau Kronen zu Hause?« Er sah mich komisch an, wie mit einer Mischung aus Sympathie und professioneller Gleichgültigkeit. In meinem Kopf begann es zu brausen und mein Inneres krampfte sich zu einem faustgroßen Stein. Ich bekam kaum Luft und im Hals drückten Tränen. Etwas Schreckliches war passiert.

Ich murmelte eine Begrüßung und hielt mich am Türrahmen fest. *Atme.* Mein erster Gedanke galt Günter, aber dann erinnerte ich mich, dass er nicht länger mein Leben teilte. Die Erkenntnis, dass dieser Mann wegen Vati hier war, traf mich wie ein Felsbrocken. Ich taumelte zur Küche, hatte in diesem Moment völlig vergessen, wo Mutti sich aufhielt.

Sie las die Todesanzeigen in der Zeitung. Ich öffnete den Mund, aber außer einem schweren Seufzer kam nichts heraus.

»Kommt Gerda nicht?«, fragte Mutti ohne aufzusehen.

Ich stammelte nur: »Mutti.«

»Was ist los?« Sie klang irritiert, aber als sich unsere Blicke trafen, sah ich noch etwas in ihren Augen. Vielleicht einen Glimmer Mitgefühl oder eine Art Erkenntnis, dass dieser Moment größer war als unsere Zankereien.

»Ein Polizist ist hier.«

Wortlos eilte Mutti aus dem Raum. Ich folgte.

Der Polizist nickte. »Frau Kronen?«

»Ja?« Während Muttis Hand zu ihren Haaren schoss, um ihre Locken abzutasten, starrte ich den Mann an und wollte ihn zum Sprechen bringen.

Er sah offiziell aus, sein Haar war kurz geschnitten und die Uniform makellos. »Ich habe Neuigkeiten über Ihren Mann, Wilhelm Kronen. Wir haben soeben erfahren, dass er entlassen wird.«

Ich sah den Mann weiter an, hörte jedoch kein Wort mehr. Sein Mund öffnete und schloss sich wie bei einem Fisch auf dem Trockenen.

Vati kommt heim.

Mein Blick schweifte zu Mutti. Ihre Wangen waren bleich, ihre Augen voller Aufregung, Panik und Reue. Ich fragte mich, was sie dachte. Ob sie sich sorgte oder freute. Was sie von ihrem Mann hielt, einem Mann, den sie seit zehn Jahren nicht gesehen, der das Haus vor mehr als dreizehn Jahren verlassen hatte.

Ich fühlte mich plötzlich wie unter Wasser, ein schweres Gewicht lastete auf meiner Brust. Ich erinnerte mich an die Juden, die Hitler in Konzentrationslager gesteckt hatte. Wenn sie nicht gestorben waren, hatte ihnen bei der Befreiung der Lager der Tod ins Gesicht geschrieben gestanden. Sie waren ausgemergelt gewesen, nur Knochen mit Haut und riesigen Augen, die zu viel gesehen hatten.

Vati war Teil dieses Systems gewesen. Selbst wenn er niemanden eingesperrt hatte, so hatte er doch an Hitler geglaubt, den Verrückten, der 37 Ländern den Krieg erklärt hatte, der die Arbeitskraft der deutschen Bevölkerung, die Ressourcen und das Fachwissen, unsere Jungen und Männer gestohlen und sie in seine Kriegsmaschine gefüttert hatte. Er hatte unsere Kindheit und Jugend geraubt. Ich würde den Mann und sein Reich bis ins Unendliche hassen.

Und ein wenig dieses Hasses war für Vati reserviert.

Trotzdem konnte ich meine Aufregung nicht unterdrücken. Wenn ich so darüber nachdachte, wurde mir klar, dass ich jeden Tag auf seine Rückkehr gehofft hatte.

»Lilly?« Mutti starrte mich an. »Hast du gehört, was er gesagt hat?«

Wieder zu mir kommend, schüttelte ich den Kopf.

Der Polizist wandte mir seine Aufmerksamkeit zu. »Herr Kronen soll am Donnerstag ankommen. Er kann in Friedland abgeholt werden — das Flüchtlingslager in der Nähe von Göttingen.«

Ich nickte. Der Klumpen war zwischenzeitlich von meinem Bauch in den Hals gewandert, wo er drohte, zu explodieren.

»Wir helfen Ihnen gern aus«, sagte der Mann. »Die Stadt bietet an, einen Wagen zu senden.«

»Danke.« Mutti klang atemlos und ihre Augen glänzten.

In Gedanken ging ich den Kalender durch. Vati würde in fünf Tagen heimkehren.

Gleichzeitig sorgte ich mich, ihn nicht mehr zu erkennen, in der Menge an ihm vorbeizulaufen. Am meisten plagte mich der Gedanke, ob Vati etwas über Mutti herausfinden würde.

Die Nachricht über Vatis bevorstehende Heimkehr verursachte einen Feuersturm an Nachfragen. Familie und Freunde, Nachbarn und Fremde wollten den Mann sehen, der mehr als acht Jahre in russischen Lagern überlebt hatte.

Sie waren begierig, uns zu besuchen. Zeitungen meldeten sich, um Interviews zu arrangieren.

Ich verbrachte die Zeit mit dem Versuch, Kratzer und Wasserringe von Vatis Schreibtisch zu entfernen. Doch die Narben blieben.

Die Fahrt nach Friedland dauerte ewig. Mutti hatte tatsächlich versucht, mich dazu zu überreden, zu Hause zu bleiben und dort zu warten. Arbeite mehr, putze mehr. Warum sollte ich im Wagen mitfahren und mich so wie sie und Burkhart mit Vati wiedervereinigen? Die Frau kannte keine Scham. Ich dachte nicht im Traum daran. Diesmal nicht.

Wir schwiegen, während die Landschaft vorbeiflog. Mutti saß vorn, ihr neuer Hut untypisch schief. Mein Bruder lungerte neben mir auf der Rückbank. Ab und zu fuhr er mit der Handfläche über seine knielange Hose und ich vermutete, dass er ebenso nervös war wie ich.

»Freust du dich?«, fragte ich leise.

Er nickte, sah mich jedoch nicht an. Dann lehnte er sich herüber und flüsterte in mein Ohr: »Was meinst du, wie er aussieht?«

»Weiß nicht.« Ich fragte mich dasselbe. Hatte er ein Bein oder einen Arm verloren oder war ihm etwas noch Schlimmeres zugestoßen? Ich konnte Burkharts Miene nicht sehen, aber sein rechtes Knie hüpfte jetzt rauf und runter. Unsere Sitzbank vibrierte.

Der Blick durch die Fenster offenbarte gemischte Landschaftsbilder. Wie verfaulte Zähne standen Ruinen zwischen den neuen Häusern. Gestapelte Ziegelsteine und Holzbalken lagen neben von Unkraut überwucherten Trümmern und Schutt, verschmolzen bittere Geschichte mit neuer Hoffnung.

Auf verlassene Straßen folgten bunte Baumbestände. Nicht mit ausgewachsenen Stämmen, wie sie hier wohl einst gestanden hatten, sondern neue Bäume mit dünnen Zweigen, begierig darauf, zu wachsen und die Löcher verbrannter und abgeschlagener Wälder zu füllen.

Menschen jeden Alters überschwemmten den Bahnhof in Friedland. Es waren vor allem Frauen und vereinzelte Kinder. Immer wieder warfen sie ängstliche Blicke auf die Schienen. Viele umklammerten Schilder und Fotos von Männern.

Ich suche Heinz Schnabel, zuletzt gesehen am 10. Juni 1943. Albert Weinart, geboren am 5. November 1910, vermisst in Russland. Es waren Hunderte, und an den Wänden der kleinen Bahnstation hingen Hunderte mehr solcher Aufrufe. Schildpfosten säumten das Gelände mit Fotos von Soldaten. Darauf verblasste graue Uniformen und unscharfe Gesichter, verblichen mitsamt ihren Erinnerungen.

Viele Frauen kamen jede Woche hierher. Man hatte uns gewarnt, dass die Heimkehrer nicht immer auftauchten, dass die Meldungen aus Russland unzuverlässig seien. Vati mochte am Ende doch nicht kommen.

Viele der Wartenden hielten Blumen in den Händen, hübsche kleine Sträuße und wilde Feldblumen, vor dem Grau der Betonwände zeichneten sich ihre Kleider und Röcke bunt ab.

Mutti kehrte von der Auskunft zurück. »Der Zug hat Verspätung«, sagte sie. »So ist es wohl immer.«

Ich schaute nach links in die Ferne, wo sich die Schienen schlangengleich bogen und mit anderen Schienen verknäulten. Vor lauter Starren tränten meine Augen. Ich wollte über den Horizont hinausspähen, wollte sicherstellen, dass der Zug uns entgegenfuhr.

Auf der anderen Seite des Bahnsteigs drängten sich zwischen Grasflecken und staubigen Wegen Barracken, die diejenigen aufnahmen, die nicht abgeholt wurden. Meine Fersen pochten in den neuen Pumps. Ich trug mein Kostüm aus hellgrauer Wolle mit einem rotschwarz karierten Seidentuch. Es war zu warm für das heutige Wetter, aber es war das einzige gute Ensemble, das ich besaß.

Ein Murmeln erhob sich, verwandelte sich in Rufe.

Die Menge verschob sich, die Leute drängten nach vorn. In

das Getümmel gezogen, schob ich mich an Armen und Schultern vorbei und zog Burkhart mit mir.

In der Ferne erschien der graue Punkt eines Zugs, der sich langsam, aber stetig vergrößerte, bis die Schienen zu summen und zu vibrieren begannen. Die Wagons schienen sich in Zeitlupe zu bewegen, während der Druck der Menge zunahm. Der Lärm flaute ab, als ob die Menschen kollektiv den Atem anhielten — die schrille Pfeife des Bahnwärters schmerzte in den Ohren.

Der Lautsprecher knisterte. »Zurücktreten von der Bahnsteigkante. Machen Sie Platz.« Mehr Pfiffe und Befehle folgten, während wir uns langsam rückwärts schoben.

Er kommt. Tränen schnürten meine Kehle zu und ich kämpfte mich zu Mutti durch. Vielleicht würde ich meinen Vater nicht erkennen.

Der Zug war grau und schmutzig, die Fenster blind vor Dreck. Manche Scheiben waren zerbrochen oder fehlten ganz, manche waren mit Holzplatten verdeckt. Jemand hatte mit Kreide auf die Außenwände der Wagons »Willkommen in der Heimat« geschrieben.

Wie Geister bewegten sich schemenhafte Gesichter hinter dem Glas. Manche Männer lehnten sich aus den offenen Fenstern, lächelten, winkten. Ihre Mienen waren eingefallen, ihre Augen matt. Die Wagons kreischten und rumpelten, stoppten abrupt. Stille senkte sich über den Bahnsteig. Die Menschen warteten und glotzten, versuchten, ihre Lieben zu erkennen, wühlten in ihren Erinnerungen nach den Bildern ihrer Ehemänner, Brüder und Väter.

Ich beobachtete die aussteigenden Heimkehrer. Sie winkten erneut und in der Menge brachen Schreie aus. Als jemand mich von hinten anstieß, hielt ich die Stellung. Diese Männer wirkten alt, viel älter, als sie sein konnten. Dies waren nicht die stolzen Soldaten, die einst ihre Heimat verlassen hatten, um in einem Krieg zu kämpfen.

Jemand kreischte. Eine Frau im mittleren Alter winkte hektisch, als sie an mir vorbeidrängelte.

»Hier, hier«, rief sie. »Theo, ich bin hier!«

Ein Mann, der in den Fünfzigern zu sein schien, überflog das Meer an Gesichtern, sein Ausdruck wirkte überrascht aber vor allem verwirrt. Als die Frau ihn erreichte, umarmten sie sich. Mit einem Arm umschlang er sie, der andere hing bewegungslos herab.

Das Paar blieb stehen, verbunden und erstarrt. Zwei oder drei weitere Frauen reihten sich um den Mann, berührten ihn vorsichtig.

Jemand zog mich am Ärmel. »Ich suche meinen Mann.« Die Frau war blass, ihre Wangen stachen durch zu viel Rouge knallig aus dem Gesicht hervor. »Haben Sie ihn gesehen? Er heißt Walter Stein.« Sie hielt mir ein verknittertes Foto unter die Nase, das einen Mann in Uniform zeigte. Der Soldat auf dem Bild lächelte und winkte.

»Tut mir leid, ich warte auf meinen Vater.«

Als die Frau etwas murmelte und weiterging, immer wieder Menschen befragte, ergossen sich mehr Männer auf den Bahnsteig. Ich stemmte mich gegen die Masse, die mich von den Wagons und den Heimkehrern wegziehen wollte.

Andere Leute riefen. Leise Szenen der Freude umgaben uns. Ein Mann stand allein. Er war mindestens einen Meter neunzig groß und überragte die Menschen um ihn herum. Er sah sich verloren um, offensichtlich unsicher, was er tun oder wohin er gehen sollte. Niemand holte ihn ab.

»Das ist er …« Muttis Stimme brach, als sie auf eine Gestalt am Ende des Wagons zusteuerte.

Ich folgte mit Burkhart. Es war mir völlig egal, ob ich auf Füße trat oder Leute anrempelte.

Mutti stoppte vor einem graugesichtigen Mann mit Bartstoppeln. »Willi?«

Sein Haar war kurz geschnitten und zurückgewichen. Er trug Brillengläser, ein altmodisches Horngestell mit metallenen Bügeln. Seine Augen schienen geschrumpft zu sein, hinter den runden Linsen wirkte ihre blaue Farbe matt. Rote, spinnwebenhafte Äderchen bedeckten Nase und Wangen. Sein Gesicht schien schmal und abgehärmt. Die Falten am Hals verschwanden im Kragen, der zu weit war. Seine Kleidung saß schlecht und war an mehreren Stellen geflickt.

Als er seinen Namen hörte, richtete er seinen Blick auf uns.

»Luise.« Vati verzog das Gesicht zu einem Lächeln und öffnete die Arme, um Mutti zu umklammern. Tränen quollen unter seinen geschlossenen Lidern hervor und tropften vom Kinn.

Beklommen beobachtete ich Vatis Miene, versuchte, seine Züge zu speichern, ein Gesicht, das ich seit mehr als einem Jahrzehnt nicht gesehen hatte.

Unsere Blicke trafen sich.

»Lilly.« Er lehnte sich mir entgegen.

Die Welt stoppte, während ich seinem Atem lauschte und seine Arme sich um meine Taille schlangen. Ich seufzte. Er benutzte beide Arme. Ich schloss die Augen und für einen Moment hörte ich nichts. Ich fühlte einfach diesen Mann, der mein Vater war und ein Fremder. Ich sank in seine Umarmung und reiste in die Vergangenheit. Die Empfindung war so mächtig, dass ich schwankte.

Für diesen einen kurzen Augenblick war ich wieder klein, ohne Angst und Sorgen, mit einfachen Wünschen wie dem nach der Puppe Inge und ein paar Minuten Vorlesen, nur ein kleines Mädchen, das seinen Vater drückte. Er roch nach getrocknetem Schweiß und ich dachte an das Rasierwasser und Vatis Ordentlichkeit. In dieser Umarmung suchte ich nach etwas Vertrautem, einer Erinnerung von früher. Ich fand sie nicht.

Als wir auseinanderrückten, schaute ich ihn an. Hinter den Tränen wirkten seine Augen verbraucht, fast leer. Ich wollte ihn so viele Dinge fragen, über seine Zeit in Russland, sein Überleben. Am meisten wollte ich wissen, warum er uns vor all den Jahren verlassen hatte. Was er jetzt über den Krieg dachte, Hitlers blutrünstige Herrschaft. Was wusste er überhaupt darüber?

Doch die Worte blieben mir im Hals stecken. Ich konnte diesen Mann gar nichts fragen.

Burkhart wuselte sich zwischen uns und ich ließ los.

»Burkhart!« Vati drückte meinen Bruder an sich. Mutti und ich lehnten uns gegen beide, eine Insel aus Vieren in einem Meer von Menschen.

»Oh, Willi!« Mutti berührte Vatis Mund, in dem anstelle der früher blitzenden Vorderzähne ein Loch klaffte. Es war eine liebevolle Geste, und als sie seine Hand ergriff und er einen Arm um ihre Taille schlang, begriff ich, dass beide ebenfalls viel verloren hatten.

»Lass uns heimfahren«, sagte ich.

Auf dem Weg zum Wagen nahm ich seinen anderen Arm. Er bewegte sich langsam, seine Füße schienen ihm zu schwer in den abgetragenen Schuhen, er setzte seine Schritte vorsichtig und bedacht.

»Hier Vati, setz dich nach vorn.« Ich stützte seinen Ellbogen, während er auf den Sitz sank.

Er lächelte mich an, doch es war nicht das unbekümmerte Lächeln, das ich kannte, sondern ein Lächeln voller Trauer, ohne Überzeugung. Ich kämpfte gegen das Verlangen, auf seinen Schoß zu kriechen und ihn an mich zu drücken.

Kurz darauf drehte Vati sich zu uns um. »Wie weit ist es?« Seine Stimme klang schwach.

Mutti klopfte ihm auf die Schulter. »Ein paar Stunden, nicht zu lang.«

Erneut bog sich Vatis Mund zu einem Lächeln, doch seine Augen machten nicht mit. Sie waren damit beschäftigt, uns zu mustern, die Fremden, die einst seine Familie gewesen waren. Ich fragte mich, was er von dem kleinen Mädchen behalten hatte, das sich in der Zwischenzeit in eine Frau verwandelt hatte, oder von dem Baby mit blonden Locken und rundem Gesicht, das jetzt die ersten Anzeichen eines Bartes zeigte. Was wusste er über Mutti, die alt aussah, mit Falten um Mund und Augen?

»Was sind schon ein paar Stunden nach all der Zeit?«, sagte er.

Es überraschte mich, wie langsam er sprach. Als ob es zu anstrengend wäre, die Worte zu formen und Luft durch den Stimmkasten zu schieben. Mein Bruder studierte einen Vater, an den er sich nicht erinnerte.

»Wie groß du bist, Burkhart. In welchem Schuljahr bist du?«, fragte Vati.

»Zehntes«, sagte Burkhart, offensichtlich froh, ein Thema gefunden zu haben, über das er mit dem Fremden reden konnte. »Mein Lieblingsfach ist Mathe.«

»Guter Junge!« Vati tätschelte Burkhart das Knie, linkisch, eher wie ein Mann, der einen Hund auf der Straße streichelt. Er schien nach Worten zu suchen, doch nichts kam über seine Lippen und so schloss er den Mund wieder. Stille breitete sich aus.

Nach einer Weile drehte er sich zu mir um. »Du bist eine erwachsene Frau.« Er ergriff meine Hand und hielt sie fest. Seine Finger waren kalt und trocken wie Knochen, die über Nacht in der Wüste gelegen haben.

Ich lächelte und wischte eine frische Träne ab. Der faustgroße Klumpen in meinem Hals war zurück.

»Na komm, weine nicht mehr. Ich bin ja da«, sagte er.

Ich nickte. Trotzdem erschienen neue Tränen. Vati war viel kleiner, als ich ihn in Erinnerung hatte. Es lag nicht daran, dass er so dünn war. Vielmehr sah er geschrumpft aus, fast durchsichtig gegen den schwarzen Ledersitz.

»Es … gibt einen Empfang«, sagte Mutti.

Vati blieb still.

»Unsere Nachbarn, Familie und Freunde wollen dich sehen. Sie … wir wollen dich zu Hause willkommen heißen.«

»Ich wünschte …«, begann Vati und schüttelte dann den Kopf.

»Was?«, fragte Mutti.

»Nichts. Bin nur müde.«

»Wenn sie zu lange bleiben, schmeißen wir sie raus«, sagte ich.

Als wir vor unserem Haus eintrafen, fummelte Vati an dem Türgriff herum und richtete sich mühsam auf. Birkenzweige mit weißen Bändern flatterten entlang des Zauns und am Eingang im Wind.

Mutti nahm Vatis Arm. »Lass uns reingehen.« Ich eilte zu seiner anderen Seite und gemeinsam führten wir ihn zum Haus. Nachbarn rannten herbei, als hätten sie uns aufgelauert.

Huss lehnte am Hauseingang und beobachtete die Prozession. Vati und Huss waren etwa gleich alt. Aber obwohl Huss aufgedunsen und bleich wie alter Teig war, wirkte er um einiges jünger. Als wir uns näherten, spiegelte sich ein sonderbarer Ausdruck in seinen Zügen. Er sprach von Familiarität, von Eigentum, als er zunächst Vati und dann Mutti anstarrte. Vati folgte seinem Blick und Mutti, die rot anlief, zog Vati ins Treppenhaus.

»Willkommen zu Hause«, rief Huss hinterher.

Ich blickte ihn voller Verachtung an, bevor ich meinen Eltern folgte.

In dem Augenblick drehte Vati sich um und bemerkte Grauen und Abscheu auf meiner Miene.

Dies war nicht der Moment, die Jahre der Misshandlung und Angst zu erklären, also lächelte ich. »Komm Vati, wir gehen rauf, damit du dich ausruhen kannst.«

Schreie und Klatschen brachen aus, als wir in den Flur traten. In Wohnzimmer und Küche drängten sich die Menschen – Nachbarn, Familie und alte Kollegen. Sie saßen und standen, einige rauchten, hielten Bier- und Weingläser, lachten, ihre Augen auf Vati gerichtet.

»Setz dich«, dröhnte Onkel August. »Möchtest du rauchen? Zigarette, Zigarre?«

Vati schüttelte den Kopf. Jemand klopfte ihm auf die Schulter und er erstarrte.

»Wie wäre es mit einem Bier?« Eine Nachbarin von gegenüber bot ihm ein Glas. Vati nahm es und setzte sich.

Er sah das Glas an, die feine Kohlensäure und den Schaum, als ob er so etwas noch nie gesehen hätte.

Unsere Blicke trafen sich und ich nickte. Er ließ den Kopf sinken und starrte auf das Glas in seiner Hand.

Gelächter ertönte. Einer der Gäste erzählte einen Witz. Platten mit eingelegten Zwiebeln und Paprika, Plätzchen und Marmorkuchen, Schnittchen und kaltem Braten überluden den Schreibtisch. Ich wischte einige Tropfen Bier von der Oberfläche. Mutti erschien, mit jetzt bleichen Wangen, zu denen der rote Lippenstift einen scharfen Kontrast bildete. Ihre Augen waren auf der Hut. Wie die anderen beobachtete sie Vati, wartete darauf, dass er sprach, sich irgendwie erklärte.

Es klingelte an der Tür und Vati zuckte zusammen, wobei Bier auf sein Bein tropfte. Herr Baum humpelte herein. Seine Füße schabten über den Teppich. Er sah uralt aus und stützte sich schwer auf seinen Stock.

»Gut, Sie endlich zu Hause zu sehen«, sagte er und schüttelte Vati die Hand. Dann ließ er sich in einen Sessel fallen. »Welch eine Katastrophe«, sagte er in die Runde. »Hitler hat uns alle zu Kriminellen gemacht. Die Welt hasst uns.«

Vati sah den alten Mann an. »Es war meine Pflicht.«

Ich wollte Vati schütteln, diesen Mann, den ich nicht mehr kannte. *Welche Pflicht?*, wollte ich schreien. *Warum hast du ihn nicht durchschaut, die Wahrheit erkannt? Günter wusste es. Selbst mit sechzehn wusste er mehr und weigerte sich, ein Teil dieses Irrsinns zu werden. Es hätte ihn fast das Leben gekostet.*

Günter.

Die Erinnerung an ihn zerrte mich fast zu Boden. Mein Herz krampfte sich zusammen und meine Kehle schmerzte. Ich erkannte, dass ich mich jetzt ebenso sehr nach ihm sehnte wie an dem Tag, als wir uns trennten.

Nein. Mehr.

All diese Zeit über hatte ich gezögert, Peters Angebot, mit in sein Haus zu ziehen, anzunehmen, aus Muttis Gefängnis zu entkommen. All diese Zeit über hatte ich geglaubt, ich zögerte wegen Mutti.

So war es nicht. Ich konnte Günter nicht vergessen.

Seine haselnussbraunen Augen schwammen vor meinen, lächelten und wurden dann ernst. Ich hatte auf ewig meine Chance verspielt, mit dem Mann zusammen zu sein, den ich liebte. Weil ich mich weigerte, ihm zu vergeben.

Ich sah Vati an. Konnte ich nach all den Gräueltaten und Entbehrungen in mir die Kraft finden, ihm zu vergeben? Nicht, sie zu vergessen, aber über das, was er getan hatte, hinwegzukommen?

Herr Baum und ich wechselten Blicke. Er nickte und schenkte mir dieses traurige, halbe Lächeln, das mich an seine Tochter denken ließ.

Du verlierst alles, wenn du nicht vorangehen kannst. Hitler und seine widerlichen Kumpane, die größten Verbrecher aller Zeiten, werden dann gewinnen. Du bist ein bedeutungsloses Opfer in ihrem mörderischen Plan.

»Nein!«, schrie ich in die Runde. Mein Atem stockte und mein Herz pochte hart gegen die Rippen.

»Was ist passiert?« Onkel Augusts blaue Augen schauten besorgt.

Ich sah mich im Raum um, war wieder in der Gegenwart. Mit der Ankunft weiterer Gäste stieg der Lärm. Alle trugen den gleichen, neugierigen Ausdruck. Sie schüttelten Vatis Hand, tätschelten seinen Arm und sprachen Willkommensworte. Vati lehnte sich unbeholfen zurück, sagte ein oder zwei Grußworte und wurde wieder still.

»Das sollten wir glauben — wir alle«, sagte Herr Baum gerade. »Und was hat es gebracht? Dreizehn vergeudete Jahre.« Seine raue Stimme war ernst.

Vati schüttelte den Kopf. Das Bier in seiner Hand sah wie Harn aus, der Schaum war verschwunden, die Kohlensäure schwach. »Damals war es ein ehrenwerter Grund.«

In dem Moment wurde mir klar, dass Vati diesbezüglich nicht log. Er glaubte tatsächlich, das Richtige getan zu haben. Er log nur uns an, die Menschen, die ihm am wichtigsten hätten sein sollen.

Herr Baum war noch nicht fertig. »Es war Irrsinn. Millionen umgebracht, Juden ausgemerzt, die Zerstörung von allem, was wir kannten. Unser Erbe, unsere Kultur, unser Ruf – alles weg.«

»Oh, Herr Baum, das liegt doch hinter uns. Warum reden wir nicht über etwas Positives?«, meinte die Frau von gegenüber.

»Ist klar, kein Mensch will darüber sprechen, was wirklich passiert ist.« Herrn Baums Augen schlossen sich beinahe hinter den

Falten. »Lasst uns die Vergangenheit begraben und so tun, als wäre nichts passiert.« Seine Stimme schnitt durch das Gemurmel und der Raum wurde still. Vor dem Fenster im Garten krächzte eine Star als wollte er seine Verachtung hinzufügen.

Vati schluckte mehrmals, als ob er würgte. Seine Lippen bewegten sich und ich beugte mich zu ihm. »Ich habe Befehle befolgt, getan, was mir gesagt wurde«, murmelte er.

Ich sah ihn an und fragte mich, was absoluter Gehorsam wert war. Das Dritte Reich hatte mit Vorliebe Gruppen organisiert. Von der Hitlerjugend angefangen, über den Bund deutscher Mädchen, gefolgt von Müttern mit Kreuzen, Soldaten aller Art, SS, SA und Gestapo. Jede Gruppe hatte Hierarchien, Leute, die anderen Leuten sagten, was zu tun war. Zu welchem Zeitpunkt hatten wir die moralische Verpflichtung, diese Gehorsamkeit und diese Gesetze zu ignorieren und stattdessen selbstständig zu denken?

Ich ergriff Herrn Baums Hand und flüsterte: »Wir lassen Vati besser in Ruhe. Er ist sehr müde.«

Herr Baum lächelte mich an, aber er trug diesen Ausdruck auf dem Gesicht, denselben Ausdruck, den er gehabt hatte, als er mir vom Verlust seiner Tochter erzählte. Er dachte sicher jeden Tag an sie.

Mir wurde bewusst, dass ich mich glücklich schätzen konnte. Meine Gedanken an Vati im Gulag hatten mich aufrecht gehalten. Oder vielleicht war es mein Wunsch nach einer Begründung gewesen, der Hass in meinen Adern. Ich sah meinen Vater an und konnte nicht mehr so recht an diesem Hass festhalten, weil dieses Leben, das ich verloren und betrauert hatte, unser Familienleben, verloren war. Egal, was ich tat, ich würde es nicht zurückgewinnen.

Und wenn ich ihm jetzt nicht vergab, würde ich auf ewige Zeiten mit einem Bein im Krieg bleiben.

Mutti rückte neben Vati. Sie hielten sich an den Händen und ich stellte mir vor, wie sie vor Jahren in meinem Alter gewesen sein mussten – all diese Liebe und ihre Pläne eine Familie zu gründen, ihr Leben zusammen zu verbringen. Auch sie hatten verloren.

In dem Moment wusste ich, dass meine Liebe etwas Kostbares war, etwas, das ich bewahren musste. Egal, was passierte, da war immer noch Wärme in meinem Herzen … für Vati … und …

Ich richtete mich abrupt auf. Da war ein Drängen in mir, ein schreckliches Sehnen. Ich war eine blinde Närrin gewesen, eine dumme, sture Idiotin. Warum hatte ich es nicht gesehen?

Wortlos eilte ich in den Flur, die Treppen hinunter, zur Haustür hinaus, durch den Vorgarten auf die Straße. Ich trug Absätze, aber ich rannte trotzdem, bergauf, einhundert Meter, zweihundert. Ich keuchte und meine Lungen schmerzten mit jedem Schritt ein bisschen mehr. Ich konnte nicht langsamer werden. Ich durfte es nicht.

Günters Haus stand in einer Straße mit identischen Häusern, alle zweistöckig, mit spitzen Dächern und roten Dachpfannen. Kürzlich angestrichen, leuchtete der Stuck in frischem Weiß. Ich massierte meine Rippen, als ich den Eingang erreichte. Es war spät, nach neun Uhr, und im vorderen Fenster, wo Günters Eltern ihr Schlafzimmer hatten, brannte Licht.

Ich klingelte trotzdem, obwohl ich kaum Luft bekam.

»Lilly?« Artur stand im Unterhemd in der Tür. »Was ist passiert? Was ist mit dir los?«

Mein Gesicht musste puterrot sein, meine Frisur die reinste Katastrophe, aber egal. »Es ist … Vati ist heimgekommen.«

Artur nahm mich fest am Arm und führte mich in die Diele. »Das sind ja freudige Nachrichten«, rief er laut.

Meine Beine gaben nach und ich schwankte gerade, als Günter die Treppe heruntergelaufen kam. Im Flur war es ziemlich dunkel, aber ich fühlte, wie sein Blick in meinen sank, ganz so, wie ein starker Wind ein Blatt bewegt.

»Was geht hier vor?«, fragte er.

»Ich … habe einen schrecklichen Fehler gemacht.« Ich schwankte wieder und Günter eilte an meine Seite. Er legte einen Arm um meine Taille.

Im nächsten Moment waren wir allein.

»Es tut mir so leid.« Ich mühte mich, auf den Beinen zu bleiben, denn mir graute vor Günters Abfuhr. Ich wusste, dass er keine neue Freundin hatte, denn Gerda hatte so was erwähnt, aber vielleicht mochte er mich einfach nicht mehr.

Günter zog mich an sich, ich spürte seine Arme warm und sicher auf meinem Rücken.

»Ich war dumm«, sagte ich. »Ich …«

Günters Lippen fanden meine und ich taumelte nicht mehr.

Ich war stark und entschlossen, unser Kuss ein Versprechen. Ich trank Günters Nähe, die Wärme seiner Brust und seines Halses. Und ich verstand jetzt, dass Günter hatte weggehen müssen. Dass er sozusagen keine andere Wahl gehabt hatte. Und obwohl er ohne Entschuldigung losgefahren war, war ich stärker gewesen. Ich hatte ausgehalten und überlebt, damit ich genau hier in Günters Armen enden konnte.

Als Günter losgefahren war, hatte er seine traumatischen Kriegserinnerungen genauso hinter sich gelassen wie die einengenden Erwartungen des Nachkriegsdeutschlands, seine Arbeit, seine Eltern … mich.

Die Reise hatte ihn gereinigt, genauso wie Vatis Heimkehr mich gereinigt hatte. Das, und die Erkennung meiner eigenen Stärke. Ich war in der Lage, selbst für mich zu sorgen. Ich hatte uns von Huss befreit, und jetzt war ich die Bürde los, die mein Leben mehr als ein Jahrzehnt überschattet hatte.

Ich konnte wieder atmen. Und ich würde es zusammen mit Günter tun.

Meiner Liebe.

Ende

EPILOG

26. Mai 1954

Ich erwachte plötzlich, mein erster Blick huschte zum Fenster. Eine vorsichtige Sonne erhob sich hinter den Wacholdersträuchern und das wolkenlose Blau darüber versprach einen schönen Tag. Ich lächelte.

Seit Günter mir vor ein paar Wochen den Antrag gemacht hatte, war ich wegen des Wetters besorgt gewesen. Denn heute war mein Hochzeitstag. Um Geld zu sparen, feierten wir bei Günter — um genau zu sein, in seinem Garten.

Seine Oma hatte uns einen Platz in ihrem Haus angeboten, ein einzelnes Zimmer im ersten Stock und ein Schlafzimmer auf dem Speicher, das Günter noch bauen musste. Ich war mir nicht ganz sicher, ob mir ein Leben mit Schwiegereltern und Großmutter gefallen würde, aber zurzeit war es die beste Lösung. Nach Mutti war es das Paradies.

In Solingen gab es noch immer keine freien Wohnungen, zumindest keine, die wir bezahlen konnten, und für den Rest lange Wartelisten. Vor zwei Jahren hatte ich vergeblich versucht, ein Apartment zu finden. Inzwischen war die Lage noch schlimmer. Jeden Tag zogen mehr Familien aus dem Osten hierher. Ich dachte an den Wichtigtuer mit dem Notizbuch und an die Frau mit dem perfekten Lippenstift und ihrem Elektriker-Ehemann, ihre arrogante Art. Vielleicht lebten sie längst in der Wohnung.

Ich grinste erneut. War mir doch egal. Ich hatte Günter und liebte ihn. Und ab heute Abend würde ich nicht länger eine

Wohnung mit meinen Eltern teilen. Nie mehr.

Durch die Wand drangen schwache Geräusche menschlicher Geschäftigkeit: leises Murmeln, laufendes Wasser in der Leitung, eine sich öffnende und schließende Tür. Meine Eltern waren auf. Meine Eltern … wie sonderbar das klang. Ich hatte nicht mehr an die beiden zusammen gedacht, seit ich ein kleines Mädchen war.

Dreizehn Jahre lang hatte ich das Wort nicht benutzt. Nur immer Mutti.

Seit Vatis Heimkehr hatte ich nicht viel von dem Vater gesehen, den ich einst gekannt hatte. Vielleicht war ich zu jung gewesen, als er ging, aber der Mann in der Küche schien abwesend. Seine Haut glühte rot von den Jahren in frostigen Temperaturen, seine Hände waren gesprenkelt mit grauen und braunen Flecken über Venen, die mich an gedrehte Kordeln erinnerten.

Seine Stimme klang tiefer als früher und er sprach langsam. Er lächelte kaum. Ich hatte versucht, mit ihm über den Krieg zu sprechen, aber er weigerte sich. Er erzählte nur von den Lagern, von den Dingen, zu denen die Russen ihn gezwungen hatten. Oft versank er in Schweigen.

Schlimmer war, wie meine Eltern sich benahmen. Sie spielten die Rollen eines verheirateten Paares wie Schauspieler. Wenn ich da war, verhielten sie sich höflich, sagten Danke und Bitte. Aber sie zeigten kaum Gefühle und keine Verbundenheit, sie wirkten eher wie zwei Erwachsene, die sich auf einer Kreuzfahrt treffen und als Fremde den Frühstückstisch teilen.

Ich konnte es nicht erwarten, aus dieser eisigen Kälte zu verschwinden, die drohte, auf mein Herz überzugreifen.

Mein Blick wanderte zum Schrank, wo mein Kostüm wartete. Es war schwarz mit weitem Kragen, aus leichter Wolle, elegant und doch zweckmäßig. Es war verschwenderisch teuer und genau richtig, weil heute mein neues Leben begann. Günter hatte mir geholfen und einen Teil der Kosten übernommen. Ich stand auf und ließ meine Finger über die Spitzenbluse wandern, deren Kragen wie ein Stern aussah. Weil ich im siebten Himmel war.

Nach Vatis Heimkehr hatte ich erwartet, dass er sich bald entspannen und gesprächiger werden würde. Aber Monate später und trotz einer sechswöchigen Kur, die die Stadt bezahlt hatte, blieb er nach wie vor verschlossen, starrte oft in weite Ferne.

Die Stadt erkannte endlich Vatis Existenz an. Und weil er eine lange und schreckliche Gefangenschaft hinter sich hatte und

Beamter war, erhielt er seine Stelle zurück. Für die Zeit zwischen 1945 und 1950 gab es eine Mark pro Tag und zwei Mark für die Jahre zwischen 1950 und 1953. Er arbeitete jeden Abend, um auf den neuesten Stand zu kommen, die veränderten Systeme und Technologien zu erlernen, die die Stadt eingeführt hatte.

Mutti verhielt sich still. Ich wusste nicht, ob sie sich tatsächlich schuldig fühlte oder einfach nichts zu sagen hatte. Ihre neue Beschäftigung war einkaufen. Sie investierte in Hüte und Handschuhe und jede Menge elegante Kostüme und passende Schuhe, als ob sie ihre peinliche Vergangenheit damit verkleiden könnte.

Trotzdem gestand ich mir ein, dass Muttis Ausschweifungen nicht so ungewöhnlich gewesen waren. Viele Kriegsfrauen hatten nicht nur Affären, sie ließen sich auch scheiden und heirateten neu. Was ich nicht verschmerzen konnte, waren nicht ihre Lügen oder ihre Männer, sondern ihre Weigerung, mich zu lieben, als ich sie am meisten gebraucht hatte.

Günter und ich waren allein für die Hochzeit verantwortlich. Auch Vati mochte Günter nicht. Wie Mutti meinte er, Günter wäre nicht gut genug. Es hatte eine Zeit gegeben, in der ich alles getan hätte, um ihn auf meiner Seite zu haben, und seine schlechte Meinung hätte mich am Boden zerstört.

Ich hatte ihn für seine Taten gehasst, seine Mitschuld am Krieg. Gleichzeitig sehnte ich mich nach seiner Liebe. Am Ende entschied ich mich für keines von beidem. Das Einzige, was ich tun konnte, war, ihm auf meine Art zu vergeben. Die Liebe, die ich mir ausgemalt und so lange vermisst hatte, gab es nicht. Mein Zorn hatte sich in Mitleid und Akzeptanz verwandelt, vielleicht auch ein wenig Resignation.

Er hatte Folgsamkeit für ein perverses Ideal der Verantwortung für seine Familie vorgezogen. Diese Art blinder Gefügigkeit hatte es Hitler ermöglicht, an die Macht zu kommen. Diese Blindheit hatte Vati davon abgehalten, die Wahrheit zu sehen — dass es Alternativen gab. Obwohl Vati als Soldat in zwei Weltkriegen gedient und acht Jahre russischer Gulags überlebt hatte, war er für mich alles andere als heldenhaft.

Was mich am meisten schmerzte, war, wie er und Mutti mich selbst jetzt für weniger wertvoll hielten als meinen Bruder. Hitler hatte besondere Pläne für Mädchen gehabt. Frauen sollten dem Mann untertan sein. Dieses Frauenbild hatte die gesamte

Gesellschaft durchzogen und war schon den Kindern eingebläut worden. Selbst ich war nicht völlig immun dagegen gewesen. Es hatte eine Zeit gegeben, zu der ich mich schuldig gefühlt hatte — zu der ich gedacht hatte, all das sei gerechtfertigt. Ich schnaubte. Welche Affen.

Ich wollte lachen, aber es war gefährlich nahe am Weinen. Angesichts dessen, was alles passiert war, hatte ich Glück gehabt. Was hatten sie mit den jungen jüdischen Frauen gemacht? Sie nackt ausgezogen, mit Nadeln gestochen, Experimente an ihnen durchgeführt, ihre Eierstöcke entfernt … Meine Augen füllten sich mit Tränen und für eine Weile war ich blind.

Vatis Husten brachte mich in die Gegenwart zurück. Günter und ich hatten die Hochzeit geplant und die Feier bezahlt, aber selbst das war egal. Günter würde sich um mich kümmern, genau so, wie ich mich um ihn sorgen würde. Er war einfallsreich und fleißig gewesen, als viele aufgegeben hatten. Er hatte organisiert und Dinge herbeigeschafft, manchmal wie aus dem Nichts. Er hatte die Nazis durchschaut und war bei seiner Familie geblieben. Er war vielleicht kein Beamter, aber für mich war er verglichen mit Vati der bei Weitem bessere Mensch.

Ich zwang mich, das Schlafzimmer zu verlassen und betrat die Küche. Vati las Zeitung.

»Guten Morgen«, sagte ich und klopfte ihm auf die Schulter. Ein wenig von dem kleinen Mädchen, das seine Aufmerksamkeit ersehnte, war zurück und ich konnte mir ein Lächeln nicht verkneifen. Ich lächelte, weil ich ihm tief im Innern für dieses Andenken dankbar war. Egal, wie fehlerhaft, egal, wie verzogen, diese Erinnerung hatte mir über Muttis Gleichgültigkeit hinweggeholfen. *Du lässt deine Familie nicht hinter dir, weil es ein Teil deiner Seele ist.* Herr Baum hatte recht. Die Chance, sich von seiner Vergangenheit und der Liebe, die einen bindet, zu lösen, war ebenso gut, wie sich seiner eigenen Haut zu entledigen.

Vati sah auf, sein Blick war sanft, als ob er nicht ganz glauben könnte, dass er eine erwachsene Tochter hatte. »Bist du für den großen Tag bereit?« Sein Haut glühte, als hielte er den Atem an.

»Das bin ich.« Ich schaute Mutti an, die wortlos ein Hemd bügelte. Ihre Miene blieb undurchdringlich.

Als ich an ihr vorbeiging, tätschelte sie meine Wange. »Dein letzter Tag.« Ihre Augen glänzten.

Zum Glück, wollte ich sagen, aber ich nickte nur und schenkte mir eine Tasse Kaffee ein. Ich wunderte mich über Muttis plötzliche Sentimentalität. Begriff sie endlich, dass sie bald ihre Tochter verlieren würde? Trotz der kalten Wut in meinem Herzen, kämpfte ich mit dem Wunsch, mich umzudrehen und sie zu umarmen. Wir hatten viel gemeinsam durchgemacht, der größte Teil davon war schrecklich gewesen. Das verband uns genauso, wie meine Sehnsucht nach Vati mich mit ihm verband und meine Liebe für Günter dafür sorgte, dass nichts und niemand mich von meinem zukünftigen Ehemann trennen könnte. Und irgendwo in mir gab es noch immer ein Bedürfnis, ihr zu gefallen. Vielleicht würde ich ihr irgendwann vergeben.

Ich ließ mich neben Vati auf einen Stuhl fallen und sah mich in meinem alten Heim um. Die Küche war hässlicher denn je, das Linoleum neben dem Tisch brüchig - vor dem Herd gab es Brandflecken. Komischerweise war das Ganze jetzt trotz der Abscheulichkeit und Narben nicht mehr schlimm. Auch das war Teil meiner Vergangenheit.

»Ich fange besser mit dem Kochen an — der Braten wird eine Weile dauern.« Ich grinste. Heute würde ich meinen Eltern entschlüpfen, um mein eigenes Leben zu beginnen.

Girlanden und Sträuße weißer Nelken begrüßten uns, als wir zum Empfang eintrafen. Die zivile Zeremonie am Solinger Standesamt war einfach gewesen. Nur unsere Eltern hatten daran teilgenommen, damit Gerda, Helmut und Hans zu Hause den Garten vorbereiten konnten.

Stühle und Tische waren aufgestellt und das Buffet vorbereitet. Köstliche Buttercremetorte — ein besonderer Wunsch von mir —, gefolgt von Bergen von Braten, Kartoffeln, grünen Bohnen und Blumenkohl, Salat, Brot und Butter, begleitet von Bier und Moselwein.

Herr Baum saß auf der Gartenbank und beobachtete die Fröhlichkeit. Er winkte mich zu sich und meine Hände verschwanden in seinen knorrigen.

»Hier«, sagte er und ich fühlte etwas auf meiner Handfläche. »Für eure Hochzeitsreise.« Er lächelte, und es war der glücklichste Ausdruck, an den ich mich bei ihm erinnern konnte.

In meiner Hand lag ein nagelneuer Hundertmarkschein. Ich hörte mich Luft holen. »Aber Herr Baum, das ist zu viel!«

»Kind, ich brauch's nicht mehr. Es ist höchste Zeit, dass du ein wenig Freude hast.«

Ich umarmte ihn und fühlte, wie er in sich hineinlachte. »Ich komm bald vorbei.«

Er tätschelte meinen Arm. »Lebe erst mal, hörst du?«

Wie auf ein Stichwort begann Helmut, zu singen, »Hoch soll'n sie leben«, und unsere lärmenden Freunde stimmten ein, schwangen ihre Gläser, stießen miteinander an und brüllten. Obstwasser-, Korn- und Zigarrendunst verdickten die Luft.

Wieder bei Günter lachte ich mit unseren unbeschwerten Gästen, bis ich meine Eltern schweigend gehen sah, mit einem Meter Abstand zwischen ihnen.

Vati hatte mich vorhin in den Arm genommen und mir eine wunderbare Zukunft gewünscht. Ich vermutete, dass er es gut meinte. Ich hatte ihn fest gedrückt. Dieser Teil meines Herzens war wieder lebendig, wenn auch nicht so hell wie früher. Ich liebte Vati, aber ich bewunderte ihn nicht. Ich war glücklich, ihn wohlauf zu Hause und bei der Arbeit zu wissen. Aber ich war von ihm frei. Frei von der Last seiner Abwesenheit. Und mit dieser Freiheit kam eine neue Leichtigkeit. Es war, als könnte ich fliegen, wenn ich nur die Arme schwang.

»Du brauchst nie wieder dahin zurück«, flüsterte Günter, während die letzten Gäste singend abmarschierten.

Ich ließ diese neue Wahrheit auf mich wirken.

»Zeit zum Schlafen, Frau Schmidt.« Er küsste meine Nase. »Und willkommen zu Hause.«

Ich grinste. Mein Leben hatte begonnen.

CHRONIK

1. September 1939

Unter dem Vorwand, polnische Soldaten hätten ein deutsches Büro überfallen, greift Deutschland Polen an. In Wirklichkeit hatte Hitler schon seit Jahren geplant, Polen den Krieg zu erklären. Die Attacke war von der SS inszeniert worden und begann mindestens eine Stunde früher als angekündigt. Zwei Tage später erklären Frankreich und Großbritannien Deutschland den Krieg. Polen wird innerhalb von zwei Wochen überrannt und zwischen Deutschland und Russland (UdSSR) aufgeteilt.

Frühjahr 1940

Ermutigt von seinem raschen Sieg, greift Hitler Dänemark und Norwegen an. Deutsche Soldaten dringen als Nächstes in Frankreich ein. Beide Offensiven erfordern viele Truppen, was viele Männer aus ihren Heimen zwingt. Erste Angriffe auf deutschem Boden erfolgen. Hitler befiehlt das Bauen zusätzlicher Bunker.

11. Mai 1940

Die britische Luftwaffe (RAF) beginnt mit Attacken auf Deutschland.

1941

Hitler bricht seine Abmachungen mit der UdSSR und greift an.

11. Dezember 1941

Deutschland erklärt den USA den Krieg.

30. Mai 1942

Die RAF bombardiert Köln mit mehr als 1.000 Bomben. 262 Attacken werden folgen.

13. September 1942

Die Schlacht um Stalingrad beginnt.

1942/43

Der Winter in Stalingrad wendet das Blatt zugunsten der Alliierten und der UdSSR und führt letztendlich zum Untergang Deutschlands. Mehr als 700.000 Menschen – Russen und Deutsche – sterben während der Kämpfe.

2. Februar 1943

Die deutsche Wehrmacht kapituliert in Stalingrad. Groß angelegte Luftangriffe verwüsten deutsche Städte. Die Zivilbevölkerung, hauptsächlich Frauen und Kinder, ohne Nahrung und Wärme, nimmt Zuflucht in Bunkern und Kellern.

18. Februar 1943

Der nationalsozialistische Propagandaminister Goebbels erklärt den »totalen Krieg« — die Reaktion des Dritten Reiches auf die Niederlage in Stalingrad.

19. April 1943

Die verbliebenen Juden des Warschauer Gettos beginnen, die deutsche SS zu bekämpfen, und halten bis zum 16. Mai stand.

1943

Um die deutsche Zivilbevölkerung einzuschüchtern, verüben die britische und die amerikanische Luftwaffe großflächige Luftangriffe mit Teppichbomben, Phosphorbomben und Schlagbomben. Die deutsche Flak, die das Land beschützen soll, kann die hoch fliegenden Bomber nicht stoppen.

6. Juni 1944

Die alliierten Mächte landen in Frankreich.

22. Juni 1944

Zwischen den deutschen militärischen Führungskräften bricht Uneinigkeit aus, Hitlers Machtposition zu beenden.

20. Juli 1944

Oberst von Stauffenbergs Attentat auf Hitler scheitert.

11. September 1944

Die alliierten Mächte dringen auf deutschen Boden vor.

16. Oktober 1944

Die Rote Armee dringt auf deutschen Boden vor.

4./5. November 1944

Solingen wird bombardiert und brennt eine Woche lang. Die Bombardierung am 5. November dauert 18 Minuten und verursacht 100 große, 300 mittlere und 500 kleine Brände. 921 Tonnen Bomben und Luftminen, gefolgt von 138 Tonnen Phosphorbomben fallen. Tausende sterben und mehr als 20.000 Menschen verlieren ihre Wohnungen. Am 5. November 1944 erklärt das britische Radio: »Solingen, das Herz der Stahlindustrie, ist eine zerstörte, tote Stadt!«

Oktober 1944 bis März 1945

Während es der deutschen Wehrmacht an Nahrung und Munition mangelt und sie sich an allen Fronten zurückzieht, wird die Zivilbevölkerung vom Naziregime erneut aufgefordert, Opfer zu bringen. Das Dritte Reich spricht vom »Endsieg« und zieht dafür alle Männer zwischen 16 und 60 Jahren ein. Trotzdem bewegen sich die Alliierten inzwischen fast ungehindert durch Deutschland. Immer noch fallen flächendeckend die Bomben. Die Rote Armee befreit das Konzentrationslager (KZ) Auschwitz — die meisten Gefangenen sind bereits in von der SS organisierten Gaskammern und auf Todesmärschen ums Leben gekommen.

13. Februar 1945

Dresdens Bombardierung durch die RAF und USAAF fordert 18.000 bis 25.000 Menschenleben. Die Stadt brennt komplett aus.

März 1945

In der letzten verzweifelten Welle des Volkssturms befiehlt Hitler allen Jungen der Jahrgänge 1928 und 1929, das Vaterland zu verteidigen. Obwohl russische und amerikanische Truppen fast das gesamte Deutschland besetzt haben, droht das Deutsche Reich, jeden hinzurichten, der weiße Fahnen oder Betttücher als Zeichen der Kapitulation heraushängt.

16./17. April 1945

Amerikanische Truppen erreichen Solingen. Die Anwohner geben kampflos auf.

21. April 1945

In der Schlacht um Berlin umzingeln 2,5 Millionen Rotarmisten die Stadt. Eine Million deutsche Soldaten kämpfen zum letzten Mal. Die verbleibenden Fanatiker der SS und Hitlerjugend schaffen Stehtribunale für Fahnenflüchtige und sich ergebende Zivilpersonen und erschießen sie auf der Stelle.

30. April 1945

Hitler begeht Selbstmord.

2. bis 8. Mai 1945

Die deutsche Regierung kapituliert.

Sommer 1945

Britisches und amerikanisches Militär entlassen den größten Teil ihrer Gefangenen. Die UdSSR füllt ihre Lager mit Millionen Soldaten.

1945 bis 1948

Aufgrund der landesweiten Zerstörung der Infrastruktur und der Produktionsstätten hungert die deutsche Bevölkerung weiter. Familien gehen auf Hamstertouren, um ihre letzten Wertgegenstände auf dem Land gegen Nahrungsmittel zu tauschen. Schwarzmärkte übersäen das Land. Die Reichsmark erlebt eine galoppierende Inflation.

1946

Amerikanische, britische und französische Besatzer

verabschieden »Entnazifizierungsgesetze«, um ehemalige NS-Anhänger daran zu hindern, erneut Führungspositionen zu übernehmen. Die meisten deutschen Erwachsenen sollen einen Fragebogen über ihre Rolle in Nazideutschland ausfüllen.

Juni 1948

Die Deutsche Mark (DM) wird eingeführt. Jeder Deutsche erhält 40 DM. Geschäfte, die seit Monaten Güter gehortet haben, sind über Nacht wieder mit Waren gefüllt. Schwarzmärkte und das Rationensystem verschwinden.

1950er-Jahre

Das Wirtschaftswunder Nachkriegsdeutschlands beginnt. Innerhalb weniger Jahre verbessert sich die Lebensqualität für Westdeutsche.

Mai 1952

Gegen Stalins Wunsch eines Großdeutschlands entscheidet sich die Bundesregierung für eine Allianz mit den USA, Frankreich und Großbritannien. Der Deutschlandvertrag wird am 26. Mai 1952 unterschrieben. Ein wütender Stalin beginnt mit dem sofortigen Bau einer Mauer durch Deutschland und separiert damit offiziell Ost- von Westdeutschland.

März 1953

Stalin stirbt.

1954 bis 1955

Die letzten Kriegsgefangenen, »die letzten 10.000«, werden aus sowjetischen Lagern entlassen.

GALERIE DER PERSONEN

Lilly (Helga), 1932-2004

Nachdem Lilly, die in Wirklichkeit Helga heißt, Günter heiratete, verbrachte sie viele Jahre als Hausfrau und Mutter zweier Mädchen, Barbara und Annette (die Autorin). 1970 kehrte sie in den Beruf zurück, zunächst als Bürokraft und später bei der Deutschen Bank Solingen. Hier blieb sie bis zu ihrer Pensionierung in den frühen Neunzigerjahren. Sie war eine fürsorgliche Mutter, voller Stolz auf ihre Töchter, und unterstützte sie in ihren Erfolgen und während der Universitätsjahre. Zweifellos versah sie das makelloseste Haus der Stadt. Sie war extrem gesundheitsbewusst, trank nicht und ernährte sich biologisch. Sie war ungemein fleißig, entweder im Haus oder im Garten. Auch nach Feierabend blieben ihre Hände mit Näh-, Strick- und Stickarbeiten emsig. Sie liebte ihre fünf Enkel über alles. 2004, einen Monat vor ihrem fünfzigsten Hochzeitstag, erlitt sie eine schwere Gehirnblutung und fiel in ein Koma. Sie starb sechs Monate später im Alter von 72.

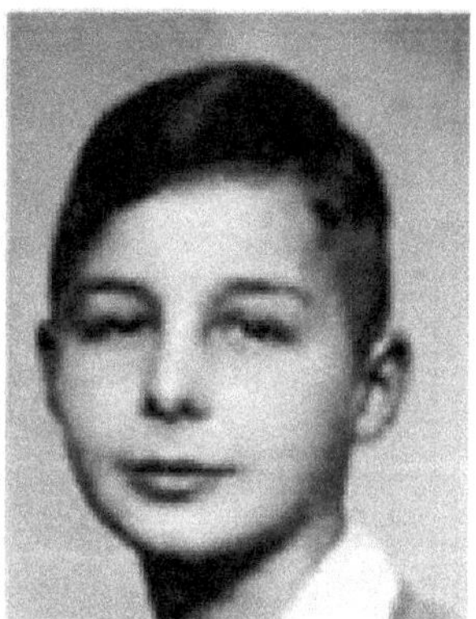

Günter, 1928-

Günter wurde Graveurmeister und leitete mehrere Jahre eine eigene Firma. 1970 trat er der Firma C. Hugo Pott, einer weltbekannten Besteckfirma, bei. Seine einzigartige Expertise, eine Kombination aus künstlerischem Talent und technischen Kenntnissen, machte ihn lebenslang zum vielgefragten Mitarbeiter. Im Alter von 70 Jahren ging er in Rente. Da er immer angenommen hatte, als Erster zu sterben, kam Helgas schwere Krankheit als großer Schock. Nach ihrem Tod brauchte er viele Jahre, um wieder Sinn in seinem Leben zu finden, aber der Mut, der ihn sein ganzes Leben begleitet hatte, rettete ihn letztendlich. Günter verbrachte mehrere Jahre in freundschaftlicher Gesellschaft seiner alten Bekannten und Helmuts Witwe, Gerda. Er lebt noch immer in seinem Elternhaus.

Wilhelm, 1897-1989

Willi erholte sich von seiner Gefangenschaft und kehrte 1954 als Beamter zur Stadt Solingen zurück. Er wurde mit 70 Jahren pensioniert und unterhielt einen aktiven Lebensstil. Er erfuhr von Luises Lebenswandel durch anonyme Briefe. Warum er sich nicht scheiden ließ, ist unbekannt. Willi und Luise lebten bis zu seinem Tod im Alter von 92 Jahren zusammen.

Luise, 1904-1997

Ihr ganzes Leben blieb Luise ihrer Tochter Lilly gegenüber kritisch eingestellt. Bis zu ihrem Tod in einem Altersheim — Lilly weigerte sich, ihre Mutter aufzunehmen — konnte man Luise durch Solingen flanieren sehen, ihr Haar perfekt gelegt und mit

Hut, und selbst im Sommer mit Handschuhen.

Artur, 1902-1985

Bis zur Rente kehrte Artur zur Arbeit in Solingens Stahlindustrie zurück. Er liebte den Garten und blieb mit Grete weit über fünfzig Jahre verheiratet. Sie teilten sich das Haus mit Günter und Lilly und ihren Enkeln. Artur litt an chronischer Bronchitis, die sich im Alter verschlimmerte, doch starb er mit 83 Jahren friedlich im Schlaf.

Grete, 1904-1989

Grete genoss viele ruhige Jahre als Hausfrau. Nach Arturs

Tod blieb sie im Haus wohnen. Günter und Lilly pflegten Grete, als sie an Leberkrebs erkrankte. Sie starb fünf Monate später im Alter von 84.

Helmut, 1928-1992

Helmut arbeitete als Schriftsetzer und hatte mit seiner Frau Gerda (Helga) zwei Kinder. Als zeitlebens schwerer Raucher erkrankte er an Lungenkrebs und starb 1992. Günter und Helmut blieben lebenslang Freunde.

Gerda, 1928-2020

Gerdas richtiger Name ist ebenfalls Helga. Die Autorin änderte diesen Namen genau wie den der Protagonistin, um Verwirrungen zu vermeiden. Gerda wurde Hausfrau und kümmerte sich um ihren Sohn und ihre Tochter. Zuletzt lebte sie in einer Altensiedlung in der Nähe von Günters Haus.

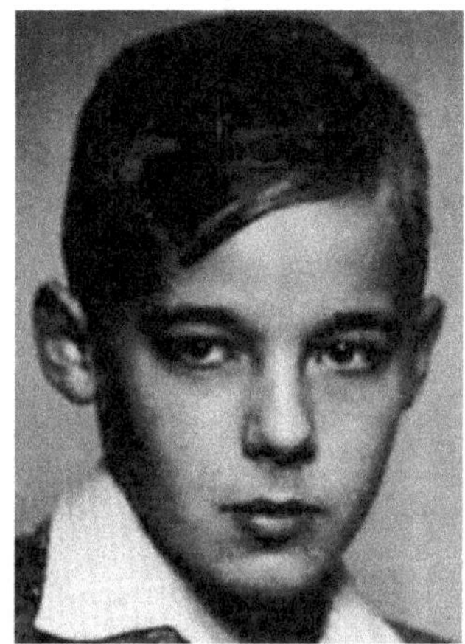

Hans, 1927-2001

Hans erholte sich von seiner Kriegsgefangenschaft. Er wurde ein erfolgreicher Elektriker und unternahm häufig Geschäftsreisen. Er heiratete eine weitere Helga — in den Zwanziger- und Dreißigerjahren ein beliebter Name — und hatte eine Tochter. Nachdem seine Frau an einem Herzleiden starb, heiratete er ein zweites Mal und lebte nach seiner Pensionierung in Günters Nähe. Er war ein passionierter Koch. Im Sommer 2001 starb er an einer Leberkrankheit.

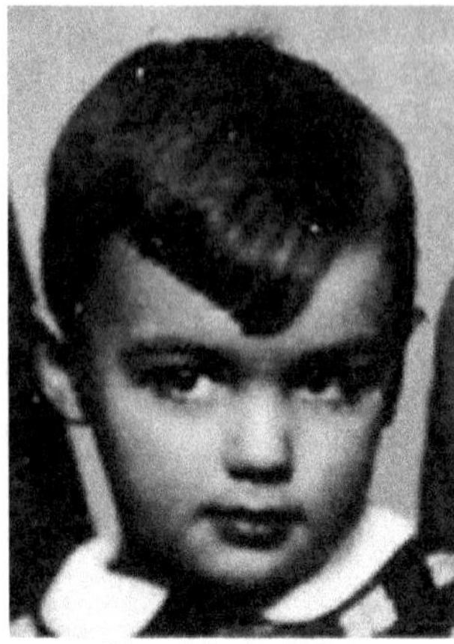

Siegfried, 1936-

Siegfried, Günters jüngerer Bruder, heiratete Silvia und hatte mit ihr zwei Söhne. Er wanderte mit seiner Familie in die Schweiz aus, wo er inzwischen in Rente ist.

Burkhart, 1937-2001

Burkhart ging zum deutschen Militär und wurde Hubschrauberpilot. Er heiratete Maria und hatte zwei Kinder. Aufgrund seines langjährigen öffentlichen Dienstes konnte er bereits mit Anfang Fünfzig in Pension gehen. Lilly bedauerte, dass sie nie ein enges Verhältnis mit ihrem Bruder entwickeln konnte, eine Trennung, die ihre Mutter Luise lebenslang förderte. Burkhart war viele Jahre lang starker Raucher und starb im Alter von 64 Jahren an Krebs.

Karl Huss

Karl Huss ist ein aus zwei echten Personen fusionierter fiktionaler Charakter. Die Familiengeschichte bestätigt, dass Luise eine Affäre mit einem Nachbarn hatte, dessen Name unbekannt ist. Willis Bruder, Eugen, der im Haus wohnte und Verhaltensprobleme hatte, verbrachte viel Zeit im Keller und belästigte Lilly.

Herr Baum

Herr Baum ist ebenfalls ein fiktionaler Charakter und liefert während des Irrsinns des Dritten Reichs eine Stimme der Vernunft.

AUTORENKOMMENTAR

Historiker, die sich mit Kriegsgeschehen beschäftigen, neigen dazu, die großen und offensichtlichen Geschehnisse zu untersuchen. Bei einem monumentalen Ereignis wie dem Zweiten Weltkrieg ist das durchaus verständlich. Es gab Angreifer und Opfer. Hitler und seine Naziregierung repräsentierten ein unermesslich Böses, viele betrachten diese Zeit als die abscheulichste Periode menschlicher Geschichte.

Gestapo, SS- und SA-Offiziere terrorisierten Juden und Minderheiten, brachten Krieg und Zerstörung in viele Länder der Welt und ermordeten allein sechs Millionen Juden. Es ist verständlich, dass viele Menschen Deutschland und seine Einwohner verachteten, ja, hassten.

Zwischen 55 und 80 Millionen Menschen verloren im zerstörerischsten Krieg aller Zeiten ihr Leben. Mehr als die Hälfte der Opfer waren Zivilisten. Zum Ende des Krieges lagen Tausende europäischer Städte in Schutt und Asche, Deutschlands Infrastruktur und Wirtschaft waren vernichtet. Deutschland hatte seine Strafe erhalten.

Doch Kriege beeinträchtigen mehr als Verfolgte und Soldaten, die in ihnen kämpfen. Kriege sind für alle Menschen umfassend und lebensverändernd. Das war damals so wie heute — und für niemanden mehr als für die Kinder und Jugendlichen.

Es gibt drei Gründe für dieses Buch, für dessen Fertigstellung ich fünfzehn Jahre gebraucht habe. Zunächst wollte ich meine persönliche Familiengeschichte festhalten. Oft stirbt unsere

Vergangenheit mit der ältesten Generation. Den Hinterbliebenen bleiben Fotos, Namen und vielleicht ein Stammbaum, aber nicht, was hinter den Gesichtern steckt. Im Sinne von Ruhm erzielten meine Eltern nichts Außergewöhnliches. Trotzdem waren ihre Erlebnisse und Umstände nach heutigen Maßstäben bemerkenswert. Sie waren weder Nazis noch Soldaten, aber sie waren Deutsche, als Hitler Polen angriff. Ihre Schicksale, wie die Millionen anderer Kriegskinder, blieben hinter den Gräueltaten des Dritten Reiches verborgen.

Meine Mutter war sieben, als der Zweite Weltkrieg begann. Ihr Vater trat innerhalb von Monaten der Wehrmacht bei und ließ sie in der Obhut einer grausamen Mutter, die den Bruder vorzog. Meine Mutter ertrug eine Kindheit und Jugend, die vielen von uns unmöglich erscheint. Mein Vater war bei Kriegsbeginn elf und wurde bald Mann des Hauses, verantwortlich für seine Familie, größtenteils mit leerem Magen. Sowohl meine Mutter als auch mein Vater waren unschuldige Opfer unglücklicher Umstände, doch sie sahen es nie so. Sie beschwerten sich nicht, waren fleißig, ohne zu hinterfragen. Sie schafften Dinge aus dem Nichts, langsam und geduldig.

Zweitens ist diese Geschichte mein Versuch, wenig erfasste Details der deutschen Kriegsgeschichte und der Nachkriegsjahre aus Sicht der Kinder und Jugendlichen zur deutschen Geschichte beizutragen — vielleicht ein paar feinere Pinselstriche am Bildnis der Geschichte zu ergänzen.

Drittens möchte ich Aufmerksamkeit für die Opfer von Kriegen wecken, vor allem für Kinder, die oft keine Stimmen haben. Es scheint, als wäre eine Welt ohne Krieg unvorstellbar. Ob es Kriege im Irak und in Afghanistan sind, zivile Konflikte wie in Syrien oder ein Völkermord wie in Darfur, Kriege sind ein Haupterzeugnis menschlicher Natur oder vielmehr von Regierungen mit hinterlistigen und meist finanziellen Absichten. Wie meine Eltern damals litten, so leiden Millionen Kinder heute.

Es ist Zeit, sie sprechen zu lassen.

ÜBER DIE AUTORIN

Annette Oppenlander ist eine preisgekrönte Schriftstellerin und unterrichtet kreatives Schreiben. Als erfolgreiche Autorin von historischen Romanen ist Oppenlander für ihre authentischen Figuren und auf wahren Geschichten basierenden Romane bekannt. Gekonnt verbindet Oppenlander historische Personen und Geschehnisse mit ihren Plots und vermittelt damit Lesern Einblicke in die Geschichte, verpackt in eine spannende Erzählung. Sie verbrachte die erste Hälfte ihres Lebens in Deutschland und die nächsten 30 Jahre in verschiedenen Teilen der USA. Oppenlander inspiriert ihre Leser, indem sie Themen beleuchtet, die heute ebenso relevant sind wie in der Vergangenheit.

Oppenlanders wahre Geschichte *Surviving the Fatherland*, die englische Version von *Vaterland, wo bist du?*, wurde zum Amazon Bestseller und gewann in den USA den National Indie Excellence Award 2017, den Indie B.R.A.G. Award 2018, den Readers' Favorite Book Award und den Chill with a Book Readers' Award 2017. Das Werk erhielt den Readers' Favorite Book Award und wurde mit fünf Sternen ausgezeichnet und war Finalist der Kindle Book Awards 2017.

Oppenlander vermittelt ihre Kenntnisse sowohl in deutscher als auch in englischer Sprache durch Workshops, unterhaltsame Präsentationen und Autorenbesuche an Colleges, Universitäten, in Büchereien und Schulen. Sie ist Mutter von Zwillingen und einem Sohn und lebt seit 2017 wieder in ihrer alten Heimat Solingen in Deutschland.

»Fast jeder Ort birgt irgendein Geheimnis, etwas, das Historie lebendig macht. Wenn wir Menschen und Orte genau untersuchen, ist Historie nicht länger ein Datum oder eine Nummer, sie wird zur Erzählung oder Geschichte. Vielleicht benutzen wir deshalb das Wort Geschichte im Sinne von Historie, aber auch im Sinne von Erzählung.«

VON DER AUTORIN

Herzlichen Dank, dass Sie *Vaterland, wo bist du?* gelesen haben. Ich hoffe sehr, Sie haben darin ebenso viel Vergnügen gefunden wie ich beim Schreiben. Nun, das stimmt nicht ganz. Es hat Zeiten gegeben, in denen es mir sehr schwerfiel, die Geschichte meiner Eltern zu bearbeiten. Das ist auch der Grund dafür, dass bis zur Veröffentlichung fünfzehn und für die Übersetzung und das Lektorat weitere zwei Jahre vergingen. Ich wollte, nein, ich *musste* ihre Geschichte so verfassen, dass sie das wiedergab, was mir vorschwebte, nämlich einen realistischer Eindruck dieser Zeit. Das konnte nur funktionieren, indem ich erstens Abstand gewann und zweitens den Hauptpersonen emotionale Tiefe verlieh. Dahin zu gelangen, war nicht einfach.

Wenn Sie einen Moment Zeit haben, würde ich mich über Ihre Rezension auf einer öffentlichen Seite wie Amazon, Apple iTunes, Goodreads oder Ähnlichem freuen. Auch lade ich Sie ein, über meine Webseite http://www.annetteoppenlander.com mit mir Kontakt aufzunehmen und sich für gelegentliche E-Mails anzumelden.

Außerdem möchte ich Sie auf einen neuen Roman aufmerksam machen, der allerdings vorerst in englischer Sprache erscheint. *When They Made Us Leave* stellt das Thema der erweiterten Kinderlandverschickung (KLV) als Hintergrund für die Geschichte zweier Jugendlicher und Nachbarn. Darin geht es um Liebe und Hoffnung, Überleben und Schuld. Es ist ebenfalls ein tiefgreifender Roman, der in den Jahren von 1943 bis 1945 in Solingen, Bayern und Pommern spielt.

Herzliche Grüße,
Annette Oppenlander

KONTAKTIEREN SIE MICH

Ich freue mich jederzeit über Ihre Bemerkungen, Fragen und Anregungen. Ich stehe außerdem für Besuche in Schulen, Bibliotheken, Universitäten und bei privaten Events zur Verfügung. Melden Sie sich einfach.
Webseite: www.annetteoppenlander.com
Email: hello@annetteoppenlander.com
Facebook: www.facebook.com/annetteoppenlanderauthor
Twitter: @aoppenlander
Pinterest: @annoppenlander